imaginist

想象另一种可能

理
想
国

imaginist

蒲宁
回忆录

Окаянные дни

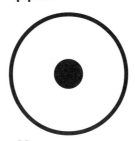

Иван Алексеевич Бунин

［俄罗斯］伊万·阿列克谢耶维奇·蒲宁 著

李辉凡 李丝雨 译

云南人民出版社

图书在版编目（CIP）数据

蒲宁回忆录 / (俄罗斯) 伊万·阿列克谢耶维奇·蒲宁著 ; 李辉凡, 李丝雨译. -- 昆明：云南人民出版社，2024.2

ISBN 978-7-222-22620-3

Ⅰ.①蒲… Ⅱ.①伊… ②李… ③李… Ⅲ.①俄罗斯文学－现代文学－作品综合集 Ⅳ.①I512.15

中国国家版本馆CIP数据核字(2023)第250380号

责任编辑：金学丽
特邀策划：李恒嘉
特邀编辑：闫柳君
装帧设计：高　熹
内文制作：陈基胜
责任校对：柳云龙
责任印制：代隆参

蒲宁回忆录

［俄罗斯］伊万·阿列克谢耶维奇·蒲宁著　李辉凡 李丝雨 译

出　版　云南人民出版社
发　行　云南人民出版社
社　址　昆明市环城西路609号
邮　编　650034
网　址　www.ynpph.com.cn
E-mail　ynrms@sina.com
开　本　1168mm×850mm　1/32
印　张　19.75
字　数　420千
版　次　2024年2月第1版第1次印刷
印　刷　山东韵杰文化科技有限公司
书　号　ISBN 978-7-222-22620-3
定　价　108.00元

作者的话

为了实现契诃夫出版社的要求，我提供《自传札记》中的若干片段。

我出生在旧贵族世家。关于这个家族的始初，在《贵族世家的徽章图册》中是这样写的："蒲宁家族的远祖是一位显贵西梅翁·本科夫斯基，他于十五世纪从立陶宛带着自己的侍从投奔莫斯科大公瓦西里·瓦西里耶维奇麾下。"

我们的家族为俄罗斯贡献了不少国务活动家、将军、御前大臣及其他官阶的官员；而在文学领域中，著名的有安娜·蒲宁娜（卡拉姆津曾称她为"俄罗斯的萨福"）和瓦西里·茹科夫斯基，后者是图拉省地主阿法纳西·伊万诺维奇·蒲宁与被俘的土耳其女人萨利哈的非婚生子，由于这个缘故，茹科夫斯基用的是自己教父的姓。茹科夫斯基是新俄罗斯文学最著名的奠基人，俄罗斯文学的第一位天才普希金称他为自己的导师。

从母系方面而言，我属于丘巴罗夫的贵族世家。它也是一个相当古老的家族。根据我的家族的传说，这是个在彼得大帝时代被褫夺了公爵爵位的家族。彼得大帝处决了曾经站在索菲娅公主一边的射手团团长丘巴罗夫。

我的所有祖先都与人民和土地休戚相关，父系和母系方面祖祖辈辈都是中部俄罗斯拥有领地的地主。那里是一片肥沃的半草原。在这个地方，莫斯科的沙皇为了保卫国家，免受南方鞑靼人的入侵，从来自俄罗斯不同地区的移民中建立了护卫队，因此这里形成了最丰富的俄罗斯语言，并且涌现了以托尔斯泰为首的所有几乎是俄罗斯最伟大的作家。1870年10月10日我出生在沃罗涅什，童年和青年初期都是在农村中度过的。我写作和发表作品很早，批评界也相当早就注意我了。后来我的作品三次获得俄罗斯科学院的最高奖——普希金奖。1909年，这个科学院推选我为它的第十二个荣誉院士，其中也有托尔斯泰。但是我享有盛名的时间并不很久，因为我不属于任何一个文学流派。此外，我也很少出入文学界，很多时间都住在农村里，并多次在俄罗斯境内和国外旅游：在意大利、土耳其、希腊、巴勒斯坦、埃及、阿尔及利亚、突尼斯和一些热带地方。我的名望是在我发表了《乡村》之后开始的。这是我一系列尖锐地描绘俄罗斯灵魂的作品的开端（写俄罗斯光明的、黑暗的，常常是悲剧性的根基）。在俄罗斯批评界和俄罗斯知识分子中，由于对人民的不了解或出于政治上的考虑，人民几乎总是被理想化了。我的这些"毫不留情"的作品引起了激烈的敌视。在这些年代里，我感到我的文学力量一天比一天地强大起来。

但是，这时却爆发了战争，然后是革命。我并不是那种一碰到战争便措手不及、对战争的规模和残忍性毫无思想准备的人，可是现实情况毕竟还是出乎我的一切意料之外：俄国革命将变成什么样子，谁也不明白，因为谁也没见过。这种景象对于任何尚未丢失上帝形象的人来说是极其可怕的。自从列宁夺取政权后，几十万人逃离了俄罗斯，凡是有一点点逃走机会的人都逃出去了。我于 1918 年 5 月 21 日离开莫斯科，住在"白军"和"红军"轮流占领的俄罗斯的南方。1920 年 1 月 26 日，饱尝了无法用语言形容的心灵磨难之后，我先是侨居在巴尔干，然后去法国。在法国，最初是住在巴黎，从 1923 年夏天起，我迁到滨海的阿尔卑斯，只有冬天的几个月才回到巴黎。1933 年获诺贝尔奖。

在侨居国外期间我写了几十本新书。

我的第一本文集在俄罗斯的马克思市出版。侨居国外时——由彼得罗波利斯出版社出版。我翻译的诗歌有：朗费罗的《海华沙之歌》[1] 和同一作者的《金色的传说》中的四个片段，丁尼生[2] 的《戈黛娃》，拜伦的三个宗教神秘剧（《该隐》《曼弗雷德》和《天与地》）。我的创作作品有由彼得罗波利斯出版社出版的各种长篇小说、中篇小说、短篇小说和诗歌，总题名为《林荫幽径》的短篇小说集，《回忆录》《诗歌

---

1 亨利·沃兹沃思·朗费罗（1807—1882），美国诗人。《海华沙之歌》是一部歌颂印第安民族英雄的史诗。
2 艾尔弗雷德·丁尼生（1809—1892），英国桂冠诗人。

选集》及《托尔斯泰的解脱》(关于他的生活与学说)。《阿尔谢尼耶夫的一生》的第一个完整版本由契诃夫出版社首发。

1952 年 10 月 17 日，巴黎

伊万·蒲宁

蒲宁日记

（1917—1918）

格洛托沃。1917 年 8 月 1 日。天气很好。玛尼娅[1] 走了。把尼鲁斯[2] 的书寄给了克列斯托夫[3]。给尼鲁斯写了一封信。我从下游来到科隆塔耶夫卡[4]。当我在科隆塔耶夫卡附近的森林中间沿着那条总是潮湿的道路行走时，感到秋天的第一个特征就是——蔚蓝而又晴朗的天空和白色的云彩。

一个来自丽达·洛津斯卡娅[5] 的传闻：伊万·C 在小铺里说，在一次大会上讨论了关于"阿尔哈洛梅耶夫之夜"[6] 的事。好像是从什么地方发来一封电报说，要消灭所有的"资

1　玛尼娅是当地一个小铺老板的女儿。玛尼娅的丈夫是牙科医生彼得，母亲索菲娅是蒲宁的表姐。表姐的庄园就在奥尔洛夫省的格洛托沃镇。由于这层关系，他们的来往很密切。
2　即彼得·亚历山大罗维奇（1860—1943），画家兼作家。
3　笔名安加尔斯基（1879—1943），莫斯科的一个出版经纪人。
4　格洛托沃地主巴赫杰雅罗夫的领地。
5　丽达·格津斯卡娅及季娜和玛尼娅都是姊妹。
6　此处有误，应为"阿尔哈洛梅之夜"，即历史上的巴托罗缪之夜。1572 年 8 月 24 日夜，巴黎天主教徒对新教徒进行了大屠杀。这里指大屠杀。

产阶级",并且从巴尔巴申开始。我走到科隆塔耶夫卡,绕到了磨坊。谢尔盖·克利莫夫也说(他不知道我已经听到了伊万·C 的话):农村里有人说,要把所有的地主杀光。

前天我在普列德杰切沃村。利哈廖夫召集土地私有者开会,宣读了土地私有者协会章程,请他们登记入会。会议是在学校里召开的,可鄙的会议!几个顽皮孩子,伊林娜及其女儿(丽达),利哈廖夫(是"演说家"告诉科里亚的),弗拉基米尔·谢苗诺维奇,科里亚,我(只是作为一个有好奇心的人),一个像是乡村教师、穿着漆布斗篷、戴着眼镜的人,一个瘦老头(像是个读过许多书的人),一个严肃的穿着腰部带褶的外衣的富有的农民(科里亚说他是——萨瓦奥弗[1]),一个红头发、光脚、结实的学校看门人。所有后面这些人在听章程的不明白的词句时都有一种可怕的紧张和呆板的表情。阿巴库莫夫回来了,他拿来了地契,反复强调说,他的土地被认证是属于他的,是"陛下钦定的"。我想,会员费将用在"接种"上(应当维护土地私有者的利益)。

客居在弗拉基米尔·谢苗诺维奇家的波米亚兰采夫将军是一位卓越的人物。

阿巴库莫夫和我们一起回来了,他很激动。"好吧,已经登记了!现在就要上帝保佑了!"

---

1 万军之主,犹太教中上帝耶和华的称号之一。

8月2日。很凉的有露水的早晨。尤利[1]和科里亚到伊兹马尔科沃去了。

非常优美的一天。两点钟我们沿林荫道走在花园的沙地上。在干燥的土地上，在林荫道上，悄悄地铺上了稍带玫瑰色的阳光的斑点。树叶染上了落日的颜色。回头一看——透过花园，那没有漆过的干裂的粮仓的铁屋顶闪烁着全然是金子般的亮光（在那些锈蚀剥落的地方）。

我重读了莫泊桑的作品。有许多新的领会。瞧不上。读了五个短篇小说——全都是真正的小事情，没有留下丝毫印象，那是狡猾的甚至令人不快的为炫耀自己而写的文学作品。

弗拉基米尔·谢苗诺维奇曾经来过。一个很好的老人！他像阿巴库莫夫一样，不怀疑自己的生活道路，不怀疑自己在各种事情上的权利，不怀疑自己的观点！他抱怨革命剥夺了他过去经营和劳动的平静的快乐。

8月3日。又是非常优美的一天。东风吹拂，在阴影下愉快而又凉爽，在太阳下却是酷热。远处的一些地方笼罩在一片蓝绿色的干燥的薄雾之中。

我继续阅读莫泊桑的书。有些地方很出色。他是唯一敢

1　尤利·阿列克谢维奇·蒲宁（1857—1921），蒲宁的哥哥，新闻记者，参加过民粹派。

于不断地说这句话的人：人类的生活完全处于女人贪婪的支配之下。

在花园里，在有露水的花园里，每天早晨都有一道蓝色的以太，透过它则是光耀夺目的阳光的光柱。喝咖啡之前，我穿过了林荫小径，在洛津斯科耶附近沿着牧场回到了庄园。天上晴空无云，但是地平线上却并不清澈，到处是平坦的浅灰色的东西。科里亚、尤利和我来到科丘耶沃，找费（多尔）·德（米特里耶维奇）[1]买蜂蜜。（日出前）回来的时候，绕过了斯科罗德诺耶[2]。我们已经开始的谈话又是关于俄罗斯老百姓的。在这种前所未有的时期里，我自己已没有什么特别的选择，由戈茨[3]们、唐恩[4]们、某某阿夫克森齐耶夫[5]、某某克伦斯基[6]等去管理吧！

8月4日。晚上任尼亚[7]走了（到叶弗列莫夫去）。几乎整个早晨都用在读报上了。又是痛苦，深切的屈辱，无力的暴怒！在梁赞省的叶戈里耶夫斯克市，由于市杜马的选举而

1　护林员、猎人、原科里亚的仆人。
2　斯科罗德诺耶是邻居地主波别进莫夫的森林。
3　戈茨（1882—1940），1917年任俄共中央执行委员会主席。
4　唐恩（古尔维奇，1871—1947），孟什维克首领，全俄执委会成员。
5　阿夫克森齐耶夫（1878—1943），社会革命党首领之一，临时政府内务部长。
6　克伦斯基（1881—1970），社会革命党首领之一，临时政府总理。
7　叶甫盖尼·约瑟夫维奇·拉斯卡尔热夫斯基（1899—1919），蒲宁姐姐玛丽娅·阿列克谢耶夫娜的儿子。

引起了暴动，这是莫斯科的布尔什维克掀起的——工农代表苏维埃主席逮捕了该市的首脑，喝醉了的士兵和群众中的其他人把他打死了，首脑的同事也被打死了。

《新生活报》[1]像过去一样真是可怕！托洛茨基的一封寄自克列斯特（？）的厚颜无耻的信，就发表在《新生活报》上。

再理想不过的一天。

一个人如果没有失去期待幸福的能力——他就是幸福的。这就是幸福。

8月8日。6日我去卡缅卡探望彼得·谢苗诺维奇，当我在他家里坐下来时就下雨了。他对俄罗斯发生的事完全漠不关心："我不需要土地。""征粮？那时我不再工作了，让粮食见鬼去吧！"

天气一直非常好。

今天我跟科里亚到伊兹马尔科夫去。最理想的八月天气，微弱的北风、干燥、光亮、炎热。当我登上罗斯托夫采夫水坝后面的山岗时便想到，四点钟的时候，常常是四分之三的白色月亮已经升得相当高了，而且从来没有人描写过这个带有月亮的光华的白天。我喜欢八月，它比任何东西都阔绰、

---

1 《新生活报》，1917年4月18日至1918年6月在彼得堡刊行，高尔基是报纸的组织者。

富足，主要的是——有菜园、青菜、马铃薯、高高的大麻和向日葵。农夫们正在打谷场上脱粒，打谷场旁边堆放着新的秸秆，农妇们头上戴着头巾……

科里亚要到邮局去，我自己在卖肉的小铺里等他。升运机正在吊什么东西，一群人立即在地上卧倒。南边的天隅上出现了玫瑰色的云彩。

我们回到了家——在牧场上碰见了科马罗夫庄园的小姐和老爷。老爷全身摇摇晃晃，像文弱书生一样：深黄色的裤子左右摆动着，似乎是穿着凉鞋、衬衣，束着宽大的腰带，柔软的帽子，帽缘已脱落了；唇须、胡子——像一位艺术家。

8月9日。与薇拉[1]去了普列德杰切沃。一个炎热的极好的日子。到罗曼诺夫家去取蜂蜜。没有走到，太远，要过桥，返了回来，便到穆罗姆采夫家去了（……）

8月11日。从早晨起天气很好。薇拉身体不大舒服，虽然很轻，但还是痛，仍然是去年的那个地方——心窝口上。一种心神不定的郁闷的感觉。

傍晚前坐轻便马车去费多尔·德米特里耶维奇家——我、

---

1 薇拉·尼古拉耶芙娜，蒲宁的妻子。

科里亚和尤利。然后在科隆塔耶夫卡兜了一个圈子。西边出现了乌云。森林里非常好。我感到有一种暗自的喜悦，感到有一种秋天的诗意。森林中的道路部分也已经是秋天的了。当我们走在路上时，一大片乌云出现在南边，深蓝色。外面已经下大雨了。

十天前我已开始写东西，开了头又扔掉了。后来又回到了涅多诺斯科夫的事情上来。现在对这种事情仍感到脑子迟钝。

8月13日。像昨天一样，白天有各种不同的乌云和云彩——天气（？）异乎寻常的美。昨天又和科里亚到费多尔·德米特里耶维奇那里去取蜂蜜。有一种使人变得柔和的秋天的预感。

今天科里亚去了叶夫列莫夫。厨娘带着孩子们及若尔尼克彻底离去了。我在大车旁边跟他们开玩笑，吻他们（像过去常吻他们一样）——他们走了，甚至连头也不回。一群动物！

与尤利去看瓦西（……）·捷茹尔内。飘着乌云，天气很热，后来天开云散，天气好极了。我坐在谷地上看报，然后沿村子里走了走。很脏，一片衰落景象。说真的，整整一天大家什么也没有干。而什梅廖夫[1]却在说谎，说关于俄国

1　即伊万·谢尔盖耶维奇（1873—1950），俄国作家，1918年4月在一次莫斯科作家图书出版会议上就人民问题曾与蒲宁争论过。

人民的谎话！

克伦斯基——似乎是最有害的人物之一，左右摇摆。而他却被捧为英雄。

读了《我们的心》[1]。

"把狗的尾巴和耳朵砍掉——它会变得更凶狠。"多么愚蠢！

8 月 14 日。从梦中醒来，是一个青年人式的、非常色情的梦——梦见一个姑娘以其令人神魂颠倒的纯朴的身体第一次委身于我。

一位少女用铁铲子在铲什么——她把脚抬得很高，然后落在铁铲上。这是白天我来到院子里看到的，于是我很激动。

读完了《我们的心》。很熟练，有些地方写得很好，但给我留下一种冷漠感。如此冗长，而且说到底都是关于一点小事。主人公全然不生动，也不令人同情；女主人公虽然显眼，但好像也并不生动。

早晨，写作《爱情》一书，（工作了）一会儿，就一会儿，"敖德萨的早晨"（怎么开头，尚不知道）。

云彩和太阳。午饭后，我、尤利和薇拉去了科隆塔耶夫卡。天气炎热。薇拉病愈后脸色还——好像有点儿苍白。顺

---

1 《我们的心》是法国作家莫泊桑的长篇小说。

便去了事务所，同卡勃卢科夫和德·阿列克谢耶维奇胡扯了一通，拿到了《晨报》，读了有关莫斯科协商会议第一天的情况报道。人们像对帝王一样地恭维克伦斯基。克伦斯基的演说——有力，了不起，但这又会有什么结果呢？仍旧是爱吹牛的词令，"我，我，"——而且还是左右摇摆。这大概是无法调和的。市长——卢德涅夫！我至今也不能容忍他！他向协商会议祝贺，而那些参议会的信使们则要无赖表示反对这个"反革命的"议会——把所有的墨水瓶的墨水都倒了出来——而且整个参议会都不工作了！小兔崽子（我们的大兵）则"像太阳下的一滴水"，反映着民主的所有俄罗斯的东西（他把登记了财产的庄稼汉的少女们赶出叶列茨，并大叫大喊，要求在高级神职人员会议上选举代表的庄稼汉们不要签字："他们要把你们返回到农奴制里去。"

傍晚，吹来清新的南风和乌云。我躺在稻草上，东方地平线上的云彩令人惊讶。一排排的苗床，一座座的山岗，它们显得淡白，带点烟灰般的淡紫色（透过它们的内在的浅白色）——这是我们南方的、温柔的、从未见过的色调。

8月15日。一整天（有时停一会儿）都下着大雨（昨天这里就下起来了，我在梦中听见了）。巴赫杰雅罗夫一带被淹没在一片蒙雾里。一切都还非常翠绿、浓密，因此很像是夏天的雨。

昨晚我很快就要睡着的时候，构想了一个短篇故事。20

年代末，普斯科夫省，一位年轻的地主从国外回来，到了邻居家，爱上了邻居的女儿。姑娘的个头不高，怪怪的，对什么都漠不关心。他感觉到，她也爱他。便表示了爱情。"不行。"为什么？她有嗜眠症。游历过墓地。现在我写另一个故事：一个带着暖水瓶的英国女人，我处处都碰到她——在布佗纳–帕斯、阿尔及利亚、西西里岛、罗马，然后是在阿斯旺。她患肺病死于海象[1]。她漂泊一生，对整个世界都感到"very nice"（很可爱）。她不漂亮，像孩子一样快乐。

窗下，下垂的绿色针叶上悬挂着小玻璃珠似的透明的水滴，小沟里发出汩汩声。库斯科娃[2]的一篇文章。"镇压于事无补，需要教化农村。足球等等。"

8月16日。花园沙沙作响，大雨倾泻着、喧闹着，还有风。雨不断变大。读了莫泊桑的作品，然后读了马伯乐关于埃及的作品——因而想起鲍库的旅行，很是激动，想入非非[3]。后来又读了浮龙·李[4]的书，想起了那不勒斯、卡普里，

---

1 尼罗河的一个岛。

2 叶卡捷琳娜·德米特里耶芙娜·库斯科娃（1869—1958），俄国女政论家。蒲宁认为她是一个不懂得俄罗斯农村和俄罗斯人民的知识分子。

3 加斯顿·卡米尔·查尔斯·马伯乐（1846—1916），法国埃及学学者。他的著作《古代史·埃及·亚述国》谈及皇帝的马厩长鲍库的故事。蒲宁对这个故事很感兴趣。

4 浮龙·李（1856—1935），英国女作家、文艺批评家、美学家，原名维奥莱特·佩吉特。

回忆起了佛罗伦萨。

我从窗口探出头去。一只小喜鹊擦着爪子，越过了由于小雨而变得阴暗的花园的篱笆，并从窗口旁边跳了过去，向着我友好、亲切地微笑一下，摆动起尾巴来。我们的心灵是多么的相似啊！

8月17日。非常美好的一天。与尤利一起散了很长时间的步。五点钟左右我们从墓地旁边走过，然后沿着草地走进森林里，我们称这片森林为"雅鲁加"。

月夜。在花园后面散了步。我独自走在林荫道上——在干草棚和渗透着月光的花园里，在小路上。月光大大地改变了花园。花边的叶子、树枝是如此多种多样——仿佛是有许多种不同的树木。

8月18日。一点钟尤利启程到莫斯科去了。夏天结束了！悲愁、痛苦，可怜尤利，可怜夏天，有一种苦涩的过失感，因为没有很好地利用夏天，很少同尤利在一起，很少同他坐在一起。一般地说，我们大概彼此都对不起对方，可是只是在分别的时候才感觉到这一点。以后——我们还剩下多少能这样在一起的岁月呢？就算还有这样的岁月，反正也是越来越少了。往后呢？将各自走进自己的坟墓而永别了！如此痛苦，所有的感觉是如此敏锐，所有的思想和回忆是如此尖锐！而我们平常却是多么的迟钝！多么的心安理得！难道我们珍惜生命就需要这样痛苦吗？

这些天我在读维尔诺恩·里的《意大利》。一切都让人感到很高兴，一切都非常文雅，而且全都是关于美丽的优雅的东西——这将很快地引起愤恨。

8月20日。大多数的妇女都由于不满意自己的生活而受到不安的折磨，在寻找"生活的目标"，在改换或等待希望中的情人，希冀着幸福将会来临。为什么呢？她们正在成长，她们的思想受到教育，人们千方百计地使她们相信，她们必定会幸福，必定被人所爱，等等。

我靠什么活着？我老是在回忆，回忆。偶然发现：你在睡梦中看见，你和一个你在现实生活中从未有过任何关系的女人很亲近，此后许久你都觉得跟她有某种惊心动魄的恋爱秘密。这种事发生在现实生活中或是在梦中还不都是一样吗！这种事有时也会传染给这个女人。

昨天与薇拉坐轻便两轮马车到克列斯特去游玩。后来又到了斯科罗德诺耶及其周围一带——都是平时一样的路，只不过是返程罢了。天气非常好。我们出发后，割过了庄稼的田野的画面（仿佛是法国画家的画）令人感到震惊（里面插入一块被耕过了的地和一片毛茸茸的绿色的马铃薯的菜地）。它就在花园的后面，上面是缓坡。一片蓝天，天空中一朵朵壮丽的白云。一整天只有一个割秣人安东的孤零零的小小的身影（或许他是在割红锈色的荞麦）。越来越觉得难受，难受，我根本无法表达、无法描述这种东西！

我读过（而且现在还在读）加利的《耶路撒冷的征服地》。像平常一样，我用很多时间看报。克伦斯基是不可容忍的。这个好出风头的人实际上干了什么呢？越来越变成了厚颜无耻的人。他怎么敢称萨哈罗夫是"懦夫"呢？

我一直在读莫泊桑的书。几乎全是微不足道的东西，草稿，有时很庸俗。

今天天气灰暗、凉爽，不过已经是秋天的凉爽了。整个早晨都是钟声，有人出殡，断断续续，一直不停。瞧，某人正被抬去埋葬……我们彼此是多么冷漠！要知道，实际上我们对这种事的态度就跟对死去的一只苍蝇一样。

最近几天，巴尔巴申的蒸汽脱粒机不停地轰鸣、轰鸣！

8月21日。是一个灰暗的、带有许多秋天特色的、多雨的日子。公鸡在歌唱。从南方吹来柔和而潮湿的风。打开通向粮仓的门，那里，少女们在打扫面粉——是秋天了！林荫道上的清新的土上已深深地布满了黄色的落叶。榆树叶子完全发黄了。

我在重读《斐多篇》[1]。这一逻辑的光辉仍旧是冷冰冰的。苏格拉底说了多少印度和犹太教哲学中的东西啊！

1　《斐多篇》是古代哲学家柏拉图的著作。

晚上九点钟我和薇拉走出来——等候安东和科里亚从车站回来。我们来到原国家专营酒铺。月亮还是低低地悬挂在我们花园上空，许多地方还是很长的阴影。在巴赫杰雅罗夫那边上空是一大片可怕的、阴沉的、密集的乌云和云彩（在月亮对面），那里是一片白色的房子——这好像是意大利的小城市。科里亚又没有来。

报纸。布尔什维克又抬头了。马尔托夫[1]……要求废除死刑。

十点半，我一个人到院子里散步。月亮升得很高了——它在棉花似的云彩中间疾驰，藏到它们后面去了，在它们的周围抛撒出勉强可以看见的深红／深棕色的东西（你无法确定）。在花园的那块黑影后面，云彩像一座座白色的山岭在移动。从这里望去，天空洁净无云，房子和花园旁边的树木则非同寻常，仿佛是勃克林[2]的画，黑青色，松柏的颜色，外形令人惊奇。

我走到花园后面。不，说什么割过庄稼的地是黄色的，这不对。全是灰色的。在东北面是黄色的被打碎了的钻石，是聚光灯？再观察一下花园，在月光下它紧紧地虚幻地移动着。林荫道上一片昏暗，几乎全部土地都在黑暗的阴影下，却有一条条光带。树干，它们的姿态都是稀奇古怪的（只能

1　尤里·奥西波维奇·马尔托夫（1873—1923），孟什维克，1919 年起为全俄中央执行委员会成员。

2　阿诺德·勃克林（1827—1901），瑞士画家，象征派和现代派的代表人物。

分辨出它们的姿态)。

十一点半。我躺在吊床上，摇晃着——白色的月亮在空泛的蓝色天空中像钟摆似的摆动着。背后刮着风。

8月22日。下雨，不过天气与昨天相似。我开始读李沃娃[1]的书——很可怕。一位可怜的平庸的外地女郎。开始重读埃特尔[2]的《矿泉水》——很可怕！是屠格涅夫、博博雷金，甚至是涅米罗维奇-丹钦科和（有时是）奇奇科夫的混合物。对主人公的无尽的讽刺，语言鄙俗。重读了维利耶[3]的《残酷的故事》。傻瓜和贱民勃留索夫很赞赏这部作品。这些故事——是浅陋的幻想之作，精巧、外表华丽、残忍等——是埃·波和王尔德的混合物，羞于读它。

安涅特的女儿。一个几乎是很可怕的女孩子，个头很高，是女孩与女人的混合物，因此她很早就变成了婆娘……大概？

"学习就是记住。"苏格拉底。

---

1 娜杰日达·格里戈里耶芙娜·李沃娃（1891—1913），俄国女诗人，《老童话》的作者。

2 亚历山大·伊万诺维奇·埃特尔（1855—1908），俄国作家。著有长篇小说《加尔德宁一家：家仆、追随者和敌人》（1889年，两卷本），以启蒙主义立场描写了19世纪80年代俄国广阔的社会生活。

3 维利耶·德·利尔-亚当（1838—1889），法国作家，一度反资产阶级，接近巴黎公社。

苏格拉底的最后时刻，像平时一样，使我很激动。

晚上科里亚和叶甫盖尼回来了。科里亚在叶夫列莫夫老感到憋气。

里加被占领了。奥尔洛夫告诉科里亚，有个地方，教堂的看守人不许牧师做事，把教堂锁上了。牧师"资产阶级""便到苏塔霍维奇家做客去了"。

8月23日。昨天午饭后便下雨，直至月亮出来，直至十点钟才停止。现在是十二点钟，又下起来了。已感到有点寒意。巴赫杰雅罗夫后面的森林被淹没在云雾中。

想到了李沃娃，读完了她的书。关于她的短篇小说应该写点东西。

正在读《宗教诗歌》（附有李亚茨基写的前言）。

几乎一整天都无法外出——秋雨不停。

傍晚，安东捎来了报纸和尤利的信。尤利在车站给车夫支付了十一个卢布。报纸里的消息很可怕：我们被殴打，被驱逐。"我们的部队擅自放弃了阵地。"库斯科娃的文章《俄罗斯的噩梦》谈到庄稼人如何不给粮食并杀害派去说明征粮必要性的政府代表。"完全崩溃了！"

8月24日。从早晨起就刮大风，时而下起雨来。

重读吉皮乌斯[1]的诗。虽然认真说来，她是不聪明的，并且整个被扭曲了的，但比起其他一些"新诗人"来，她却要聪明一些，也更有礼貌一些。可是她是多么地没有生气，所有这些思想和感情又是多么死气沉沉，完全被钉死在一个框框里！

六点二十分。房间里照进了落日的光辉；在右边的门楣上，在床护板的红布上和床上边的墙壁上（南墙上）——则是黄色带深绿的色度。这些有亮光的地方，都画满了庭前花园里被风吹得摇晃着的树木阴影的花纹。看来天气在转变。我在读吉皮乌斯的诗《唯有一次浪花激起……》

8月26日。 前天晚上我和薇拉在洛津斯基家——在他们那里发现了23日的《俄罗斯言论报》。我们在月光下走了走（月亮不太高，只有四分之三大），我们等着他们读完，然后就把报纸拿来了。逮捕了两位大公[2]。我们逃离里加时的惨状，军团逃离了越过德维纳河的德国团队。

昨天，天气清凉而阴暗。已完全是秋天的样子了。今天连续不断地下雨，由于刮风，雨是斜的，西北风，毛毛雨。巴赫杰雅罗夫那面常常笼罩在云雾中。

---

1 季娜伊达·尼古拉耶芙娜·吉皮乌斯（1869—1945），俄国现代派女诗人。
2 据1917年8月23日《俄罗斯言论报》报道，根据临时政府命令，对两名大公加以软禁，即米哈伊尔·亚历山大罗维奇和巴威尔·亚历山大罗维奇。逮捕时克伦斯基也在场。

昨晚，我和科里亚去找潘丘什克。他倒没有什么，但是来了几个村妇，谈话变得敌对起来，非常凶狠，并且愚蠢，所谈的全是关于老爷如何喝她们的血的话题。自以为是，愚笨和不可遏制的无礼——谈话毫无用处。

现在我在读波列伏依[1]书中关于弗拉基米尔斯科·苏兹达里王国的事。森林、沼泽、恶劣的气候和——大概是卑劣的、野蛮的、庸俗而又凶狠的人们。把这些跟昨天的事情联系起来，就觉得非常不舒服。

读完了吉皮乌斯的诗。一个非常令人讨厌的女人。没有一个鲜活的词。把各种不同的捏造僵死地打入笨拙的歪诗里。在她身上丝毫没有诗歌的天性。

8月27日。有阳光的凉爽的天气。

8月29日。天气比昨天还要好。我、薇拉、米佳[2]去了事务所。从叶列茨来的、可怕的消息——米佳在电话中说：科尔尼洛夫[3]起来反对政府。四点钟我们从下面来到科隆塔

---

1 原名尼古拉·阿列克谢耶维奇（1796—1846），俄国历史学家、新闻记者、作家。这里指的是他的专著《俄罗斯民族史》。

2 米佳是一名律师。

3 拉夫尔·格奥尔基耶维奇·科尔尼洛夫（1870—1918），俄国反革命头子，1917年8月任临时政府总司令并发动反革命暴乱，在战争中被击毙。

耶夫卡。返回来时，再次去了事务所。消息得到证实（……）

8月30日。我和米佳去了伊兹马尔科沃。在邮局只看到了20日的《奥尔洛夫通报》。克伦斯基的粗鲁的声明[1]和社会主义革命者及社会民主党人的更粗鲁的声明——"科尔尼洛夫是叛徒。"我非常激动。

8月31日。奥尔洛夫和阿尔西克[2]从叶列茨来电——说是"达成了协议"。怪事！早上，薇拉与雷什科娃到普列德杰切沃去了。米佳也跟着她们去了。那里有《新时代》和《俄罗斯晨报》。我却激动得要发疯了。科尔尼洛夫的呼吁是令人惊讶的！晚上看了20日的《俄罗斯言论报》和30日的《俄罗斯之声报》（？）后一张报纸使我大吃一惊：克伦斯基的歇斯底里的郑重文告："全体！全体！全体！"我在生活中很少有过这样的激动，简直要命。

今天整天都感到从未有过的难受。米佳又给叶列茨打了电话。原来，事情还没有全部结束，"只是黑暗降临了"，K.

1 1917年8月《俄罗斯言论报》上发表了克伦斯基的政府通告，8月26日科尔尼洛夫将军派遣国家杜马成员李沃夫前来要求临时政府把全部权力交给科尔尼洛夫将军。克伦斯基则宣布免去科尔尼洛夫总司令的职务，并宣布彼得格勒处于战争状态。
2 即比比科夫·阿尔谢尼·尼古拉耶维奇（1873—1927），演员，蒲宁的朋友。

说，好像库尔斯克被卡列金[1]占领了。

五点钟我坐车到日雷赫买大米。几天的天气都很好，今天却是灰暗的日子，清凉，一片沉寂，没有动静。

我在日雷赫河坝边碰上一个女孩。"合作社商店在哪里？""就在那边，仓库上面有石头的地方。"那里有两座农舍，农舍的前室里养着猪，很脏，荒废不堪。有一半地方空着，在一个角落的稻草上堆着粮食。亲切的村妇，卖粮人谢苗的老婆。我等着卖粮人。但是首先过来的是一个醉鬼庄稼汉，他央求我"解释"什么问题。喝醉了就想胡闹。然后是一个老头（谢苗称他为"士兵"）和一个带着手风琴的年轻的个子不大的士兵，下贱的畜生，他是由于动摇和酗酒而失去了理智和疲惫不堪的逃兵。他沉默了一会儿，然后以不容争辩的口吻简短地对我说："给我烟抽！"这引起了庄稼汉们的愤慨："大家都应该抽自己的烟！"他说："我这是要清淡的。"我默默地递给了他。当他走了之后，"士兵"告诉大家说，大家都不敢把逃兵打发走：开了五次会——也没有结果。"如今火柴便宜……放火，盗窃。"晚上看了报纸，手都发抖。

9月2日。从中午开始下雨，直到夜里。夜里虽然没有

---

1 阿列克赛·马克西莫维奇·卡列金（1861—1918），1917年起为顿河哥萨克反苏维埃暴乱首领。

白天厉害——却又下到早晨。9月1日的《俄罗斯言论报》。

9月3日。早晨，9月2日的《俄罗斯言论报》。又是卑鄙的更换办公室的把戏。科尔尼洛夫在哪儿呢？显然仍旧是非常可怕。第一天比较平静一些。从早晨开始下雨，后来天晴了。不过仍然到处都是雨水。

9月4日。尤利来信。他还在治疗。这很糟糕。难道就不能恢复正常？或许还要重患？

8月31日至9月1日的《俄罗斯言论报》[1]。在苏维埃执委会中加米涅夫[2]和斯切克洛夫[3]说："把科尔尼洛夫的头砍下来。"2日的《人民之声报》说，科尔尼洛夫好像被捕了。

阴沉的天气。后来是时而下雨，时而晴天。现在是中午。叶甫盖尼走了。

傍晚前天晴了。

晚上十点钟的报纸。**国家政变！**宣告共和国成立。我们

1 8月31日—9月1日的《俄罗斯言论报》上刊登了简讯："科尔尼洛夫将军的投降"，"肃清科尔尼洛夫的叛乱"。他的部队大部分已经转向了临时政府。

2 列夫·鲍里索维奇·加米涅夫（1883—1936），布尔什维克中央委员，彼得堡苏维埃代表。

3 尤里·米哈伊洛维奇·斯切克洛夫（1873—1941），1917年为彼得堡苏维埃执委会委员。

大为惊愕。——科尔尼洛夫被捕。

戈茨、唐恩、李伯尔[1]等人的意愿胜利了——俄罗斯在他们的手中！克伦斯基与基什金[2]的这种政变有什么意义？！——阿夫克森齐耶夫、李伯尔都非常害怕："卡列金！"

差不多两点钟才睡着。

夜晚非常明亮，天空布满了最洁净的星星。

有一个星期根本什么事情也没做。

9月7日。米佳走了。我们和科里亚沿着先人的草地散步，然后穿过波别季莫维赫和斯科罗德诺耶回家。天气晴朗，森林也已按秋天的姿态在阳光中波动着。庄稼人在不断地砍伐森林。傍晚前又下起了雨。我们坐车回去。北面——是静止不动的深蓝色的云雾。

9月8日。晴朗的好天气。傍晚前接送米佳的米什卡来了：他们上火车迟到了，便来到了什列茨。

我去了事务所。铜匠的儿子，一个工人，很招人喜欢。他消息很灵通。可是有些事情却弄糊涂了。他既反对布尔什

---

1 米哈伊尔·伊萨科维奇·李伯尔（1880—1937），"崩得"和孟什维克首领之一，1917年为全俄中央执行委员会委员。
2 尼古拉·基什金（1864—1930），立宪民主党首领之一，临时政府部长。

维克，但在我家里看到《新生活报》时，又称它是"好报纸"。我和米佳则拒绝接受"新的（'自由的'）生活"。

9月9日。夜里下了非常可怕的大雷雨，飓风。现在好了，有点风，天气晴朗。

我们去了扎多夫卡的谢尔盖·克利莫夫家里。大家意见一致："科尔尼洛夫是德国人有意放走的"等。这也是他们的全部口号。

扎多夫卡花园里的槭树——红瓤甜橙皮的颜色，橙黄兼暗红色。

有两三棵槭树令人惊叹，特别是前天在斯科罗德诺耶有一棵小白杨。整个森林都还是绿色的——突然有一棵树全部叶子完全是透亮的，紫红玫瑰色带有血红的紫罗兰色调。

读了热姆丘日尼科夫[1]的诗和他的自传。多么有分寸啊，气度高尚。

现在我在写——随意写。一沓纸，落日的黄光。太阳已经落到巴赫杰雅罗夫庄园后面去了，正好在这座山的斜坡对面。按我的表是六点钟左右。

谢尔盖·克利莫夫说："彼得格勒，去他妈的，最好早点

1　阿列克谢·米哈伊洛维奇·热姆丘日尼科夫〔1821—1908〕，俄国诗人，属涅克拉索夫派，是著名喜剧人物科兹马·普鲁特科夫的共同创作者之一。蒲宁说过，"是他把我领进了《欧洲通报》"。

交出去吧。那里只有一点——花样多。"

9月11日。全是些无聊的日子！读了热姆丘日尼科夫的诗和《安娜·卡列尼娜》。雷什科娃来了。寒冷的天气，变幻无常的天气。

9月12日。天气很冷。好像是昨天早晨——一团团很低的松软的云雾，肮脏、淡紫色，是从西边地平线飘来的（早晨八点钟）北方的海洋云雾。白天曾多次出现阳光，但风是冷的，傍晚变得更冷——穿上短皮袄正合适。月亮已经满四分之三了。

9月13日。早晨很冷。我去了后花园。槭树叶在飘落，我拾了一片。

科里亚患气喘病。晚上他和我去了兹纳缅尼耶。天色灰暗，暖和了一些。我读完了热姆丘日尼科夫的诗。总的来说，写得平淡，且过甚辞藻。

9月14日。一个暖和的美妙的日子，有阳光。傍晚，与薇拉去了伊兹马尔科沃。满四分之三的月亮，五点钟就显得光亮了。

9月15日。六点半醒了，太阳还没有出来。早晨非常好，有露水，白天更好，完全是夏天天气。所有的林荫道上都落满了树叶。读了明斯基的书，阅读了48页。可怕的演说术！

科里亚仍在生病，勉强地来到花园里，跟薇拉坐在长凳子上。亚历山大·彼得罗维奇凄怆地讲述了万尼亚的事。

各种报纸。显然，在各种会议上，大家都产生了强烈的愤恨。萨文科夫[1]的解释。是的，"出现了奸细行为"。应该吊死克伦斯基。无力的愤恨。

五点钟与薇拉到了斯科罗德诺耶及其周围一带，在白杨树中间沿着小路走。白杨还没有发黄，但路上撒满了它的圆圆的叶子，马林果色的、柠檬色的、草黄色的，几乎是亮黄色，如同精制的山羊皮。当我们坐车离开，转向右边时，林边的树丛中有一个人躺着在干什么。红色的太阳只剩下半个了，月亮则挂得很高——深绿带白色。它下面的天空几乎是天芥菜的颜色。原来总是很脏的那条道现在却很好！深深的车辙——老是运载重物，老是偷运木材。在看守卡附近一块

---

1 鲍里斯·维克多罗维奇·萨文科夫（1879—1925），社会革命党人，临时政府陆军副部长，领导过恐怖活动和反苏维埃暴动，并以笔名罗普申发表过文学作品。

地方，我们停下来，抽口烟。大家都为大自然的美景感到诧异：月亮在前面左边森林的上空。有些地方长着黄色的、高高的、挺拔的小树（好像是槭树）。右边的落日已完全没了颜色，很亮。月亮下面（？）又是天芥菜；左边一点，低一点，是糖纸色的蓝色空间。薇拉望着右边——落日上面森林的齿形线路使她感到惊奇。再过去沿林荫通道，车子很难通过——树枝太多。天已经黑了（在森林的深处）。我们出了林边，要往右转（看守卡），并站了一会儿。血红的槭树非常好看——再一次使我们感到惊讶。我拾了一片叶子。现在它在我面前就仿佛在带血的水里浸过一样，呈淡黄色。

秋天在森林里，在密林深处，你会突然看见黄光在闪亮，榛树的树枝在向前移动，甚至觉得很可怕。我们穿过了波别季莫维赫便向右转，开始下山。落日已经泛红，而月亮（在右边，长满树木的谷地上面）则在被它照亮了的灰色的天空中。一般地说，天空几乎总是灰色的，只有在它的深处才稍稍有点蓝色。

在登山的时候，我对薇拉说："秋天的朝霞总是照耀得多么奇怪！"

9月16日。一切都是老样子：头脑和心灵空虚。相当麻木的平静。快要看完《安娜·卡列尼娜》了。最后部分写得没有力量，甚至令人有点不快，而且没有说服力。记得过去对这部分亦有过同样的感觉。我在读明斯克的东西。有好东西。他毕竟有过心灵的生活。

我们坐车去远游。（天气极好）就在看守卡附近的地方。车子的后轴咯吱咯吱作响，我们便步行走去，跟在骟马后面，累得满身大汗。

科里亚在生病。现在好像是什么东西揪住了肠子——上厕所回来时他的样子非常可怕——脸色像死人一般苍白。

黄色的槭树叶子几乎撒满了整个花园。许多树梢都已发黄了，变黄了。这种颜色总是让人吃惊！孤林则几乎一片翠绿，但坐在车上时，我却看见了这片翠绿中的幼山杨——完全呈马林果的颜色！

夜晚的月亮异乎寻常的明亮。圆月。

9月17日。风相当大而且很冷。花园呼啦呼啦地响，翻腾着。几乎整个天空都笼罩在黑岩石的渣滓之中，云雾之中。有太阳的地方亮一些，更多的是黄色的、发红的、橙黄色的顶峰。

我看了看巴赫杰雅罗夫花园，有些地方——一团团好像是花椰菜那种颜色的气团。

昨天，坐车到普金什尼科夫森林旁边时，我看见远处，在斯科罗德诺耶（在通向波别季莫维赫道路的斜坡上）有一整块黄色的小孤林（是红颜料——浅赭色颜料倒在它上面了吗？不，不是这种颜料！）——是秋天的白桦的特殊颜色。

上午十一点半。读完了《卡列尼娜》。最后的结尾写得非常出色。也许，关于这一部分的看法是我错了。也许，它之所以特别好，是因为它特别简朴。

有云，有风。夜里则是惊人的明亮。月亮异常皎洁，天空中没有一丝云雾，凛冽的风把一切云雾都吹散了。

9月22日。与薇拉乘车去了奥泽尔基。很好的天气，但有风，相当冷，而早晨回来时，则完全不一样了。

9月26日。两天异乎寻常的好天气——有太阳，很暖和。昨天我给库斯科娃发了一封信。下了雨。

今天很冷。从早晨起便是低矮而又深蓝色的天陲。午饭后两人去散了步。棚子后面的树木使我们惊讶（从干燥棚的田野到花园一带），无法描述。科隆塔耶夫卡——有一种既是黄色的又是黑青色的东西（云杉林）和一种紫罗兰色的东西，接近谢苗诺夫卡时便变得更青了——是台球桌呢绒的色彩。我们花园里种植的槭树……是异乎寻常的，是一种神话般的、黄色的、透明的树木。云杉在渐渐变黑……能区分出来。尚未发黄的绿树丛呈现出灰色——也能区分。土堤整个被黄叶盖住了，路上的泥泞——也被盖住了。前天夜里，林荫道像春天一样从上而下，被照得通亮，令人惊讶——非常开阔。

一般地说，落叶——这种黄色世界是不可言传的。你就生活在黄色世界里。

现在是漆黑的夜晚，有雨。今天我去过磨坊。庄稼汉们暗地里都充满仇恨，和他们谈话是毫无意义的。

9月27日。阿巴库莫夫：不，在以前的政府下，生活——要好得多！如今在……不行了，一不留心——就要掉脑袋。

天气几经变化。早晨天气很好。我老是想起在磨坊里的令人讨厌的谈话。Л（辨认不清）[1] 是个专门对酿酒人、专卖者找碴儿的人，谎称有一个奥地利人把他的小孩从工厂的窗口扔了出去，并威胁要"杀人"——现在这话就很简单了——就是大兵阿廖什卡……

我和科里亚坐车出去游玩。人们仍在砍伐森林。

9月28日。几乎还是夏天的天气。同"亲戚"及其他从合作商店来的人在（这里作者把"在"误写成"于"——原编者 А.Б.）[2] 磨坊里的谈话。

晚上，喉咙里有点什么东西。

1　凡是标明"辨认不清"或有……删节号的地方，都是原编者加上的。
2　原文如此。

9月29日。没有外出。扁桃体痛，喉咙里有什么东西，天气很热。我一直在读费特的诗。真多（……）！

9月30日。上帝保佑，喉咙没有事了。我们去散了步。在安德烈·斯的打谷场上（那里正值打谷期）。阿·帕里奇科夫戴着墨镜，穿着皮外套，正在往上送料，灰栗色的胡子，两颊边缘的须毛则呈暗黑色［……（辨认不清）——像许多老人一样］；村妇们也是这样，她们说："游逛什么，你们到我们那里去打麦秸吧！"我们沿着村庄朝森林走去。夏天的天气。白杨树林的楔形部分令人惊讶，完全是橙黄色，而且每一棵树都能很好地区分出来。也有像巨型蛇那样难看得令人不愉快的丘陵地的凸出部分。环绕山丘的小道蜿蜒曲折。在森林的前沿部分，谷地上的白杨树林也令人惊奇。整个森林都非常干燥，沙沙作响；被太阳烤干烧着的树叶有一种难以形容的非常好闻的气味。萎靡的草被盖上一层树叶。林边的橡树叶子是深棕色的。橡树老是在沙沙作响，老是呈青铜—深棕色。

我说过，艺术是多么微不足道！

政府的声明令人吃惊，开头便是：科尔尼洛夫散布的无政府主义！啊，恶棍！所有这些基什金们，马良托维奇[1]们！

1　帕维尔·马良托维奇（1860—1941），律师，曾任俄临时政府司法部长，签署过逮捕列宁证。

既残忍又卑劣的可怕的粗人，神话般的人。

10 月 1 日。早晨出门——一切是多么可怜：花园、太阳、苍白的天空。后来天气变得非常好。跟科里亚到波别季莫维赫去。

又是活受罪！森林令人惊讶。两天来它的变化多么大，全都黄得发红了（从远处看是这样）。远方，在谢尔巴切夫卡后面，棕色微带紫色的小树林的盖顶就像是野兽身上脱落的毛发。谷地的斜坡上又是什么样的森林啊！干燥的黄金颜色从深棕色的槭树的颜色中消失了。

10 月 2 日。六点钟醒来，躺了一小时。心情压抑。尤利、各种思想，想到我的世界可能很快完全变成空虚——在这个世界里，过去却是无忧无虑的，希望一切有生命的东西都活着！希望一切都活着！还有——我完全神志不清了，心灵空虚了，无话可说了，什么也写不出来了，想去做手艺，哪怕是可怜的、死板的手艺。

昨天看到了布列什科–布列什科夫斯卡娅[1]的告青年书——《去教育人民吧！》

1　叶卡捷琳娜·布列什科–布列什科斯卡娅（1844—1934），社会革命党首领之一，1917 年支持临时政府。

夜里我去闲逛——通过光秃秃的树枝又是把一切都铺满了金刚石。格里高利从干亲家那里出来（"两人喝了五瓶酒"）。"你没有喝醉？""没有，要知道，我会用茶解酒……"

今天的早晨还是淡漠了一些，尽管也有一些美妙的、清新的、有生气的东西。土堤上的槭树有些地方已经发黄了，虽然叶子还是稠密的。

10月3日。昨天三点钟我同科里亚去了奥辛诺维·德沃雷。从远处看，斯科罗德诺耶像一头红黄带栗色的熊。我们坐车穿过了列梅尔森林。橡树全都是青铜色的。穿过森林便是一个令人惊讶的池塘，在同一个地方的水面上出现了一棵下垂的小树的完全是金色的影子。看守卡。小狗是如此凶狠，全身的毛都竖起来了——是一条熟悉的小狗。我在斯特罗德诺耶见过的那个老头突然出现了，他高兴得昏头昏脑，匆匆忙忙，忘乎所以。费多尔·密特罗凡内奇当然是撒了谎，说什么万卡被缴了枪，出了丑事。他们在这个看守卡旁边，在这个池塘里射击了老鸭子，可是并没有被缴枪。"你是怎么进到这里来的？对不起，你立即……"他非常高兴而且神秘地说："我去买小猪，在鲍里斯·鲍里瑟奇那里……鲍里斯·鲍里瑟奇负责……"（他不说"他说"，并常常不恰当地说：虽然）。我们到了波利斯科耶（一个小村庄）。两个完全蓝色的池塘就在我们的身后。我们刚登上了山，已经是黄昏的太阳了。美丽的画面和罗格菲特庄园的幽居使人震惊。花园以及比较近的树木——主要是红黄色和青铜色。我们祖传的家业[1]，我很想把它买下。在屋子里，从远处看，玻璃发出云母的银光，非常明亮的星星的光辉。在奥辛诺维·德沃雷有两个庄稼汉：一个是火红头发的人，马铃薯式的鼻子温柔地放射着光线，是个教授；另一个——令人惊讶：Ⅳ（？）世纪的鲍里斯·戈东诺夫[2]，大鼻子，大嘴巴，厚鼻孔，他的侧面像几乎是严酷粗鲁的，漆黑粗糙的头发，帽子下面的头发则夹杂着银色。诚然，古时的人大概并不是这样的。这些年轻的小伙子是多么的渺小和浅薄！这两个庄稼汉说，关于新制度，他们不大清楚。是的，他们又从何而知呢？一生中他们只看到奥辛维诺·德沃雷！他们也不可能对其他的或自己的国家感兴趣。既然没有关于自己国家的认识及对它的感受——对俄罗斯的土地而不是对自己的一俄亩土地的感受——又怎么可能有民权呢！

晚上六点钟。我现在出来了。天气多么好啊！穿秋衣正合适，双手有愉快的寒意。呼吸这种甜蜜的、凉爽的风是多

1　"罗格菲特庄园……我们祖传的家业。" 这个庄园原来是蒲宁母亲的产业，后来归了地主罗格菲特，并传给了他的醉鬼儿子。蒲宁一家就是在这个庄园里遭到报复的：当时蒲宁的哥哥参加了民粹派的地下工作，并在这里躲避警察。后来罗格菲特告发了他。

2　原文中对Ⅳ世纪打了个问号，说明时间可能有误。鲍里斯·戈东诺夫（1552—1605）是1598—1605年在位的俄国沙皇。他依靠贵族势力巩固了中央集权，加剧了农民的农奴化。

么的幸福。这股风已平稳地吹拂了许多天了。沿着干旱的土地走，看看花园，看看树木。这些树木还保留着深棕色的树叶，这些树叶的变红不知是由于朝霞的缘故（尽管朝霞是没有颜色的），还是因为它们本身就是这种颜色，整条林荫道都布满了发红的、干燥的、有皱纹的叶子，散发着某种甜腻腻的味道。稀疏的花园面目焕然一新。穿过花园，谷地后面的空气几乎是发绿的，朝霞又使整个花园充满玫瑰色的亮光。几乎所有的树都光秃了，土堤上、林荫道上及所有其他地方的所有槭树几乎都光秃了，唯有苹果树还有金黄色—青铜色的细小的、死气沉沉的叶子。

政府"坚决地决定镇压各种破坏活动"。可笑！有协议？不，这他**办不到**！"他们及那些部长们比我们还要糟糕一些！"昨天中午同大兵阿列克赛的谈话，他疯狂地反对科尔尼洛夫，把一切归罪于长官们，"我们是布尔什维克。无产阶级，他们无视我们，而你看那些德国人……"幼稚，半动物式的愚昧！

今天心情很好，写了两首诗（辨认不清）。

闲逛了科隆塔耶卡。早晨给别列夫斯基寄了一本书（装帧过的《田地》的最后一册）。

没有谁比我国老百姓更持实用态度的了。所有的花园都砍光了。甚至对吃什么喝什么都无所谓，只要吃饱喝足就成。农妇们非常恼恨做饭。其实是她们受不了别人的支配和强制！你再试试去开展义务教育吧！必须把手枪对着他们的太阳穴才行。在一切都平安无事地过去时，如何会利用各种自然灾害——去立即杀死医生（霍乱疫暴动[1]）呢？只要不是白痴都会完全相信，是水井毒害了他们。凶恶的老百姓，他们从来就不能也不想参与社会生活，参与国家的管理。

在科隆塔耶夫卡的游玩妙极了：没有变黄的冷杉的绿叶是多么湛蓝乌黑啊！（虽然大部分地方的小道仍布满自己的毛发，却也还有这样的树木）。我们走在小路上，前面是白桦林，它们的树干；再下去便是冷杉的细管子，深灰色，透过这个——则是蓝色呆板的天空（太阳已经在我们身后，三点多钟了）。勃克林捕捉到了新的东西，妙不可言的东西。而这些细小的管子在尖利的树枝和树干中又是如何地摆动呢！它们是多么平稳地、平稳地全都朝不同的方向摆动！

在巴赫杰雅罗夫的草堆旁边，透过光秃的花园可以看到教堂。夏天过后一切多么新鲜！

知识分子不了解老百姓。青年背诵了爱尔福特纲领[2]！

10月4日。昨天我又高兴又兴奋。我想，将要下雨了。结果真的下了雨。从早晨起就非常平静，开始下雨。在"最大的槭树"上有几只金翅雀。后来刮起了风。从三点钟起转

---

1 1830—1831 年，俄国霍乱流行年代中，市民、农民、士兵为反对警察官僚所采取的措施而举行的反农奴制起义。
2 即德国社会民主党纲领，1891 年在德国爱尔福特召开的党代会上通过，取代了前哥达纲领。

为西北风。道路泥泞。顺便去了磨坊，转到科隆塔耶夫卡去。丁香的叶子（几乎没有变化）。关于苹果树，我昨天好像写得不对，它……是不是污浊的金黄色赭石的颜色呢，还带点浅绿色的色调。苹果树还是满树的叶子（老样子）。

我仍在读费特的诗（庸俗、软弱的东西的海洋，全是同一种东西）。我试图写写诗，结果很糟糕！（……）

10月5日。昨天晚上十一点钟左右风向转了，刮起了西北风。满天星辰。我站在自己楼梯的最后一个台阶上，正好面对着木星（在花园的上空），它的左边是金牛（星）座，带着昴宿五的星光，钻石般的昴星团就在木星的高高的上空。

现在很冷，刮的几乎都是北风，是一个有太阳的晴天。乘车与科里亚去拜访穆罗姆采夫。他的庄园多么好啊，有许多带秋叶残余的树木〔去的时候，远处的斯科罗德诺耶使人惊讶（辨认不请），毛皮（是绒毛吗？）烟灰色的，有些地方还有一绺绺浅火红色的兽毛未拔干净〕。谢尔巴切夫卡下面远处的小树林呈干马林果的颜色。其他小树林（辨认不清）——全是栗色（辨认不清）。

穆罗姆采夫的车夫彼特鲁哈说："所有的长官都在出卖……我侄儿给我写信说的。他不撒谎。""给米留可夫[1]寄

1　帕维尔·尼古拉耶维奇·米留可夫（1859—1943），俄国著名历史学家、政治家，立宪民主党的创建者，第一届临时政府外交部长。

了一本书。"（三天前给贝拉鲁索夫寄了书）。

10 月 6 日。很早，六点钟就醒了，心情压抑。我变得愚钝了，平庸了，得过且过！可耻！

雾，整个大地都是白色的，固态的。去散了步——墓地（它还没有长草）。现在在雾凇的白胡子下面——是不是一种孔雀石颜色呢。

洛津斯基来伊兹马尔科沃，我顺便去看了他。小车车座上，车夫座位上，都像是撒了面粉。在雾中，巴赫杰雅罗夫的花园污浊地黯淡起来了。

给布尔采夫[1]寄了一本书（全是一样——《田地》第5—6卷。）

昨天读了科尔尼洛夫的札记。克伦斯基也不作声了！伙伴们在忍让着他！

几乎是中午了。地平线上雾气腾腾。静静的、静静的、无声无息的日子。心灵是如此的死寂、愚钝，陷入了绝望之中。晚上十点钟。在花园后面散了一会儿步，然后在院子里走了走。实在很可怕。一片漆黑。远处，冰冷的早雾依稀可见，不过仍能够看清楚。

白天外出：所有的草茎、艾蒿都蒙上了霜，成了白色。

---

1 弗拉基米尔·李沃维奇·布尔采夫（1862—1942），政论家，《共同事业》的主编。

雾［寒冷的（辨认不清），一整天］。孤林——某种灰暗的东西，是不是近似于赭石的颜色呢。村里的柳树丛从远处看是淡绿灰色的……（辨认不清）。巴赫杰雅罗夫花园既是暗黄色的，又是深栗色的，等等。在我们的花园里，在土堤旁边，叶子——是烟雾的颜色，有点儿发黄。

阿列克谢耶夫的札记。为什么俄国社会界不揪克伦斯基的辫子呢？！

在俄国社会里早就有下流人了。最近二十年来在文学中所有一切黑暗的、厚颜无耻的和反自然的东西——不就是今天生活中的东西吗？也没有什么，以前大家为高尔基、安德烈耶夫、斯基塔列茨的言论感到惊讶？而如今——则是克伦斯基们、格沃兹杰夫们感到惊讶了！

10月7日。 昨晚十一点钟就睡着了，今天八点钟才醒来。尽管这样，迟钝感、惘然感却仍有增无减。早晨接到尤利9月27日给薇拉的信。我们全都感到不痛快，每天平凡单调……真可怕！

天气非常好，有太阳，精神爽快。去了科隆塔耶夫卡——一切都像我们上一次在这里游玩时所看到的一样。收到库斯科娃的信。我写回信。

现在是深夜十二点钟左右。令人惊叹的一夜，严寒、静寂、静寂，有最最壮丽的星星。死一样的静寂。木星、金星（星）座、昴星团高高在上（在西南上空），西南面是猎户星云。天狼星在哪里呢？猎户星云下面有一颗星，不过它又低又看不大清楚。

叶子好像被寒冷的肥皂磨旧了。土地坚硬，上冻了。我在土堤后面走了走。若向土堤旁边的打谷场走去（离开村庄的方向），土堤上的树木就会迎面走来，而树木后面的星空便突然降临，**跟着我一起朝前走**。木星及其他星星则跟在我们后面走。若是向后走——那么一切就相反。在林荫道上也是这样。我在《塔妮卡》中写过此事："星星迎面跑来。"真糊涂。

光秃的林荫道很整齐，比落叶时的林荫道更整齐。

啊，当我走在路上时，到处是何等的静寂！就像整个世界都停止了呼吸，只有星星在闪烁，也屏住了呼吸。

10月8日。早晨十一点。昨天我很久都没能入睡，可怕地想到尤利、玛莎[1]和自己——如果尤利不能恢复健康的话，我就将一个人留在世界上了，而且觉得，即使我将来有所成就，能做点什么事情，但如果尤利不在了，又为了谁呢？差不多两点钟才睡着。

今天我八点半钟才醒来。对索菲娅[2]大发脾气。我们去了伊兹马尔科沃！大家都没有理我。让洛津斯基带去给库斯

1　玛丽娅·阿列克谢耶芙娜·蒲宁娜（1873—1930）。
2　索菲娅·尼古拉耶芙娜·普舍希尼科娃（？—1942），蒲宁的姐姐。

科娃、蒲宁[1]、尼鲁斯、切列姆诺夫的信和科里亚给米佳关于莫斯科（禁止进入！）的事的信。我一个人乘车在斯科罗德诺耶的小道上，像平常一样（从北面开始）兜了一圈。令人惊叹的早晨。所有的屋顶、全部的土地都是白的。我坐车穿过林荫道，风把路中心清扫得很干净，所有的叶子都被堆在一边。我寻思着："光秃的花园充满强烈的阳光，充满蓝色光亮的以太。"田间的道路还是坚硬的，有的地方开始湿润了。在每一道车辙里，在有阴影的地方，都有浅蓝色的糖粉。在割过庄稼的地方，在阳光下，沿着雾凇的残余有一种金刚石的光辉。森林中比所想的要更明亮。有时会嗅到潮湿的叶子的苦味。我拐弯来到森林北面近旁的林边——这里是一块白杨闪光的湿叶子的阴影。在填满了树叶的谷地里，留着树叶的一些小树枝像碎玻璃似的闪着亮光。沿东面一带，在那些经常又脏又坎坷的地方，树叶子中间还留下一小块路面。污泥沾上了油，油污下面的土还是坚硬的。左边是苍白的无色的幼芽；草地后面，右边是森林；铺在山坡上的是顺风飘来的瓦灰色的烟雾。白杨——几乎完全光秃了。在白杨树中间，桦树的树梢令人奇怪地一丛一丛地发黄了（不明显、很污浊、呈赭色，难道不是吗），与众不同。在林间小道上，远处又出现了大板车、马匹——他们在砍伐树木！啊，恶棍，野蛮的败类！我想到了自己的《乡村》。这个小说中写的一切是多么正确啊！需要写一个序言，让未来的历史学家们相

1　指蒲宁的哥哥。

信我，我的取材是典型的。总之，是到了该写自己生活的时候了，狠狠地鞭打所有这些我看到的败类，所有这些文格罗夫们[1]，等等。

我向右拐向了从波别季莫维赫通到这里的森林便道上。整条道路都陷入了撒满落叶的坑坑洼洼的深深的泥泞之中（在这之前，我一直在观看天空中那令人惊奇的、保留着淡粉色和淡火红带黄色的叶子的桦树树梢）。桦树还依旧带着深棕色的干叶子。在树干中间，叶子下面有一种暗淡的、发蔫的、潮湿的绿色物。我觉得这里特别像是春天。如果是春天出来游玩，在这里，在短暂的静穆中，在树干中间，在山坡上，那么就会觉得很热，就会觉得有鸟儿，有甜蜜，有快乐的痛苦，充满对某种事物——像平时一样，对爱情的希望！我登上了山——在树干中间还有四轮大马车，一个村妇带着斧子和小孩。我从森林出来——在很远很远的右边，东南方向，在普列德杰切沃近旁的草地上，在太阳光下，有一股发亮的淡白色的蒸汽，蒸汽下面是充满阳光的地平线。前面是敖德萨、刻赤，那里有早晨、太阳、深蓝色的海、白色的城市……

这几天我读了一点《斯捷潘奇科沃村》[2]。骇人听闻！已读了50页——丝毫没有变，老是唠叨同一件事！最鄙俗的

1　谢苗·阿法纳西耶维奇·文格罗夫（1855—1920），文学史家、图书学家，主持了多卷本的《20世纪俄罗斯文学》的出版。蒲宁对此书关于别雷的评价很有意见，认为该书美化了别雷。
2　《斯捷潘奇科沃村》是陀思妥耶夫斯基的中篇小说。

废话，浅陋的文笔！（……）一辈子都在写同一种"有些下流、丑陋的东西"！

三点钟我和科里亚到普里列佩去取做油灰用的大麻油。榨油作坊老板是个财主，大个子，一个有封邑的大公爵，冷漠而又严肃。他正在院子里，毫不在乎的样子。"油——2卢布1俄磅"。我们走进榨油的作坊，聊了几句——他却突然显出了奇妙的善良的微笑。瞧，是谁建设了俄罗斯。他谈及自己的本村人就像是谈废物一样。

在巴赫杰雅罗夫庄园后面的树木上空，沿巴赫杰雅罗夫花园一带（科隆塔耶夫卡也在内），是一片轻盈的稍带紫色云彩的晚霞。太阳像一个金色的，差不多是用番红花玻璃做的巨大的、被熔化了的圆球，在巴赫杰雅罗夫花园里落下去了。我去了办事处。无赖扎伊奇克在那里胡闹。

我们夜里出去玩，雾使我们感到寒冷。天上布满星星。

十二点钟出来——那里的榆树模模糊糊一大片。星星朦朦胧胧。木星垂下了淡蓝色的薄膜。

10月9日。又是一个同样的好天气。三点钟与科里亚去古里耶夫卡，到了德米特里·卡萨特金家——一个"手艺人"，他在碾稷子，碾荞麦米。主人——"显然又在夸耀尼古拉"。卑鄙可憎的大兵，非同寻常的傻瓜。"士兵们不去领取冬季服装——不愿意再去作战。他们给临时政府两个月的期限，让他们建立和平。德国的穷人并不可怕——见鬼，让他们来吧。有钱的德国人——这是另一回事。别到外国去——所有的路可能一下子就被堵死，把所有的人用刺刀挑死。首长如果是好的，我们听从；如果指挥不当，他又怎么不掉脑袋呢？科尔尼洛夫有罪，他从前线调走了七万五千人。克伦斯基——（……）既然不会治理，就别爬出来。他干吗要发动进攻呢？"等等。

老头是个瘦弱的庄稼汉，有病，是亲切而又明白道理的人。

村妇——则是圣尸，凶狠地（谈及我们）："他们全都拿德国人来吓唬平民百姓。"瞧，克伦斯基坏蛋都干了些什么！

德国人占领了里加湾。

10 月 12 日。前天我满四十七岁。写作很可怕，不过偶尔也会闪现一点快慰。也许，这还不算什么，也许我夸大了这些年的意义。

前天早晨，我和科里亚及米什卡（半白痴和骗子，但是在旧式的农村里，他一点也不以为自己是小人物）去了叶夫列莫夫。好像天气在变坏，起初是淡紫色的云彩——乌云翻滚，然后遮蔽了整个天空。天气变得阴暗起来了。我们坐车到了沃尔然卡、列比亚日卡、别廖佐夫卡等地。单调的农村山路漫长无尽。村子沉浸在安宁中。各处有多少粮食、牲畜、家禽和钱财呢！非常空乏，几乎碰不到一个人，街道上也空无一人，只听见某地的脱谷机在脱谷。那是戈里琴村庄园里的蒸汽脱谷机。好像任何人对不论是德国人还是"苏维埃俄罗斯共和国"都不感兴趣——而且什么也不知道。

我们是四点钟到达的。叶甫盖尼及他们的阿尔西克在厨房里，在炉子边。火升起来的时候，叶利扎维塔·伊里英尼什娜·杜勃罗沃里斯卡娅（波别季莫娃娅）的孩子们（一个小男孩和一个小姑娘）也跑来了。小男孩非常想看到一个"活的作家"。他们说，在叶夫列莫夫等待已久的破坏惨剧已经开始了。我进了理发馆。无稽的流言，尽管人们的确时时刻刻都在等待着。一个令人厌恶的"民主派"烫了最……的发型，花了1卢布75戈比。给我剪头的小伙子很客气地问道："您要剪波尔卡的发式吗？"月光明媚（半个月亮）。我不是在厢房里，而是在正房里过夜，通过一扇门与叶利扎维塔·伊利英尼什娜说了很长时间的话。她与前夫离了婚，嫁了另一个上了年纪的丈夫。当我猜到她丈夫是浅色头发时，她非常惊讶（他体格相当魁梧，是淡黄头发的男子。她已等他十年了），我并且说，他很喜欢她的两个孩子。我不是在肉体上，但终归也由于门后这个女人的亲近而感到激动，因为我和这个女人就住一个屋里，此外还有熟睡的两个孩子。我三点钟就醒了，直到六点钟都没有再睡着。波别季莫娃娅老太婆四点钟就回来了。我吃了一惊，我想她是骑马从庄稼汉那里跑回来的。

早晨有很大的雾凇。与叶甫盖尼去买了点东西。一点钟离开了。明亮、凉爽，按阳光是夏季的日子——好极了。回头一看——我的心温柔而又忧郁地难受起来——那边，在小树林里埋葬着妈妈，她曾经如此地请求过我不要忘记她的坟墓，而我却从来也没有来过这里。

科里亚气喘吁吁，一路沉默着。我们坐车到了博博雷金诺，然后去科任卡。没有到科任卡，我们便转回到了诺维科瓦雅近旁，然后来到山下，登上山，来到了磨坊和维里金纳。在维里金纳的中央有池塘，有非常古老的小木房和富有的村庄。在维里金纳的后面——就是山下。对面的草地后面是林边的深棕色的森林，森林的上空是高高的月亮（正好半个月亮），其侧面是苍白的。整个地方都是橡树林，全部是深棕色的叶子——叶子好像是在蜘蛛网里。天啊，什么样的荒漠！卢基扬·斯杰潘诺夫的田庄——是什么样的荒漠，什么样的野人村啊！谁也不能想象一百年二百年以后，在淡紫色的池塘里会有金色的（由月亮引起的涟漪）。

罗格菲特庄园再次使人惊叹。只是房子没有了。月亮在橡树后面，月亮的下面是地平线，呈玫瑰色。后来我们很快就乘车走了。天已经亮了，有风的夜晚。七点钟回到家。

在叶夫列莫夫，有 9 日和 10 日的报纸。共和国代表会开幕，恶棍克伦斯基的最庸俗的废话，那个老不死的老太婆布列什科-布列什科斯卡娅的白痴式的胡话（"很明白，为什么无政府状态——是阶级斗争，农民实现自己对土地的梦想"）。恶棍（……）托洛茨基号召（辨认不清）直接械斗。

今天有风，天空明亮，非常好的天气。收拾了一下行李，把黑色的大箱子包上[1]。半个钟头后便与薇拉出发到科隆塔耶夫卡去。

10月13日。瞧，立宪会议的选举。我们中没有一个人对此感兴趣。

俄罗斯的老百姓只有在大山里吁求上帝。现在他们很幸福——那里有这种对上帝的信仰！我们却处在何等不幸的处境中，我们的宗教界又是多么可怜！在我们这个可怕的时期里听得见上帝的话吗？瞧，这就是教堂——它对人们说的话谁感兴趣呢？唉，梅列日科夫斯基[2]们……！

读了一些梅列日科夫斯基的《列奥纳多·达·芬奇》。"堆砌了"可怕的谈话。冗长、死板，从书本上搬来的东西。有些地方写得不坏，不过他是怎么知道的？可能是剽窃！老是在唠叨同一个关于列奥纳多的性格，令人不能忍受，甜腻得使人憎恶。他老是把一切都拉到基督—反基督这一思想上来。不能容忍。

"哪里也没有看见过这样的色彩——黑暗的同时又是光亮的，像宝石一样。"（教堂里的玻璃）"和尚把帽子从头上

1　蒲宁正准备迁到莫斯科去。
2　德米特里·谢尔盖耶维奇·梅列日科夫斯基（1866—1941），俄罗斯作家、哲学家，俄罗斯最早的象征主义者之一。

扔掉了。"

"在太阳下变得苍白的几乎是看不见的火焰。"

"散发着橄榄油味，臭鸡蛋味，酸葡萄酒味，地窖里的霉味。""仇恨者比钟爱者更敏感。"（列奥纳多）"艺术家们都互相仿效已有的范本。"（列奥纳多）"对于伟大的内容，需要有伟大的自由。"（列奥纳多）

> 不论青春有多美，
> 它终究要离开我们；
> 谁想高兴就让他高兴，
> 明天就将失去信心。[1]

> 阴天，晚秋的晦暗的天气。风在吼，间或有雨。
> 意大利的教士常常把脸刮得很光亮，多么温存！
> 傍晚和夜里又刮风又下雨。

10 月 14 日。从早晨起就是灰暗的天气，刮西北风，很冷。现在是三点钟，我和薇拉去散步。天空有云彩，有阳光。

花园下面，篱笆旁边，听得见粗野的骂娘的话。看见了萨福的儿子（独眼龙），一个 25 岁上下的醉汉和一个 20 岁左右的又高又瘦的小伙子，他不完全像是乡下人的样子。

---

1 原文为意大利文。

"在骂谁？"

醉汉：

"骂您的执事。"

"他算什么我的。"

"怎么不是您的呢？您死了时谁来埋葬您呢？比方，П·尼古拉死了——是谁给他送葬的？是执事。"

"而您却在骂执事，那么将来又谁来埋葬您呢？"

"他不给我煤油（在消费合作社的门市部）……及其他东西。"

他说，我们高兴德国人来，他们将替咱们把庄稼汉送回农奴制度去。

10月15日。早晨全是白的——所有土地，所有房顶，特别是我们的院子。早晨和白天都令人惊奇。

学校里在选举村地方自治会。两个名单：№1和№2。谁也不知道，二者之间有什么区别，只是有些人说，区别在于，№1"更拥护我们"。这是兽性的东西。当我问安德里安的儿子这种区别时，他大声地说："你们干吗听他的话，他在装傻！"——非常愤恨。为什么？为什么他对我也愤恨？除了无意义的愤恨外，他坚信，我**不能**不知道这种区别。他认为，所有这些号码对整个俄罗斯都是一样的。少女、村妇、庄稼汉成群结队走着，村长塞给他们1号，他们便把它送到"缶子"里去。晚上我也去走了走——那边尽是叫喊声，愤怒声，因为庄稼汉都在相互砍伐森林。彼得·阿普……、谢尔盖·克利莫夫主张逮捕士兵。年轻的喀琅施塔得水手（米隆诺夫）则说："问题不在于砍什么白杨树，而在于组织，为的是不让政权落到资本家手里而转给人民……"布尔什维克不断地重复着"新生活"的高调，等等。

他们的脑子里尽是些野性的东西，愚昧的东西——总之，非常可怕！在"俄罗斯共和国苏维埃"里说得最多的是"犹太人"。

昨天收到萨文科夫的可怕的信。

10 月 16 日。一个庄稼汉说："不，就是对老爷也不能不予批评，也要让他知道。"

六点钟醒来。打一清早就天色晦暗，好像下了雨。后来天气好了，尽管是一个灰暗的寒冷的日子。〔昨天傍晚散步时，薇拉觉得委屈，我们便开始讲笑话（《福玛·福米奇》），而她却一个人在花园里哭。〕

令人惊奇的傍晚，六点钟月光已经像明镜一样穿透了荒芜的花园（如果站在正门台阶上——穿过林荫道，甚至离棚子更近）。西面还有晚霞，它的玫瑰色、橙黄色的痕迹很长，从工厂一直到科隆塔耶夫卡。科隆塔耶夫卡的上空是金星的金黄色的眼泪。月亮像往常的十月一样高高地移动着，也像往常的十月那样——**有几个夜晚都是满月**。我们现在在散步，和薇拉顺便去了庭前花园，看了看那里的阴影，下房清晰可见，它的房顶差不多好像是黑的——甚至想起了锡兰。

有关政治的事我不写。我疲惫不堪了。主要的是——这个恶棍，甚至立宪民主党人也为他鼓掌。

10 月 17 日。这几天的天气都很相似，天色非常好。不论是白天还是夜晚都没有一丝云彩。总是从傍晚起就出现了月亮和落日的浅红色的带形物。薇拉·谢苗诺夫娜从伊兹马尔科沃回来了，我把她带到了学校。从路上看，已经离学校很近了。远方，在河上，有个类似深棕色的芦苇丛的孤岛。再下去是一条非常美妙的绿色的小河湾。沿路都是潮湿的泥泞。夜晚，天气开始变冷了，冰冻的露水，绷紧了的土地。

傍晚，弗拉基米尔·谢苗诺维奇送我们到娜佳的墓地前。什梅廖夫的来信。

10 月 18 日。与昨天一样的天气。上帝保佑，我觉得自己没有什么不吉利，全都很好，不过感到空虚，少有的无能。

晚上五点半钟，开了灯。窗外的地平线——黑黄色、深红色（黝黑、黑黄色？），转变为青灰色的天空——越高越蓝。另一种是青蓝色的东西，在它上面：庭前花园的树枝非常好看——那是光秃的杨树和松木，色泽最纯净。十五分钟前太阳已经落山了，但天色还很亮，花园是深棕色的。

读完了列斯科夫[1]的《在遥远的地方》。写得太冗长，叙述太多，不过小说的主要的地方倒写得很好！一个独特而有力的人！

10月20日。晚上九点半，读完了《俄罗斯思想》上某某格拉戈列娃的文章《拉勃（别涅季科夫）、艾林（谢尔宾纳）、日列茨（费特）》。天真的女傻瓜。

批评家们谈及诗人时只是说，是诗人自己使批评家们产生许多印象。

"爱情——最接近精神清高"——这对吗？

昨天有一个传闻（从丽达那里听到的），说他们要攻击巴赫杰雅罗夫一家。我开始收拾去莫斯科的篓筐，后来和薇拉去伊兹马尔科沃托运。天气好极了。我路上对薇拉大喊大叫——很不好！科里亚告诉我，费奇卡·库兹涅佐夫如何与军官谈话。他们要保卫巴赫杰雅罗夫的地产——也谈及"你"等。

昨天薇拉去伊兹马尔科沃的邮局时，我坐着等她。通红的月亮升起来了，旁边的天空朦胧、暗淡。现在我们与科里亚去普列德杰切沃打电话给叶列茨的委员谈进莫斯科的事（我们的电话全都坏了）。天气非常好。遥远的南边笼罩在明朗的雾霭里（不，不是乌云）。去了消费合作社的门市部（令

1　尼古拉·谢苗诺维奇·列斯科夫（1831—1895），俄国记者、小说家。

人讨厌！）。在村里，墙上都贴着政府的号召书。啊，多么粗野，多么脱离生活和**徒劳无益**！

当我们回来的时候，森林已经变成什么颜色了！谢尔巴切夫卡（柞树）是浅褐色，林中旷地（白桦树）——还是污浊的金色，斯科罗德诺耶——我就无法确定了。

晚上十点钟。浓密的乌云——多么突然！我没有外出，嗓子里又有点什么东西。

在普列德杰切沃消费合作社门市部旁边碰见了伊里英家的少女们。列丽娅说，在"星期三"[1]的会上读了对我的讽刺诗。坏蛋！

我在读埃特尔的《沃尔洪小姐》。写得不好。庄稼汉的语言有一部分是准确的，不过总的说是用规范语写的，骗人。然后是，这辆扎在泥泞里的小车，狡猾的拉边套的马和睡眼惺忪的掏鼻孔的小孩……从来就不说"套上大衣"，而总是说"穿上大衣"。

10 月 21 日。没有外出——喉咙有点痛。开始时天气是灰暗的，后来出了太阳。忙乱了一天——收拾好了东西。明天是喀山酒节，可能有许多人喝酒。全村的人都要煮自酿白

1　俄罗斯现实主义文学团体斯列达，意为"星期三"。集会主要在捷列绍夫家里，参加的人有蒲宁、高尔基、库普林、安德烈耶夫等作家，恰卡洛夫、夏里亚、列维坦等艺术家，以及出版家、记者等。

酒——什么都有可能发生。令人厌恶的、有失体面的局面，真可怕。

庄稼汉的语言和理智全都乱了。其实，谁也不相信这种"民主的天堂"会长久。

1905年诗人们都纷纷写过关于铁匠的诗。

读了几段尼采的东西——你就会知道，安德烈耶夫、巴尔蒙特等人把尼采都剽窃光了。丘尔科夫的短篇小说《带蛇的太太》是汉姆生、契诃夫及他们自己的愚蠢和无能的卑劣的混合物。不论是西伯利亚，还是"帕乌兹卡""伯力"等地方，都是这样，还有"扎伊姆卡"……

10月22日。由于雾凇，一切都是白的。非常好的、平静的、有太阳的早晨。钟声。

"关心"——卡普里岛，1913年1月24日—2月6日。

这不是《弯弯曲曲的耳朵》吗。（……）[1]

庄稼汉们现在反复地说，他们（谁？不知道）把全部粮食"运给"德国人。

生活的乐趣被战争、革命杀害了。

普日贝舍夫斯基[2]、阿尔滕贝格[3]多么丑陋！

1　手稿上有一段文字被贴住了，内容中断了——原编者注。
2　斯坦尼斯瓦夫·普日贝舍夫斯基(1868—1927)，波兰作家，受过尼采的影响。
3　彼得·阿尔滕贝格（1859—1919），奥地利作家，早期现代主义代表人物。

月亮——是太阳的镜子。罂粟的果心是黑的。

福法诺夫[1]的生活——"是一个小故事的情节"。

早晨十一点钟。科里亚在钢琴伴奏下唱了一段："从前有个人，住在富尔……"

不，人世间毕竟有许多美好的东西！

10月30日。莫斯科，波瓦尔大街26号。我八点钟醒来——一片静寂。似乎一切都完结了。可是，一会儿，很近——有炮击声。过了十分钟再次听见炮击声。然后是像鞭子抽打的噼啪声——射击声，而且一天都是这样过的。有时候一个钟头也没有炮击声，然后紧接着却是几乎每分钟——五次、十次。尤利那边也是这样。

原来，高尔基早已经（大概有一个星期）在莫斯科了。前天尤利告诉我，他们看见他在《蝙蝠》杂志社——我当时不相信。昨天，薇拉在电话里与叶卡捷琳娜·帕夫洛夫娜[2]通了电话。叶卡捷琳娜·帕夫洛夫娜说："两方面都有待于努力。"然后她说，阿列克赛·马克西莫维奇在她那里，如果我想跟他说话的话，等等。不过，对我来说，他是如此可恶，所以我不想跟他说话。

两点钟在小医院里。我们对面驶来一辆汽车，送来两个

1　康士坦丁·米哈伊洛维奇·福法诺夫（1862—1911），俄国诗人，死于贫困。
2　叶卡捷琳娜·帕夫洛夫娜·佩什科娃（1876—1965），高尔基的妻子。

伤员。我看见其中一个被抬了出来，像死人一样，脑袋用白色的东西缠着，全是血，枕头上也是血。使人震惊。我感到可怕，痛心，无力的愤恨。而叶卡捷琳娜·帕夫洛夫娜现在正往杜马走去（她今天又给薇拉打了电话）——她是议员，不错，正在谈论如何结束战争的事。尤利通报说，社会救济委员会派了四个代表去尼古拉耶夫车站同四位军事委员会的代表谈判，要求布尔什维克放下武器，投降。此外，所有社会（主义）党派代表之间也在同布尔什维克一起谈判，以求在相同的社会（主义）的内阁里和解。如果这件事能实现，就意味着，布尔什维克胜利了。毫无办法！他们全都一样。到那时，瞧，又将是胡闹一场，又是战争，等等。没有出路！几乎全体人民都拥护"社会革命"。

22日，一点多钟，从普列德杰切沃来的一个俘虏，骑着马。格洛托沃遭到摧毁[1]。我等待着喀山酒节，把许多东西都收起来了——家酿白酒，喜庆和关于10月22日的传闻，关于布尔什维克的发言——一切都预示着，许多事情都可能发生。过了一小时——一个来自普列德杰切沃的喝醉了的庄稼汉说：那里，大家都在打人，在捣毁，谢列兹涅夫的磨坊被捣毁了……你们快点离开吧！他的目的是散布谎言，造谣惑众，并且还装出愤怒的样子；除此之外，他还到处要酒喝。我给他一卢布，他却说："我本人给你五卢布！"我大声斥责他，他胆怯了，拿了一卢布就走了。下午两点半到夜

---

1 对格洛托沃的回忆交织着作者写日记时的炮击印象。

里三点钟我在收拾东西。睡了两小时，五点钟起来，七点钟就出发了——我，科里亚，薇拉。米什卡和安东带着东西坐在大车后面。有雾，道路由于泥泞上冻了，到处坑坑洼洼。几匹马也非常糟糕。在走上大路之前，非常艰辛。我们在斯坦诺瓦亚停下来，吃了一点东西。从基里洛夫卡来了三十个村妇。她们到斯坦诺瓦亚去领取什么东西（好像是士兵的妻子）。我们交谈起来。我喝酒了——在别的情况下我是不会干这种蠢事的。太气愤了——"你们资产阶级、资本家发动了战争。"她们开始嘲笑我们："你们现在不好受了吧！"我说："等着瞧吧，一个月以后，就将是你们不好受了。""啊，原来如此，就是说，你知道！为什么我们将会难受呢？你说呀！"我像一个叶列茨的小市民那样地（加上我的短皮袄和我们整个可怜的外表）说话。有一个人走过来，虽然也是个（年轻的庄稼人），却说了一些友好的话……啊哟！炮击非常厉害！（现在是五天了，又一次！）"什么？不好？你怎么知道这个？"（非常严肃）。啊，可耻，啊，可怕的感觉！（又一次炮击！）。我模棱两可地说："再过一个月，就要开立宪会议。"接着我抓起了缰绳，赶车加速走了。在拦路杆旁边，车轮子破裂了，我们便步行到叶列茨。费老劲了，真可怕！停下来就可能被打死。在叶列茨便一切都好了。巴尔钦科收留了我们。晚上（又一次炮击！）我们家里来了客人，我喝醉了，说了些多余的话。24日住在叶列茨。到处都有破坏庄园的传闻。弗拉基米尔·谢苗诺维奇的整个安宁斯基庄园都被毁了。他们放火烧毁粮食、牲口，宰猪，喝家酿白酒（又一次炮击！）。罗斯托夫采夫家的所有孔雀的脑袋都被揪断了（又一次炮击！）。25 日，我们和奥尔洛夫一起离开了。在火车车厢里，在通道上——都是士兵。一个从拉姆斯科耶来的士兵很开心很好地讲到，戈理琴人及三四个印古什人和一个牧师（又一次炮击！）如何地击退了庄稼汉和士兵。他们打伤了戈理琴人 Π·Α。26 日，我在库尔斯克车站上听人说，在莫斯科，人们都在准备绷带、急救车等——将同布尔什维克作战。我雇了两辆出租马车——40 卢布。27 日在城里，到处都很冷漠。"啊，胡说，这别人早就说过了。"有两个兵（又一次炮击！）对我说，战斗将从七点钟开始。五点钟我们到了捷列绍夫家。电车旁边——有律师，老百姓，他们带着灵验的圣像。在拐角上是修女们。从捷列绍夫家出来，我们安全地抵达了，尽管城里好像已经开始射击。28 日，几乎没有听见射击声，我们外出了。

仍在等待着他们很快会被镇压。流言千百条（又一次炮击！）"独裁者卡列金进莫斯科"，等等。《劳动报》（明诺尔的小报）撒谎，说什么彼得堡一切都好（啊，真可怕，什么样的炮击呀，一切都在震动），完蛋了——布尔什维克被击溃。昨天已不能外出了——有射击，在亚历山大罗夫士官学校附近。关于今天的情况我已经写了。没有人从前线回来，虽然时时刻刻都有传闻，"莫斯科被政府军（又一次炮击！）包围了"等。显然事情不妙，否则他们早就回来了。今天有人告诉薇拉一个传闻："铁路员工同意从前线开来的军队通过，如果将来成立的是社会主义内阁的话。"我们的前室有人值班。几扇门都上了锁，住户和"太太们"整天都吵吵闹闹，说瞎话，尤其是那些妇女们。有许多敌对的犹太人。由于无所事事，由于等待再等待，我已疲惫不堪了。眼看一切都要完蛋了，等待着暴徒来杀人、掠夺。面包只供给四分之一普特。而前线是怎么一回事？德国人是怎么一回事？天啊，俄罗斯——世界上从未有过的奇观。

晚上十点钟（10月30日）。九点钟就开始灭灯了。在卓娅和尤利那里也是一样。捷列绍夫那里却不是这样。尤利说，捷（列绍夫）转告他，布尔什维克与其他政党签订了协议。可是布（尔什维克）无法制止士兵们，士官生也很凶狠。卡（捷琳娜）·帕（夫洛夫娜）对米佳说：马克西姆卡成了俘虏［克列斯托夫躲到（辨认不清）去了］。所有的传闻都说——来了四百名哥萨克，但不能进来，布尔什维克不让他们进喀山火车站。来了一个突击营，同样也不能进去。在莫斯科郊区什么地方，有一个野战兵团，等等。我从六点至七点值了班。布尔什维克大学生召集了整个房子的服务员。"服务员很激动，说，我们为什么要用圆木堵住大门去反对自己的同志呢？需要对他们说明……"于是他做了说明："如果你们去反对我们，我们就要开枪。"引起愤慨。

前室坐着一个像是工人的人，他每次说话都带个"总之"。

10月31日。八点钟醒来。我在想，一切都结束了（周围很静）。可是，不对，女厨子在说话，刚才有炮击声。现在我听见了砰砰的枪声。私人电话已被掐断。有电灯。无论如何买不到吃的东西。（辨认不清）说，突击营到了，一部分坐船过了河。看门人似乎看见了——有两百人朝士官学校去了。

上午十二点。我读了《社会民主党人报》[1]和《前进报》。地狱的疯人院。

一点钟。炮击——已经五枚，很近。又一枚——每分钟是三枚。又是一样。是两种炮击——一种沉闷，一种响亮，像是对轰。

晚七点半。一天有许多次炮击（更确切地说，有经常不断的榴弹的爆炸声，好像是榴霰弹），经常不断的砰砰的枪声。现在在不远的什么地方沿房顶响起了强大的弹雨般的轰隆声——是什么声音——不知道。

从三点到四点是我值班。炸弹落在卡扎科夫房子的一个角上，就在人行道的旁边。我走到通道（玻璃的）的门口——突然可怕的爆炸——炸弹落在卡扎科夫四层楼的墙上。在这之前，在我们五层的黑楼梯（通向院子的）旁边也爆炸了一颗炸弹，把玻璃炸坏了。这所住宅的房主捡来了三英寸口径的榴弹碎片。谢廖扎来过。是艰难而紧张的日子，一切都很紧张，大家都在期待着得到帮助。但与此同时，关于俄罗斯的总的局势及其未来谁也不吭一声——看来，这引不起人们的兴趣。

---

1 俄（共）莫斯科区委机关报（1917—1918）。

我想吃东西——但是厨娘无法出去买食品（不错，都关门了），午饭很可怜。

丽季娅·费多罗夫娜令人非常不能容忍。天啊，我怎么活呢？

我又收拾了一下东西，把最重要的物品单放起来——有可能由于炮弹引起大火。科罗波夫的房子就燃着了。

尤利早晨来了电话。迄今还没有听见别的声音。不错，人家不会来电话了。

那么，农村里怎么样了？！俄罗斯怎么样了？！

莫斯科遭到猛烈射击——孤立无援。杜马则在议论社会主义的内阁。如果电报是中立的，那么克伦斯基怎么会杳无音讯呢？

差不多是深夜十二点了。很害怕睡觉。用柜子挡住了床。

11月1日。星期三。昨晚刚要睡觉，就听见各种各样的射击声。早晨六点半醒来——也是一样。后来睡着了，九点钟醒来——又是一样。一整天的炮声，弹雨不停。在不远的什么地方，房顶上发出砰砰的射击声，还从没有过这样的日子。灰色的日子。我老是在期待着什么，疲倦不堪。砰砰的枪声，好像谁在玩游戏一样。现在是三点钟，当我来到前室时，又是非常可怕的炮击声，就在我们头顶上什么地方。在我们的窗户下面，时而是士官生们，时而是士兵们在奔跑——在相互狩猎。

只读了《社会民主党人报》。很可怕。

在那不勒斯卡马尔多利修道院，在沃梅罗上面，每一刻钟，值班的教士就要去敲敲每个修道小室说："用心听着，你的生命又过去一刻钟了。"[1]

我在炮声、砰砰声和弹雨下写作。

波波夫一家——年轻的丈夫和妻子。她是屠尔克斯塔诺夫的公主。多么美丽的女人。她老是把自己的积蓄分给大家。《俄罗斯公报》10月22日的公告[2]（辨认不清）。

读了21、22、24、25日的《俄罗斯公报》[3]。接连不断的可怕的事件！世界上没有过这样的野兽暴行。军官们的决议[4]（10月25日的《俄罗斯公报》）。

我到一家住宅上面去看大火（据说，大火在尼基塔大门的附近）。布列宁[5]的女儿。

11月2日。昨天醒来很晚。炮击。今天是特别阴暗的（天气）。其他事物也是一样。白天，再次炮击了卡扎科夫的房子。莫斯科有什么事，世界上有什么事，尤利出了什么事——一概不知道。我值了两次班。

---

1 这句话的原文是意大利语。
2 指发行新货币的公告。
3 这几天的报纸登载了国内各地发生抢劫、暴乱的事件。
4 即《彼得堡军团军官的决议》。决议说，士兵们期待和平，不要战争……
5 维克多·彼得罗维奇·布列宁（1841—1926），诗人，《新时代》杂志的小品文作家。

人民仇视一切。

局势无法理解。我只读了《社会民主党人报》，非常惊人的一期！但是对事件无法形成概念。从晚上六点钟起开炮。上帝保佑，可别发生不吉利的事，不要听见什么。

晚上十一点。又是两次炮击。

11月4日。昨天我没法写作。这是我整个一生中最可怕的一天。是的，前天五点钟签订了《和平条约》。昨天十一点钟得知布尔什维克缴了士官生的武器。尤利、科里亚都来了。扛步枪的一群青年士兵闯进了我们的前室——要求给他们武器。我完全明白了，胜利的畜生和野兽进城意味什么。"总之，是无条件的！"他们来了三次，态度蛮横无理。从躲避这种风头出来时——有一种非常可怕的自由（走动）和奴役的感觉。一下子挤满了莫斯科的下流人的面孔粗野和可恶得令人震惊。晦暗而又肮脏的日子，莫斯科从来没有这样令人厌恶。我在阿尔巴特大街沿着小巷走，处处是打碎了的玻璃，等等。返回来，沿波瓦尔街走去——汽车拉着白色棺材从我们对面的医院里出来。

早晨七点钟左右睡着了，大哭一场。八个月的惊吓，奴隶的地位，屈辱，欺凌！这一天达到了顶点。吃人的野人摧毁了莫斯科！

今天十一点钟起床。尤利、米佳、科里亚都在。他们去过图书出版社，门锁着。尼基塔大门边的鲍格丹诺夫（一个词辨认不清）。厚颜无耻！！

晚上去了普舍什尼科夫家里。买了几期的《新生活报》。现在从第三期开始读。啊，恶棍！他们的调子变了！猛烈地攻击布尔什维克。卢那察尔斯基[1]是坏蛋。达成了协议（辨认不清）。彼得堡的妇女营遭强暴。士官生、群众逃离莫斯科。咳——"协议"！

莫斯科军区的总司令——是士兵穆拉洛夫。剧场委员——是马林诺夫斯卡娅[2]。斯塔尔克[3]也是委员。啊，上帝！来自小剧院的维什涅夫斯基说过，小剧院如何地被玷污了。冬宫被摧毁，被洗劫。人们从莫斯科逃走——议论着"巴托罗缪之夜"[4]。八个月！

11月11日。今天还是没有报纸——昨天又是过节。昨天埋葬了布尔什维克的"战士们"。《临时革命委员会消息报》上写道："不要为倒下去的战士哭泣。"顺便说说，两点左右，这些战士——士兵和"赤卫军"就从波瓦尔街出殡回来了。一群穴居人的样子。在莫斯科掩埋了几乎有

---

1 阿纳托利·瓦西里耶维奇·卢那察尔斯基（1875—1933），苏联文学家、教育家、美学家、哲学家和政治活动家，首任国民教育人民委员会委员。
2 叶莲娜·康士坦丁诺夫娜·马林诺夫斯卡娅（1875—1942），曾任俄罗斯大剧院院长（1920—1924，1930—1935）。
3 列昂尼德·尼古拉耶维奇·斯塔尔克（1889—？），俄国诗人。
4 16世纪巴黎天主教徒对新教徒的一次大屠杀，此处意指莫斯科经历了一场屠杀。

一千具尸体。

昨天最令人惊愕的消息是：杜赫宁[1]被免了职，克雷连科[2]被任命为最高统帅。是的（……）托洛茨基为俄罗斯签订和约！俄罗斯人民自己需要这一和约！

污浊的日子，下雪又融雪。

11月21日夜，十二点。独自坐着，有点儿醉意。葡萄酒还给了我一点勇气、生活之梦的甜蜜积淀和感官能力——味觉等。这并不这么简单，这里有着某种世俗生存的本质。我面前放着24号比容单位的酒瓶。图章，国徽。俄罗斯存在过，现在它在哪里呢？啊，上帝，上帝如今真可怕（一个词辨认不清）。杜赫宁被杀死，大本营被占领等。

把长老立为现在"整个俄罗斯"的帝王——谁需要这样做呢？！

1918年1月18日。潮湿的天气。图书出版社开会——老一套。恶劣的印象。一个秋季出了自己六本书的什梅廖夫

1 尼古拉·尼古拉耶维奇·杜赫宁（1876—1917），俄国将军。十月革命期间效忠临时政府，克伦斯基潜逃后，自任俄军最高总司令。1917年11月人民委员会决定撤销其职务，后被士兵打死。
2 尼古拉·瓦西里耶维奇·克雷连科（1885—1938），苏联政治活动家，1917年11月9日出任苏俄武装力量最高总司令和军事人民委员，后从事司法工作。

蛮横无理地反对出版《言论》文集，也反对预支款项（就是说，主要反对我，因为我请求了预支。在"没有给作者们支付其书的全部稿费"时，在上次会议上决定付给我1000卢布）。神奇稀世之宝，像什梅廖夫这样的（……）人，我还真没见过。

从早晨起，《人民政权报》就溃乱了——基辅被布尔什维克占领。在其他报纸上没有刊载这条消息。

玛尼娅·乌斯季诺娃来了，她邀请洛谢娃来看书。她谈及了阿·托尔斯泰：下流人，他什么地方都能以逢迎谄媚的手段达到目的，混进有钱人那里，等等。我陪送了她。莫斯科竟是如此龌龊，看一眼都觉得可怕。晚上我在米佳家。尤利讲到，尼基塔大门口的茶馆是多么可怕，多么脏，骂人话是多么粗野。他原本是想到那里喝茶的。

阿尔巴特街晚上非常可怕。各种歌曲，马车夫厚颜无耻，大喊大叫地往家里跑。百姓们则走在街道的中间，小巷里一团漆黑，阿尔巴特街半明半暗。我今天回家的时候，人们正从电影院里出来——多么可怕的贱民！波瓦尔街则是一片漆黑。现在，有些地方，天黑的时候，城市变得很好看，有点外国城市的韵味。

4月16/29日[1]。灰色的天，否则整天都是极好的天气。

---

1 16/29日是新旧历之分，前者是旧历，后者是新历。

我去了储蓄银行。最好是把所有的存款都提出来。在野蛮的国家里，银行和钱庄（辨认不清）比过去更聪明——把钱埋在地里。小官员，可怜的（辨认不清）戴眼镜的人，整天都在自己的壁垒后面喝茶，我相信他们很满意自己的生活，主要的是——耗的是上班时间。

听差，约莫二十五岁，是希腊或半希腊人，可能是敖德萨人，也可能是轮船上的听差，相当高的个子，腿很长，穿一套黑西服，黑头发，偏分头，卷发，带有凸出的额发，像一个随便的实验员，额门上一副夹鼻眼镜，大喉结；他不声不响地干活，永远是那么矜持，老是若有所思地耸耸肩膀——"好吧，没有办法，是个听差！"他可能成为一个罪犯。

敖德萨，春天，子夜十二点钟，干净的街道已空无一人，走在路上很愉快。清新的栗子树的绿叶。有路灯。一个犹太人，小个子，圆滚滚的，相当愉快，甚至脱下帽子走路。心情兴致极好。在四层楼的客厅里做客。通往阳台的门开着，一个大乳房的女人在唱歌。客厅里很拥挤，令人讨厌。秽亵的图画镶在粗木条的镜框里，缎面的软座凳子，等等。（辨认不清）给帆出版社（作为文选）寄去了（已在两个星期之前）以下作品：《像金色锋芒一样盛开……》《我在半明半暗中醒来》《这个古老的乡村墓地……》《已成烟云……》《融化、照耀……》《前面是什么》和《我们并肩前进……》。

4月17/30日，子夜十二点。早晨，很不舒服的感觉——我去里昂银行贷款，到保险库取支票本。愤愤地从抽屉里取出了一切——所有的草稿、书信、银餐具等——只留下一张五百卢布的有价证券，好像是战时公债。出了一件丑事——格洛巴的一枚价值上万卢布的钻石戒指丢失了。布尔什维克的长官——显然就是那位偷他钻石的下流人——却可怕地大叫大喊，并且老在重复一句话：如果钻戒原来是放在这里的话，它就应该还在这里。

他们在美化莫斯科。无法表达的印象——何等的厚颜无耻，对这些畜生——俄罗斯平民的何等的（……）讽刺。这是这些平民、野人，肮脏的、血腥的、懒惰的、如今为全世界所鄙视的猪猡将要庆祝**国际主义**的节日。他们野蛮地、说不出有多么荒谬而又卑劣地硬把斯科别列夫[1]的雕像搬走。他们把雕像拉下来，脸朝下地倒放在载重汽车上……正好今天有一个关于土耳其人侵占卡尔斯的消息！而明天，在耶稣忌日，是俄罗斯叛徒们的庆典。

晚上，我在阿维洛夫家里。上帝保佑，下雨了！而明天也是这么倾盆大雨就好了！这正是你所期待的奇迹——如此可怕的内心痛苦！就让他们被天打雷劈、洪水淹死吧！据说，被搬走纪念碑所激怒的人很多（那有什么，这是我们的愤怒）。"是德国人（或土耳其人）下令搬走的！"我们的住房

1　米哈伊尔·德米特里耶维奇·斯科别列夫（1843—1882），俄国步兵上将，在1877—1878年的土俄战争中立过战功，也镇压过浩罕起义。他的纪念碑1912年建立在莫斯科特维尔广场上。

委员会胆怯了，去寻找做旗子的红布料，害怕没有完成"庆祝"的命令，并且感到难受。全莫斯科都是这样。就让我的生日在这个可诅咒的国家里受到诅咒吧！

而艾亨瓦尔德[1]——而且不止他一个人——却郑重其事地议论着下面一件微不足道的事情："美妇人的温柔骑士"安德烈·别雷[2]和勃洛克[3]变成了布尔什维克。你想一想，两只狗崽子，两个蠢材变成或没有变成布尔什维克又有什么了不起呢！

5月1日，12点。从早晨起就天色灰暗、寒冷，现在透出一点太阳又慢慢地消逝了。德边科[4]的怪兽般的行径的详情末节（他的事业开始了）。安德烈·别雷在《新生活报》上为五一节发出的白痴式的高调动听的号啕。总之，这家报纸是最卑俗和最无耻的。其实，我们的几乎所有的名人都在这里了。恶棍！

他们走运！天气很好，有太阳，虽然十分清凉。我外出，去了阿尔巴特广场，去了尼基塔广场。城市相当清洁

---

1 尤利·伊萨耶维奇·艾亨瓦尔德（1872—1928），俄国文学评论家，持唯美主义观点。
2 原名鲍里斯·尼古拉耶维奇·布加耶夫（1880—1934），俄罗斯小说家、诗人、理论家、文学评论家。
3 亚历山大·勃洛克（1880—1921），20世纪早期俄罗斯诗人、戏曲家。
4 帕维尔·叶菲莫维奇·德边科（1889—1938），俄国将领，1917年被任命为波罗的海舰队中央委员会主席，后担任陆海军人民委员。

也相当冷清，在群众中，人们的脸上已没有热闹景象。蔡特林[1]来过，他邀请（布纳科夫[2]、维什尼亚克[3]等）到社会革命党的报纸去工作。文学部最近一个时期以来也同样是非常团结的（……）格尔申森[4]、舍斯托夫[5]、爱伦堡[6]、英蓓尔[7]等——都在一起。我同意了——有什么办法呢！到哪里去发表作品，靠什么生活呢？我问道："为什么没有巴尔蒙特？"——"是啊，您知道吗，他大有反社会主义的情绪。"

5月2/19日，晚上十一点。 十点钟从尤利那里回来。街灯已经没有了——因为昨天庆祝了五一节，一反往常，街灯亮到十二点。阿尔巴特街上一片漆黑。在广场上——在波瓦尔广场上，十点钟之前就灭灯了。猪叫一样的狂暴的汽车声令人讨厌。广场近处有篝火。拉货车的辘辘声……在黑暗中不像在火光下，房子显得很高。

凉快的天气，不过还算暖和，有太阳，有云彩。十二点

---

1 米哈伊尔·奥西波维奇·蔡特林（1882—1945），俄国诗人、散文家。巴黎《现代纪事》主编。
2 伊里亚·伊西多罗维奇·布纳科夫（1880—1942），俄国社会革命党人。
3 马尔克·文阿米诺维奇·维什尼亚克（1883—1976），俄国新闻记者。
4 米哈伊尔·奥西波维奇·格尔申森（1869—1925），俄国文学史家。
5 列夫·伊萨科维奇·施瓦茨曼（1866—1938），俄国哲学家，非理性主义者。
6 伊利亚·格里戈里耶维奇·爱伦堡（1891—1967），俄国犹太作家，新闻记者。
7 薇拉·米哈伊洛夫娜·英蓓尔（1890—1972），俄国女作家。

钟我去了图书出版社。克列斯托夫说，他们想停止一切买卖（……）后来去找了弗里契[1]！打听出国护照的事情。不接待。他告诉他们，要我说出我的姓名，立即就接待了。最初他想打官腔，有一种隐约的窘态。我做得尽量随便一些，微笑着，较大胆地说话。他答应尽可能襄助。也可以去日本。我想，"可以很快通过芬兰，同样可以去德国……"

两次去过设在兹纳明卡的《新生活报》。"这个地方是根据某委员会的决定由《新生活报》编辑部占用的。"有一次，就在门口，当我五点钟到那里时，发现拉脱维亚人要"驱逐"他们。"也可能会开枪，拉脱维亚人是什么都做得出来的。"我离开的时候，疯狂的汽车正朝他们门口开去，士兵们都带着步枪。在编辑部里，有一位犹太小姐，然后是莫依谢依·雅科夫列维奇（高加索人和犹太人的混血儿），还有一个肮脏的瘦弱的犹太人（是不是阿维洛夫呢？），巴兰诺夫——一副贱民模样的傻蛋和苏哈诺夫。在弗里契那里，所有的职工都是犹太人。

六点钟我和薇拉在柯甘[2]家里。柯甘改了嘴，已经在骂布尔什维克了。昧良心的！……拉丽莎[3]嫁给了阿里特罗泽尔。娜杰日达·阿列克谢耶夫娜在大都会饭店列伊斯涅尔那

---

1 弗拉基米尔·马克西莫维奇·弗里契（1870—1929），俄国文学理论家、文学史家，1918 年出任莫斯科外交委员会委员。

2 彼得·谢苗诺维奇·柯甘（1872—1932），俄国文学评论家、文学史家。

3 拉丽莎·米哈伊洛夫娜·列伊斯涅尔（1895—1926），女作家，《新生活报》编辑。

里。列伊斯涅尔一家好像总要尽力保持贵族派头，老头好像是一个男爵，等等。

去柯甘家时，我翻阅了《夜生活》：费多奥西亚被占领！塞瓦斯托波尔"告急"。什么？卡尔斯也被占领，巴统、阿尔达甘。现在波瓦尔大街上的汽车上都插着土耳其的旗子！多么可怕的荒诞无稽啊！我们成了什么人啦，就让我们的人被三倍地、百万次地受到诅咒吧！

米佳去过红场。有许多老百姓。士兵开枪射击，驱散他们。老百姓骚动起来，聚集在钟楼对面。钟楼上昨天有人把圣像盖上了红布，原来盖圣像的红布已腐烂了，消失了，掉落了。怪事！

5月4日/4月21日。伟大的礼拜六。知识分子（甚至来自商人的知识分子）从不放过机会夸耀一下自己对学生风潮的忧患，等等。

夜里十二点四十五分。昨天和科里亚去了尼科尔大门对面。老百姓从尼科尔广场看着他们。在博物馆的拐角处站着一堆人，我们也站在那里。一些人说——"怪事"。另一些人否定地说：是卑鄙的士兵拉脱维亚人，大学生，工艺师或者什么人，是可恶的畜生犹太人。在这堆人中还有几个犹太人（他们默不作声，显然是想弄清楚"是怎么一回事"）。他们称我是"旧制度的官员"。为此，我对大学生说，他们不是俄罗斯人，不必待在这里。接着就混乱起来了——士兵揪住一个商人的脖子，要把他攮出去。大学生则向我大声喊叫："你全身是尼古拉沙皇的气味！"并唆使人来打我。恼恨、疼痛。正是黑帮分子的嗅觉。

六点钟在乌沙科娃家里。她讲到，在基辅，有人用钉子把肩章钉在军官身上。

今天又是三十七度——我几乎整个冬天都在这个坑里生病。天啊，上帝啊，什么样的冬天啊！根本无处躲避！

德国人在折磨"拉达"[1]。看来他们已经再也不需要"乌克兰独立运动"[2]了。一种强烈的幸灾乐祸的感情。

昨天，我们从乌沙科娃家转到了莫尔恰诺夫卡的教堂——"鸡脚上的尼古拉"[3]。这是在众多畜生和杀人犯横行时都没有受到损害的小岛上的一处美景，有奇妙的词语和旋律的优美，有发颤的烛光的流金般的美，有送殡袈裟的美——由人的灵魂所创造的一切及其借以生存的一切（唯一以此为生的）奇妙的东西的美！这美是如此令人吃惊，以致我都哭了——可怕地，既痛苦又甜蜜地哭了！

现在我和薇拉还在那里。"耶稣复活节！"我还从没有带着这种感情去迎接这一夜！以前我是很冷淡的。

街上——一片漆黑，哪怕提供一盏街灯也行，恶棍！而五一节他们却吩咐把灯亮到深夜十二点。

1　乌克兰语中对代议制管理机构的称呼，相当于"委员会"。

2　一种资产阶级借口民族自决而发起的运动。

3　一个地名的谑称。

克里姆林宫不能进去。挖壕避弹（……），胆小……？只放行五百人——经过挑选的，而且还吩咐这些人不能在教堂旁边闲逛。"来祈祷，就是祈祷！"

啊，上帝，难道对这一切、对血腥的凌辱就这样算了吗？！啊，我有多么难于忍受的痛苦和对这些克列斯托夫、托洛茨基、海员们的愤恨啊！

海员杀害了女护士——"出于无聊"（这一期的最卑劣的《新生活报》）。

托尔斯泰[1]及其妻子在做复活节的晨祷。手里拿着一卢布一支的蜡烛。他的一切都是计算好了的，不能再便宜了。"教区教民的伯爵！"只要在自己笔直的栗色头发上套上假发，他就像一个乡下人。

今天下雪糁了。整天待在家里。

复活节号的报纸——贫乏至极。

如今唱的是什么曲子，"海浪在……"温柔的自豪，因为上帝惩罚了"压迫者，折磨者"；谦逊的快乐、忧愁……

5月5日/4月22日。坏作家总是抒情地用感叹号和省略号来结束自己的故事的。

新的和最新的诗人对普希金的崇拜多么古怪！在这些不知深浅的虚伪的贱民、傻瓜那里，每一个特点都是与普希金

1　即阿·托尔斯泰。

正相反的。他们除了"太阳的"及诸如此类最庸俗的东西外，能谈论普希金的什么呢！可是，他们谈论了多少啊！

晴朗的天。我却仍旧想着贱民，那些暴徒乡下佬，杀害杜赫宁、科科什金[1]、斯特列佐娃的凶手们。不，应该至死也不看这些畜生一眼。

把历史上很早的街名——德国街，改名为——鲍曼街！这也不可饶恕。

昨夜至早晨五点钟才睡着。

5月7日/4月24日。第一天晚上去了卓娅[2]那里（最先是在卡缅斯基家里），喝得烂醉。一回到家，就像被砍倒了似的。从这时起我就什么都记不得了。早晨五点钟才醒了过来。一整天心里都很难受。不行，再不能这样地喝酒了！

从卡缅斯基家[3]出来，在亚历山大三世纪念碑旁边经过。他的纪念像上的鼻子已被砍掉了。有一小群人在那里。他们在争论，意见完全相反。有许多暴怒的人反对布尔什维克（我向卡缅斯基走去，听见有人大声地骂那些在关闭着的克

---

1 费奥多·费奥多罗维奇·科科什金（1871—1918），立宪民主党首领之一，第一届国家杜马代表，被无政府主义者杀害。
2 什列伊杰尔（画家）的妻子。
3 阿纳多里·帕夫洛维奇·卡缅斯基（1876—1941）及其妻子卡缅斯卡娅，都是蒲宁的好朋友。

里姆林宫里开会的人，一些路过的人也热烈地响应和支持）。那个最卑劣的和垮掉了的傻瓜——大学生也在这里（……）。

昨天在楚尔科夫[1]家。有凯兰斯基[2]等人和谢普金娜-库帕尔尼克[3]（她非常非常愉快——她就是从前的文学的一代人！）。我身体总不大舒服，老是三十七度左右。我要死在穆罗姆采夫这个地下室里了——可真正无处躲避！我整个冬天都拼命在想：能到一个什么地方去才好！今天从早晨起几乎又是三十七度。到晚上感觉好一些。院子里很冷。我家里像坟墓里那么冷。

坐车出去找复活节号的《言论报》。在电车上士兵们相互剪对方的口袋，偷窃，把小点心藏在膝下。"狗崽子，拿出来！"周围的人都说，"打耳光，给他耳光！送他到委员会办事处去！"到处都是愤恨、粗野的行为——无法形容！

又有一个传闻：彼得堡——叛乱了。基辅——已经是无政府状态。

重新读了契诃夫的《札记本》。写了多少胡说八道的东西，记下了多少荒谬的姓名——全然不是可笑的和非典型的——而且都是些什么内容啊！全是对人类的卑劣性的挖掘！他无疑是有这种令人厌恶的爱好。

1　格奥尔基·伊万诺维奇·楚尔科夫（1879—1939），俄国作家。
2　亚历山大·阿尔诺里多维奇·凯兰斯基（1864—1955），艺术家，诗人。
3　塔季扬娜·李沃夫娜·谢普金娜-库帕尔尼克（1874—1952），女作家，女翻译家。

5月8日/4月25日。令人强烈地不断地激动的一天。乌克兰政变[1]（《消息报》号外）。我和科里亚在尤利那里读到了这份报纸。

晴朗而寒冷的一天。

我们这里来了许多人（我们的"星期三"团体）。大量的传闻：米尔巴赫[2]要求驱逐拉脱维亚人，米尔巴赫被召回——由德国人提尔皮茨[3]接替他（米尔巴赫太软弱）等。

5月9日/4月26日。现在也还是由各种报纸为社会活动家提供最好最必要的身份证：他过去相信……现在也相信……我相信俄罗斯的未来，相信革命等。

晴朗、寒冷的天气。从早晨就一直看报。五点钟到帕舒卡尼斯家吃午饭（缪斯各特出版社）。

艺术家乌里扬诺夫、巴尔蒙特、别雷、卓娅、利季娅·伊万诺夫娜·涅克拉索娃、薇拉、我、利季娅·伊万诺夫娜的丈夫。

起先是我一直在与安德烈·别雷争论。我认为，他要脱身，所以宣布与布尔什维克脱离关系。他含糊其词地老说同

1　指 1918 年 4 月 29 日德国占领者赶走了乌克兰的中央"拉达"，成立了傀儡政府。

2　威廉·冯·米尔巴赫（1871—1918），1918 年 4 月为德驻俄大使，后被社会革命党人刺死。

3　阿尔弗雷德·冯·提尔皮茨（1849—1930），德国海军大元帅。

样的话：从这种污秽和血腥中将会产生一种绝望的东西，等等。不过我们碰面时，他却总是讨人喜欢。巴尔蒙特有理智，单纯。

5月10日（新历）。灰暗的、十分寒冷的天气。

有……（辨认不清）。邀请参加巴勒斯坦晚会；有蔡特林——要求谈谈自己报纸的事（《复兴报》）。

拼版工人列维松从印刷厂来电话。我问他："你是谁？"他说："莫罗佐夫同志要同您说话。"我的天啊，竟自称起"同志"来了。——能从这种"民主制"里期待到什么呢！

5月13日。前天，几乎整整一期的《新生活报》都在中伤立宪民主党人。特别是高尔基的文章——在愚蠢、卑劣、蛮横无理、凶狠方面有某种很出色的东面。

天天都有传闻。大家都热切地期待着基辅式的政变。

昨天是"星期三"聚会。利进[1]朗读了《鹿》，霍达谢维奇[2]和柯彼洛娃[3]朗读了诗（……），爱伦堡、梭包尔——越来越厚颜无耻。爱伦堡又开始触犯我，用一种轻浮的、放肆

1　弗拉基米尔·盖尔曼诺维奇·利进（1894—1929），作家。
2　弗拉季斯拉夫·费里齐阿诺维奇·霍达谢维奇（1886—1939），诗人，小说家，文学评论家。
3　柳波芙·费多罗夫娜·柯彼洛娃（1885—1936），俄国女作家。

的、好斗的腔调说话。什克里亚尔[1]在这方面发表了"热烈的"讲话:"是的,要抛开这个!"丑剧开始了:托尔斯泰为了艾利达[2]而对我发狠。他是在他们一边的。他说"爱伦堡是一位大诗人"。可是三个月之后,即当爱伦堡读完诗之后,他又骂了爱伦堡(……)!

今天我在左拐角上同一个卖报人谈了话,还同一个老百姓谈了话。毫无益处。他们头脑里一片漆黑。把一切相反的事物全弄乱了,心里只想着金钱财物。"尼古拉有一百四十亿黄金,所以他雇佣白卫军。"

前天,捷列绍夫对我讲到,有一个来自银行首长的"同志"如何向他扬起了鞭子,并大喝一声:"肃静!"

克列斯托夫说,布(尔什维克)决定开始反对"立宪民主党人"。

5月14/1日。早晨十点钟,当时我还在被窝里。阿尔西克哭着说,瓦尔瓦拉·弗拉基米罗芙娜[3]死了。

整个一天和得到这个消息时,我对这个消息都没有任何感觉。这多么奇怪!要知道,她在我们生活中起着什么样的

---

1 尼古拉·格里戈里耶维奇·什克里亚尔(1878—1952),作家,"星期三"参会者。

2 莫斯科一间咖啡馆,作家们经常在这里开辩论会。

3 瓦尔瓦拉·弗拉基米罗芙娜·帕宪科(1870—1918),蒲宁年轻时的恋人,后来她嫁给了阿尔谢尼·尼古拉耶维奇·比比科夫。蒲宁的长篇小说《阿尔谢尼耶夫的一生》中丽卡的原型就是瓦尔瓦拉。

作用！难道这事很久了吗？——她，很年轻，我们和她一起回到波尔塔瓦……去了哈尔科夫，在火车站吻了她的手，于是……（手稿到此中断——编者）。[1]

1 蒲宁日记首次刊载于《蒲宁六卷集》的第六卷中，文艺出版社，莫斯科，1988 年。1965 年 10 月号的莫斯科《十月》杂志上发表过内容严重歪曲的日记片段。

该死的日子

莫斯科，1918

1月1日（旧历）。

这该死的一年结束了。但以后会怎么样呢？也许会发生某种更可怕的事情，甚至一定是这样。

周围有一种令人惊讶的气氛：不知为什么，几乎全都变得异乎寻常的开心——大街上，不论你碰见谁，简直个个都笑逐颜开。

"老兄，您又何苦呢！再过两三个星期，您自己也会感到惭愧……"

他精神抖擞，带着一种欢快的柔情（出于对我——一个傻瓜的遗憾）按了按我的手，继续往前赶路了。

今天又是同样的相遇——先是《俄罗斯新闻》的斯皮兰斯基，在他之后，又在梅尔兹里亚科夫斯基大街碰到一位老太太，她停下来，拄着拐杖，双手发颤，哭着说：

"好兄弟，快告诉我这是怎么回事！我们还能去哪里？俄罗斯完蛋了，有人说，俄罗斯已经在下坡路上走了十三年了！"

1月7日。

参加了作家图书出版社[1]的会议。一个重大的消息："立宪会议"被解散了！

关于勃留索夫：他越来越左，"已差不多是真正的布尔什维克了"。这并不奇怪。1904年他曾过分颂扬过专制制度，要求立即占领伊斯坦布尔（和丘特切夫完全一样！）[2]；1905年他在高尔基的《奋斗》上发表了《匕首》一诗；对德战争开始时他成了乌拉-爱国主义者；现在他是布尔什维克。

2月5日。

从12月1日起就下令要改用新历。这样，按他们的计算法，今天已经是18日了。

昨天参加了"星期三"的集会。有许多"青年"。马雅可夫斯基，他虽然经常以某种蛮横无理的独立性趾高气扬地炫耀自己的意见，总的来说，表现得还相当规矩。他穿了一件柔软的衬衣，不扎领带，不知为什么外衣的领子却竖了起来，就像住在简陋的旅馆房间里、早上使用公共厕所、没有刮好脸的人一样。

---

1 作家图书出版社是一个合股的出版社，1912年成立于莫斯科，同仁有伊万·蒲宁、尤利亚·蒲宁、别洛乌索夫、魏列萨耶夫、扎伊采夫、纳伊杰诺夫、捷列绍夫、什梅廖夫等，1914年11月之前伊万·蒲宁是主编兼监察委员。

2 蒲宁认为，有一个时期，勃留索夫的观点与赞同泛斯拉夫主义观点的丘特切夫的见解很相像。丘特切夫在《俄国和德国》等文章中发展了泛斯拉夫主义观点。

爱伦堡、薇拉·英蓓尔朗读了作品，萨沙·柯伊兰斯基评论他们说：

> 爱伦堡在悲惨地呼喊，
> 英蓓尔贪婪地捕捉他的呼唤——
> 无论是莫斯科还是彼得堡
> 都不会放弃别尔季切夫[1]，
> 因为它们经历的共同苦难。

2月6日。

报纸上登载了德国人开始进攻我国的消息。大家都说："唉，要是……就好了！"

我们去了卢比扬卡。有些地方在开"群众大会"。有一个红头发的人，穿着一件深棕色圆领外套，卷起来的眉毛也是火红色的，新刮过的脸上扑了香粉，嘴里镶着金牙，正在滔滔不绝地谈论着旧制度的不公平；一位翘鼻子、凸眼睛的先生不断地对他表示强烈的反对；妇女们则热烈而又牛唇不对马嘴地拿一些细节问题来干扰和打断他们的争论（按红头发的人的说法，他们的争论是原则性的），她们急切地讲述自己生活中的故事，认为有必要以此来证明，鬼知道在发生什么。有几个士兵，显然是什么也不明白，但像平时一样，

---

1 俄罗斯地名。

他们对某些事情（或者更准确地说，所有事情）心存疑虑，一直在怀疑地摇头。

一个老庄稼汉走过来，他的脸浮肿而苍白，留着三角形的灰胡子。他好奇地走过来，挤入人群中，灰胡子垂在两位一直在默默地注意听讲的先生的袖子中间，他开始留心地听讲，但显然是什么也没听懂，因此对所有人和事都不相信。一个高个子蓝眼睛的工人也挤了进来，还有两个手里拿着葵瓜子的士兵。两个士兵都是短腿，他们一边嗑着瓜子，一边阴郁而怀疑地观望着一切。工人的脸上带着一丝轻蔑，还有一种凶狠而快活的微笑，他站在人群旁边，做出一副为了寻开心而稍作逗留的样子，仿佛在说：我早就知道，他们全都在胡说八道。

一位太太急急地说，她现在连一块面包也没有了，过去有学校，现在学生都散了，因为学校无法供养他们了：

"布尔什维克让谁过得更好呢？大家都过得更差了，尤其是我们，平民！"

一个涂脂抹粉的小贱人幼稚地打断了她的话，插嘴说：德国人很快就要来了，每个人干了什么坏事，到时候全都要清算。

"在德国人到来之前，我们要把你们全都宰掉。"工人冷冷地说着，离开了。

两个士兵附和着说："说得对！"——也走了。

在另一群人中，谈的也是同样的话题。在这群人里争论的是另一个工人和一个预备役准尉。预备役准尉想尽可能说得温和些，选用最不伤人的词句，尽量用逻辑去说服人，他几乎已经赢得了人群的支持，但是工人开始对他叫喊：

"你兄弟就应该找把更大的锁把你的嘴锁上。这就是我要说的。你少在人民当中鼓吹这些！"

K．说，P．昨天又去了他的家里，坐了四个钟头，并毫无理由地一直在读那本不知是谁放在桌子上的关于磁波的书，然后就喝茶，把主人的一整个配给面包全吃掉了。按秉性，P．是一个温顺、安分的人，一点也不粗野，可现在他来了就坐着，毫无良知地吃掉整个面包，完全不为主人考虑。人们都迅速地堕落了！他发表了一篇文章[1]，柯甘十分赞赏。我还没读过，但我能猜到它的内容，并跟爱伦堡讲了讲——事实证明我是对的。总的来说，勃洛克的曲调并不高明，他是个蠢货。

下面是摘自高尔基《新生活报》的一段话：

"从今天起，即使是最幼稚的大老粗也已经明白，对于人民委员的政治行为来说，不仅谈不上有任何的勇气和革命品格，就连最起码的诚实性也没有。在我们面前的是一伙政治冒险家，他们为了一己私利，为了让正在死亡的专制制度再垂死挣扎几个星期，不惜最无耻地背叛祖国和革命的利益，背叛俄国无产阶级的利益，他们盗用无产阶级的名义在空悬的罗曼诺夫宝座上胡作非为。"

1　即《知识分子与革命》一文，刊登在《劳动红旗报》上（1918年1月19日）。

下面是摘自《人民政权报》[1]上的一段话：

"根据我们一直以来的观察，每天晚上，被捕者在接受工人代表苏维埃审讯时都面临着死亡的威胁，此一事件屡次出现，我们要求人民委员会杜绝这种流氓式的举动和行为……"

这一指控来自博罗维奇城。

下面是摘自《俄罗斯言论报》的一段话：

波克罗夫斯基村的唐波夫农民做了下面的笔录：

"1月30日，我们，村社，控告了两个小偷——公民尼基塔·亚历山大罗维奇·布尔金和阿德里安·亚历山大罗维奇·库季诺夫。根据我们村社的协议，他们被起诉，同时就地处决。"

这个"村社"还制定了关于对各种犯罪行为的惩罚的私人法典：

"如果有人殴打他人，受害者应十倍奉还。

"如果有人殴打他人致受伤或骨折，处以极刑。

"行窃或窝藏赃物者，处以极刑。

"纵火者，一经发现，处以极刑。"

这部"法典"通过后不久，两个窃贼就被当场抓获。他们立即进行了"审讯"，并宣判死刑。先处死一个：用铁棒重击他的头，再用干草叉刺穿他的腰部，剥得精光，扔在人行道上。然后动手杀另一个……

---

1 俄国社会革命党人办的一份报纸。

每天都能读到类似这样的消息：

僧侣们（被判）在彼得罗夫卡大街上除冰，路过的人幸灾乐祸地嘲弄他们：

"啊哈，被赶出来了！如今啊，老兄，没辙儿了！"

在波瓦尔街一座房子的院子里，一个穿皮夹克的士兵在劈柴。一个路过的农民停下来看了他好一会儿，然后摇摇头，伤心地说：

"嘿，他妈的！嘿，逃兵！他妈的！俄罗斯完蛋了！"

2 月 7 日。

《人民政权报》的一篇社论说："严酷的时刻到了——俄罗斯和革命就要灭亡。大家都起来保卫革命，它刚刚开始辉耀整个世界！"

——我想问，革命什么时候在辉耀？你们这些无耻的眼睛什么时候看到了革命的辉耀？

《俄罗斯言论报》写道：原参谋部首长雅努科维奇被打死了。他在切尔尼戈夫被捕，根据地方革命法庭的命令，要被送到彼得格勒的彼得保罗要塞，由两个红军士兵押送。但火车接近奥勒贝日时，一个士兵在夜里朝他开了四枪，把他击毙了。

现在还是冬天，雪闪闪发亮，天空却像春天一样，从发光的蒸汽云后透出蓝光。

斯特拉斯特纳亚街上人们在张贴关于雅沃尔斯卡娅[1]义演的海报。一个面色红润的肥胖的老妇人，面色红润，粗俗又刻薄地嚷嚷着："瞧瞧，到处张贴！谁来洗刷这些墙？资本家们要去剧院就应该禁止他们看戏。我们是不去的。大家都拿德国人来吓唬人——他们来了，来了，可是，瞧，怎么到现在还不来呢！"

一位女士走在特维尔大街上，脸上戴着一副夹鼻眼镜。她穿了一件士兵的羊皮大衣，里面是一件红色的毛绒夹克，一条破旧的裙子，还有一双破烂得可怕的套鞋。

街角站着一群女士、高等女校的学生和军官，在卖什么东西。

电车里上来一个年轻的军官，他红着脸说："很遗憾，没钱买票。"

黄昏时分，红场上斜阳耀眼，还有镜子似的被轧平了的雪。天气很冷。我们在克里姆林宫停下来。天上有月亮和玫瑰色的云彩。四周一片静寂，有几个大雪堆。炮兵基地旁边有个穿皮袄的士兵，脚上的毡靴踩在雪地上发出嘎吱嘎吱的声音，脸则像从木头上砍下来的。现在看起来，这个卫兵已经没有意义了！

我们从克里姆林宫走出来——小男孩们兴奋地跑来跑去，用一种不自然的语调大声喊着：

---

1 莉迪亚·鲍里索夫娜·雅沃尔斯卡娅（1869—1921），俄国女演员，演过契诃夫等作家的戏。

"德国人占领了莫吉廖夫！"

2月8日。

安德烈（我哥哥尤利的仆人）越来越失去理智了，甚至很可怕。

他当差将近二十年了，一直淳朴亲切，有理智，有礼貌，对我们忠心耿耿，而现在却好像发了疯似的。工作虽然还是认真，但看得出来，已经很勉强了，不敢看我们，回避与我们的谈话，由于内心的激愤而全身发颤，在沉默不下去的时候，则前言不搭后语地说一些莫名其妙的胡话。

今天早晨，当时我们都在尤利家里，Н. Н. 像平时一样说，一切都完蛋了，俄罗斯坠入深渊了。安德烈忽然把茶具往桌子上一放，双手抬起来，满脸通红地说：

"对，对，坠入深渊了！可这是谁之罪，谁之罪呢？是资产阶级！等着瞧吧，他们会被撕碎的，你们会看见的！记住你们的阿列克谢耶夫[1] 将军发生了什么事！"

尤利问道：

"您，安德烈，能否清楚地解释一下，为什么您最恨的就是他呢？"

1　米哈伊尔·瓦西里耶维奇·阿列克谢耶夫（1857—1918），俄国将军，1917 年任临时政府最高统帅，他迫使尼古拉二世退位，十月革命后领导组建了白卫志愿军。

安德烈没有看我们，只是小声地说：

"我没有什么可解释的……你们自己应该明白……"

"但是，要知道，一个星期之前，你还是极力维护他的。出了什么事呢？"

"出了什么事？你们就等着吧，你们会明白的……"

批评家达曼[1]来了——他是从辛菲罗波尔逃出来的。他说那边真是"无法形容的可怕"，士兵和工人们"简直蹚在没膝的血水里"。有一个老上校被活活地扔进机车的熔炉里烤死了。

2月9日。

昨天我们去 B. 家里。相当多的人聚集在那里——大家一致说："谢天谢地，德国人前进了，他们攻占了斯摩棱斯克和博洛戈耶。"

早晨我进了城。

斯特拉斯特纳亚街上聚集了一群人。

我走过去听了听。一个是戴着暖手筒的太太，一个是翘鼻子的村妇。太太说得很急，由于激动而满脸通红，说话颠三倒四。

"这对我来说完全不是石头，"太太慌忙地说，"这个修道院对我来说是一个神圣的地方，而您却想告诉我……"

---

1 阿伯拉姆·鲍里索维奇·达曼（1880—1952），批评家、文学研究家。

"我没什么要告诉你的，"村妇蛮横无理地打断了她的话，"它对你来说是神圣的，而对我来说则是一块越来越大的石头！我们知道！我们在弗拉基米尔看见过！彩画匠拿块木板，在上面涂抹几下，就是你的上帝了。你自己向他祈祷吧。"

"您既然这么说，我也不想跟您再说什么了。"

"那就别说了。"

一个牙齿发黄、满脸胡髭的老头同一个工人在争论。

"当然，您现在什么也没有了，既没有上帝，也没有良知了。"老头说。

"是的，没有了。"

"您在那里枪杀了五个遵纪守法的公民。"

"真有你的！好像您已经有三百年没有开枪杀过人了？"

在特维尔大街上，有一个可怜的老将军在卖东西，他戴着一副银框眼镜和一顶黑色皮帽，畏葸、卑微地站着，像一个乞丐……

简直太神奇了，所有人都放弃了，所有人都迷失了本心。

风闻有几个波兰军团好像要来拯救我们。顺便提一下，为什么是"军团"[1]？这些新的、越来越冠冕堂皇的辞藻何其丰富！一切都是游戏，一场木偶戏，"高尚的"风格、傲慢的谎言……

住在克里姆林宫里的这些王八蛋的太太们现在都用所有

1　"军团"一词用的是"列吉昂"〔**легион**〕，古罗马大部队的意思。

的直通电话交谈，好像那是她们的私人电话一样。

2 月 19 日 [1]。

"和平，和平，可是没有和平。因为在我们的人民中有恶人，他们埋伏窥探，好像捕鸟的人。他们设立圈套陷害人……我的百姓也喜爱这些事。地啊，当听，我必使灾祸临到这百姓，这是他们意念所结的果子。" [2]

这段话摘自《耶利米书》。我整个早晨都在读《圣经》，令人惊叹。特别是下面这句话："**我**的百姓也喜爱这些事……**我必使灾祸临到这百姓，这是他们意念所结的果子。**"

后来我看了我自己的《乡村》一书的校样，它要在高尔基的帆出版社出版。魔鬼把我同这个出版社扯上了关系！即便如此，《乡村》也还是一部非凡的作品，但也只有了解俄罗斯的人才能懂得它。又有谁了解俄罗斯呢？

然后我又浏览了自己在 1916 年写的几首诗（也将在帆出版）。

    主人死了，房子被封，

    明矾在玻璃下发绿，

    板棚长满了芝麻，

1　此日期明显有误。——原编者注。

2　参见《旧约全书》第六章《耶利米书》。

早已空了、敞开，易燃易熟。

畜栏里畜粪在冒烟……

暑热，艰苦的劳动……

发了疯的看家狗

穿过庄园，奔向何处？

这是我 1916 年夏天住在瓦西列夫斯科耶时所写的诗，那时许多人——特别是那些住在村子里，与人民很接近的人——可能都对某种东西感到害怕，我也是。

全诗在去年夏天才完成：

瞧，黑麦成熟了，谷粒脱落，

谁将去收割、捆束？

瞧，浓烟滚滚，警钟长鸣，

又是谁决心前去灭火？

瞧，疯狂的一伙人起来了

就像暴徒穿过整个罗斯……[1]

至今我都不明白，我们怎么会决定在农村里过完 1917 年的整个夏天的，也不明白，我们的性命是怎么样和为什么还能保全下来的！

---

1 这是蒲宁 1916 年写的《前夜》一诗中的两段。

"还没有到不偏不倚地、客观地分析俄国革命的时候……"现在你随时都会听到这句话。不偏不倚！但是，真正的不偏不倚反正是永远不会有的。主要的是，我们的"偏和倚"对未来的历史将是非常非常珍贵的。难道只有"革命人民"的"激情"才是重要的吗？而我们呢？我们不也是人民吗？

晚上参加了"星期三"集会。奥斯兰德朗读了一篇悲惨的东西，奥斯卡·王尔德的风格。他整个人显得很瘦弱，一双枯槁的黑眼睛，眼睛里有一种金色的反光，就像干掉的紫墨水。

德国人好像不是像平常那样去打仗，去作战，去战斗，"不过是坐着火车"去占领彼得堡罢了。而且好像是四十八小时就大功告成，不多不少。

《消息报》有一篇文章，文章里竟拿"苏维埃委员会"同库图佐夫[1]相提并论。全世界没见过更无耻的骗子了。

2月14日。

下着暖和的雪。

电车里是地狱，一大群背着背囊的士兵——从莫斯科逃

---

1 米哈伊尔·伊拉里奥诺维奇·戈列尼谢夫-库图佐夫（1745—1813），俄罗斯帝国元帅，著名将领，军事家，1812 年曾率领俄国军队击退拿破仑的大军，取得俄法战争的胜利。

出来的。他们害怕被派去保卫彼得堡，抵抗德国军队。

大家都相信，德国人已开始占领俄罗斯。老百姓也这样说："瞧，德国人就要来了，要整顿秩序了。"

像平时一样，有非常多的人在电影院旁边贪婪地看着广告。一到晚上电影院简直就要被挤破了。而且整个冬天都是这样。

在尼基塔大门口，一个马车夫撞上了一辆汽车，碰坏了汽车的挡泥板。马车夫是个留着红色大胡子的巨人，他完全慌了神：

"对不起，看在上帝的面上，我给您下跪了！"

司机满脸麻子，脸色蜡黄，表情严厉，口气却很怜悯：

"为什么要下跪？你也和我一样是工人，只是下次要留神，别再碰着我了！"

也难怪，因为他觉得自己是首长。新的主人嘛。

报纸开了天窗——书刊审查。穆拉洛夫[1]"已离开了"莫斯科。

一个马车夫在布拉格饭店旁边高兴地笑着说："管他呢，让德国人来吧。反正都一样。德国人以前就统治过我们。听人说在他们自己国家里已经逮捕了三十名重要的犹太人。所以又怎样呢，我们也可以啊。我们是愚昧无知的人。你只要对一个人说'走吧'，就全都会跟着走的。"

1　尼古拉·伊凡诺维奇·穆拉洛夫（1877—1937），苏联政治家，革命家。

2月15日。

自从昨天晚上有消息称德国人已占领彼得堡后，报纸上一片绝望。尽管如此，报纸仍在呼吁："起来，团结一致，同德国白卫军斗争。"

卢那察尔斯基甚至号召中学生报名参加红军，"去同兴登堡[1]作战"。

到目前为止，我们已经有三十五个省向德国人投降了，而且损失了无数的大炮、装甲车、火车、炮弹……

又下起了湿漉漉的雪。中学生们在雪里走来走去，全身充满了美和快乐。有一个长得特别好看，一双迷人的蓝眼睛从竖起的毛领后露出来……等待着这些年轻人的是什么呢？

傍晚，由于太阳的照射，一切都像春天那样光芒四射。西边的云彩变成了金黄色。处处是水洼和尚未融化的柔软的白雪。

2月16日。

昨天晚上我去了 T. 家里。当然，每个人都在谈论唯一的也是同样的问题：将会发生什么事。大家都很害怕，唯有什梅廖夫一人不认输，始终坚称：

"不，我相信俄罗斯人民！"

1　保罗·冯·兴登堡（1847—1934），德国元帅，第一次世界大战期间担任德国总参谋长，后任德国总统（1925—1934）。

今天整个早晨都在城里游逛。遇到了两个路过的士兵，他们的对话爽朗又活泼。

"老弟，莫斯科现在无论如何……保不住了。"

"现在连外省都无法……保不住了。"

"瞧，德国人就要来了，要整顿秩序了。"

"当然，而且我们也不会反对。到处都一样糟糕。"

"而且你跟我就算不是在这里被人操，也早就死在战壕里了……"

在别洛夫商店里，一个肥头大耳、酒意上脸的年轻士兵要了五十普特的奶油，并大声地说：

"如今我们都不讲什么客气了。瞧，我们现在的总司令穆拉洛夫也跟我一样是个士兵，就在前几天他的部下还喝光了两万卢布的伏特加。"

两万卢布！很有可能这个家伙只是在想入非非，粗俗的妄想罢了。但鬼知道呢——也许是真的。

四点钟，一群记者聚集在文学小组[1]里，"拟定一份反对布尔什维克审查制度的抗议书"。梅尔古诺夫任会议主席。库斯科娃号召出版商停止印刷报纸，以示抗议。想想吧，这会使布尔什维克多么害怕！后来大家热情地相互鼓励说，布尔什维克活不长了，他们已把自己的家庭迁出莫斯科了。例如弗里契，已经搬走了。

---

1 1899 年成立于莫斯科，有一段时间由勃留索夫主持。1913 年在纪念《俄罗斯新闻》的一次会议上，蒲宁做了发言，谈论现代文学，引起重大争论。

谈到了萨里科夫斯基[1]：

"是的，你们只要想想吧！新闻记者也有坏透了的，就这个萨里科夫斯基。我们滑稽可笑的拉达让他当上了基辅的省长！"

我们和契里科夫[2]一起回来。他有最新和最可靠的消息：加米涅夫[3]将军开枪自杀了；德国总参谋部设在波瓦尔街，住在那里非常危险，因为那里将会有最激烈的战斗；布尔什维克在同保皇党及商业巨头联系；经米尔巴赫的同意，决定选举萨马林[4]为新的沙皇……在这种情况下，将跟谁进行激烈战斗呢？

夜晚。

我跟契里科夫告别，在波瓦尔街碰到了一个非常年轻的士兵，他衣衫褴褛，肮脏下流，喝得烂醉，他先是把杯子抵在我的胸口上，然后退了一步，对我啐了一口唾沫说：

"霸道，狗养的！"

我刚刚坐下来，整理一下自己的手稿、笔记——该准备到南方去了，却恰好发现自己"专横霸道"的某种证明。瞧，下面是我 1915 年 2 月 22 日写的一条笔记：

---

1 亚历山大·萨里科夫斯基（1866—1925），乌克兰社会联邦运动者，1918年进入彼得留拉政府。

2 叶甫盖尼·尼古拉耶维奇·契里科夫（1864—1932），俄罗斯作家。

3 尼古拉·米哈伊洛维奇·加米涅夫（1862—1918），俄国将军。

4 可能是 В.И.萨马林，1921 年为全俄中央执委会成员。——原注。

"我们家的女仆丹妮娅显然很喜欢读书。她从我写字台下面的纸篓里把撕掉了的草稿捡起来，挑选一下叠在一起，在空余时间里阅读——慢条斯理的，脸上还带着静静的微笑。不过她不敢向我借书，害羞……我们生活得多么残酷和令人厌恶！"

还有一条是 1916 年冬天在瓦西列夫斯科耶写的：

深夜，我坐在书房里的一张老圈椅上读书，在一盏神奇的旧台灯旁，暖和、舒适。玛丽娅·彼得罗夫娜走进来，递给我一个被揉皱了的脏灰色的信封，说：

"送信人要求加钱。人都变得完全不要脸了。"

像平时一样，信封上伊兹马尔科夫的电报员用浅紫色的墨水豪放地写着"给信差付七十戈比"。也像平时一样，"信差"——给我们送电报的村妇马霍托奇卡——找了个小孩，用很粗的铅笔把数字七改成了八，不过改得很潦草。我站起来，穿过黑暗的客厅和走廊，来到前厅里，这里散发着强烈的羊皮袄的气味，还混杂着农舍和严寒的气味。一个小个子女人站在那里，披肩上蒙着一层霜，手里拿着一根鞭子。

"马霍托奇卡，是你改的价吗？你又要加钱？"

"老爷，"马霍托奇卡用由于寒冷而变木了的声音说，"你瞧，什么样的路啊。坑坑洼洼。灵魂都要出壳了。又是严寒、酷冻，两个膝盖都麻木了，要知道，来回有 20 俄里……"

我带着责怪的神情摇摇头，塞给马霍托奇卡一个卢布。我穿过客厅回来，朝窗外望去，冰冷的月夜在积雪的院子里仍是那么明亮。于是我立即想象到那一望无际的明亮的田野，那闪光的坑坑洼洼的道路，那碰撞着道路的里外都冻透了的无座雪橇，那迈着碎步跑在旁边的小马，全身结满了霜，巨大的睫毛上挂满灰白色的雾凇……那么，在寒冷和疾风中缩着身子靠在角落里的马霍托奇卡又在想什么呢？

在书房里我拆开了电报："我们与斯特列里纳[1]的所有人一起为俄罗斯文学的光荣和骄傲干杯！"这就是马霍托奇卡要在坑坑洼洼的道路上坐着雪橇跋涉 20 俄里的缘由。

2 月 17 日。

昨天记者们一致说，他们不相信真的会同德国人签署和约。

"我无法想象，"阿·雅布洛诺夫斯基[2]说，"霍亨索伦王朝的印章盖在布隆施泰因[3]的签名旁边！"

今天我去了祖博夫家（在波瓦尔街），科里亚在那里挑选了一些书。完全是春天了，有雪又有太阳，天气明媚，天空在白桦树的树枝之间显现深深浅浅的蓝。

四点半，我来到阳光普照的阿尔巴特广场，人群正在争抢报童手中的《晚间新闻报》：和约[4]签署了！

1　莫斯科的一家饭馆。
2　亚历山大·亚历山大罗维奇·雅布洛诺夫斯基（1870—1934），俄国新闻记者。
3　即托洛茨基。
4　即布列斯特和约，1918 年 3 月 3 日苏维埃政权与德国及其同盟国（奥匈帝国、奥斯曼土耳其帝国、保加利亚）在布列斯特签订。

我给《人民政权报》打了电话：签署和约，是真的吗？他们回答说：是的，签署了。

所以那些说"我无法想象"的人，接受现实吧。

2月18日。

早晨，作家图书出版社有一个会议。开会之前我用最粗野的话破口大骂。克列斯托夫·安加尔斯基（他已经是某组织的委员）一句话也说不出来。

有人在建筑的外墙上贴海报，揭发列宁和托洛茨基同德国人的关系，说他们被德国人收买了。我问克列斯托夫：

"喂，能得多少钱呢？"

"不用你担心，"他带着不明显的笑意说，"我确定够多。"

全城都在谈论同一件事：

"和约只是俄国单方面签了字，德国人拒绝签字……"

蠢人的自我安慰。

傍晚，教堂的十字架发出晦暗的玫瑰金色的光辉。

2月19日。

柯甘给我讲述了司法委员施泰因别格[1]的事：老派、虔

1　大概是指阿朗·扎哈洛维奇·施泰因别格（1891—1975），一个文学家。
　　——原注。

诚的犹太人，从来不吃不合犹太教规的食物，严格遵循安息日的规定……后来谈及勃洛克：他现在在莫斯科，是狂热的布尔什维克，卢那察尔斯基的私人秘书。柯甘的妻子激动地说：

"不要那么严厉地指责他！要知道，他完全，完全是一个孩子！"

晚上五点钟我得知，今天有几个喝醉酒的士兵往沃兹德维仁卡大街的军官经济协会扔了炸弹，据说炸死了六十到八十个人。

我读了刚从塞瓦斯托波尔发来的《"自由俄罗斯"主力舰全体船员的决议》：

"致全体，以及塞瓦斯托波尔之外的所有无目的地胡乱射击的人们！

"同志们，你们随意地射完子弹，很快你们就没有子弹去射击目标了，你们在浪费子弹，一无所得，到时候，亲爱的，你们就将两手空空地受擒了。

"同志们，资产阶级正在吃掉那些现在就躺在棺材里和坟墓里的人。你们这些叛徒和射手，你们浪费子弹，就是在帮助资产阶级吃掉周围所有人。我们号召所有的同志跟我们联合起来，禁止所有戴着军帽的人射击。

"同志们，让我们从今天就开始，做到每一次射击都能向我们证明：'又少了一个活着的资本家、一个活着的社会党人！'我们射出的每一发子弹都应该击中肥胖的肚子，它不应该在港口的水里冒泡。

"同志们，我们珍惜子弹应当甚于珍惜我们的眼睛。单一只眼睛我们还能生活，但是没了子弹我们活不下去。

"如果最近在城市或港口举办的葬礼恢复鸣枪的话[1]，请记住，我们，'自由俄罗斯'主力舰的水兵们也会回以一发炮响，要是你们的鼓膜被震坏了或窗玻璃被震碎了，可不要责怪我们。

"因此，同志们，在塞瓦斯托波尔再不会有人放空枪空炮了，只放有用的枪和炮——对准反革命和资产阶级，而不是朝水里和空气里放，而没有水和空气，任何人都一刻也不能生存！"

2月20日。

我去了尼古拉耶夫火车站。

阳光很好，甚至太好了，稍稍有点儿冷。从米亚斯尼茨大门后面的山上往下看，可以看到蓝灰色的雾霭中林立的房子和金色的教堂圆顶。啊，莫斯科！车站前的广场上，积雪正在融化，整个广场闪着金光，像镜子似的发亮。载着货箱的运货大车显得强大有力。难道这一切力量和财富现在都要完了吗？有许多农民，还有穿着各种旧大衣、佩着各种武器的士兵——有的带着马刀，有的背着来复枪，有的腰间别着巨大的左轮枪……现在他们是所有这一切武器的主人，这一

1　俄罗斯葬礼有鸣枪致敬的传统。

巨大遗产的继承人……

电车上当然非常拥挤。

两个老太太在愤怒地咒骂"政府"：

"蒙人，给八分之一磅的面包干，不知道在哪里放了一年，你咬一点尝尝——真臭，气死人了！"

在她们的旁边有一个乡下人，呆呆地听着，呆呆地看着，奇怪地、死板地、白痴似的微笑着，头上戴着一顶白色的满族帽，脏兮兮的穗子垂在他褐色的脸上。他的眼睛也是苍白的。

在所有其他或坐或站的人中间，站着一个高出所有人整整一头的巨人士兵。他穿着一件华美的灰色军大衣，腰间紧束着一条帅气的腰带，像亚历山大三世那样，戴一顶灰色的圆军帽，身材魁梧，端庄健壮，留着一把发亮的、灰色的、宽直均匀的胡须，戴着手套的手里拿着一本《圣经》。他跟所有人都格格不入，最后的莫希干人[1]。

我回来时走的那条街在阳光直射下非常刺眼，仿佛笔直通向太阳。突然之间，每个人都被显露出来，可以看得非常清楚：一幅古代莫斯科的景象，就像苏里科夫的绘画。一群穿着短皮袄的农夫和农妇围着一个身穿黑麦面包色军大衣、头戴红色小牛皮帽的农民，这个农民正在匆忙地解开一匹马的缰绳，那匹马倒在人行道上，不停地挣扎。它拉着一个装满稻草的巨大雪橇，马倒下来时，雪橇的车辕被拽脱下来，

---

1 北美印第安人的一个分支，由于欧洲人的殖民政策而衰亡。

雪橇冲到了路边。这个农民使劲地叫喊："小伙子们，帮忙挂上！"可是，谁也没有动弹。

我们六点钟又一次出门，碰见了 M.，他说他刚听说，克里姆林宫好像在埋地雷，如果德国人来了就把它炸掉。那一刻我望着克里姆林宫上空那蓝得惊人的天空，望着它那古老的圆顶上岁月悠久的金饰……大公们、特雷姆宫、救主寺、天使长大教堂——何等的亲切呀，血肉相连，直到现在我理解到这一切！炸掉它？一切都有可能。现在一切都是可能的。

一些传闻：两个星期后将建立君主政体，阿德里安诺夫[1]、桑德茨基和米先科[2]组成政府。所有最好的宾馆都为德国人准备着。

社会革命党人好像在准备起义。士兵们好像站在他们一边。

2 月 21 日。

卡缅斯卡娅来了。像其他千百人一样，她和家人也要被赶走。期限只有四十八小时，而他们的住所是一个星期也收拾不完的。

碰到斯皮兰斯基。他说，据《俄罗斯新闻》报道，一个德国委员会正在前往彼得堡，估算德国臣民遭受的损失，德

---

1 亚历山大·亚历山大罗维奇·阿德里安诺夫（1862—1918），俄国将军。
2 巴威尔·伊万诺维奇·米先科(1853—1918)，俄国将军，曾任顿河部队首领。

国警察会继续驻扎在那里，他还说莫斯科也会有德国警察，司令部已经进驻莫斯科了。列宁在莫斯科，待在克里姆林宫里，因此克里姆林宫宣布处于戒严状态。

2月22日。

今天上午，我们要做一件令人难过的事：收拾图书，决定哪些留下，哪些卖掉（积攒启程的钱）。把《人民政权报》上"最确定的消息"转告了尤利：彼得堡宣布成为自由城市。卢那察尔斯基被任命为市行政长官（市行政长官卢那察尔斯基！）。还有，明天莫斯科所有银行都会转交给德国人，德国人还在继续进攻……总之，连魔鬼也会感到棘手！

晚上在大剧院看戏。现在街道上总是一片漆黑，但剧院前面的广场上还有几盏街灯，在这些街灯的照射下，天空变得更昏暗了。剧院的外墙黯淡无光，像出殡一样悲哀，过去常常停在它前面的马车和汽车现在已经不见了。剧院里空荡荡的，只有几个包厢里有人坐着。一个棕发谢顶的犹太人，两颊留着剪短的灰色胡须，戴着一副金色眼镜，他不断地把自己的女儿往后拉，因为她坚持要坐在面前的栏杆上。她穿着蓝色连衣裙，像一只黑色的牡绵羊。据说这个犹太人是某某"密使"。

从剧院出来，圆柱与圆柱之间是蓝黑色的天空，点缀着两三片暗蓝色的星斑。寒风凛冽，车的行进很艰难。尼基塔大街上没有灯光，像坟墓一样黑暗；黑压压的房子耸立在暗绿色的天边，似乎非常庞大，好像第一次有了存在感。路上几乎没有行人，偶尔有人走动，也几乎像跑步一样，走得飞快。

感觉好像回到了中世纪！但那时至少每个人都把自己武装了起来，房屋几乎是不可攻破的。

在波瓦尔街和梅尔兹里亚科夫斯基街的拐弯处，有两个带枪的士兵。他们是卫兵还是强盗？也许两者都是。

2月23日。

"资产阶级的报纸"又出刊了，但是开了很多天窗。

碰见了 K.。"德国几天后将进入莫斯科。但这是件可怕的事。听说俄国人要被派到前线去跟盟军打仗。"是的，全都一样。全都是老样子：焦虑、乏味、无法排解的等待。

我们一直在讨论什么时候动身。晚上我在尤利家里，回家的时候碰到枪击。从波瓦尔街上空的某个地方，来复枪在疯狂地扫射。

Π. 家里有几个打地板蜡的工人，一个是黑头发上沾满了油污的驼子，穿着深红色的衬衣，另一个是麻脸，一头浓密的卷发，他们摇摇晃晃，互相扯着头发，脸上有光，脑门冒汗。我们问道：

"喂，先生们，你们说点什么好消息吧？"

"说什么呢。一切都不好。"

"那么，在你们看来，下一步将会发生什么事呢？"

"天晓得，"卷头发的人说，"我们是愚笨的人，我们知道什么呢？我稍稍能读点书，他完全是睁眼瞎。将来怎么样？将来是这样：罪犯被放出了监狱，现在是他们在统治我们。这些犯人本来早就该用火枪枪毙掉，不应该被放出来。沙皇被他们拉下了马，以前从来没有发生过这样的事。现在，这些布尔什维克你可搬不动。人民变得软弱了。我连鸡都不敢杀，但我可以轻轻松松地给人民狠狠的一脚。人民变弱了。布尔什维克拢共不过十万人，而我们有几百万人，却什么也不能做。他们现在可以开一家国营酒类商店，或者可以给我们自由，但我们可以把他们从房子里拖出来，撕成碎片。"

"他们都是犹太佬。"黑头发的人说。

"还有波兰人。听说现在这个列宁不是真的列宁，真的早就被杀了。"

"你们怎么看跟德国人签订的和约？"

"不会有这个和约，德国人很快就会中止。不过波兰又会是我们的了。主要的问题是没有粮食。他昨天花了三卢布买了一个小圆面包，而我还是喝稀汤……"

2月24日。

最近我买了一俄磅烟叶，为了不至于发干，我把它挂在窗框和小通风口之间的绳子上。窗户是朝院子里开的。今天早晨六点钟我听见窗玻璃啪的一声响，跑出去一看，我脚下的地板上有一块石头，玻璃已被砸碎，烟叶不见了，一个人正从窗前跑开——处处都是强盗!

羽毛状的云彩,偶尔现出太阳,还有一块块蓝色的水洼……

我对面的房子里有人在做祈祷,他们戴着"意外喜悦"的圣像,牧师们唱着圣歌。这一切现在看起来多么奇怪,又是多么动人。许多人都哭了。

有传闻说:在布尔什维克中间有许多保皇派,而且总的来说,整个布尔什维克主义都是为恢复君主制度而建立的。当然,又是布尔什维克自己编造的胡说八道。

萨维奇[1]和阿列克谢耶夫现在好像在普斯科夫。"他们正在组建政府。"

我给《人民政权报》打电话:请拨 60-42 号。接通了,但是电话好像占线——《人民政权报》意外地听到了某人同克里姆林宫的对话:

"我这里有十五名军官和卡列金中尉,怎么处理?"

"立即枪毙。"

我一直觉得无政府主义者都是些非常快活和善良的人,但布尔什维克苏维埃非常害怕他们。编辑巴尔马什,是一个十分疯狂的高加索人。

在塞瓦斯托波尔,水手们有一个"头目"——某某里夫金,留着将近三英尺长的大胡子,抢劫杀人无恶不作,但他

---

1 谢尔盖·谢尔盖耶维奇·萨维奇(1863—?),俄国将军,1915 年起为西北战线司令部首长。在普斯科夫参与过尼古拉二世退位一事。

却是"一个有最温柔的灵魂的人"。

现在许多人都会假装自己有别人没有的消息。

在菲力波夫咖啡馆好像有人看见了前莫斯科市长阿德里安诺夫，据说他还是工人代表苏维埃最重要的秘密委员之一。

2月25日。

尤尔卡·萨布林[1]——军队的总指挥！20岁的孩子，跳步态舞[2]的专家，一个可爱得令人作呕的人……

一个传闻：盟军——现在轮到盟军了！——已经与德国人达成协议，委托德国人为俄国整顿秩序。

又是示威游行，横幅、海报、音乐——各行其是，几百种声音在高喊：

"起来吧，行动起来吧，劳动人民！"

他们的声音空洞又原始；女人们长着楚瓦什人和莫尔多瓦人的脸孔；男人们的脸上都是犯罪的特征，像是一个模子刻出来的，有些人的脸简直像是从萨哈林岛[3]来的。

罗马人在他们的苦役犯人脸上打上了"凶犯，当心"[4]的印记。这些俄国人的脸上什么也不需要，就算没有任何印记，

---

1 尤利·弗拉基米罗维奇·萨布林（1897—1937），指挥过革命军队一个旅；阿·托尔斯泰在小说《一九一八》中提到过他的名字。
2 最初为美国黑人舞，20世纪初在欧美曾风靡一时。
3 沙俄流放犯人的地方。
4 这几个字的原文是拉丁文。

也能一目了然。

然后他们唱起了《马赛曲》，法国人的国歌，而法国人刚刚被这些革命者以最卑鄙的方式出卖了。

2月26日。

不知是一个农民还是工人在波瓦尔街的拐角上大声议论着《晚报》的声明，念着编辑人员的名字，念完之后说：

"全是一样的恶棍。还是有名的恶棍！"

《俄罗斯新闻》的编辑报道说，托洛茨基是德国的间谍，同时也是下诺夫哥罗德警局的警探。这是斯图奇卡[1]在《真理报》上公布的，因为他对托洛茨基很不满。

2月27日。

又是节日——革命一周年。但是到处都没有人，完全不是因为现在是冬天，又有大风雪，只是所有人都已经厌烦了。

何等粗野而又吓人的无稽之谈。我家的电话整天响个不停，爆炸性的消息一个接一个。

"人们正被派往各地！加拉罕[2]被任命为驻君士坦丁堡大

1　彼得·伊万诺维奇·斯图奇卡（1865—1932），政治家、法学家，彼得堡十月革命的参与者。

2　列夫·米哈伊洛维奇·加拉罕（1858—1937），布列斯特和约苏联谈判代表团的书记，外交家。

使，加米涅夫为驻柏林大使……"

我们读了列宁的一篇短文。琐碎且不实——先是讨论国际形式，然后是"俄罗斯民族的浪潮"。

2月28日。

又是冬天。外面的雪很大，阳光灿烂，房屋的窗户闪闪发光。

斯列坚卡街传来的消息：德国军队占领了斯帕斯克兵营。

德国军团好像开进了彼得堡。明天将出台银行取消国有化的法令。但我认为所有这一切是布尔什维克对我们的又一次愚弄。

电话现在还在响——咔嚓咔嚓地响，叮铃铃地响，并喷射出红色的火星。

3月1日。

晚上在什克里亚尔家里。

去他家的路上我们碰见了捷斯连科律师，他正往自己在红场的家走去。我们停下来跟他打招呼。他精神抖擞，说布尔什维克现在只忙一件事："尽可能地抢到更多的钱，因为他们自己十分清楚，他们的统治就要完了。"

在什（克里亚尔）家里，除我们之外，还有达曼和 A. E. 格鲁津斯基。他们在来的电车上遇到一个士兵，他对格鲁津斯基说："我到处都找不到工作，就去代表苏维埃去要一份。他们说没有工作给我，但他们给了我两张搜查证，让我去敲诈别人。我大骂了他们一顿，因为我是个诚实的人……"达曼从罗斯托夫得到消息说，科尔尼洛夫在那里的运动毫无影响力。格鲁津斯基则反驳说：事实刚好相反，他们正在巩固和发展。达曼补充说："他们在罗斯托夫犯下非常可怕的兽行，掘开了卡列金的墓，枪杀了六百个女护士……"就算没有六百人，也一定是相当之多的。这已经不是我们那些虔诚信仰基督的农民第一次强暴和杀害她们了，而这些护士还亲自宣传过关于这些人的许多传说！

听说，3 月 17 日莫斯科就要由德国人统治了。市长将是布德伯格。

拉文饭馆的一个厨师告诉我，他三十年来辛勤工作积累的所有财产都被抢光了，现在只能忍受着 90 度的高温在锅炉前徘徊。他还补充说："我看到过奥尔洛夫–达维多夫给自己的农民发的电报，让他们烧掉房子，宰掉牲畜，砍伐森林。他让他们留一棵白桦树下来，好用来削棍子抽打他们，也可以把他们吊在树上。"

有传闻说，德国人在莫斯科成立了一个犯罪调查部门，据说他们在监视布尔什维克的一举一动，哪怕是最细微的动作；他们什么都要登记，什么都要记录。

来自我们村里的消息：农民正在把偷来的东西还给地主。

最后这条消息绝对是真的，我在街上听到有人说：

"现在大兵们都吓得屁滚尿流。他们对外大吹大擂，无所顾忌，说什么让德国人来吧，魔鬼跟他们同在。但现在事态变得这么严重，他们也感到害怕了。他们说我们会受到严惩，老实说，这是我们应得的：我们已经变得非常卑劣了！"

是的，如果真的有什么严肃的事情发生，那么所谓"伟大的俄国革命的自发性"应该已经平息下来了。然而去年夏天农村里是多么无法无天！瓦西列夫斯科耶的生活是多么可怕！忽然又有一个传闻：科尔尼洛夫开始下令执行死刑——几乎整个七月瓦西列夫斯科耶变得比一潭死水还要安静，比草还要低矮卑微。而在五月和六月，光是走在大街上就十分恐怖，每天夜里，时而是这里，时而是那里，黑色的地平线上时时可见红色的火光。有一天黎明，在我们住处附近，农民放火烧了谷仓，然后他们四处奔跑，叫嚷说是我们这些"主人"自己放的火，想要烧掉整个村子。同一天中午，邻居的牲畜棚也着火了，又是全村人围拢过来，叫喊说这也是我干的，并想把我扔进火里烧死。只有愤怒才能拯救我了，我愤怒地用骂娘的话对大喊大叫的人群进行了反击。

3月2日。

人们在谈论："好色之徒、酒鬼拉斯普京是俄罗斯邪恶的天才。"当然，他是个优秀的农民，你们这些还没从"熊"[1]

1　彼得堡的一家饭馆。

和"野狗"[1]里爬出来的人呢？

从现在的表现看来，文学最新一轮的衰落已经无可挽回了，低劣得恐怕不能再低劣了。在最下贱的、又脏又乱的地方开了一间"音乐鼻烟壶"[2]——那里坐着投机家、骗子、妓女们，他们吃着一百卢布一块的大馅饼，喝着从茶壶里倒出来的私酿的烈酒，而诗人和作家（阿廖什卡·托尔斯泰[3]、勃留索夫及其他一些人）给他们朗读自己的和别人的作品，挑选最下流的那种。据说勃留索夫朗读了《加百利颂》[4]，把所有用省略号代替的词也全部念出来了。阿廖什卡还大言不惭地建议我也去朗读，"我们会给你一大笔钱的"。

"滚出莫斯科！"可惜一切仍是照旧。今天下午的莫斯科卑污得令人惊讶。下着雨，一切都是潮湿、肮脏的，人行道和马路上都是坎坷不平的冰，人群就更不用说了。傍晚和夜里，整座城市空无一人，天空在稀疏的街灯灯光里变得昏暗、阴沉。我沿着一条幽静而漆黑的小巷走着，忽然看见几扇敞开的大门，大门的后面，院子的深处，是一座老宅子的壮丽轮廓，在夜空的映衬下它变得更柔和更乌黑了。这里的天空与街道上的天空完全不一样，而房子前面则是一棵百年大树，舒展开的枝条像一个巨大的帐篷……

---

1 在彼得堡卡拉万街的一个作家和艺术家的俱乐部。
2 莫斯科一家文学咖啡馆。
3 阿列克谢—尼古拉耶维奇·托尔斯泰（1883—1945），作家。
4 普希金一首写耶稣生活的作品。

今天读了特列尼约夫新的短篇小说《雇农》，令人厌恶。现在总有一种彻头彻尾的虚伪，这篇小说谈论的都是关于最可怕的东西，但看起来却又丝毫不可怕，因为作者的态度是不严肃的，缺乏"观察力"，语言又是如此过多的"人民性"。总之，整个叙述风格都叫人想啐唾沫。可是这一点却谁也没有看到，没有嗅出来，没有明白——相反，大家都在颂扬："多么有声有色、色彩鲜明！"

苏维埃代表大会。列宁的演讲。

我在报纸上看到关于留在海底的尸体——都是被谋杀和淹死的军官。可这里却是"音乐鼻烟壶"。

3月3日。

德国人占领了尼古拉耶夫和敖德萨。据说，莫斯科将在17日沦陷，但是我不相信，还是准备到南方去。

在中学里，马雅可夫斯基被称为伊季奥特·波吕斐莫维奇[1]。

3月5日。

灰暗的天色，稀疏的小雪。伊利英卡街的银行边上挤满

1　"伊季奥特"在俄文中是"白痴"的意思，"波吕斐摩斯"是希腊神话里的独眼巨人。

了人——聪明的人都要把钱取出来。总之，许多人都暗地里在准备逃离。

晚报上有关于德国人占领哈尔科夫的消息。

3月7日。

在城里听说：

"决定杀掉所有七岁和七岁以下的孩子，这样就没人会记得我们这个时代了。"

我问看院子的人：

"你怎么认为？是真的吗？"

他叹着气说："一切都有可能，一切都有可能。"

"难道人民能容许吗？"

"容许，亲爱的老爷，还要什么容许呢！是啊，你对他们有什么办法吗？据说，鞑靼人统治了我们两百年，难道当时的人民也是这样软弱无力吗？"

夜晚在特维尔街散步，普希金[1]在多云的、透着光线的天空下面悲伤地低着头，好像在说："天啊，我的俄罗斯是多么忧伤！"

周围一个人也没有，只是间或有几个兵和布尔什维克。

---

1 此处指莫斯科著名的普希金纪念雕像，立于1880年。

3月8日。

高尔基的妻子叶卡捷琳娜·佩什科娃谈到斯皮里多诺娃[1]时说："我从来没有被她迷惑过。她是一个革命的伪善者，歇斯底里病患者；她早期的作品只是对菲格涅尔[2]那些蠢东西的拙劣模仿……"

是的，不过要知道，这位斯皮里多诺娃曾经是何等的女英雄啊。

我家旁边（波瓦尔街上）那些富丽堂皇的房子都被征用了。主人们一直在把房子里的家具、地毯、绘画、鲜花、植物等搬到别的什么地方去。今天有辆大车一整天都停在大门口附近，车上载着一棵巨大的棕榈树，由于下着雨和雪，棕榈树全身湿淋淋的，十分可怜。与此同时，还有人不停地往这些房子里搬运"政府"机构的东西——新的办公家具之类……

难道他们就如此坚信自己会长期巩固地待下去吗？

"我的心被伤……"[3]

3月9日。

今天维鲁博夫——他穿着高筒皮靴、腰部带褶的短款皮上衣，看起来还是像个轻骑兵——又瞎扯起那些不论读到和

1　玛丽亚·亚历山大罗夫娜·斯皮里多诺娃（1884—1941），社会革命党人。
2　薇拉·尼古拉耶芙娜·菲格涅尔（1852—1942），民意党的领导人之一。
3　此句为蒲宁引述《圣经·诗篇》中的句子。

听到都令人十分厌恶的话来了：

"是保守的自私自利的政权毁灭了俄罗斯，它不考虑人民的意愿、期望和夙愿……由于这一切，革命是不可避免的……"

我回敬他说：

"不是人民开始了革命，而是你们。人民对**我们所要的一切**和我们不满意的一切根本就不在乎。我不是跟你谈革命——就让革命不可避免、十分美好吧，什么都可以。但是您不能中伤人民——人民需要的是你们所有的执行部委，需要用马良托维奇[1]们代替谢格洛维托夫[2]们，需要废除一切审查制度，就像在夏天里需要雪一样。当人民抛弃了临时政府、立宪会议以及如您所说的'几代优秀的俄罗斯人为之牺牲的一切'，'包括您的胜利终局'，并投向魔鬼时，他们就坚决而残酷地证明了这一点。"

3月10日。

人们拯救自己的唯一方式就是不要使用自己拥有的才能——想象力、关注、思考的才能，否则就将无法生存。

托尔斯泰有一次谈及自我时说："我的一切不幸就在于，我的想象力比其他人更活跃一些……"

---

1 帕维尔·尼古拉耶维奇·马良托维奇（1869—1940），1917 年任俄罗斯司法部长。

2 伊万·格里戈里耶维奇·谢格洛维托夫（1861—1918），1906—1915 年任俄罗斯司法部长，被契卡处决。

我也有这种不幸。

又脏又黑的天气，时常下雪。

挑出一些书去卖，积一点钱，必须离开，不能忍受这种生活——肉体上受不了。

晚上去了维谢洛夫斯基家。他谈到了弗里契，他最近见过他。"是啊，是啊，曾几何时，这本是一个最可怜最恭顺的穿破旧常礼服的人，而现在——却是一位要人、外事委员，穿上带有绸缎翻领的常礼服了！"

随后维谢洛夫斯基用羽管键琴弹奏了巴赫[1]和匈牙利民歌，令人迷醉；然后我们翻阅了几本古书，书页上有小花饰和大写字母的装饰！这一切都来自已经永远毁掉的黄金时代，而这种败落已经持续了很久很久了。

看门人非常不情愿地给我们开门！人人都对各式各样的劳动有强烈的厌恶。

3月11日。

建筑师马林诺夫斯基的妻子，一个笨拙的大脑门的女人，一辈子都跟舞台没有任何关系，如今却成了剧院的政委，仅仅是因为她和她的丈夫是高尔基在下诺夫哥罗德时的朋友。早晨我们去了作家图书出版社，贡恰罗夫[2]谈到，什克里亚

1　约翰·塞巴斯蒂安·巴赫（1685—1750），德国作曲家和管风琴家。

2　伊万·格利戈里耶维奇·贡恰罗夫，莫斯科图书出版社的成员。

尔在某个入口等马林诺夫斯卡娅，等了整整一个小时，最后载着马林诺夫斯卡娅的汽车终于驶到跟前时，他急忙扑了过去，真正奴颜婢膝地扶她下车。

格鲁津斯基说："我现在尽量避免上街，除非有特殊的需要，这完全不是因为害怕遭人抢劫，只是因为害怕看见现在街上行人的面孔。"

我前所未有地理解他，因为我也有同样的感受，只是，我想我的感受还要更强烈。

风吹散了洁白淡蓝的天空中那稀疏的、完全像春天一样的云彩，春水奔流着，在人行道旁边闪着亮光。

3月12日。

遇见了律师马良托维奇。他曾经担任过部长。他至今还照样快活过日子，对一切满不在乎，乐观，活跃。他对我说：

"不，您不要沮丧。即便只有一个理由，俄罗斯也不会灭亡——欧洲不允许它灭亡。您不要忘记，欧洲必须要保持各方势力的均衡。"

由于帆出版社要出版我的文集，我去拜访了总是从高尔基身上吸血的吉洪诺夫[1]。是的，一个很奇怪的出版社！为什么高尔基要成立帆出版社，而且整整一年**只出版了马雅可夫**

1　亚历山大·尼古拉耶维奇·吉洪诺夫（1880—1956），俄国作家，曾就职帆出版社，在《编年史》《新生活报》等报刊担任主编。

斯基的一本小书呢？为什么高尔基买下我的作品，提前支付给我一万七千卢布，却又至今一卷也没有出版呢？在帆的招牌下隐藏着什么东西呢？特别是，整个这一伙人——高尔基、吉洪诺夫、苏哈诺夫[1]与布尔什维克又是什么关系呢？这些人似乎是在跟布尔什维克"斗争"，可是吉洪诺夫和苏哈诺夫来到莫斯科时，却住在布尔什维克征用的民族饭店里。我去这个饭店的时候，要从"管理"这个地方的布尔什维克那里拿到通行证，然后穿过坐在台阶上的持枪士兵才能进入。而吉洪诺夫和苏哈诺夫在这个饭店里却是像在家里一样。墙上挂着列宁和托洛茨基的肖像。至于我去那里的缘由，吉洪诺夫只是支支吾吾地说："您别担心，马上就要出版您的作品了。"

吉洪诺夫还跟我讲过，布尔什维克直到今天还觉得十分惊讶，他们成功地夺取了政权，而且仍旧牢牢掌握着：

"（十月）革命之后，卢那察尔斯基革命后睁大眼睛奔忙了两周：不是吗，您只要想一想，我们本来只是想搞一次示威游行，却突然获得如此意外的成功！"

3月13日。

多么可耻！总主教和教堂的所有公爵都到克里姆林宫去

1　尼古拉·尼古拉耶维奇·苏哈诺夫（1882—1940），政论家，加入过社会革命党和孟什维克党。

顶礼膜拜!

看见了维鲁博夫。他激烈地辱骂同盟军:他们不去占领俄罗斯,而去同布尔什维克谈判!

我和高尔基的第一任妻子叶(卡捷琳娜)·帕(帕夫洛夫娜)一起吃晚餐,并度过了一个晚上。巴赫[1](著名革命家、老侨民)也在,还有吉洪诺夫和米罗柳博夫。米罗柳博夫把俄国人民,也就是农民们夸得天花乱坠:"仁慈的人民,伟大的人民!"巴赫(实际上他一点也不了解俄罗斯人民,因为他一直住在国外)补充道:

"先生们,你们在争论什么呢?在法国革命中就没有残酷行为吗?俄罗斯人民,是像所有人民一样的人民,当然也有缺点,但大多数是好的……"

我同吉洪诺夫一起回来,在路上他讲了很久关于布尔什维克重要人物们的事,他说:"列宁和托洛茨基决定把俄罗斯保持在白热化状态,手段和战争都不会停止,直至欧洲无产阶级加入这个舞台。他们和德国人是一伙的吗?不,这是无稽之谈。他们是有狂热信仰的人,相信世界大同,但他们又像害怕火一样害怕一切,怀疑到处都有阴谋。直到现在他们还为自己的权力和生命而心惊肉跳。我再说一遍,他们无论如何也没有料到自己会获得十月的胜利。莫斯科沦陷后他们极其恐慌,不知所措,跑到《新生活报》来找我们,央求

---

1 阿列克谢·尼古拉耶维奇·巴赫〔1857—1946〕,俄国生物化学家,科学院院士,加入过民意党。

我们担任部长，谋取部级职位……

3 月 15 日。

天气还是那样寒冷，到处都没有暖气，房子里冷得可怕。

因为萨文科夫的文章[1]，《俄罗斯新闻》报关闭了。

许多人都越来越觉得，萨文科夫要谋杀列宁。

"新闻部长波德别利斯基把《路灯》[2]周刊关闭了，并且把它告上了法庭——'因为它刊登了一些煽动民众恐慌和不安的文章。'对随时都在遭受掠夺和杀害的民众来说，这可真是了不得的关心！"

3 月 22 日。

昨天晚上，当灯光在湿漉漉的树木后面闪烁的时候，我看见了第一批白嘴鸟。

今天天气潮湿、晦暗，但是云彩里有许多亮光。

我一直在读报纸，怀着某种幸灾乐祸的快乐，我几乎要哭出来。总之，过去的这一年对我来说的确抵得上不少于十年的生活！

1　指 1918 年 3 月 24 日发表的《迷路》一文。
2　1918 年在彼得堡发行的一份配有插图的周刊。

夜里，深蓝色的天空中飘着丰润的白色浮云，浮云中间有稀疏而明亮的星星。街道上一片漆黑。房屋连成一片，高高耸立，在天空中显得格外幽暗，亮着灯的窗户则是柔和的玫瑰色。

3月23日。

整个卢比扬卡广场在太阳下闪闪发光。车轮下泥水飞溅。亚细亚，亚细亚——大兵们，顽童们，贩卖蜜糖饼干、酥糖、罂粟制品和香烟的小贩们。我听到东方人的哭声和语言——我看到所有那些令人厌恶的深色脸孔，还有他们黄色的鼠尾辫！士兵和工人们一直坐在载重汽车上，脸上得意扬扬……

老书商沃尔努欣是位可爱的聪明人，他穿着短皮袄，戴着眼镜，神情忧郁而专注。

在 H. 的命名日聚会上，所有名字里带有"Н Ы"的人都在不停地举杯。"旧制度"还是很顽强。

我们还参加了普列米罗夫的《酒馆》（的朗诵会）。他的才华毫无疑问。但那又怎么样呢？文学已经走到尽头。艺术剧院又在上演《底层》。真及时！又是这个令人极端厌恶的卢卡[1]！

叶·帕（彼什科娃，高尔基的妻子）迄今仍然坚信，只

1　高尔基的戏剧《底层》中的一个人物。

有米诺尔[1]才能挽救俄罗斯。

（我一直在读）孟什维克的《前进报》。全是一个样，全是一个样。

所有委员的妻子也都成了委员。

一个红军连队，在路上不整齐地走着，磕磕绊绊，有的走马路，有的走人行道。指导员不停地喊道："立正，同志们！"

一个当过兵的卖报人说：

"嘿，卑鄙下流的恶棍！去打仗还带着姑娘！真的，老爷，您瞧——有一个人挽着自己娘子的手呢！"

非常黑暗的春夜。教堂上空的云彩透出一点儿亮光。深入黑暗的星星闪着俏皮的白色光辉。

波瓦尔街上蔡特林家的私邸被无政府主义者占用了。入口的过道上挂着一块白底黑字的牌子。房子里面到处都很亮堂，富丽堂皇的枝形吊灯将一切都照得透亮。

3月24日。

现在不幸的人们都在谈论日本出兵帮助俄国的事，他们将在远东登陆。他们还谈到，卢布很快会变得一文不值，面粉价要涨到一千卢布一普特，需要做些储备……我们说我们什么也做不了：我们会买两普特面粉，保持冷静。

---

1 奥西普·所罗门诺维奇·米诺尔（1861—1932），俄国文学家，立宪会议成员。

我们去列宁大街拜访 У. Н. 达维多夫[1]，他住在一幢略呈黄色的小房子（作家扎戈斯金过去的房子）里，房子前面的屋顶是黑色的，围着黄色的栅栏，大门上挂着黑色的铁制门环。纵横交错的树木上面是碧绿色的天空。古老的莫斯科，很快就将永远完蛋了。

我们还去拜访了 П.，他的厨房里站着一个士兵，肥头大耳，有一双像公猫似的杂色的眼睛。他说，社会主义现在固然是不可能的，但是资产阶级还是应该杀掉。"托洛茨基是好样的，他把他们结结实实地痛揍了一顿。"

一位严肃的干巴巴的太太和一个戴眼镜的小姑娘在街上卖香烟。

买了一本公社出版社出版的论述布尔什维克的书[2]。多么可怕的囚犯群像！年轻的卢那察尔斯基的脖子有半俄尺长。

1　尼古拉·瓦西里耶维奇·达维多夫（1848—1920），律师，作家。
2　该书为《布尔什维克：1903—1916 年布尔什维克主义历史文献》。

敖德萨，1919

4月12日。

从我们灭亡之日起至今已经差不多三周了。

很想什么也不记，却又需要几乎把每一瞬间都记录下来，但这完全是做不到的。单是3月21日落到我们身上的一件不可思议的事，就令人吃惊！

那天中午安纽塔（我家的女仆）叫我接电话。"谁打来的电话？""好像是编辑部来的。"——也就是《我们的言论》编辑部。这份报纸的前身是《俄罗斯言论报》，是我们这些前合作者聚集在敖德萨之后，于3月21日重新开始发行的报纸。当时我们充分相信自己多多少少能享有一段和平的日子，"直到重返莫斯科"。我拿起话筒："您是谁？""瓦连京·卡塔耶夫[1]。我要立即告诉您一个难以置信的消息：法国人撤走了。""什么，是怎么一回事，什么时候？""就刚

1　瓦连京·彼得罗维奇·卡塔耶夫（1897—1986），苏联作家。

才。""您疯了吧？""不，我向您发誓，千真万确。狼狈逃窜！"

我冲出房子，拦了一辆马车，我真不敢相信自己的眼睛：街上全是载着物品的驴子、穿着作战服的法国士兵和希腊士兵、装载各种军用物资的吉普车……我去了编辑部办公室，那里有一份电报："克列孟梭[1]内阁倒了。巴黎筑起了街垒，革命……"

十二年前的今天我和薇拉在去往巴勒斯坦的中途回到了敖德萨。从那时以来发生了何等的神话般的变化啊！死气沉沉的港埠空空荡荡，死寂的城市化为一片焦土……我们的儿孙们将来甚至都不能想象这个我们曾经（也就是昨天）生活过的俄罗斯，我们自己也不曾珍惜和了解过她——她的强大、复杂、丰富和福祉……

今天早晨我醒来之前，梦见一个人快要死了，而且他已经死了。现在我常常梦见死亡——某个朋友，某个亲人，尤其是哥哥尤利。光是想到他就会让我感到害怕：他过得怎么样，靠什么生活，甚至是否还活着？我最后一次听到他的消息是去年12月6日。而8月10日他从莫斯科寄给薇拉的**信却在今天才收到**。

其实早在1917年夏天俄罗斯邮局就停业了，也就是

1　乔治·邦雅曼·克列孟梭（1841—1929），法国政治家，1906—1909年和1917—1920年两度出任法国总理。

说，从我国追随欧洲的脚步，任命我们的第一任"邮政和电报……部长"那一刻起，邮局就停业了。当时也首次出现了前所未有的"劳动部长"，而且从那时起，俄罗斯再也没有任何工作了。同样是在1917年夏天，该隐式的愤恨、凶残和最野蛮的独断专行的魔鬼在俄罗斯横行，俄罗斯人民却在宣扬博爱、平等和自由。每个人都立刻变得狂乱失常，大家都为了一点点小矛盾而相互大声吆喝起来："我要逮捕你，狗崽子！"

1917年3月底，我在阿尔巴特广场差一点被一个大兵杀死，因为我竟允许自己有点儿"言论自由"，当卖报人硬塞给我一张《社会民主党人报》时，我说了一句："去它的！"那个恶棍大兵非常明白，他可以对我干任何他想干的事，而完全逍遥法外。围着我们的群众和卖报人立即站到他那边去了："实在是，同志，您干吗要嫌弃这种对劳动群众有利的人民报纸呢？这么说，您是反革命啰？"

他们是多么一致啊，这些全都是革命！法国大革命的时候也是一下子建立了一大批没完没了的新的行政机构，一系列决定和通告洪水般倾泻而出，委员——不知为什么一定是委员——和各种权力机构的数量无穷无尽；委员会、工会、政党像雨后春笋似的冒了出来，并且"相互吞噬着"，形成一种全新的、特殊的语言，这种语言"完全是把过尚辞藻的感叹同最下流的骂人话（对象是**已死去的暴政的肮脏残余**……）混杂在一起"。这一切之所以得以重复，首先是因为，革命最显著的特征之一，就是对傀儡游戏、虚情假意、装腔作势和粗俗噱头的渴求。人身上的猴性的回潮。

啊，这些关于死亡的梦！总之，死亡在我们**原本就很渺小的**生存中占有多么重大的地位啊！关于这些年也没有什么可说的：我们日日夜夜都生活在死亡的狂欢之中，并且一切都是为了"光明的未来"，而这种未来好像就应该从这种魔鬼的黑暗中诞生。地球上已出现了无数构筑人类福祉的专家和承包人，"那么它，这个未来，何年何月才会到来呢？"就像易卜生的鸣钟人所问的那样。他们总是说，快了，快了，这将是最后的斗争！——一个红公牛的永恒的童话。

昨夜倾盆大雨，今天灰蒙蒙的，很冷。我们院子里开始染绿的小树已经开花了。这个春天真该死！主要是——完全**没有春天的感觉**。如今是什么样的春天啊？

越来越多的传闻。生活在无尽的期待之中（就像去年冬天在敖德萨，前年冬天在莫斯科那样，一直期待着德国人，期待从他们那里得到拯救）。我们一直在期待某种东西很快就会到来并解决一切问题——这种纯粹的常常是徒劳无益的期待当然不会是无代价的，甚至即便我们能够活下来，我们的灵魂也会受到严重的创伤。可是，如果连期待、连希望都没有的话，一切又会是什么结果呢？

"我的上帝啊，你让我出生在一个什么样的时代呀！"

4月13日。

昨天，诗人沃洛申在我们家坐了许久。他由于为公共事业提建议而惹上了麻烦（为庆祝五一劳动节来美化城市）。我曾不止一次地警告过他：您别去参加什么党派活动，须知，他们非常了解您以前是什么人。他的回答还是艺术家的那些话："艺术是超越时代、超越政治的，我只是作为一个诗人、作为一个艺术家去参加美化城市的。""您去美化什么？自己的绞刑架吗？"但他还是跑去了。果然，第二天的《消息报》便写道："沃洛申钻到我们这里来了，如今所有的败类都匆忙地混到我们中来了……"沃洛申则想写一封充满高尚的愤懑的信给编辑部……他的行为比以前更加愚蠢了。

传闻越来越多。芬兰人占领了彼得堡，高尔察克拿下了塞兹兰和察里津……兴登堡正开往不知是敖德萨还是莫斯科……我们所有人都在等待什么人、什么东西的帮助，等待奇迹，等待大自然本身的帮助。我们现在每天都沿着尼古拉耶夫大街散步，去看法国战舰是否还没有离开，幸好它还在……不知为何，它在泊位上显得阴沉沉的，但有它在，日子似乎没有那么难熬。

4月15日。

十个月之前，某某什潘来看望过我。他邋里邋遢，衣衫褴褛，好像一个落魄的商品推销员。他表示愿意做我的经纪人，让我跟他一起到尼古拉耶夫，到哈尔科夫和赫尔松去，在那里当众朗读自己的作品，"每个晚上都有杜马币一千元的收入"。今天我在街上碰见了他。他现在是戏剧事务委员了，跟那个疯狂的恶棍谢普金教授共事。他脸刮得光光的，看上去境况良好，全身上下都说明了这一点，他穿着一件质地上佳的英国大衣，又厚又柔软，后面还垂着半截宽腰带。

从我家窗户向外看去，能看到那里站着一个流浪汉，肩上用绳子挂着一支来复枪——他是个"红色警察"。整条街的人一见到他就发抖，过去哪怕是看见几千个面目凶狠的警察都不会这样。发生了什么？大概有六百名"格里戈里耶夫的部下"[1]涌进了城里，这群长着罗圈腿的青年在一小撮苦役犯和骗子的带领下占领了这座拥有百万人口的富裕的城市！所有人都吓得面如土色，默默地躲藏了起来。但是，比方说，那些一个月前大肆抨击志愿军的人现在在哪儿呢？

4月16日。

昨天傍晚我们去散步。心灵的重负是难以用言辞表达的。如今满大街的人群令人生厌，我被这些牲畜般的人群弄得疲惫不堪。要是能离开这里，躲到什么地方去，比方到奥地利

1　尼吉福·格里戈里耶夫（1884—1919），乌克兰反革命首领之一，曾在帝俄军中任上尉，1919被任命为乌克兰苏维埃师长，后发动反苏维埃叛乱。叛乱被粉碎后，投奔马赫诺匪帮，被他们打死。

去，休息一会儿，该多好啊！然而所有的途径，所有的道路早已被堵死了。如今甚至连去往大喷泉街也是一种狂妄的幻想，因为不能没有通行证，而且可能像狗一样被打死。

我们碰见了哈尔伯施塔特[1]（他是《俄罗斯新闻》《俄罗斯思想》过去的编辑）。此人也"改换颜色了"，他昨天还是一个激越的白卫军，法国人逃走时他（真的是）哭哭啼啼，而现在却参加了《红军之声》的工作。他做贼似的对我们小声说，他被来自欧洲的消息"完全压倒了"：西方列强似乎已经明确决定不以任何方式干涉俄罗斯的任何国内事务了……是的，是的，隔壁的强盗们在光天化日之下大肆抢劫与屠杀，这在他们看来就叫作"国内事务"！

晚上沃洛申又来拜访。荒唐透顶！他说，他跟本地契卡首领塞维尼（优素福维奇[2]）度过了一整天，这位首长有着"水晶般的灵魂"。他就是这样说的：水晶般的。

"人民教育委员"叶夫根尼·谢普金教授把大学的管理工作交给了"七位革命大学生的代表"，人们都说再也找不到像他们这样的恶棍了。

《红军之声》有一条消息："罗马尼亚大肆入侵苏维埃匈牙利。"我们大家都感到极其高兴。这就是不干涉"内政"！不过，要知道，这干涉毕竟与俄罗斯无关。

1　加列夫·伊萨耶维奇·哈尔伯施塔特，俄国新闻工作者，当过各种报纸的编辑，参加了《北方之光》杂志的工作。

2　约瑟夫·尤泽方诺维奇·优素福维奇（1890—1952），1905 年参加苏联工会，全俄中央执行委员会委员。

"勃洛克像倾听风一样倾听着俄罗斯和革命……"啊，多么华丽的空谈！血河，泪海，这些对他来说都不算什么。

我经常想到，我对俄国人民所谓的抹黑描写引起了人们的愤慨。是的，直到现在他们还感到愤慨。他们是谁呢？就是那些在某种文学作品中成长和汲取营养的人，这种文学一百年来真正羞辱了所有的阶级，亦即"牧师"、"平民"、小资产阶级、官吏、警察、地主、殷实的农民——一句话，所有的人和一切人，除了某某"人民"——"连一匹马也没有"的人，当然——流氓也除外。

4月17日。

"旧的彻头彻尾地腐败了的制度一去不复返地崩溃了……人民以火焰般的、自发的热潮推翻了——而且永远地推翻了腐朽的罗曼诺夫王朝……"

可是，如果真是如此，为什么从三月份最初的那些日子起，大家竟会发疯似的害怕反动和复辟呢？

"疯子最光荣，他用黄金的美梦把人类唤醒……"[1] 高尔

---

1 这是贝朗瑞的《疯子》中的一句诗。高尔基在戏剧《底层》中的一个戏子人物朗读了这句诗（原注有误）。

基多么喜欢叫喊这句话啊！然而这个梦所做的一切，只是敲开一个工厂主的头，掏光他的口袋，让为他工作的垃圾们沦入比这个工厂主更糟糕的境地。

"革命不是由那些戴着白手套的手完成的……"那么为什么有人会对搅动反革命的铁手感到不满呢？

"因为耶路撒冷的忧愁，你承受安慰！"[1]

早饭后我一直闭着眼睛躺在床上。我在读一本关于萨文娜[2]的书——没有什么目的，只是因为必须做点什么事，至于做什么，现在反正都一样，因为现在的主要感受是：这**不是生活**。然后，我再重复一遍，是疲惫不堪的等待——等待着明天，后天，也许甚至是今晚会有什么人或什么东西来拯救我们。不能再这样继续下去了！

从早晨起就是灰蒙蒙的天气，下午下雨，到傍晚才真正放晴。

两次出去看人群庆祝五一。我强迫着自己，因为对我来说，这样的场面是很难受的。托尔斯泰有一次写及自己时说："我好像在肉体上感觉到人们。"我也是这样。人们理解不了托尔斯泰这一点，也理解不了我这一点，因此有时会对我的偏激的喜恶感到奇怪。对于大多数的人来说，"人民""无产阶级"直至今天也不过是一个词而已，而对我来

---

1 出自《圣经次经·以斯拉续编下卷》。
2 玛丽娜·加夫里洛夫娜·萨文娜（1851—1915），亚历山大剧院的一位演员。

说，它们一直都有眼睛、嘴巴和声音。每当我听到有人在会议上发表，我都能感觉到他整个身体的动作。

中午我外出时，开始下雨。我看到相当数量的人流纷纷涌向大教堂广场，而那些已经在广场上的人却麻木地站在那里，异常呆板地看着整个庆祝场面。当然也有举着红旗和黑旗的游行队列，有用纸花、丝带和旗子随便地装饰起来的"彩车"；演员们、艺术家们穿着民间歌舞队的服装站在上面唱歌，慰劳"无产阶级"。还有那些"生动的舞台造型"，共产党人"兄弟"们拥抱在一起，"和气的"农民和系着皮革围裙的"威严的"工人，以此描绘"工人阶级世界的力量和美"。——总而言之，一切都是按照莫斯科的命令，按照卢那察尔斯基这个恶棍的命令排演和安排好的。什么时候才能结束这种对乌合之众最卑劣的嘲弄，结束这种对他们灵魂和肚皮的最卑鄙的收买？什么时候才能开始表现出哪怕一丁点儿的真诚，或至少是对事物最起码的热情？例如，高尔基就经常会变得异常兴奋。我记得有一年圣诞节，我们在他卡普里岛的住处，他说了下面这段话（因为下诺夫哥罗德地区的口音，他把发音应该是"А"的非重音"О"念成了"О"）：

"现在，小伙子们，我们到广场去。见鬼，那里的群众会搞出最不寻常的把戏——明白吗，整个广场都在跳舞，顽童们则像魔鬼一样大喊大叫，在极可尊敬的小铺老板眼皮底下偷饼干，他们翻筋斗，吹响千百支笛子……明白吗，还会有几列最有趣的游行队伍，来自各行各业的人们会唱最美妙的市井歌谣……"他的绿眼睛里充满了泪水。

黄昏时分,我去了叶卡捷琳娜广场。天气阴暗潮湿,叶卡捷琳娜的纪念碑从头到脚都缠着又脏又湿的破布,用绳子捆扎起来,上面贴满了木制的红色星星。纪念碑对面是契卡的办公室,装饰的红旗肮脏不堪,在雨里耷拉下来,在湿漉漉的柏油路上投下单薄的血色倒影。

晚上,几乎整个城市都是一片漆黑。新的侮弄,新的法令:虽然有电,却不许亮灯,而煤油、蜡烛又哪里也买不到。瞧,只有偶尔几个地方,透过百叶窗才看得见微弱的火光:自制的灯芯在冒着黑烟。是谁在侮弄人呢?归根结底,似乎是人民自己,因为法令都是为迎合人民而颁布的。

我还记得有一个工人老头站在一所房子的大门口(《敖德萨新闻报》之前就在这所房子里),那是布尔什维克进驻的第一天。一群男孩突然从大门后面蹦出来,手里拿着一沓沓刚印好的《新闻报》,大声喊着:"敖德萨的资产阶级必须向政府捐献五个亿!"这个老工人气喘吁吁,又是生气,又是幸灾乐祸,"太少!太少!"当然,对他来说,布尔什维克是真正的"工农政权",它"正在实现人民的梦寐以求的夙愿"。谁都知道"人民"有着怎样的"夙愿",因为他们一直被号召要统治世界,掌控一切文化、法律、荣誉、良心、宗教和艺术。

"德国没有任何割地和赔款!""就应该这样!""俄罗斯五个亿,五个亿!""太少了!""太少了!"

"左翼",也就是革命的一切"过激行为",都归咎于旧制度。黑色百人团¹把矛头指向犹太人。但人民是无罪的！是的，人民自己嗣后也会把一切诿过于其他人——邻人或犹太人。"我怎么啦？伊里亚说什么，我就干什么。反正都是犹太佬唆使的……"

4月19日。

为了尽量放松一下自己，我出去购买一些储备食品。听说所有的商店都要关门，什么东西都买不到。果然，在还没有关门的铺子里，也几乎什么都没有了，好像全都掉进地里去了。我碰巧在索菲斯卡雅街的一家商店里看到了一堆鱼，天价——28卢布一磅。

A.M.费奥多罗夫²来过。他很愉快，尽管他一直在抱怨自己贫困的处境。实际上，他最后的收入来源也没有了——现在还有谁会租他的别墅呢？何况现在也不许出租，因为它现在是"人民的财产了"。他工作了一辈子，好不容易才买到一块有价值的土地，建起了一座小房子（并为此负债累累）——到头来，这房子却是"人民的"，某些"劳动人民"将带着家人一起住进去，住一辈子。简直气得人要上吊去！

1　起初是一个反革命的反动组织，支持沙皇和专制制度，仇视犹太人，曾引发一系列针对革命者和进步知识分子的恐怖行动。1905—1907年革命后，黑色百人团失去了发展动力，成员人数也随之减少。到1919年已成为极端反动派和激进的社会主义反对者的代称。
2　亚历山大·米特罗法诺维奇·费奥多罗夫（1868—1949），作家，蒲宁的朋友。

整天接连不断地传来罗马尼亚占领蒂拉斯波尔的风闻，据说马肯森[1]已经在切尔诺夫策了，"彼得格勒也陷落了"。啊，人们多么希望这是真的！但是，当然，这都是胡扯。

晚上我和拉祖尔斯基教授去了犹太教堂。周围的一切是那么的可怕和丑陋，因此大家都往教堂里跑，污秽和兽行的洪水还没有淹没这最后的避难所。只是那里上演的歌剧太多了，只待一小会儿还是很好的：为了古老的悲伤、无家可归，为了东方、古代、流浪而发出极其激越的哀号、痛哭——而只有在上帝面前，人们才能剖开自己的灵魂，首先是绝望的、孩子般伤心的诉怨，用痛哭淹没灵魂；然后是阴沉的、野蛮的、威吓式的咆哮，穿透一切身外之身。

现在所有的房子都是一片漆黑，整个城市都在黑暗中，只有那些强盗窝是例外——那里的枝形吊灯照得非常明亮，三弦琴声从那里传来，墙上挂满黑色的旗子，旗子上画着白色的骷髅和题字："消灭，消灭资产阶级！"

剩下的煤油燃完了，我便在气味难闻的厨房小灯下写作。多么难受，多么屈辱啊。我在卡普里岛的朋友，卢那察尔斯基们和高尔基们，俄罗斯文化和艺术的守护者们，在警告《新生活报》不要教唆"沙皇的同情者"时，表达了他们以神圣自居的愤怒。如果他们抓到我在臭烘烘的油灯下写这本罪恶的小册子，或是试图把它偷偷藏在窗台的缝隙里，他们将如何处置我呢？

---

1 奥古斯特·冯·马肯森（1849—1945），德国陆军元帅。

我记得 1917 年秋天在莫斯科，那个看门人是多么机敏。有人在说："不，对不起，我们的职责从过去到现在一直都是为我们的国家带来立宪制度！"

看门人坐在大门口，听见了这些热烈的话（说话的人就在他旁边走过，还在争论着），他只是悲伤地摇摇头，说："天知道这些狗崽子到底把我们带到了哪里！"

先是孟什维克和他们的卡车，然后是布尔什维克和装甲车……

卡车——多么可怕的象征，在我们最沉重最恐怖的回忆里有多少这样的卡车啊！革命从其第一天起，就同这些大喊大叫的、发臭的畜生们联结在一起，先是充斥着歇斯底里的人民和来自逃兵的下流的丘八们，然后是那些精选的苦役犯们。

当代文化及其"社会悲怆"的一切粗野行为都具现在卡车里了。

街上有一个人在尖叫，嘴巴里还在吐着口水。他的夹鼻眼镜歪掉了，眼神看上去尤其狂热。领带从他肮脏的棉布领子后面伸出来，坎肩脏得不能再脏了，挂在肩膀上的西服上衣又短又紧；油腻腻的头发蓬乱不堪，全是头皮屑……人们要我相信，这条蝮蛇会被"火焰般炽热无私的爱"所征服，"被对美、善和正义的渴求"所征服。

可是他的听众呢？

有个逃兵整天站在街上，拳头里捏着葵瓜子，除了机械地嗑瓜子之外什么都不干。他的军大衣披在肩上，便帽扣在后脑壳上，肩宽背厚，绑腿扎得紧紧的，有一种不动声色的厚颜无耻。他嘴里嗑着瓜子，除了偶尔问个问题之外一言不发。但他一个答案也不信，认为全是在撒谎。他连躯体都令人作呕：塞在厚厚的卡其布冬裤里的肥胖的大腿，像牛犊一样的睫毛，嘴唇也像野兽一样原始，因为嗑瓜子而挂满了乳白色的泡沫。

塔季谢夫的《俄罗斯史》[1]：

"兄弟打杀兄弟，儿子反对父亲，奴隶干掉老爷；每个人都为了私利、淫欲、权力，试图杀死其他人；每个人都试图剥夺其他人的尊严；每个人都没有领导的能力，却试图成为绝顶聪明的人；每个人都想要得到别人的东西，同时为自己没有的东西哭号……"

现在这些蠢人却相信，俄罗斯历史已经发生了伟大的"变革"，而且这一"变革"会带来前所未有的全新的事物！

这段"俄罗斯历史"一直是一个悲剧（而且是一个可怕的悲剧），但没有人对此有丝毫了解。

1　瓦西里·尼古拉耶维奇·塔季谢夫（1686—1750），俄国历史学家，著有《上古时代的俄罗斯史》。

4月20日。

快速浏览了一下报纸——没有特别的新闻。"在罗温诺省方面，敌人的进攻遭到了同等强烈的抵抗……"这个敌人到底是谁？

报纸全是一个调子——高调而粗野的行话——全是一样的恫吓，一样狂热的吹捧，又全都那么平淡、虚伪、露骨，以至于你一个字也不会相信，结果就是个人的生活完全与世隔绝，就像住在恶魔岛一样。

女仆安纽塔说，已经两天了，甚至连那种可怕的豌豆面包[1]也不供应了，每个人吃了这种面包都会腹痛。究竟是谁没有拿到面包呢？怎么是那个前天还优哉游哉的无产者？墙上贴着民众告示："公民们，大家都参加体育运动去！"完全不可思议，但却是真的。为什么要去体育运动？这些令人憎恶的脑袋是怎么想到体育运动的？

沃洛申来过。有人想在"海军委员和黑海舰队总指挥"涅米茨[2]的帮助下把他送到克里米亚去。顺便提一句，涅米茨还是一个诗人，有人说他"循环体诗和八行诗写得特别好"。他们虚构了一个什么秘密"代表团"，试图把沃洛申送到塞瓦斯托波尔。然而唯一的问题是，没有可用的交通工具。涅米茨整个舰队只有一艘木帆船，一艘任何天气条件都无法

---

1 敖德萨当时供应的面包"面包皮和内瓤完全分离……空隙处充满了酸涩的、轻微发酵的液体"。

2 亚历山大·瓦西里耶维奇·涅米茨（1879—1967），俄国海军中将，1917年指挥过黑海舰队。

出海的旧船……

谣言四起：古尔科[1]将军占领了彼得格勒，高尔察克在莫斯科近郊，德国人很快就到敖德萨了……

所有的人都强烈地渴望他们的灭亡！我们希望他们受到《圣经》中最可怕的那种惩罚。如果魔鬼本人闯进城里，对他们进行血腥屠杀，半个敖德萨的人都会喜极而泣。

谎言多得让人喘不过气来。所有的朋友，所有的熟人，过去你从未想过会撒谎的人，如今满嘴都是不实之词。每个人都情不自禁地撒谎，每个人都情不自禁地给那些明知是骗人的谎话添油加醋、粉饰加工。**他们全都怀着一种痛苦的渴望，希望一切都能如他们强烈期盼的那样**。人们像得了热病一样呓语，而听到这些呓语的人则贪婪地接受了它们，并就此受到感染，否则就连一个礼拜也活不下去。

这种自欺欺人的心态每天都在获取动力，到了晚上，我去睡觉的时候，整个人就像喝得烂醉一样，几乎完全相信夜里一定有什么事情发生。我坚定而激烈地画着十字，紧张地祈祷，以至于全身都发痛，似乎上帝、奇迹、或是上天的力量会因此而予以我们帮助。我怀着难以置信的狂热，祈祷末日到来，这种极度的狂热令我疲惫不堪，昏昏欲睡。我把灵魂寄放到千里之外，在夜里，在黑暗中，在无名之地，这样就可以和我的家人、我所爱的人们在一起，这样就可

1　瓦西里·约瑟福维奇·古尔科（1864—1937），俄国将军，第一次世界大战时期指挥过第五集团军。

以表达我对他们的担心、关爱和痛苦，表达让上帝拯救和保护他们的愿望。然后突然在半夜里惊起，心脏疯狂地搏动：从某处传来机枪嗒嗒嗒的声音。有时就在很近的地方，就像无数的石头砸在房顶上。瞧，终于来了，终于有事情发生了，也许有人袭击了这座城市，这该死的日子终于要结束了！

可是第二天早晨带着严重的宿醉醒来，匆忙翻开报纸，发现什么都没有发生。我又一次读到了同样傲慢而自信的口号，同样新的"胜利"。阳光在照耀，人们在走动，商店门口在排队……我又一次陷入麻木和无望，又是空虚的、漫长的一天；不，不只是一天，而是很多很多的日子，空虚、漫长、一无是处的日子！为什么还要为了活着而烦恼？为了什么？为什么要做事？在这个世界里，在他们的世界里，在个个都是下流人、个个都是野兽的世界里，我什么都不需要……

有人说："我们的国家有一种极其特殊的心理，关于这种心理未来的人们可以写上一百年。"这又能给我什么安慰呢？我怎能等到那个时候呢？那时我连骨灰都不会留下！这些笔记一文不值。还不都是一样吗？人类将活下去，一百年以后也仍旧是同样的人类——现在我已经知道他的价值！

夜里，我写这篇文章时喝了一点酒。傍晚 A．B．瓦西科夫斯基[1] 顺路造访，他像搞什么阴谋似的，轻轻地把门掩

1　A．B．瓦西科夫斯基，蒲宁的朋友，参加过敖德萨的"南俄艺术家"小组。

上，小声地说了许多东西，并坚持说，白天人们说的一切都是真的……彼得[1]心烦意乱，面红耳赤；后来他到楼梯下面去了一趟，提来两瓶葡萄酒。我的神经是如此衰弱，喝了两杯酒就醉了。我知道这些风闻全是胡说八道——却仍旧相信了，并用颤抖的、发冷的手写了下来……

"啊，复仇，复仇！"——1812年莫斯科大火后巴秋什科夫[2]（在给格涅季奇的信里）这样写道。

1915年夏天萨文娜从高加索写信给丈夫说："如果上帝容许我们亲爱的士兵，我们不可思议的骑士们遭受这种耻辱和痛苦——那么被打败的将会是我们！"

这是什么？愚蠢，无知。这种无知是由于不了解人民，还是由于不想了解人民？两者都有。不过，在那个时候，人们习惯了通过撒谎获得不少好处（不管撒什么谎都有奖赏）。只要说一句"我相信俄罗斯人民"，大家就会为他鼓掌。

社会上相当一部分人深受这种谎言之害。他们自称是"人民、青年和一切光明之物的朋友"，堕落得如此之深，几乎相信自己是完全真诚的。我几乎从少年时代起就和这样的人生活在一起，每时每刻都感到愤懑，觉得他们在撒谎，尤其是他们经常对我叫喊：

1　尼鲁斯·亚历山大罗维奇·彼得（1869—1943），俄国作家、艺术家，蒲宁的朋友。

2　康斯坦丁·尼古拉耶维奇·巴秋什科夫（1787—1855），俄国诗人。1812年10月他在给格涅季奇的一封信中说过这句话。

"这个人在撒谎，一眼就能看穿——他曾把整个一生奉献给人民吗？！"

有一个公认的"诚实的人"，他是一个英俊的老先生，戴着眼镜，留着白色大胡子，戴一顶软帽……但他说谎的方式非常特别，几乎是无意识地在说谎。他在日常生活中叠加虚构的感觉，这似乎已成了他的第二天性，一种习惯了的生活。但它们仍然是虚假的。

在我的记忆中，这种"撒谎者"的数字是多么庞大啊！

这可以成为长篇小说非同寻常的题材，而且是可怕的长篇小说。

当我们说我们"不可思议的骑士们"是世界上最优秀的爱国者，在战斗中最英勇，对战败的敌人最仁慈，我们就是在互相撒谎。

"就是说，根本没有这样的人？"

不，有过。但是谁呢？老百姓中有两种人，一种是俄罗斯人居多，另一种是楚德人和梅里亚人。他们的情绪和外貌都非常善变，就像人们早前经常说的，"摇摆不定"。老百姓谈及自己时说：**"我们就像树一样，可以做成圣像，也可以做成棍棒。"** 结果取决于环境，取决于加工这棵树的人：是谢尔盖·拉多涅日斯基[1]还是叶梅里

1　谢尔盖·拉多涅日斯基（1314—1392），谢尔盖圣三一修道院的创始人和院长，中世纪俄罗斯的精神领袖。

卡·普加乔夫[1]。

如果我不爱这个"圣像",不爱这个罗斯,那么为什么这些年来我会如此地发疯,为什么会不断受到祖国如此残酷的折磨？人们都说我只有仇恨。是谁说的呢？是那些实际上完全唾弃老百姓的人——老百姓一旦不再是他们产生美好感情的动力，他们就既不了解，也不愿意了解，甚至干脆不会去注意老百姓了，就像不会去注意马车夫的面孔那样，尽管他们是坐着他的马车进入了某个自由经济社会的。

有一次斯卡宾斯基对我承认说："我从来没有看见过黑麦是如何生长的，也许看见了，但我没有留意。"

那么作为个体的农民，他看见了吗？不，他只知道"老百姓"和"人类"。甚至著名的"赈济饥饿者"也只是通过文学作品传入我们耳中，而我们会注意这句话，也只是出于第无数次想要踢政府一脚的渴求，削弱政府的权威性。

说起来可怕，但却是真实的：假如没有民众的不幸，我们这几千名知识分子就会成为最不幸的人了。要不然我们坐在那里抗议什么？哭喊什么？写些什么？对知识分子来说，没有民众，也就永远没有生活了。

战争时期也是这样。事实上无论哪里，对民众的态度都是一样残酷的冷漠。"大兵们"成了取笑解闷的对象。每个人都嘲笑他们在医院里的言谈举止，用糖果、小白面包，甚

1　叶梅利扬·伊万诺维奇·普加乔夫（1742—1775），俄国农民战争的领袖，顿河哥萨克。

至芭蕾舞去满足他们！大兵们自己也顺水推舟，装模作样，做出一副非常感激、温顺、痛苦的样子："好吧，小姐们，全都是上帝的意愿！"于是他们对护士们、带来糖果的太太们唯唯称是，对记者的话照单全收，谎称自己看了格尔采尔[1]的舞蹈之后有多么高兴（有一次我问一个士兵觉得舞蹈怎么样？他回答说："那是魔鬼……她们穿得像山羊，扮演魔鬼的角色……"）

战争时期他们对老百姓是极其冷漠的。就连小孩都能看得出老百姓对战争的厌恶，他们却还罪恶地胡扯什么老百姓的"爱国主义"热潮。这种冷漠是从何而来的呢？顺便说一说，它既来自我们天性中固有的冷漠和轻率，也来自我们在时代要求我们严肃对待的时刻不习惯也不情愿去这样做的事实。只要想一想，整个俄罗斯将大革命的开始视为历史上最伟大的事件之一，视为全世界最伟大的战争之一，这是何等的疏忽、草率，甚至嬉皮笑脸！

是的，在大革命之前，我们（也包括农民）带着田园式的无拘无束的心态生活得过分自由自在了，就像生活在最富有的庄园里。在这里，即使是一个落魄的人，一个鞋子完全坏掉的人，或是一个脱掉鞋子躺下的人，也会以一种完全放松的方式生活，因为他的需求是如此基本，如此有限。

"我们大家都是马马虎虎地学了一点东西。"是的，我们

1　叶卡捷琳娜·瓦西里耶夫娜·格尔采尔（1876—1962），俄罗斯芭蕾舞演员，后在大剧院工作，获苏联国家奖。

只做那些不得不做的事，有时是怀着极大的热情和天赋，但大部分时候还是马马虎虎——只有彼得堡想把事情做好。我们不在意冗长的日常工作，实际上我们在极力逃避工作。我们的理想主义也由此产生，顺便说一句，我们的理想主义实质上是非常老爷式的理想主义，我们的反对立场和对一切的一切的批评也是由此而起。须知，批评要比工作容易得多。瞧吧：

"哎哟，我会在沙皇治下憋死，我不能当官，不想跟阿卡基·阿卡基耶维奇[1]坐在一起——马车，谁给我一辆马车，带我离开这里！"

赫尔岑[2]和恰茨基[3]也是如此，还有我的小说《乡村》中的尼科尔卡·谢雷，他坐在又黑又冷的农村小木屋里的长板凳上，等待一份"真正的"工作的出现——他坐着，等着，苦恼不堪。多么古老的俄罗斯疾病啊！这种苦恼，这种无聊，这种任性——我们永远在希望有一只戴着魔法圆环的青蛙会到来，为我们打点好一切；我们只需要走下台阶，把圆环从一只手换到另一只手就可以了！

所有这一切都源于一种神经疾病，跟我们所谓"内心深处"什么了不起的"问题"完全无关。

1　果戈理的小说《外套》中的一个小人物的形象。
2　亚历山大·伊万诺维奇·赫尔岑（1812—1870），俄国作家、政论家、革命活动家，著有小说《谁之罪》和回忆录《往事与随想》等重要作品。
3　俄国作家格里鲍耶陀夫的戏剧《智慧的痛苦》中一个具有进步思想的青年贵族形象。

"我什么也没有做成,因为我老是想做点特别的事情。"

这是赫尔岑的自白。

我还记得他另外几行出色的话:

"我们正在让人类清醒过来……我们是人类的宿醉……我们为人类加冕,为革命加冕……我们用我们的失望、我们的苦难把后世的几代人从痛苦中解救出来……"[1]

不,还远远没有清醒过来。

我闭上眼睛,眼前不断浮现出一个活生生的人的形象:水手帽后面的带子,大喇叭裤,脚上穿着魏斯牌跳舞鞋,牙齿咬得紧紧的,颌上凸出的肌肉在跳动……我永远也不会忘记这一幕,躺在坟墓里也会翻过身来。

4月21日。

"拉科夫斯基[2]和契切林[3]向罗马尼亚发出最后通牒!——"四十八小时内撤出布科维纳和比萨拉比亚[4]!"

---

1 这是作者摘自赫尔岑的回忆录《往事与随想》中的不准确的一段引文(原文请见《赫尔岑三十卷文集》第10卷第122页)。

2 克里斯蒂安·拉科夫斯基(1873—1941),保加利亚社会主义革命家、布尔什维克政治家、苏联外交官。从1918年3月起任乌克兰苏维埃人民委员会主席。

3 格奥尔基·瓦西里耶维奇·契切林(1872—1936),苏联政治人物,从1918—1930年任苏联外交人民委员,参与签署了布列斯特和约。

4 即现在的摩尔达维亚。

这太荒谬、太愚蠢了（即使只是为了嘲弄那些暴徒），这令我想到："这一切会不会是按照某个人的命令执行的，也许是德国人的指使——其目的是一点一滴地诋毁共产党人和革命者，乃至整个大革命？"然后我读到一则消息："从胜利走向胜利——英勇红军的新胜利。敖德萨枪毙了二十六个黑色百人团成员。"

《消息报》在关于最后通牒的社论的后面，刊登了昨天被枪毙的二十六人的名单；然后是一篇小文章，说是敖德萨的秘密警察"工作"已"上了轨道"，"工作很多"。最后是一篇骄傲的声明："昨天弄到了煤炭，可以用于修理基辅的火车……"——幸福的一天！紧随在最后通牒之后！

可要是罗马尼亚人不听拉科夫斯基的话，会怎么样？所有这些小丑式的狂妄行为又是多么难堪的单调乏味啊！但也许只是一种粗鲁的戏剧性产物，或是给某个人提供反对的理由？但要提出反对的人是谁呢？

"资产阶级"就要完全相信彼得格勒了。他们一直在说，亲眼看见了关于占领彼得格勒的电报（就在英国人好像给它运去了面包之后）。

传闻说，我们这里也将会有跟基辅那里一样的野蛮的掠夺行动——"征收"衣服和鞋子……

前几天读到关于枪毙二十六人的事，但我当时好像有点儿麻木。

现在却有点儿惊呆了。是的，二十六个人，要知道，这不是在从前的什么时候，而是在昨天，在我们这里，在我们身边。**怎么忘得了，怎么能饶恕？**但一切都会被饶恕，一切都会被忘记。我只是想感受一下惊恐，因为我已经不会再为任何事情感到震惊了。这正是全部凶恶的秘密所在——消灭人的敏感性。人们尽其所能地活着，他们的敏感性和想象力已经被夺走了，因为他们已经越过了那条致命的底线。就像面包和牛肉的价钱一样，"什么？三个卢布一磅！"你若开价一千卢布呢——那么就连惊讶和叫喊都没有了，因为已经惊呆了，没有知觉了。"什么？七个人被绞死了？！""不，亲爱的，不是七个，而是七百个！"——那你一定已经惊呆了。绞死七个还可以理解，而七百个，哪怕七十个，完全无法理解！

三点钟，一直在下雨，我们出去散步，碰到波列维茨卡娅[1]和她的丈夫。"我非常想要一个宗教神秘剧里的角色，我想扮演圣母！"哦，我的上帝，我的上帝啊！在做这一切的同时，还与布尔什维克保持着非常密切的关系！但在文学界和戏剧界，这种情况也是由来已久。

我买了火柴，六卢布一盒，而一个月之前，一盒只卖半卢布。

每次出门，都觉得自己马上就要大病一场。

1　叶连娜·亚历山大罗夫娜·波列维茨卡娅（1881—1973），著名女演员，扮演过《黑桃皇后》中伯爵夫人的角色。

现在是晚上八点，而按"苏维埃"时间则已经是十点半了。我散步回来，正要关上百叶窗，突然看到了巨大的平滑的月亮，完全是金色的，透过窗口下面树木的新叶，在西边清澈的天上闪着纯洁的亮光，薄薄的，而且很亮。

我七点钟出门时还在下雨，就像是秋天的夜晚。我穿过赫尔松大街，拐进大教堂广场。天还亮着，但是商店全都关门了，一种令人难受的心神不安的空虚。来到广场时，雨停了。我走在正在开花的栗子树的新叶下面，沿着闪闪发亮的湿漉漉的柏油路朝教堂走去。

我想起了五一节那个晦暗的傍晚。教堂里有人办婚礼，女子唱诗班在唱歌。我走进去，教堂之美一如既往，它就像"新世界"污浊、卑劣、下贱的海洋里，一个属于"旧世界"的孤岛，令人非同寻常地感动。

透过窗户望去，窗外黄昏的天空多么美妙！在祭坛上，在教堂的深处，窗户已经变成了蓝紫色——这是我最喜欢的颜色。唱诗班的少女们的可爱的脸蛋，头上的白色头纱，额头上别着的金色的小十字，手里的乐谱和蜡烛的金色火光——这一切是那么美好，因此看着、听着我便伤心地哭了。我怀着这种轻松的、青春的感觉回到了家，与此同时——又是多么忧伤，多么痛苦！

我回来的时候，遇到一些人，在一个警察的公寓里和我们的院子里弹钢琴、跳舞。我还看见了我们的厨师玛鲁夏，她打扮得很漂亮，目光炯炯，在暮色中显得很好看。

刹那间，我的心里回想起一次遥远的永不复返的诱惑，那是在我的青春时代，也是在这样一个四月的傍晚，在乡村的花园里。

去年夏天，身为厨子的玛鲁夏住在我们的别墅里，有整整一个月的时间，她在厨房里藏起我们的面包，养活她的情人，一个布尔什维克。我知道这件事，但什么也没做。我的血性仅止于此，这也正是问题所在：我不能成为他们那样的人，一旦我们变成跟他们一样的人，我们就完了。

我在就着油灯（在一个罐子里倒上灯油，点亮灯芯）写作。黑暗、烟尘，我的视力快不行了。

其实，我们大家早就该上吊了。我们遭到如此的压制、虐待，被剥夺了一切权利和法律，像卑贱的奴隶一样生活在无休止的侮辱和嘲弄之中！

> 终日劳作的马匹
> 如何自持，
> 只因对生存的艰辛
> 它毫不在意！

亲爱的孩子，愿他升入天堂！（这是一个青年诗人，一个大学生的一首戏谑诗，他去年冬天因为意识形态的理由成为一名警察，后来被打死了。）是的，我们现在也是"终日劳作的马匹"。

4 月 22 日。

我想起去年三月末，莫斯科一个雨雪交加、脏污不堪的日子。一支可怜的出殡队伍正在穿过库德林广场，拉得很长。突然，一个骑着摩托车的畜生从尼基塔大街冲了出来，他穿着皮夹克，戴着皮帽子，挥舞着左轮手枪，做出恐吓的手势，还把抬棺材的人溅得满身污泥。

"滚开，让路！"

抬棺材的人急忙躲到一旁，磕磕绊绊地摇晃着棺材，尽可能快地走开。拐角处站着一位老太太，弯着腰，哭得非常伤心。于是我不由停了下来去安慰她，让她安静下来。我小声地说："好了，好了。上帝会保佑你！"然后我问她："死者是你的亲人吗？"老太太喘了口气，擦干眼泪，最后艰难地说：

"不……是陌生人……**我羡慕他**……"

还想起一件事。也是在莫斯科，前年的三月末。又胖又敦实的公爵 E.特鲁别茨科伊[1]演戏似的捏紧他的小拳头，含糊不清地喊道：

"先生们，请记住，赫（俄）罗斯的皮靴残忍地践踏了赫（俄）罗斯自由的娇嫩的幼芽！大家起来保卫它！"

当时成千上万的人重复着公爵说的话，可是他们并没有明确地表示，要为谁保卫"俄罗斯的自由"！

1918 年冬天，同样有成千上万的人把自己的全部希望

1　叶夫根尼·尼古拉耶维奇·特鲁别茨科伊（1863—1920），俄国宗教哲学家、社会活动家。

寄托在德国人身上，想通过德国人得到拯救（只不过已不是拯救"俄罗斯的自由"了）。整个莫斯科都热切盼望着德国人的到来。

星期一，无报。我对读报已入迷得发狂了（这是从战争初期延续下来的），今天可以暂别这种疯狂，得到休息。我为什么要对自己如此残忍，用这种阅读来撕碎自己的心呢？

所有这些佩舍霍诺夫们[1]都非常坚决地相信，俄罗斯的命运只能由他们来决定。他们1917年那六个月里的统治，在全世界面前自取其辱，他们什么时候才能得到应有的惩罚，哪怕只为这份耻辱？[2]

布尔什维克的行话是完全不能容忍的。我们的左派们的语言的总的情况是什么样的呢？"玩世不恭，近乎优雅……今天是黑发男子，明天是金发男子……满怀激情地朗诵……满腔热情地审讯……非此即彼：没有中间地带……得出适当的结论……有必要通知谁……自作自受……灵活的双手……新时代的小伙子们……"

他们还试图用高雅的风格来进行一些所谓的辛辣讽刺

---

1 阿列克谢・瓦西里耶维奇・佩舍霍诺夫（1867—1933），俄国政治活动家、政论家，参加过《俄国财富》《革命俄罗斯》《祖国之子》等杂志的工作，1917年5月任临时政府粮食部长。

2 佩舍霍诺夫任粮食部长期间，俄国农民没有得到应得的土地，城市里也无法配给足够的粮食，1917年8月，佩舍霍诺夫辞去了粮食部长的职务。

（不知道是讽刺什么和讽刺谁）。这一切听起来很像柯罗连科（特别是他的书信）。马不叫马，而是叫罗西南多[1]；不用"我坐下来写作"，而用"我坐上了我的珀伽索斯"[2]；宪兵——"天蓝色的制服"。说到柯罗连科，1917年夏天，他在《俄罗斯新闻》上发表了一篇捍卫拉科夫斯基的文章[3]，非常有力量。

每天傍晚都有一种恐怖的神秘感。天还亮着，而时钟的指针却已经荒谬地指向晚上了。街灯不亮，可是所有的"政府"机关、契卡办公室，还有那些"以托洛茨基命名的""以斯维尔德洛夫命名的""以列宁命名的"剧院和俱乐部，却灯火通明，像水母，像玫瑰色的玻璃星星。

各种各样的人都涌向这些剧院和俱乐部（看他们自己的农奴演员表演）。街道空荡荡的，却还亮着灯，感觉十分奇异，他们坐在汽车上和讲究的马车上（还常常带着一些打扮得漂漂亮亮的姑娘），在街道上飞驰。他们是红色贵族——腰间别着大左轮手枪的水手们，扒手们，犯了罪的恶棍们，还有那些衣着讲究的花花公子们，他们刮过脸，穿着弗伦奇[4]式的上衣和最淫荡的马裤，脚下踩着考究的皮靴，上面必定还有马刺。所有这些人全都镶着金牙，有一双双又大又黑的、仿佛刚吸过可卡因的眼睛……

1　罗西南多是塞万提斯小说《堂吉诃德》中主人公骑的那匹瘦马的名字。
2　希腊神话中能激活诗人灵感的飞马。
3　指柯罗连科1917年6月17日给《俄罗斯新闻》写的《给编辑部的一封信》。
4　英国元帅。

不过，白天也很可怕。偌大的城市死气沉沉，人们都待在家里，外出的很少。城市好像已被某个特殊的民族征服了，这个民族比我们的先祖佩切涅格人（东南欧的一个古代民族）可怕得多。征服者摇摇晃晃地走着，从小摊贩那里买东西，嘴里吐着瓜子皮，"张口骂娘"。

　　德里巴斯大街上有两伙地头蛇，一伙是为了消遣，一大群人护送着冒充"阵亡战士"的某个流氓的棺材（他躺在棺木里，前面是乐队和几百面红黑色的旗子）走在大街上；另一伙人则在手风琴的伴奏下跳舞和狂呼乱叫：

　　　　哎呀，小苹果，
　　　　你滚到哪里去啊！

　　总之，一旦城市变成了"红色"，街上的人群也会立即发生变化，各种新面孔重新组合起来，改变街道的面貌。在莫斯科，这种组合使我多么吃惊啊！正是因为他们，我才离开了那里。

　　现在，在敖德萨也是这样——从"节日"那天起，"革命人民的军队"进入了城市，甚至马车夫的马匹身上都打着红色的花结和丝带，亮得像红炭火似的。

　　这些人的脸上再也没有那种平常和质朴。他们几乎全都令人感到极端而尖锐的厌恶，表情带着邪恶的木然，令人恐惧，他们对一切事和一切人，都发出包含威胁的、奴才式的挑衅。

这个可怕的怪物出现至今已经三年了。第三年也只有卑鄙，只有龌龊，只有兽行。如果只是为了玩笑，为了寻开心，人们希望看到的甚至不需要是什么好的东西，只要是平常的、与现状不同的随便什么东西都可以！

"不许随意取笑人民[1]！"

而对"白军"当然可以，只是游戏。但是对人民、对革命，一切都可以原谅。——"不过是有点过火而已。"

至于白军，人民侮辱、侵犯、杀戮他们的家乡、家乡的摇篮和墓地，他们的父母和姊妹，夺走他们的一切——这些行为，当然根本不应被视作"过火"。

"革命——是自然的力量……"

地震、鼠疫、霍乱也是自然力量。但是谁也不会赞扬它们，谁也不会将它们奉为圭臬，去同它们做斗争。而革命却总是要"深化"的。

"普希金、托尔斯泰笔下的人民。"

而白军不是人民。

"贵族包容萨尔蒂奇卡[2]，农奴主，顽固的反动分子……"多么古老的卑鄙勾当——把萨尔蒂奇卡这个最典型的女疯子

---

1 俄语中的 **народ** 可译为人民，也可译为老百姓。
2 达里娅·尼古拉耶芙娜·萨尔蒂科娃（1730—1801），萨尔蒂科夫家族的俄罗斯贵族妇女，一般称她为萨尔蒂奇卡，因折磨和杀害一百多个农奴而臭名昭著。

也算在贵族头上。

那么十二月党人呢，三四十年代著名的莫斯科大学、高加索的征服者和殖民者、西方派分子和斯拉夫派分子、"伟大改革时代"的活动家、"忏悔的贵族"、第一批民意党人和国家杜马呢？那么著名杂志的编辑呢？俄罗斯文学的巨擘们呢？俄罗斯的英雄们呢？**世界上没有任何一个别的国家有过这样的贵族。**

"白军土崩瓦解了……"

在"红色的"人民宣布了世界上从未有过的"土崩瓦解"之后，说这样的话是多么可怕的无礼啊！

其实，许多事情都是由于糊涂所致。托尔斯泰说过，人们的愚蠢行为十分之九都可以专门用糊涂来解释。

"在我的青年时代，"他讲道，"我们有一个朋友，是个穷人，突然他竟拿最后的钱去买了一只上发条的金属金丝雀。我们绞尽脑汁，寻求对这一荒唐行为的解释，可就是没有想到，我们这位朋友只是单纯的糊涂。"

4月23日。

每天早晨我都努力做到从容地穿衣服，克服不耐烦地等待报纸的情绪——但这完全是徒劳。今天的努力也是白费力气。天气很冷，下着雨，可我仍旧要跑出去买报纸，并且又花了五个卢布。彼得堡怎么样了？给罗马尼亚的最后通牒怎么样了？当然，报纸上对这些都一字未提。但有一条重要消息："高尔察克看不到伏尔加河了！"然后是：比萨拉比亚成立了"工农临时政府"，南森[1]请求"四国理事会"[2]给俄罗斯提供面包，俄罗斯现在"每月都有数十万人死于饥饿和疾病"。手风琴演奏家阿布拉什卡（即《交易所新闻报》的雷吉宁[3]）继续在为红军战士解闷逗乐——"遭打击后发傻的高尔察克吓得拉了一泡屎"。还有诸如"巴黎已被封锁，克列孟梭陷入恐慌"；保加利亚共产党员卡萨博夫"向法国宣战"；最后一条——真的就是这样写的——一艘法国通讯快艇昨日抵达敖德萨港口，而"封锁仍在继续，法国人甚至把帆船也留下了……"

城里的每个人都感到很奇怪，极力想弄明白法国人的行为，大家都跑到尼古拉大街上去看法国人停驻在远处空荡荡的海面上的灰色鱼雷艇，并且害怕得发抖：千万不要开走！大家都觉得有点保护才好，万一有人对我们实施过分的兽行，鱼雷艇便可以开炮……要是鱼雷艇撤走，一切就完了，世界将充满恐怖，彻底毁灭……

1　弗里乔夫·南森（1861—1930），挪威极地探险家，支援俄苏饥饿者的组织人之一。

2　1919 年 4 月，南森向盟国四国理事会（美国、英国、法国和意大利）提议组织一个中立委员会，在俄国开展救援工作。

3　瓦西里·亚历山大罗维奇·雷吉宁（1883—1952），新闻记者，做过多种报刊编辑。

沃洛申[1]整个晚上都在这里。他对海军委员涅米茨大为夸奖："他看得见也相信俄罗斯正在实施的团结和建设。"他读了自己翻译的维尔哈伦的诗[2]。我再一次认为，维尔哈伦是一位伟大的诗人，但是读过他的十几首诗之后，他那种恶魔般的单调手法、狂野的夸张和施加在读者想象力上的疯狂的"布尔什维克式的"压力让我感到窒息。

俄罗斯文学在最近几十年来已非同寻常地堕落了。市井和暴民已开始在其中发挥重要的影响。一切东西——尤其是文学——都进入市井了，与市井相联系，受市井的影响。市井在腐蚀文学，使文学神经不得安静，首先表现在下面一点上：只要投其所好，它就会可怕地漫无节制地吹捧。俄罗斯文学界现在只有"天才"。令人惊叹的收获！天才的勃留索

---

1 沃洛申在1919年10月18日给格洛托夫的信里写道："我例外地在写现代题材——关于俄罗斯、关于革命的诗。像平时一样，经常出现离奇情况：我的诗布尔什维克和志愿军都同样喜欢。我的第一本书《聋哑魔鬼》1919年1月在哈尔科夫出版，在布尔什维克的中央通讯社很快就销售一空，第二版准备在志愿军的情报社出版。你从这里将会看到，我的确站在党派之外。很显然，我早就认为，对任何一种国家形式的偏袒都是荒谬的。况且，正在发生的历史悲剧深深地钳制着我。感谢命运赐予了我生活在这个时代的荣幸，我只想及时地把所有我看到和感受到的东西写出来。不过这种对明天的不确信只不过是给工作提供避难所。归根结底，所有正在变更的制度（通过中央政权）对我都很好，而地方政权则很坏。我对所有党派都采取最宽容的态度。对我来说，人比他的信念更重要。因此我认为自己积极活动的唯一方式就是——阻止人们互相残杀。而且目前看来还是相当成功的。……"

2 埃米尔·维尔哈伦（1855—1916），比利时现代派诗人。

夫，天才的高尔基，天才的伊戈尔·谢韦里亚宁、勃洛克、别雷……这么容易这么快就可以一跃成为天才，一个人怎能保持冷静？每个人都削尖脑袋拼命往前冲，要使大家吃惊，要让大家注意自己。

瞧，沃洛申也是这样。前天他称俄罗斯为"复仇天使"，这个天使应该"在姑娘的心里注入杀戮的喜悦，在儿童的灵魂里注入血腥的幻想"。昨天他是白卫军的一员，今天就准备去歌颂布尔什维克了。过去这几天，他一直试图向我灌输以下的思想：凡事越坏越好。因为有九个六翼天使，正在下凡来到我们中间，让我们与钉死在十字架上受难的命运和解，把我们改造成崭新的、经过锤炼的、智慧开明的人。我建议他挑选一个更愚蠢的什么人进行这种谈话。

阿·康·托尔斯泰[1]曾写道："每当我回忆起该死的蒙古人入侵之前我国历史的壮美，我就想扑倒在地，绝望地在地上翻滚。"俄罗斯文学昨天还有普希金们和托尔斯泰们，而现在几乎只有"该死的蒙古人"了。

4月24日夜。

我最后一次去彼得堡是1917年4月初。当时世界上刚刚发生了某些不可想象的事情：不是在任何时候，而是在最

---

1 阿列克谢·康士坦丁诺维奇·托尔斯泰（1817—1875），俄国小说家、诗人、剧作家。

重大的世界大战期间——世界上最伟大的国家之一完全任由命运去摆弄了。虽然在西方还有绵延三千俄里的战壕，但它们已经成了普通的土坑。事情已经结束了，而且是以一种前所未有的荒唐方式结束的。统治这三千俄里，统治这一武装匪帮（几百万人的武装军队）的权力已经转到了诸如索博利[1]和约尔丹斯基[2]这样新闻记者出身的"政委们"手里。然而更奇怪的是，在整个俄罗斯辽阔的土地上，持续了几个世纪的壮丽生活突然中断了，取而代之的是一种莫名其妙的生活，一种植根于无意义的、节日般氛围中的生活，一种不自然地抛弃了人类社会赖以生存的一切的生活。

到达彼得堡后，我走出车厢，在车站周围散步。在这里，在彼得堡，好像比在莫斯科还更可怕，似乎有更多的老百姓根本不知道该做什么，毫无意义地在各个车站广场上闲逛。我走到进站口，想叫一辆马车：马车夫也不知道他该做什么，不知道该不该拉我，也不知道应该收我多少钱。

"去欧洲旅馆。"我说。

他想了想，胡乱地说："二十卢布。"

这种价钱在当时来说是完全不合理的，但是我同意了，坐上车就离开——但我坐在车上四处观望，认不出这里是彼得堡。

1　安德烈·索博利（1888—1926），新闻记者、作家，曾任临时政府北方战线政委。

2　尼古拉·伊万诺维奇·约尔丹斯基（涅戈廖夫）（1876—1928），新闻记者，1923—1924年任苏联驻意大利全权代表。

在莫斯科，生活已经停止了，虽然新的统治者在谋划一种疯狂、混乱、狂热的生活的仿制品，这种生活植根于某种所谓的新的制度和新的礼仪，甚至更接近一种庆典。在彼得堡也是这样，而且程度上更甚于莫斯科：不断地举行各种会议、集会和群众大会，一个接着一个地发布什么文告、法令，一条众所周知的"热线"以疯狂的速度运行着，当时谁没有用过这条"热线"大声疾呼，发号施令呢？有时插着小红旗的政府的小汽车沿着涅瓦大街疾驰而过，满载货物的卡车隆隆作响，某些打着红旗伴着音乐的队伍踩着过分热烈和齐整的步子行进……

整条涅瓦大街都被灰色的人群淹没了，披着军大衣的大兵们，失业的工人们，闲逛的仆人们，还有各种各样的醉汉们。小贩们在摊位上出售香烟、红丝带、淫秽明信片、糖果和其他任何人们想要的东西。人行道上尽是垃圾和瓜子皮，马路上则是冻住的畜粪、凸起和坑洼。半路上马车夫突然跟我说起当时许多留着大胡子的庄稼汉说过的话：

"如今老百姓就像没有牧人看管的牲畜，到处拉屎，自己损害自己。"

我问道："那该怎么办？"

"怎么办？"他说，"现在可没法子。现在完了。没有政府了。"

我朝彼得堡的四周望了望……"确实是完了。"可是在心灵深处，我还是在期望着什么，我还是无法相信会完全没有政府。

可是，又不能不相信。

在彼得堡我对这一点尤其感同身受：在我们庞大的、有着千年历史的大厦里，出现了巨大的覆亡景象。这座大厦的门现在已经全部敞开，里面挤满了游手好闲的人群，对于他们来说，已不存在任何神圣的东西，也没有任何禁忌。死者的继承人被人群裹挟着，因为需要操心和发号施令而茫然失措——但没有人服从命令。人群漫无目的地从一个房间游逛到另一个房间，嘴里不停地嗑着瓜子，暂时他们还只是左看看右看看，缄口不言，等待更好的时机交谈。而那些继承人则在人群中东奔西走，滔滔不绝，千方百计地给群众做工作，让他们相信，也让自己相信，正是他们——强大的握有统治权的群众自己——在"神圣的愤怒"中永远砸碎了曾经束缚着他们的"枷锁"。他们也极力地向人民和自己灌输这样一种思想：他们绝不认为自己是继承人，而只是所谓代表群众的临时管理者。

我去了战神广场[1]。广场上刚刚结束了一场看似传统的革命祭祀，但实际上是为那些据称为自由而牺牲的英雄举办的安葬喜剧。有什么必要呢？除了对死者的讽刺，还能算什么呢？他们被剥夺了真正的基督教的出殡仪式，不知为了什么被钉进红色的棺材里，反常地埋在活人城市的正中央！这出

---

1 圣彼得堡最古老最美丽的广场之一，大革命之前也是举办节日庆典和阅兵的场所。1917 年这里安葬了二月革命中牺牲的战士，1918—1919 年安葬了国内战争中牺牲的英雄。

喜剧如此轻率。逝者无人知晓，谦卑的遗骸却被人们的高谈阔论所嘲弄。华美的广场遭到践踏，挖得到处是坑，凹凹凸凸不成样子；广场上还竖着高高的、光秃秃的杆子，上面缠裹着细长的黑布条。而且不知为什么，周围还围了一圈木板，这些木板围墙也是马马虎虎地钉起来的，粗糙简陋，比那些杆子更令人讨厌。

我参加了一个大型集会，芬兰艺术展的开幕式。这个时候我们还顾得上看画吗！至少看上去有不少人。为了让尽量多的人参加这次活动，以几位新任部长和有名的杜马代表们为首，"整个彼得堡"都聚到一起了。大家都只想祈求芬兰人让俄罗斯见鬼去，想做什么都可以。我只能这样地定义芬兰人在做关于"照耀在芬兰上空的自由曙光"的演说时所表现出来的狂喜。而从正好坐落在战神广场旁边的那所豪华私邸（所有这一切就发生在这所私邸里）的窗户里，我又一次看到了广场上那可怕的坟墓般的景象。

后来我还出席了一个向芬兰人民致敬的庆祝活动——展览开幕式后为芬兰人举办的庆祝宴会。我的上帝啊，与宴会上涌现出来的那种荷马史诗式的混乱相比，我在彼得堡看到的其他一切都充满了和谐和亲切！参加宴会的仍然是那些人——全"俄国知识界的精英"，即著名艺术家、演员、作家、社会名流、新任部长、国会议员，还有一位高大的外国代表，法兰西大使本人。但是，"诗人"马雅可夫斯基是所有人当中最显眼的那个。我和高尔基及芬兰艺术家加伦坐在一起。马雅可夫斯基没有受到任何人的邀请，突然走到我们这边来，挪了挪我们之间的椅子，便开始在我们的盘子里吃菜，在我们的酒杯里喝酒。加伦睁大眼睛看着他——就像看一匹马似的看着他（打个比方，如果有人把马牵到这个宴会上来的话）。高尔基放声大笑，我则让开一些。马雅可夫斯基发觉了这一点。

"你很恨我吧？"马雅可夫斯基快活地问我。

我相当随意地回答说：不。恨他，对他来说过于荣幸了。他张开洗衣槽似的大嘴还要问我一些什么，但这时我国当时的外交部长米留可夫站起来要正式祝酒。于是马雅可夫斯基便急忙朝他奔去，跑到桌子中间，跳到一把椅子上，开始大喊一些下流的话，米留可夫当场愣住了。他立刻回过神来重新举杯说："先生们！"可是马雅可夫斯基喊得比先前更大声了。米留可夫最后徒劳地尝试了一次，然后两手一摊，一脸莫名地坐下了。

他刚刚坐下，法国大使站了起来，显然他完全相信，在他面前俄国流氓一定会退缩的。没有的事！马雅可夫斯基瞬间便用更响亮的嚷叫压倒了他。不仅如此，令大使极为惊讶的是，整个大厅突然爆发出一阵野蛮而无知觉的狂热，在马雅可夫斯基的感染下，每个人都开始莫名其妙地大喊大叫。他们用皮鞋跺着地板，用拳头捶打桌子，他们大笑，嚷叫，嘶吼，冷哼，甚至把电灯也关掉了。突然，一位长得像是刮了胡须的海象的芬兰艺术家发出一声真正悲惨的哀号，叫声盖过了所有人。他已经喝醉了，脸色像死人一样苍白。显然，这种过分下流的行为深深地震撼了他的灵魂，他想表达自己的抗议，于是用尽全力并且真正流着眼泪地喊出了他所知不多的俄国词语之一：

"太过分！太过分了！太过分了！太过分了！"

当时彼得堡还有一个庆典——列宁回来了。"热烈欢迎！"高尔基在自己的报纸上写道。他只是申请继承遗产的继承人之一，但他的要求是极其严肃和公开的。仪仗队和乐队在火车站迎接列宁，他被护送到彼得堡最好的房子之一。当然，这房子不属于高尔基。

"太过分了。"但还能怎么说呢？须知，到处都在举行盛大的宴会，而在这些宴会上，只有列宁和马雅可夫斯基没有喝醉。

独眼巨人波吕斐摩斯想吃掉流浪的奥德修斯[1]。列宁和马雅可夫斯基（后者在中学时代就被人预见性地起了个外号叫"白痴波吕斐摩斯"）两人都是相当贪吃的人，政治方面也都是强有力的独目人。所有人都一度认为他们不过是街头的小丑。无怪乎马雅可夫斯基被人称作未来主义者，亦即未来之人。俄罗斯的波吕斐摩斯式的未来无疑是属于马雅可夫斯基们和列宁们的。马雅可夫斯基本能地察觉到了那段日子里整个俄罗斯的飨宴即将变成什么，以及列宁在克舍辛斯卡娅的私宅阳台上发表讲话时，是如何出色地让所有其他官员住嘴。更了不起的是，在一个准备把我们卖给芬兰的宴会上，马雅可夫斯基自己也闭上了嘴巴。

1　古希腊史诗《奥德赛》里的主人公。

这个世界迎来了复活节，迎来了春天，迎来了无比灿烂的日子，但这些日子在彼得堡一年中的这个时候通常都不会出现。我们当时所有的感受多半是悲伤。离开彼得堡之前，我去参观了彼得保罗大教堂。所有的门全部敞开——包括要塞大门和教堂的各扇门。闲散的老百姓到处游逛，东张西望，并不断地吐着瓜子皮。我在教堂里转了一圈，看了沙皇的陵墓，一躬到地，祈求他们的原谅。在出来的教堂门廊上，我在震撼中呆立了许久：春天的俄罗斯，一整个没有尽头的宇宙，在我专注的目光里展现出来。春天和复活节的钟声唤起了喜悦和复苏的感觉，一个巨大的墓穴却正在世界上张开大口。死神就在这个春天里，最后的吻……

赫尔岑说："直到法国大革命之后，世界才开始了解失望；怀疑主义是与 1792 年的共和政体一起到来的。"[1]

至于俄罗斯，我们会把世界上最大的失望带进坟墓里去。

重读了上面写的话。不对，也许我们还能自救。当时堕落主要发生在城市，在农村中还是有某些理智和羞耻感的。我想起了以前的札记，取出并打开一看：瞧，1917 年 5 月 5 日的摘录：

1　引自赫尔岑《往事与随想》（《赫尔岑全集》第 10 卷第 118 页）。引文不大准确。

我去了磨坊。有许多庄稼汉也在，还有几个农妇。磨坊运行的嘈杂声压不住他们响亮的谈话声。紧靠着门楣站着一个庄稼汉，他身材高大，但有点驼背，留着黑色的胡须，一张一直红到发根的温厚的红脸，一顶帽子压在他的鼻梁上。他正留心听科里亚说话，但一直低头看着地面。

　　科里亚讲到士兵们不再服从命令，并从前线逃跑了。这个庄稼汉突然直起身来，一双闪亮的黑眼睛盯着他，愤慨地说：

　　"瞧，瞧，他们，这些狗崽子们！是谁把他们遣散的？谁需要他们？这些狗崽子们应该被逮起来！"

　　这时一个年轻的士兵骑着一匹灰色的马过来了，他穿一身卡其布制服，绗缝的裤子，哼着曲子，吹着口哨。庄稼汉朝他奔过去：

　　"就是他！瞧，还骑着马游玩呢！是谁把他放掉的？为啥把他招募上来，为啥让他穿上制服的！"

　　士兵下了马，把马拴上，两条腿叉开，做出若无其事的样子，走进磨坊去。

　　"你打的仗怎么那么少？"庄稼汉在他后面大声说道，"你戴着官家的帽子，穿着官家的皮靴，就是为了待在家里吗？（士兵不自然地笑笑，转过脸去）你最好不要到这儿来，你这个败类！我要把你身上的裤子和皮靴剥下来，并把你的脑袋往墙上撞！我真高兴现在你们没有上司了，下流的东西！你的父母为什么要养你呢？"

　　庄稼汉们同声附和起来，发出共同的愤怒的喊声。士兵不自然地微笑着，耸耸肩膀，试图做出一副不屑一顾的样子。

4 月 24 日。

昨晚我想到要把这些札记藏起来，最好藏得连魔鬼自己都找不到。顺便说一句，魔鬼现在是一个小男孩和他的小狗。他们总会找到这些札记，那时我必定要倒霉。《消息报》已经写到我了："早就该留意这个果戈理圣诞前夜[1]嘴脸的院士了，回想一下他是如何颂扬法国人来到敖德萨的！"

看了一阵报纸。全都是同样粗俗的表演。"比萨拉比亚工农政府昨天发表了向罗马尼亚宣战的宣言，但这不是帝国主义者的掠夺战争……"等等。

报纸上还有一篇托洛茨基的文章，题为《论彻底击溃高尔察克的必要性》。当然，这不仅对托洛茨基来说是最必要的，而且对那些希望摧毁"该死的过去"的人来说也是最必要的，他们已经准备好制造大规模的死亡——哪怕要赔上一半俄罗斯人民的性命。

在敖德萨，人民急切地期望着布尔什维克的到来——"我们的人就要来了！"许多普通民众也在等，他们厌倦了

1　此处提及的是果戈理的短篇小说《圣诞节前夜》，讲述的是魔鬼想在一夜之间"游走人间，并用邪恶的想法塞满好人头脑"的故事。《消息报》意指蒲宁与故事中魔鬼的行为如出一辙。

政府的更迭，他们想要稳定的生活，还希望生活能便宜些。但是他们总是那么急切。唉，那也没有什么，会习惯的。就像一个老农的故事，他非常想要一副眼镜，当他终于拿到眼镜的时候，真是喜极而泣。

他的邻居说："马卡尔，你疯了！要知道，如果这副眼镜与你的眼睛不合适的话，你会把眼睛弄瞎的！"

"谁，是老爷吗？眼镜吗？不要紧，会看得清楚的……"

沃洛申告诉我，敖德萨契卡首领塞维尼（敖德萨医生优素福维奇的儿子）曾对他说："我不能饶恕自己。有一次我已经捉住了高尔察克，却又让他逃走了！"

我一辈子都没有听过比这更令人不快的事。

德边科[1]，或者说"刑具"……契诃夫有一次对我说："水手有一个非常美妙的姓氏，科什科达甫连柯[2]。"

德边科比科什科达甫连柯稍微好一点。

关于柯伦泰[3]（昨天谢普金·库珀尼克对我讲过）：

"我对她非常了解，她曾经就像个天使。大清早便穿着最普通的衣服跑到工人贫民窟里去——'工作'。回家之后她会洗个澡，穿上蓝色衬衣，拿上一盒糖果匆匆钻到床上，对她的女朋友说：'来吧，朋友，现在我们来尽情地聊一聊吧！'"

1　德边科这个姓的词根意为"刑具"。
2　科什科达甫连柯这个姓的词根有"剥猫皮的人"的意思，这里用的是讽意。
3　亚历山德拉·米哈伊洛芙娜·柯伦泰（1872—1952），德边科的妻子，1917年十月革命的参加者，1917—1918年为国家救济人民委员，后来成为左派共产党人。

长期以来，司法系统和精神医学都把这种类型的人（天使般的）归类为近亲结婚的罪犯和妓女。

摘自《消息报》（出色的俄语）：

"农民说：给我们公社吧，只要把我们从立宪民主党人手里解放出来就行……"

政治处办公室门边竖着一幅巨大的招贴画：一个红皮肤的农妇，长着疯狂野蛮的鼻子，愤怒地咬紧牙齿，全速奔跑跳起，用干草叉插向一个逃跑的将军的后背，鲜血从他背上涌出来。题词是：

"邓尼金，别觊觎别人的土地！"

"别觊觎"应该就是"不许觊觎"。

我以天使长米迦勒的名义发誓，我永远不接受布尔什维克的正字法，因为人类的手从来没有写过按类似现在这种正字法所写的东西。哪怕只凭这一条理由也就够了。

想想吧，我还要向这个向那个去解释为什么我不去为无产阶级文化协会效力！我还必须**证明**，我没法坐在几乎每时每刻都在砍人家脑袋的契卡办公室隔壁，跟某个手心冒汗的白痴介绍关于"诗歌音律的最新成就"！这些令人避之不及的家伙，应该连同他们的子子孙孙一起受到诅咒，哪怕他们宣称自己"精通"诗歌也不行！

总之，现在最可怕、最吓人、最可耻的，并不是无产阶级文学协会里那些可怕和可耻的作品，而是我必须先读完它们，然后再与人争论它们是好是坏。不过，最最糟糕的是，我必须去证明，比如说，饿死比起教会某个白痴抑扬格和扬抑格，要好千百倍。白痴就算学会了诗歌，也只会去颂扬革命，颂扬他的同僚在革命中的暴行，他们抢劫、打人、强暴、毁坏教堂、从军官的背上取下皮带殴打别人，还有逼迫教士们同母马结婚！

说起敖德萨契卡，如今那里有了新的枪毙方式——在茅坑上射杀。

而这个契卡的首领塞维尼，按沃洛申的说法，却有着"水晶般的灵魂"，而沃洛申跟他认识总共不过几天的时间——在"一个很好看的女人的客厅里"。

安纽塔说：

"红军被赶出了俄罗斯。"

我知道，并且已经看见了几个红军士兵。今天又碰见了一个——短腿，胖脸，说话时左嘴角往上扬，是一个很可怕的家伙。我在港口商业街尽头的斜坡上，他和其他一些士兵则躺在围墙上，像猴子般快速地嗑着瓜子，皱着眉头看着我。为什么我这个倒霉的人会到这里来呢？我想看看空泛的泊位，看看大海，总觉得想依靠彼岸获救的希望正在渐渐消失！

我读完了布尔加科夫[1]的回忆录。托尔斯泰对我说过：

1　瓦连京・费奥多罗维奇・布尔加科夫（1886—1966），俄罗斯作家，1910年当过列夫・托尔斯泰的秘书。

"阅读高尔基和安德烈作品的女学生们真诚地相信，她们不能理解这些作品的深奥之处……我刚读完《安那太马》[1]的序言——全是毫无意义的东西……这些勃留索夫们和别雷们的脑子里到底在想什么东西？"

契诃夫也不理解这些作家。在公众面前他说"非常好"，在家里却哈哈大笑："咳，没有出息的角色！应该逮捕他们！"关于安德烈他还说："我每读两页——就要到新鲜空气中去散两小时的步！"

托尔斯泰说："如今文学中只有通过愚蠢和厚颜无耻才能取得成绩。"

他忘了说批评家们也在推波助澜。

这些批评家，他们是什么人呢？

人们看病要找医生，法律咨询要请律师，铁路桥梁建造需要工程师，盖房子则需要建筑师，而轮到艺术，任何人只要愿意，都可以成为评论家，而且常常是气质上与艺术完全相反的那些人。人们只听他们的意见，连托尔斯泰的意见也一文不值——因为托氏的意见具有深刻的批判性，他在《战争与和平》里的每一个字都做过最严格的斟酌，最精确的评估。

即使在我完全放弃希望的时候，我仍然怀有一个秘密的梦想：复仇的一天终会到来，**全人类将**共同诅咒今天的日子。

1　安德烈写的一个剧本。1910 年作者把剧本赠给了托尔斯泰。

不能没有这种希望。可是，这种关于人类的无法置信的可怕真相如今已被揭开，我们还能相信什么呢？

一切都将被忘却，甚至名声远扬！文学将是第一个帮凶。文学什么都可以歪曲，就像法国大革命时那些诗人所做的一样。诗人是地球上最邪恶的团体，其中充斥着数以千计的闲汉、堕落者和江湖骗子，他们恶劣的影响超过了每一个有良知的作家。

> 谁在灾祸临头的时刻
>
> 拜访了这个世界，他就有福了！[1]

是的，我们把一切都复杂化、哲学化，甚至包括我们身边正在发生的那些难以启齿的事情。绳子不是"绳子"，而是"用来捆绑事物的东西"[2]，就像克雷洛夫笔下的那位哲人一样，栽到了坑里，在坑里还继续对事物进行哲学阐释。要知道，至今我们还在争论关于勃洛克的作品：他书里杀死妓女的酒鬼真的是圣徒吗，或者不完全是？而那个用粗棍子把威尼斯镜子击碎的丑陋人在我们看来一定是匈奴人或者斯基泰人，在他身上贴上这种标签，我们感到十分快慰。

总的来说，我们已经被**文学化的生活方式**所毒害。例如，我们对上个世纪以来俄罗斯伟大而多姿多彩的生活做了什么

---

1 引自丘特切夫的《西赛罗》一诗。
2 出自俄国寓言诗人切姆尼采尔（1745—1784）的《玄学》一诗。

呢？我们把它分成几个年代——二十年代、三十年代、四十年代、六十年代——每一个十年都用文学作品中的人物来定义：恰茨基、奥涅金、毕巧林、巴扎罗夫……可笑至极，特别是想到，这些主人公都只有十八九岁，最多二十岁！各种报纸都号召进军欧洲。我想起了1914年8月法律协会上莫斯科知识分子的一次会议。高尔基激动得脸色发紫，在会上发表演说：

"我害怕俄罗斯会取得胜利，因为我们野蛮的国家会让一亿个肚子重重地压在欧洲身上。"

现在是布尔什维克的肚子了，他却不再害怕了。

除这种号召（进军欧洲）外，报纸上还有一个"警告"："由于燃料严重缺乏，很快将要停电。"一个月一切都乱糟糟的：没有工厂，没有铁路，没有电车，没有水，没有面包，没有衣服——什么都没有！

是的，是的——"七头瘦牛吃掉七头肥牛，但是并没有因此变肥。"

现在（夜里十一点）我打开窗户，朝大街上望了望：月亮低低地挂在房子后面，四周如此静寂，甚至听得见街上某个地方有狗在啃骨头的声音——只是它从哪里弄到骨头的呢？瞧，事情竟到了这种地步，连一块骨头也让你诧异！

重读《悬崖》)[1]，写得很长，但很聪明，但我不得不强迫自己读下去。现在这些马尔克·沃洛霍夫们是多么令人厌恶。

1　《悬崖》是冈察洛夫的长篇小说。马尔克·沃洛霍夫是该小说的主人公。

有多少下流人来自马尔克啊！"你干吗溜进别人的花园里偷吃别人的苹果？"——"什么叫作别人的花园、别人的苹果？既然我想吃，为什么我不吃呢？"马尔克真是个天才的造物。这就是艺术家的令人惊叹的事业：如此不可思议地把典型的、分散的东西抓住，集中起来，具现为一种本应消散的人物类型，有时它的存在和影响会增大一百倍（而且**常常与自己的宗旨是完全相违背的**）。作家想讽刺骑士阶层，于是便创作了一个在生活中从未出现过的人物，结果从这个不存在的堂吉诃德中产生出几百个活生生的堂吉诃德。作家要抨击马尔克精神，结果最终催生出几千个马尔克，**这些马尔克不是来自生活，而是来自书本**。

总之，如何把现实的东西同来自书本、戏剧和电影中的东西区别开来呢？有许多人参与过我的生活并**影响了我，但这远远不及莎士比亚和托尔斯泰的主人公对我的影响**。还有一些人让福尔摩斯走进了自己的生活；有的女仆则会被电影里某个坐在汽车里的女人所吸引。

4月25日。

昨日深夜，我们的住房"委员"来测量我的房子的所有房间的长度、宽度和高度，"以便无产阶级充分地利用地方"。那些该死的猴子们要对全城所有房间进行测量，所到之处无不造成严重破坏！我躺在长沙发上，一句话也没有说，直到我们的房子被测完。但是这种新的侮辱弄得我心烦意乱，以致我心颤得厉害，脑门上的血管也病态地跳动起来。是的，这种跳动一定会有不良结果的。我还能做多少事，就要看我心脏的健康情况如何，看它还能支撑我多久了！

我们的住房"委员"之所以能当上"委员"，是因为他是我们楼里所有住户中最年轻的一个，而且他的出身完全卑微。他是一个谦逊的人，胆小的人，他战战兢兢地接受了委员的职位。现在他一听到"革命法庭"这个词就发抖，跑到每一个房间去求大家执行法令。这些败类善于制造恐怖和恐惧心理，**身体力行，千方百计地强调、夸耀自己的野蛮行为**！而我甚至只要听到"革命法庭"这个词就会觉得左胸口剧痛。为什么是委员，为什么是法庭，而不简单说审判呢？一切都是因为，只有在这些神圣的革命词句的掩饰下，他们才能如此大胆地、天不怕地不怕亦步亦趋地走下去；由于有这些词句，即使是最有理性最有礼貌的革命者（他们对平常的抢劫、偷窃和杀人的行为都很义愤），尽管也很明白应该把光天化日之下掐住过路人的脖子的流氓抓起来，送到警察局去，但是，如果流氓也**及时**地喊出了同样的所谓的**革命词句**的话，那么他们同样也会在流氓面前高兴得气喘吁吁的。要知道，流氓也有充分权利说他是在表达"社会不公的牺牲者和底层人们的愤怒"。

当我写完上述那些话时——大门口响起了敲门声，随即变成了疯狂的拍门声。我打开门——又是那个委员，还带着一群伙伴和几位红军战士。他们急迫而粗暴地要求交出多余

194

的被褥。我说没有多余的。他们走进来，看了看便走了。我的脑袋再一次麻木起来，心跳又一次加速，由于狂怒和受辱，手脚也哆嗦起来了。

院子里突然响起了音乐——一个戴着帽子的犹太人和一个女人在拉德国手风琴。他们在演奏波尔卡舞曲。**一切是多么奇怪，如今又是多么不合时宜！**

白天有太阳，却几乎像昨天一样寒冷。有云彩，但天空很蓝；院子里的树木已经很茂密了，呈深绿色，光彩夺目。

被征集的被褥堆放在院子里，女厨娘们大声喊叫（针对我们）："没有关系，没有关系，很好，就让他们睡在板条上、木板上好了！"

B. 卡塔耶夫（青年作家）来过。现在年轻人的愤世嫉俗简直令人难以相信。他对我说："给我十万卢布，我可以去杀任何人。我想吃好的，我想有一顶漂亮的帽子，一双最好的皮鞋……"

我和他一起去散步，突然，我整个人都感受到了春天的诱惑，这是今年（有生以来第一次）从未感受过的。除此之外，我还感到视野意外地开阔（既是体力上也是精神上），而且异常强大和清晰。杰里巴索夫街显得异常之短，街边的建筑也异常密集，破布缠裹的叶卡捷琳娜纪念雕像，契卡所在的列瓦绍夫的故居，还有大海——一切都变小变平了，就像在我手掌上一样。突然间，我清晰地、强烈地、冷静地意识到，敖德萨和整个俄罗斯创造的一切都在走向末日，我有一种脱离了现实的感觉，没有悲痛，没有恐惧，只有某种快乐的绝望。

我从家里出来时，听见看门人对一个人说：

"这些夺人被褥的家伙是最坏的恶棍，只要给他们一点家酿白酒，给他一点香烟，他可以把亲爹也杀掉！"

一切都是这样，**疯狂是真实的**。我遇到的每个人都肯定这一点，这让我感到惊讶，特别是（好像故意似的）我在普希金大街上碰到的那件事：一辆疯狂的汽车从车站迎面向我疾驰而来。汽车里，在一群伙伴中间有一个非常狂热的学生，手里拿着来复枪，整个人看上去非常焦虑。他瞪大的双眼紧盯着前方，极度消瘦，五官单薄锐利到令人难以置信的程度，红色的长耳风帽的末端在他身后随风飘动着……

一般来说，现在很少能看到学生，但这个学生却衣衫褴褛，急匆匆的不知要去往何处。他穿着一件肮脏的黑色衬衣，披着老式的敞开的军大衣，蓬乱的头上戴一顶脱了毛的帽子，脚上穿破皮鞋，肩上还挂着一支枪口朝下的来复枪……顺便说一句，天晓得他是不是真的是个学生。

其他的一切也很不真实。例如发生了这么一件事：从原先的克里米亚旅馆（在契卡对面）大门走出来一队士兵，刚好一群妇女在过桥。士兵的队伍突然停下——哈哈大笑地对着她们撒起尿来。还有警局外墙上的那幅巨幅宣传画，上面画着许多台阶，最上一层是一个宝座，从宝座上流出一股鲜血，下面的题词是：

帝王的宝座由人民的鲜血灌铸，

　　我们也用鲜血把敌人染红！

　　在杜马附近的广场上，用该死的红色装饰起来的五一节的看台至今仍非常之刺眼。再往前走，远处高高耸立着一个令人费解的肮脏、神秘和复杂的东西。这个东西是用木板拼起来的，显然是按未来派的某个设计制作的，上面涂满了各种可能的颜料。它是一个完整的建筑，顶部收窄，四周都有大门。杰里巴索夫街上又一次挂满了宣传画：两个工人在转动一个冲床，冲床下面躺着一个被压死的资本家，金币从他的嘴巴和屁股里成串涌出。还有那些走来走去的民众。首先，他们是多么肮脏！他们身上穿着多少件破烂的、脏得不能再脏的士兵的军大衣，脚上裹着多少条褪成棕黄色的绑腿，长满虱子的头上戴着多少顶油腻腻的便帽——看起来就像用来扫过大街！难以想象有多么可怕：如今有多少人穿的都是从被打死的人和各种尸体身上剥下来的衣服啊！

　　红军成员表现出一个重要特征——散漫、缺乏纪律。牙齿咬着烟卷，眼睛浑浊下流，帽子扣在脑壳上，一绺头发从前额垂下来。他们穿着杂凑的破衣烂衫，有些人穿着七十年代的全套制服；有些人则毫无理由地穿着红色马裤和步兵的军大衣，带着巨大而过时的马刀。

　　哨兵坐在被征用来的房子入口处的圈椅里，姿势极不雅观，有时简直就像坐着一个流氓：腰间别着左轮手枪，一侧挂着德国弯刀，另一侧则是一把匕首。

为了融化冰冻的自来水管，这些"新生活的建设者"竟下令拆毁有名的敖德萨天桥，这座天桥通往港口，用来输送粮食，是一条很长的木制轨道。人们在《消息报》上抱怨说："谁来了，都要拆走天桥上的一些木头！"树木都被砍下、截去当了柴火，许多街道只剩下两排光秃秃的树干。赤卫队士兵为了烧茶炊，竟把来复枪折断，把枪托劈成碎片。

回家之后，我翻开了被我搁置已久的一本浅陋的小书，《人民之怒歌曲集》（劳动人民图书馆，敖德萨，1917年），是的，宣传画上的题词就在这本书里：

> 帝王的宝座由人民的鲜血灌铸，
>
> 我们也用鲜血把敌人染红，
>
> 对一切敌人要毫不宽恕地报仇，
>
> 要处死劳动群众的寄生虫！

里面有《工人马赛曲》《华沙革命歌》《国际歌》《民意党人颂歌》《红旗歌》……全都充满愤恨，血腥气十足，虚伪得令人恶心，平庸、浅陋到难以置信的程度：

> 我们对所有的恶人诅咒，
>
> 号召一切战士进行战斗……
>
> 敌人的旋风在我们的头上肆虐……
>
> 但我们将高扬自豪和勇气，

为了工人的事业高举战斗的旗帜……

我们要化剑为犁，

开始新的生活，

把我们的敌人送到刀下

杀敌成群……

我的天啊，这都是些什么畸形玩意儿！整整几代的男孩子和女孩子们背诵伊万纽科夫[1]和马克思，秘密出版他们的著作，在红十字会的集会上以"文学"的名义传播他们的作品；他们不害臊地假装对帕霍姆和西多尔[2]爱得要死，内心里一刻不停地燃烧着对地主、工厂主、市井小民，对所有这些"喝血的蜘蛛、压迫者、暴君、暴吏、市侩、蒙昧主义者、黑暗和暴力的骑士"的仇恨！

是的，普遍的疯狂。老百姓脑子里都在想些什么呢？有一天，我在伊莉莎大街散步，几个卫兵坐在一栋被征用的房子的大门口，摆弄着来复枪的枪栓，其中一个人对另一个人说：

"整个彼得堡都在一个玻璃天花板下面，既没有雪，也没有雨，什么都没有……"

---

1 伊万·伊万诺维奇·伊万纽科夫（1844—1912），俄国历史学家。
2 蒲宁用这两个名字概括性指代俄罗斯农民。

不久前我在街上碰见了人民教育委员谢普金教授。他走路很慢，一脸呆滞地看着前方，肩上披着一件沾满灰尘的女式斗篷，斗篷的肩膀位置上有一大块油渍，帽子也脏得让人看着就恶心。他的脖子后面长了一个巨大的疖子，撑在他极其肮脏的棉布领子下面，已经化脓了，看起来就像一座即将喷发的火山。**一条又厚又旧的领带，泛着油腻腻的红色。**

人们一直在谈论费尔德曼是如何向某些农民"代表"做演讲的：

"同志们，苏维埃政权很快就会占领全世界！"

忽然一个声音在人群中响起：

"这不可能！"

"为什么不可能？"

"犹太人不够！"

不要紧，别担心，有足够多的谢普金们。

4月26日。

由于心搏过速，我六点钟就醒了。

我去买报纸时，听见一个女人在骂街：她篮子里的一条鱼——花了八十卢布。

莫斯科的报纸有下列消息：所有的铁路的木柴运输量下降了百分之五十……人民教育委员部决定修复艺术品……印度被布尔什维克控制了……

《消息报》开辟了信箱：

"致公民格里克曼。这么说，同高尔察克及邓尼金恶棍的战争，在你看来是自相残杀的战争？"

"致 A．同志。对俄罗斯的赞美，哪怕是对苏维埃俄国的赞美，也超出了马克思主义者对这个问题的看法。"

"致女公民格里克曼。您还没明白吗，那种有钱就可以拥有一切，没钱就要掉脑袋的生活方式已经一去不复返了。"

我们在尼古拉耶夫林荫道上漫步。春天的白云，巨大而明快的画面——空泛的停泊场，远方海岸的美妙色彩，大海明亮的蓝色涟漪……我们碰见了奥西波维奇[1]和尤什克维奇[2]。还是同一件事。他们脸上不动声色，小声快速地说："蒂拉斯波尔被德国人和罗马尼亚人占领了——现在这已经是事实。彼得堡也沦陷了……"

三点钟时安纽塔满脸恐惧地走了进来："德国人要进入敖德萨，是真的吗？所有的老百姓都说，似乎整个敖德萨已被包围了。德国人自己开启了布尔什维克，现在又奉命去消灭布尔什维克，但他们要花十五年的时间才能把布尔什维克全部交给我们。瞧，真棒！"

这都是些什么？大概是粗野的胡说吧，但我还是激动得

1　纳乌姆·马尔科维奇·奥西波维奇（1870—？），俄国作家，与民粹派接近，写过关于犹太人和流放犯无权地位的书。

2　谢苗·所罗门诺维奇·尤什克维奇（1868—1927），俄国作家，蒲宁的朋友。

发抖，两手冰凉。为了让自己平静下来，我开始读奥夫相尼科－库利科夫斯基[1]的手稿，读他的关于德拉加马诺夫[2]、西贝尔[3]、拉夫罗夫[4]的回忆录。他们都是了不起的人，库利科夫斯基笔下每个人都是如此。他写道："造物主用最好的以太创造他们生动的灵魂……"啊，上帝！我在自己的暮年还能读到这样的文字！

然后我读了勒南[5]："人类在几千年里一直是动物，接下来的几千年里则是个傻瓜。"

4月27日。

《消息报》称："反革命分子们坐在那里绞尽脑汁，想要扰乱共产党员和无产者……他们窄小的脑门布满皱纹，嘴巴张得很大，发黄的牙齿从这些费杜莱·费杜雷奇们松垂的厚嘴唇下面露出来……他们都是些喜剧演员，真的，或者干脆就是下等酒馆里的无赖和骗子……"

---

1 德米特里·奥夫相尼科－库利科夫斯基（1853—1920），俄国文艺学家、语言学家、文化史家。

2 米哈伊尔·彼得罗维奇·德拉加马诺夫（1841—1895），乌克兰政论家、史学家。

3 尼古拉·伊万诺罗维奇·西贝尔（1844—1888），经济学家，宣传马克思主义经济学。

4 彼得·拉夫罗维奇·拉夫罗夫（1823—1900），俄国社会学家，参加过民粹运动。

5 约瑟夫·恩内斯特·勒南（1823—1892），法国作家、史学家，法兰西学院院士。

《红军战士之声》里辞藻优美的一段消息：

"波德沃伊斯基[1]同志下令进攻罗马尼亚……罗马尼亚的强盗们和他们血腥的国王扼住了年轻的匈牙利苏维埃共和国的咽喉，企图扼杀席卷整个欧洲的革命。"

一份来自沃兹涅先斯克[2]的决议：

"我们，沃兹涅先斯克的红军战士为解放全世界而战斗，反对蛮横无理的反犹太人运动！"

来自基辅的消息称，"已着手捣毁亚历山大二世的纪念碑"。这是最近的普遍事件。要知道，早在1917年3月，人们就已开始撕掉鹰徽和盾徽了……

又有传言说彼得堡陷落了，布达佩斯也陷落了。不过，现在这些谣言的开头总是千篇一律："来了一个熟人的熟人……"

重大新闻。拉杰茨基[3]和科伊兰斯基走过来，都很兴奋。

"格里戈里耶夫正开往敖德萨！"

"哪个格里戈里耶夫？"

"就是那个把盟军赶出敖德萨的人。现在他与马赫诺联合起来，打击布尔什维克。泽廖内则正开往基辅。'为了信仰和祖国，击溃犹太人和布尔什维克！'他们是这么说的。我本人可以说也是犹太人，但也愿意让魔鬼亲自光临。昨天

1　尼古拉·伊里奇·波德沃伊斯基（1880—1948），俄国十月武装起义领导者之一。
2　敖德萨东北的一座小城。
3　伊万·马尔科维奇·拉杰茨基，新闻记者，主持过《现在和未来》杂志。

C.对我说，他是民主派，他反对一切干涉和干预。我回答说："如果全俄罗斯发生了针对犹太人的集体迫害，你会说反对这种干涉和干预吗？'"

4月28日。

真是这样！

"为了避免各种流言在城里散播，乌克兰苏维埃第三军团司令部特此宣告：哥萨克头领**格里戈里耶夫**召集了一群追随者，自封为统帅，并向苏维埃政府宣战……"

然后是安东诺夫-奥弗申科的命令：

"这个白军恶棍竭力破坏红色政权，企图以和平解决的方式消灭它……这个真正的卖国贼，可怜的奴仆，必须像消灭一条疯狗一样消灭他……把他碾碎，碾入泥土，就像蠕虫一样让他埋在这块被他玷污的土地里……"

然后是军事革命委员会成员的呼吁：

"全体，全体，全体！社会主义乌克兰劳动人民的孩子们！冒险主义者，酒鬼，旧制度、牧师和地主及其**宠儿**的奴仆格里戈里耶夫已揭去了自己真正的假面具，他的周围则是**一群满脸油污的黑乌鸦**……他宣传说，似乎布尔什维克希望把大家圈在公社里。其实，共产党人并不强迫任何人加入公社，而是像大家所知道的那样，只向大家解释，让耶稣受难并不是布尔什维克所要做的事。耶稣也是这样教导的，作为救世主，他也反对富人……这种在醉梦状态中杜撰出来的荒谬的挑衅，当然不会起什么作用的……**乌拉，打倒冒险家，他竟想沐浴在饥饿**的工人们的鲜血里……我们要逮住这些靠妓女养活的人和叛徒们，把他们交给工人和农民处理……"下面是这样签署的："季亚特科同志、戈卢宾科同志、夏坚科同志。"这就类似于——若是我签署的话，那就是：蒲宁先生。

总之，是个非常激动不安的早晨。尤什克维奇来过，他很害怕蹂躏犹太人的暴行。城里的反犹主义是残暴的。

还有《地方生活》的消息："昨天，按照军事革命法庭的决议，枪毙十八名反革命分子。"

野蛮和恐慌令人感到绝望。"所有的资产阶级都要清算。"这话怎么理解？

昨天太阳落山时我出门，碰见了罗森塔尔。他说，在大教堂广场有人投放炸弹。我跟他走过广场，去找拉祖尔斯基教授。在教授家里我透过窗户看到西方玫瑰色的天空，它被笼罩在淡蓝色的云彩中。我们回到杰里巴索夫街的时候，天色已经暗了。街的一侧有许多人，另一侧却空荡荡的。一个士兵恶狠狠地叫喊："同志们，到另一侧去！"几辆汽车疯狂地驶过，后面跟着一辆鸣着警笛的救护车、两个骑马的人和一条追着他们狂吠的狗……所有人都被拦住，不许通行。

看门人福马告诉我，后天是"世界末日"，即"和平起义日"，所有的资本家都将被剥夺一切。

4月30日。

一个可怕的早晨！我去拜访什皮塔利尼科夫[1]（塔里尼科夫，批评家）。他穿着两条裤子，两件衬衣。他说，"和平起义日"已经开始，抢劫已在进行；他害怕第二条裤子也会被抢走。

我们一起出来。一队骑兵沿杰里巴索夫街疾驰而去，中间还有一辆汽车，用最高的音符呼啸而去。我们碰见了奥夫相尼科-库利科夫斯基。他说："到处都是撕裂灵魂的流言，枪声彻夜不断，现在正在打劫。"

三点钟。我又进了城："和平起义日"突然被取消。好像是工人自己造反了。他们也开始遭到抢劫，因为他们之前帮自己抢了成堆的东西。他们用枪击、开水和石块对付起义者。

可怕的暴风雨，倾盆大雨里夹杂着冰雹。我在大门下躲雨。满载着带枪同志的载重汽车呼啸着疾驰过去。大门下面过来两个士兵，其中一个膀大腰圆，后脑勺上戴着一顶帽子。他在吃香肠，一边用牙齿把它咬碎，一边用左手拍着自己的肚皮下面说："瞧，这就是我的公社！我一开始就对它说过：阁下别叫了，公社就挂在我的肚子下面……"

1　达维德·拉扎列维奇·塔利尼科夫（1886—1961），俄国文学和戏剧批评家。

5月1日。

不管在敖德萨，在基辅，还是在莫斯科，每个人都非常恐慌。情况变得如此糟糕，以至于苏联国防委员会的全权代表加米涅夫[1]发布了告人民书："告诫全体，全体，全体！还要再一次努力，工农政权即将征服世界。这个时候叛徒格里戈里耶夫却想在工农政权的背上插一刀……"

住房委员来审核我的年龄，他们想把所有的资产阶级分子都征召进入"非常后备军"。

一整天都下着寒冷的雨。晚上我去拜访 C. 尤什克维奇，他试图在某个"军事旅馆"里为朋友们筹办一个剧院，但他因为不敢一个人去苏维埃委员会申办这个剧院，所以他想拉着我一起。真是个疯子！我冒雨回家，走在黑暗、阴沉的城里。有些地方听得见红军青年男女们的嬉笑声和吃坚果的声音……

5月2日。

敖德萨红军在大喷泉（镇）对犹太人进行了屠杀。

奥夫相尼科-库利科夫斯基和作家基卞[2]来过，给我讲了详细情况：士兵在大喷泉镇杀死了十四名委员和十三名犹太

1　谢尔盖·谢尔盖耶维奇·加米涅夫（1881—1936），苏联军事领导人。1918—1919 年任俄东方面军司令，1919—1924 年任苏联红军总司令。

2　亚历山大·阿布拉莫维奇·基卞（1870—1938），俄罗斯作家。

平民，摧毁了许多小商铺。他们在夜里破门而入，把人从床上拖下来，见人就杀；人们向草原里逃，往海里跳，身后追逐着飞来的子弹——是一场真正的狩猎。基卞侥幸保住了一命，因为他没有在家里过夜，而是住在"白花"旅馆里。天亮的时候，一队红军忽然出现。"这里有犹太人吗？"他们问看门人。——"没有，没有。"——"你对上帝发誓！"——看门人发了誓，红军士兵便往前走了。

出租车司机莫伊谢伊·古特曼被杀害了。去年秋天是他帮我们从别墅搬出来的，一个很亲切的人。

去过杜马附近。天气很冷，灰暗，空荡荡的大海，死一般的港口，泊位的远处有法国人的鱼雷艇，看上去很小，孤零零的有点可怜，令人不愉快——鬼知道法国人干吗要跑到这里来，他们在等待什么呢？打的什么主意呢？大炮旁边有一堆人，一些人对"和平起义日"表示愤慨，另一些人则激越地、蛮横无理地教训和申斥他们。

我边走边寻思，更确切一点，是边走边感觉到：要是现在能成功地逃出去，比方逃到意大利去、逃到法国去的话，处处就都不同了。——人真是讨厌的东西！生活迫使人如此尖锐地感受，如此尖锐和细心地看透它，看透它的灵魂，看透它卑污的身体。为什么我们以前的眼睛（包括我的眼睛）却很少看得见呢！

外面现在是夜晚，一片漆黑，大雨倾盆，一个人影也没有。整个赫尔松省都处于特别戒严状态。天黑之后我们都不敢出门。我坐在这里写作，好像坐在一个童话中的地牢里：

整个房间都在油灯昏黄的光下颤动，油的烧灼发出阵阵臭味。桌子上放着一张新的告民众书：同志们，你们应该明白，我们正给你们带来真正的社会主义的光明！离开那些酒鬼，彻底战胜寄生虫！把人民大众的刽子手、前税务官格里戈里耶夫赶走！他嗜酒滥饮，在叶利扎韦特格勒还有一处房产。

5月3日。

紧张的、难以忍受的等待，等待随便什么结局，我竭力想摆脱这种情绪，但无论怎样也克服不了。当我渴望日子能尽快过去的时候，这种感觉尤其可怕。

以斯塔罗斯京命名的军团的决议：

"我们宣告，我们将共同参与反对新的无冕皇帝刽子手格里戈里耶夫的斗争。这个人就像一只蜘蛛，再一次想在酗酒和猖狂中吸干我们的全部力量！"

俄罗斯人民国家联盟敖德萨委员会已被逮捕（十六人，其中有某某教授），并且"鉴于他们公然企图威胁居民的和平安宁"，已于昨天晚上全部枪毙了。

想想看，他们在关心居民的平安呢！

我们去了瓦尔沙夫斯基家。回来时城里已经黑了，街道上一片昏暗，跟午后和日出的时候有些不同，但是发出的脚步声清脆得多。

5月4日。

天气变好了。院子的上空是一片蓝天，春天的树木展示着节日般的翠绿，后面是光亮发白的房墙，上面落着斑驳的树影。一个红军士兵骑着马进了院子，把马拴在一棵树上。这是一匹黑色的公马，波浪形的尾巴垂到地上，臀部有漂亮的斑纹，背部的斑纹还要更美。叶甫盖尼（布科维茨基，我们当时住在公爵街上的房子就是他的）在饭厅里弹钢琴。我的天啊，这一切是多么痛苦！

我们去拜访 B.A.罗森贝格，他在合作社工作，与妻子一起住在一个单间里。他们喝带有肮脏的小葡萄干的淡茶，点着可怜的小灯……这就是《俄罗斯新闻》的编辑，主人！他充满热情地谈到"**沙皇审查机关的可怕**"。

5月5日。

梦见一个蔚蓝色的夜晚，我在一片乳白色的海里，看见一艘不知是什么船发出的淡淡的玫瑰色的亮光；我对自己说，要记住，它是淡玫瑰色的。如今，这一切又有什么意义呢？

《红军战士之声》的通知：

"参加大屠杀的反革命分子去死吧！人民的敌人想把革命淹死在犹太人的血泊中，想让老爷们住在五彩的宫殿里，而农夫们则住在畜棚里，和牛马在一起生疮腐烂，为懒汉–寄生虫折弯自己的背脊……"

我们的院子里有一个警察结婚，他坐着轿式马车来的。

他为婚宴准备了四十瓶葡萄酒，这些酒在两个月前每瓶值二十五卢布，现在得花多少钱啊！尤其现在还出了禁酒令，只能偷偷地喝。

波德沃伊斯基在《基辅消息报》上发表文章说："如果**聚集在**罗马尼亚的**黑色胡狼**能实现他们的计谋，世界革命的命运会就此一锤定音……黑帮恶棍……罗马尼亚国王和那些地主的凶猛的爪牙……"然后是拉科夫斯基的号召。顺便说说，其中有一处这样写道："很遗憾，乌克兰农村还依旧像果戈理所描写的那样——是愚昧无知的农村，文盲的农村……政委们贪污、行贿、酗酒，每一步都在破坏法律的基础……苏维埃工人们在赌局上一掷千金，酿酒厂在支持酗酒……"

然后是高尔基最新的文章，是他前几天在莫斯科第三国际会议上的演说，标题是《大谎言之日》。内容是：

"昨天是大谎言之日。这个谎言的末日。

"自古以来，人们像蜘蛛一样小心编织着一张谨慎的小市民生活之网，而这张网越来越多地靠谎言和贪婪来维持。人应当吃他人的肉和血。这无耻的谎言被看作是不可动摇的真理。

"就在昨天，这种想法已经到达了全欧战争的疯狂地步，它噩梦般的光芒立即照亮了这个古老谎言所有丑恶的赤裸裸的真面目。

"人民的忍耐耗尽了，他们迸发的力量已摧毁了腐朽的生活，它已无法恢复其旧形式了。

"今天如此耀眼，因此阴影才显得如此浓重。

"如今，把人们从过去牢固的铁一般的蛛网中解放出来的伟大的工作开始了，这一工作是可怕的和困难的，像分娩时的痛苦……

"事情就这样发生了：在决定性的战斗中俄国人民勇往直前。昨天，全世界都还认为他们是半开化的人，而今天，他们热烈而又勇敢，像经验丰富的老战士，要么走向胜利，要么走向死亡。

"必须把俄国现在发生的一切理解为一次巨大的尝试，即在生活中、在行动中把人类的导师、欧洲的哲人提出的伟大思想和言论变为现实。

"如果这些被敌人包围的、被饥饿折磨的忠诚的俄国革命者被打败了，那么这场可怕灾难的后果就会重重地落到欧洲所有革命者的肩上，落到整个欧洲工人阶级肩上。

"但是，忠诚的心不会动摇，忠诚的思想不会退让，忠诚的手不会停止工作——俄国工人相信，他的欧洲兄弟们不会让人扼杀俄罗斯，不会允许一切正在死亡、正在消失和即将消失的东西复活！"

下面则是高尔基去年2月6日在《新生活报》上一篇文章的摘录：

"我们面对的是一伙冒险家，他们为了个人私利，为了正在死亡的专制制度的垂死挣扎，多几个星期的苟延残喘，正准备最可耻地出卖社会主义的利益，俄国无产阶级的利益，用无产阶级所授予的权力在空悬的罗曼诺夫的宝座上胡作非为！”

我们活着的唯一目的就是秘密聚会和相互交换一些消息。我们这种反情报消息的主要来源是赫尔松街的谢普金娜-库帕尔尼克家，来自布普（乌克兰出版局）的新闻都是从这里发出去的。据说昨天收到了一封破译电报：彼得堡已被英国人占领；格里戈里耶夫包围了敖德萨，颁布了乌尼维尔萨尔[1]，他在其中表示承认苏维埃，但只承认“把耶稣钉在十字架上的人不会多于百分之四”的苏维埃。据说来自基辅的消息已经完全递不进来了，因为几千名拥护格里戈里耶夫口号的庄稼人破坏了几十俄里的铁路。

我不太相信他们的“原则性”。也许以后这会被看作是一种“人民对布尔什维克的斗争”，并被置于与义勇军运动同等的地位。这太可怕了。当然，主义对于庄稼人来说，就像给奶牛装上马鞍一样，两者都会把他们引向疯狂。但最重要的是，现在所发生的一切类似于俄罗斯自古以来就十分喜爱的“窃贼式的流浪”，即对自由的、强盗式的放纵生活的向往。这种向往现在已经影响了成千上万的人，他们脱离或疏远了自己的家庭和工作，在各方面都已经堕落了。就在不到十年前，我在我写的关于老百姓及其灵魂的故事里，用了伊万·阿克萨科夫的一句话作为题词：“古代的俄罗斯现在还没有过去！”

1　1917 年乌克兰反革命中央会议宣言。

我做得对。克柳切夫斯基指出了俄罗斯历史的极端"重复性"。很不幸的是，对于这种历史的"重复性"，人人都满不在乎。"解放运动"是在令人惊讶的轻率和不可或缺的乐观主义中发生的，带着各种各样的意义和解释："斗士"和民粹派的现实主义文学作家有自己的想法，其他人则将其视为某种神秘主义。按陀思妥耶夫斯基的说法，全都是"在长满虱子的脑袋上戴桂冠"。赫尔岑也说得万分正确：

"我们同现存制度一起深深地垮下去了……我们胡闹，不想了解现实生活，我们老是用幻想来激怒自己……我们忍受着我们国家当下这些人给我们带来的惩罚……我们的不幸就在于弃绝了生活的理论与实践……"

顺便一提，许多人发现与现实划清界限其实是非常不利的。不论是"青年"，还是"长满虱子的脑袋"，人们之所以需要他们，是因为他们可以去当炮灰。他们奉承青年，因为青年热情洋溢；他们奉承庄稼汉，因为庄稼汉愚昧无知和"摇摆不定"。难道许多人都不知道革命只不过是一种交换位置的血腥游戏吗？哪怕他们能够暂时得以坐下来，饱餐一顿，甚至在统治者曾经的位置上作威作福，最终也不过是刚出油锅，又进火坑。

最最聪明的人和狡猾的头头们完全有意识地准备了一块侮弄人的招牌："自由、博爱、平等！"只要他们不把人民的脖子勒得太紧，这块招牌可以挂上很久。当然，成千上万的青年男女已经喊出了口号：

214

为了人民，人民，人民，

为了神圣的口号前进！

以及，诚然，大多数人喊出的都是相当没有意义的东西：

斯捷潘[1]思考过的一切，

乃至巨石悬崖，

全都给这位勇士传达……

"到底发生了什么事呢？"陀思妥耶夫斯基说，"这是最
天真、最可爱的自由主义的废话……迷惑我们的不是社会主
义，而是社会主义的善于感人的那一面……"但这毕竟也是
地下活动，在地下活动中，有人非常了解自己的脚步该往何
处走，俄罗斯人民的哪些品质对他极为有用。这一点斯捷潘
也非常清楚。

"在年轻的、情绪不稳定的人民（一如处处都感到不满
的人）的精神蒙昧中，特别容易产生叛逆、犹豫、动摇……
瞧，这种情况又大规模地出现了。实利主义精神、不可理解
的自由和粗野的自私自利使人感到了整个罗斯的死亡……善
良的人们手脚麻木了，恶人则放肆地无恶不作……一群群被
遗弃的人，社会的渣滓，在领袖、骗子、伪君子的旗帜下，
破坏自己的家园……"

1　斯捷潘·拉辛（1630—1671），顿河哥萨克人，俄国农民战争领袖。

这是摘自索洛维约夫[1]关于混乱时代的一段话。而下面是引自科斯托马罗夫[2]关于斯坚卡·拉辛[3]的一段话：

"老百姓拥护斯坚卡，他们是受骗的，许多情况都不了解，是被煽动起来的……有种种贿赂、**诱饵，在他们的身边尽是圈套**……所有的亚洲人和异教徒——泽梁人、莫尔多瓦人、楚瓦什人、切利米人、巴什基尔人——都奋起砍杀，却不知道为了什么……还有斯坚卡的'有蛊惑力的信'——'我去攻打官员、贵族和所有的政权，实现平等……'

"但结果却是全面的掠夺。斯坚卡和他的喽啰们、他的部队都是一帮喝酒喝血的醉鬼……他们仇恨法律、社会、宗教和一切束缚其个人动机的东西……他们心里只有复仇和嫉妒……与流窜的窃贼、懒汉沆瀣一气。斯坚卡许诺给所有这些恶棍和贱民一切方面的充分自由，而实际上是把他们变成奴隶，完全的奴隶，稍许有点儿不听话，便处以残酷的死刑；他管每个人都叫'兄弟'，可大家还是在他面前叩头……"

《红军战士之星》："资产阶级中最大的骗子和无赖威尔逊要求进攻俄罗斯的北方，我们的回答是：斩断他的魔爪！我们大家将团结一致向目瞪口呆的世界证明……任何

1　谢尔盖·米哈伊洛维奇·索洛维约夫（1820—1879），《古俄罗斯史》的作者。其基本观点是：十七世纪俄国叛乱的原因是人民道德堕落和哥萨克的存在。

2　尼古拉·伊万诺维奇·科斯托马罗夫（1817—1885），俄国—乌克兰史学家、作家，《斯坚卡·拉辛的暴动》是他的代表作。

3　即斯捷潘·拉辛。

走狗都心知肚明，自己已经落水，而且无人会去拯救他
们……"

愉快的风闻——尼古拉耶夫已被抓获；格里戈里耶夫也
尽在掌握之中……

5月8日。

在《敖德萨共产党人》报上有一首关于格里戈里耶夫的
长诗：

> 夜晚，海特曼老爷睡着了，很疲倦。
> 睡着了，并——在"噩"梦中看见：
> 带枪的无产阶级
> 站在他的面前，十分威严！
> 惊心动魄……目光闪闪。
> 无产阶级暂时保持沉默，
> 但随后他们开口恫吓这位"老爷"：
> "叛徒和恶棍，你要晓得，
> 你想发不义之财，
> 但金色的海特曼王冠
> 不会落到你的头上！"

我出门去刮脸，在叶卡捷琳娜街边的遮阳篷下面避雨。
我旁边站着一个正在吃萝卜的人，他是"有茧子的手里紧握

着全世界共产主义革命红旗"的那些人中的一个，是敖德萨郊区的一个庄稼人。他一直在抱怨说收成很好，却种得太少了，大家都害怕士兵，这些坏蛋来了，把粮食拿走了。"坏蛋来了，把粮食拿走了"这句话，他重复说了二十次。在叶利扎韦特街的尽头有一百名士兵列队站在便道上，带着武器，持着机枪。我拐弯来到赫尔松街——在那里，在普列奥布拉任街的拐角处也是同样的情景……整个城里都在传："革命开始了！"没完没了的谎话简直令人恶心。

晚饭之后我们去散步。我对敖德萨的厌倦无法形容，我简直苦闷极了。既无能为力却又无论如何跳不出这个地方！地平线上滞留着一片昏暗的蓝色的乌云。叶卡捷琳娜雕像对面，契卡旁边一所豪华住宅的窗户里传来一阵狂野的音乐舞曲，我还听到了一个舞者绝望的哭喊，好像被刀刺中了一样：啊，啊！——是一个喝醉了的野蛮人的叫喊。周围的人家都亮着灯，每个人都在忙着什么。

晚上我不敢点灯，也不敢外出。啊，这些夜晚多么可怕呀！

摘自《敖德萨共产党人》：

"奥恰科夫斯基的卫戍部队注意到，自高自大的酒鬼格里戈里耶夫的攻击证明，反革命从来没有停止过，它在农民和工人心里放毒，唆使一个民族反对另一个民族。醉鬼格里戈里耶夫喊出的口号'打击犹太人，拯救乌克兰！'会给红军带来可怕的危害和社会主义革命的覆亡！因此我们在此申明：诅咒酒鬼格里戈里耶夫及其民族主义者的朋友！"

后面继续写道："在讨论完关于**被俘虏的白卫军分子**后，我们要求立即枪毙这些人，否则他们还会继续进行黑暗的勾当，继续杀害无辜，而无辜者因为资本家及其走狗，已经流了太多血了。"

旁边还有一首诗：

> 共产党员工人
>
> 知道力量在哪里：
>
> 在于热爱工作
>
> 在于朝气勃勃地生活……
>
> 他不分什么民族，
>
> 抽打凶恶的母狗。
>
> 为了组织
>
> 他要献出休息日！

5月6日[1]。

约安[2]，也就是坦波夫省的庄稼汉伊万，是一位隐士和圣徒，不久前（上世纪）还活着，他在圣徒德米特里·罗斯托夫斯基（享有荣誉的大主教）的圣像前祈祷："米丘什卡，亲爱的，请听我说！"

---

1 这个日期可能有误。
2 关于约安的故事，蒲宁还写过一个短篇《圣者》，1924年。

约安身材高大，有点儿驼背，脸色黝黑，胡须稀稀拉拉，头发又长又稀疏，他创作了下面天真无邪的诗歌：

> 不论你到了什么地方，都要进行祈祷，
>
> 不祈祷，就别去开门了，
>
> 如果你不知道开门的钥匙，
>
> 我的朋友，这门你可别去敲，
>
> 快快回去为妙……

这都是哪儿跟哪儿呀，怎么一回事呢？

"至圣的称号"、"人"的称号从来没有像现在这样蒙受耻辱。俄罗斯人也蒙受耻辱——而且可能就是这样，无论我们的目光落在哪里，涅夫斯基的"冰雪十字军东征"仿佛从未发生过！！旧的俄罗斯编年史已经是多么可怕：接连不断的叛乱、贪而无厌的虚荣心、凶残的权力"欲"、虚假的誓言、逃往立陶宛、逃往克里米亚，"为的是把赃物搬到自己的老家去"。他们互致奴隶式的寄语："你忠实的奴隶，向你一躬到地。"他们的唯一目的，就是兄弟之间相互愚弄，进行凶恶而无耻的指责——而且还是用另一种完全不属于现在的语言：

"你丢脸、可耻；你想抛弃自己父亲的祝福、双亲的灵柩、神圣的祖国和对我们耶稣天主的正义的信仰！"

5月9日。

夜里做了一个令人惊慌的梦，梦见某些火车、大海和非常美丽的风景，可惜它们给我留下的是病态的、忧郁的和——紧张地期待什么的印象；然后是一匹巨大的会说话的马，它说了些像是我写的关于斯维亚托戈尔和伊里亚[1]的诗歌类似的东西，用的是某种古代的语言，而且这一切是如此奇怪，于是我就醒了，并且久久地在脑子里回味着这首诗：

> 兄弟俩，一个大一个小，
> 骑在长鬃的马上，
> 踩着金色的马镫，走上两边都是缓坡的小道；
> 日夜兼程，两三个昼夜，
> 田野上看到一个沟槽；
> 里面放着——好大一副棺材，
> 棺材很深，用柞木制作，
> 棺盖漆黑又笨重，修得十分平整；
> 瞧，斯维亚托戈尔把棺盖推开，
> 他躺了下去，挪动了一下，开玩笑地说："正好！
> 伊里亚，你来帮帮斯维亚托戈尔重新走出天堂！"
> 伊里亚抱着棺盖一阵冷笑，
> 鼓足全身力气，

---

1 斯维亚托戈尔和伊里亚都是俄国民间壮士歌中的英雄。

猛地使劲……不行，请等一会儿！

"你用剑劈开！"——从棺材里传出声音。

他拿起了剑，凶狠起来，心里在盘算：

不，剑也不行！他佯装在劈，

可并不是劈开棺材，而是把人加害：

朝准备好箍的地方重砸，

铁箍越砸越多：

斯维亚托戈尔已永远

不能从棺材里起来！

这是我在 1916 年写的一首诗。

我们也是一样，开着玩笑，欢快地爬进了我们棺材般的沟槽……

报纸上还是这种消息："格里戈里耶夫酒鬼去死！"——接下来是更严肃的口吻："**不是说空话的时候！**现在所说的已不是关于无产阶级专政，不是关于社会主义建设，而是关于十月革命的最根本的成果问题……农民宣称他们要为世界革命的战斗流尽最后一滴血，但是另一方面，他们袭击苏维埃的火车，用斧子和镰刀砍死我们最优秀的同志的事，也是众所周知的……"

刊登了一份新的被枪毙的人员名单——"红色恐怖生活中处理事务的方式"。然后是一篇小文章：

"在以托洛茨基同志的名字命名的俱乐部里度过了一段

幸福快活的时光。昔日卫戍司令部大会堂的大厅里**列席的是将军们**，现在却挤满了红军士兵。当晚结束前的音乐部分尤其成功。先是唱了《国际歌》，然后是克伦卡尔季同志**为了引起听众的兴致**，模仿了狗吠、小鸡叫、夜莺和其他动物的啼鸣，**直至脾气暴躁的猪叫……**"

小鸡的"叽叽"、"夜莺及其他动物的啼鸣"——在场的每个人跟着一起模仿——"直至"猪叫。这，我想，就连魔鬼本人也写不出来。为什么只有猪是"脾气暴躁"的？为什么要在模仿动物之前唱《国际歌》？

当然，这一切都是"低俗文艺"。但是要知道，这种低俗——它与猪接近的、国际化的方面——已几乎出现在全俄罗斯了，几乎是全俄罗斯的生活，几乎是全俄罗斯的语言了，还有可能在将来的什么时候摆脱它吗？然而，这种低俗与整个"新的"俄罗斯文学血脉相连；要知道。很久以前就已发表了——而且不是在随便什么地方，而是在"大型"杂志上——例如下面一类的东西：

花园里所有的花都开了……

亚麻已被编成了绳子……

我去把黍米的穗子收集……

您不要为这个女人担忧……

现在不是处处都很好吗？

人们不应该让公主休息……

我想描述这一切，可是还能找到语言吗？

文字，包括它隐含的意义、音韵和分量，这一切的衰落和毁灭在文学中已发生很久了[1]。

"您要回家吗？"有一次我在街上同作家奥西波维奇告别时对他说。

他回答说：

"没有地方要去！"

我向他解释说，俄语不是这样说的。他不理解，因为他对这种语言没有感情。

"那么该怎么说呢？你大概要说：'不，我哪里都不去。'可又有什么区别呢？"

他不知道这里的区别。当然，他是情有可原的，因为他是敖德萨人，也因为他最终还是明白了这一点，并答应记住要说"不，我哪儿都不去"。而现在的文学界却不知有多少自以为是的厚颜无耻者把自己视为了不起的语言专家！有多少古老的（"清新的和富于表现力的"）民间语言的崇拜者啊！有多少人不肯说一个简单的词，却要绞尽脑汁去使用那些早已过时的大俄罗斯词语！

后面的这种大俄罗斯词语（在所有的国际"探索"，也就是某某青年土耳其派模仿所有西方模式的"探索"之后）现在已开始成为最大的时髦了。有多少诗人和散文家把俄语弄得令人作呕啊！他们把珍贵的民间传说、神话、"宝贵的口头文学"随手拿来，无耻地冒充是他们自己的东西，用

1　关于这方面的问题，蒲宁1911年写过一篇书评《关于戈罗杰茨基的作品》。

自己的方式、自己的补充去玷污它们；在方言字典里乱翻乱掘，自作主张地编纂出最下流的猥亵的大俄罗斯语的大杂烩，这种语言在俄罗斯从来都没有任何人说过，甚至也不可能阅读！在莫斯科和彼得堡的沙龙里他们多么醉心于各色各样的克柳耶夫们和叶赛宁们，他们穿得像朝圣者和好小伙子，却欢快地从鼻子里哼唱着关于"亲爱的小蜡烛"和"甜蜜的小河"之类的歌曲，或者用他们"甜美大胆的小脑袋"装模作样！

在老百姓中语言也遭到破坏，变得病态。有一次我问一个庄稼汉，他用什么东西喂狗。他回答说：

"什么用什么？不用什么，碰上什么就吃什么呗。**我的狗是可食用的** [1]。"

每当底层人民掌控了权力，语言就会出现这种情况。那么现在呢？

5 月 10 日。

"高尔察克丢掉了别列别伊，正在拼命地鞭打农民……米哈伊尔·罗曼诺夫同高尔察克一起撤走……乘着旧式的三套马车：专制制度、东正教和种族……他们正在**屠杀犹太人，手里还拿着伏特加**……高尔察克已开始为国际的残暴的侵略

1　庄稼汉是想说，他的狗什么都吃。但他用了 **Съедобная**（"可食用的"）这个词，显然是用词不当。

者效劳，让贫弱的国家在劳合·乔治[1]那肥胖的冷血的手下颤抖……高尔察克等着要喝工人们的血……"

然后是对左派社会革命党人的谩骂和威胁："这些下流作家冒险妄为，有时还手舞足蹈……他们在自己脸上抹粉。但是无论他们如何打扮，他们的脸上还是留有富农一样的雀斑……"

除了关心遭到高尔察克"鞭打"的农民外，这些人对德国人也非常不放心："凡尔赛的卑劣喜剧结束了，但是甚至沙伊德曼[2]之流也坚持认为，盟军屠夫们和资产阶级大鳄们提出的条件是完全不能接受的……"

去了吉姆纳季亚街。几乎一路上都下着雨，春天的非常可爱的雨，令人惊叹的春天的天空在乌云中时隐时现。但我晕倒了两次。应当停止写这些札记，写作对我的心脏有害。

又是传闻——据说要输送十批"某个颜色的"部队[3]来搭救我们。

关于波德沃伊斯基，一个和他走得近的熟人是这样说的："一个笨拙的神学院的学生，猪眼睛，长鼻子，狂热地追求纪律的人……"

---

1 劳合·乔治（1863—1945），英国自由党领袖之一。

2 菲利普·沙伊德曼（1865—1939），德国社会民主党右翼领袖之一，曾任政府首脑。

3 此处所指可能是所谓的"绿军"，即脱离红军和白军的无政府主义农民和逃兵组成的军队，因其以森林的绿色为掩护而得名。

5 月 11 日。

纯粹俄罗斯风格的口号：

"前进，亲爱的，别去计算尸体！"关于格里戈里耶夫
"大屠杀"的消息中，人们只能得出一个结论能相信的只有
一点——格里戈里耶夫已经掌控了整个乌克兰。

昨天有人说，托洛茨基"本人"到了敖德萨，但结果他
却在基辅。"领袖的到来鼓舞了乌克兰的全体工人和农民……
正当资产阶级信心的脊椎骨被折断的时候，正当我们听到资
产阶级信心破碎的时候，领袖代表千百万人民做了长篇演
说……他是从阳台上……"

我正在读勒诺特尔[1]的书。圣茹斯特[2]、罗伯斯庇尔[3]、库
东[4]……托洛茨基、捷尔任斯基。他们中谁更下流，更凶残，
更可恶？当然还是莫斯科人，但巴黎人也不差。

勒诺特尔评论说，库东是个独裁者，罗伯斯庇尔最亲密
的战友，是里昂的阿提拉，是立法者和暴虐者，是把几千个
完全无辜的人送上断头台的刽子手，是"**人民和美德**的热情
的朋友"。众所周知，他是个双腿无用的残废，但是他的腿
是如何失去的呢？原来相当可耻：他有一个情妇，情妇的丈
夫不在时他在情妇家里过夜，突然听到了丈夫回家的脚步声
和敲门声，库东从床上一跃而起，从窗口跳出去，落在一个

1　法国史学家、作家。

2　法国雅各宾专政时期革命战胜外来干涉者的组织者之一。

3　法国大革命活动家，雅各宾派领导人之一。

4　法国大革命活动家，雅各宾派领导人之一。

污水池里，在那里一直待到天亮。就这样，他永远失去了两条腿——一辈子都瘫痪了。

听说，在尼古拉耶夫发生了屠杀犹太人的暴行。显然，远不是所有乌克兰农民都"受到领袖到来的鼓舞"。

但是，报纸的调子变得更强硬、更蛮横了。他们不久前不是说过，"把起来反对富人的救世主耶稣钉在十字架上并不是布尔什维克的事"吗？现在他们又唱起另一个调子来了。下面是从《敖德萨共产党人》报上摘录的几行字：

"像耶稣这样一位著名魔术家的唾沫，应当有其相应的魔力。许多人虽不相信耶稣的神迹，但是却以道德意义为出发点，认同他的教义，认为耶稣的'真理'高于他们自己的道德价值。但实际上，这种观点是完全错误的，这只能用对历史的无知和发展的深度不够来解释。"

5月12日。

又是旗帜、游行，又是节日——"无产阶级与红军团结日"。有许多喝醉酒的士兵、水手、流氓……

他们抬着一具尸体（死者不是布尔什维克）从我旁边经过。"主啊，那些被你拣选并带到你身边的人有福了……"真的是这样，死者是有福的。

听说，托洛茨基已经到了，"受到沙皇般的迎接"。

5月14日。

"高尔察克和米哈伊尔·罗曼诺夫给人民带来了伏特加和暴行……"不过，高尔察克不在尼古拉耶夫城，也不在叶利扎韦特格勒，然而"在尼古拉耶夫城却发生了屠杀犹太人的野蛮暴行……叶利扎韦特格勒则由于愚昧无知的群众，也遭受了可怕的苦难。物质损失高达几百万。商店、私人住宅、小铺子甚至小卖部都被彻底摧毁了。苏维埃的一些仓库也遭到了破坏。叶利扎韦特格勒需要很多年的时间才能复原！"

下面还有：

"在敖德萨暴动之后又离开的士兵首领袭击了阿纳尼耶夫市——一千多人被杀，商店被洗劫一空……"

"像兹纳明卡一样，杰莫尔尼卡也发生了屠杀犹太人的暴行……"

按勃洛克们的说法，这就叫作"人民已经被革命的音乐所征服——聆听吧，聆听革命的音乐吧"！

5月14日夜。

我查看了一下自己的"公文包"，把几首未写完的诗歌和一些刚开了头的短篇小说都撕了，现在我开始后悔了。这一切都是由于悲伤、绝望所致（尽管以前也不止一次地发生过）。我把关于1917年和1918年的各种札记都藏了起来。

唉，我们只好在夜里把文件、钱都偷偷摸摸地藏匿起来！在这几年里，几百万俄罗斯人都经历了这种堕落和屈辱。

以后人们又要多少次地寻找这些埋藏物啊！我们的整个时代都将成为神话、传说……

1917年夏天。黄昏时分，街道农舍旁边有一群扎堆的庄稼人，他们在谈论关于"俄国革命老太太"[1]的事。农舍的主人从容不迫地说道："关于这个老太太我很早就听说过。她是个有远见的人，这很对。据说，五十年来的所有这些事件她都预言过了。只是多么可怕啊，我的天呀：她矮胖、脾气暴躁、有一双锐利的小眼睛——我在专栏里见过她的肖像。由于特殊事故，她在监狱里被关了四十二年。可是没能整死她，虽然白天黑夜都有人看着她，却没有看住她：她竟然在监狱里搞到了一百万卢布！现在她收买老百姓的支持，许诺给他们土地，答应不抓人去打仗。可是跟着她走，对我们又有啥好处呢！这种土地我不需要，我最好还是租种土地，因为反正我也买不起肥料和其他东西。也不会有人抓我去当兵，因为我太老了……"

一个人穿了件在暮色中看上去全白的衬衫，以此展示"俄国革命的欢乐和自豪"，大胆地打断了他的话：

"在我们国家，像你这样的奸细应该被立即逮捕和枪毙！"

庄稼人镇定而坚决地反驳说：

"你大概是个水手，但也是个傻瓜。年龄上我相当于你的父辈，我还记得你曾光着屁股在我农舍旁跑来跑去。你算

---

1 即叶卡捷琳娜·布列什科-布列什科斯卡娅。

是什么委员，弄得姑娘们不得安生，大白天你也要往衣裙下面钻？你等着吧，等着吧，老弟，总有一天你会穿破官家的裤子，喝光偷来的钱，又去向牧人乞讨，老弟，你还会来扣押我的猪。我可不是在侮弄老爷。我才不怕你和你们的茹科夫们呢！"

（庄稼人说的应该是古契柯夫 [1]）

谢尔盖·克利莫夫牛头不对马嘴地补了一句：

"是的，彼得格勒吗，早就该交出去了。那里只有**混乱**……"

少女们在公园里尖声唱道：

> 去爱卷发的白卫军吧，
> 他们有银表……

山脚下走来一群带着手风琴和三弦琴的小伙子：

> 我们是刺猬同志，
> 我们穿皮靴，我们不是小混混，
> 我们喜欢大吃大喝，
> 在醉态中摆摆阔气。

1　亚历山大·伊万诺维奇·古契柯夫（1862—1936），俄国资本家，十月党人领袖，第二届国家杜马主席，1917 年任临时政府陆海军部部长，科尔尼洛夫叛乱的支持者之一。

我想："不对，布尔什维克要比临时政府的先生们聪明一点，他们了解自己的群众。"

村里的一座农舍旁边坐着个逃兵，他在抽烟并小声哼唱着："夜朦朦，宛如两分钟……"

我问："这是什么胡扯的歌词？两分钟——是什么意思？"

"怎么啦？我唱得对呀：'宛如两分钟。'这里打上重音符号。"

旁边一个人插嘴道："哎哟，老弟，眼看德国人就要来了，他们要打击[1]我们了！"

另一个回答说："德国人统治就德国人统治呗——对我来说，反正都一样！"

花园里的窝棚旁边聚集着一群人。看守人，一个饱经世故又能说善辩的庄稼人转告我一个传闻：似乎在伏尔加河附近的什么地方从云彩里掉下一匹二十俄里长的母马。

他转头问我："老爷，**这大概是瞎说吧**？"

他的朋友则兴高采烈地讲述自己的"革命"往事。他在1906年由于入室盗窃被关进牢里——这是他最好的回忆，他经常讲述这一点，因为牢里面有"比所有婚礼更开心的东西和很好的伙食！"

1　在俄语里"打击"与"重音符号"是同一个词的两种含义。这里说话人把词义弄混了。

他讲道："监狱里，一般顶层关的是政治犯，第二层关的则是政治犯们的助手。他们谁都不怕。这些政治犯会用下流话破口大骂典狱长本人，晚上则会唱歌。我们都在他们的摆布之下……"

"有一次沙皇亲自下令要处死其中一名政治犯，并从正教院召来了最威猛的刽子手。但是后来又下达了赦免书。还有一次，这位新任典狱长（他是沙皇宫廷里的三流人物，刚刚通过预备考试）要来看望政治犯们。他来了，然后又马上和全体人员一起出去狂欢。他先吃了一顿丰盛的晚餐，吃饱喝足后又派村里的警察去取留声机——然后他们全部涌到了街上。典狱长喝得那么醉，吃得那么多——两条腿都不听使唤了，警卫员只好用雪橇拉着他……他许诺给我们每人二十戈比、半磅土耳其烟叶、两普特用筛过的面粉做的面包。这当然是说谎……"

5月15日。

我在街上、大门口、集市上边走边留心听人们在说什么。所有的人对"公社"、对犹太人都流露出极端的愤恨，最恶毒的反犹分子是俄国轮船协会的工人。多么卑鄙的家伙！他们每时每刻都在用小恩小惠来收买人们的喉咙。可是四分之三的人都是这样：为了小恩小惠，为了获准抢劫、掠夺，他们可以出卖良知、灵魂、上帝……

我穿过集市——臭、脏、穷，几乎是一千年前的乌克兰男人和女人，瘦弱的阉牛，古旧的大车——在这一切的中间是号召人们为第三国际而战的宣传画和口号。当然，布尔什维克中最令人讨厌、最愚笨的人也不可能不明白这些都是胡说八道。我想他们自己恐怕也常常笑得前仰后合。

摘自《敖德萨共产党人》的一首诗：

我们用刺刀挑死贪婪的多头蛇，

那时我们才能活得更快活！

如果我们不这样做，它们很快就会浮出水面，

片刻就会复活，

他们又会像寄生虫那样，

靠吸食我们的血液生活……

药店被洗劫一空，所有药店都关门了，"收归国有和盘点"。千万可别生病！

在这一切之中，我好像进了疯人院，躺下来重新阅读柏拉图的《斐多篇》，时时用困惑莫解的、当然也是疯子的眼睛看看自己的周围……

不知何故我竟想起了克鲁泡特金[1]公爵（著名的无政府主义者）。在莫斯科时，我去拜访过他，他是一个非常迷人的小老头，真正的上流社会的人物——但也完全是个稚子，

1　彼得·阿列克谢耶维奇·克鲁泡特金（1842—1921），俄国革命家，无政府主义者，地理学家，著有回忆录《一个革命家的札记》，曾多次会见列宁。

甚至有些残忍。

人们把柯斯丘什科[1]称为"所有自由的保卫者"。这很了不起。他是专家，职业革命家。一个奇怪的人。

5月16日。

就我目前所知，布尔什维克在顿河和伏尔加河一带很不妙。

读完了诗人波列扎耶夫[2]的传记，感到非常激动，既难过，又忧郁，又甜蜜（当然不是因为波列扎耶夫）。是的，我是最后一个感受到这一过去——我们的父辈和祖辈的时代的人……

下了小雨。天高云淡，露出一点点太阳，院子里，在鲜艳的黄绿色的金合欢上，小鸟欢快地唧唧鸣叫。断断续续的思绪，对那些永远不会复返的东西的回忆……我想起了一个叫波甘诺耶树林的小地方——那浓密的森林深处，桦树林、草地、齐腰高的花朵；想起了有一回曾在那里奔跑，也是下着这样的小雨，我呼吸着这些桦树的、田野的、五谷的甜美气息；我想到了俄罗斯的一切一切美好的东西……

1　塔德乌什·柯斯丘什科（1746—1817），1794年波兰起义的领袖，波兰民族解放运动领导人，曾参加美国独立战争。
2　亚历山大·伊万诺维奇·波列扎耶夫（1804—1838），俄国诗人，因讽刺诗《萨什卡》受尼古拉一世迫害。

尼古拉·菲利波维奇被赶出了他的庄园（敖德萨近郊）。不久前他就被赶出了他在敖德萨城里的住宅。他跑到教堂里去，热烈地祈祷（在他的命名日那天）。后来他为了房子去找布尔什维克——当场他就死了。他被允许安葬在庄园里，在自己所有亲人中间。一百年之后——那时还有谁会在尼古拉的墓前感怀他的时代吗？没有，没有任何人，而且永远不会有。我的情况也会一样，但是如果我不能安息在我的亲人中间……？

"波波夫[1]一直在翻阅大学档案，寻找有关波列扎耶夫事件的资料……"什么波波夫，什么波列扎耶夫的档案，全都是想要中伤尼古拉一世罢了。

5月17日。

普斯科夫、波洛茨克、德文斯克、维捷布斯克好像都被白军占领了……据说邓尼金已经攻占了伊久姆，正无情地驱逐那里的布尔什维克……但如果不是真的会怎样呢？

布尔什维克那里开小差的现象很严重。莫斯科甚至不得不成立一个"逃兵中央委员会"。

1　可能是指尼尔·亚历山大罗维奇·波波夫（1833—1892），俄国历史学家，莫斯科档案馆馆长。

5月21日。

约费[1]来到了敖德萨——“为的是向协约国声明，我们将向全世界的无产阶级呼吁……要把协约国钉在耻辱柱上……”

他们要呼吁什么呢？

我听到了有关约费的情况：

“这是一个大贵族，一个非常喜欢舒适、葡萄酒、雪茄和女人的人，一个有钱人——在辛菲罗波尔，有一家带蒸汽机的磨坊和一辆洛费-拉宾诺维奇牌的汽车。他虚荣心很重——每隔五分钟要说一遍：‘我在柏林当大使的时候……’美男子，著名的典型的妇科大夫……”

讲述者暗暗地在叹赏。

5月23日。

《敖德萨警钟》正在寻找以下失踪人员的下落信息：阿瓦利亚·兹洛伊，米沙·穆拉奇内，富尔曼奇克和穆拉夫奇克……后面是一篇悼念雅申卡的悼词：

“美丽的雅申卡，你牺牲了，死了……你像华美的花朵刚刚绽开自己的花瓣……像冬天的阳光……最小的不公平都会使你感到愤懑，你反对压迫、暴力，却成了破坏人类一切

---

1 阿道夫·阿布拉莫维奇·约费（1883—1927），俄罗斯革命家、布尔什维克政治家和苏联外交官，参加了彼得堡十月革命武装起义，是《布列斯特和约》谈判代表团成员。

宝贵事物的野蛮部落的祭品。安息吧，雅申卡，我们将为你报仇！"

什么野蛮部落？为什么报仇和向谁报仇？悼词后面说了——雅申卡是"全世界的灾祸，花柳病"的牺牲品。

杰里巴索夫街道的墙上展出了新的宣传画：水兵和红军战士，哥萨克和庄稼汉用绳子捆绑着一只非常令人讨厌的凸眼睛的绿色癞蛤蟆——资本家，题词是："你用你的肥大肚子压垮了我们。"一个高大的庄稼汉挥舞着一根粗木棍，在他的头顶则盘卷着一条沾满鲜血的、牙齿森森的九头蛇，所有的脑袋上都戴着王冠，其中最可怕、最死寂、最哀伤的是尼古拉二世的脑袋，它有一张绿色的脸孔，王冠歪在一边，鲜血从王冠下面沿着双颊流淌下来……而《宣传之光》的全体人员（我有许多熟人都在这里工作，并说他们的使命是改善艺术）则"在开会、设计，加聘新的成员"——比如奥西波维奇和瓦尔涅克[1]教授，每人可领取（配给的）一份发了霉的面包、变质的青鱼和腐烂的土豆……

5月24日。

我出去散步。没有下雨，天气和暖，但没有太阳。树叶

1　鲍里斯·瓦西里耶维奇·瓦尔涅克（1874—1944），俄罗斯古典语言学家，敖德萨新俄罗斯大学教授。

柔软而华美，充满节日的欢快。建筑物的柱子上贴着大幅的海报：

"无产阶级文化协会大厅里正在举办盛大的中学生毕业舞会。戏剧演出结束后有颁奖：谁的脚最小，谁的眼睛最好看都能获奖；有为失业的投机商们设立的现代时尚的售货亭，**还有一个封闭式售货亭可以亲嘴吻足**；有红色小酒馆、灯戏、沙龙舞会，彩色纸带；有两个军乐队，加强警卫和灯光保证。照旧在早晨六点钟散场。晚会主持人——苏维埃第三军司令员的太太——克拉夫季娅·雅科夫列夫娜·胡佳科娃。"

我一字不差地抄了下来。我可以想象这些"小脚们"和"同志们"玩"灯光游戏"时会搞出什么名堂来。

我在整理文献。有一部分文献和旧的剪报我撕掉了。

在《南方工人》（布尔什维克接手之前是一份孟什维克的报纸）报上有几首针对我的很可爱的小诗：

> 你惊慌地弯下腰，
>
> 奴颜婢膝，匆忙赞美，
>
> 在维京人面前……

这是针对我去年十二月法国人在敖德萨登陆那一天发表在《敖德萨小报》上的那些诗而发的。

这些国际主义者在他们需要的时候可以变成什么样的

民族主义者和爱国主义者啊！而且他们又是多么傲慢地嘲弄"惊慌的知识分子"（好像这些人根本没有任何理由惊慌）或者嘲弄"惊慌的小市民"！（好像他们在"小市民"面前有某种极大的优越感。）是的，说真的，这些"小市民"、这些"富裕的小资产阶级"究竟是谁呢？而且，一般来说，既然革命者尤其蔑视普通人及其福祉，他们又会担心谁，担心什么呢？

想象一下，突然有人出其不意地袭击了一个大家庭居住了几十年的老房子，去杀害或者俘获这所房子的主人、管家、仆人，攫取家族档案，对其加以审查，普遍地侦查这一家庭、这座房子的生活——看能发现多少黑暗的、有罪的、不公的事，可以描绘怎样可怕的图景，特别是在众所周知的、无论如何都要加以羞辱的偏颇和欲望下，任何一点鸡毛蒜皮的小毛病都不放过！

俄罗斯的一栋老房子就是这样被突然查封的，非常非常突然。可是到底发现了什么呢？真的，人们不得不对发现的蛛丝马迹感到惊叹！毕竟，做出这种事情的这个制度干出了**世界上真正极可怕的事情**。他们发现了什么呢？令人吃惊的是：**好像什么也没有发现！**

5月25日。

"第三国际书记巴拉巴诺夫[1]同志回到了敖德萨。"

今天遇到一场葬礼，伴着音乐打着横幅。横幅上写着：
"一个革命者的牺牲要用一千个资本家的死来偿还！"

5月26日。

"面包师工会宣布面包师马特雅什不幸逝世，他是为社会主义王国而奋斗的坚强战士……"

悼文：

"又一个人走了……马特雅什去世了……一个坚强的、有力的、光明的人……灵前是**整个面包师分会的旗帜**……灵柩由鲜花覆盖着……日夜都有仪仗队守灵……"

陀思妥耶夫斯基曾说："给所有这些学生以充分的机会去破坏旧社会，展开新的建设，就会出现这样的黑暗，这样的混乱，就会出现某种如此粗暴、盲目和无人性的东西，结果在新社会的结构建成之前，整个旧的大厦就在全人类的诅咒下坍塌了……"

现在看来这些话好像已经没有力量了。

---

1 安杰莉卡·巴拉巴诺夫（1878—1965），俄罗斯犹太裔–意大利共产党人、社会民主主义活动家，俄国著名女革命家，曾参加十月革命，1919年担任第三国际第一书记。

5月27日。

圣灵降临节。去圣谢尔盖学校的路很难走，几乎一路雾雨蒙蒙。我穿着破烂的透湿的皮鞋，加之没有吃饱，因而全身无力——走得很慢，几乎走了两个小时。当然，也正如我所料到的，我们所要见的从莫斯科来的人——没有见到。回来的路上我们经过死寂的火车站：玻璃碎了，铁轨由于生锈已成黄色。车站旁边是一块又大又脏的荒地，人们在那里荡秋千，玩旋转木马，发出刺耳的尖叫声和哈哈大笑声……我们一直担心有人会拦住我们，把他的木马停在我们脸上，把薇拉粗鲁地拽过去。我一边走着，一边咬紧牙根，做了坚决的精神准备：如果真的发生了这种，我就抓起一块重重的石头砸向他同志的脑壳。然后随便他们把我拖到哪里去都行！

我们三点钟回到家，听到一些消息："布尔什维克们要走了！英国人已经发出最后通牒——离开这座城市！"

孔达科夫[1]来了。他谈到现在老百姓所承受的愤怒和怨恨，"一百多年来我们自己给他们灌输了这种愤恨"。然后奥夫相尼科-库利科夫斯基来了，再后是阿·阿扎尔带来的传闻："行李箱、手提箱、篮子都被征用了……布尔什维克正在逃跑……与基辅的通讯完全中断了……普罗斯库罗夫、杰莫尔尼卡、斯拉夫扬斯克都被占领了。……"被谁占领了？

---

1 尼科季姆·帕夫洛维奇·孔达科夫（1844—1925），俄国艺术史家，蒲宁的朋友。

没有人知道。

几乎抽了上百支香烟，头很疼，两手冰凉。

晚上。

是的，为了"新的美好生活"，人们早就建立了什么"世界人类幸福组织局"。它全力地运行，接受一切命令，一切最卑劣最无人性的下贱的命令。"您需要间谍、叛徒和教唆犯吗？请吧！——我们已经很好地证明了我们办这件事的能力。您想'挑拨'什么吗？请吧！在这方面任何地方您也找不到更有经验的恶棍了……"等等，等等。

什么样的胡说八道啊！曾经有一个拥有一亿六千万人口的民族，拥有地球表面积六分之一的土地，而且是什么样的六分之一啊？——是一片真正传奇而富饶的土地，**以同样传奇的速度创造着辉煌！**——可是你瞧，在过去的一百年里，这个民族被打倒了，他们唯一的救赎是从成千上万的地主那里夺取了几俄亩土地，而这些土地在他们的手中就这样流失了，不是按天数，而是按小时！

5月28日。

经常睡眠不足，今天也醒得很早。从清早开始就受到各种传闻的折磨。传闻如此之多，弄得头脑都糊涂了。许多传言给人这样一种印象：马上就要解放了。《消息报》傍晚前有一条消息称："普罗斯库罗夫、卡缅涅茨、斯拉夫扬斯克已经投降了。芬兰人越过了边境，无端地向喀琅施塔得射击……契切林提出了抗议……"东布罗夫斯基被捕，他的部队被解除了武装，到处都是炮火。

东布罗夫斯基是敖德萨的要塞司令。他过去是个演员，在莫斯科经营过一个小型艺术剧院。他刚刚在命名日那天举行了一个盛大宴会，来了许多来自契卡的客人。他们因为喝酒而闹出丑事，打起架来，还开了枪。

5月29日。

大学生米季克维奇被任命为敖德萨要塞司令，代替了东布罗夫斯基。报纸上有新的消息称"罗马尼亚发生暴动……整个土耳其已被革命包围……**印度的革命正在扩大……**"

我中午去理发。有两个面色阴沉的同志正在"请"女店主买某某音乐会的票（七十五卢布一张）。他们的举动像牲口一般粗暴，语气尖锐强横，连我这个好像对一切都已习以为常的人都感到十分震惊。我碰见了路易·伊万诺维奇（我认识的一位海员），他说："明天十二点就是最后通牒的最后时刻。敖德萨将被法国人占领。"我目瞪口呆，像喝多了酒一样走回家去。

5月31日。

"我们英勇的苏维埃军队已经占领了乌法，有几千名俘虏和十二挺机枪……狠狠地收拾狼狈逃窜的敌人……我们放弃了别尔江斯克、切尔尼戈夫，正在向察里津以南突围。"在柏林，人们正在安葬罗莎[1]，因此在敖德萨——哀悼日禁止一切演出，工人只工作半天。《敖德萨共产党人》刊登了一篇文章：《脱帽！》

十个鸡蛋卖三十五卢布，奶油则要四十卢布，因为有"匪徒"抢劫运货物到城里来的庄稼人。墓地也要登记。"今后所有公民都可以免费入葬。"这里的时钟要往前再拨快一个小时——现在按我手表上的时间是早晨十点钟，而按"苏维埃的时间"，则是下午一点半钟了。

约费住在车站的一节车厢里。他是这里的政府监察员。敖德萨的许多人都让他感到惊讶和不安——"敖德萨做得太过火了。"但他耸耸肩膀，绝望地摊开双手，准备"纠正一两件事……"

摘自一篇题为《荆冠》的文章："工人们正在散布一个持续而残酷的谣言，说'马特雅什是被谋杀的！'大家愤怒地捏紧了一双干粗活的双手，并且已经发出了嘶哑的吼声：'以牙还牙！报仇！'"

但是后来发现马特雅什是开枪自杀的："他忍受不了周围现实生活中的残酷境况……匪徒、小偷、强盗、暴力和

---

1 罗莎·卢森堡（1871—1919），原为波兰立陶宛王国社会民主党理论家。1898年移居德国，并加入德国社会民主党，是党内的重要社会主义理论家。德国共产党创始人之一。1919年被反革命分子杀害。

各种卑鄙龌龊的伎俩……从四面八方包围着他。侦查委员会已经调查清楚：他意识到在匪徒、小偷和骗子中间工作的困难性，便……"除此之外，还发现他——"处于轻微的醉酒状态。"

6月2日。

各种消息扑朔迷离。不过有一条是明确的——邓尼金还在继续取得胜利。

我们早饭后外出散步。下雨了，我们躲在一所房子的大门下面，遇见了施密特、波列维茨卡娅和瓦尔沙夫斯基。波列维茨卡娅再次要我写一个宗教神秘剧，她可以在里面扮演圣母的角色，或是"某个能够吸引人们信奉基督的、普遍的圣徒的角色"。我问她："对谁有吸引力？对这些野兽吗？"——"是的，不然还有谁？不久前就有个十二普特重的水兵坐在第一排哭泣……"我说，那也是鳄鱼流泪罢了……

晚饭后我们再次外出。和平时一样，我的心里非常害怕。在黄昏的空中又是这些透明的玫瑰色的、像从海底里出来的星星，它们在斯维尔德洛夫剧院对面和剧院入口处的上方闪烁着，照耀着红街。又是那张可怕的招贴画——国王的脑袋，死寂的、绿色的、悲伤的，王冠被庄稼汉的棍棒打歪在一边。

6 月 3 日。

我们来到敖德萨已经一年了。一年！想想真是可怕！权力已经发生了多少次更迭啊！而且都是朝着坏的方向。现在回想起从莫斯科迁到这里来的旅程，那真是一段美好的时光。

6 月 4 日。

高尔察克被协约国任命为俄罗斯的最高统治者。《消息报》登了一篇下流的文章：《恶棍，告诉我，他们给了你多少钱？》

去他妈的。我带着快乐的眼泪为他画十字祝福。

6 月 7 日。

去了伊瓦先科的书店。他的书店已经"被收归国有了"，现在只能卖那些作者有"授权"的书。投机者和红军战士出现了，他们碰到什么拿什么：莎士比亚的作品、关于混凝土管道的书、俄罗斯民法著作……他们按规定的低廉价格把这些书收走，在别的地方有望高价卖出。

谁都不愿意上前线。对"逃避军役的人"的围捕正在进行。

满载着从各家商店和资产阶级家里掠夺来的东西的大车在街上整天整天地往什么地方运送。

据说敖德萨派来了彼得堡的水兵，最残酷的野兽。的确，城里的水兵变得多起来了，而且是新的面孔；他们的裤子的喇叭口又大又奇怪。总之走在街上感到很可怕。哨兵们都在玩来复枪——一不小心就会走火。经常可以看到两个流氓站在人行道上拆卸布朗宁手枪。

午饭后我们看到了架设在林荫大道上的大炮。有几堆人在聊天，在宣传——说的都是关于白卫军的兽行，有个别士兵也谈到自己过去的兵役，话题也是一个：长官们"如何把所有东西装进自己的腰包"。——这些畜生不会有比腰包更远的幻想。

"将军们一万卢布就把佩列梅什利[1]卖掉了，"一个士兵说，"这件事我非常清楚，我当时在场。"

关于邓尼金和他的军事胜利的各种疯狂的传言。俄罗斯的命运即将被决定。

6月9日。

报纸上的一切还是老一套："**邓尼金想把基地抓在自己的爪子里。**"——对德国人仍是那样恐慌，担心他们不得不签署"可耻的"和约。自然，他们会大喊大叫："恶棍们，加拉罕为俄罗斯签署了多么下贱的布列斯特和约啊！"不过，这也正是他们的恶毒力量之所在：他们善于超越一切界限，一切可以允许的限度，把所有的惊讶、所有的愤怒的喊叫变

1　佩列梅什利是波兰城市普热梅希尔的俄文译音。

成幼稚的、愚蠢的东西。

仍旧是那么疯狂的活动，仍旧是那种永不熄灭的能量，眼看已经快两年了，一刻也没有减弱。是的，这当然是一种非人的力量。难怪千百年来人们都相信魔鬼。魔鬼和某种魔力无疑是存在的。

在哈尔科夫，"采取了非常措施"，这全部措施就归结为一条：反对吗？——"就地"枪毙。在敖德萨枪毙了十五个人（公布了名单）。从敖德萨发出了"两列装载着送给彼得堡保卫者的礼品的火车"，也就是两列车的食品（可敖德萨人自己还饿得要命呢）。今晚逮捕了许多波兰人——作为人质，因为害怕"凡尔赛和约签订后波兰人和德国人要在敖德萨采取行动"。

报纸对邓尼金的宣言（答应宽恕红军战士）做了摘引报道，并嘲讽说："这是一个大杂烩：有沙皇暴发户的厚颜无耻，有受绞刑者的幽默，有刽子手的暴虐。"

我有生以来第一次不是在舞台上，而是大白天在街道上看到了粘唇髭和胡子的人。他的出现让我如遭雷击，停住了脚步。

许多野蛮民族都有这种古老的信仰：

"我们死后，灵魂归去的那颗星星的光辉，取决于我们生前吃过的人的眼睛的光辉……"

这种说法现在听起来已经不再属于古代了。

"以扫[1]，你以后将依靠自己的剑去生活！"

我们至今也还是这样生活，不同的是，现代的以扫与过去的以扫相比，是一个十足的**下流胚**。

另一段经文引述：

"荣誉被贬低，卑劣在增长……淫荡之屋变成了社会的集会……**于是一代人的脸将成为狗脸**……"

还有一句，是人人都知道的：

"你们吃的日子眼睛就明亮了，你们便如神能知道善恶。"

人们经常尝试——但总是徒劳无功。

"法国人试图恢复人民的神圣权利，为所有人争取自由，却只是暴露了人类的彻底的无能为力……我们看见了什么呢？一种粗暴的无政府主义的本能，这种本能在解放自己的同时，也破坏一切社会关系，走向**动物式的自我满足**……但是出现了一个强有力的人物，他将驯服无政府主义，并牢牢地把政权掌握在自己的手里！"

最令人惊讶的是，这些话（它们是对拿破仑的平反）是赫尔岑说的。

而拿破仑自己也说过：

"是什么完成了革命呢？是野心。是什么终止了革命呢？也是野心。人人自由正是我们愚弄群众的绝佳借口！"

---

1 在《圣经》故事中，以扫是以撒和利百加的长子，他与自己的弟弟雅各一生都在相互竞争。后来雅各以一碗红豆汤从他那里换得长子的名位，以扫认为雅各欺骗了他，对此怀恨在心，计划在父亲以撒去世后，杀死雅各报仇。

勒诺特尔谈及库东时说：

库东是通过什么方法进入国民议会的呢？众所周知，库东是个残疾人，然而他又是国民议会的最积极最孜孜不倦的成员之一，如果不是要去进行水疗的话，他是不会放过任何一次会议的。他是怎么去的？坐什么车到国民议会去的呢？

早先他住在圣奥诺雷大街。1917年10月他写道："这个住所很方便。它离庙宇（即国民议会）只有两步之遥，我可以拄着拐杖步行到那里去。"但是不久他的腿完全走不动了。此外，他先是搬到了帕西区，后来又住在蓬涅弗附近。1794年他终于又定居在圣奥诺雷大街336号（现在是398号）。**罗伯斯庇尔也住在这里。**

有很长时间，大家都认为，从所有这些地方库东都是叫人把自己送到国民议会去的。但是怎么送？用什么工具送？坐树条筐子去？士兵背着他去？勒诺特尔说，这些问题整整一百年来都没有答案。为了清楚地描绘这个坏蛋的家庭生活，他引用了库东死后二十年在革命文献中发现的一个书面故事。

这是到巴黎来的一个外省人讲的故事，此人来巴黎的目的是要在国民议会面前证明自己的老乡——几个革命法官（根据告密，他们被怀疑有姑息行为）是无罪的。人们建议外省人去见库东本人。一位认识库东的太太给他安排了这次会面。后来他一辈子都为这一回忆而发抖。

"当我们见到库东时，"外省人叙述道，"看见先生一张和善的脸和相当客气的态度，我有点惊讶。他拥有一所华丽的住宅，环境特别雅致，他穿着白色长袍坐在圈椅里，用苜蓿喂那只坐在他手上的兔子，而他的三岁小男孩则漂亮得像个爱神，温柔地抚摸着这只兔子。'我有什么能为您效劳呢？'库东问我，'我的夫人推荐的人，我应该关心。'这些好听的话使我对他产生了好感，便开始讲述我的老乡们的艰难处境。接着在他的温存关心下，我便越来越兴奋，说得十分坦率了：'库东先生，您在社会救济委员会里是个万能的人，难道您不知道，革命法庭每天都对那些完全无辜的人们下达死刑判决吗？例如，今天就将要处决六十三个人，是什么罪呢？'"

"我的天啊，我说完这些话之后立即发生了什么事啊！库东的脸野兽似的歪曲了，小兔子从他手里一个筋斗蹦走了，小孩子则大声哭叫着奔向了母亲，而库东本人却要去拉那根挂在他椅子上的铃绳。再过一会儿，我就将被经常守卫在库东住宅周围的六位警员抓去了。不过，幸亏那位领我进来的女人及时按住了库东的手，把我推出了门外，于是我就在当天逃离了巴黎……"

瞧，勒诺特尔说，这就是库东在其善良的时刻的样子。最近才揭示出来，他以前往返国民议会是坐自动手摇车去的。1889年6月，一位年轻女人来到卡纳瓦雷博物馆，她告诉博物馆馆长，她是库东的曾孙女，并要把当年库东在国民议会工作时坐过的圈椅献给博物馆。于是一星期后，这把圈椅被送到了卡纳瓦雷。包装拆开了——它"于是又重新看到了巴黎的太阳，就是那个热月政变的太阳，它的老木头已经有一百零五年没有感受过这太阳的温暖了"。圈椅用柠檬色的天鹅绒布包裹着，并借助摇杆和链子带动轮子转动。

库东是个半死人。"他被洗澡弄得很虚弱了，只能喝牛犊汤，骨疽令他憔悴，持续的恶心和打嗝使他疲惫不堪。"但是他的倔强劲、他的毅力是无穷无尽的。革命的悲剧以疯狂的速度进行着。"它的所有演员都是极不安生的人，你看他们永远都处在运动之中，在台上跳跃着，将愤怒的闪电投向法国各地——渴望掀起必然消灭旧世界的大风暴。"库东也不落后于他们，他每天都命令自己站起来，坐到圈椅里，以巨大而奇怪的意志力强迫自己已经痉挛的手放在像咖啡磨的把手一样的摇杆上，在拥挤的圣奥诺雷大街上驰行，奔向国民议会，为的是把人们送上断头台。想必，这种景象，这个坐在嘎嘎作响的机器上在人群中奔驰的人的样子是非常可怕的：他倾斜着身躯，抱着裹在被单里的死腿，满身大汗，不断地叫喊着"让开"，人群则惊恐和诧异地向各个不同方向躲开。这种诧异乃是这个残疾人可怜的样子和他的名字所引起的恐惧之间的反差导致的。

谈及革命的"自发性"：

去年冬天敖德萨出版的孟什维克报纸《工人报》上，知名孟什维克波格丹诺夫[1]讲述了著名的工人和士兵代表苏维埃是如何组成的：

1　亚历山大·亚历山大罗维奇·波格丹诺夫（马林诺夫斯基）（1873—1928），俄国哲学家，1908年成为"召回派"领袖，1909年组织了"前进派"，是无产阶级文化派的理论家。

"苏哈诺夫[1]和斯切克洛夫来了，他们没有经任何人选举，也没有受任何人委托，便宣布自己是这个尚不存在的苏维埃的领导！"

格热宾[2]在战争时期便着手办了爱国主义杂志《祖国》。他召集我们开会，科科什金也参加了。座谈会结束后，我和他坐同一辆马车走。我们谈及了老百姓。我没有说任何可怕的事情，只说了老百姓已经厌恶战争，并说，所有的报纸都在叫喊什么老百姓急于参加战斗，这是犯罪的瞎说。他突然打断了我的话。平时他是很有礼貌的，而这一次却非同寻常地生硬地说：

"我们停止这种谈话。你对老百姓的观点，我总觉得——对不起，过于特殊了……是不是呢？……"

我诧异甚至惊恐地看了他一眼。不对头，我想，我们的贵族身份不会就这样无缘无故地被遗忘！贵族身份原本是为国家服务的回报[3]，而现在人们玩腻了它，厌倦了它，甚至拿

1　尼古拉·尼古拉耶维奇·苏哈诺夫（吉梅尔）（1882—1940），俄国革命运动参加者，1917年为孟什维克，是政论家、经济学家，曾任全俄中央执行委员。

2　济诺维·伊萨耶维奇·格热宾（1871—1929），俄罗斯出版商和插画家。1910年代初，他占据了俄罗斯20%以上的出版市场，对俄罗斯图书出版业的发展产生了重大影响。

3　蒲宁在这里指的是彼得大帝于1722年制定的所谓"军衔等级表"。该表规定了陆军、海军和公务员的官僚等级制度，即使是最低军衔也会被赋予个人贵族权利，作为对国家服务的回报。当然，蒲宁在此处使用"贵族"一词还有其引申义，即"尊严""荣誉""正直""美德"。

去做交易。

这时有一群小男孩造访了杜马，他们不知被谁唆使，看上去很令人讨厌，但他们确实想上前线。他们说"人民的信任和雄伟意志"鼓舞他们前来。他们要向全世界高喊：伟大的俄国革命成功了，老百姓正在为他们和一切自由献出生命，当务之急是狠狠地歼灭德国人，争取最后的胜利。除这一切之外，几天的时间里，他们已推翻了全俄罗斯所有的权威意识……

1917年春天。布拉格饭店里全是人，音乐在响，侍应生跑来跑去。禁酒令尚在执行，然后几乎每个人都喝醉了。音乐甜腻腻地刺痛人的心。一位知名自由派律师穿着军装，留着平头，胸膛宽阔，肩膀肥厚。他醉得太厉害了，在整个餐厅里不停地叫喊，要求管弦乐队演奏《奥依拉》。

他的酒友，一个地方骠骑兵，醉得更厉害，他抱着律师狂吻不止，疯狂地咬他的嘴唇。

音乐起初很沉闷，令人生厌，后来变得活泼起来：

哦，你跑掉了，
你，我的灰色骏马，不见了！

律师抬起肩膀和手肘，合着拍子在长沙发上蹦跳起来。

6 月 10 日。

《俄罗斯言论报》的记者们坐着小帆船逃往克里米亚。那里的面包据说只要八十戈比一俄磅。掌权的是孟什维克，而且还有其他福利。

我在街上碰到了瓦尔沙夫斯基。他说，邮局正在展示一份令人振奋的电报："德国人不会签署可耻的和约！"

在敖德萨有一千多波兰人被捕。据说，他们一被关进去就遭到了毒打。这也没有什么，现在每个人都是这样的待遇。

顺便提一下，在基辅，又有几位教授被杀害了，其中包括著名的临床医师亚诺夫斯基。

昨天召开了"紧急的"——永远都是"紧急的！"——执行委员会会议。费尔德曼老调重弹："同志们，世界革命就要爆发了！"有一个人大声地回答他："够了，听腻了！要面包！""啊哈，原来如此！"费尔德曼咆哮起来，"这是谁在叫喊？"叫喊的人勇敢地站了起来："是我喊的！"于是他立即被捕了。然后，费尔德曼建议"用资本家代替马匹去驮重物"。这个建议受到暴风雨般的鼓掌欢迎。

听说，别尔哥罗德被我们占领了。

多么丑恶！全城都是啪哒啪哒的响声，大家都穿着木屐，所有的街道都积满了水。"公民们"从早到晚都到港口去提水，因为自来水早就停了，而且大家从早到晚交谈的也是如何弄到一点食物。科学、艺术、技术，人类所有需要努力的、有创造性的生活——全都消失了。法老的瘦牛吃掉了肥牛，但瘦牛不仅没有长肥，反而自己也要死了！

现在在农村中，母亲都这样吓唬孩子：

"嘘，不然就把你送到敖德萨的公社里去！"

人们在传播托洛茨基最近在什么地方说的那几句无耻的谦辞：

"如果有人说我是个差劲的新闻记者，我会很难过，但如果说我是个差劲的统帅，那么我的回答是：'我正在学习，我会做好。'"

他曾经是一个狡猾的新闻记者。阿·亚布隆斯基告诉我，有一次他从《基辅思想》编辑部偷走了某人的一件毛皮大衣。而现在，他在从俘虏的沙皇将领那里旁敲侧击地"学习"如何打仗和战胜敌人。也没有什么，他可以冒充统帅。

一个红军军官的肖像：一个男孩，二十岁左右，一张光滑的刮过的脸，塌陷的双颊，瞳孔乌黑宽大，嘴唇不是嘴唇，而是一条令人厌恶的狮身人面像般的细缝，满口金牙。一个高中女生吊在他像小鸡雏一样的身体上。他穿着军便服，肩膀上系着一条军官的行军皮带，在细得像骷髅一样的腿上——是淫荡的带气泡的马裤和漂亮的昂贵的皮靴，骶骨的下部别着一支滑稽可笑的大型勃朗宁手枪。

在大学里，一切都由一、二年级的七个孩子掌管。主任政委是基辅夜校的大学生马利奇，他在同教授们谈话时，会用拳头敲打桌子，把腿搁在桌子上面。高年级女生班的政委，是一年级新生金，她不能容忍不同意见，会立刻大声呵斥：
"不许乌鸦叫！"综合技术学院的政委手里总是拿着一把上
了膛的左轮手枪。

傍晚在街上遇见一个熟识的犹太人（彼得堡的律师泽别
尔），他快速地说：

"您好。您把耳朵转过来，我告诉您一件事。"

我把耳朵转了过去。

"20 号！我提前提醒您！"

他握了握我的手，很快走开了。

他说得那么坚决，一时把我弄糊涂了。是啊，怎么能不
糊涂呢？大家都异口同声地说，昨天开了秘密会议，会上决
定：形势非常不妙，需要转入地下活动，以便以各种可能的
方式消灭邓尼金的人——混入他们中间，分化他们，收买、
灌醉他们，挑起各种混乱；穿上志愿军的制服，高喊"上帝
保护沙皇"和"痛击犹太人"的口号。

其实，一次又一次出现的这些关于形势非常不妙的传闻，
完全有可能是布尔什维克自己散布出来的。他们非常清楚，
我们是多么热衷于乐观主义。

是的，是的，**乐观主义也毁了我们**。这一点我们要牢牢
记住。

但也许大家都在准备逃离才是真的。抢劫还在继续，非
常可怕。分发给最忠实的"共产党员"的东西不计其数，弄

到什么分什么：茶叶、咖啡、烟、酒。不过，传闻酒已所剩无几了，所有的酒差不多都被水兵们喝光了（听说水兵们特别喜欢白兰地）。要知道，迄今为止我们还没有证据能够证明，这些苦役犯大猩猩们是为了革命而死的，更有可能是为了马爹利白兰地而死的。

我想起 1917 年 9 月一个阴沉的傍晚，西边是一片带着黄色裂缝的乌云，脚下已经十分昏暗，教堂院墙边树上的残枝败叶却奇异地泛着红光。我走进教堂的守卫室，里面几乎一片漆黑。看守人是一个鞋匠，个子不高，翘鼻子，锈色胡子又宽又密，长相偏向可爱。他坐在一条长凳子上，穿着衬衣和坎肩，衬衣的衣襟露在外面，小兜里露出一个鼻烟壶。他看见我便站起来，低低地鞠了一躬，抖动一下落在额头上的头发，然后向我伸出手。

"过得怎么样，阿列克谢？"

他叹了口气说：

"无聊。"

"怎么啦？"

"就这样，不好。唉，亲爱的老爷，不好，无聊！"

"为什么呢？"

"是这样。昨天我进了城。以前你可以随意走动，但现在你必须带上面包，因为城里闹起了饥荒。饥荒，饥荒！不供应商品了，什么都没有。售货员说：'你们给我们粮食，我们才提供商品。'但我对他说：'不，你们吃糠皮去吧，我们的粮食要自己吃。'这只说明，事情到了何等地步！换一双鞋掌要十四个卢布！只要资产阶级还没被杀光，其他人就会挨饿受冻。嘿，亲爱的老爷，我真心地对您说：资产阶级将被杀掉，咳，将被杀掉！"

当我走出守卫室时，看守也走了出来，并把教堂门前的灯点亮。山下走着一个庄稼汉，醉得很厉害，一次又一次地往前跌，他朝整个村子叫喊着，还用不堪入耳的脏话咒骂助祭。看见了我，他猛地后退一步，站住说：

"您不能骂他！如果您亵渎了圣人，舌头会被拉长的！"

"但是，对不起：首先，我一个字也没说；其次，为什么你可以骂。而我就不行呢？"

"那您死后谁来给您送葬呢，难道不是助祭吗？"

"那么你呢？"

他低下头想了想，阴郁地说：

"那条狗，他在合作社小卖部里竟不卖给我煤油。他说：'你已经买了自己的一份了。'可如果我还要呢？他说：'不行，这是规定。'嘿，好家伙？应该逮捕他，这条狗！如今什么规定也没有了……"

"等着瞧，等着瞧吧！"他转过脸来对看守人说，"你也会受到惩罚的！我还记得鞋掌呢。我要像宰公鸡那样——等着吧！"

同一年的十月。他们抬着宣传画示威游行，开群众大会，喊各种口号：

"公民们！同志们！认识你们在立宪会议前的重大职责[1]吧，实现你们成为俄罗斯大地上掌握最高政权的主人的梦想吧！都来投票赞成[2]第三号名单吧！"

庄稼汉们在城里听到这些口号，回到家里却说：

"嘿，什么鬼！他们叫喊——你们欠的债[3]很大！又说——你们要边诉边哭[4]。也就是说，我必须在立宪会议上列出我的财产清单？可我们欠了谁的债呢？欠他的吗？他的眼睛被蒙上了？不，这个新领导完全要不得，他们假装是你的朋友，许诺天上掉馅饼，自己却叫嚷、威胁，要把十字架从你的脖子上扯下来。是啊，既然他们自己未能做到为第三号名单边诉边哭，那么就请他们待一边去吧。"

我们就这个话题同前任村长议了议。他并不富裕，是中农，一个善于经营的当家人。他说：

"是的，每个人都知道他们如何不断嚷嚷我们的职责，又拿债务、欠交税款来吓唬我们。瞧，现在他们又告诉我们，要召开立宪会议了，我们必须选出一个候选人。还有传言说，我们必须要和候选人达成理解，要起草一个**状子**，一起讨论，候选人还必须在上面签自己的名字。什么时候什么

---

1 俄文里的 **долг** 一词有"义务、职责"和"欠债、债务"两种含义。口号里用的是第一种含义，即职责的意思。

2 俄文中 **голосовать** 投票选举和 **голосить** 边诉边哭，两个字形相近。

3 "你们欠的债很大"——庄稼汉把口号里的职责一词理解为欠债，即 **долг** 的第二种含义。把你们的重大职责理解为欠很大的债。

4 这里庄稼汉把 **голосовать**（投票选举）和 **голосить**（边诉边哭）两个词混淆了。他把"你们都来投票"说成"你们要边诉边哭"。

地方要铺路，什么时候打仗——现在似乎都要问问我们怎么想。可是难道我们会知道什么地方需要铺什么路吗？我虽然是个富人，可我有生以来却从没去过叶列茨以外的地方。二十年了，我们一直也没填平山下附近路上的坑，因为我们一碰面，就会先打三天架，然后再喝三桶伏特加，解散——那个坑就一直在那儿。打仗也是一样。我做不来，我不可能知道怎么打，什么时候打。也许候选人是个好人？管事的人说，他们不能没有我们。只是为什么要去给别人捅刀子呢？上帝保佑杜马的这位候选人吧，他们做这些还有薪俸！"

"是的，问题就在这里，我说，薪俸往往还是很丰厚的。"

"是吗？很丰厚？"

"当然很丰厚。你应该去的。"

他想了想，然后叹了一口气：

"他们不会放我进去的，我是布尔什维克：我刚买了三俄亩地，两匹好马。"

"可是，除了你，还有谁呢？你毕竟是个地主。"

沉思片刻后，他更加活跃起来了：

"是的，是这么一回事！去了那里我会投票赞成有好身份的人，支持光明正大的人，也会照顾您的子孙。我可以阻止他们夺走老爷您的土地。但是这个人，我们刚投票选出来的这个代表，他自己什么也做不到。但是魔鬼帮他用花言巧语蒙蔽了人们的眼睛，所以我们这里才把他选了出来。他算什么代表啊！他只会骂娘，一无是处，一双醉醺醺的眼睛，全身臭气熏天。他大声叫嚷，说自己的财产只有一只鸡。你就是给他一百俄亩地，过不了两天，他又将是"水兵"一个。我怎么取代他呢？他在纸堆里翻啊翻啊，却什么也找不到。那个混蛋不识字，不会读也不会写，但我们也不是什么识字的人，咩咩叫的羊都比我会念书！"

我们村里最热心的革命者潘丘什卡[1]也跟我谈起了立宪会议，说了一些非常激动人心的话：

"同志，我本人是社会民主党员，我在顿河边上的罗斯托夫卖了三年的报纸和杂志，单《讽刺作家》一种，经过我手的就有一千份。但我还是直率地说：这个格沃兹杰夫[2]本人，他是一个什么样的魔鬼部长啊！我的头发已经白了，难道他比我还要白很多吗？不过他也不比我差。他会回到村子里去的，因为我们是一丘之貉。瞧，我现在可以傲慢地钻到你们这里来说'同志，同志'，凭良心说，我是该被狠揍一顿的。您是著名的作家，已经编在历史书里了，按您的贵族身份，头号公爵才会和您坐在同一张桌子上，我算什么人？可我还是对庄稼汉们说：喂，伙伴们，别看错了目标！我说，这次立宪会议上选谁呢！自然是选蒲宁同志啰。他在那里会找到好朋友，而且他可以跟随便什么人都打好关系……"

傍晚我去拜访罗森贝格。我再次跟他讲了志愿军的胜利。他对此回答说，在他们控制下的城市里"禁止言论自由"，可以彼此咬人。

1　蒲宁与他谈话是 1917 年 8 月 25 日在奥尔洛夫省格洛托沃村。
2　格沃兹杰夫，К.А.（1883—？），当时的俄临时政府劳动部长。

晚上。

回想起一件事。有一条来自奥地利的消息：沃罗奇卡被打死了。第二天老太太（他的母亲）穿着短皮袄，脸朝下在床板上躺了两天，但她甚至没有哭。他的父亲则装出快活的样子，在她旁边不停地走动，并腼腆地说：

"你真妙，老太婆！真妙！你真以为敌人会只盯着我们的孩子吗？要知道，他，敌人，也要保卫自己才行！不然怎么能活下来！你得用自己的脑子想一想！"

沃罗奇卡的老婆，一个年轻的农妇，不停地往前厅跑，在那里抱头乱撞，用各种姿势哭叫，像母狗一样哀号。沃罗奇卡的父亲也对她说：

"瞧，瞧，这个也一样！就是说，他的敌人们不该自卫吗？还是说，沃罗奇卡该下跪去求饶？"

还有一个叫雅科夫的人，他收到一封信，通知他儿子被打死时，不知为什么竟眯着眼睛，微笑着说：

"没有什么，没有什么，进天堂了！我不悲伤，也不怜惜！这是我献给上帝的蜡烛，阿列克谢伊奇！献给上帝的蜡烛，献给上帝的神香！"

不过，的确，在罗斯[1]，上帝和魔鬼时时刻刻都在交替出现。当我们坐在花园里，旁边的小屋被一轮温暖的孤月照亮，听到从村子里传来沃罗奇卡老婆的喊叫声、哀号声，一个商人说道：

---

1 即古代俄罗斯。

"瞧，该死的畜生，听听她怎么哭的！她不是想她丈夫，她是舍不得那玩意儿……"

我好不容易才忍住，没有朝他的脑袋狠狠地给一棍子。不过这时院子里的公鸡因为喜欢月亮而温柔地啼鸣了一声。于是商人接着说：

"啊哟，上帝，唱得多么好听，多么甜蜜啊！为此我才养着它，一百卢布我都没有卖！它整夜都给我快活，使我感动……"

帕利奇科夫的女儿（一个安静可爱的姑娘）一直在问我：

"老爷，听说我们这里运来四万名奥地利俘虏，是真的吗？"

"是不是四万名不好说，但运来了俘虏却是真的。"

"要我们来供养他们吗？"

"怎么能不供养呢？有什么办法呢？"

她想了想：

"什么办法？为什么不能全部杀死埋掉呢？……"

1917年秋天，庄稼汉们捣毁了叶列茨郊区的一个地主庄园，为了取乐，竟把活生生的孔雀的羽毛拔掉、揪掉，然后再把血淋淋的孔雀放走，让它们四处乱飞，带着尖叫声到处乱窜。

可是，瞧，帕维尔·尤什克维奇[1]却要人相信，这没有什

---

1 帕维尔·所罗门诺维奇·尤什克维奇（1873—1945），俄国哲学家，孟什维克。

么了不得的，并教训说，"对待革命不能用刑事法新闻栏编辑的标准"，对这些孔雀的遭遇感到不寒而栗——是"庸俗态度"，甚至提起了黑格尔的话："难怪黑格尔说一切现实事物都有其合理性：俄国革命既然合理，那也必然是有意义的。"

是的，是的，"挨了打还不许哭"。但是那些可怜的孔雀呢？它们并没有怀疑黑格尔的存在吧？那些被胜利的人民砸碎了头颅的牧师、地主、军官、小孩、老人，除了用刑事犯的标准去"对待革命"外，又能用什么样的标准呢？不过帕维尔·尤什克维奇又有什么必要关心这些"庸人"问题呢！

据说，从彼得堡派到我们这里来的水兵们由于酗酒，由于可卡因和为所欲为，已经完全变成了撒旦。他们一喝醉，就冲进契卡的囚室里，见人就打，而上级并没有给他们下达任何命令。前不久他们毒打一个带小孩的妇女……她哀求说，为了小孩饶恕她吧！但是水兵们大声喊道："别担心，我们会给他吃枪子的！"并把他枪毙了。为了取乐，他们把被监禁的人赶到院子里，强迫他们跑起来，对他们放枪——故意射偏。

6月11日。

醒来后，我无比清醒而且吃惊地意识到，我在肉体上和精神上都快被这种生活方式折磨死了。见鬼，我为什么要写下这一切，像疯了一样，有什么记什么……其实，不论我做什么，还不都是一样吗！

好不容易才等到了报纸。一切都很好：

"我们放弃了博古恰尔……我们现在退到察里津以西一百二十俄里的地方……**刽子手高尔察克正与邓尼金联合**……"

突然有一条消息：

"**工人的压迫者**格里申-阿尔马佐夫开枪自杀了……"托洛茨基在火车上给报纸写道，"我们的战舰在亚速海扣押了一艘轮船，船上载有著名的**杀人犯、黑色百人团的头目**格里申-阿尔马佐夫，他带着一封邓尼金给高尔察克的信。最后，格里申-阿尔马佐夫开枪自杀了。"

可怕的消息。总之，是焦虑不安的一天。据说邓尼金已经占据了费奥多西亚、阿卢什塔、辛菲罗波尔和亚历山德罗夫斯克。

下午四点钟。

与德国人的和约签署了。邓尼金占领了哈尔科夫。

我和看院子的福马都很高兴，不过他是个悲观主义者：

"不，老爷，事情未必就这样结束。现在事情还很难结束。"

"那么，按你的看法，事情将如何结束呢，什么时候结束呢？"

屠格涅夫曾责备赫尔岑："您在皮袄¹面前弯腰，您在皮

---

1 皮袄指代俄国农民。这句话出自屠格涅夫写给赫尔岑的一封信。

袄中寻找未来形式的优雅、新颖和独创性。"形式的新颖!问题就在这里,所有俄罗斯的暴动(特别是现在的暴动)都表明了,罗斯的一切陈旧到了何等田地!它首先渴求的是**无定型性**。俄罗斯自古以来就有"海盗",那些来自穆罗姆、布良斯克和萨拉托夫的强盗。逃亡者、闲汉、反对一切的造反者、酒鬼、流氓、伪君子、传谣者、不得志者和爱争吵的人,在这片土地上处处可见。古俄罗斯是暴徒的国度。它也有圣徒和建设者——崇高、残酷、坚定。但是他们同暴徒们、同破坏者以及一切叛乱、争吵、流血的"混乱和荒谬行为"进行了多么长期的不断的斗争啊!

犯罪人类学对偶发型罪犯的定义:"并非本能地反社会的人",会在偶然情况下犯罪。它也说到另一个群体,"本能罪犯"。这些人的行为像孩子跟动物一样,他们的最主要的特征、最基本的特点——渴望破坏,渴求**反社会**。

瞧,罪犯是一个姑娘。她在童年时就很倔强、淘气,少年时更强烈地表现出极具破坏性的行为:撕破书本、打碎碗碟、烧毁自己的衣裳。她酷爱读书,最喜欢充满激情、跌宕起伏的小说,危险的猎奇故事,和其中无情残忍的描写。她会爱上她遇到的第一个男人,因为她被原始的性欲所支配。她嘴里总是说得头头是道,巧妙地把自己的行为过失推在别人身上。她如此无耻、自信和虚伪,足以使被骗的人毫无怀疑。

瞧,罪犯是一位青年。他居住在双亲的别墅里,他砍伐树木,撕掉壁纸,砸碎玻璃,玷污各种宗教象征,到处涂写卑污的东西，是"典型的反社会者……"这样的例子数不胜数。

在和平年代，我们忘记了世界上处处都是这样的败类。在和平年代，他们坐在牢里，坐在疯人院里。但现在是"掌握最高政权的人民"取得胜利的时代，牢房和疯人院的门被打开了，犯罪调查的档案被烧毁了——血腥的残暴的行动开始了。俄罗斯的残暴行为超越了过去的一切——大大地使那些许多年来受到《斯捷潘的悬崖》[1]的呼召、想要倾听"斯捷潘的深思"的人感到既诧异又伤心！奇怪的诧异！斯捷潘不可能考虑社会问题，他是一个"天生的"罪犯——恰好他也来自同一个恶棍部落，这也许也预示了这场新的**长期的**斗争的出现。

我记得 1917 年夏天是某种可怕疾病的开端。当时我就已经感觉不舒服了。我头痛欲裂，思绪混乱，周围是一片可怕的现实。但那时我还能坚持站稳，用最后一点体力和精神的力量紧张而狂热地等待什么。

但在这个夏天结束时，有一天早晨，像平时一样，我用颤抖的手翻开报纸，突然感到脸色发白，头顶仿佛被人拧紧，好像马上晕倒前的症状：一行用大写字母写就的歇斯底里的叫喊映入我眼帘："告全体，告全体，告全体！"——科尔尼洛夫是"叛徒，是**革命**和祖国的叛徒……"

---

1 俄罗斯著名男低音歌唱家夏里亚宾的一首歌曲，讲述拉辛如何站在"悬崖"上进行深思。

后来是11月3日。

俄罗斯的该隐，以三十个小银币便把自己的灵魂抛在了魔鬼的脚下，带着这种狂喜，取得了辉煌的胜利。

整整一个星期，只有几个士官生在保卫莫斯科。整整一个星期遭到炮击和燃烧的莫斯科投降了，屈服了。

一切都停息了。所有的障碍物、所有上帝和人间的关卡都倒塌了——胜利者自由地占领了它们，占领了每一条街道，每一所住宅；在其堡垒和圣地上，在克里姆林宫的上空，他们已经升起了自己的旗帜。在我的整个一生中没有比这一天更可怕的日子了——上帝可以为我作证！

我在四面高墙下度过了囚犯一般的一个星期，没有空气，几乎没有睡眠也没有食物，只有构筑街垒的墙垣和窗户，我跟跟跄跄地走出家门。我刚推开门，一伙"争取光明未来的战士"就冲了进来，至少是第三次了。他们四处搜索敌人和武器，由于胜利、狂饮和最兽性的憎恨，已经完全失去了理智。他们嘴唇干裂，目光粗野，始终忠实于所有"伟大革命"的传统，把各种武器都带在身上，看上去有种近乎狂欢的怪诞可笑。

那个深秋的傍晚，短暂、阴冷、潮湿，乌鸦嘶哑地叫着。可怜的、污浊的、耻辱的、逆来顺受的莫斯科，弹痕累累，一派残破不堪的景象。

马车夫出来了，胜利的莫斯科暴徒们涌上街头。一个全身脏污的老太太，瞪着一双凶狠的绿眼睛，脖子上青筋暴起，站在那里呱呱大叫，整条街的人都能听见：

"同志们，亲爱的！打死他们，绞死他们，淹死他们！"

我站了一会儿，看了一会儿——便慢慢地回家去了。夜里，剩下独自一人时，按天性我是很不喜欢流泪的，但也终于哭了，而且哭得如此厉害。如此之多的眼泪，连我自己也不能想象。

后来在受难周我也哭过，不过不是一个人哭，而是同许许多多的人一起哭。大家聚集在黑夜里，在黑暗的、克里姆林宫紧紧闭锁着的莫斯科，在亮着微弱的红色烛光的教堂里，在痛苦的热烈的歌声的伴随下哭泣：

"用大海的波涛……把压迫者、折磨者淹没在水下……"

有多少从未去过教堂的人站在教堂里，有多少人从未像此时这样哭泣！

后来我又一次哭泣，是在奥尔沙越过新的俄罗斯边境线，将俄罗斯和我整个过去的生活抛下的时候。那是残酷的悲伤的眼泪，也是病态的喜悦的眼泪。我从那片野蛮人尖叫的沸腾的海洋里狂奔而出，他们既可怕又不幸，在这种狂暴的、歇斯底里的尖叫里，已经丧失了所有的人性。他们放火烧毁了每一座火车站，从莫斯科一直到奥尔沙，所有的站台和道路上到处都是呕吐物和排泄物……

6月13日。

是的，和约已经签订了。到现在西方那些人也没有想一想俄罗斯吗？"救命啊，上帝的信奉者！"几千万俄罗斯灵魂在疯狂呼救。他们真的不干涉我们的这些"内政"了吗？他们到最后也不会进入我们不幸的家园了吗？而那只饥饿的大猩猩还在那里吞食我们的鲜血！

6月15日。

各种报纸都叫得特别狂热："德国被一伙强盗掐住了脖子！拿起武器来吧！再过一分钟——火山就要爆发了，共产主义的旗帜就要在全世界的上空展开、飘扬起来了！形势是严峻的……让警钟长鸣吧！**没有工夫聊天！**"

基辅的《共产党人》报上刊登了布勃诺夫[1]的精彩演说："红军史无前例地从邓尼金那里可耻地狼狈逃窜。"

6月16日。

"哈尔科夫在沙皇的刽子手邓尼金的**狂潮**下陷落了……他带着一大群**野蛮醉酒的匈奴军官**开进了哈尔科夫。这群野蛮的匪帮像蝗虫一样在这片饱受苦难的土地上穿梭，破坏了争取光明未来的优秀战士们用鲜血获得的一切成果。帝国主义匪帮的爪牙和走狗们给劳动人民带来了绞刑架、刽子手、

---

1 安德烈·谢尔盖维奇·布勃诺夫（1884—1938），苏联政治活动家、历史学家。十月革命时当选为俄共（布）中央政治局委员，后在南方指挥部队同白卫军作战。

宪兵团、劳役和暗无天日的奴隶生活。"

说实在的，这与所有我国的革命"文学"又有何区别呢？见鬼去吧。我真庆幸自己已经老了……

而"消灭格里戈里耶夫匪帮"的战斗仍在"继续"。

6月17日。

在杰里巴索夫街有一张新的宣传画：拿着斧子的粗俗的庄稼人和拿着十字镐的工人狂暴地朝一个夸张的罗圈腿胖将军的秃头上乱打（胖将军已被一名奔跑着的红军用刺刀刺穿了）。题词是："小伙子们，打吧，狠狠地打！"这又是政治部的杰作。在这个机关的门口，我碰见了正从那里走出来的谢苗·尤什凯维奇，他冷漠地告诉我，哈尔科夫被布尔什维克夺回来了。

我像醉汉一样走回家。

夜里。

我的心情稍微平静了一些。大家都肯定地跟我说，哈尔科夫已被布尔什维克夺回是无稽之谈。更有甚者，还有人说，邓尼金已经占领了叶卡捷琳诺斯拉夫和波尔塔瓦，布尔什维克撤出了库尔斯克和沃罗涅什，高尔察克突破了他们在察里津方面的防线，塞瓦斯托波尔落入英国人的手中（登陆队四万人）。

傍晚我去了主干道。一开始我跟瓦尔沙夫斯基的妻子和女儿坐在一起。女孩在看书，她是个童子军，回答问话的时候语速很快，很简短，也很生硬，像她这种年纪的小姐常常都是这样。在薄暮的天空中，玫瑰色的新月躲在沃罗佐夫宫殿后面，苍白、温柔、略呈绿色的天空，这可爱的津津有味地读书的小姑娘的神态，以及人们对布尔什维克关于哈尔科夫的传言的反驳——所有这一切都以一种病态的方式打动了我。

有人跟我讲过：去年德国人来到敖德萨时，"同志们"立即就去向他们请求允许举办一次通宵舞会。德国的要塞司令则轻蔑地耸耸肩膀："令人惊讶的俄罗斯！它为何如此快活呢？"

6 月 18 日。

"最后的殊死搏斗！全体投入战斗！乌云越来越浓密，乌鸦的叫声越来越响亮了！"等等。

拉科夫斯基在基辅做了关于国际形势的报告："革命席卷了全世界……凶恶的强盗正在争夺战利品。我们要把匈牙利的反革命淹没在血泊中！"然后他又补充道："太可耻了！在哈尔科夫，**四个邓尼金分子竟在我们人数众多的纵队里**引起无法形容的张皇失措！"最后收尾的话则是："**库尔斯克的陷落将是世界革命的覆亡！**"

刚才去了市场。有一个流浪汉手里拿着一份报纸的号外，边跑边喊："我们刚刚夺回了别尔哥罗德，夺回了哈尔科夫和洛佐瓦亚！"——我眼前一黑，差点摔倒。

6月19日。

昨天在市场上有几分钟我感到自己要倒下了。这种情况我过去从未有过。后来我昏昏欲睡，对一切都感到厌恶，完全失去了生活的兴趣。午饭后我去了谢普金娜-库帕尔尼克家，卢里耶[1]和考夫曼[2]也在那里。费尔德曼坚持说，现在谁也不相信电报了，它们都是在执行委员会的授意下公布的。我买了这份电报的复印件，是为了斟酌其中的每一个字。每一个字都像刀子一样刺痛我的灵魂："敖德萨《消息报》最新公告：苏维埃工人、农民、红军战士、代表们，红军部队**夺回**了哈尔科夫、洛佐瓦亚、别尔哥罗德。根据直通电话，6月18日1时35分从基辅传来喜讯：哈尔科夫、洛佐瓦亚和别尔哥罗德的白卫军匪帮已被肃清，正在狼狈逃窜。邓尼金的命运已经注定！在库尔斯克，无产阶级欢天喜地，人们空前高涨地动员起来了。波尔塔瓦正掀起一片热潮……"

简单地说，就是一下子取得了五百俄里的辽阔土地上的胜利。"波尔塔瓦的热潮"意味着这座城市安然无恙。但也

---

1 C.B. 卢里耶，俄国哲学家，犹太人。
2 亚历山大·阿尔卡季耶维奇·考夫曼（1864—1919），俄国经济学家、统计学家，立宪民主党领导人之一。

有完全不同的传言说：我们的队伍攻占了卡米辛、罗莫丹和尼科波尔。

今天还是七点钟起来，无一例外地买了所有各种报纸。"昨天流传关于我们夺回了恰尔科夫、洛佐瓦亚、别尔哥罗德的传闻目前尚未得到证实……"我高兴得不相信自己的眼睛。

晚饭前，我们去拜访了罗森贝格夫妇。一个奇怪的夜晚。他们非常平静。"为什么要生气呢，"他们说，"传言到现在为止还没有得到证实。"所以一切都还好……

6月20日。

"在西方，革命浪潮汹涌澎湃……邓尼金带来了饥饿和奴役的枷锁……白卫军匪帮发疯似的使用惨无人道的恐怖手段进行猛攻……手无寸铁的无产阶级受到野兽般的匪徒的洗劫……我们必须用长满老茧的双手在前线和后方无情地击溃反革命的爬虫们……必须用无情的恐怖去反对资产阶级和白卫军败类、叛徒、阴谋家、间谍、懦夫、损人利己者……要剥下资本家的外衣，拿走他们的钱财衣服，掌控人质。"

所有这一切，包括必须"击溃爬虫们"的"长满老茧的手"，不是来自报纸，而是来自乌克兰社会主义苏维埃共和国人民委员会的文告。

城里建筑的所有墙上都贴满了这种文告。不论在文告中还是在报纸上的狂暴的胡说八道，都证明这些畜生的真正可怕：

"我们放弃了克拉斯诺赫拉德……哈尔科夫被流窜的匪徒们占领……占领哈尔科夫，并没有让邓尼金得到预想的结果……我们放弃了科罗恰……我们让出了利斯基……敌人把我们逼到了察里津以西更远的地方……我们在追击高尔察克，他正仓皇逃窜……罗马尼亚政府在垂死挣扎。在德国，革命如火如荼；在丹麦，革命具有了威胁性的规模……俄罗斯北部的人民现在吃的是燕麦和苔藓。在街头濒死倒下的工人胃里装的是衣服的碎片和破布条……救援！已经到了最后的关头！我们不是掠夺者，不是帝国主义者，我们不会把领土拱手让给敌人……"

《消息报》上的诗：

> 同志们，包围圈已经收紧！
>
> 谁相信我们，就拿起武器！
>
> 房子在燃烧，房子在燃烧！
>
> 兄弟啊，整个房子都在熊熊燃烧。
>
> 同志们，丢下盆盆罐罐吧
>
> 现在哪能贪吃贪喝呢？
>
> 亲爱的家园正被摧毁！
>
> 敲响警钟，吹响口哨，
>
> 拉响船头的大炮！

谈到"盆盆罐罐",事情可不妙。至少，由于吃不饱，我们常常头晕。集市上卖旧货的人成堆，他们就坐在石头上、马粪上，周围只有一小堆发霉的蔬菜和土豆。今年敖德萨周围的收成简直就像《圣经》里描写的那样。但庄稼汉什么东西也不愿意运出来，他们情愿把牛奶倒进猪食槽。他们会光顾小酒馆，但不会带任何食物……

我们又去了大主教花园。如今我们经常到这里来，这里是全城唯一干净、安静的地方。但是从那里向外望去，景象非常悲凉——一块全然的死寂之地。不久前，这个港口城市还是遍地财富，人潮涌动，现在却一片空荡荡，简直"门可罗雀"！一切都那么可怜，码头上有些地方已生锈剥蚀，破烂不堪；佩列瑟普金地区的工厂矗立的烟囱早已熄灭。但花园里仍然那么奇妙宁静，空无一人。我们也经常去那里的教堂，每次听到这里的歌声，看到神职人员鞠躬和焚香，都会感受到一种想要流泪的喜悦。在这里我们还能接触到那些伟大的、体面的事物，感受到世上的善良与慈悲，一切尘世的苦难都会在这种安抚、温柔和轻松里得到解脱。只要想一想，过去这个阶层（我多少也属于这个阶层）的人们只有在葬礼时才会去教堂，在我们的编辑部成员、统计系主任、大学同学或共患难的流亡者去世的时候……那时我们在教堂里永远只有一个想法，一个梦想：到门廊上抽根烟。死者呢？天啊，他过去的一生和葬礼上的祈祷，和染成柠檬色的额头上系着的丝带能有什么联系呢！

又及，我的敖德萨札记就此中断了。后面的续篇，我在1920 年 1 月底逃离敖德萨之前曾妥当地埋在某处的地下，现在却怎么也找不到了。

（2009 年译于三源里，2016 年修订于京城雅居）

回忆录 / 文章

自传札记

早在十五年前，我已把主要与我写作生涯有关的某些自传札记登载在柏林彼得罗波利斯出版社出版的文集里了。

我现在对它们做一些新的补充。

（在从用新正字法写的诗歌和散文小说里做摘引时，我仍用旧正字法写出。）

我的写作生涯的开端是颇为奇怪的。它大概是在许久许久以前的一天，在奥尔洛夫省我们的农村庄园里开始的。当时我是一个八岁的小孩子，突然感到有一种立即创作某种诗歌或童话之类的令人不安的热切愿望，因为偶然看到了一本插画书，被其中发现的东西惊到了：图中有荒凉的山地，白色的瀑布，一个敦实矮胖的乡下人；这个矮人有一张农妇的脸，脖颈肿大，亦即害了瘰疬；他手里拿着一根长拐杖，站在瀑布下面，戴一顶像是女式的小帽子，帽缘插着羽毛。图画下面有题字，它的最后一句话（幸好当时我不认得）使我大吃一惊："**在山上与呆小病患者相见。**"呆小病患者！如果不是这个不同寻常的词，那么害瘰疬、有一张农妇的脸和戴着女式小帽子的矮人，大概只会让我觉得非常讨厌而已，再就没有什么了。但是，呆小病患者？在这个词里我感到有一种可怕的、莫名其妙的，甚至好像是神奇的东西！于是我突然被诗的波涛完全包围了。这一天白白过去了，不管我多么卖力地写，却连一行诗也没有写出来。可是，这一天不仍旧是我创作活动的某种开端吗？

无论如何可以认为，这一天碰到这幅画，对于我来说，好像是某种预兆，因为在我后来的整个一生中也曾多次亲自遇见过呆小病患者，虽然没有瘰疬，看上去也是相当讨厌的，其中有些人全然不是妖魔，但却实在可怕，特别是当这种或那种不同程度的呆小病同他们任何一种巨大的才能和耐力结合起来、同任何歇斯底里的力量结合起来的时候——因为，众所周知，这在现在、过去和将来人类生活的所有领域中都常会发生。那又怎样呢！总之，我是注定了要过那种不同寻常的生活的，所以我甚至成了这些呆小病患者的同时代人，这些人的名字将永远留在世界史册上。

我出生在沃罗涅什省，在那儿整整住了三年。除此之外，有一次我还在那儿过了一整晚。不过我对沃罗涅什依然是完全陌生的，因为那个晚上我并没能看见它：我是被沃罗涅什大学生同乡会邀请去为该会捐款的慈善晚会演讲的。在一个阴暗的冬日的黄昏，在暴风雪中，我抵达该省，在车站就受到香槟酒的欢迎，在晚会上也吃得不少，主办方在天亮前用车把我送到火车站去赶莫斯科的火车时，我已经烂醉如泥了。

我在沃罗涅什度过的这三年乃是我的幼年时代。后来双亲把我从沃罗涅日带到奥尔洛夫的庄园里，从这个时候起，我就开始记事了。在这里我度过了自己的童年和少年时代。

在这些年代，声名狼藉的贵族的"衰败"已成定局。现在已被遗忘了的捷尔皮戈列夫（阿塔瓦）[1]以此为主题写过一本著名的书。在他之后便是我，我被称为"歌颂"当下贵族之家的最后一批人；然后是契诃夫"歌颂了"《樱桃园》的被毁灭了的美。契诃夫对贵族地主、贵族庄园及他们的花园了解甚少，但他现在仍以其《樱桃园》的虚假的美迷惑着几乎所有的人。契诃夫贡献了许多真正美好的东西，为此我认为他是最卓越的俄罗斯作家。但是我不喜欢他的戏剧，甚至为他感到难为情。我不愿意提起这个著名的万尼亚舅舅和阿斯特罗夫，后者老是牛头不对马嘴地唠叨什么造林的必要性。《樱桃园》的加耶夫像是一个可怕的贵族，斯坦尼斯拉夫斯基[2]为了表现他的贵族派头，老是令人讨厌、十分做作地用

1　谢尔盖·尼古拉耶维奇·捷尔皮戈列夫，笔名阿塔瓦（1841—1895），俄国政论家、作家。

2　康斯坦丁·谢尔盖耶维奇·斯坦尼斯拉夫斯基（1863—1938），俄国著名戏剧和表演理论家，著有《演员的自我修养》。蒲宁在此处提到的是他扮演加耶夫时的表演。

软洋纱手绢洗擦指甲。更不用说那个取材自果戈理人物的地主西米奥诺夫·皮希克了。我从小就在"衰败了的"贵族之家长大。这是一个偏僻的草原庄园，但有一个很大的花园，只是它不是樱桃园，因为，与契诃夫的愿望相反，在俄罗斯，任何地方也不曾有全是樱桃树的花园。在地主们的花园里只有某些部分种有樱桃树，而且任何地方这些樱桃树（又是与契诃夫的意愿相反）都不会正好种在老爷宅院的旁边。过去和现在樱桃树都没有什么奇异的地方。众所周知，它们一点也不美，粗糙弯曲，叶子很小，开出来的花也很小（全然不像艺术剧院里老爷宅院窗户下面长得那么壮实和茂盛），而且完全不可思议的是，罗巴辛甚至还没有让旧房主搬走之前就如此愚蠢地、急不可待地下令砍掉这些有利可图的树木。罗巴辛之所以需要如此匆忙地砍树，显然只是因为，契诃夫想让艺术剧院的观众有机会听到斧子砍树的声音，亲眼看见贵族生活的覆亡。落幕时费尔斯说："他们都把我忘了……"这个费尔斯的塑造是相当合乎情理的。不过那也仅仅是因为，老爷的老奴仆的典型在契诃夫之前已经被写过一百次了。其他的，我重复一句，则简直令人难受。加耶夫像契诃夫其他剧作中的某些人物一样，不断地在谈话中跟人扯一些琐碎无聊的事，好像他真在玩台球似的喊道："打黄球进中兜……反击进角兜……"郎涅夫斯卡雅好像是女地主，又好像是巴黎女人，经常歇斯底里地又哭又笑："多美丽的园子啊！这一丛一丛的白花，上边衬着这一片碧蓝的长空！幼儿室啊！我亲爱的、美丽的幼儿室啊！（哭泣）这个亲爱的老橱柜啊！（吻橱柜）这张可爱的小桌子啊！哦！我的童年，我那纯洁而快活的童年啊！（愉快地笑起来）满园子全是白的，全是白的！哦，我的樱桃园啊！"接下去——完全与《万尼亚舅舅》如出一辙——是安尼雅歇斯底里的叫喊："妈妈，妈妈，你哭了？妈妈，我亲爱的、美丽的好妈妈，我爱你……我祝福你！樱桃园卖掉了，但是，用不着哭啊！……咱们另去建一个新的花园，建得比这座还要美丽……一种宁静、深沉的喜悦会降临到你的心灵上，就像夕阳斜照着黄昏一样。到那时候，你会微笑的，妈妈！"此外是大学生特罗费莫夫，他有几分像"海燕"："前进啊！"他喊道，"我们要百折不挠地奔向远方那颗闪耀的明星！前进，朋友们！别掉队！"

郎涅夫斯卡雅、妮娜、扎列奇娜雅……甚至这一类的姓名就使人想到外省的演员。

话又说回来，在我的青年时代，所有的新作家几乎都是城里那些说许多奇奇怪怪的话的人。有一位著名诗人（他现在仍然健在，我不想提他的名字）在自己的诗中说什么，他一边走，"一边在挑选稷米穗"。可那时候这种植物在自然界根本就不存在。众所周知，当时有的只是黍，它的颗粒就是稷米，而它的穗（更确切地说是花序）长得很矮，在行走中用手去挑选它们是不可能的。另一位诗人（巴尔蒙特）把激情比作鹞鸟（一种类似猫头鹰的夜鸟，羽毛是白色的，飞行时神秘而又安详，完全不出声音）："激情消失了，就像鹞鸟飞走了。"他也为车前草的开花而感到欣喜："车前草花盛开了！"然而田野小路上生有小小绿色叶子的车前草是从来不开花的。至于说到贵族的庄园及它们的业主，古米廖夫的描写是很糟糕的。在他所写的这些庄园里——

> 房子是歪歪斜斜的二层楼，
>
> 这里既是禾捆干燥房又是牲畜栏。

而地主本身就更奇怪了，他们竟然"为一件新的腰部带褶的男式外衣而感到自豪"。在暴虐方面，在"治家格言"方面，他们则不亚于任何一个守旧的季特·季狄奇：在他们面前，他们的女儿们好像不敢犟一句嘴；他们强迫女儿嫁给她们不爱的令人嫌恶的人，因此她们想"成为人鱼"，也就是想投入什么江河或池塘里自杀。就在不久前，一位著名的苏联诗人描写了一个猎人，此人"沿着草根土路"走进林子里，并"在猎袋里带着一只金色狐狸"。如果袋子里带的是一条狗，这倒还近乎情理。

顺便说一说，为什么斯坦尼斯拉夫斯基和涅米罗维奇要把自己的剧院称为"艺术剧院"——好像是要有别于一切其他剧院？难道艺术性不是所有剧院（就像所有艺术一样）都应该具备的吗？难道过去和现在每一个剧院里的每一个演员都不想成为艺术家吗？难道以前在俄罗斯和所有其他国家的剧院里艺术家还少吗？

现在艺术剧院已被称为高尔基艺术剧院。其实，这个剧院首先而且更多的是因契诃夫而获得光荣的——要知道，甚至直到今天，《海鸥》还在这个剧院里上演。可是，瞧，它却被命令以浅陋的、完全虚伪的《底层》的作者高尔基的名字命名。斯坦尼斯拉夫斯基和涅米罗维奇则恭顺地接受了这道命令，尽管涅米罗维奇曾经郑重地、当众地、全俄罗斯都能听见地告诉过契诃夫："安东，这是你的剧院。"瞧，我面前有一本 1947 年出版的书——《同时代人回忆契诃夫》。在这些回忆录中也有玛·巴·契诃娃[1]的回忆录。顺便提一下她下面这样几句话："在安东·契诃夫的周围有科学家、艺术家、文学家和政治家，如阿列克谢·马克西莫维奇·高尔基、列·尼·托尔斯泰、弗·柯罗连科、库普林、列维坦，这些人都来过这里……"在契诃夫的晚年，我不仅常常坐车到雅尔塔去见他，每天都到他家去，有时还整个礼拜住在他家里。我和玛·巴·契诃娃的关系就像兄弟姐妹一样。但是现在她已经是年迈老人，甚至也不敢提及我了；她胆怯地用全称称呼"阿列克谢·马克西莫维奇·高尔基和维亚切斯拉夫·米哈伊洛维奇·莫洛托夫"；她卑躬屈膝地说道："维亚切斯拉夫·米哈伊洛维奇·莫洛托夫 1936 年在给我的信里写道：'安·巴·契诃夫的故居使人记起我国享有荣誉的作家，应该有许多人来参观它。——契诃夫的敬仰者维·莫洛托夫。'显然，这不仅表达了他自己的，而且也表达了全苏联知识界的意见。"多么聪明而厚意的话语啊！

1　玛利娅·巴甫洛芙娜·契诃娃（1863—1957），契诃夫的妹妹，契诃夫博物馆的馆长。

"高尔基艺术剧院"，有什么呢！沧海一粟而已。被改名为苏联的整个俄罗斯都恭顺地赞同了对俄罗斯历史生活的最无耻最愚蠢的凌辱：彼得格勒被改为列宁格勒，古老的下新城变成了高尔基城，特维尔王室大公的古都改成了加里宁市，成了一个最微不足道的印刷厂排字工加里宁的城市，而柯尼斯堡改成了加里宁格勒，而对这样的事，甚至所有俄罗斯的侨民都表现出非常冷漠的态度，不认为它有任何意义。再一个例子，那个卷头发的酒鬼的一首录事式的伤感抒情诗《在手风琴的伴奏下》却使侨民着了迷。关于这个酒鬼，勃洛克非常中肯地说过："叶赛宁有庸俗下流和亵渎神明的才能。"他当时曾应许把基捷日[1]改名为某某"伊诺尼亚[2]"，大喊大叫，砸碎了手风琴：

> 我憎恨基捷日的气息，
> 我许诺给你们伊诺尼亚！
> 我把上帝的胡子扯下，
> 我他妈的为他做弥撒！
> 我不是那种蠢人，
> 尽管我有时糊涂烂醉，
> 但是在我的眼里，
> 闪烁着豁然省悟的奇辉。

1　在传说中，基捷日是拔都入侵俄罗斯时隐没在水底下的一座城市。
2　意为农民的天国、乐土。

我目睹一切，明白而且清醒：

新的纪元——非同小可；

列宁的名字，像劲风，

呼啸在世界各地！

　　为什么俄国侨民仍然宽恕他呢？因为，要知道，他是一个骁勇的人，因为他经常佯装号啕大哭，为自己的苦命而痛哭，尽管这已不是什么新鲜事，有哪一个从敖德萨港口来到萨哈林岛的"小男孩"不是带着最大的自我陶醉而哭泣的呢？

我把亲娘宰了，

我把亲爹杀了，

我使自己的妹妹，

失去了贞操……

　　俄国侨民宽恕他还因为，他是一个"天生的才子"，尽管俄国类似的"天生的才子"已经有很多了，正如唐·阿米纳多曾经写道：

这些"天生的才子"使人极端厌恶，

脱离犁耙，脱离土地，脱离农事；

这件斜领衬衣和白酒已使他满足，

加上几首歪诗和酒后的头痛！

要成为诗人，

其实要求并不过分：

给上帝老爷

送上一些贵重物品；

投其所好，

胡乱地写点东西，

再理一理褐色的卷发，

为柔情痛哭一阵……

　　叶赛宁在诗歌舞台上的最初几步是众所周知的。他的同时代人，诗人格·维·阿达莫维奇对他很熟悉，最准确地谈及了他早期的情况："叶赛宁出现在彼得堡是在第一次世界大战时期，当时的文艺界对他持一种奇怪的讥讽态度。他穿着一双毡靴，一件浅蓝色的丝织衬衣，系一条腰带，黄色的头发剪成围圈垂发式，眼睛朝下看。他谦逊平和地说：'我们哪能呀，我们是乡下佬！'而在这个面具后面——却是疯狂的个人名利主义，贪得无厌的自尊心，随时可以变得粗鲁的举动。索洛古勃对他的评语实在不能在刊物上重复，库兹明直皱眉头，古米廖夫则耸耸肩膀，吉皮乌斯用手持眼镜瞅了一眼他的毡靴，问道：'您这穿的是什么护腿套？'所有这一切迫使叶赛宁迁移到了莫斯科。在莫斯科，他很快就成了受欢迎的人，加入了'意象派'。后来便开始了他的种种丑剧、闹剧：'上帝，生小牛吧！'夸大狂大发作。他带伊莎朵拉·邓肯到欧洲和美国去巡回演出，疯狂地毒打她；回到俄罗斯，新的婚姻，新的丑剧，酗酒——和自杀……"

叶赛宁的自白也非常精确。应如何获得社会地位——在这一点上他教导过自己的朋友马利恩戈弗。论诡计，马利恩戈弗并不亚于叶赛宁，这是一个最大的恶棍。有一次他写了关于圣母的几行诗。不能想象有比这更丑恶的了。在丑恶性方面唯有巴比尔有一次写的圣母才能与它相提并论。不过叶赛宁终归还是教导过他：

"托里亚，就是说，并不是毫不思索地一脚踏进文学界，这里要从事最微妙的政治。你瞧——别雷：头发都白了，并且谢顶了，可在自己的厨娘面前走起路来却还是充满灵感。装作傻瓜就更无妨了：我们这里非常喜欢小傻瓜。你知道我是怎样进入现代派诗坛的吗？我是穿着腰部带褶的外衣，缝得像块面巾一样的衬衣和像手风琴一样的皮靴筒进入诗坛的。大家都拿手持眼镜看着我——'啊哈，多么出众！啊哈，多么独特！'——而我，则时而像小姑娘一样，脸红起来，由于害臊，对谁也不看一眼。后来他们把我领到沙龙里，我则给他们唱下流的流行歌谣，在手风琴的伴奏下唱得十分起劲……当时克柳耶夫也是这样：他装扮成油漆匠的样子，从后门走到戈罗杰茨基跟前，对他说：有什么东西要油漆的吗？——就让厨娘去朗诵诗吧！厨娘却立即去找主人，主人便叫诗人—油漆匠到房间里去，可诗人固执地说：我还能到什么房间里去呢，我已把主人的安乐椅弄得很脏了，打过蜡的地板也留下许多污迹……主人请他坐下来——克柳耶夫仍然装模作样，犹豫不决地说：不，不，我们就站一会儿吧……"

他过去的朋友罗吉昂·别廖佐夫有一段回忆（刊登在纽约的《新俄罗斯言论》上）也很有意思。别廖佐夫非常感动地写到叶赛宁：

"你还记得吗，谢廖沙，"他的一个同龄人，同村的青年（他就出生在那里，他时也回村里去）问叶赛宁，"你还记得吗？我和你曾在一起拉过网，那里的金鱼多得不得了？记得晚上烤的马铃薯吗？"

叶赛宁回答说：

"全都记得，老兄。在纽约曾经为我举办过的宴会，我忘记了，而我们家乡经历的事，我却没有忘……"

不过，根据别廖佐夫的说法，衬衣他只穿绸子的，领带和皮鞋要最好的，可是在大庭广众中诵读自己的诗歌时，他还是作为"完全是自己的小伙子"的姿态出现，摇晃着卷发的脑袋，在诗歌结尾时轻轻地呼叫一声，当然也并非无意地提示一下，他是个爱闹事的人，是无赖汉，"骁勇的露西"：

> 蓝色的火焰升腾了，
> 远方的家乡已淡忘，
> 我头一次歌颂爱情，
> 我头一次抛弃胡闹。

这里有什么值得赞扬的呢？这是骗子的抒情诗，这个骗子早已把自己的无赖行为变成了有利可图的职业，变成了自己永恒的吹嘘，就像他自己的许多其他品格一样。

> 蓝色的五月，红霞的温煦，
> 篱笆的铃环不再响叮叮，
> 苦艾散发出黏糊糊的气味，
> 稠李酣睡了，白斗篷披在身……

事情发生在五月的花园里，可哪里来的苦艾呢？又如大家知道的，它的气味是又干又辣的，全然不是什么黏糊糊的。如果真是黏糊糊的话，那就不可能"散发"了。

接下去，却不顾酣睡着的稠李：

> 花园在燃烧，像烈火燃炽，
> 月亮使足了全身力气，
> 喊出心酸的字眼"亲爱的"，
> 要让人人都为之战栗……

月亮的心愿是可以理解的——无怪乎巴尔蒙特曾经断言，甚至"每一条蜥蜴也在寻找心酸的感受"。然而哪儿来的这种红霞的温煦，像烈火燃烧的花园和如此疯狂的月亮呢？而这一切是这样结束的：

> 只是在这种平静里，
> 在欢快的五月的琴声下，

我不能没有任何希冀，

无限地接受所有的一切……

这里的五月已成了欢快的五月，甚至是有琴声的五月了。这也没有什么了不得的——大家都在赞赏……

别廖佐夫说，他很喜欢歌曲："我经常在《红色处女地》杂志编辑部碰见他。他随时随地都能听人唱歌。有这么一个场面：叶赛宁戴着圆顶礼帽，穿着时髦的春秋两用的格拉兰牌大衣和上过漆的低帮鞋，左手拿着手杖，支在书柜上，聆听着，我们则在唱……"别廖佐夫还描绘过叶赛宁生活和"创作"的其他一些景象（叶赛宁也扮演过一些无赖汉以外的角色）：

"叶赛宁住在勃留索夫街一所大房子八楼，打开房间的窗户，可以看到克里姆林宫的风景。这是加丽娅·别尼斯拉夫斯卡娅的房间（她后来成了他的妻子），装饰着令人舒心的、亮丽的壁纸和精雅的版画。写字台上很整洁，房间的中央是饭桌，上面铺着黑色台布，高脚盘里盛着水果。在卧榻靠墙的一面放着一对漂亮的枕头。在另一张床上，铺着撒马尔罕的罩单……星期天，叶赛宁写作，加丽娅不想妨碍他，一清早就到野外去，独自一个人在田野里和森林里逛游，想象着这个时刻从他的笔下正流泻出一行行充满热情的诗。我们坐在餐桌旁边，叶赛宁向我们讲述他的美国之行，讲述他在大洋彼岸所感受到的令人难受的烦恼，讲述他回到祖国土地上，看到那些受风摆弄的挺拔的白桦树时所流下的眼泪。

瞧，他走进走廊，上楼，小声吩咐：'格鲁沙，您去买束花，要买最漂亮的。'我知道，每当叶赛宁心血来潮灵感到来的时候，他就一身节日打扮，像做弥撒似的，并在写字台上放上一瓶鲜花。他整个地被创作诗歌的激情控制了。我们要离开的时候，格鲁沙正拿着花迎面走来，而这时加丽娅·别尼斯拉夫斯卡娅还独自在城外游逛，向着苍天，向着鲜花，向着浅蓝色的湖泊和小树林，为谢尔盖上帝的奴隶，也为他的充满灵感的创作而祈祷……"

我读到这一切时感到一阵恶心。不，还不如马雅可夫斯基！马雅可夫斯基在讲述他的美国之行时，干脆"狠批"了美国一顿，而不是说什么对大洋彼岸的"令人难受的烦恼"，和看到白桦树时的眼泪一类的下流话。

当时还有弗拉基米尔·霍达谢维奇论述叶赛宁的文章，刊登在《现代纪事》上。霍达谢维奇在这篇文章中说，在叶赛宁迷惑女郎的许多其他办法中还有这样一种：他建议被他瞄准的女郎去看契卡枪毙人的场面。他说：我很容易为你安排这件事。霍达谢维奇说过，契卡当局袒护围绕在叶赛宁周围的一群恶棍，因为这些人作为俄罗斯文学中混乱和丑事的招引者，对他们有好处……

我从 80 年代末开始发表作品。几年之后出现的所谓颓废派和象征派断言：这些年来俄罗斯文学"走进了死胡同"，变得凋萎了，除了记录式地描写现实的现实主义之外，就什么也没有了……但是,《卡拉玛佐夫兄弟》[1]《克拉拉·米里奇》和《爱的凯歌》[2]才出版了多久呢？而那个时候出版的费特的《晚上的火光》和维·索洛维约夫的诗歌真是那么现实主义吗？可以把这一时期出版的列斯科夫的优秀作品称为灰色平庸的作品吗？关于托尔斯泰,关于他的令人惊叹的、不可比拟的"民间"故事,他的《伊万·伊里奇之死》《克莱采奏鸣曲》就更不用说了。还有,就其精神和形式而言——正好在这个时期涌现的迦尔询和契诃夫难道就不是新的吗？

我是 90 年代中期进入文学界的。可惜这时我已碰不见费特,也碰不见波隆斯基和迦尔询了。迦尔询此人形象美好,又有才能,他若不是自杀身亡的话,无疑会得到发展的。这样,他就会被列入最大的俄罗斯作家的行列中。不过,我不仅遇上了托尔斯泰,还遇上了契诃夫。我也遇上了埃特尔,他亦是一个非常好的人,并且是《加尔德宁一家》的作者。这部作品将永远留存在俄罗斯文学中。我遇上了柯罗连科,他写出了奇美的《马卡尔的梦》。我遇上了格里戈罗维奇——是一次在苏沃林书店里看见了他：当时他像一个神话中的人物出现在我面前。我遇见了热姆丘日尼科夫,他是《科兹马·普鲁特科夫》的作者之一,我经常去看他,他也称我是自己的青年朋友……但是,在那些年代,俄罗斯已完全处于民粹派同马克思主义者残酷斗争的

1　《卡拉玛佐夫兄弟》（1880）是陀思妥耶夫斯基的长篇小说。

2　《克拉拉·米里奇》（1883）和《爱的凯歌》（1881）均为屠格涅夫的小说。

紧张时刻。就是在这个时期，高尔基在文学中，在文学的一个营垒里登基了。他巧妙地支持了他们对流浪汉的希冀。他发表了《切尔卡什》和《伊则吉尔老婆子》，后者中的某某丹柯是"为自由和光明未来而斗争的燃起熊熊火焰的斗士"——须知，这样的斗士永远是发热放光的；他从自己的胸膛掏出燃烧着的心，为的是要吸引人类向前面的什么地方奔去，并用这颗燃烧着的心作为火炬，驱散反动的黑暗。而在另一个营垒里，已经成名的则有梅列日科夫斯基、吉皮乌斯、巴尔蒙特、勃留索夫、索洛古勃等。这个时期纳德松在全俄罗斯的名望已经结束了。纳德松的朋友明斯基不久前还召唤过革命的暴风雨：

让暴风雨也降临在我的住所吧！
让我甚至第一个成为雷声的食粮吧！

明斯基并没有成为雷声的食粮，现在他已按照上述那些人的调子重新调整了自己的琴弦。而这之后不久，我也结识了巴尔蒙特、勃留索夫和索洛古勃，当时他们都是法国颓废派，如魏尔伦、普日贝舍夫斯基、易卜生、汉姆生、梅特林克等人的热烈崇拜者，不过他们对无产阶级却是完全不感兴趣的。他们中的许多人，照明斯基那种调子唱起来，那已是很晚的事了：

全世界无产者，联合起来！

我们的力量，我们的意志，我们的政权！

像巴尔蒙特，像勃留索夫，过去需要的时候是颓废派，后来是保皇派、斯拉夫派，在第一次世界大战期间是爱国派，而在结束自己的事业时却狂热地哀号：

不幸，不幸，列宁逝世了！
瞧，他躺着、冷却、腐烂了！

我同勃留索夫认识不久，他带着嗡嗡的鼻音给我念了一首非常糟糕的胡说八道的诗：

啊，哭泣吧，
啊，哭泣吧，
直到流出快乐的眼泪！
在高高的桅杆上，
隐约地出现了水兵！

他还吠叫过另一首十分令人惊讶的关于月出的诗。大家知道，月亮又称作卫星[1]。

月亮升起来，赤裸裸的

---

1 在俄语里 **месяц** 和 **луна** 都是月亮，而 **луна** 的另一个含义是卫星。

在浅蓝色的卫星附近！

后来他倒写得让人容易理解多了，一连几年他勇往直前地发挥了自己的诗歌才华，在作诗中获得了巨大的技巧和多样化的尝试，虽然常常也有失败。当时他文笔粗糙、笨拙，而且尽写一些下流东西：

壁龛是嵌进去的，

黑暗在震颤，

你向后仰着，

于是咱们俩……

除此之外，他经常很高傲（不亚于科兹马·普鲁特科夫），硬充恶魔、魔术家、无情的"教师"和"舵手"……后来便无可救药地变得衰弱了，疯狂地臆造非同寻常的韵脚，变成了十足的令人发笑的蹩脚诗人：

在早已享有荣誉的库克[1]年代，

你击碎了两桅方帆船的肋骨，

为了认出你，他们主要的——和

不可重复的经验是……

1　库克（1728—1779），英国航海家，领导了三次环球考察，发现了太平洋中许多岛屿。

至于巴尔蒙特，他的花腔怪调有一回甚至激怒了吉皮乌斯。这是在诗人斯卢切夫斯基家里一次文学"星期五"的集会上我亲眼看见的。当时聚集了许多人。巴尔蒙特感到心情特别爽快，朗读自己第一首诗时过于陶醉，甚至舔起嘴唇来：

　　　毛茛、铃兰、亲热的抚爱……

然后朗读第二首诗，时断时续，清清楚楚：

　　　岸、暴风雨，没有魔力的
　　　黑色的独木舟，拍打着海岸……

吉皮乌斯一直好像没精打采地用单目眼镜打量着他。朗读结束了，当大家都静默下来时，她慢条斯理地说："第一首诗很下流，第二首诗不明白。"

巴尔蒙特红着脸说：

"我藐视您的无礼，但我希望知道，您究竟哪一点不明白呢？"

"我不明白的是，这独木舟是什么，为什么它与这酒杯无缘？又是什么样的缘？"吉皮乌斯一字一顿地说。

巴尔蒙特变得像一条眼镜蛇一样：

"如果要求诗人解释自己诗歌意象的人是个小市民，他可以不见怪，但是，当那个向诗人没完没了地提出问题的人也是诗人时，他就无法克制自己的愤怒了。您不明白吗？可是我不能为了让您能明白，把自己的脑袋也搭给您吧！"

"我非常高兴您不能这样做，"吉皮乌斯回答说，"对于我来说，有您的脑袋才是真正的不幸……"

总之，巴尔蒙特是一个很奇怪的人。他常常以自己的"稚气"、出人意料的天真的玩笑令许多人惊叹，但又总是带有一种魔鬼般的狡黠；这个人在秉性上有不少虚假的柔情和语言上的"甜言蜜语"，但也有不少是完全不同的东西——粗野的胡闹、野兽般的斗殴、市井小人的鲁莽举动。这是一个整个一生都由于妄自尊大而把自己弄得真正筋疲力尽的人，一个自我陶醉的人。他自信到如此地步，有一回极其天真地发表了一个短篇故事，写他如何在托尔斯泰家里，如何给托尔斯泰朗读自己的诗歌，托尔斯泰又如何坐在摇椅上笑得死去活来。巴尔蒙特却丝毫不为这种笑感到难为情，而是这样地结束自己的故事：

"老头子滑头地佯装不喜欢我的诗！"

他还带着非常罕见的天真讲过不少其他故事。例如，他讲述了他拜访梅特林克的事：

"艺术剧院准备上演《青鸟》并请求刚好来到国外的我顺便去看看梅特林克，问他对上演自己的作品有什么想法。我高兴地同意了。但是我在梅特林克那里等到的却是某种十分奇怪的东西：第一，我按他住所的门铃几乎整整按了一小时；第二，最后终于有人来了，给我开门的却是一个泼妇，又是一道特别的门槛；第三，当我终于越过了这一障碍时，在我面前却出现了这样一种情景：一个空房间，中间只放着一把椅子，椅子旁边站着梅特林克，而椅子上却坐着一只肥大的狗。我行了鞠躬礼，报了自己的姓名。我深信我的名字对主人来说不会是默默无闻的。但是，梅特林克却沉默着，默默地看着我，而可恶的狗却开始发威作唔吠声了。我非常想把这个怪物从椅子上扔到地下去，并申斥主人的无礼行径。不过我克制了自己的愤怒，陈述了我来拜访的原因。梅特林克还是和原先那样沉默着，狗也开始气急败坏地吼起来。'劳驾'，我当时毫不客气地说，'请您赏光告诉我，对于上演您的大作您有何想法？'于是他终于张开了嘴：'我根本什么也没有想。再见。'我以弹头似的神速和暴怒的魔鬼似的疯狂从他那里跑出来了。"

他也讲了他在好望角的一次奇遇：

"当我们的海船（巴尔蒙特从来不会说'轮船'）在港埠抛锚的时候，我们就来到了陆地（这里巴尔蒙特仍旧不会简单地说他出了城）。我看见了兽皮帐篷式小屋[1]的生活方式；我朝屋里打量了一下，看见里面有一个老太婆，不过她的老态和丑陋仍然具有迷惑力，我立刻就有一种接近她的思想，不过大概是因为我虽然掌握了世界上的许多种语言，却没有掌握'祖鲁语'[2]，那个老妖婆拿起粗手杖向我扑过来，我便只好逃命了……"

---

1 北美印第安人居住的小屋。
2 南非民族的祖鲁语言。

"我掌握了世界上的许多语言……"这样无耻地撒谎吹嘘自己的语言知识的人不只巴尔蒙特一人，勃留索夫也曾撒谎。当然，这是以勃留索夫本人的自我吹嘘为依据的。某某米亚斯尼科夫在1954年莫斯科出版的一本书（《勃留索夫的诗歌》）中写道："勃留索夫熟练地掌握了法语和拉丁语，不用字典可以自由地阅读西班牙文、瑞典文；他还有下列各种语言的知识：梵文、波兰语、捷克语、保加利亚语、塞尔维亚语、古犹太语、古埃及语、阿拉伯语、古波斯语和日语……"他的蝎子出版社的战友波利亚科夫也不落后于他。他的同事谢苗诺夫不久前在《俄罗斯思想》报上说，这个波利亚科夫"懂得所有的欧洲语言和差不多一打的东方语言……"真不得了，所有的欧洲语言和差不多一打的东方语言！至于巴尔蒙特，他所谓的"掌握了世界上的许多语言"，那是掌握得很差劲的，甚至最简单的法语会话也很困难。有一回，在侨居巴黎时，他在我的家里遇见了我的文化代理人——美国人布拉德莱。当布拉德莱用英语跟他交谈时，他却涨红了脸，脑子糊涂了，改说法语，可是法语也一塌糊涂，出了种种大错误……他究竟是如何从各种不同的语言，甚至从格鲁吉亚和亚美尼亚语翻译那么多东西的呢？八成经常是一字对一字地译出来的。至于他自己的风格就不用说了。例如，雪莱的十四行诗，其第一行是很简单的："在荒漠上，在沙土上躺着一尊大雕像。"——雪莱总共就说了这几个字。而巴尔蒙特是怎么译的呢？"在那迦人的沙土上，永恒守护着荒漠的静寂……"

至于对"祖鲁语"（简单地说是祖鲁人的语言）的无知和由这种无知引起的可悲的后果，只能说这种可悲的后果在巴尔蒙特说那些多少懂得一点的其他语言的时候也同样是很多的，只不过在这里巴尔蒙特对惊叫的癖好也起了作用。我知道，由于这种癖好，伦敦的警察不止一次把他打得头破血流。有一次是夜里，在巴黎也挨了警察的揍，因为他跟一位女郎走在两个警察的后面，并向女郎疯狂地叫喊，重音落在"你们的"这个词上。（你们的狡猾的目光，你们的阴险的头脑！）结果警察断定，他这是在用巴黎的小偷和流氓的黑话骂他们：这里的"你们的"一词在俄语中是"ваш"，法语的译音是"vache"，即"母牛"的意思。这个词是对警察的一种非常带侮辱性的诨号，它比俄语侮辱警察的话——"警察狗子"——更厉害。有一回，我和巴尔蒙特碰到这样一件事：那是在夏天，我和他一起到敖德萨郊区去做客，在海岸上一个德国新村里，当时我们是三个人——他、作家费多罗夫和我——去洗澡。我们都脱了衣服，正准备下到水里去，不幸费多罗夫的弟弟这时从水里钻了出来并上了岸（他是一个强壮的农民，敖德萨码头的流浪汉，一个终身的囚犯）。巴尔蒙特看见他后，不知为什么陷入了悲剧式的狂怒，向他扑了过去，演戏似的叫喊起来："野人，我要跟你决斗！"野人则懒洋洋地用晦暗的眼睛打量了他一番，蹲下来，两只可怕的爪子把他举起，用力扔到岸边多刺的灌木丛里去。巴尔蒙特从那儿爬起来时，全身都是血淋淋的……

总之，他是一个奇怪的人，是整个一生都没有说过一句简朴的话的人，甚至在诗歌里也把自己情人的秘密的迷人身体非常下流地称之为"令人神往的岩洞"的人。

还有：虽然如此，他却仍然是一个相当谨慎的人。他为了讨好勃留索夫，曾经在勃留索夫的杂志《天秤》上把我称为只会潺潺作响的"小溪"。更晚一些，当时代已经变化了的时候，他对我突然宽厚起来了。他读完我的短篇小说《来自旧金山的先生》之后说：

"蒲宁，你有一种船舶的感情！"

再晚一些，在我获得诺贝尔奖的日子里，在巴黎的一次会议上，他已不把我比作小溪，而比作狮子了。他念了一首祝贺我的十四行诗（当然诗中也没有忘记自己）。诗的开头是这样的：

我是老虎，你——是狮子！

他在政治上也是谨慎的。

1930 年莫斯科出版了《文学百科辞典》。下面就是这部辞典第一卷里关于他的条目：

"巴尔蒙特是俄国象征派的领袖之一……中学毕业后他进入莫斯科大学，后由于参加了学生运动而被开除。不过他对社会活动的兴趣很快就让位给了唯美主义和个人主义。1905 年有过一次短期的革命情绪的复现，后来他在巴黎出版了革命诗歌选集《复仇者之歌》，于是巴尔蒙特便成了政治流亡者。沙皇下诏书后，巴尔蒙特于 1913 年回到俄罗斯。在帝国主义战争中他采取沙文主义的态度。不过 1920 年他在人民教育委员会的杂志上发表了《预料中的事》一诗，热烈欢迎十月革命。后来趁着为苏联政府到国外出差的机会，他又转投白军侨民阵营。他从崇拜雪莱和调和的泛神论改为信奉波德莱尔的反常的恶魔主义，正如勃留索夫说的，'他希望成为激情的和罪行的歌者'。在十四行诗《畸形的人》中，他赞美了'歪扭的仙人掌，天仙子[1]的幼芽，蛇妖，蜥蜴，受歧视的种族，瘟疫，麻风，黑暗，凶杀和灾祸，蛾摩拉和所多玛[2]'，热情地把尼禄当作'兄弟'来欢迎……"

我不知道《预料中的事》是什么诗，不过我知道用来欢迎 1905 年的一些东西，例如《新生活报》上登载了这么几行：

谁不相信有觉悟的勇敢的工人们的胜利，他就是可耻的人，他就是骗子，他就是在玩两面派的把戏！

看来他已经走到尽头了。为什么是"可耻的人"，为什么是"骗子"，又是什么样的"两面派把戏"？但是，这不过是初开的几朵小花，而在《复仇者之歌》里则已经结果了，它简直是一种无花果：在一首题名为《致俄罗斯军官》的诗里（根据 1905 年末莫斯科起义失败的事件而写的），可以读到下面的诗句：

---

1 天仙子是一种毒性草。
2 蛾摩拉和所多玛是由于作恶而被上帝毁掉的城市。见《旧约全书》。

粗野的士兵！你还不清楚，

你究竟在做谁的走狗？

你与卑鄙的人、可耻的人、恶棍同流合污！

噢，已不是一时一刻！——

我看见你以前精神抖擞，美好自由。

而现在你却如此低劣鄙陋！

就像落入了荒野，掉进了泥淖！

你是生蛆的棺材里的——死尸！

你的破烂的军服沾满了血污，

你的灵魂滚进了黑暗的深渊。

你罪该万死，诅咒你的整个世界。

你是魔鬼雇用的杀人凶手！

不过，这还不够，下面是关于沙皇的《歌》：

我们的沙皇——瞎眼的残废，

牢房加鞭子，审讯加枪毙，

沙皇——就该上绞刑……

沙皇是懦夫，老在嗫嗫嚅嚅，

但是报应的时刻就要来临，

你这个微不足道的人，

如今是一只肮脏的野兽！

沙皇由于嘴唇过大而下垂，话都说不清……

啊，卑鄙至极！腐败，脓包发臭，

脓疮已经肿胀，就得动手术。

同志们更紧密地团结起来，为了战斗，

抓住这只带刺的刺猬！

我们的沙皇何其奸诈，拖着狐狸尾巴，

文质彬彬，却有一张狼的大嘴巴。

他向人们要求和平，

暗地里却掠夺整个世界，

掠夺、亵渎上帝、蜷缩着身子、撒谎，

像狼崽子那样，可怜地哀号！

你是恶老头，侏儒，喝污水和血的醉鬼，

你应该被枪毙！

这一切都是 1907 年在巴黎发表的。莫斯科起义被粉碎后，巴尔蒙特就逃到了巴黎。这也丝毫没有妨碍他完好安全地回到俄罗斯。阿·格尔日宾在起义前就已开始在彼得堡发行了带插图的讽刺杂志，它的第一期封面上用了一整页画着一个人的光屁股，下面则是一顶皇冠。

可是格尔日宾却哪里也没有逃，而且谁也没有碰他一个手指头……高尔基先是跑到美国，后来到了意大利……

柯罗连科这个高尚的灵魂在幻想革命时，记起一首不知是谁的亲切的诗：

雄鸡在神圣的罗斯歌唱——

神圣的罗斯很快就将是白天！

在各种各样的感奋中都惯于撒谎的安德烈耶夫，曾对魏列萨耶夫谈到过革命：

"我有点儿害怕立宪民主党人，因为他们不该有未来的领导权。他们与其说是生活的建设者，毋宁说是完善的监狱的建造者。要么是革命和社会主义获得胜利，要么是立宪制的发酵的酸白菜获得胜利。如果是革命胜利了，那么这将是某种难以想象的、快乐的、伟大的、前所未有的事情，不仅有新的俄罗斯，而且还有新的国家！"

"他还说话的时候，又有人来说，你的儿女正在他们长兄的家里吃饭喝酒。不料，有狂风从旷野刮来，击打房屋的四角，房屋倒塌在少年人身上，他们就都死了。唯有我一人逃脱，来报信给你……"[1]

"某种难以想象的快乐的东西"终于来了。不过关于这一点甚至连叶·德·库斯科娃有一次也说漏了嘴：

"俄国革命是动物式地完成的。"

这话还是在 1922 年说的，而且说得不十分公平：在动物世界里从未有过像在人类世界里的这种毫无意义的暴行——暴行中的暴行，特别是在革命时期。野兽、爬虫的行为向来是理性的，带有实际的目的：爬虫吞食别的野兽只是因为它要维持生命，或者是对方有碍于它的生存时，才干脆把对方消灭，而且也仅以这一点就满足了，而不会像人那样津津乐道于杀人的行为，陶醉于杀人行为"本身"，去侮辱、

---

1 出自《圣经·旧约全书·约伯记》。

去嘲弄自己的受害者，特别是当他知道自己不会受到制裁的时候；有时这种行为甚至被认为是"神圣的义愤"，英勇行为，并受到奖赏：授予权力，给予生活福利。在动物世界里却没有这种对过去的野兽般的侮辱、亵渎和破坏，没有"光明的未来"，没有地球上的普世幸福的职业组织者，也不会为了追求这种"幸福"，让职业杀人犯、刽子手的百万大军在真正魔鬼式的艺术的帮助下，将神话般的杀人行为不间断地延续整整几十年。

90年代末，"一股来自荒漠的大风"虽然还没有吹来，却已经可以预感到了。它对俄罗斯那个不知为什么突然要来替换旧文学的"新"文学来说是致命的。这一新文学的新人当时已经进入了它的前列，而且很奇怪，他们丝毫不像原先的、就在不久前还是（如当时大家所说的）"心灵和感情的主宰者"的那些人。有一些原先的人虽然也管着事，但他们的追随者的人数已经越来越少了，而新人的声望却越来越高。显然，阿基姆·沃伦斯基当时就不无理由地宣告："世界上新的脑力线产生了！"而且在最前列的几乎都是那些新人，从高尔基至索洛古勃，天生就是有才华的人，具有天生的罕见的能量，巨大的力量，巨大的禀赋。但是对于已经逼近"荒漠之风"的那些日子来说，一个非常重要的情况是：当时差不多所有革新者的力量和才能的素质都相当低，带有先天的缺陷，混杂着鄙俗的、虚假的、思辨的东西，迎合市井的东西，无耻地贪求声望，争吵胡闹……

稍晚，阿·托尔斯泰对这一切做过这样的鉴定："现在的新作家们的粗鲁和愚蠢是令人惊讶的！"

这个时代是文学中风尚、荣誉、良心、审美力、智慧、分寸感、手段……急剧败坏的时代。当时罗赞诺夫有一次十分恰当地（自豪地）声称："文学是我的裤子，我愿意，我就把它穿上……"嗣后，勃洛克在自己的日记中写道：

"勃留索夫对装腔作势、演戏、做低级动作……仍不感到厌烦。"

"梅列日科夫斯基——是鞭挞派的……"

"维切斯拉夫·伊万诺夫的文章令人憋气而难受……"

"所有最亲近的人都濒临疯狂状态，都有病，不健全……我疲倦了……病了……晚上喝醉了……列米佐夫、格尔申森——全都有病……现代主义者只是空隙周围的涡纹……"

"试图预测罗斯将来会怎样的戈罗杰茨基……"

"叶赛宁有庸俗和亵渎行为的才能。"

"别雷没有长大成熟，却充满激情；他没有谈及任何生活，一切都不是来自生活……"

"阿列克赛·托尔斯泰的一切都被流氓行为破坏了，缺乏艺术分寸。现在他会想，生活是由种种技术组成的，将是不结果的无花果……"

"画展预展，《野狗》……"

稍晚，勃洛克谈到了革命，如1917年5月：

"旧俄罗斯政权是靠非常深厚的俄罗斯生活的固有特性支撑着的，这种特性储存在大多数俄罗斯人民之中，其数量比我国革命者通常所想的要大得多……人民不能立即成为革命者，对他们来说，旧政权的倾覆会觉得是一件意外的'怪事'。革命要以人民的意愿为前提。有这种意愿了吗？从一小群人方面……"

同年七月他又谈到这个问题：

"德国人的金钱和宣传是巨大的……夜晚，外面有人吵吵嚷嚷，哈哈大笑……"

过了不久，正如大家知道的，他就得了某种精神病，但这丝毫也不能削弱他以前关于革命所说的话的正确性。我引用他的关于革命的见解不是出于政治目的，而是为了说出，从90年代开始的俄国文学中的那场"革命"，也是某种"意外的怪事"，而且在这场文学革命中也是从一开始就有了那种流氓行为，那种"缺乏分寸"和勃洛克枉然地加给阿列克赛·托尔斯泰一人的那种伎俩，确实也有"空隙周围的涡纹"。当时勃洛克本人对这些"涡纹"也有过失，那是什么样的涡纹啊！安德烈·别雷称勃留索夫是"裹在太阳中的女人的神秘侠客"，每个词的首字母都是大写。而勃洛克本人在别雷之前，即1904年，就把自己的诗集用下面的题词送给了勃留索夫：

赠给俄罗斯诗歌的立法者，
黑色斗篷里的舵手，
指路的绿色星星——

其实，这个"舵手"，"绿色星星"，这个"裹在太阳中的女人的神秘侠客"，不过是一个卖木塞子的莫斯科小商人的儿子，他住在林荫道上父亲的房子里，这房子也是真正土里土气的三等商人的房子，一扇大门老是锁着，只开一个便门，院子里有一条狗，用链子锁着。我认识勃留索夫时，他还是个大学生。我看见的这个年轻人有一双黑眼睛，颧骨高耸，一张相当敦实的、像市场上买卖人那样吝啬的面孔，但是，这个市场上的买卖人说起话来却非常讲究，辞藻过分华丽，带一种断断续续的鼻音很重的清晰声音，就像在其笛形的鼻子里发出吠叫声，而且老是用教训人的口吻说劝喻的话，不让你有异议。他说的话全都是极其革命的（在艺术方面）。他高声喊道：唯有新艺术万岁！打倒一切旧艺术！他甚至建议把旧书籍全部扔进火里烧掉，"就像奥马尔焚烧亚历山大图书馆那样！"但是，与此同时，这位"胆大妄为者、破坏者"对一切新艺术也有其最残酷的不可动摇的条规指示，只要对上述要求稍有违反者，看来他也准备放到火堆里烧掉。他的整洁，他那低矮的夹层房间里的整洁也是令人惊讶的。

"神秘的侠客、舵手、绿色星星……"所有这些侠客、舵手的书名在当时也同样令人惊讶：《雪的假面具》《风雪高脚杯》《蛇花》……此外，当时这些书名也必须安排在封面的左上角。我还记得，有一回契诃夫看了这种封面，突然哈哈大笑起来，并且说：

"这是给斜眼人看的！"

我在我关于契诃夫的回忆录中谈过一些他对"颓废派"、

对高尔基和安德烈耶夫的总体态度。

……类似这样的例证还有一个。

三年前，即1947年，莫斯科出版了一本书，书名叫《同时代人回忆安·巴·契诃夫》。顺便说一句，这本书中也收录了阿·吉洪诺夫（阿·谢列勃罗夫）的回忆录。这个吉洪诺夫一辈子都在高尔基手下工作。青年时期在矿业学院学习过，1902年夏天曾在萨瓦·莫罗佐夫的乌拉尔领地上勘探煤矿。有一回，萨瓦·莫罗佐夫与契诃夫一同来到这个领地。吉洪诺夫说：在这里我和契诃夫一起过了好几天，而且有一次还跟他谈起了高尔基，谈起了安德烈耶夫。我听说契诃夫喜欢并珍视高尔基，我自己也对《海燕》的作者大加赞扬起来。由于高兴的感叹和惊叹，我简直喘不过气来了。

"对不起……我不明白……"他以一种被触怒了似的不愉快的客气打断了我的话，"我不明白，为什么您和所有的青年都对高尔基那么神魂颠倒呢？瞧，你们全都喜欢他的《海燕》《鹰之歌》……但是要知道，这不是文学，只是响亮的词句的堆砌……"

由于十分诧异，我被一口茶烫着了。

"海在笑，"契诃夫继续说，不时神经质地移动一下夹鼻眼镜的细绳子，"当然，你们感到高兴！多么出色！可是要知道，这是廉价的东西，浅陋的通俗读物。瞧，你们读过'海在笑'之后便停顿下来。你们以为，之所以停下来，是因为他写得好，很有艺术性。不，不对！你们之所以停了下来，是因为你们一时不能理解：怎么会是这样——海——怎么突然笑起来？海是不笑也不哭的，它喧嚣，发出激溅声，闪着亮光……你们看看托尔斯泰是怎么写的吧：太阳升，太阳落……没有人哭，也没有人笑……"

他用长长的手指头碰了碰烟灰缸、小碟子、牛奶壶，并立即带着一种厌恶感，把那些东西推开。

"瞧，你们援引了《福马·高尔杰耶夫》[1]，"他接着说，眼睛周围的鱼尾纹收缩了一下，"它同样不成功！它整个都直线式地建立在一个主人公上，就像在铁杆上烤牛肉一样，而且所有的人物说话时都同样把重音放在'О'上。"

在高尔基问题上我显然不走运。我想把话题转到艺术剧院上敷衍过去。

"没有什么，剧院就是剧院，"契诃夫再一次浇灭了我的喜悦心情，"至少演员们是懂得角色的。而莫斯克文甚至是一位有才干的演员……总的来说，我们的演员们的文化修养还是很不高的……"

像快要淹死的人抓住一根稻草一样，我抓住了"颓废派"。颓废派在当时已被认为是文学中的新流派。

"过去和现在都没有任何的颓废派，"契诃夫无情地要把我彻底驳倒，"你干吗要提他们呢？他们都是些骗子，而不是颓废派，你不要相信他们。他们的双腿也全然不是'苍白的'，而是跟大家一样——是多毛的。"

1　高尔基早期的一部长篇小说。

我提到了安德烈耶夫。契诃夫斜着眼睛，带着不善的微笑瞅了我一眼。

"哪一个列昂尼德·安德烈耶夫——是作家吗？他干脆是那些喜欢说漂亮话的律师的帮手……"

关于"颓废派"，契诃夫跟我说的与跟吉洪诺夫说的有些不一样：不单单说他们是骗子。

"他们是什么颓废派！"他说，"他们是最健壮的农夫，该把他们送到苦役连里去才是……"

是的——几乎全都是"骗子"和"最健壮的农夫"，而不能说他们是健康的正常人。契诃夫时代的颓废派以及那些被夸大了数量和后来受到赞扬的颓废派已不叫作颓废派，也不叫作象征派，而是叫作未来派，神秘主义的无政府主义者，寻找金羊毛的人。他们的力量（及其文学才能）也和其他一些人——如高尔基和安德烈耶夫，稍晚一点，还有多病又瘦弱的阿尔志跋绥夫，或是那位半秃顶的好男色者库兹明（有一张娼妓妆扮过的尸体一样的脸）等一样——简直太大了。不过这都是属于歇斯底里病患者、痴呆病患者、疯癫病患者的力量和才能，因为他们中哪一个能称得上是一般意义上的健康人呢？他们全都很狡猾，他们很懂得，为了自己能引人注目需要做些什么。但是，须知，大多数的歇斯底里病患者、痴呆病患者和疯癫病患者都具有这种品格。瞧，还在契诃夫时代，各种不同形式和不同程度的不健康不正常的人就多么惊人地聚集起来了，而且后来还不断地增多！别有用心地用男人的名字写作的肺痨病患者吉皮乌斯；对夸大狂着迷的勃留索夫；《小恶魔》（另一个名字是《卑微的小鬼》）的作者，也就是那个创造了佩列多诺夫[1]的作者，死神和自己魔鬼"父亲"的歌者，像石头一样死板和沉默寡言的索洛古勃；被罗赞诺夫形容为"穿常礼服的砖头"和蛮横的"神秘主义的无政府主义者"的楚尔科夫；狂暴的沃伦斯基；身材矮小，脑袋却大得可怕，有一双呆滞的黑眼睛的明斯基。高尔基则病态地迷恋不规范的语言（"瞧，我给你拖来了这本小书，浅蓝色的魔鬼"）。他青年时期写作所用的笔名，就其辞藻的夸张而言，就其对某种事物的低级而尖刻的讽刺而言，也是少有的：伊叶古季尔·赫拉密达[2]、涅克托[3]、爱克斯[4]、安吉诺姆·伊斯霍佳施[5]、萨莫克里齐克·斯洛沃捷科夫[6]等。高尔基死后还留下了大量的各种年龄的照片。他用演员的姿势和表情拍的照片，其数量简直也是惊人的：有的是淳朴浑厚和沉静的样子，有的则厚颜无耻，有的像劳改犯那样愁眉苦脸，有的则两个肩膀使劲地耸起，脖子缩在里面，像一个粗野的宣

1　《小恶魔》中的主人公，庸俗、保守、阴郁，怀疑周围的每一个人，终日忧心忡忡，终致精神失常。此书在当时影响极大，"佩列多诺夫性格"一度成为他所代表的那一类人的代称。

2　意为古时的战袍。

3　意为某某人。

4　即拉丁语中的 x。

5　意为发出公文。

6　意为自我批评。

传家的狂热姿势。他是一个十足的能说会道的演说家，并且可以做出无数千变万化的鬼脸：有时阴沉可怕，有时像白痴一样高兴，这时他那头发下面的眉毛和颧骨耸起的东亚人一样的衰老的脸上的皱纹便卷了起来。总之，他在人群中一刻也不能停止表演，停止说空洞的漂亮话；有时是故意地过分粗鲁，有时是浪漫主义的兴奋，却没有荒谬的过分的喜悦（"普里什文，我很幸福，因为我和你住在同一个行星上。"）和一切其他荷马式的大谎言。在暴露性的作品中，他也不正常地愚妄，（"这是城市，这是纽约。从远处看，城市好像一个大嘴巴，有着高低不平的黑牙齿。它把浓烟喷到天空去，又像一个苦于肥胖的馋嘴人那样地喘着气。走进城市，你会感到你进入了一个用石头和铁造成的胃。它的街道是一条滑溜的贪婪的喉咙，喉咙里浮游着城市的一块块黑色的食物——活人们。城市铁路的车厢，像一条巨大的蠕虫，火车头则像一只肥大的鸭子……"）他是一个巨大而可怕的写作狂。某某巴卢哈托夫在高尔基死后不久，在莫斯科出版的一本很厚的题名为《高尔基的文学工作》的书中写道："我们对高尔基写作活动的全部工作量还没有一个准确的概念。迄今我们已登记了他的1145件文学和政论作品……"不久前我在莫斯科的《星火》杂志上读到下面一段话："世界上最伟大的无产阶级作家高尔基本来要献给我们更多更优秀的作品，如果不是我们可耻的敌人托洛茨基分子和布哈林分子中断了他的奇妙的生命的话，他毫无疑问是可以做到的。苏联科学院世界文学研究所的作家档案里妥善保存了他最珍贵的手稿和材料，大约有八千件……"高尔基就是这样的人。还有多少不正常的事啊！一生都在自己的诗歌中不停地倾泻怪异的词语和音韵的茨维塔耶娃，回到苏联后竟上吊结束了自己的生命；最狂暴的醉汉巴尔蒙特逝世前不久患了狂躁的色情的精神病；有吗啡瘾的暴虐的色情狂勃留索夫；有狂饮病的悲剧作家安德烈耶夫……关于别雷的猴子般的狂暴就没有啥好说的了；关于不幸的勃洛克也是一样：他的祖父死于精神病院，父亲也"古怪地濒临精神失常"，母亲亦"屡次进精神病医院治疗"。勃洛克本人从青年时期起就有非常严重的坏血病。对这种病的抱怨充满了他的日记，就像女人和酒使他痛苦一样；然后是"沉重的精神折磨，死之前不久则是智力模糊和心瓣发炎……"其智力和心灵的不稳定性和多变性——是少有的："由于他个人的谈吐，由于那违反他思想、风度和感情的可怕的平民身份，当年的古典中学就让他厌烦了。"在这种情况下他准备去当演员。在大学的头几年他模仿茹科夫斯基和费特，写的是"在玫瑰色的早晨，鲜红色的曙光，金黄色的谷地，开满鲜花的草地"中间的爱情。后来他是维·索洛维约夫的仿效者，是"领导寻找金羊毛勇士的神秘主义小组的别雷的朋友和战友"。1905年他"已走在举红旗的群众中了，但很快地对革命又变得冷漠起来……"在第一次世界大战中，他以某某国家的骠骑兵之类的身份上过前线。回到彼得堡后，他对吉皮乌斯时而说在战争中"多么快活"，时而又说完全不同，说在战争中多么讨厌，并常常叫她相信，"应该把所有犹太人都吊死"……

（后面的一些话是我从吉皮乌斯的《蓝书》和彼得堡日记中摘录的。所有其他有关勃洛克的材料则是从有关他的传记和自传中摘录的。）

勃洛克亵渎神和咒骂神的行为发作也是病态的。在20年代末的列宁格勒，高尔基、扎米亚京和楚科夫斯基共同办了一本杂志《俄罗斯的同时代人》，杂志所追求的，如在宣言中所说的"仅仅是文化的目的"。瞧，这个文化杂志的第三期上登载了某些"珍贵的文化资料"，其中有一份特别珍贵的资料是：

"从亚历山大·亚历山大罗维奇·勃洛克留下的手稿中选录出来的构思、草稿和札记。"

的确，在这些构思中有一些很出色的东西，特别是其中一个关于耶稣的构思。高尔基本人对耶稣的态度也不是十分尊敬的，曾讥笑过他，称他是"大学究"。不过这方面高尔基还是赶不上杰米扬·别德内、马雅可夫斯基以及（唉！）勃洛克！勃洛克构思的恰好就是"耶稣生活中的一个剧本"，在这个"剧本"的提纲中有下面的内容：

"暑热。肥胖的仙人掌。傻瓜西蒙耷拉着嘴唇在钓鱼。"

"耶稣进来：非男亦非女。"

"福玛（异教徒！）——在检查。"

"不得不信因为受到了强迫，受到了欺骗。"

"把手指放进去，便成了传播者。"

"而宗教裁判所、罗马教廷、打嗝儿的教士——和立宪会议都被迫去传播……"

伟大诗人的崇拜者们完全相信这些荒谬绝伦的卑劣行为吗？然而，我却是逐字逐句地抄录的。不过我们再往下看：

"安德烈·佩尔沃兹万内。他走来走去，不愿意停在一个地方。"

"使徒们为了耶稣去偷樱桃和小麦。"

"母亲对儿子说：不成体统。与康娜·加丽莱伊斯卡娅结婚。"

"使徒说得唐突，耶稣则在发挥。"

"山上的布道：集会。"

"当局担心。耶稣被捕。教徒们当然悄悄溜走了……"

这个剧本的结尾提要是：

"需要让柳芭读一读列南的书，并在地图上标出他行走的小地方……"

"他"当然是用小写字母开头的……

在这种荒唐事（"打嗝儿的教士——和立宪会议被迫去传播……"）中，在纯粹的咒骂神的行为（关于使徒彼得——"耷拉着嘴唇的傻瓜"——这种骂人话有何意义呢）中，自然有来自当时氛围中不良影响的某种东西。咒骂神和亵渎神乃是革命时期的主要特征之一。它自从"荒漠之风"最初轻轻地袭来时就已经开始了。那时候索洛古勃就已经写出了《我的弥撒》，也就是祈祷自己，祈祷魔鬼：

"我的父亲，魔鬼！"他自己也装成了魔鬼。在彼得堡的野狗剧院里（阿赫玛托娃曾经在那里说过："这里我们全都是罪人、荡妇。"），有一回上演了"圣母带着婴儿逃往埃及"的戏，一出弥撒剧。库兹明为它写了词，萨茨为它谱了曲，苏杰伊金设计了舞台装置和服装。在这出戏中，诗人波焦姆金扮演蠢驴，腰弯成直角，拄着两根拐棍走路，背上驮着扮演圣母的苏杰伊金的夫人。在这个野狗剧院里已经坐了不少未来的"布尔什维克"。阿列克赛·托尔斯泰当时还年轻，身材高大，肥头大耳，是位举足轻重的贵族、地主，穿着浣熊皮大衣，戴着海狸皮帽子或大礼帽，头发剪得短短的，像庄稼汉一样。勃洛克进来时板着一张美男子和诗人的脸，一副呆板的深奥莫测的表情。马雅可夫斯基穿着黄色的女式短上衣，一双乌黑乌黑的眼睛，放肆、无礼，阴郁得带有挑衅性，蛤蟆似的嘴弯曲地紧闭着……这里要顺便说一句，库兹明死的时候（已经是布尔什维克时代）好像是这样的：他一只手拿着福音书，另一只手拿着薄伽丘的《十日谈》。

在布尔什维克时代，所有亵渎神的淫荡行为都已开了双瓣的花。早在三十年之前就有人从莫斯科给我写信说：

"我站在人群拥挤的电车里，周围尽是些微笑的嘴脸；陀思妥耶夫斯基的'手捧圣像的平民'在欣赏一本小杂志《无神论者》中的画片，里面画着一些愚昧的农妇如何'在领圣餐'——吃耶稣的肠子；画着戴夹鼻眼镜的万军之主上帝在郁闷地阅读杰米扬·别德内的什么书……"

大概这是"福音书编述者杰米扬的一本没有纰漏的《新约》",他过去许多年都是最著名的达官显贵、财主和苏维埃莫斯科的奴才之一。

其中最可恶的咒骂神的人还是巴别尔。在侨民中曾有过一份社会革命党人的杂志《时日》,它评述过巴别尔的短篇小说选,认为"他的创作具有不同的价值":"巴别尔掌握了有趣的日常生活的语言,常常毫不牵强地使整篇作品——例如《萨什卡耶稣》——都具有这种风格。此外还有一些作品既没有反映革命,也没有反映革命的日常生活,例如《耶稣的罪孽》……遗憾的是,"——报纸继续写道(尽管我完全不明白这里为什么要遗憾)——"遗憾的是,不能把这个小说特别具有典型意义的地方归结为他表现了极其粗暴的东西。就整体而言,小说甚至没有那种与在语调上令人气愤的、内容卑劣的反宗教的苏联文学中相同的东西。作品的人物有上帝、天使和把天使压死在床上的村妇阿林娜,她是旅馆的服务员。天使是上帝派给村妇当丈夫的,为的是不让村妇如此密集地生孩子……"这是相当严厉的判决,尽管有些不公平,因为在这种卑鄙行为里当然也有"革命的"痕迹。顺便说一句,我自己也回想起当时巴别尔还有一个短篇小说,小说中谈到了某个天主教堂的圣母雕像,不过我立即就竭力不去想它了,因为其中谈到了关于圣母的乳房的一些该上绞刑台的下流话,尤其是巴别尔当时好像完全是个健康的、正常的人(就这些词的一般意义来说)。而在不正常的人们中我还想起了某某赫列勃尼科夫。

　　赫列勃尼科夫的名字叫维克多，后来他改成了韦利米尔。还在革命前（二月革命）我就经常碰见他。这是一个相当阴郁的小人物，沉默寡言，经常分不清他是真的喝醉了还是装的。如今不仅在俄罗斯，而且在侨民中都在谈论他的天才。这当然也是很愚蠢的，不过某种野性的艺术才能的起码的东西他还是有的。他是有名的未来主义者，此外也是个疯子。不过他是否真的发疯了呢？当然他无论如何不是个正常人，但他始终扮演着疯子的角色，拿自己的疯狂进行投机。在 20 年代，在所有其他来自莫斯科文学的和日常生活的信息中，有一次我收到一封谈及他的信。下面就是这封信的内容：

　　赫列勃尼科夫死的时候，莫斯科的人没完没了地谈论他，有的人演讲，称他是天才。在一次纪念他的会上，他的朋友 Π. 宣读了关于赫列勃尼科夫的回忆录。他说，他早就认为赫列勃尼科夫是一个最伟大的人，早就想跟他认识，更亲近地了解他的伟大的灵魂，从物质上去帮助他。赫列勃尼科夫"由于对日常生活的漠不关心"，生活得极其贫困。唉！想接近赫列勃尼科夫的一切尝试都是徒劳的。"赫列勃尼科夫是难以接近"。可是有一回，终于成功地等到了赫列勃尼科夫的电话。"我请他到我家里来，赫列勃尼科夫答应了，但要晚一点儿，因为他会在卢比扬卡与尼科尔广场之间的常年积雪之中迷路。后来敲门声响起，我打开门，看见了赫列勃尼科夫！"第二天 Π. 请赫列勃尼科夫长住下来，赫列勃尼科夫马上就把房间里的被子、枕头、床单、褥子从床上搬下来，全部放在写字台上，然后便爬到光秃秃的床板上，开始写自己的书《命运榜》。这本书的主要内容是"神秘的数字317"。他既肮脏又邋遢，房间很快就成了猪圈，于是女房东把他和 Π. 都赶了出去。不过，赫列勃尼科夫还是走运的，一个粮栈老板收留了他，因为这个老板对《命运榜》非常感兴趣。在他家里住了两个星期后，赫列勃尼科夫便说，为了写这本书他必须到阿斯特拉罕草原走一趟。粮栈老板给了他路费，赫列勃尼科夫便发狂似的奔向车站，可是在车站上他遭了窃，粮栈老板只好再次慷慨解囊。最后赫列勃尼科夫终于走了。过了不久，从阿斯特拉罕来了一封信，是一个女人写来的，她恳请 Π. 立即把赫列勃尼科夫接回去，否则——她写道——赫列勃尼科夫将会死去。Π. 自然很着急，搭了第一班火车，晚上就到了那里，找到了赫列勃尼科夫，立即把他送出了城，来到草原上。在草原上他才开口说，他"成功地与所有317位主席取得了联系"，这对全世界都有重大意义，并朝 Π. 的脑袋打了一拳，使 Π. 晕了过去。Π. 醒来之后困难地蹒跚着回到了城里。在城里他找了很久，深夜才在一间咖啡馆里找到赫列勃尼科夫。赫列勃尼科夫看见他后，再一次扑到 Π. 身上，用拳头打他："坏蛋！你竟敢复活！你应该死去！我已经用全世界的无线电同所有的主席联系过了，而且我已被他们选为全地球的主席！"从此以后，我们之间的关系就变坏了，我们也断绝来往了。——Ⅱ.说。

但是赫列勃尼科夫并不是傻瓜。他回到莫斯科后，很快又找到了新的财主——有名的面包铺老板菲力波夫，由他来养活他，满足他任性的要求。于是赫列勃尼科夫，用Ⅱ.的话来说，住进了特维尔街豪华的旅馆里，把自己的房门用五颜六色的别出心裁的招贴画装饰起来，上面画了一个爪形的太阳，下面的题词是：

"地球主席。白天从十一点到十二点半接待。"

一种非常拙劣的狂人把戏。后来狂人为了迎合布尔什维克，大作歪诗，是完全有利和合乎情理的：

老爷让我没法活！

难受极了，难受极了！

我们受折磨！

贵族身份的老妪，

佩戴星章的老头，

整个老爷的畜群，

该把他们光着身子驱逐出去！

什么乌克兰的牲口，

肥胖的，白头的，

年轻的，干瘦的，

该把他们统统剥光！

还是显赫的贵族，

该把他们光着身子驱逐！

让鞭子呼啸，

星空中雷声隆隆！

哪里有宽恕？哪里有宽恕？

佩戴星章的老头，

与公牛搭成对，

驱逐他，

光着身子，赤着足。

牧人们，

该扳起枪机走路。

难受极了！难受极了！

我们没法话！没法活！

下面一首是代表洗衣妇写的：

要是我，

就把所有的老爷，

拴在一条绳子上，

牵进屠宰场，

然后摸摸他们的咽喉。

我把我的内衣涮涮，涮涮！

然后把老爷们

砍杀，砍杀！

一摊鲜血

在眼前迸发！

在勃洛克的《十二个》一诗中也有这种东西：

> 我总有一个时期
>
> 快乐，快乐……
>
> 我总要在头上
>
> 搔痒，搔痒……
>
> 我总是用小刀儿
>
> 在你身上划划，划划！

与赫列勃尼科夫不是很像吗？千篇一律，近乎庸俗。其主要内容之一是：杀死教士，杀死老爷！早在雷列耶夫[1]时代就有这样的诗了：

> 第一刀——杀死大臣，达官贵人，
>
> 第二刀——杀死主教，虔诚信徒！

这就是我要强调指出的东西。在第一次革命，然后又是第二次革命开始前，在政治家们的演说中和诗人们的革命召唤中有着多么"崇高的风格"啊！例如，莫斯科曾经有一位诗人谢尔盖·索科洛夫，他当然不满足于像鹰[2]这样的鸟，于

1　孔德拉季·费奥多罗维奇·雷列耶夫（1795—1826），俄国诗人，十二月党人领袖的杰出代表。

2　索科洛夫（Соколов）的字根是鹰（Сокол）。

是把自己称为克列切托夫 [1]，并且把自己的出版社称作"兀鹰"。他的诗是这样写的：

> 起来，去惩办祖国的敌人，
>
> 有如锋利的镰刀收割麦穗！
>
> 前进，到喧嚣和叫喊的地方去，
>
> 到红旗飘扬的地方去！
>
> 当那热血的波涛，
>
> 滋润着广阔的田野时，
>
> 复兴的祖国，
>
> 就在绿色的处女地里抽穗！

血和处女地，在这样的诗歌里当然是不可避免的。还有一个例子，是马克西米利安·沃洛申的诗歌：

> 敬告俄罗斯人民：我是威严的复仇的安琪儿！
>
> 我在黑色的伤口里，在被开垦的处女地里，
>
> 撒播种子！忍耐的时代已经过去，
>
> 我的嗓子——就是警钟！
>
> 我的血就是战旗！

可是当革命实现的时候，"崇高的风格"却发生了转

1　克列切托夫（**Крёчетов**）的字根是隼（**Кречет**）。

变——就拿我对《复仇者之歌》的摘录为例子：

> 我们从古老的克里姆林宫
>
> 把王冠摘下……
>
> 在低矮的围墙后面
>
> 我们划船用的是火橹……

"低矮的围墙"，这岂不是咄咄怪事！接着是：

> 事情已经办成
>
> 我们无耻地坐定，
>
> 腿蹬着腿！
>
> 把耶稣送上十字架，搀扶着瓦尔瓦拉——
>
> 沿着特维尔大街走去……

　　我最后一次踏足彼得堡——一生中的最后一次——是在 1917 年的 4 月初。其实，当时我是在看芬兰艺术展的开幕式。那里集合了以我国的临时政府的部长们、有名的杜马代表们为首的"整个彼得堡"。有些人向芬兰人发表了歇斯底里的卑躬屈节的演说。后来我参加了庆祝芬兰人的宴会。我的上帝啊，与宴会上涌现出来的那种荷马史诗式的混乱相比，我在彼得堡看到的其他一切都充满了和谐和亲切！参加宴会的仍然是那些人——全"俄国知识界的精英"，即著名艺术家、演员、作家、社会名流、新任部长、国会议员，还有一位高大的外国代表，法兰西大使本人。但是，"诗人"马雅可夫斯基是所有人当中最显眼的那个。我和高尔基及芬兰艺术家加伦坐在一起。马雅可夫斯基没有受到任何人的邀请，突然走到我们这边来，挪了挪我们之间的椅子，便开始在我们的盘子里吃菜，在我们的酒杯里喝酒。加伦睁大眼睛看着他——就像看一匹马似的看着他（打个比方，如果有人把马牵到这个宴会上来的话）。高尔基放声大笑，我则让开一些。马雅可夫斯基发觉了这一点。

"你很恨我吧？"马雅可夫斯基快活地问我。

我相当随意地回答说：不。恨他，对他来说过于荣幸了。他张开洗衣槽似的大嘴还要问我一些什么，但这时我国当时的外交部长米留可夫站起来要正式祝酒。于是马雅可夫斯基便急忙朝他奔去，跑到桌子中间，跳到一把椅子上，开始大喊一些下流的话，米留可夫当场愣住了。他立刻回过神来重新举杯说："先生们！"可是马雅可夫斯基喊得比先前更大声了。米留可夫最后徒劳地尝试了一次，然后两手一摊，一脸莫名地坐下了。

他刚刚坐下，法国大使站了起来，显然他完全相信，在他面前俄国流氓一定会退缩的。没有的事！马雅可夫斯基瞬间便用更响亮的嚎叫压倒了他。不仅如此，令大使极为惊讶的是，整个大厅突然爆发出一阵野蛮而无知觉的狂热，在马雅可夫斯基的感染下，每个人都开始莫名其妙地大喊大叫。他们用皮鞋踩着地板，用拳头捶打桌子，他们大笑，嚎叫，嘶吼，冷哼，甚至把电灯也关掉了。突然，一位长得像是刮了胡须的海象的芬兰艺术家发出一声真正悲惨的哀号，叫声盖过了所有人。他已经喝醉了，脸色像死人一样苍白。显然，这种过分下流的行为深深地震撼了他的灵魂，他想表达自己的抗议，于是用尽全力并且真正流着眼泪地喊出了他所知不多的俄国词语之一：

"太过分！太过分了！太过分了！太过分了！"

独眼巨人波吕斐摩斯想吃掉流浪的奥德修斯[1]。列宁和马雅可夫斯基（后者在中学时代就被人预见性地起了个外号叫"白痴波吕斐摩斯"）两人都是相当贪吃的人，政治方面也都是强有力的独目人。所有人都一度认为他们不过是街头的小丑。无怪乎马雅可夫斯基被人称作未来主义者，亦即未来之人。俄罗斯的波吕斐摩斯式的未来无疑是属于马雅可夫斯基们和列宁们的。马雅可夫斯基本能地察觉到了那段日子里整个俄罗斯的飨宴即将变成什么，以及列宁在克舍辛斯卡娅的私宅阳台上发表讲话时，是如何出色地让所有其他官员住嘴。更了不起的是，在一个准备把我们卖给芬兰的宴会上，马雅可夫斯基自己也闭上了嘴巴。

"太过分了！"是的，命运给了我们太多"伟大的历史"事件了。我出生得太晚。我要是降生早一些，我的这些作家回忆录也就不是这个样子了，也就不必去经受那些与下列事

1　古希腊史诗《奥德赛》里的主人公。

件如此不可分割的东西了：1905 年，然后是第一次世界大战，接着是 1917 年和 1917 年以后的时期。怎么能不羡慕我们的始祖挪亚呢！降临到他头上的不过就是一次洪水罢了。而且他有一艘多么坚实、舒适和温暖的方舟，有多么丰盛的食物啊——整整七份干净的和两份不干净的，但却仍旧是非常好吃的食物。和平的信使、嘴里叼着橄榄枝的鸽子都没有欺骗他——可不是现在的鸽子（毕加索的《同志》）。他稳妥地在阿拉拉特着陆，美美地吃饱喝足，并睡了一个遵守教规者的好觉，沐浴了灿烂的阳光，在原汁原味的新世界春天的纯净的空气中，在排除了一切陈腐的丑恶的世界里——可不是我们这个返回到了陈腐的世界里！不错，挪亚与自己的儿子含有过一段不好的历史。是的，不然他怎么会是含呢！重要的是，要知道，当时全世界只有一个含，而现在呢？

也是在 1917 年的春天，我见到了克鲁泡特金公爵。

克鲁泡特金属于我国的名门贵族，青年时代就是亚历山大二世皇帝的亲信之一，后来逃往英国，在英国一直住到俄国二月革命，1917 年的春天。当时我同他在莫斯科认识。这一次相认，我深受感动和惊奇。这位在整个欧洲如此有名的人——著名的无政府主义理论家和《一个革命家的札记》的作者，也是著名的地理学家、旅行家、东西伯利亚和极地地区的考察者，原来是一个小老头。他的两颊有玫瑰色的红晕，头上有轻得像茸毛一样的白发的残迹，他生气勃勃，在谈吐中，在待人接物中有一种十分迷人的、婴儿般天真的亲切的东西，他还有一双生动、明亮的眼睛，善良的充满信任的目光和轻快而温和的上流社会的言谈——这也是令人感动的婴儿时期的东西……

他当时受到普遍的尊敬和百般的照顾。他是一位革命家（虽然是非常温和的）。离别祖国这么多年，回来后他曾经为终于"把俄罗斯从沙皇制度下解放出来"的二月革命感到骄傲。他被安置在莫斯科贵族区一条最好的街道上一位老爷（已记不住他的名字了）的别墅里。这一年的年底，在克鲁泡特金这所住宅里召开了"讨论建立联邦主义者联盟问题"的会议。年底，这时俄罗斯已经发生了什么事情呢？而俄罗斯知识分子却还要在这所流血的疯狂的房子里开会和建立什么"联盟"，当时整个俄罗斯都已变成这所房子了。

然而"联盟"怎么样呢！瞧，接下来的是什么。

1918 年 3 月，他从别墅里被赶了出去。别墅被政府征用。克鲁泡特金恭顺地搬进了另一个住所——并开始谋求同列宁会面。这场会面在克里姆林宫邦奇–布鲁耶维奇的住所进行，他试图把列宁的行为转到"人道主义路线上来"。失败后，他对列宁"感到失望"。在谈及同列宁的这次会面时，他两手一摊，说：

"我明白了，不论在什么事情上要说服这个人是完全徒劳的！我责备他，说他因为自己遇刺，便容许杀害两千五百个无辜的人。但结果是，这对他也没有产生丝毫的触动……"

后来这个无政府主义者，这位公爵被从另一个住所里赶走了。"原来"是把他从莫斯科迁出去，搬到德米特洛夫去，然而他在那里过的却是穴居一样的生活。这是任何一个无政府主义者做梦也想不到的。克鲁泡特金就在那里结束了自己的一生，经受了真正千万种折磨：饥饿、寒冷、坏血病，也为——年迈的公爵夫人无能为力地为一块发霉的面包而不断操心和烦忙——而受折磨……不幸的小老头梦想有一双毡靴，但却始终没有如愿：光是为了弄到一张买毡靴的票证就徒然耗费了三个月的时间！晚上，他点燃松明，写他尚未完成的作品《论道德》[1]……

还能想象出什么更可怕的事情吗？这个人几乎把整个生命（一个曾经是亚历山大二世特别亲近的人的生命）都耗费在革命的梦想上，耗费在无政府主义天堂的幻想上。这是在我们这些还没有完全学会不要脸地巴结人的人们中间发生的！这条生命就在冻死、饿死的边缘，在冒烟的松明下，在终于实现了的革命中，在论述人类道德的手稿前结束了。

1　《伦理学的起源和发展》，1928 年由巴金译为中文。

拉赫玛尼诺夫 [1]

　　我和他在雅尔塔第一次会面的时候，我们之间便发生了某种类似只有在赫尔岑和屠格涅夫浪漫的青年时代才有的那种情况，即人们可以整夜整夜地谈论美好的、永恒的、崇高的艺术。后来，在他们最后一次赴美国之前，我们有时见面也非常友好，但却总不像那一次见面那样。那时我们都还年轻，还远远不会克制。不知何故，在一次大的集体场合中（我记不得为什么聚集在一起了），在最好的雅尔塔宾馆"俄罗斯"的那次愉快的晚宴上，我们几乎从交换意见的第一次发言起就突然亲近起来了。我们坐在一起用晚餐，喝阿布劳·久尔索香槟酒，然后到露台上继续谈论关于当时俄罗斯文学中已经出现的散文和诗歌的败落。不觉间我们下到了宾

1　谢尔盖·瓦西里耶维奇·拉赫玛尼诺夫（1873—1943），俄国作曲家、钢琴家，被誉为 20 世纪最伟大的作曲家和钢琴家之一。曾任莫斯科大剧院指挥，十月革命后侨居美国。作曲甚多。蒲宁谈及的这次会面是在 1906 年 4 月 25 日。见札记《蒲宁与拉赫玛尼诺夫相识》，《文学问题》1964 年第 5 期。

馆的院子里，然后又来到海岸边，默默地走着。已经很晚了，什么地方都没有人。我们坐在一条大缆绳上，呼吸着它们的焦油味和这里的完全特别的凉爽空气——黑海上特有的一种空气。我们谈论着，谈得越来越热烈，越来越高兴。已经谈及了我们由于读普希金、莱蒙托夫、丘特切夫、费特、迈科夫等人的作品而想起的那些美妙的事情……这时他慷慨激昂地慢慢地朗读起迈科夫的一首诗来，可能他正在为这首诗谱曲，或者是幻想为它谱曲：

> 我于约定的时间在岩洞里等你，
>
> 可是白天昏暗起来了；
>
> 脑袋在摇晃，昏昏欲睡，
>
> 白杨已睡熟，慈鸟已沉寂：
>
> 徒劳无益！
>
> 月亮冉冉升起，泛着银光重又熄灭，
>
> 夜渐渐退去；凯法尔的情妇
>
> 把胳膊肘支在红色大门上，
>
> 新的一天，用自己的镰刀
>
> 割下了金黄色珍珠般的颗粒，
>
> 脱落在蓝色的谷地上
>
> 和森林里。

列宾

艺术家中我会见过瓦斯涅佐夫兄弟，会见过涅斯捷罗夫，会见过列宾……涅斯捷罗夫想把我的干瘪画成神圣，就像他画过的他（她）们那样，我感到很荣幸，但是我回避了——并不是所有人都希望看到自己神圣的样子的。列宾也同样要给我荣幸。有一回（当时我在彼得堡与我的朋友艺术家尼鲁斯在一起）他邀请我到他的芬兰别墅去，要给我画一张带姿势的画像。他写信给我说："我从同行伙伴中听到一个好消息：我们最好的艺术家尼鲁斯来了，啊哈，要是我能为他画一张——您，一个最好的作家和他一起的——我梦想的画像，该多好啊！您来吧，亲爱的，我们说定了，就开始工作。"我很高兴，想要尽快到他那里去，要知道，让列宾画像——这是何等的荣幸啊！于是我就启程了。美妙的早晨，太阳和严寒，列宾别墅的院子……列宾此刻正对素食主义、对新鲜空气、对深深的积雪入迷得发狂；在他的家里，所有的窗户完全敞开。列宾穿着毡靴，穿着毛皮大衣，戴着毛皮帽子在工作室迎接我，吻我，拥抱我；工作室里和院子里一样寒冷。他说："我每天早晨就在这里给您画像，然后再吃早饭，就像老天爷托付的那样：排气，我亲爱的，排气！您将会看到，它如何的净化身体又净化灵魂，甚至连可诅咒的烟草也要扔掉了。"我深深地鞠了一躬，热烈地道谢，小声地说，我明天再来，不过现在我应当马上回车站去——彼得堡有非常紧急的事情。于是我立即再次同主人热烈地亲吻告别，并飞快地跑到车站，直奔小卖部，买了伏特加，贪婪地吃东西，然后跳上车厢。第二天我从彼得堡发了一封电报：亲爱的伊利亚·叶菲莫维奇，我非常失望，莫斯科紧急召我去，我今天就动身，搭第一班火车……

杰罗姆·杰罗姆[1]

在俄罗斯，有谁会不知道他的名字，有谁没有读过他的作品呢？但我不认为会有许多俄罗斯人因认识他而自夸，也不过就两三个人吧，包括我自己在内。

1926 年以前我没有到过英国，但是，这一年伦敦的 P. E. N. 俱乐部邀请我去待几天，他们会为此办一个文学晚会，把我介绍给英国作家和英国社会的某些代表人物。签证手续和旅费都由俱乐部承担。于是我就来到了伦敦。

他们用车把我接到各式各样很不相同的家庭去，不过在每一家我都一定得忍受做一些让杰罗德感到体面的事。单是那些午宴就让我招架不了。午宴时，一面是像火焰地狱般熊熊燃烧的壁炉，另一面则是极地的寒冷！

1　杰罗姆·克拉普卡·杰罗姆（1859—1927），英国幽默作家，著有中篇小说《三人同舟》和《三人出游记》（《三人同舟》的续篇）。蒲宁与杰罗姆·杰罗姆的相识是在 1925 年 3 月 12 日。

在离开伦敦之前，我到一个作家的家里，当时那里聚集了特别多的人，非常热闹也非常愉快，只是非常拥挤，甚至很闷热。可爱的主人突然把所有的窗户全部打开，也不管雪从外面吹进来。我开玩笑地大声惊叫，并急忙奔向楼梯，躲到上一层楼去。上一层楼也有许多客人。我跑开时听见有人欢快地大声喊道：杰罗姆·杰罗姆来了。

他慢慢地登上楼梯，慢慢地走在房间里恭敬地为他让道的人们中间，一面向熟人问好，一面用疑惑的目光巡视着房间。他到这里来原本是为了跟我认识一下，于是人们便把他领到我的跟前。他用旧式的像平民百姓那样的方式伸给我一只又大又厚实的手，小小的蓝色的眼睛里闪动着活跃的欢快的火花，并且仔细地看着我的脸。

"非常高兴，非常高兴，"他说道，"我现在就像婴儿一样，晚上哪儿也不去，十点钟就已经躺在被窝里了！不过，您瞧，我允许自己小小破例一下到这里来一会儿，看看您，握握您的手……"

这是一位结实的、非常健壮而又敦实的老人，一张红润的宽大的刮过的脸，穿着宽敞的长襟的常礼服和翻领的浆硬的衬衣，打一条朴素的黑色窄领带，上端系着领结——一位真正的老派商人或者是基督教新教的牧师。

几分钟之后他真的走了，并给我永远留下了一个良好愉快的印象，却无论如何也不是一位享有世界声誉的幽默作家的印象。

托尔斯泰

我很早就幻想有幸见到他。

孩提时我已经对他有了某些概念，但不是因为读了他的书，而是从我们家里人的谈话中得到的。顺便一说，我还记得，父亲常常笑着给我们讲起我们邻居的地主们是如何读《战争与和平》的：一个只读"战争"，另一个只读"和平"；一个读的时候，把所有关于战争的章节全部略去，另一个则相反。当时我就觉得托尔斯泰不简单。父亲（青年时代与托尔斯泰一样参加过塞瓦斯托波尔保卫战）说：

"我对他了解不多。在塞瓦斯托波尔战役期间碰见过他……"

于是我睁大眼睛望着父亲：他见过活的托尔斯泰！

我很年轻的时候就非常迷恋托尔斯泰，迷恋这个我自己创造的、梦想能真见到的形象。这个梦想纠缠不休，但在那个时候如何才能实现这个梦想呢？到亚斯纳亚波利亚纳去？可又从何说起，何等难堪呢？到了亚斯纳亚波利亚纳后，人家问你："年轻人，您想干什么？"那时我该作何回答呢？

有一次我难以克制，在一个美丽的夏日，我突然吩咐备好我常骑的那匹吉尔吉斯马，疾驰到了叶夫列莫夫（图拉省的一个城市），距离亚斯纳亚波利亚纳不超过 100 俄里。到了这里我才惊觉自己应该更严肃地思考一下问题，并在叶夫列莫夫住了一宿，整夜都被决心的改变——去还是不去——所折磨。我在城里踯躅了一夜，精疲力竭，天亮时便在城市公园里碰到的第一张长凳上死死地睡着了。醒来之后，我完全清醒过来，没有多想，就骑马跑回家去了。

稍晚，我强烈地梦想过一种大自然中纯洁、健康、"善良"的生活，靠自己的劳动生活，穿朴素的衣裳。这主要仍旧是对托尔斯泰作为一个艺术家的迷恋，我成了一个托尔斯泰主义者，当然也不无这么一种暗藏在心的希望：最终能给我一个能见到他的合法的权利，甚至走进他最亲近的人们的行列的机会。于是我的托尔斯泰主义的"苦役"就开始了。

我当时住在波尔塔瓦，那儿不知为什么出现了不少托尔斯泰主义者，很快我也同他们接近起来了。在这里，我知道，托尔斯泰的大多数门徒是怎么样的人。波尔塔瓦人除了某些例外，都是这种类型的人。这是些十分令人厌恶的人。

我见过切尔科夫[1]"本人"。他是一个又高又壮、身体端

---

1 弗拉基米尔·格里戈里耶维奇·切尔科夫（1854—1936），俄国社会活动家、出版家，列夫·托尔斯泰的朋友和作品编辑，1928 年起主持出版《托尔斯泰全集》（90 卷）。

正健康的汉子，脑袋不大，非常骄傲。他有一张冷冰冰的目空一切的脸，一个很小但很好看的鹰钩鼻和一双鹰一样凶恶的眼睛。索菲娅·安德烈耶夫娜[1]则是很有艺术才能的人——也许是由于天赋，也许是由于她同托尔斯泰一起度过了生命中四分之三的时间，她说话常常是非常中肯的。有一回她谈到一位造访过亚斯纳亚波利亚纳的革命者："他来了，坐下，便一直坐着，硬是不说话，脸孔呆板，是一个深黑色头发的男子，戴一副蓝色眼镜，一只眼瞎了。"她称切尔科夫是"偶像"。我只见过切尔科夫两三次，不能确切地判定他是什么人，不过他给我留下的印象是："偶像"一词说得再好不过了。这个定语也很符合下面亚历山德拉·拉·李沃夫娜的一段回忆：

每当父亲顺利地完成了工作走出办公室时，他的样子是多么充满激情啊！步态轻盈，精神饱满，面容欢快，眯着眼睛笑，有时突然踩着脚后跟转个身，或者是轻捷快速地把一只脚跨过椅背。我想，任何一个尊重自己的托尔斯泰主义者都会由于导师的这种举动而感到惊骇。是的，这种玩闹甚至对父亲也不会原谅。我记得有这么一件事：在"主席"的位子上（我们这里都是这样称呼的）坐着妈妈，右边是父亲，他的旁边是切尔科夫。他们在露台上吃了午饭。天气很热，烦人的蚊虫在空中乱飞，嗡嗡作响，蜇人的脸、手和脚。父亲和切尔科夫在谈话。突然，父亲的眼睛盯在切尔科夫的头

1　托尔斯泰的妻子。

上，迅速地以灵活的动作朝他的秃顶上拍打了一下，大肚子蚊子流出来的血留下了一块血的小斑点。大家哈哈大笑起来，父亲也笑了。但是笑声突然中断了：切尔科夫皱了一下漂亮的眉毛，责备地看着父亲：

"您搞什么名堂呀？"他小声说，"您搞什么名堂，列夫·尼古拉耶维奇！您夺去了一个生物的生命！您怎么不害羞呢？"

父亲感到很难为情，大家也很尴尬……

在波尔塔瓦，我认得的第一个人是某某克洛普斯基。他在当时的托尔斯泰主义者中相当有名，甚至成了卡罗宁轰动一时的中篇小说《生活的教师》中的主人公。他是一个又高又瘦的人，穿一双很长的长筒靴子和一件男式短上衣，有一张狭小的灰色脸孔和一双碧绿色的眼睛。他是一个狡猾的无耻之徒和骗子，一个不知疲倦的饶舌的家伙，他永远教训所有的人，训斥所有的人，并喜欢用出乎意料的乖戾和粗鲁的举动使人震惊。一句话，他就是借助于这一切手法，摇来晃去，从一个城市到另一个城市，吃得饱，玩得欢。波尔塔瓦的医生亚历山大·亚历山德罗维奇·沃尔肯施泰因也是托尔斯泰主义者，按其出身和气质也是一个大贵族，与《安娜·卡列尼娜》中的斯蒂瓦·奥布隆斯基有某种相似之处。克洛普斯基来到波尔塔瓦后做的第一件事就是去找沃尔肯施泰因，通过他又很快地进入了波尔塔瓦的沙龙。沃尔肯施泰因陪着他，并带有一种把他当作说教者的"思想"目的，或干脆当作一个用来消遣的好玩的人。例如，克洛普斯基当时这样说过：

"是的，是的，我要看看您是怎样生活的。您撒谎，您还吃糖果，您那教堂里的各种偶像早该在空中爆炸了，您就祈祷吧！什么时候才能全面地结束整个世界都淹没在其中的所有荒唐和丑恶呢？瞧，比方说，我从哈尔科夫坐车到这里来时，有一个人走过来（不知道为什么人们都称他为售票员）对我说：'您的车票。'我就问他：'这是什么意思，什么票？'他回答说：'就是您坐车的车票？'我再次对他说：'劳驾，我不是用车票而是沿铁轨坐车来的。'他说道：'就是说，您没有车票？'我说：'当然没有。'他说：'在这种情况下我们就得让您在下一站下车。'我说：'很好，这是您的事情，而我的事情是坐车。'下一站真的到了：'请您下车。''可是为什么要下车？我在这里很好呀。''那么我们就把您拖出去，抬出去。''那又怎么样，你们抬吧，这是你们的事。'于是他们就来拖我，当着所有善良可爱的围观群众，用胳膊架着我走。拖我的是两个身材高大的懒汉，两个乡下佬，他们若去种地的活，肯定会有更多的收益。"

克洛普斯基就是这种人。其他的人虽有所不同，但也相差无几。这些在波尔塔瓦郊区种地的弟兄们都是非常无聊、笨拙和自命不凡的人，尽管外表很谦恭。其次是某某列昂尼杰夫，一个孱弱矮小的年轻人，他有一种病态的罕见的美，原是贵族子弟军官学校的学生，也干过辛苦的庄稼活，同样对自己也对别人撒谎，说什么他为此而感到幸福。再其次是一个大块头犹太人，他很像一个顽劣的俄国庄稼汉，后来大家知道他是新闻记者捷涅罗莫，他总是保持一种非同寻常的高傲态度和对普通人居高临下的姿态，是一个令人难以忍受的辞藻空洞的演说家和诡辩师，他干的是箍桶的活计。我就在他的手下工作。不论在"训练"中还是在用自己的双手劳动的生活中，他都是我的指导者。我是他的帮工，向他学习箍桶。我学箍桶干啥用呢？他们为了把我同托尔斯泰联结在一起，给我一种随便什么时候都能看见他、接近他的隐约的希望。我非常幸运，这一希望很快就实现了，完全出乎意料。整个"同行"迅速地接纳了我，连沃尔肯施泰因（这是在1893年底）也突然首次邀请我跟他一起去哈尔科夫见"兄弟们"，见著名的托尔斯泰主义者希尔科夫管辖的希尔科夫村的庄稼人，然后去莫斯科见托尔斯泰本人。

这是一次困难的旅行。我们坐在三等车厢里，不是直达快车。大家都想坐平民百姓的车厢，吃"非杀生的东西"，也就是鬼才知道的什么东西。沃尔施什泰因常常忍耐不住，跑到小卖部去，把伏特加、肉包子和其他食物往嘴里塞，然后还非常严肃地对我说：

"我又一次放纵了自己的欲望并为此而非常痛苦，不过我还在同自己做斗争。我知道不是肉馅包子在支配着我，而是我支配着它们，我不是它的奴隶，我想吃就吃，不想吃就不吃……"

出行之所以困难，是因为我没有耐性，急着要早日抵达莫斯科。我们必须坐劣等车，而不是快车或信使车，然后我们要同希尔科夫村的"兄弟们"住上一段时间，同他们进行个人交往，并在"友好"生活道路上"巩固"自己和他们的这种交往。我们就是这样做的——在希尔科夫村的庄稼人那儿住了三四天。在这些日子里我恨透了这些有钱的、笃信宗教的、伪善的庄稼汉。我们在他们的茅屋里过夜，吃马铃薯馅饼，唱他们的圣歌，听他们同"牧师和首领们"进行的不断的激烈的斗争和关于圣经是灵魂的真正全部力量的咬文嚼字的争论。终于在1月1日，我们继续出发了。出发这一天我太高兴了，得意忘形，以致贸然地说出了："新年好，亚历山大·亚历山德罗维奇！"——为此我受到了亚历山大·亚历山德罗维奇最严厉的申斥：新年——这是什么意思，你是否知道你在说什么废话？不过当时我也顾不得这些了。我听着并想道：很好，很好，所有这一切都是废话。——明天晚上我们就已经在莫斯科了，而后天我就将见到托尔斯泰……事情也就这样过去了。

沃尔肯施泰因使我非常气恼。我们到了莫斯科旅馆后，当时就要去见托尔斯泰，而他却不带我们去："不行，不行，要事先通报列夫·尼古拉耶维奇，我去通报，我去通报！"——于是他就跑了。他回来的时候已经很晚，而关于拜访的事他却什么也没说，只抛出一句话："我像喝仙水一样喝醉了！"同时我根据他身上的气味，可以确定无疑地判定，他喝过仙水后还喝了一种布尔贡红葡萄酒。然后，想必他还要证明他不是布尔贡红葡萄酒的奴隶，而布尔贡酒才是他的奴隶。只有一点是好的，那就是他毕竟对托尔斯泰做了通报，尽管在这一点上我也不寄予厚望。这个可爱却又轻率的人是个带点女人气的发福的黑发男子。第二天晚上，我忘乎所以，终于跑到哈莫夫尼基去了⋯⋯

下面的一切事情怎么讲述呢？

一个有月色的寒冷的傍晚，我终于跑到目的地了。我站住，好不容易才缓过气来。四周一片荒凉、静寂，巷子里虽有月亮，却是空荡荡的；大门就在我面前，便门开着，院子里堆着雪。深处，左边是农村的房子，有些窗户闪着微红的亮光，再往左，在房子后面——是花园，花园上空神话般美妙的冬日的星星静静地嬉戏着其五颜六色的光束。是的，周围的一切都像神话一般：多么独特的花园！多么不同寻常的房子！这些闪着红光的窗户又是何等的神秘和意义深邃。要知道，它们的后面就是——他。而且那么静寂，连心跳都能听见（高兴和情怯的思绪引起的心跳）。是否最好看看这所房子后就跑回去算了？终于我不顾一切地冲到了院子里，在房子的台阶上按了铃。门立即开了，我看见一个穿着质地不算精良的燕尾服的仆人，看见亮堂堂的前厅，温暖、舒适，衣架上挂着短而轻的皮大衣和毛皮袄，其中有一件旧短皮袄最为显眼。正面直对着我的是很陡的、铺着红色呢绒的楼梯。右边一点，在楼梯下面是一扇闭锁着的门，从门后面传来弹吉他的声音和欢快的年轻人的嗓音，与这所不同寻常的房子非常不相称。

"请问贵姓？"

"蒲宁。"

"什么？"

"蒲宁。"

"是。"

仆人快速地登上楼。使我惊讶的是，他立即又一只手扶着栏杆，像一只大圆桶那样连蹦带跳地跑了回来：

"请您到楼上大厅里等一下……"

在大厅里我更惊讶了：刚踏进门，还没有开始等待，大厅深处，左边一扇小门便立即打开了，有一个人从门后面快速地不大灵活地抬起并露出两只脚（因为小门后面有两三个台阶通向走廊）。一个高大的留着小胡子的人，好像稍稍有点罗圈腿，他穿着宽大的用灰绒布缝的肥大如囊的男式短上衣，裤子也同样肥大，更像灯笼裤，穿一双圆头的矮帮皮鞋，动作异常的敏捷轻快，目光锐利，眉头紧锁。他很快地径直朝我走来，与此同时我还发现，他的步态和整个坐下来的姿势，都有点儿像我的父亲。他快捷地（膝部稍稍打弯）走到我的跟前，伸出手来，更确切地说是手掌向上地挥出一只大手来，抓住我的整个手，轻轻地握一握，并出乎意料地微微一笑，一种令人神往的、亲切的，同时又有某种悲伤甚至接近怜悯的微笑。我看见，那双天蓝色带灰色的眼睛一点儿也不可怕，而且不尖锐，只是像野兽般灵动，所剩无几的柔顺稀疏的灰色头发（头发的末梢有点卷曲），像农民那样梳成笔直的分头，一对很大的耳朵挂得非常高，眉毛的弧形凸起，胡子干燥、单薄、杂乱、透亮，可以看见稍稍突出的下颚……

"蒲宁？我在克里米亚同您父亲见过面？您也在莫斯科住了很久了？为什么？来找我？您是一位年轻的作家？您写吧，写吧，如果您很想写的话。只是要记住，这无论如何不能成为生活的目的……请坐，您就说说自己吧……"

他说话也和走进来一样匆忙，霎时做出好像没看见我发窘的样子似的，急忙地要我摆脱窘境。

他还说了什么呢？

他一切都打听得清清楚楚：

"是单身汉？结婚了？只能同成为妻子的女人生活，永远不能遗弃她……您想过简朴的劳动生活？这很好，只是不要勉强自己，不要徒有其表，在任何生活中都可以成为好人……"

我们坐在一张小桌子旁边，相当高的老式瓷灯在玫瑰色的灯罩下放出柔和的亮光。他的脸在瓷灯的后面，在轻薄的阴影下我看到的只是他男式上衣的柔软的灰色料子以及一只大手，我很想用充满激情的真正儿子般的柔情贴近这只手。我听见了他的老年人的有点儿近似女中音的声音，带有一种有点突出的下颚所特有的声音……突然，传来一阵绸子衣服的沙沙声，我一看，战栗了一下，站了起来：从客厅从容不迫地走来一位身材高大、服装漂亮的太太，黑色的真丝连衣裙闪着亮光，她有一头乌黑的头发和一双生动的深黑色的眼睛：

"列昂，"她说，"你忘记了还有人等着……"

于是他也站了起来，带着一种抱歉的甚至是对不起的微笑，用他那一双小眼睛直视着我。在他的眼睛里仍然有某种隐约的忧郁，他又一次抓住我的手……

"好吧，再见，再见，上帝保佑您，您若是在莫斯科，就常来看我……不要向生活期待太多的东西，我们再没有比现在更好的时候了……生活中没有幸福，只有幸福的闪光——珍惜它们吧，依靠它们去生活……"

于是我走了，跑了，并度过了一个完全疯狂的夜晚，不断地在梦中看见他，带着惊人的亮度，在某种古怪的混乱中……

回到波尔塔瓦，我给他写了信，也收到了他给我的几封亲切的回信。其中有一封信里他再次向我示意，不值得那么执着于成为托尔斯泰主义者。但我仍旧不能平静下来。箍桶匠的工作我不干了，开始贩售托尔斯泰主义图书，我在波尔塔瓦开了一家书铺，作为经纪人出版社在这里的分社。是的，不论看上去多么奇怪，我做过买卖，波尔塔瓦的铺子深处放着用薄板做的新书架，气味很好闻，书架上堆着新书和小册子。入口上面挂着一块招牌：蒲宁书店。我也在波尔塔瓦地方自治局参议会里服务过，是那里的图书管理员，就坐在拱形的半地下室的大厅，大厅深深的窗户朝着参议会的旧花园。在那儿，我一个人在静寂中读书、写诗，有时也写些随笔（关于同有害昆虫做斗争，关于粮食和草料的收成等），这是当时参议院统计局派定的工作（顺便说一句，现在如果把这些东西收集起来，编在我的作品里，可以增加三到四卷很像样的书），就这样干到吃午饭，午饭后我便到自己的书铺里去等待那些渴望获得托尔泰主义教育的顾客们，可是并没有买书的顾客。于是为了多少促进一些这种教育的推广，我便免费把一些经纪人出版的小书散发给参议会的看守人。等到做这件事也没有好处时（例如有一个看守人，我给过他一本谈抽烟有害的小书，他很快地对我说，他把整本书都拿去包烟草、卷纸烟用了），我决定做更大胆的事：利用工作外的业余时间，到全省长途漫游，到集市上、市场上去卖经纪人的图书，在那儿，有一次由于"非法买卖"，我被警察局拘押了，很快便招来了诉讼，诉讼的结果是极其严厉的：我被判三个月的监禁。自然，我很高兴，因为我终于可以"受苦"了。可是就连这里我也遭到了失败：牢没有坐成——恰逢沙皇登基的诏书公布，我被赦免了。就这样，我被强制免除了受苦。

　　我放弃了买卖（我把账目弄得一塌糊涂，虽然款额不大，可我有时由于惭愧和无能，真想去上吊），迁到莫斯科居住。在莫斯科，我还老想让自己相信自己是经纪人管理者的兄弟和同道者，也是那些经常待在那个地方以"良好生活"相互教诲的人的兄弟和同道者。

　　在那里我也见过他几次。他经常到那里去，更确切地说，是跑到那里去（因为他令人惊讶地走得又轻又快），连短皮袄也不脱，坐上一两个小时，四周则围坐着"同道者"，他们有时向他提出这么一些问题：

"列夫·尼古拉耶维奇，如果比方，有一只老虎来袭击我，我该怎么办？难道把它打死吗？"

他只是腼腆地微笑着说：

"哪里有什么老虎？哪里来的老虎？瞧，我一辈子也没有碰见过一只老虎……"

他的几个儿子我当时一个也不知道，也没有见过，女儿们我倒见过。有一天傍晚，我在经纪人出版社碰上了他和三个女儿：老大塔尼娅，老二玛莎和最小的萨莎。他坐在一张很大的木制的桌子旁边。桌子摆在房间的中央，上面亮着一盏灯。他怕冷似的瑟缩着身子，两只手笼在旧式短皮袄的袖子里，搁在桌子上。他稍稍皱起眉头，听着站在他周围谈论着什么的经纪人的撰稿者说话，其中最引人注目的是两个人：一个是宽肩膀、高颧骨的矮个子，很像乡村教师，穿着灰色的男式短上衣和毡靴，眼镜后面有一种尖锐的疯人似的目光；另一个是身材魁梧、体态端正，却十分忧郁的美男子，黑绿色的头发，黝黑、清瘦的脸上完全是一种狂热的迷乱的表情。他们全都坐在一个角落的长沙发上，用发亮的年轻人的眼睛聚精会神地从那里朝这边看。当我在桌子旁边坐下来时，他们便带着好奇心盯着我，并开始互相小声地说话和讥笑，活跃地、嘲讽地瞅着我；一个对另一个小声地说些什么，笑得前仰后合。我莫名其妙：这是怎么一回事？他们在我身上发现了什么好笑的东西呢？于是我开始脸红起来，装出没有注意他们的样子。这时托尔斯泰突然快速地看了我一眼，高兴地微笑着，头也没转，严厉而又开玩笑似的大声说：

"别笑啦！"

我还记得，有一次，我希望说些愉快的甚至有点讨好人的话，便对他说：

"瞧，如今到处都出现了这些戒酒协会……"

他皱了皱眉头说：

"什么协会？"

"戒酒协会……"

"那么，他们是什么时候为了不喝伏特加而聚集起来的呢？胡诌。不喝酒用不着聚集起来，既然是聚集起来了，那就是要喝酒。全都是胡诌、谎话，以假象偷换事实……"

之前我只去过他家一次。这次他们领着我穿过大厅（在这里我曾经首次和他坐在亲切的玫瑰色的灯下），然后进了一个小门，走过门后面的台阶，再沿着狭窄的走廊进去，我胆怯地敲了一下右边的门。

"请进。"一个老者的中音答道。

于是我走进去，看见一个隐没在昏暗中的又矮又小的房间，皮制的长沙发放在桌子旁边，桌上放着一盏老式的双烛光的烛台。然后是他本人，他手里拿着一本书。我进来的时候，他很快地站起身来，并有点不好意思地，甚至好像不安地把书扔到沙发的一个角落里去。但是我的眼睛很敏锐，我看见了他读的是什么书，他在重新阅读（而且大概不是第一次了，因为我们这些有癖好的人都是这样做的）当时刚出版的他自己的作品《老板与工人》。我由于非常赞赏这本书，竟没有分寸地发出了充满激情的惊叹声，而他却脸红了，挥着双手说：

"哎呀，您就别说了！真要命，这是完全微不足道的，连走在街上我都会感到害臊！"

这个晚上他的脸是瘦削的、阴郁的、严厉的：这之前不久，他七岁的万尼亚刚刚去世。谈过《老板与工人》之后，他立即便谈到他：

"是的，一个可爱的非常好的孩子。可是他死了——这意味着什么呢？没有死，他没有死，既然我们都爱他，我们就要全副精神去关怀他！"

很快我们就出来了，并到了经纪人出版社。这是一个漆黑的三月的夜晚，春风吹拂，吹得灯火飘忽不定。我们斜穿过多雪的处女地，他跃过了水渠，我好不容易才跟上，他又断断续续地、严厉而尖刻地说：

"没有死，没有死！"

这之后过了几年我又看见他一次，好像是在一个非常寒冷的晚上，在许多结了冰的闪闪发亮的商店窗户的灯光下，我正在莫斯科阿尔巴特大街上走着——突然碰到了他。他以一种快跑似的有弹性的步履迎面朝我走来，我停了下来并摘下帽子，他立即就认出了我：

"啊哈，是您呀！您好，请把帽子戴上……嗯，您怎么样？干些什么？住在哪里？您是怎么一回事？"

他那老年人的脸如此僵硬、发青，完全是一种不走运的样子。他头上那顶浅蓝色北极狐毛编织的帽子，就像是老太婆用的包头巾，他从狐毛手套里抽出来的那只大手也完全冻僵了，说完后他紧紧地、亲昵地握着我的手，又一次悲伤地皱着眉头直视着我：

"好吧，基督保佑您，基督保佑您，再见……"

（本文摘自伊万·蒲宁

《托尔斯泰的解脱》，巴黎，1937 年）

契诃夫

我是 1895 年在莫斯科同他认识的。当时我们匆匆见了一面，若不是我记得他很富特征意义的几个句子，或许已想不起这件事了。

"您写得很多吗？"有一次他问我。

我回答说写得不多。

"不行。"他用一种低沉而洪亮的男中音几乎是阴沉地说。

"要知道，需要工作……一辈子都要……孜孜不倦地……"

沉默了一会儿，又没有明显联系地补充说：

"我认为，故事写定后，应把它的头和尾都删掉。在这里，我们小说家最会撒谎……"

自从这一面之交和偶然的谈话（谈话中提到了契诃夫最喜爱的主题——关于需要"孜孜不倦"地工作和工作中要做到真实和简洁到禁欲主义的地步）之后，直到 1899 年的春天，我们都没有见过面。在我到雅尔塔几天之后，有一天晚上我在堤岸上遇见了契诃夫。

"您为什么不来看我呢？"他说，"您明天一定要来。"

"什么时候？"我问他。

"早晨，八点钟。"

他大概发现了我脸上惊奇的神色，便解释道：

"我们起得早。您呢？"

"我也起得早。"我说。

"好，那么您一起床就来吧！我们一块儿喝咖啡。您喝咖啡吗？"

"有时候喝。"

"您就每天喝吧，那是非常好的东西，我工作的时候，规定自己直到晚上只喝咖啡和汤。早晨——喝咖啡，中午——喝汤。否则我就工作不好。"

我对他的邀请表示了感谢。我们默默地走过了整个堤岸，并在公园里的一条长凳上坐下来。

"您喜欢海吗？"我说。

"是的，"他回答说，"只是它已经十分荒凉了。"

"这也很好。"我说。

"我不知道。"他答道，眼睛透过夹鼻眼镜看着远方，在想什么自己的事情。"我认为，做一个军官，做一个年轻的大学生很好……坐在随便一个有人的地方，听快活的音乐……"

于是，他按自己的方式，沉默了一会儿，又是没有明显联系地补充说："描绘海是非常困难的。不久前我在一本学生的笔记本上读到一篇东西，您知道他是如何描写海的吗？'海是大的。'就这一句。我认为写得非常好。"

也许有人会觉得，这是矫揉造作。不过，把契诃夫与矫揉造作这两个词摆在一起，只有那些对契诃夫没有任何了解的人才会这样做。一位很了解契诃夫的人说："我坦率地说，我碰到过有不亚于契诃夫的真诚的人，但是，像他那样简朴，像他那样与任何空洞的辞藻、任何装腔作势都如此格格不入的人，我却不记得有。"是的，他只爱真诚的东西，本性所固有的东西（只不过不是粗陋的和落后的），而且明确地不能容忍说空话的人、书呆子和伪君子，尤其是那些已经如此进入角色、以至于把角色变成了自己第二本性的人。在自己的作品中，契诃夫几乎从来没有谈过自己——自己的爱好、自己的观点，这就出现了（顺便说一说）下面的一种情况：很久以来就有人把他看作是无原则的人，非社会的人。在生活中他也永远不醉心于"自我"，很少关心自己的好恶："我喜欢这……""我不喜欢那……"——这不是契诃夫的词句。但是他的好感和憎恶又是非常坚定的、明确的。在他的好感中占第一位的正是自然性。"海是大的……"他正是带着对事物的最高的简朴的不断的渴求、对一切过分奇巧过于勉强的东西的憎恶才觉得它"非常好"。而他的关于军官和音乐的那些话，则说明了他的另一个特点：克制。从大海到军官的突然过渡，无疑是由他深藏在心的关于青春和健康的忧伤引起的。海是荒凉的……而他却喜欢生活，喜欢快乐，而且近几年来，这种对快乐的渴求尽管是最简单最平常的，却特别频繁地表现在他的言谈中。不过，也就是表现出来罢了。

近来有一些话已经变得非常不值钱了，不论是好话坏话，如今说出来都带有一种奇怪的轻率和虚伪。不过好像这样地谈得最多的是关于死去的人。在关于契诃夫的回忆录中，也有非常多的轻率、虚伪和不准确的东西，有的干脆就是智力不足。例如有些人写道，契诃夫去萨哈林岛是为了维护"严肃的人"的声誉，并在旅途中得了感冒，招致了肺病……有些人写道，《樱桃园》的上演加速了契诃夫的死亡，因为演出的前一天契诃夫好像很激动，所以病倒了；说什么他的剧本不受欢迎，说什么他整夜说梦话……所有这一切都是无稽之谈。契诃夫之所以去萨哈林岛，是因为他喜欢萨哈林岛，还因为他想在自己的兄弟尼古拉（一位有才华的艺术家）死后借旅行来振奋一下精神。他的肺病也不是在西伯利亚得的。1884 年 12 月，"雷科夫事件"[1] 之后他就已经开始咯血了，虽然无疑他是不应该去的，因为他得在早春时节，在西伯利亚荒凉的驿道上，在雨水和寒冷中坐两个月极其艰辛的马车，几乎无法睡觉，还要忍受饥饿的折磨！至于说到《樱桃园》引起的激动，那么文章作者对某些议论当然是太过敏感了，他们那种可怜的、渺小的、神经衰弱的多愁善感太多太多了。但是，所有这一切距离像契诃夫这样伟大的强有力的人是多么远啊！因为有谁能像他那样有如此的勇气听从自

---

1 19 世纪俄罗斯著名的银行欺诈案。契诃夫当时受聘于《彼得堡公报》，作为记者报道了这一事件。

己内心的吩咐，而不是听从一群人的吩咐呢？有谁能像他那样，如此善于掩饰人类的愚蠢行为给心智造成的那种强烈的痛苦呢？人们只知道有一个晚上，即《海鸥》在彼得堡上演的那个晚上，契诃夫显然由于演出不成功而感到震惊，但是那距离现在已经过去很长时间了……而且又有谁能知道他激动还是不激动呢？在他心灵深处发生过的东西就连他最亲近的人也永远无法完全知道。至于旁人，特别是那些不敏感不聪明的人，契诃夫根本就不会对他们公开自己的秘密。

据他小学时的伙伴谢尔盖延科说，契诃夫小时候是个"有一张圆月般的脸的萎靡的笨手笨脚的人"。我根据他的照片和契诃夫亲人们的讲述，却另有一种看法。他的脸不是"圆月般的"，而干脆是大的，他应当是非常聪明和非常安详的。大概正是这种安详，才给人提供了口实——认为契诃夫小时候像"笨手笨脚的人"。安详绝不是萎靡。契诃夫从来没有这种萎靡，甚至在其晚年也没有。但是我觉得这种安详也是特别的——是小孩子的安详，在这种安详中逐渐形成一种巨大的力量、罕见的观察力和少有的幽默。是的，否则如何使谢尔盖延科的话同契诃夫双亲和兄弟们的讲述调和得起来呢！后者说，"安东沙"[1]小的时候就会想出各种新花样了，这些新花样甚至使当时很严肃的巴威尔·叶戈罗维奇都笑得流出了眼泪。在青年时代——在那些幸福的日子里，这种安详就好像处在契诃夫天生乐观性格的最高峰。所有知道他

---

1 安东沙是契诃夫的爱称。

这个时期的人都在谈论他那快活的不可抗拒的魔力，他那坦率纯洁的美丽面容和炯炯有神的眼睛所具有的不可抗拒的魔力。随着岁月流逝，他的心灵和思想也逐渐变得更深刻更有洞察力了——契诃夫又重新把握住了自己。这是他尽可以去顺应青春的时期，是首次可以直接地显露其丰富的天赋的时期。在自己的坚定的艺术意志中，他已接近对现实的严酷表现了。我同他最初的会见就是在这个时期。

1895年，我在莫斯科看见的他是一个中年人，戴着夹鼻眼镜，服装简朴却令人愉快，相当高的个子，体态非常匀称，行动非常轻捷。他殷勤地欢迎了我，但是很简便。当时我还是一个青年，不习惯第一次见面的这种举止，以为这种简便是一种冷淡。在雅尔塔我发现他变化很大：他瘦了，脸也变黑了，整个面容却像从前一样，显露出他所固有的优雅。不过这已经不是年轻人的优雅，而是一个饱经风霜并且有着更高尚体验的人的优雅了，他的声音听起来也更温和了……不过总的来说，他差不多还是像在莫斯科时那样：殷勤，但沉着，说起话来相当兴奋，不过说得更简明扼要了。谈话的时候，老在想着自己的心事，让交谈者自己去捕捉其思想潜流中的中间环节，并且透过夹鼻眼镜，稍稍抬起脸，老是望着海……在堤岸上遇见他的第二天早晨，我便到别墅去见他。我清楚地记得，这个快活的阳光明媚的早晨，是我和契诃夫在小花园里度过的。他非常活跃，说了很多笑话。顺便说一句，他还给我念了他所写的唯一的（如他所说）一首诗《兔子和中国人·儿童寓言》。从此以后，我就越来越常去看望他了，后来完全成了他家里的自己人。相应地，契诃夫对我的态度当然也改变了，变得更活跃更亲切……但却仍旧是那么克制，这不仅表现在对我的态度上，也表现在他对最亲密的人的态度上。也就是说（正如我后来亲自证实的），这不是冷淡，而是某种更重大的东西……

他在阿乌特卡的白色的石砌的别墅，坐落在南方的太阳和蓝色的天空之下。别墅的小花园是契诃夫精心打理起来的，他向来喜欢花卉、树木和动物。他的书房只用列维坦的两三张画做装饰，加上一个巨大的半圆形的窗户，可以眺望到乌昌苏河蓝色的入海口。我在这座别墅里度过的那几小时、几天，有时甚至是几个月，我对这个不仅以他的智慧和才华，甚至以他的严厉的声音和童稚般的微笑使我折服的人的亲近——将成为我一生中最好的回忆之一，永志不忘。他对我的态度很友好，有时甚至充满温情。但是我上面提及的那种克制甚至在我们的交谈最知心的时刻他也没有放弃，而且无处不在。

他喜欢笑，不过他那可爱的有感染力的笑只有当别的人讲了什么可笑的故事时才会出现，而他自己虽然说了最可笑的东西，却不带一点笑容。他非常喜欢说笑话，起荒诞的诨名，开故弄玄虚的玩笑。近几年来，只要身体变得好一点，他就会有说不尽的各种笑话，而且他以多么巧妙的滑稽使人们忍不住地发笑啊！他随便掷出两三个词，调皮地眨一眨夹鼻眼镜上面的眼睛，就……而他写的信呢！里面总是有那么多的可爱的玩笑，而且是用十分平静的方式写的："亲爱的伊万·阿列克谢耶维奇，对不起，在复活节前一个礼拜我等您。您必定、一定要来，我们会有很多好吃的，而且在雅尔塔现在天气暖和，有多少鲜花啊！来吧！劳驾了！结婚我放弃了，我不愿意，但如果您觉得寂寞的话，那么，我就听您的，也许，我就结婚……"（1901年3月25日）。"亲爱的伊万·阿列克谢耶维奇，明天我去雅尔塔，也求您写封贺信寄到那里去，祝贺我的合法婚姻……祝您一切顺利，祝您健康。您的安·契诃夫，阿乌特卡小市民。"（1901年6月30日）。

但是，契诃夫的克制也表现在许多其他更重要的方面，证明他禀性的罕见的力量。例如，谁听见过他诉苦呢？而他可诉苦的原因却是很多的。他是在一个大家庭里开始工作的，当时他还年轻，家里很穷，写作不仅赚不到钱，而且还处在可以把你最旺盛的灵感熄灭的环境中：在一个小房间里，周围都是说话声和喧闹声，经常就在桌子的一块小地方，四周不仅坐着全家人，而且还有一些客人——大学生。他长期过着贫困生活，后来……可是从来没有任何人听见过他对命运的抱怨。这却不是由于他的性情深沉，也不是因为要求不多，虽然在生活方式上他少有的高尚朴素，可同时他也绝对地憎恶灰溜溜的贫困生活……他二十四岁就得了折磨人的疾病，这种病顽固地将他导向死亡。但是读者——听见过如此多痛苦作家哀号的俄罗斯读者——知道这一点吗？病人都喜欢自己享有的特权地位。病人中最坚强的人几乎也乐于激愤地、痛苦地、没完没了地谈论自己的病痛而折磨周围的人。可是契诃夫却是带着真正令人惊叹的勇气承受了病痛和死亡！甚至在他最难受最痛苦的日子里，往往也没有任何人料到他有这么痛苦。

"你不舒服吗，安东？"他母亲或姐姐看见他闭着眼睛坐在圈椅里，便问他。

"我？"他张开没戴夹鼻眼镜的明亮而又温顺的眼睛，安详地回答说，"不，不要紧，有点儿头痛。"

他热爱文学，也谈论各个作家。叹赏莫泊桑、福楼拜或者托尔斯泰——这对他来说是一种最大的快乐。他特别地经常地带着喜悦谈论的正是这些作家，还有就是莱蒙托夫的《塔曼》。

"不能理解，"他说，"他怎么在小孩子的时候就能写出这样的东西来！瞧，居然写了这样的东西，而且还写了轻松的喜剧，那么就是死了也不遗憾了！"

不过，他关于文学的谈话却完全不同于平常的职业的谈话，这种谈话由于其小圈子的狭隘性和那纯粹是实际的而且多半是出于个人利益的吹毛求疵而令人十分厌恶。契诃夫首先是一位文学家，可是他与大多数写作的人有明显的不同，甚至文学家这个词对他也不合适，就像这个词不适合托尔斯泰一样。因此，只有当契诃夫知道他的交谈者在文学中喜欢的首先是艺术，无私的自由的艺术的时候，才会谈论文学。

"不应该给任何人阅读自己发表之前的作品，"他常常说，"主要的是，任何时候都不应该去听任何人的忠告。我犯了错误，我撒了谎——就让错误只属于自己好了。自从莫泊桑对自己的技巧提出了种种高要求后，工作就困难了，但毕竟还是要工作，特别是我们俄罗斯人，而且要大胆地工作。有大狗，也有小狗，但是小狗不应该因为大狗的存在而感到难为情；大家都应该吠叫——上帝赋予你什么样的嗓门，就用什么嗓门叫好了。"

文学界发生的一切问题他都十分关心。如今在文学中如此堂而皇之地盛行的愚蠢、撒谎、矫揉造作和耍手腕，都使他非常激动。但是我从他的激动中从来没有发现浅薄的恼恨，他从不把个人的感情掺和进去。人们几乎在谈及所有死去的作家时都说，他们为别人的成就感到高兴，他们没有自尊心，因此，如果我对契诃夫的写作自尊心哪怕有一点点怀疑的影子的话，我就根本不会去触及自尊心问题了。但是，他的确是真心实意地为一切有才能的人感到高兴，而且也不能不高兴。"无能之辈"这个词在他的口中好像是最下流的骂人话。他对待自己的成功和失败的态度也是只有他自己一个人才能采取的态度。

他工作了差不多二十五年，在这期间他听到过多少平淡的和粗暴的非难啊！作为最伟大的和对人最温和的俄罗斯作家之一，他从来不用说教者的语言说话。那么是否因此就能期望得到俄罗斯批评界的理解和欢心呢？要知道，人们也曾要求列维坦把风景画"画活"……添画一头小牛、几只鹅或一个女人！当然，有这样的批评家在，契诃夫不会感到愉快的。他们在他的心里注入了许多的痛苦，而这颗心就是没有这一切也已被俄罗斯的生活毒化了。这种痛苦已经表现出来了，但也仍然只是**表现出来**罢了。

"对了，安东·帕甫洛维奇，我们很快就要庆祝您的纪念日了。"

"我知道这些纪念日。他们把人大骂特骂了二十五年，然后又赠给他铝制的羽笔，并整天傍着他，又是哭泣又是亲吻，兴奋地胡说八道！"

谈得最多的是关于他的荣誉，关于别人如何评论他的问题。他的回答却总是两三句话，或者是开个玩笑。

"安东·帕甫洛维奇，您读过了吗？"当你看到什么地方有评论他的文章时去告诉他。

而他却只是从夹鼻眼镜上斜视一下，沉下脸来用其低沉的男低音回答说：

"太谢谢您了！人们写某个人写了一千行，而在下面补上一句：'其实还有一个作家契诃夫，无病呻吟的人……'我怎么是无病呻吟的人呢？我怎么是'愁眉苦脸的人'，我怎么是'冷血人'呢？——批评家却如此称呼我。我怎么是'悲观主义者'呢？要知道，在我的作品中我最心爱的是短篇小说《大学生》……而'悲观主义者'一词却是令人讨厌的……不，批评家比演员还要坏。不过您知道吗？演员们的发展已经整整落后俄国社会七十五年了。"

有时他也补充一句：

"阁下，当您不管什么地方遭到责骂时，您最常想到的就是我们这些有过失的人：就像在神学校一样，批评家为了一点小小的过错而把我们毒打一顿。一个批评家曾对我预言，说我将死在围墙下面。他把我看作是一个年轻人，一个由于酗酒而被学校开除的人。"

我从来没有看见过契诃夫发怒，他很少生气，即使生气了，他也惊人地善于控制自己。但我也没有见过他冷淡的时候。用他的话说，他的冷淡只是对工作而言。他总是在构思中的作品思想和形象都逐渐地变得完全明朗之后，才着手写作的，而这种创作他几乎总是一气呵成，绝对地一贯到底的。

"只有当感到自己冷如冰霜的时候才需要坐下来写作。"有一次他说。

当然，这完全是另一种特殊的冰冷。在俄罗斯作家中，能有几个人比他的心灵更敏锐、比他的感染力更强大呢？

（原文载于作者最后编的《蒲宁与契诃夫》一书中，

纽约，契诃夫出版社，1955年）

夏里亚宾

在莫斯科曾经有人说，夏里亚宾同作家们交好，是故意要为难同他争荣誉的索比诺夫[1]。夏里亚宾接近作家们完全不能说明他喜欢文学，只是说明他希望不仅被公认为著名的歌唱家，而且被公认为一个"先进的、有思想的人"。他说过，"但愿狂恋索比诺夫的只是那些任何时候任何地方都狂恋而且将来也狂恋男高音的听众"。不过，我觉得夏里亚宾接近我们并不都是出于自私的目的。比方，我记得，他是多么热切地想认识契诃夫！关于这一点他对我说过多少次了。我终于问他：

"为什么要见他呢？"

"因为，"他回答说，"契诃夫什么地方都不露面，老是没有机会和他认识。"

"得了吧！这需要什么机会呢？叫一辆车，你就去吧。"

1　列昂尼德·维塔利耶维奇·索比诺夫（1872—1934），苏联抒情男高音歌唱家。

"我可不愿意像一个无耻之徒那样去与他见面！除此之外，我知道，我在他面前是如此畏缩，会显得十足像个傻瓜。所以如果可以的话，无论如何请你送我去见他……"

我毫不拖延地办成了此事，并确信，他说的都是实话。到了契诃夫家里，他的脸红到了耳朵根，说了几句话，声音又低又不清楚……而当他离开契诃夫家走出来时，却充满狂喜地说：

"你不会相信，我是多么幸福；我终于认识了他，他是多么迷人啊！这就是一个人！这就是一个作家！如今我看所有其他的人都会像看骆驼那样了。"

"谢谢。"我笑着说。

他哈哈大笑起来，满街都听得见。

有一张很出名的照片——之所以出名，是因为它以明信片的形式在当时销售了几十万张。在这张照片上拍下了安德烈耶夫、高尔基、夏里亚宾、斯基塔列茨、捷列绍夫和我。有一天，我们一起在莫斯科一家德国餐厅"杜鹃花"吃早饭，吃了很长时间，而且很愉快。突然我们决定去照相，就在这时我和斯基塔列茨首先吵了起来。我说：

"又是照相！老是照相！没完没了的狗婚礼。"

斯基塔列茨生气了。

"为什么是婚礼，而且还是狗的婚礼？"他用一种粗暴的伪装的男低音说，"比方我，从来就不认为自己是狗，不知道其他人是否认为自己是狗。"

"不然又称作什么呢？"我说，"我们一个接一个的宴会、节日，用您自己的话说，是'老百姓饿得浮肿了'，俄罗斯快要灭亡了，国内是'各种各样的灾难，下面是黑暗的统治，上面是统治的黑暗'。国家的上空'海燕像黑色的闪电在高傲地飞翔'，而在莫斯科，在彼得堡呢？日日夜夜是过节，全俄性质的事件一件接着一件：新的'知识'文集，汉姆生的剧本，艺术剧院的初次上演，大剧院的首次上演，高等女校学生看见斯坦尼斯拉夫斯基和卡恰洛夫时晕了过去，逞勇闯祸的车夫把车开到雅尔，驶进了斯特列里纳……"

事态可能发展为吵架。不过这时响起了大家的笑声，夏里亚宾喊道：

"好，说得对，我们还是走吧，让狗的婚礼流芳百世！我们去照相，真的，常去照，我们死后，应该给我们的子孙后代留下一点东西，否则不管怎么唱啊唱啊，等他死了，也就完了。"

"对，"高尔基附和着说，"写啊，写啊，然后就死了。"

"例如，我，"安德烈耶夫黯然地说，"我将首先死去……"

他经常这样说。大家暗暗地嘲笑他。但后来的结果却正是这样。

大家都认为夏里亚宾很左，当他唱完《马赛曲》或者《跳蚤》时，往往会由于高兴而狂叫起来，因为在这些歌里被认为有某种对国王的革命的撒旦式的讥讽。

曾经有过一个国王，

跳蚤跟他一起生活……

可是突然发生了什么事呢？撒旦竟在国王面前下跪了——全俄罗斯都散播着一个传闻：夏里亚宾在沙皇面前下跪！关于此事的传闻，夏里亚宾感到无尽的愤懑和惆怅，后来又为自己的这一罪过洗刷过多少次啊！

"我怎么可能不下跪呢？"他说，"这是一台皇家歌剧合唱团的捧场戏。合唱团决定向皇帝请求增加薪俸，利用沙皇光临演出的机会，在他面前下跪请求。我也是合唱团的一员，我该怎么办呢？我事先无论如何也没有料到这次下跪：突然，舞台上的整个合唱团像被镰刀刈了一下似的全都跪下了，双手伸向沙皇的包厢！我怎么办呢？一个人像电线杆那样杵在整个合唱团之上？须知，这也是真正丢脸的事！"

我在俄国最后一次看见他是在1917年的4月初，列宁已经回到彼得堡的那个时候。这段时间我也在彼得堡，并和夏里亚宾一起收到了高尔基的请柬，他邀请我们参加米哈伊洛夫剧院的隆重集会，会上高尔基将发表关于建立其某某"自由科学研究院"的演说。我不明白，也不记得我和夏里亚宾怎么会收到请柬，去参加这个各方面都称得上是荒谬的集会。高尔基的演说时间相当长，辞藻过于华丽。后来他宣布说：

"同志们，夏里亚宾和蒲宁也在我们中间，我提议欢迎他们！"

大厅里响起了热烈的掌声、跺脚声，招呼我们。我们躲到了后台。忽然有一个人从我们后面跑过来说：大厅里大家要求夏里亚宾唱歌。如此一来夏里亚宾又一次要"下跪"了。他坚决地对跑过来的人说：

"我不是消防队员，一经召唤就立即爬到房顶上去。您就这样对大厅里的人们说吧。"

跑过来的人不见了。而夏里亚宾摊开双手对我说：

"瞧，老兄，这是什么事呀！唱不行，不唱也不行——到时候就会想起你，把你挂在灯笼上，真见鬼。可我还是不打算唱。"

于是便没有唱。在布尔什维克时代，他的胆子已没有那么大了，所以他最终巧妙地从他们那里跑掉了。

1937年6月我在巴黎最后一次听他唱歌。他开了音乐会，时而独唱，时而与阿索斯合唱团合唱。我想，他当时已经病得很重了，激动得不同寻常。自然，他每次演出后都是很激动的——这是正常的。我看见过，在叶尔莫洛夫剧院门前，全体观众是如何晃动和画十字的；我看见过，在后台，他演完了连斯基的角色甚至罗西本人的角色后，走进自己的更衣室时，观众简直都要晕倒了！大概，夏里亚宾在某种程度上也有类似的情况，只是观众以前从没有见过罢了。但是在这最后一次音乐会上他们看见了。夏里亚宾则只是由于他的手势和语调的天赋才得到解脱的。他从后台给我捎来一张字条，要我到他那儿去。我去了。他站着，脸色苍白，冒汗，颤抖的手拿着的烟卷在抖动。他立即问我（当然，他从前不会这样做的）：

"喂，我唱得怎么样？"

"当然是非常好，"我回答道，并开玩笑地说，"好得我一直在给你伴唱呢，并因此而使听众非常愤懑。"

"谢谢，亲爱的，你就伴唱吧，"他带着不安的微笑回答说，"你知道吗，我身体很不舒服，最近我得到山上去休息，到奥地利去。老兄，首要的事是要到山上去。那么你夏天要到哪儿去呢？"

我再次开玩笑说：

"就是不到山上去。我现在就一直在山上，时而是在蒙马特，时而是在蒙帕纳斯。"

他又微笑了一下，却有点儿没精打采。

他为什么要举办这最后一次音乐会呢？也许是由于他已感觉到自己就要离去了，于是便想同舞台告别一下，而不是为了钱，尽管钱他也是喜欢的。他从来没有因慈善的目的唱歌，他喜欢说：

"只有鸟儿才免费唱歌呢。"

我最后一次看见夏里亚宾是他逝世前的一个半月——我和玛·阿·阿尔达诺夫一起去看望了生病的他。他当时已经病得很重了，但还是有力量，在他身上还有许多生命和演员的光华。他坐在饭厅角落的圈椅里，旁边点着一盏带黄色灯罩的油灯。他穿着宽大的黑色绸布的病号服和红色的便鞋，额头上高高地竖起一撮突出的额发，高大而又华美，就像一头老狮子。他身上流的是什么血呢？是像罗蒙诺索夫身上的，瓦斯涅佐夫兄弟身上的俄罗斯北方特有的血吗？青年时期他的外表是极其平民化的，但是年复一年，逐渐地变了。

托尔斯泰第一次听到他唱歌后说：

"不行，他唱的声音太大了。"

直到现在还有许多自作聪明的人真的相信托尔斯泰对艺术一窍不通，因为"他指责了莎士比亚和贝多芬"。对于这些人我们可以放在一边，但到底该如何理解他对夏里亚宾的评语呢？他对夏里亚宾的歌喉、夏里亚宾的才华的全部价值漠不关心吗？当然不可能这样。托尔斯泰只不过是对他那些优点保持沉默罢了，他只说出了他觉得是缺点的意见，指出了夏里亚宾身上的确经常存在的那些缺点，特别是当他在二十五岁左右的时候：他各方面的精力过剩，有些漫无节制，故意引人注意等。在夏里亚宾身上，"勇士的动作"太多了些。这既来自他的天性，也是他在舞台上自己养成的性格，而舞台则从青年时代起就是他的全部生活。这种生活每一分钟都在受到群众不停歇的兴奋的刺激。在任何地方，在全世界，群众只要在什么地方看见他——在歌剧舞台上，在音乐舞台上，在著名的海滨浴场，在价位昂贵的餐厅里，或者在百万富翁的沙龙里——都是这样。享受了荣誉的人要做到克制是很困难的！

"荣誉就像海水——喝得越多便越想喝。"契诃夫曾开玩笑地说过。

夏里亚宾"没完没了地喝这种水，并没完没了地想喝"。他喜欢强调自己的力量、豪勇、自己的俄罗斯天性，而且"从一个卑贱的平民变成一个公爵"——这该如评判呢？有一次他给我看了一张他父亲的照片：

"你看看，我父亲是个什么样的人，他残酷地鞭笞过我！"

但是，照片上他是一个相当体面的人，五十岁左右，穿着浆硬的衬衣，翻领，系一条黑色领带，穿着貂绒大衣。于是我怀疑起来，他父亲真的鞭笞过他吗？为什么这些被大家称之为"天生有才的人"会在儿童时代不断地被"残酷鞭笞"呢？"高尔基、夏里亚宾是从人民的海洋底下升上来的"……真的是从底层升上来的吗？他的父亲在地方自治参议会效力，穿着貂绒大衣和浆硬的衬衣，天晓得是什么样的底层。我想，夏里亚宾在他的回忆录中对其整个儿童时代和少年时代大体上说得有些夸张，当时他生活中的朋友和同事们说得也有些夸张——例如某某铁匠对他的歌唱所说的某些话就过于华而不实。

"唱吧，费佳，心灵上将会更快乐！歌曲——就像鸟儿，你放了它，它就飞了。"

不过，这个人的命运仍然的确是神话般的——从与铁匠的交情到与大公们和继承王位的亲王们的友好宴会，其距离可是不小哩！他的生活在各个方面都是无限幸福的。上帝真正给了他"尘世范围内的一切尘世的东西"！给了他强大健壮的身体，这个身体只是在全世界漫游了四十年，经过各种各样的尘世诱惑之后才歪斜了。

有一回我和巴蒂斯蒂尼[1]同住在敖德萨的一个旅馆里，他当时在敖德萨巡回演出。他不仅以自己歌喉的年轻的清新气息，而且以其全部的青春活力使所有的人感到震惊，尽管他已经七十四岁了。这种青春的秘密何在呢？部分原因是他对自己的保护：每次演出结束之后，他便马上回家，喝热牛奶加碳酸矿泉水并睡觉。而夏里亚宾呢？我认识他许多年了，我和他的大多数见面都是在餐厅里。我们是在什么时候、什么地方认识的现在已记不起来了，但是我记得有一天晚上在大莫斯科旅馆里，在伊维尔小教堂对面的一栋大房子里，他把对我的称呼改成了"你"。在这栋房子里，除了旅馆还有一家小饭店，我来莫斯科就住这家饭店，常常住很长时间。小饭店这个词早已不适用于这个价钱昂贵的宽敞的餐厅了。小饭店年复一年地逐渐变成了现在的餐厅，尤其是我住在它上面的旅馆里的那个时期：当时它就扩大了，里面开辟了一些新的大厅，布置得很阔气，并指定专门供特别高贵的宴会使用，供最著名的莫斯科商人（他们中最欧化的人）夜间狂欢使用。我记得，在那些夜间狂欢的人当中，主角是莫斯科的法国人苏及其太太和他的熟人们。我也坐在他们中间。苏在宴会上，正如常言所说，香槟酒流成了河；他时常拿一百

---

1 马蒂亚·巴蒂斯蒂尼 (1856—1928)，意大利男中音歌唱家。

卢布的钞票作为茶钱，赏给那不勒斯的乐队，穿着红色短上衣的乐队在枝形吊灯的灯光下一边演奏，一边痛饮。瞧，大厅门口突然出现了黄头发的夏里亚宾的高大身影。他，正所谓用"鹰的"目光，扫了一眼乐队——突然手一挥，就和着乐队的演奏唱了起来。还用说吗，那不勒斯人和所有正在大吃大喝的人在"歌王"这种出乎意料的恩赐下，充满了何等的狂喜啊！那个夜晚，我们几乎一直喝到第二天早晨，后来我们走出餐厅，停在旅馆的楼梯上告别，他突然用那种伏尔加河的男高音对我说：

"我想，万纽沙，你喝得太多了，因此我决定用我的双肩把你背到你的房间里去，因为电梯已经不开了。"

"你别忘了，"我说，"我住在五楼，而且我的个头也不小。"

"不要紧，亲爱的，"他回答说，"无论如何我都要把你背上去。要扮演'勇士'的角色就要扮演到底——只是求你到了房间之后给我一瓶'百年的'一百卢布的勃艮第红酒，我发现它很像马林果酒。"

毫不偏颇地说，他花的力气还是相当大的。他不停地说话，不让自己的交谈者开口，不断地说东道西，一切都表现在脸上，随时蹦出几句俏皮话，几个词——多半是最强烈的词，并一支接一支地抽烟，老是摆出"古代勇士的派头"（这是他真正的激情）。有一次我和他坐一辆漂亮马车在冬天夜晚的莫斯科从布拉格饭店奔驰到斯特列里纳饭馆，天气严寒，马车飞速前进，而他却挺直身子坐着，敞开皮袄，大声说话，哈哈大笑，烟卷的火星随风四散。我忍不住大喊一声：

"你干吗要糟蹋自己！住嘴，掩上棉袄，把烟扔掉！"

"你是聪明人，万尼亚，"他用一种甜腻腻的腔调回答我，"你的担心干脆是多余的。老兄，我的血是特殊的，俄罗斯的，什么都经受得住。"

"我讨厌你那俄罗斯的！"我说。

"瞧，又责骂我了。我可害怕责骂：责骂人，可以把人赶进棺材里去。你动不动就对我说：'哎哟，你，善哉，好汉。'为什么呢，万尼亚？"

"为了让你别去穿腰部带褶的男式上衣、上了漆的皮靴和丝织的又高又直的带紫色衬圈的斜领衬衣，别同高尔基、安德烈耶夫、斯基塔列茨一起打扮得像民粹派一样，别和他们一起装出很勇敢的若有所思的姿势去照相——要记住，你是什么人，他们又是什么人。"

"我跟他们有何不同呢？"

"不同在于，例如高尔基和安德烈耶夫都是很有能耐的人，他们写的所有东西往往哪怕甚至是浅陋的，那也是'文学'，而你的歌喉，无论如何也不是'文学'。"

"酒鬼也喜欢奉承，万尼亚。"

"这不错，"我笑着说，"你还是住嘴，把皮袄掩上吧！"

"好吧，就听你的……"

于是他掩上了皮袄。突然，他大声地说一句："查理有仇敌！"吓得马猛然向前一冲，更厉害地狂奔起来。

当时莫斯科存在过一个文学小组"星期三"。小组每个礼拜都聚集在乐天而富有的作家捷列绍夫家里。在那里我们相互朗读自己的作品，评论它们，一起吃晚餐。夏里亚宾是我们的常客，他听大家朗读作品（尽管并不总能耐着性子），时而弹钢琴，并且自弹自唱，有时唱俄罗斯民歌，有时唱法兰西小调，时而是《跳蚤》，时而是《马赛曲》，时而又是《伏尔加船夫》，使有的人激动得"喘不过气来"。

有一次他来到"星期三"，立即就说：

"兄弟们，我很想唱！"

他打电话给拉赫马尼诺夫，也同样对他说：

"我想唱得要死！赶最漂亮的马车过来，马上来，我将唱整整一夜。"

所有这一切当然有些做作。毕竟也不难想象，这是一个什么样的晚会——夏里亚宾与拉赫马尼诺夫联袂演出。在这个晚会上夏里亚宾相当公正地说：

"对你们来说，这不是大剧院，大剧院也不要听我唱，可是你瞧，在这样的晚会上，我却与谢廖扎[1]在一起。"

有一回他在卡普里岛，在我落脚的克维西桑旅馆做客，也这样唱了歌。我和我的妻子在这个旅馆里一连住了三个冬天。为了给他洗尘，我们设了午宴，请了高尔基和卡普里岛俄国侨民中的一些人。午宴后夏里亚宾应邀唱歌，于是又成了一次十分令人惊讶的晚会。在饭厅里，在旅馆所有华美的

---

1 谢廖扎是拉赫玛尼诺夫的小名。

客厅里，旅馆里的客人们和许多卡普里岛的人聚集在那里，他们带着狂热的目光，屏着呼吸听着……有一次在巴黎，我在他那里吃了早饭后，他自己还提起了这次晚会：

"记得吗，我在卡普里岛你的家里是怎么唱歌的？"

然后他打开留声机，放自己过去的唱片，热泪盈眶地听着，小声说道：

"唱得不错！但愿一切如此！"

（1938 年）

高尔基

　　把我和高尔基联系在一起的奇怪的友谊（之所以奇怪，是因为这段被人认为几乎二十年的重大友谊，实际上是不存在的）从 1899 年开始，在 1917 年结束。后来这个和我在整整二十年里没有任何个人仇恨的人，突然成了长期让我感到害怕和愤懑的敌人。随着岁月的流逝，这种敌视的感情又逐渐消解了，这个敌人对我来说好像并不存在。就在这时却传来一个完全出乎意料的消息：

　　"作家马克西姆·高尔基逝世了……文学界著名的阿列克谢·彼什科夫，署名高尔基，1868 年出生在下诺夫哥罗德一个哥萨克家庭……"[1]

　　还有一个有关他的传说。一个流浪汉，如今却是哥萨克……不管这是多么奇怪，迄今还没有任何人对高尔基生

1　原文为法文。

活中的许多事情有一个准确的概念。有谁对他有全面的了解呢？为什么那些宣布他是最伟大的天才、给他印了多达几百万册作品的出版社至今不提供他的传记呢？一般地说，这个人的命运是神话般的，他已经享有全世界的盛誉多少年了。这种荣誉就其无功受禄而言完全是史无前例的，它建立在对其享有者而言无限幸运的基础之上，不仅包括政治因素，也有许多其他方面的背景（例如大众对他的生平完全不知情）。诚然，他是有才华的，可是迄今为止终究还是没有一个人能够肯定地说出这个创作了例如像《鹰之歌》这种作品的人究竟是什么样的和哪一类的才华！完全不知道为什么他要去歌唱什么"黄颔蛇爬在高高的山上，躺在那里"，而一只高傲的鹰却落在它的身边。大家都不断地重复说："从人民海洋的底层升上来的流浪汉……"但是，谁也不知道那些记录在《布罗克豪斯辞典》[1]里的值得注意的东西："高尔基——彼什科夫，阿列克谢·马克西莫维奇，出生于 1868 年，完全是资产阶级阶层：父亲——是很大的轮船检查机关的主管人；母亲——是富有的染坊商人的女儿……"之后的情况谁也无法确切地知道，它只是以高尔基的自传为依据的，而这种自传仅就其文体而言就是非常令人怀疑的："识字——我是从外祖父那里根据圣诗集学到的，然后在轮船上当帮厨的童工时，向厨师斯穆雷学的。斯穆雷是一个有神话般的力量的人，一个既粗鲁也温

1　即《布罗克豪斯–艾弗隆百科辞典》。

柔的人……"这个柔情脉脉的永恒的高尔基式的形象有何价值呢！"斯穆雷使我这个直到那时还非常难堪地仇视一切书籍的人养成了对读书的强烈的热情。于是我发狂似的、入迷地阅读涅克拉索夫的作品、《火星》杂志、乌斯宾斯基的作品、仲马的作品……我从炊事转做园丁，狼吞虎咽地阅读古典作品和民间文学。我十五岁时产生了强烈的学习愿望，来到了喀山，天真地以为学问可以白白地教给愿意学习的人。可实际上并不是这么一回事。求学不成之后，我便进了面包坊，在那里一边工作一边与大学生结识……十九岁时我朝自己身上开了一枪，只好养病，伤好后想着手做苹果生意……有一个时期想应征服兵役，当发现他们不收中过枪弹的人时，我便去拉宁律师那里当了文牍员。但是我很快地感到，知识分子中间也完全不是自己待的地方，于是便到俄罗斯南方浪游去了……"

1892 年高尔基在《高加索》报上发表第一个短篇小说《马卡尔·楚德拉》。小说一开头就写得少有的庸俗："风把波浪冲击海岸的拍溅声那沉思般的旋律吹散在草原上……在燃炽的篝火下，四周秋夜的黑暗颤抖起来，恐惧地躲开了我们；篝火的上面高耸着老茨冈马卡尔·楚德拉厚实的身影。他用一种漂亮的、有力的姿势，斜身躺着，不紧不慢地抽他那只大烟斗，从口里、鼻子里喷出一团一团的浓烟来……并且说道：'奴隶了解辽阔的自由吗？他懂得草原的辽阔吗？海浪的谈话会使他的心快乐吗？嘿！小伙子，他是一个奴隶！'"[1]这之后过了三年,高尔基发表了著名的《切尔卡什》。关于高尔基,知识界早已有传闻了。许多人对《马卡尔·楚德拉》及后来高尔基的作品,如《叶美良·皮里雅依》《阿尔希普爷爷和廖恩卡》等已读得入迷了……高尔基曾以其讽刺作品而出名,例如《撒谎的黄雀和爱真理的啄木鸟的故事》。他也是著名的小品文作家,写过一些讽刺作品(在《萨马拉报》上),署名为"伊叶古季尔·赫拉密达"。不过,现在却发表了《切尔卡什》……

我第一次知悉他正好就是在这个时候。当时我常到波尔塔瓦去,突然传来一个风闻:"在科别利亚基市近郊住了一位年轻的作家高尔基,他的外表惊人的漂亮,是一个结实的又高又壮的年轻男子,穿着最宽大的披风,戴一顶宽檐大帽,手持一根一普特重的多节的粗手杖……"我同高尔基的相识是在1899年。那时我回到雅尔塔,有一次正沿着堤岸散步,看见契诃夫跟一个人迎面走来;这个人拿着一张报纸,不知是要挡太阳,还是要挡走在他旁边的人,他发出一种嗡嗡响的男低音,并老是从自己的披风里高高地挥动着手。我和契诃夫打招呼后,他说:"你们认识一下吧,这是高尔基。"我一边与他握手,一边看着他,并且确信,在波尔塔瓦人们对他的描述部分是正确的:就是这样的披风,这样的帽子和手杖,披风下面是黄色的丝织衬衣,腰间有一条又长又粗的丝

---

1 这几句译文译者乃根据蒲宁所引原文直译。蒲宁并没有完整地引用高尔基的原文,只是断断续续地不连贯地摘引了几句,意思不精确。

织的牛奶色的腰带，领口和底边都用丝线绣了各种颜色的花。只不过他不是又高又壮的年轻人，也不结实，而只是个高个子的并有点拱背耸肩的红头发的小伙子，一双敏捷随和的深蓝色小眼睛，扁平的带雀斑的鼻子，鼻孔很宽，留一撮黄色的小胡子。他一边不时地咳嗽，一边用大拇指抚摸胡子，吐一点儿唾沫在手指上然后抚摸起来。他们继续向前走。他点着烟，深深地吸了一口，立即又用鼻音含糊地说起来，并挥动着双手。他迅速地抽完了烟，弄一点唾液在烟嘴里把烟头熄灭，扔掉，又继续说话，间或快速地看一眼契诃夫，极力捕捉他的反应。他说话声音很大，好像是很诚心很热情，并且总是说得很激昂，总是带着英雄式的感叹，带点做作粗犷的原始性。他在讲述一个无限长无限乏味的关于某些商人和庄稼人出身的伏尔加河的财主们的故事——其乏味首先在于其极度夸大的单调性：所有这些财主都是史诗式的巨人，其次是极度的理想化和过度的热情。契诃夫几乎没有听，而高尔基还是说啊，说啊……"

差不多就是在这一天，我们之间产生了类似友谊的亲近，从他那方面而言，甚至是有点儿多愁善感，他有点腼腆地叹赏我说："您是来自贵族的最后一位作家，贵族的文明给世界贡献了普希金和托尔斯泰！"

就在这一天，契诃夫刚叫了马车回阿乌特卡自己的家去，高尔基便立即邀请我到维诺格拉德街他的住处去。这是他向人租来的一个房间。他皱着眉头，不好意思地微笑着（幸福的、不高明的喜剧演员的微笑）拿给我看一张他妻子手上抱着一个胖胖的、眼睛乌溜溜的小孩的照片，还有一块浅蓝色的绸布，并带着这种微笑说：

"这，您知道吗？是我买来给她做上衣的……我带的礼物……就是给这个女人……"

　

现在，同堤岸上和契诃夫在一起的时候相比，高尔基已完全是另一个人了：亲切，沉着，谦虚到妄自菲薄的程度，不再用男低音说话，也没有英雄式的粗犷行为，老是好像在道歉的样子，模仿亲切的伏尔加河地方的语调，不管重音非重音把所有的"O"都读成"O"[1]。不论在什么场合他都玩得同样愉快，同样孜孜不倦。后来我获悉，他可以从早到晚一直滔滔不绝，自说自话，巧妙地完全进入这种或那种角色。在敏感的地方，要尽量做到特别令人信服的时候，甚至也能轻易地在自己深绿色的眼睛里挤出点眼泪来。这里还显露出他某些其他特点，这些特点我后来在许多年里还常常看到。第一个特点是：他在人群中完全不像在他跟我单独在一起，或他自己独处的时候的样子。在人群中他多数时候在用低沉的声音说话；由于自尊心、虚荣心，由于群众对他的狂喜而面色苍白；他老是讲述一些粗野的、高深的、重大的东西；喜欢教训自己的崇拜者，时而是严厉地和不经心地，时而是干巴巴地教训式地和他们谈话。当我们单独在一起时，或者在亲近的人们中间，他就变得亲切，好像带着天真的高兴、

1　在俄语语音中，非重音的音节"O"一般都发"A"音。

谦逊，甚至过分的腼腆。第二个特点是：他崇拜文化和文学，文化和文学是他真正喜欢的话题。他后来几百次地对我说过的那些话，还在雅尔塔的时候就开始说了：

"您明白吗，您是一位真正的作家，首先因为，在您的血性里就有文化，有俄罗斯文学的崇高的艺术遗传性。我的老弟，对于新读者来说，作家应该不断地学习这种文化，要用心灵的全部力量去景仰它，只有这样，您才能有所成就！"

无疑，这里既有表演成分，也有甚于骄傲的自卑。但也有一份诚恳——否则怎么会把同样的话反复重复这么多年，有时还会流下眼泪？

他很瘦，肩膀相当宽，老是耸着，而且窄胸，有点儿驼背，迈着两条长腿，踮着脚走路，有点儿像一个（请原谅我这样用词）讲究装束的窃贼，从容不迫，轻盈灵巧——我在敖德萨码头上见过不少这样的走路姿势。他有一双很大的温存的（像神职人员的）手，打招呼的时候，他会久久地握着你的手，愉快地握着它，用柔软的嘴唇强有力地吻一吻。他的颧骨像鞑靼人那样突出，不大的前额，头发长得很低、很长，攀在后面，皱纹很多，像猴子一样；额头和眉毛上的皮肤越来越往上靠，贴近头发，全是皱褶。脸部表情（就像马戏团的丑角那样神色相当温柔）有时流露出某种小丑式的非常生动、非常滑稽可笑的东西。这种东西后来也表现在他的儿子马克西姆的脸上。在马克西姆孩提时，我常常让他骑在我的脖子上，抓住他的两只小脚，高兴地尖叫着在房间里又跑又跳。

我第一次同高尔基相识时，他已经享有全国性的声誉了，后来这种声誉也在不断地继续发展。俄国知识界为他而神魂颠倒，我也明白是什么原因。加之这时俄国革命精神已经极大地高涨了，而高尔基与这种革命精神刚好契合：当"民粹主义者"与不久前出现的马克思主义者之间还在进行着激烈的斗争的时候，高尔基便贬斥了庄稼汉，颂扬了"切尔卡什们"。马克思主义者在自己的革命希冀和计划中把如此巨大的赌注押在了"切尔卡什们"身上，因此高尔基的每一部新的作品都立即变成了全俄规模的事件。而他自身也在不断地变化，而且已经变化了，不论在生活方式上还是待人接物上。如今他在下诺夫哥罗德城已经租下了整所房子，在彼得堡有庞大的住宅，经常出现在莫斯科和克里米亚，主持着《新生活》杂志，开始成立知识出版社……他已经为艺术剧院写了剧本，他在自己的书上为女演员克尼佩尔 [1] 写了如下的献词：

"奥莉加·列昂纳尔多芙娜，这本书我该用自己的心做书皮，把它重新包装一下才好！"

他首先帮助安德烈耶夫，然后又帮助斯基塔列茨得到了社会地位，并使他们成为自己的亲信。有一段时间他还与其他作家接近，不过多半时间不长，因为他往往以自己的关心迷惑了某个人后，突然又剥夺了赐予幸运者的一切恩惠。在客人中，在社交中都很难见到他。不论在什么地方，他一出现就人群拥挤，人们目不转睛地看着他，挤得水泄不通。他

1　俄国著名女演员，1901 年与契诃夫结婚。

却变得越来越笨拙，越来越不自然了。他不理睬群众中的任何人，只坐在两三个有名望的朋友的小圈子里，恶狠狠地皱着眉头，（故意）像大兵一样地咳嗽，一支接着一支地抽烟，大喝葡萄酒，总是满满的一大杯，一饮到底；有时大声说些公开的有教训意义的话或者是政治预言；有时又装出不在意周围任何一个人的样子，时而愁眉苦脸，用手指敲击桌子，时而装出漠不关心的样子紧皱眉头，只跟自己的朋友们说话；而且也只是随便说说罢了，在他们的脸上则重复着他脸上变化的表情，在公众面前享受一种因为能和他接近而产生的自豪感，而他却好像并不开心，好像不以为然；人们与他说话时往往都要插进他的名字：

"完全正确，阿列克谢……不，你说得不对，阿列克谢……你看见吗，阿列克谢……问题在于，阿列克谢……"

他身上的青年时代的东西全都消失了——这在他身上发生得非常快；他的脸色变得更粗糙、更阴郁、更枯燥了，胡子也更浓密、更大了——他已被称为军士——脸上出现了许多皱纹，目光中有一种凶恶的、挑衅性的东西。当我们不是在客人当中，不是在社交场合遇见时，他几乎像原先一样，只是比过去有些时候更严肃，更有信心一点，但是对群众（没有群众的兴奋他干脆就没法活）则常常说粗鲁话。

在雅尔塔一次有很多人参加的晚会上，我看见女演员叶尔莫洛娃（叶尔莫洛娃本人，而且当时她已经老了）走到他的跟前，并赠送给他礼物——一个用鲸须制作的奇美的小烟盒。她感到非常难为情，非常张皇失措，涨红了脸，并且流出了眼泪：

"是这样，马克西姆·阿列克谢维奇……阿列克谢·马克西莫维奇……是这样……我……给您……"

他这时正站在桌子旁边，熄灭并在烟灰缸里揉烟头，连看也没有看她一眼。

他只是对着桌子阴郁地冷笑了一下，脑袋猛然向后一甩，把头发从额门上抛开，沉郁地好像自言自语似的说了几句《约伯记》中的诗：

"你到何时才转眼不看我，任凭我咽下唾沫呢？"

如果"任凭"他会怎样呢？

现在他老是穿着黑色的短衫，腰上束一条高加索式的带有银饰的皮带，穿一双特别的长筒皮靴，把裤子塞进靴筒里。众所周知，安德烈耶夫、斯基塔列茨等"马克西姆仿效者们"在服装的"民族性"方面也仿效他，都穿上了高筒靴、短衫和腰部带褶的男式外衣。这真让人受不了。

我和他在彼得堡、在莫斯科、在下诺夫哥罗德、在克里米亚都见过——我也和他共过事：我最先是他的《新生活》杂志的同仁，然后在他的知识出版社出版了我的第一批作品，加入了《知识文丛》。他的作品几乎发行了几十万册，其他人——主要是由于知识出版社的招牌，出版情况也不坏。知识出版社大大提高了作家的稿酬。我们从《知识文丛》中得到的稿酬有的每一印张 300 卢布，有的 400 卢布，有的 500 卢布，而他是 1000 卢布。他当然喜欢钱。那时他也开始收藏了：开始积攒稀有的古币、奖章、纪念章，刻有图饰的玉石、宝石。他压抑着满意的微笑，把这些东西放在手中灵活地、细细地把玩、鉴赏。他喝酒也是如此：一边品鉴，一边享受（他家里只有法国葡萄酒，尽管在俄国，上好的俄国葡萄酒也有的是）。

我经常感到惊讶，这一切他怎么忙得过来：天天有人来做伴——时而是一大群人在他家里，时而是他在一大群人中；他有时不停息地说上几个小时，无节制地喝酒，一天抽上百根卷烟，睡不到五六个小时的觉，整日整夜地写作，用强劲的笔触写出一部又一部小说，一个又一个剧本！过去大家普遍认为他完全文理不通，他的手稿都是经人修改过的。但是他写得完全正确（他从一开始写作时起就具备了相当的文学经验和素养），可他读过多少书呢，他一直是个半知识分子，一个书呆子。

人们常常谈到他是少有的对俄罗斯非常了解的那一类人。这么说来，他是在离开拉宁家"到俄罗斯南方浪游"的不长时间里了解的。在我认识他的时候，他已经不去任何地方"游荡"了。他住在克里米亚、莫斯科、下诺夫哥罗德和彼得堡，之后也没去过什么地方。1905 年 12 月莫斯科起义后，他通过芬兰侨居国外，在美国住了一段时间，然后在卡普里岛住了七年，1914 年，他回到俄罗斯，随后就定居在彼得堡……以后的事就众所周知了。

我和妻子一连五年都到卡普里岛去，在那里度过了整整三个冬天。这个时期我们和高尔基天天见面，几乎所有的晚上都是在一起度过的。我们的关系很亲近。这是他令我最愉快的时期。

1917 年 3 月初我跟他永远分手了。在我离开彼得堡的那一天，他在米哈伊洛夫斯基剧院里举行了盛大会议。在会上他发出了关于某某"自由科学研究院"的"文化"号召，把我和夏里亚宾也拉去了。他登上舞台说："同志们，在我们中间有这样一些……"会议热烈欢迎了我们。但是既然是这种内容的会议，那么它就不会让我得到很大的快乐。后来我和他们——我、他、夏里亚宾和本努阿一起去了"熊"餐厅。有小桶的黑鱼子，有许多香槟酒……当我离开的时候，他也跟我来到走廊上，多次紧紧地拥抱我，亲热地拥抱我吻我……

后来，他很快地回到了莫斯科，住在自己的妻子叶卡捷琳娜·帕夫洛娃那里。他妻子曾打电话给我说："阿列克谢·马克西莫维奇想跟您说话。"我回答说，现在我们之间没有什么可说的了，我认为我和他的关系已永远结束了。

（1936 年）

殿下

整理自己的文件时我发现了一个上面写着"彼得·亚历山德罗夫"的纸袋。纸袋里有一札彼得·亚历山大罗夫给我的信，然后是一部他写的《孤独》的手稿——

一本短篇小说集（彼得·亚历山德罗夫，《梦》，巴黎，1921 年），还有一份巴黎的社会主义报纸《时日》的剪报，上面是阿尔达诺夫纪念他的逝世的一篇文章：他的余生是在侨居国外度过的，终年五十六岁，死于急性肺结核。

这是一个很奇怪的人。

阿尔达诺夫称他是"十分奇怪的善心人和精神高尚的人"。不过他的奇怪还在于许多其他品格。如果他是一个普通的人的话，这些品格也一样会令人感到奇怪。可是在他身上流的是沙皇的血。他为自己的文学生涯挑选了多么谦虚的名字——彼得·亚历山德罗夫。而在生活中他的名字则要响亮得多：奥尔登堡公爵彼得·亚历山德罗维奇。他出身于欧洲公认最古老的家族之一——奥尔登堡王朝最后一个与罗曼诺夫家族结合的俄罗斯旁系，是沙皇保罗一世·彼得罗维奇的曾孙，他曾娶亚历山大三世的女儿（奥丽加·亚历山德罗夫娜）为妻。

　　第一次见面时，他就引起了我极大的惊奇。这是几年前在巴黎的事。我有点事情到泽姆哥尔去，在那里的接待室里有许多人，在人群的后面，门的旁边，单独地站着一个上了年纪的人，个子非常高，并且是罕见的又瘦又高，像一个穿便服的军人。我一眼就在人群中看到了他，很快地从他的身边走过。他正耐心地等待着什么，静静地站着，谦恭，但同时又这样自由、轻松、直率，于是我立即想到："是旧时的一位将军……"我扫了他一眼，瞬间感受到一种刺心的东西，这种东西如今是在看见某些上了年纪的穷人才往往会感受到的，而这些人在过去却是享受过富贵、权势和名望的。他的脸刮得很干净（军人式的干净），并且洗过，穿着非常朴素，衣服虽然廉价，却干净整洁：一身轻薄的、不透水的、说不出是什么颜色的大衣，棉布领子，一双粗糙的英式军靴……他干瘦的身材令我感到吃惊：那是一种特别的、古老的、中世纪骑士式的干瘦，其中甚至有某种像是来自博物馆的东西——他的颅骨完全是光秃的，很小，端正健壮得有明显的退化征兆。在不大的、瘦骨支离的脸上，皮肤像是稍稍被烤焦了一样，干枯而又单薄，修剪过的小胡子也呈红黄色；那扬起的三角形的眉毛下面（更确切地说是在眉毛的痕迹下面），晦暗的眼睛是悲哀的，安静的，非常严肃的。但是最令人惊奇的是随后发生的事：我认识的一个人走到我的跟前，带着莫名的微笑说：

"殿下请求允许向您作自我介绍。"

我以为他在开玩笑。什么地方听说过殿下和陛下要请求允许作自我介绍的呢？

"什么殿下？"

"奥尔登堡公爵彼得·亚历山大罗维奇。难道您没有看见吗？那就是他，站在门口。"

"可是'请求允许自我介绍'——这是怎么一回事呢？"

后来我才知道，他在用托尔斯泰的民间故事的精神写老百姓日常生活的短篇小说。我们相识后，他很快就来找我，并带来了那本小书，他就是为这本书才到泽姆哥尔来的。他自费在泽姆哥尔印刷厂出版了这本书：三个篇幅不大的短篇小说，用了一个总标题《梦》。阿尔达诺夫在提及这几个短篇时说："中世纪"编年史令人恐怖地讲到奥尔登堡家族的流血事件……奥尔登堡家族中有一个人叫埃吉利马尔，因其凶残行为而特别出名……而这个埃吉利马尔的子孙和保罗·彼得罗维奇皇帝的曾孙却写了工人和农民生活的短篇小说，逝世前不久还表示希望加入人民社会主义政党！俄国的公爵是各色各样的，也有公爵在 1917 年成了激烈的共和政体的拥护者。他们领章上的小红带子让已故的罗江科[1]感到惊讶。奥尔登堡公爵身上没有佩戴这种小红

1　米哈伊尔·弗拉基米罗维奇·罗江科 (1859—1924)，十月党人首领之一，1917 年俄国二月革命后任临时国家杜马委员会主席。

带子。从童年（1881 年 3 月 1 日——亚历山大二世被杀害的那天）就牢固地建立起来的亲密友谊把他同尼古拉二世联系在一起，但是他却总认为，尼古拉二世的政策是丧失理性的，他甚至曾试图让沙皇'回心转意'。他不相信自己的信念的力量，而想让尼古拉二世接近托尔斯泰。这一点就已让我们认识了奥尔登堡公爵的思维方式及其精神面貌。他身上丝毫没有来自'红色王爵'，来自每一个王朝都必定有的菲利普·埃加利特[1]身上的那种东西。他从来没有，而且也不会去追求声望，虽然就他所处的地位而言，他是不难得到这些东西的……"

他的短篇小说写得很有意思，当然是在提供关于他的精神面貌的认识方面而言的。他写了受革命欺骗后和热烈地皈依了耶稣、信奉耶稣关于兄弟之爱（从一切苦难中拯救世界的唯一救星）的训诫之后而突然醒悟的"金子般的"人民之心。热忱、抒情，但是完全没有技巧，而且幼稚。其实他自己也知道这一点。当我们相见并成了朋友之后，他不止一次地带着无限谦虚的动人的表情对我说：

"对不起，上帝保佑，我老是拿自己的作品来使你厌烦。我知道，我甚至很鲁莽；我知道，我写得像小孩子一样……不过，要知道，如今这就是我的全部生活。我写得很少，更

---

1 菲利普·埃加利特（1747—1793），原名路易·菲利普·约瑟夫，波旁家族第四支系的代表人物，奥尔良大公，法国大革命时期放弃了封号，曾投票赞成处死国王。

多的只是幻想，只是有写作的想法罢了。不过我白天黑夜地幻想，也还是希望最后能写出一点有用的东西来……"

对有沙皇血统的公爵来说，其《孤独》一书也是相当令人惊讶的。其中有这样几行文字：

"九月末，一个晴朗的日子，周围是碧绿的草地，黄色的麦茬，黑色的初耕地，银白色的蛛丝静静地飞舞着，还没有来得及飞过松树林的蛛丝已慢慢地变黑了；远方，在一处处森林之间，看得见白色的教堂。我骑着马，两条猎犬（一条是白牡灵梗，另一条是红锚铄）搜索着，走在马腿旁边。卡巴尔达人微微地摇晃着，徐缓地走在平坦的绿茵地上。我逐渐地陷入了半睡眠的状态，缰绳从手上脱下，平放着，垂在马脖子上，我没有把它拾起来，担心挪动会破坏那贯注我整个身心的怡然自得的冬眠状态……"

"从马脚下突然窜出一只灰兔，马哆嗦了一下，我不由得抓住了缰绳。'追它，追它！'——我用尽全力地喊道，骑着马在狗的后面跑着。白牡灵梗去追赶兔子，撞倒在绿茵上……"

"我骑马来到了乡间小道上。两条狗吐着舌头，困难地喘着气，走在马的后面。纵狗追兔的狂热气氛逐渐过去了。想起刚才控制着我的甜蜜的瞌睡，我极力想使自己再回到原来的状态，但是徒劳……为什么听不见她的响亮的笑声，看不见她那双善良的大眼睛，她的温柔的微笑呢？难道是永远的，一辈子的离别、孤独？"

"我进入村庄。脱谷机欢快地嗡嗡响着，链条拍打着地面……我在离教堂不远的牧场上，在被熏黑了的打铁场的旁边停了下来。'谢苗，谢苗！'我没有下马，一连喊了几遍。一个身材矮小结实的庄稼汉从棚子里走出来，走到马的跟前，打着招呼，温存地从脚到头打量着我，微笑着。"

"'你好，谢苗。你今天晚上不到我家里来坐一坐，聊一聊吗？'我胆怯地，差不多是带着哀求地问他，怕他拒绝。'好吧，我去，谢谢。'他简单地回答说，一边抓起系在马鞍后面皮带上的灰兔子……"

"村庄后面不远是我的庄园。一栋被钉死了的带圆柱顶楼的白房子沉闷地坐落在那里。右边是马厩，左边是一个小厢房，我就住在这个小厢房里。一个老工人出来迎接我。我下了马，他抓住衔铁边的缰绳，把马牵进马厩里去，我便到厢房去了。我吞了几口伏特加，便赶快吃午饭，然后在圈椅上坐下来，想尽量读读书，可是读不下去……我走到窗前，望着院子和被钉死的房子，又走到桌子旁边，斟了一杯伏特加，一口气喝了下去……"

我知道，这几行东西没有一个字是虚构的，但要读它，也很难不摇头：多么奇怪的一个人！他自己也告诉过我，他的书没有虚构的东西。写完《孤独》后，他带着其平常的童稚般的淳朴和腼腆，特地来请求我帮助他出版这本书，在哪里都行。

"不瞒你说，这将给我带来莫大的快乐。我很珍惜这部草稿，因为，请不要见笑，书中说的全是事实——都是我的亲身感受和当时（即我同奥丽娅……同奥丽加·亚历山大罗夫娜分手时）使我非常痛苦的东西⋯⋯"

在重读这几行文字时，我再一次向自己提出那个问题，每次回想起逝者，这个问题就会在我心里萦绕：这位公爵到底是个怎样的人呢？他竟会胆怯地央求铁匠同他共度夜晚，同时又以虔诚的天真在旁人面前称呼尼古拉二世为科利亚？（有一次，在一个大多数客人都是老革命者的熟人的晚会上，他一边听着他们热烈的交谈，一边纯然真诚地大声地说："唉，你们都是何等可爱的美好的人啊！科利亚从未参加过这样的晚会，太不幸了啊！如果你们能和他相互了解，一切就会是另一个样子了！"）我好像永远也不能答出他是个怎样的人——现在也是。有些人干脆称他是一个"不正常的人"。尽管如此，但是，要知道，那却是一种神圣的、怡然自得的"不正常"⋯⋯

他给我的信也很能说明他的特点。我摘引几行：

"⋯⋯我住在巴伊约纳近郊自己的小畜牧场里，处理家务，开始养母牛，养鸡，养家兔，在花园里和菜园里掘地⋯⋯每逢礼拜六到双亲家去。他们住得不远，在桑然·德·柳斯的近郊。我早就什么也没有写了，甚至无法结束早在夏天就开始写的短篇小说，等我结束时，我将把它寄给你，请求你提出严厉的批评⋯⋯我很想念巴黎的熟人⋯⋯心里想象自己还在巴黎你们的住所里。在你们家里我是多么舒适，大家说说话多好啊！我永远不会忘记你们对我的十分友善的态度⋯⋯"（1921 年）

"非常感谢你的温柔、善良、亲切的来信！你又重新开始工作了，我感到由衷的高兴。你在信里说，你准备到南方去，因为巴黎的物价太贵，天气很冷……到我们这个地方来吧！这里的气候暖和一些，东西也便宜一些。这个夏天，可先住在畜牧场，我曾两次在桑然·德·柳斯近郊的一个兼供膳食和其他服务项目的小旅馆里住过，全部费用只要二十法郎，写字台很好，当然房间远不算豪华，但是清洁、愉快，店主是一个母亲和两个女儿，是巴斯克人，著名的捕鲸者的后代，有先祖遗风，讨人喜欢，在她们那里我感觉像在家里一样……"（1921年）

"这里一直很冷，从现在开始是多雨天了。海在咆哮……我的心情不好，希望春天快点到来，我想愁闷会跟它一起过去，今天我开始写作了，但是写不下去，找不到词汇来表达思想，描写图景……"（1922年）

"……你的信让我说不出的高兴。谢谢你为我所做的一切。我已经开始写我已想好了的中篇小说，但是写得很艰苦。天气很坏，风雨大作。也许春天来了，太阳出来时心情会轻松一些，而现在却是忧郁，非常孤寂……当《北极光》上要发表我的短篇小说时，请你不要拒绝通知我，并告诉我哪里可以买到这本杂志，我焦急地等待着和你在巴黎见面……"（1922年）

实际上我对他的了解很少：不常见面（我们一直住在不同的地方）。在侨居国外之前我甚至从未见过他，对他以前在俄国的生活也知道得不多，战争前他是少将军衔，指挥过皇军的步兵……1917年他退役，住在沃罗涅什省的乡村里，那里的庄稼汉（也是一个相当奇怪的故事）提议他做立选会议的候选人……后来他逃到法国，大部分时间住在自己父亲亚历山大·弗雷德里克附近，即巴伊约纳近郊的这个畜牧场里（顺便说一句，他立了遗嘱将遗产留给他的勤务兵。这个勤务兵同他一起逃离俄国，并寸步不离地跟随着他，到死都是他的仆人和朋友）……我不了解他的全部情况及其性格——天晓得，也许他身上除了那些我知道的特点外还有一些别的什么特点。我只知道一些他的非常好的品格：真的是"十分特别的善良"，是近乎白天也得打着灯笼才能找到的"精神的高尚"，是罕见的淳朴和与人交往中的客气，对朋友少有的亲切，对一切能为人心提供和平、爱、光明和快乐的东西的热烈的、不倦的企求……

起初他住在巴黎——在这里我们比较常见面，然后就像上面所说的，住在巴伊约纳近郊。后来（我们普遍都感到惊讶）他突然第二次结婚。有一次在我国的领事馆碰到他（这是在法国承认布尔什维克之前，当时在格列涅尔街上的大使馆仍由俄国侨民管辖），他突然特别亲切地拥抱我，并且说："别奇怪，我给你介绍我的未婚妻……我跟她到这里来是要办我们的事，履行我们的婚礼所必需的各种手续……"可是他的婚姻生活又一次没有维持多久，而且此后他也没有活很长的时间。一年之后，春天，我到万哥（尼斯附近）找别墅时，我和妻子突然碰见了他。他一个人坐在咖啡馆旁边的广场上，看见我们后，惊讶地大声喊叫，赶紧迎了上来：

"天啊，我多么高兴！瞧，我没料到！"

"你怎么会在这里，来做什么呢？"

他挥一挥手，便哭了。

"你知道吗，我甚至不敢拥抱你和吻薇拉·尼古拉耶芙娜的手，我意外被发现感染了肺结核，被送到这里来治疗，到南方来求救……"

南方救不了他，他随后去了巴黎，在疗养所度过了最后一个冬天。但是疗养所也治不好他，快到春天的时候他又转到了雷维耶尔，在那里他很快就死了——在贫困中，在完全孤独中死了……

那个冬天他最后一次来看我。他写信请求我允许他来。"我恳求你，如果有可能，请约时间和我见一次面，我有非常重要的事……"不久后，好像是在一个晚上他来了——他还勉强活着，已濒临窒息，全身都被雨水淋湿了。他的事情原来是这样的，现在我回想起来都感到痛苦：有人要充当他的监护，宣布他有精神病（一切都是由于他把巴伊约纳近郊的畜牧场立据赠给了他的勤务兵而引起的），于是他想请我给某个地方写个证明，证明他脑子健全，记忆清醒……

"可是，我亲爱的，算了吧，我的证明能有什么意义呢？"

"哎哟，你不知道，有很大的意义！如果可以的话，就请写吧！"

我当然写了。不过他不久就死了。他的死把我们的一切证明都免除了。

现在他的灵柩就停放在加纳赫俄罗斯教堂的地下室里，期待着俄罗斯，期待着在祖国的土地上安息。

（1931 年）

库普林

这已经是很久前的事了——当我刚刚知道有这个人的时候，就首次在《俄罗斯财富》上看到了他的名字。当时大家叫他的名字时都把重音落在第一个音节上。不知为什么（我后来才知道）这使他感到那么委屈，就像经常生气时那样，野兽似的眯着本来就很小的眼睛，突然暴躁地用其惯常的军人的急速语调嘟哝道，把重音放在最后一个音节上：

"我是库普林，请每个人都记住这一点，别不穿裤子就坐在刺猬上。"

他身上有多少这样的野性的东西啊，单是他的嗅觉就令人望而却步。他就是以这种敏感而显得非常与众不同！关于他的私生活方面的许多事情，也是非常隐蔽的。因此尽管我们关系非常亲近，而且相识已久，我还是很不了解他的过去。我知道他在莫斯科学习过，起初在中等武备学校学习，然后在亚历山大军事学校学习；有一段不长的时期在俄罗斯-奥地利边境当过军官，后来他就什么都干了！

研究过牙医业务，在某某办事处做过事，然后又进过某某工厂，还做过土地测量员、演员、小记者……他的父亲是谁？似乎是一名军医，因此亚历山大·伊万诺维奇才进入了武备中学。我还知道，他父亲死得很早，而其遗孀处于非常贫困的境地，不得不住在莫斯科的"寡妇院"里。关于她的情况，我知道她是一位公爵小姐，有一个鞑靼姓氏，并且我经常看到亚历山大·伊万诺维奇为自己的鞑靼人的血统而非常自豪；有一个时期（是他最荣耀的时候），他还戴过绣花小圆帽，经常戴着它去做客，进饭店，坐在那里显得既阔绰又傲慢，好像这样才与真正的可汗相配似的，还特意眯起一双细窄的眼睛。这个时期，报纸、杂志和文集的出版商已经坐着漂亮的马车沿各个饭店跟在他后面追赶了，而他却正在这些饭店里同自己那些偶然的和经常的狂欢的酒友们共度日日夜夜。出版商低声下气地恳求他收下支付给他的一千、两千卢布，只是为了得到一个承诺——不忘记有机会时给他们一些恩惠，而他（身体很笨重、脸很大）只是眯着眼睛沉默着，突然低声地、一个字一个字地抛出一句话："马上滚你妈的蛋！"——于是那些胆怯的人羞愧得恨不得立即找个地缝钻进去。不过，甚至是在这种最坏的时刻，他的身上也还有许多完全不同的特质：他既有极大的自豪感，也有出人意料的谦逊；既有鲁莽的暴躁，也有许多善心，可以轻易平息怒气，变得腼腆（常常还采取某种怜惜的方式）；他非常天真、质朴，尽管有时也是装出来的，经常有种孩子般的快活和单纯。为此他总是用自己对于狗、渔夫、马戏，对杜罗夫[1]、波杜布内[2]以及对普希金、对托尔斯泰的永久的爱来解释。其实他始终不渝地谈论的不过是关于沃伦斯基的马、关于"美妙神奇的弗鲁-弗鲁[3]"。他还谈到对吉卜林[4]的爱。最近几年来，批评家们不止一次地把他本人同吉卜林做比较。他们的比较当然不成功。吉卜林在几部作品中实现了真正的独创性，他作为诗人是如此伟大，如此独特和唯一，有谁能跟他相比呢？不过库普林会喜欢他，那是十分自然的。

当他在《俄罗斯财富》上首次亮相时，我就立即对他寄予希望。因此，有一天我在敖德萨郊外柳斯多尔弗的费奥多罗夫家听到客人说，作家库普林到我们同一个别墅的卡雷雪夫家来了时，我非常高兴，我和费奥多罗夫立即便去与库普林打招呼。可是我们还是没有见到库普林。有人对我们说："他大概游泳去了。"我们便跑到海边，看见一个小个子的稍稍有点儿胖的玫瑰色的人的身体不大敏捷地从水里爬出来，三十岁左右，栗色的头发剪成平头，一双窄小的眼睛近视似的看着我们。"是库普林吗？""是的，那么你们呢？"我们说了自己的名字。于是他立即现出了友好的微笑，一只

1　谢尔盖·费奥多罗维奇·杜罗夫 (1816—1869)，俄国诗人。

2　伊万·马克西莫维奇·波杜布内（1871—1949），俄国运动员，史上最伟大的运动员之一。1905年获世界摔跤冠军，在之后直至退役的所有赛事中从无败绩。

3　即夫人、太太，斯堪的纳维亚国家对已婚妇女的称呼。

4　约瑟夫·鲁德亚德·吉卜林（1865—1936），印裔英国作家，诺贝尔文学奖获得者。

小手很有力地握着我们的手。（关于他的手，契诃夫有一次对我说过："一只多才多艺的手！"）相识后，我们很快就成了朋友，快得出奇——当时他是那么快活，那么朴实，因此关于他的每一个问题（除非涉及他的家庭、他的童年），他都回答得少有的干脆，并愿意用断断续续的急语回答。"我现在从哪里来？从基辅来……我在奥地利边境附近的军队里服过役，后来离开了军队，尽管我认为军官的称号是最崇高的……在波列西耶住过，并在那里打过猎——任何人，甚至连我自己都不能想象，黎明前在荒无人烟的地方狩猎是怎么一回事！后来，为了几文钱我给基辅一家小报写各种卑鄙龌龊的东西；在最下流的坏蛋们的贫民窟里寄居过……我现在写什么？干脆什么也没有写，什么也想不出来，情况糟透了——你们瞧，我的半高腰皮鞋破了，因此在敖德萨我出门都没有鞋穿……幸好亲爱的卡雷雪夫收容了我，否则我简直要去偷了……"

在这个美妙的夏天，在南国温暖的星夜里，我们在苍白的昏睡的大海陡岸上不停地徘徊，有时也坐下来，我一直在劝他要写点东西，哪怕是为了挣点钱也好。"可是没有任何地方肯接受我的东西。"他令人怜惜地抱怨说。"其实您已经发表过东西了！""是的，可是我现在觉得再写这种胡说八道的东西，人家不会接受的。""我和天界出版社的女老板达维多娃很熟，我保证她那里会接受。""非常感谢。可是我写什么呢？我什么都想不出来！""例如，您熟悉军人——就写点军人的东西吧！比方，有个士兵在站岗的时候，苦闷不堪,感到寂寞,想念农村……""可是我并不熟悉农村!""没关系,我熟悉,我们一起想办法……"于是,他就写出了《夜间换班》。我把它寄给了天界出版社。后来又写了一个小故事,我立即把它带到敖德萨,给了《敖德萨新闻》(他自己不知道为什么"非常害怕"),并立即给他拿到了二十五卢布的预付款,他就在街上等着我。当我拿着二十五卢布从编辑部来到他跟前时,他的眼神表明他并不相信有这种幸运。接着他便跑去为自己买了双"半高腰的皮鞋",然后雇一辆漂亮的马车,飞快地把我拉到乐土饭馆里,请我吃烤青花鱼,喝比萨拉比亚的白葡萄酒……有多少次,多少年,当他喝醉了时,都用疯狂的急语对我大声喊道:

"我永远不能原谅你,你竟敢在我穷困潦倒、光脚板的时候对我施恩,给我鞋子穿!"

我们长达几十年的友谊大致上是颇为奇怪的:他时而对我很温存,爱慕地称我为查理、艾伯特、瓦夏,时而又突然很凶,甚至在清醒的时候也是这样:"我痛恨你写作,你写得如此富于表现力,使得我眼花缭乱,有一点我很珍重:你能用出色的语言写作。除此之外,你骑马也很出色。你还记得吗,我们在克里米亚曾骑马到山里去?"关于他喝醉酒后的一些情况,就不用说了。他喝酒时(尽管他有非常健康的身体),只要一杯酒下去,就几乎要与所有的人吵架,见到谁就与谁吵。他那性格中的野性的急躁,通常是非常令人吃惊的,就像他的情绪一样变化无常。我越是了解他,就越发认为，那种稍微正常的普通人的生活和有计划的文学写作对他来说毫无希望。他难以置信地糟蹋自己的健康，糟蹋自己的力量和才能。他居无定所，像一个满不在乎的人，什么都无所谓……

我们相识的头几年，经常在敖德萨会面。在这里我就发现他越来越萎靡不振，白天时而待在港埠，时而在最下等的酒馆里和啤酒铺里，住在最可怕的旅馆里，不读书不看报，除了港口的渔夫、马戏团的角力士和小丑外，对什么都不感兴趣……这个时期他经常说，他成为一个作家完全是偶然的，虽然在与我相见时，有时会以极大的热情，甚至如同上瘾一般沉湎于津津乐道地玩味种种尖刻的艺术观察，并常常表现出某些刻薄的精神倾向——嗜好，比如挖苦人的嗜好。他常常怀着极大的满足说："随便找一个蠢货，随便找一个死爱面子的无能之辈，用最厚颜无耻的赞扬去愚弄他，总之要千方百计地把他'旋转起来'——还有什么比这更开心的呢？"

后来他的生活突然发生了急剧的转变。他来到了彼得堡，接近了文学界，出人意料地同达维多娃（我曾领他到她家里去过）的女儿结了婚，成了天界出版社的老板，因为当他完全出人意料地向达维多娃的女儿求婚之后，没过几天达维多娃就去世了。他过上了富裕的生活，摆起了老爷的派头，在最高的文学圈子里越来越混得开。重要的是，他开始大量地写作，而且每一部作品都为他赢得越来越大的成就。这个时期他创作了自己最好的作品：《盗马贼》《泥潭》《胆小鬼》

《生活之川》《冈布里努斯》……《决斗》出版后，他的声望尤其高涨起来……

十八年前，他和他的第二任妻子与我们住在一起的时候，已经是在巴黎了（我们住在同一所房子里，是最亲近的邻居）。他酒喝得特别凶。给他看病的医生有一次坚决地对我们说："如果再不戒酒，他就活不过六个月了。"但他仍不愿意戒酒，而这之后他还坚持活了十五年，诚如有些人所说的，他"各方面都是好样的"。不过，任何事物都有一个限度，我这位朋友罕见的精力也终于到了尽头：三年前，我从南方回来，有一次在街上碰见了他，我发自内心地感叹：以前的那个库普林已经无影无踪了！他迈着可怜的碎小的步子，不时吐着唾沫，如此干瘦，如此屏弱，让人觉得一阵风就会把他吹倒。他以那么动人的温柔和那么悲催的温顺拥抱了我，我的眼泪都要流出来了。有一回我收到他的一张明信片，上面写了两三行字，潦草的字迹如此粗大、发颤，遗漏的字母如此不合理，就像是小孩子的笔迹……这一切都是因为，最近两年来，我一次也没有去拜访他。是的，上帝会原谅我——在这样的处境下我也没有能力去看他。

去年，在巴黎近郊，从意大利回程的途中，早晨醒来后，我翻开列车员送来的报纸，一条对完全在我意料之外的消息使我大吃一惊：

"亚历山大·伊万诺维奇·库普林回到了苏联……"

当然，对于他的"回归"，我没有觉得有任何政治上的感情色彩。他不是回到俄罗斯——他是被运到那里去的，他已经完全病倒了，已退回了婴儿状态。想到我永远也无法再次见到他，我只感到莫大的悲伤。

重新阅读库普林的作品，顺便想到他荣誉加身的年代，就会回忆起他对这种荣誉的态度。而且一些人——高尔基、安德烈耶夫、夏里亚宾——他们凭借自己的各种荣誉名望生活在持续的心满意足之中。他们不仅在人群中，在一切集会上，也在相互做客的时候，在所有餐厅的雅座上不断地感受到这种荣誉。他们非常不自然地坐着，说着话，抽着烟，时时刻刻都在强调自己这个圈子的优越性和虚假的友谊。每说一句话都要加进"阿列克谢，你；列昂尼德，你；费多尔，你……"而库普林呢，甚至在他在俄罗斯的名望可以与高尔基、安德烈耶夫比肩的年代里，所谓名望好像也没有让他的生活发生任何新的变化，他从不认为这种名望有任何哪怕是最微小的意义。他与人交好，却不会与自己的新老朋友以及像马内奇这样的流浪汉和醉汉一类的酒友们割席。他得到荣誉和金钱，好像只是为了一点——让他完全自由地在自己的生活中做他想做的事，从两头点燃自己的蜡烛，让所有的一切都见鬼去吧。

"我不慕虚荣，我自尊心很强。"我有一次因什么事情曾对他说。

"而我呢？"他沉思了一下，像平时那样眯着眼睛，专注地看向远方，很快地问道。然后又用自己军人式的急语急匆匆地说："是的，我也是。我自尊心很强，强到疯狂的程度，为此我又常常羞涩到卑贱的地步，我甚至没有权利去贪慕虚荣。我会成为作家只是偶然，很长时间我都没有固定的工作养活自己，后来便靠写短篇故事吃饭——这就是我成为作家的全部历史。"

他经常重复这句话：我会成为作家只是偶然。这当然是不对的。他在他的自传体小说《士官生》中也否定了这种说法。实际情况是这样的：他离开军队后，生活的确没有着落，碰到什么干什么。顺便说一句，他在某个基辅小报里不仅做刊物工作，也靠写"短篇故事"吃饭。他对我说过，这些"短篇故事""价钱很低，但是很好写"，"轻松地打着口哨匆忙地写"，灵活地抓到什么写什么，依靠自己的才能，迎合编辑和读者的趣味。于是他就靠着这种灵活性继续不断地写——不只给基辅小报写，也给大厚本的杂志写了。

我说他"依靠自己的才能"，应该说得更有力一些——极大的才能。大家都知道他是在什么样的环境里长大的，在什么地方和如何度过他的青年时代的，后来的全部生活又是同谁交往的。那么他读了什么书？又是在什么地方、什么时候读的？他在给批评家伊斯梅洛夫的一封自传性的书信中说道：

"在我离开军队时，最困难的是，我没有任何知识，既没有科学知识，也没有生活知识。直到现在我都以一种永不餍足的贪婪扑向生活，扑向书本……"

不过他扑向书本（只是如果他真的"扑了上去"的话）有很长时间吗？无论如何，"直到现在"这话是大为可疑的。

他的所有发展，所有教育都是"匆忙"地完成的。他能学会（按他的能力他学会是很容易的），但其后来的结果呢——怎么说呢——就其知识上的修养等方面而言，他的作品的水平是很平常的。还应该记住的是，他一辈子都在喝酒，甚至会让人感到奇怪，他在这种情况下竟然还能够写作，而且还常常写得鲜明、有力、健康。总之，这一切和他的生活以及生活中的他（而不是写作中的他）是完全相反的。

他的生活是什么样，在生活中他是什么样，大家都知道。而他的生活和他的写作之间的不同——这却是他的出色之处。批评家们没完了地谈论他的作品中异常的"自发性"和"直率性"，谈论那种"令人折服的感受的第一性"。现在也可以读到对他的同样的评论："妨碍库普林成为伟大作家的仅仅是他的才华的自发性和真正俄罗斯式的浪费，过多地相信了'禀赋'，损害了各方面的完整和完美……正如象征主义者对描写日常生活的作家所说的，他'没有在高等音乐学校毕业'……按其天性来说，库普林在创作中的表现不是受过文学熏陶的人的表现，没有文学情节的灵感……不论在他身上还是在他主人公们的身上都没有双关性……"**所有这一切说法都要做很大的修正**：他身上真的没有双关性吗？他的确是"自发地""直率地""按本性"活着——当时他真的是对什么都不在乎，不论对自己的身体、才智、心灵和名望都如此不珍惜，因此很长时间里他都是人们谈笑的笑柄。但是，作为作家，他是什么样的呢？不，他进过"高等音乐学校"（至于学校怎么样，那是另一回事）。基于他的才能，基于他在写作中得心应手的速度，这里的**一切对他远远称不上是有益的**。

甚至在他创作中期的短篇小说里也有不少鄙俗的词句，如"阔气的女人"，"阔气的饭馆"，"为生存而斗争的铁的规律"，"他那温柔的、几乎是女人的天性，由于现实同激烈而又严酷的贫困的粗暴接触而战栗了"，"尼娜匀称而娇美的身段（她的小脸蛋儿由几绺烟灰色的头发镶饰着）在他的脑海中不断地来回闪现……"——这一切都还是小事。这算不得大问题。不幸的是，他巨大的才华让他足以吸纳和使用所有低俗或高尚的**陈规俗套**，并兼顾外在与内在。其结果是：需要某种适合于基辅小报的东西吗？好的——我五分钟写好，而且如果需要，我也不嫌弃写类似下面的话："落日的斜光照亮了树梢"；要给《俄罗斯财富》写短篇小说吗？这也不成问题——瞧，我给你一部《莫洛赫》：

"工厂的汽笛在长鸣，宣布工作开始了，沉厚的嘶哑的声音好像是从地底下冒出来的，并低低地沿着地面鸣响着……"

就文学性而言，这个开场白难道不好吗？一切都写得规规矩矩——直到这两个句子的俗气的节律。这种节律未必亚于关于落日及其斜光的那个句子的节律。一切都合乎要求。接下去，一切符合那个时代的模式所要求的东西和一切对于叙述《莫洛赫》所应有的东西都有了：神经质地病态的知识分子工程师博勃罗夫有着"温柔的几乎是女人的天性"，他在为资本主义的饱经忧患的服务中达到了吗啡中毒的程度；

资本主义的"鲨鱼"克瓦什宁把爱着博勃罗夫的另一个工厂员工的女儿，"身段匀称而娇美的"尼娜嫁给了自己的员工——一个庸俗的钻营者，其目的是要把尼娜变成他自己的情妇；处于饥寒交迫的绝境的工人们的暴动，工厂的大火……

我总是记着他的作品的许多重大优点。他写了《盗马贼》《泥潭》《退职家居》《森林深处》《生活之川》《胆小鬼》《雷勃尼科夫上尉》《冈布里努斯》，关于巴拉克拉瓦渔民的极好的短篇故事，乃至《决斗》，或者是《亚玛街》的开头等。但是，即使是在这些小说里，经常也有许多东西让我觉得碍眼。例如《生活之川》中那位住在"塞尔维亚"号房里大学生自杀前在一封信里写道："不是我一个人死于精神上的传染病……过去整整一代人都是在笃信上帝的静默的氛围中，在强迫敬重长者、无个性和无个人主观见解的氛围中长大的。就让这个卑鄙的时代、沉默和行乞的时代，让笃信宗教的反动的无声荫庇下的幸福日子与和平生活受到诅咒吧！"这是不是"文学"呢？后来我很长时间都没有再去读它，而现在当我决心重新读它时，马上就觉得不痛快；我起初只是翻一翻他这本书，然后就看见书中许多我以前用铅笔画出的记号。瞧，下面就是我做了记号的段落的一些摘录：

"这是一幅可怕的也是令人感兴趣的场面（工厂的场面）。这是一座庞大的坚固的机器，在这里，人们的劳动沸腾了。成千上万的人从地球的各个角落集合到这里来，是为了服从于为生存而斗争的铁的规律，为了工业发展向前迈进一步而

献出自己的力量、健康、智慧和精力……"（《莫洛赫》）

"一个大炉灶占据了农舍的整个对角。从炉灶上可以看见两个小孩子垂下来的小脑袋，头发在阳光下已经褪了颜色……圣像前面的一个角落里放着一张空桌子，天花板上的一根金属杆垂下一盏简陋的吊灯，灯罩玻璃已被烟熏黑了。一个大学生在桌子旁边坐下来，立即就感到无聊和难受，好像他已经在这里，在这种强制性的令人难受的无所作为里度过很长很长的时间了……"

"喝完茶后，他（庄稼人）画着十字，把茶杯底朝上地翻过来，把剩下的一小块糖小心地放回糖盒里去……"

"一只苍蝇撞击着窗玻璃，坚持不停地嗡嗡叫着，就像是重复着同一个令人厌烦的没完没了的诉怨……"

"这种生活有什么意义？"他（大学生）热泪盈眶地说，"谁需要这种可怜的、非人的、苟且偷安的日子呢？可爱的没有任何过失的孩子们的疾病和死亡又有何意义呢，而畸形的泥潭般的噩梦却在吸他们的血……"（《泥潭》）

"一种奇怪的声音突然打破了深夜的静寂……这声音在森林里低低地沿着地面传过去，消失了……"（《森林深处》）

"他睁开了眼睛，神奇的声音变成了滑轮简单的吱吱声，变成了摇杆上的铃铛声；像过去那样，在左边和右边展现出一大片沉睡着的白色的田野；像过去那样，在他的面前出现了一个值班的马车夫的黑色的躬身的脊背；像过去那样，马的臀部均匀地运动着，打上结子的尾巴摆动着……"

"请让我做自我介绍：我是本地警官，怎么说呢，是一

个严厉的首长，伊利索夫·巴威尔·阿菲诺干诺维奇……"（《犹太女人》）

实在很难不去指出所有这些千百次地说过和重复过的东西。"从炉灶上垂下来的"孩子的小脑袋；这永久的一小块糖；那个"像重复令人厌烦的诉苦"的苍蝇；《泥潭》中的那个契诃夫式的大学生；那种屠格涅夫式的"在森林里低低地沿着地面传过去的"奇怪的声音；那种托尔斯泰式的在雪橇上的瞌睡（"像过去那样，马的臀部均匀地运动着……"）；这位警官，严厉的首长，他的姓氏必定是伊利索夫或吉阿琴托夫，父称则是阿菲诺干诺维奇或阿尔达利昂诺维奇——同样的契诃夫《小生物》中的人物：被忘却在北方雪地某处的一个教师和一个医士的谈话：

"有时候老师开始觉得，他从记事的时候起就没有离开过库尔什……他只有在被遗忘了的童话中或在睡梦中才听说过有另一种生活，在这种生活里有鲜花，有亲切的谦恭的人们，有充满智慧的书籍，有女人的温柔的声音和微笑……"

"谢尔盖·菲尔绥奇，我总是在想，哪怕是给自己带来小小的利益——这也是好的。"老师对医士说，"例如，我望着某座最漂亮的楼房，望着宫殿或大教堂，便想到：让建筑师的名字永垂不朽，流芳百世吧。我为他的荣誉而高兴，并且完全不嫉妒他。不过，要知道，不被注意的瓦匠也是带着爱在砌砖和抹石灰的，难道他就不会感到幸福和自豪吗？我也经常地想：我们和你——都是些小人物，小生物，但是，假如人类在将来的什么时候也变成自由的、美好的呢……"

在短篇小说《水仙》中，我标记了对上流社会沙龙的描写，某某男爵夫人及其女友贝特西。是的，这是不可避免的。贝特西！——及一个暴风雨的夜晚。"在浓重的晒得热烘烘的空气中已感觉得到即将来临的暴风雨了。"……作家们已经一千次地把这种恋人们的第一次接吻同"即将来临的暴风雨"联系在一起了……在《亚玛街》中我指出了这样一个地方，在那里，"演员的绿色的、长长的、埃及人似的眼睛里燃起了火花"，她的歌唱得使妓院里的妓女们如此感动，甚至作者本人也非常严肃地扬声说："天才的权力多么大啊！"

后来我继续读他的作品。随便拿起一本书，读完了其中的第一个短篇小说，便更加感到不痛快。这本书开篇的短篇小说是《铁路会让站》。它的内容是这样的：坐在同一节车厢里的一对青年男女在途中偶然相遇。女青年有着"细小优美的身段和飘忽的浅色头发"，她的丈夫是一个丑恶的当官的老头，形象极其丑陋："雅沃尔斯基老爷除了自己的风湿病和痔疮外，什么也不会说，而且不能说，并把妻子看作是自己购置的一件物品……"这个老头儿昼夜不停地教训、埋怨自己这件不幸的"物品"，由于她和另一个年轻人要好而吃醋，便用粗话骂她，从而使两个年轻人之间燃起的爱情之火烧得更旺了。最后他们在一个铁路会让站上（在这里他们坐的火车正好与对面开来的火车相邻接）相互倾诉了爱情。

他们表白之后便跑进了对面开来的车厢里去，决定抛弃老头儿，永结连理。这时年轻人激动地大声喊道："永远？一辈子？"年轻女人"则把自己的脸藏在他的怀里，以此代替了回答……"

后来我又重读了大多数已经忘记了的作品:《孤独》《神圣的爱情》《过夜》和军事题材的短篇小说《夜间换班》《行李》《讯问》《婚礼》……前三个短篇小说仍然显得比较弱:就其情节之缺乏说服力和表现的情况来看，是仿效莫泊桑和契诃夫的写法，依旧是那么顺、那么平、那么巧……"薇拉·李沃夫娜突然产生了一种不可克服的愿望，尽可能地贴近自己的丈夫，把头埋在这个亲人的强有力的怀里，用他的体温来温暖自己……轻薄的乌云常常遮住了又圆又亮的月亮，并突然用奇异的金色的光辉把它污染了……薇拉·李沃夫娜有生以来第一次产生了一个凡是敏感的有思索能力的人的头脑迟早都会产生的很可怕的意识——意识到永远矗立在两个亲人之间的确定不移、不可逾越的障碍……"在这个短篇小说里，和以前的小说一样，每一个词都是庸俗的。但是在战争题材的短篇小说里，情况则不同，我越来越发自内心地感叹:好极了！这里虽有些地方还是有点过于顺，过于平，过于老练，但是这一切都已在向真正的技巧过渡了，一切都已是另一种尝试，特别是《婚礼》，它已不同于其他过去的作品，已不会使人想到:"啊呀，这里有多少托尔斯泰和契诃夫的东西啊！"这是一个很厉害的短篇小说，是尖刻讽刺夸张的题材，但又是很出色的小说。而当我了解了属于库普林才华发展的巅峰时期的作品，即我上面指出的《盗马贼》《泥潭》等作品时，我阅读它们时就已经不可能想到它们的缺点了，尽管其中也有重大的缺陷：有些是没有什么价值的思想——想在揭发性和公民高尚方面不落后于自己时代的精神；有些是事先臆造的戏剧情节，故意要制造轰动，而且是一种近乎凶狠的现实主义……我已不去想其缺点了，我只是叹赏这些短篇小说的各色各样的优点，只叹赏作品中占优势的东西——自由、力量和叙述的明快，以及他准确的毫不拖沓的丰富的语言……

这里还有一篇论述他的文章——一个跟他认识很久、走得很近的著名批评家皮里斯基的文章：

"库普林是一个坦荡、直率、快速地回答问题的人，他有快乐、坦率的热情和真诚，他以温暖的善良对待周围的一切事物……有时他灰蓝色的眼睛会发出奇异的亮光，里面闪烁着、颤动着才华的翅膀……他直到生命的最后时刻都在幻想着完全的独立自主，英雄的勇敢精神，他向往'铁的时代，鹰和巨人的时代'……"

将来还会有不少人会从不好的方面去写他，他们还会一次又一次地说，库普林身上有多少"原始的、兽性的东西"，有多少对大自然，对马、对狗、对猫、对鸟类的爱……后面这些意见当然有许多是对的，而我在谈及作为作家的库普林与作为人的库普林之间的区别时，却完全不想说，他就是几乎所有的人对他评定的那样——好像怎么都无法表现出一个作家应有的素养的人：当然，他终究还是表现出来了，而且越到后来表现得越多。"库普林对一切富有生命力的东西的温暖的善良"，或者如另一位批评家所说的，"库普林对全世界的祝福"——这也是有的。不过要记住，这只是在库普林的生命和创作的后期才有的。

（1938 年）

谢苗诺夫世家和蒲宁世家

"既然有这些懂得神力和时间的流动的人，懂得全世界的航海术和地理的人，那么国家就不能不这样地对待利益和荣誉……"（皇家俄罗斯科学院议事规程，1747年）

给谢苗诺夫家族带来荣誉的谢苗诺夫—天山斯基过去和今天都属于"这种人"。

关于他的家庭的许多情况，我都是从弗·彼·谢苗诺夫—天山斯基那里听到的。他是彼得·彼得罗维奇·谢苗诺夫—天山斯基的儿子，侨居芬兰，常与我有亲戚间的书信来往（谢苗诺夫家与蒲宁家是亲戚）。从他那儿我也知道了他父亲留下的大型回忆录的悲剧性的遭遇。它只出版了第一卷（在国外只有一本）。弗·彼把这一卷寄给我阅读，并谈到了第二卷出版的故事。这一卷的出版正好赶上了革命。在十月革命之前，已经完成了十一个印张，然后就停下来了。众所周知，由于实行了新的正字法，印刷厂取消了所有被废除的字母符号。因此亲自监督回忆录印制的弗·彼就必须或者是放弃第二卷的继续排版，或者是按照新的正字法把它排出来，也就是说，让一本看上去就极为奇怪的书出版。为了尽力避免这种怪事，弗·彼找到了一个偷偷保存了旧符号的印刷厂。印刷厂的厂长虽然同意了按旧的字母排印，但提出一个条件：弗·彼必须从布尔什维克那里弄到一张同意此事的批文。弗·彼曾试图办成这件事，后来当然被拒绝了。他们对他的回答是："不，现在请您按照新正字法出版你们的回忆录，让大家都能看到，从第十二印张起，正好是革命胜利了。此外，须知现在即使准许，也帮不了您的忙了：旧的正字法在所有的印刷厂都被销毁了。万一您发现有仍保存着旧正字法的印刷厂，请您立即通知我们，我们可以把它的厂长押送到该去的地方去。"

就这样，这本书到第十一印张就停止了，至于后面的是什么，就连弗·彼本人好像也不知道（这件事之后他很快就离开了俄罗斯）。他在信中对我谈及的就是上面那些，还补充了一点："第二卷讲述了父亲在中亚的考察，里面有许多珍贵的科学资料，也有一些为广大群众所喜欢的篇章，比如有关父亲在西伯利亚遇见陀思妥耶夫斯基的故事：我父亲早在青年时代就知道陀思妥耶夫斯基。同样的叙述在第三卷和第四卷里也有。它们鲜明地描绘了五十年代末和后来亚历山大二世及其战友的伟大改革时期俄罗斯社会各个不同阶层人们的心态……"

"关于陀思妥耶夫斯基，在第一卷里已有涉及。第一卷有一段时间在我的手里。这些篇章已先期讲述了彼特拉舍夫斯基小组及彼特拉舍夫斯基[1]本人的事。"

"我们每星期五定期聚集在彼特拉舍夫斯基的家里,"弗·彼叙述道,"我们乐意更多地拜访他,是因为他有自己的房子,并且可以为我们举办愉快的晚会。我们大家都觉得,他本人,即使称不上狂妄,也应该是个极其古怪的人。他在外交部当翻译。他唯一的职责是:给外国人在诉讼庭上做翻译,或者去登记无继承人的财产,尤其是清查图书馆。在这里他收集了所有被禁的外国图书,把它们偷换成被允许的书籍。他拿这些书组建了自己的私人图书馆,并表示愿意为自己所有的熟人提供服务。作为一个极端的自由主义者、无神论者、共和政体的拥护者和社会主义者,他证明了自己是一个卓越的天生的鼓动家,不论在什么地方,只要有可能,他就会把自己的思想同非常的热情结合起来进行宣传,尽管没有任何的连贯性和条理性。为了自己的宣传目的,他竭力要成为,比如军事教育学校的教师,声称自己可以教全部的十一门课程,而当让他试验性地讲其中一门课时,他是这样讲的:'这个题目可以从十二种观点去看……'而且他真的讲述了全部十二种观点,尽管作为教师通常是不应该这样做的。在服装上他也完全与众不同,别出心裁,老是穿戴打扮得与时尚格格不入:留长发、唇髭、胡子,披一件西班牙式的斗篷,戴四角高筒帽……有一次他竟穿着女人的衣服来到

---

1 米哈伊尔·瓦西里耶维奇·布塔舍维奇—彼得拉舍夫斯基(1821—1866),空想社会主义者,革命家,1849 年被判终身劳改。

喀山大教堂，混在太太们当中，装成一个彬彬有礼的祈祷的人。在这里，他那有点像强盗的脸孔和掩饰得不特别仔细的黑胡子，引起了旁人的惊讶和注意，终于警察分局局长走到他的跟前，对他说：'这位女士，您好像是男扮女装。'他粗鲁地回答说：'这位先生，我觉得您是女扮男装。'弄得警察局分局局长十分尴尬。他就利用这种方法，成功地从教堂里溜走了……"

"总之，我们的小组，"回忆录继续写道，"并没有把彼特拉舍夫斯基当作一回事，但是他的晚会仍旧十分热闹，而且出现了越来越多的新人。在这些晚会上可以进行活跃的交谈。作家们在这里对严厉的书刊审查的压迫发发牢骚，减轻一些精神上的压抑。常常有文学朗诵会，按各种不同的学科和文学专题做介绍的学术报告会，还有一些关于农民解放运动的激烈的演说。我们当时认为，农民解放是不可能实现的理想。诚然，这些说法是不可能在当时的报刊上见诸文字的。尼·雅·丹尼列夫斯基[1]做了一系列关于社会主义、傅立叶主义的报告。他当时特别迷恋这些学说。陀思妥耶夫斯基朗读了自己的中篇小说《穷人》和《涅托奇卡·涅兹万诺娃》的片段，激烈地揭露了农奴制度下地主们的欺瞒行为……"

当话题转到陀思妥耶夫斯基时，作者说，他和陀思妥耶夫斯基的第一次见面正好是在小说《穷人》为陀思妥耶夫斯

1　尼古拉·雅科夫列维奇·丹尼列夫斯基（1822—1855），俄国政论家，泛斯拉夫主义者。

基争得荣誉的时候，那时他和别林斯基、屠格涅夫吵得绝交了，完全脱离了他们的文学小组而去拜访彼特拉舍夫斯基和杜罗夫的小组了。

"总之，我认识他有相当长的时间，也相当接近，"他说，"因此，我想顺便说一说，无论如何我都坚决不同意比方下面一种意见，即陀思妥耶夫斯基似乎是一个非常博学多识却又缺乏教养的人。我要坚定地说：他不仅博学多识，也很有教养。还在童年时代他就在父亲家里获得了非常好的知识修养，完全掌握了法语和德语，因此他能自由地阅读法语和德语的书籍。他在工程专科学校除了系统勤奋地学习了普通教育课程外，还学习了高等数学、物理学、力学。博览群书对他的专业教育也是广泛的补充。无论如何都可以说，他比当时的许多俄罗斯作家有教养得多，也比他们中的许多人更加了解俄罗斯人民和农村。他童年和少年时期就住在农村。总之，比起许多富足的贵族作家，他跟农民和农民的生活更为接近。顺便说一句，这并不妨碍他觉得自己是优秀的贵族，因为事实上他就是一个贵族，在某些方面甚至表现出过分的老爷派头。不少人都谈到并写到陀思妥耶夫斯基似乎在青年时代生活贫困，但是这种贫困也是相对的。我认为，他当时并没有与真正的贫穷做过斗争，而是他希望拥有的财产与他实际拥有的财产相去甚远，他在与这种落差做斗争。例如，我记得我和他一起在劳改营的生活，以及他向自己父亲提出的劳改营费用的要求。我几乎就住在他的旁边，住在同样的麻布帐篷里，没有茶喝，没有自己的皮鞋，没有放书的箱子。

劳改营总共只给了十卢布，但我很安心，尽管我也在有钱的贵族学校学习过。而对陀思妥耶夫斯基来说，这一切却成了灾难：他无论如何不能落在我们那些有茶喝、有鞋穿、有自己的书箱的伙伴们的后面，而这些人在劳改营的开支都是在几百到上千卢布不等的⋯⋯"

在谢苗诺夫回忆录的第一卷里，许多地方都谈及了我们蒲宁家族的情况（谢苗诺夫家族是蒲宁家族的母系亲属），特别是关于安娜·彼得罗夫娜·蒲宁娜的情况。前不久还是她逝世 100 周年纪念日。这个纪念日也许谁也不记得了，其实是应该被记住的。如果注意一下蒲宁娜的生活时代，就不能不同意应把她称为卓越的俄罗斯女性之一。除谢苗诺夫的回忆录外，关于她的消息还可以在一篇很久以前的文章中找到。那是亚历山大·帕夫洛维奇·契诃夫[1]的手笔。他说，现在蒲宁娜的名字只有在文学史中才能见到了。也许正因为如此，科学院的墙上才会至今仍然挂着她的肖像。不过在当时她的名字是众所周知的。有教养的群众都非常乐意读蒲宁娜的诗，因此她的诗流传得很快，并引起了批评界的热烈反响。杰尔查文本人称赞过她的诗，克雷洛夫当众朗读过她的诗，蒲宁娜过去最亲近的朋友德米特里耶夫也为她的诗而感到高兴。格列奇说过："蒲宁娜在当代作家中占一席突出的地位，在俄罗斯女作家中则占首要的地位。"卡拉姆津补充说："在我国，没有一位妇女能写得像蒲宁娜一样如此强而有力。"

1　作家安东·契诃夫的哥哥。

女皇叶卡捷琳娜·阿列克谢耶芙娜赏给她一把镶满钻石的金制的七弦琴，"让她在隆重场合带上"。亚历山大·布拉戈斯洛文内决定发给她巨额的终身养老金。俄罗斯科学院出版了她的文集。终其天年，她一直荣耀满身，甚至别林斯基本人最后也在自己的文学概论中赞扬地回忆到她。

安娜·彼得罗夫娜的父亲是梁赞省乌鲁索夫村有名的领主。1774年她出生在这里。彼·彼·谢苗诺夫说，父亲让她的三个兄弟受了当时非常好的教育。老大属于那个世纪最有教养的人，他熟练掌握了好几门外语，加入了共济会的分会。两个弟弟都在海军任职，其中一个在叶卡捷琳娜二世与瑞典人开战时当了俘虏，被瑞典国王送到乌普萨拉大学，在那里完成了自己的学业。后来，安娜·彼得罗夫娜获得了很高的荣誉——她成了俄罗斯科学院院士。其实她最初的教育是十分贫乏的，因为在当时女孩子的教育被认为是一种不必要的奢侈。是在她的哥哥把她带到莫斯科，并把她引入自己的文学界和一般教育界的朋友们的圈子里以后，她才完全靠自己的意志和意愿获得教育的。在这里她碰见了梅尔兹里亚科夫、卡普尼斯特、阿·阿·沙霍夫斯科伊公爵、沃耶伊科夫、弗·列·普希金，并且关系甚好。到后来，尼·普·诺维科夫和卡拉姆津对她的发展有着重大的影响。"在她正确的文雅的文学语言运用方面，主要应归功于卡拉姆津。"她读卡拉姆津发行的《莫斯科杂志》读得入迷。后来便在俄罗斯语言爱好者交谈协会里和他见了面。这个协会是1811年在彼得堡成立的，有二十四个正式会员和三十二个荣誉会员，安娜·彼得罗夫娜是其中的荣誉会员之一。协会的创始人是希什科夫，成员中有克雷洛夫、杰尔查文、沙霍夫斯科伊、卡普尼斯特、奥泽洛夫，甚至斯佩兰斯基本人。它的宗旨是——"反对卡拉姆津给俄罗斯语言带来新办法，实现对斯拉夫语言典范的模仿，批判卡拉姆津的思潮。"颇为有趣的是，卡拉姆津本人也是协会的会员。

父亲的死给安娜·彼得罗夫娜后来的命运带来很大的变化。父亲死后，她得到了每年600卢布的遗产，并搬到自己的姐姐玛丽娅·彼得罗夫娜·谢苗诺娃家里居住。她现在独立而又自由。她带着这份遗产在谢苗诺娃家里住了不久，1802年她的姐夫谢苗诺夫要去彼得堡，安娜·彼得罗夫娜请求带她一块儿去。到了首都后她就拒绝返回农村。姐夫对此"感到极为惊讶"，劝她打消这种想法，可她不肯答应。她到彼得堡来原本好像只是为了要见一见自己当海员的弟弟，而当她决定要在首都住下来时，连弟弟也劝不动她了。后来谢苗诺夫回农村去了，弟弟不久也应征去了，最后她独自一人留在首都。这在当时是完全不寻常的，但她丝毫不着急，更有甚者，她还在瓦西里耶夫斯基岛上租了一个完全独立的住所，"雇了一个年纪不小的女佣人"。

这些事情完了之后，她便积极地以惊人的毅力开始自修功课，尽管她已经二十八岁了。她开始学习法语、德语和英语，学习物理、数学，主要是学俄罗斯文学，成绩非常显著。弟弟出征回来后，对她所获得的大量的扎实的知识感到惊讶。不过这些收获虽然丰富了她的才智，同时也使她在钱财上捉襟见肘，住在彼得堡让她几乎耗尽了自己分得的所有遗产，她的状况变得越来越困难了。她不得已只好去借钱。不过，弟弟很快地介绍她同彼得堡的文学家们认识。她给他们看了自己的作品，他们支持了她，帮助她出版作品。她的第一首诗《来自海滨》发表在1806年的一份刊物上。嗣后她发表了一系列新的作品，并且在群众中获得了如此大的成就，因此她准备冒险尝试出版单行本诗集。诗集后来出版了，题名为《初出茅庐的缪斯》。这本书送到了女皇叶卡捷琳娜·阿列克谢耶芙娜那里，女王首次赏给了她前面已经提及的"镶满钻石的金制的七弦琴"，后来又每年给她400卢布的养老金。从这个时候起，蒲宁娜开始获得各种荣誉。1811年她出版了一本新的诗集《乡村之夜》，卖得也很好。后来她的《初出茅庐的缪斯》又印了第二版，为两卷本，也取得了很大的成功。而1812年她摘取了"最高的桂冠"：这一年她发表了爱国主义的颂歌，"博得了帝王进一步的赏识和一系列新的恩赐"。不过这已经是她最后的欢乐了。这之后不久她发现自己患了乳腺癌。癌症使她余生的全部生活都变成了接连不断的苦难，并最终把她送进了坟墓。

为了救护她或者哪怕是减轻她的苦难，大家已经做了一切。宫廷和社会不仅赞赏她在诗歌上的成就，也敬重她崇高的智力和道德品格，两者都对她表现了极大的同情。沙皇拜托医学权威给她治病，亲自关照要尽可能妥善地安排她的治疗，由宫廷开支让她夏天到别墅避暑，由"主药房"免费给她提供药品，并由御医免费给他看病。后来她决定采取最后一种大家都很信任的办法：到当时医术特别出名的英国去求医，旅途费用仍旧由宫廷承担，"彼得堡以隆重的方式欢送她"。可是英国也没有带来起色。安娜·彼得罗夫娜在国外住了两年，回来时病情还是如故。这之后她又活了十二年，但几乎什么也不写了，只在1821年出版了自己的三卷本全集，重又获得宫廷的奖励，这一次是2000卢布的终身养老金。最后的几年她有时住在农村的亲人家里，有时住在利佩茨克，有时住在高加索温泉地区，为自己的疾病四处求医。乳腺癌使其身体损坏到如此的程度：她已无法躺着，大部分时间里唯一可能的姿势——就是跪着。她跪着写道：

> 爱我还是不爱，同情还是不同情
>
> 亲人们啊！如今你们可以按自己的意愿……

她在自己最后的日子里翻译了布莱尔的《布道书》，并且坚持阅读《圣经》。她于1829年12月4日在梁赞省杰尼索夫卡村，自己的侄子德·米·蒲宁家里逝世，遗体被安葬在家乡乌尔索夫村。在她的墓地上可能至今仍立着一块谦逊的墓碑，后来由彼·彼·谢苗诺夫-天山斯基重新修葺过一次。他在回忆录里引用了安娜·彼得罗夫娜在送给他的那本红色小羊皮面的精装俄译本《布道书》上写的亲切的赠语：

"赠给亲爱的彼坚卡·谢苗诺夫，祝愿他成熟发达。"

（1932年）

埃特尔 [1]

　　如今他差不多被遗忘了，而对大多数人来说，则根本就不知道他。他的生活是令人奇怪的，这种遗忘也令人奇怪。有谁会忘记他的朋友和同时代人——迦尔询、乌斯宾斯基、柯罗连科、契诃夫呢？可是要知道，一般地说，他并不比他们渺小（当然，契诃夫除外），从某种意义上说甚至比他们都伟大。

　　二十年前在莫斯科，在一个奇美的寒冷的日子里，我们曾经坐在他的书房里，坐在他在沃兹德维仁卡洒满阳光的住所里。像平时一样，看见他时我就在想：

　　在每一句言辞、每一次讪笑里表现得多么聪明、多么有才干啊！是什么样的刚毅与软弱、强硬与委婉、贵族门第的

---

[1]　亚·伊·埃特尔（1855—1908），俄国作家，著有长篇小说《加尔德宁一家：家仆、追随者和敌人》（1889年，两卷本），以启蒙主义立场描写了19世纪80年代俄国广阔的社会生活。

英国人与沃罗涅什的牲畜贩子的混合物啊！他身上和他周围的一切又是多么可爱：他那穿着西服（西服上一点绒毛都没有）的干瘦的高大身影，雪白的衬衣，粗壮的长满了浅红色汗毛的手，悬垂着的淡褐色的唇髭，浅蓝色忧郁的眼睛，琥珀的烟嘴（烟嘴里冒着名贵香烟带香气的烟雾）。阳光、洁净、舒适，整个书房亮亮堂堂！怎么能相信：这个人在青年时期，在最简朴的小城市的社会里竟连一句话都说不清楚，也不大懂得如使用餐巾，写起字来会犯种种最荒谬的正字法的错误呢？

也是在这座住宅里，他不久就死了——死于心力衰竭。

埃特尔逝世一年后，他的七卷本文集（短篇小说、中篇小说和长篇小说）和一本书信集出版了。长篇小说《加尔德宁一家》里附上了托尔斯泰写的序言，书信集里则附上了他的自传和格尔申森的文章：《埃特尔的世界观》。

关于《加尔德宁一家》，托尔斯泰说："开始读这本书后，我爱不释手，暂时我还没有全部读完它，也没有去重读几遍某些地方。"他写道：

"主要的优点——除了对待事情的严肃态度外，除了他对人民生活的这种知识（我不知道哪一个作家有这种知识）外，这部长篇小说无与伦比的、独一无二的优点，是其在准确、美、多样性和力度方面都令人惊讶的民间语言。这样的语言不论在新的还是老的作家中都是找不到的。更有甚者，他的语言准确、有力、美丽，并无限地多种多样。老家奴说的是一种语言，手艺人说的是另一种语言，青年小伙子说的是第三种语言，农妇们说的是第四种语言，妓女们说的又是另一种语言。有人对某个作家使用过的词汇做过统计，我想，埃特尔的词汇数量，特别是民间词汇的数量可能是所有俄罗斯作家中最多的，而且又是多么的准确、美好和有力的词汇啊，除了平民百姓，任何地方都没有人使用过。这些词汇在哪里都没有人注意，它们的独特性也没有被夸大，感觉不到作者有拿自己暗中听到的词汇去炫耀一番、去让人吃惊的意图，而这却是常有的事……"

只要浏览一下埃特尔的自传，他对人民的这种了解就完全可以理解。

"我生于1855年7月7日，"他说，"我的爷爷出生在柏林的一个市民家庭，青年时期就加入了拿破仑的军队，并且在斯摩棱斯克郊区做了俘虏，后来被一个俄罗斯军官押送到沃罗涅什农村，在这里，他很快就改信了东正教，与一个农奴的姑娘结了婚，并在沃罗涅什的小市民里封了册，后来的整个一生都是老爷田庄的主管人。我的父亲也继承了同一个职务，也是同农奴姑娘结了婚。父亲是一个受教育很少的人，但喜欢读书（主要是历史方面的书籍），对所谓的政治问题，甚至是哲学问题也不陌生。他的性格的美好特点，应当是其具有以严厉为外表的大善和足够敏锐的正义感，头脑非常清醒，几乎与大俄罗斯农民的形象完全相符。至于我的母亲——顿河左岸的一个地主的非婚生女儿，则与父亲相反，她并不反对多愁善感，甚至也不反对幻想的浪漫主义……

"她教会了我读书，写字则是我自己学会的，最先是从书本上摹写印刷体字母，后来我的教父，即萨维里耶夫老爷（父亲长期当他的管家）建议父亲把我带到他那里去。萨维里耶夫的妻子是一个法国女人，是巴黎某个低级趣味剧院的演员，几乎完全不说俄语。她非常寂寞，像对玩物一样纠缠着我，看管着我，给我好东西吃。不过这一切持续的时间并不长。父亲与萨维里耶夫吵翻了，丢掉了职位。于是我又回到了原来的状态。当时我们差不多有一年都过着苦日子，住在一个认识的农夫的住所里，一直到父亲承租了田庄……

"我享受到了想干什么就干什么的完全的自由：同农村的孩子们玩耍，读一些自己想读的书……父亲教我养成操持家务的习惯时我才十三岁。当时我只知道算术四则，《拿破仑的故事》《不死的恶老头》《毕达哥拉斯旅行记》，科斯托马罗夫的《斯坚卡·拉辛》，《外国文学陈列馆》的第二卷，《科里佐夫歌曲》《普希金文集》，古代养马通俗医术，带插图的神灵的故事，恰达耶夫的喜剧《堂·彼得罗·普罗科杜尔纳特》。后来我自学学会了按教堂方式朗读，并反复读了几遍《基辅圣僧传》和几本东正教信徒的每月读物。……十六岁我结识了乌斯曼商人鲍戈莫洛夫，他送了我达尔文的著作《人类的起源》和一本小册子《俄罗斯语词》。在这些书里我以极大的兴趣阅读了皮萨列夫的文章……

"父亲要我当他管理家务的助手，可是我却坚持要与普通老百姓平起平坐。为此父亲经常威胁要鞭打我，而且真的打了我三次……我是酒席上的自家人，在马厩里，在乡村的'街头'上，在晚间集会上、婚礼上，在农村青年集结的一切地方，我都是自家人……父亲终于认定，我对农村的亲睦的毫不拘礼的态度肯定有碍于获得作为一个管家所需的威信，并商量好让我到别的地方去另找别的职务。这之后不久我就在相邻的一个田庄里担任了管理员的职务……我第一次看见铁路是在十六岁，看到莫斯科和彼得堡则是在二十三岁……"

往后的事情对于那个时代、对于"向往光明和进步"的自学者来说是颇为典型的：同新的怪商人的新结识（在"污浊和卑劣的商人们中间"，这个怪商人是对这种"进步"和读书真正着了魔的人），同他女儿的结识（她担任了教化年轻"野人"的工作）并且很快就发生了以婚礼为结局的"书本式的爱情"。后来试图用租赁来管理老婆菲薄的陪嫁地产，结果失败了（"我在管理别人的富有的田庄中被认为是一个好管理人，而在管理自己小小的地产时却根本不中用"），后来终于迁居到了彼得堡（由于偶然的机会结识了一位好像顺路到乌斯曼去的作家扎索吉姆斯基），并在当时"最先进的"文学代表者中间开始了典型的作家生活。生活是如此贫困。结果很快这位年轻作家就发现自己患有先天性的肺结核病，而他对"先进的"思想又是如此迷恋，因此只好在彼得堡蹲了一段时间的监狱，然后被流放到特维尔去。不过这种典型事例在这里也就宣告结束了。这个"野人"的成长速度，他变成真正有教养的人的速度，他的非同一般的精神和文学上的成长，原来一点也不典型，主要的是，他的鉴赏力、观点和志向的独特性，当时已远不是各方面都符合于扎索吉姆斯基、兹拉托弗拉茨基等所希望的东西了。埃特尔说："甚至在迷恋扎索吉姆斯基的时期，父亲的那股血液——健康的理性——也没有离开我。例如，我感到我比他更好更深入地了解生活，特别是人民的生活，虽然他自认是描写人民日常生活的作家。我能比他更好地了解人们。这方面是我以前当管家的工作帮了我的忙：我过去同商人、农民、富农、酒馆老板、各类票贩子都有工作联系，一句话，同一切带有对人民的爱、苦于贫穷和悲伤的人，同一切迷恋教育、进步、自由、平等和博爱的朦胧理想的人都有过联系……"

这种"健康的理性"（如果用一个非常谦虚的说法）也使埃特尔成了一个高大而独特的人，无论是在生活中还是在文学上。格尔申森说得完全正确："无法想象，在干瘪、枯萎的八十年代的知识分子中，有比埃特尔的形象反差更大的了。"我再重复一句，他的生活只在很短的时间里或多或少地是平民出身的知识分子的典型生活，很快他就变得（甚至在外表上）非常不像了。到特维尔之后，埃特尔只是暂时住在首都或国外——他又回到了农村，回到农业上，几乎直到生命的尽头都把自己一半的精力献给了农业。最先是在家乡个人承租小块土地，后来是管理最庞大最富有的老爷的田庄（有一个时期甚至一下子有几处分散在全部九个省的田庄，亦即"整个王国"。这是有一次他给我的信里说的）。

格尔申森认为，埃特尔甚至作为一位思想家也是一种"卓越的"现象，他的世界观"乃是非常独创的宝贵的思想体系"。他说，埃特尔的思维力量是在被康德定义为"实践理性"的领域里。埃特尔首先是一个干实事的人，他天生就具有极强的生命力，是生活缔造者的光辉代表，他强烈地希望在现象和行动的不断变换中生存。正是这些东西决定了他的世界观的性质。

这整个世界观都在回答一个双重的问题：生活能做什么？生活要求什么？关于自古以来推动世界运动的力量和这种运动的最终目的的问题，埃特尔仍旧没有弄明白。

不过，他并不是一个纯理性主义者，相反，对现实的活的嗅觉使他明白了下面一点：在一切有形的东西的基础里含有无形的因素。但他又是相当现实的，而且不考虑自己的实际利益，也就意味着去冒一切计算错误的危险。因此，他觉得实证论是一种不可忍受的毫无意义的东西。

他认为，生活可以粗略地分解成两种现象：一是特别地依从于"我们称之为上帝的伟大的不可知者"的意志，也就是依从于我们应当无条件地服从的那些人；二是依从于我们的意志，而且适当地必须用斗争的态度去对待应该加以排除的障碍。

他相信有绝对真理的存在，但也坚持它只是有条件地存在。他喜欢说："要适中，朋友，要适中！"——就是说，不要用暴力去加速这一历史的进程。要无条件地理解善与恶，在实现前者和与后者进行斗争时则是有条件的行动——这就是一切活动（他说，也包括一切抗议活动）所需要的东西。但这是否就意味着他在宣扬"中庸和谨慎"呢？很少有人比他更不中庸、更不谨慎的了，他的整个生活都热情得过分，"永远热情地对待精神的社会的和日常生活的事务，在痛苦中寻求外表和内心的和谐"。他自己常常抱怨说："在自己的生活中老是无法恢复平衡……看到周围的一些东西，读到一些新闻，心情竟会如此颓丧，去同情一些人，而对另一些人则感到愤怒，真不幸……"接下去（谈到他参与帮助饥饿者的事情：九十年代初他整整两年专门做这件事，非常热情，完全扔掉了自己个人的事务，并且落入过真正贫穷的境地），他写道："我再一次认识到，我迷恋所谓的社会活动可以达到忘我的程度，达到完全精疲力尽的地步……"

他严厉谴责了俄国知识分子，而且首先是从实践的观点上谴责他们。他说，知识分子不停的抗议仅仅是以"神经上的刺激"或者是以"对待事物的抒情态度"为条件的，是软弱无力的，是达不到目的的，因为激情本身不是任何东西的本质，而只是一种表现形式，因为一切斗争的本质乃是抗议者个人的宗教—哲学信念，然后是对历史现实的理解。他说，知识分子首先要做的事，是深刻地体验基督教的教义，"基督已经成了米哈伊洛夫斯基老爷们喉咙里的骨头"，没有它就不可能有个人的宗教文化。其次——是深刻的严肃的文化和历史分寸感。他说："所有'被遗忘的词'之所以被遗忘得这么快，这么频繁，是因为我们只是在神经上接受了它。……我们这一代人的不幸就在于，他们对宗教、对哲学、对艺术完全缺乏兴趣，而且迄今仍缺乏自由发展的感情和自由的思想……除政治形式、政治设施外，人们还需要'精神'、信仰、真理、上帝。……你说：大家都能为思想而死！哎哟，死比实行要轻松一些！片面地提出抗议的社团甚至在胜利的情况下带来的也可能是恶多于善……啊，痛苦，专制给人一千倍的痛苦。但是如果这专制是来源于'费杰尼卡'而不是来源于波别多诺采夫们的话，那么它带来的痛苦也绝不会更少些。我设想，让'费杰尼卡'处在波别多诺采夫们的地位上才好呢！至于我们对人民的态度，那么这里除了那种一般的应当规定为人们的道德标准，亦即基督定下的爱的规则外，不需要有任何的标准……"

"我认为，"他在自己的记事簿里这样反对托尔斯泰（他在许多方面都曾经是托尔斯泰的信徒），"我认为，分地产给穷人——并不全对。应当在我自己和我的孩子们身上保持善的东西：知识、文明、一系列真正好的习惯，而这一切更多的不是要求头脑上的传递，而是继承上的传递。交还地产后，我就真的能还清我欠人的一切了吗？不，托赖别人的劳动，我除了地产外，还拥有许多别的东西，这许多东西也应当与他人共同分享，而不应把它埋在地里……"

总之，无条件地理解和有条件地实现真理——乃是埃特尔躬耕不辍的论题之一。他全身心地感到直线式的原则是冰冷的、僵死的，只有在互让中才有生活的温暖。完全放弃个人利益，就同无条件地实现真理一样荒谬。"一样地爱自己的孩子和别人的孩子——是反自然的。只要你的个人感觉不会熄灭你的正义感——阻止你为了自己的利益去杀害别人的孩子的正义感——就够了。标准就存在于人的生命的幼芽能充分地开放和成熟，同时又不压制对一切有生命力的东西的爱之间……"

　　这个在其炽热的内在和外在方面，在才智的自由和鲜明以及心胸开阔方面都令人惊奇的人死得太早了——只活了五十二岁。在死之前，他就深深地相信，"世界上的一切苦难，其意义之后都会得到揭示的"。在少年时代，他经历过炽热的宗教感情时期，后来这种感情变成了"怀疑，试图在不断增长的怀疑的地方确立一种信仰，即相信善，相信革命和民粹主义的学说，相信托尔斯泰主义学说……不过在我的性格中通常的一切都改变了"。他在许多方面永远都是"一切自由的朋友"和自己时代的知识分子。对于他来说，生活毕竟是得到了"越来越新的阐明"。是好事吗？不过这个词好像"听起来过于空洞了"，还应当"好好地想一想"。是民粹主义吗？但他发现，"民粹主义幻想就是一些幻想，再也没有什么了……所以，组织（在一切政治之外）一个旨在帮助解决一切贫困的有教养的人们的巨大联盟——这是另一回事……在实现'天国'的一切意图之前，俄国人民和俄国知识分子首先要创建这种'天国'的基础，要在言辞和事业上确立自觉的、坚定地提出的文化生活方式……是社会主义吗？不过，你想过没有，社会主义只有在乡间土道上种满樱桃树，而且樱桃树还要完好无损的那种人民那里才可能有？在栽着普通可怜的小白柳，而且'随随便便'就被拔掉的地方；为了缩短五俄里路程便赶着大车从好端端的黑麦地（不是老爷的而是农民的地）上驶过去的地方——可能有拉辛主义者[1]、普加乔夫主义者和一切其他什么主义者，但不是社会主义。再者，什么是社会主义呢？我的朋友，不能把生活引到死胡同里去！是革命吗？但是，对于暴力意义上的革命，我是从本能上感到厌恶的……在每一次革命的破坏中都有粗野的破坏，不只是物质的破坏，而且是对神圣生命的破坏……那么什么是物质的破坏呢？野兽般的一群人砍掉了'樱桃园'，就像行凶一样可恶……须知，赫尔岑就曾说过，如今失掉一些东西比失掉一些人感觉要可惜得多……是托尔斯泰吗？可是大家都被赶进了费瓦伊达里去——也就是阉割生活并使生活减色……不能命令大家都去干农活，忍痛地不抗恶，放弃个人利益达到消灭个性的程度……我不想把自己整个生命都缩小成撒玛利亚人[2]的角色……没有阴影才好——没有斗争才好，可又有什么比斗争更美好的呢！是人民吗？我含着热泪书写了人民这么久……但是岁月流逝——这个爱人民的人现在又说些什么呢？不，我还从来没有像现在这样深刻地理解过涅克拉索夫的'因为爱才恨'这一表述，沐浴在真正的、而不是抽象化的人民的现实的地狱里，沐浴在俄国不足信的残酷的日常生活的美妙中……俄罗斯民族——是极其不幸的民族，但也极其恶劣、粗野，而且主要

1　原稿有误：把"拉辛主义"（**Разинщина**）错误地排成"拉佐夫主义"（**Ра-зовщина**）。

2　撒玛利亚人是公元前722年移居撒玛利亚的巴比伦移民同当地人混血的后裔。

是爱撒谎，是爱撒谎的野蛮人……大家都认为，亚历山大二世执政时千方百计地残害了几千个革命者，可是要知道，如果放纵'真正的平民'，那么他们就会仿照伊凡雷帝的做法去镇压几千人……是无宗教信仰吗？可是没有信仰的人是可怜而又不幸的生物……金色的圆顶和钟声——是生活在每一个人的灵魂中的伟大本质的一种形式……"下面就是他逝世前不久写的最后的自白：

"上帝的可怕的神秘是我的理智所不能企及的……"

"我相信，生活的苦难和死亡的意义，以后会得到揭示……"

"我热忱地相信，我们的生活不会就此结束，在这个生活里，一切折磨人类的谜和人类生存的秘密都将得到解答……"

（1929 年）

沃洛申

马克西米里安·沃洛申是俄国革命前以及革命年代最著名的诗人之一,而且在他的诗歌中包含着大多数这类诗人的许多极其典型的特点:他们的唯美主义、绅士形象、象征主义、迷恋上世纪末和本世纪初的欧洲诗歌、政治上的"路标转换"(取决于什么时候更有利)。他还有一些毛病:在文学上过分地颂扬俄国革命的最可怕、最野蛮的残暴行为。

他死后出现了不少评论他的文章,不过,总的说来,他们很少说出新的东西,很少提供他在写作和为人方面的鲜活特点。有些人只是简单局限于对他的赞扬(如今几乎在诗歌和散文中涉及过俄国革命的所有人都是这样的待遇)。有些人还吹捧他是预言家,对"未来俄国的激变"有先见之明的人,尽管对许多这类预言家来说,在这种场合下只要有某些俄国历史的初级教科书的知识也就足够了。我在《最新消息》上本努阿的文章中读到了对沃洛申最有意思的评语:

"他的诗没有那种不可或缺的能够带来真正的喜悦和自

信的东西。当他沿着美丽而又响亮的词语的陡岸登上人类思想的最高峰时，我'并不完全信任'他。不过有人喜欢这种攀登是完全自然的，而且正是这些词在吸引着他们……我对他永远地保留着某些讥讽，因为要知道，哪怕是对最接近最亲切的朋友，讥讽也是允许的……夹鼻眼镜掩饰下的近视目光奇怪地破坏了他整个'像宇宙一样'的形态，使他染上一种惘然若失和束手无策的样子……一种非常可爱的、足以博得大家好感的样子……当他做了幼稚的粗鲁举动，在苏联思想家们和主宰者们面前朗读自己满含揭露意义和悲剧式的诉苦的最可怕的诗歌时，他便带着一种令人惊奇的憨态可掬的神情，不知他是'美杜莎[1]化了'，还是要让克里姆林宫的总督们开心。发生这样的事，大概也只是因为，在那里人家并不愿意认真地接待他……"

我个人相当早就认识沃洛申了，不过直到我们在敖德萨的冬天和1919年春天的最后几次见面，我们也并不亲近。

我记得他最初的一些诗。根据这些诗来判断，很难认为他的诗歌才能在内在和外在方面有什么进步和发展。下面是他当时"迷恋词语"时特别具有特色的诗：

> 思想与风的号啕交织在一起，
>
> 火车在轰鸣，极力要超过它们，

---

1 希腊神话中的蛇发女妖之一，可使看到她的人变成石头。珀尔修斯割下了她的头。

于是耳朵里老是敲击着这个：

吉达达、多达达、达达达、吉达达……

有一个国家——那里的阳光，浓艳而又明睸，

从天边洒向大地：

我从那里给自己带回一件礼物———双响板，

声音洪亮的乐器……

我躬身叩拜——沐浴着蓝色的夜景；

我信任地用嘴唇搜索着，

你那充满苦味的乳头，

啊，大地母亲！

　　我记得我们的第一次见面是在莫斯科，当时他已经是《天秤》《金羊毛》等杂志的著名撰稿人；这时他已经十分讲究他的外表"修饰"和举止、谈吐、读书的风度了。他个子不高，非常壮实，肩膀又宽又平，细手细脚，脖子很短，脑袋很大，褐色的卷发，留着大胡子。由于这一切，不管他戴着夹鼻眼镜，还是巧妙地模仿俄国庄稼汉和古希腊人的模样，打扮得几无二致，都让他看起来既有点像公牛，同时又像是犄角陡直的绵羊。侨居巴黎后，在顶楼诗人和艺术家中间，他戴起了宽边黑帽子，穿起了天鹅绒的短上衣和披肩。同人们的交往中他学会了一种法国式的套路：积极活跃、好与人攀谈、客客气气和某种逗笑的优雅，总之是一种非常讲究的矫揉造作的"使人入迷的东西"，尽管所有这些特质的确都

是他天性中所固有的。和他几乎所有同时代的诗人一样，他十分喜欢读自己的诗，不管是在什么场合，有多少人，只要周围的人稍微有点意愿就可以。一旦开始读诗，他就立即抬起自己厚实的肩膀和自己的本来就高高凸起的胸廓，使它几乎像女人的乳房那样，隆起在上衣下面。他端出奥林匹斯山的众神的面孔，有力地、悲伤地嗥叫起来。读完后便马上摘下这种严厉的和傲慢的假面具，立即又是那种迷人的曲意奉承的微笑，柔和的沙龙专属的声音，愉快而殷勤地把花毯铺在交谈者的脚下——如果是在做客的话，他就坐下来喝茶或吃晚饭，谨慎地、不知疲劳地吃得津津有味……

我记得1905年末同他的一次见面，也是在莫斯科。当时几乎所有著名的莫斯科和彼得堡的诗人突然都变成激越的革命者了——顺便说一句，是在高尔基及其《斗争》报（列宁本人也参加了报纸的工作）的大力促进下造成的。这是布尔什维克第一次起义的时期，高尔基牢牢地坐在沃兹德维仁卡自己的住宅里，从没离开一步，周围昼夜都有从头到脚都武装起来的格鲁吉亚大学生守卫着，他们要大家相信，似乎极右派准备谋害他。但与此同时，他却在自己家里日夜接待大量客人——交好者、崇拜者、"同志"和《斗争》报的编辑人员（这份报纸是由某某斯基尔蒙特捐资创办的）。这份报纸很快就俘获了诗人勃留索夫（而在这一年的夏天他还要求为神圣的索菲亚竖立十字架，并发表了"保皇党的演说"），然后是明斯基及其赞美诗《全世界无产者联合起来！》——以及不少其他人。沃洛申没有在《斗争》上发表作品，不过

也是在这里（不知是在高尔基那里还是在斯基尔蒙特那里），
我听到了他最新的诗歌：

　　俄罗斯人民：我是痛苦的复仇天使！

　　我在黑色的伤口里，在敞开的处女地里，

　　撒下种子。忍耐的时代已经过去，

　　我的喉咙——是警钟！我的军旗血一样红！

　　我还记得同他母亲的一次会面——是在一个作家的家
里。我当时正好在沃洛申的旁边喝茶，突然一个五十岁左右
的妇女走进房来：她有一头银白色的短发，穿着俄式衬衣，
肥大的天鹅绒灯笼裤和一双光亮的长筒皮靴。我差一点就要
问沃洛申：这个滑稽可笑的人是谁？关于沃洛申的各种风闻
我都记得：说他同自己的未婚妻在国外相遇时，规定第一次
约会必定要在某个哥特式教堂的钟楼里；说他住在克里米亚
自己的家里时，穿着冬尼克（说得简单一点，就是穿一件没
有袖子的衬衣）；说他矮胖的身体和多毛的短腿当然是很可
笑的……他的自传体札记的手稿曾在《论俄国诗人》一书中
转载。这本书碰巧在我手里保留至今，其中有些篇章也是相
当可笑的，如：

　　"我不知道，我的生活中什么是别人感兴趣的，因此我
只好列举一下，对我本人来说什么是重要的东西。

　　"我于1877年5月16日，圣灵日，出生在基辅。

　　"对于我来说，生活中的事情只有地域、书籍和人民。

"地域：第一个印象是塔干罗格市和塞瓦斯托波尔市；有意识的生活——莫斯科郊区、瓦干科沃墓地、机器和铁路工厂；少年时代是兹维尼戈罗德附近的森林；十五岁是克里米亚的科克杰贝利——一生中最珍贵最重要的地方；二十三岁是中亚沙漠——自我认识的苏醒；然后是希腊、地中海沿岸的岛屿——在那里找到了精神祖国；最后一个阶段是巴黎——对韵律和形式的认知。

"书籍伴侣：从五岁起开始读普希金和莱蒙托夫；从七岁起读陀思妥耶夫斯基和爱伦·坡；从十三岁起读雨果、狄更斯；从十六岁起读席勒、海涅、拜伦；从二十四岁起读法国诗人阿纳托利·法朗士的作品；晚期读的书有巴加瓦特·吉塔、马拉梅、克洛代尔、亨利·德·雷尼埃、维利埃·德·阿当——印度和法国。

"人物：只是在最近几年他们才在生活中变得比地域和书籍占有较多的地位。他们的名字我就不说了……

"我 13 岁开始写诗，24 岁学画画……"

这段时间他到处都在朗读他另一首取材于法国革命时期著名的诗歌，里面也有不少打击乐的舞台词：

这柔软的、充满热情的身体

人群用脚把它踩碎……

后来听说他参加了瑞士某神智学教堂的建造……

1919 年冬天，他受自己的朋友蔡特林兄弟的邀请，从克里米亚来到敖德萨，并在他们那里住下。到达后便立即开展了自己的日常活动：在文艺小组里朗读自己的诗歌，然后在一家私人俱乐部里朗读。当时几乎所有短期住在敖德萨的京城的作家们都在这个俱乐部里为那些在大厅里吃喝的"未被杀掉的资产阶级"朗读自己的作品，并获得某些酬金……在这里，他朗读了关于各种可怕的人和事的新诗，既有关于古俄罗斯的，也有关于当代的和布尔什维克的。我甚至对他感到惊讶——在写作方面和朗诵方面他都大有长进，各方面都变得那么有力、灵巧，可是我听他朗读时甚至也感到有些愤懑。他有一种正所谓"出色的"自我陶醉和按时间及地点的情况而言都是亵渎神灵的大篇废话！——和平时那样，我老在问自己：他到底像谁呢？外表看似是威严的，夹鼻眼镜严厉地发出亮光，身上的一切都好像很振奋，很夸张，梳成分头的浓密的头发末端卷成一个圆圈，胡子亦神奇地修饰成圆形，里面一张小嘴极文雅地张着，但发出的声音却是多么的响亮和强有力……是俄国农奴时代的敦实的庄稼汉？是普里阿普[1]？是抹香鲸？后来我们在蔡特林家的晚会上见面，他还是那个"最可爱、最善良的马克西米里安·亚历山大罗维奇"。仔细地看看他，我发现他的外貌几年后变得已有些粗糙了，发胖了，不过动作还是像过去那样轻捷、活跃；当他穿过房间时，就像是马的细碎步法，走得很快；他非常爱说话，说得很多；他好与人接近，善待一切人和事，对一切

1　古希腊神话中司多产、园艺、牧业、淫乐的神。

人和事都感到满意，不仅对这个亮堂堂的暖和的多人的饭厅周围的一切满意，甚至好像对世界上正普遍发生的那种巨大而可怕的一切，特别是在黑暗而又可怕的敖德萨即将到来的一切也感到满意。当时他穿得非常寒酸——棕色的天鹅绒上衣已经磨破，黑色的裤子在反光，短衫很破旧……他当时的生活过得非常贫穷。

下面我（扼要地）摘录几段我当时札记里的东西：

"法国人从敖德萨跑了，布尔什维克正在逼近敖德萨。蔡特林一家坐上了开往君士坦丁堡的轮船，沃洛申却留在敖德萨，住在蔡特林的房子里。晚上我在街上碰见了他：'为了不被赶出去，我把蔡特林的房子改成了男诗人和女诗人的集体宿舍。要有所作为，不能陷入悲观、沮丧'。"

"沃洛申晚上经常上我家来坐一坐，像过去一样可爱、活跃、欢快。'不要去管政治，让我们来彼此读一读诗吧！'其实他是在读自己的《人物剪影》。在萨文科夫的剪影里有一个不同的特点——拿他的侧面像同驼鹿的侧面像作对比。"

"像平时一样，他不停地说话，涉及许多各种不同的话题，只装出对交谈者很感兴趣的样子。当然，他赞赏勃洛克、别雷，还有亨利·雷尼埃；他正在翻译后者的作品。"

"他是人智学者，他相信，'人是第 10 卷里的天使'，这些天使具有人的面貌，同时带有人的一切毛病，因此应该记住，在每一个最坏的人的身上也隐藏着天使……"

"敖德萨被占领了，我们要挽救我们住着的这所我们的朋友的私邸免遭征用。沃洛申非常热心地参与了这件事情。

我们想出了一个办法：就说我们要成立一个'艺术的新现实主义流派'。他在为争取批准这个流派的揭幕而奔忙，五分钟就为它写了一个颇费思索的牌子，涂抹了几句含有寓意的话：'在建筑学中只承认哥特和希腊风格，里面没有任何粉饰的东西。'"

"敖德萨的艺术家们也千方百计地努力自救，同油漆匠们一起成立工会组织。关于油漆的主意当然也是沃洛申提供的。他高兴地说：'应该回到中世纪的行会里去！'"

"新闻记者、作家、男诗人、女诗人（在文艺小组里）的会议也是'按工会组织的'。沃洛申跑来跑去，喜气洋洋，想说明：写作者也要联合在一个行会里。后来他披上自己的披肩和吊在肩膀上的帽子（披肩上的小钩子同帽子上的绳子缠在了一起），快速而又优雅地踩着碎步登上舞台说：'同志们！'可是立即就响起了粗野的叫喊声和嗯哨声。坐在舞台后面的喧闹杂乱的一群青年诗人开始狂暴地胡闹起来：'滚开，让那些老朽的陈腐的下流作家见鬼去吧！我们誓死保卫苏维埃政权！'为非作歹特别凶的是卡达耶夫、巴格里茨基、奥列沙。后来整个这群人为了'表示抗议'而离开了大厅。沃洛申跟着他们跑出去说：'他们不了解我们，需要加以解释！'"

"表的指针已指向 2 时 25 分。街上 9 点钟以后就已实行宵禁了。沃洛申经常在我们家里过夜。我们家储存了一些脂油和酒精，他贪婪地吃着，吃得津津有味，并且不停地说话，谈的都是最崇高的和悲剧式的话题。顺便说一句，从他关于共济会会员的谈话中便可以清楚地知道，他就是共济会的会员。是的，按他的好奇心和其他特殊的性格，他怎么会放过加入这种团体的机会呢？"

"布尔什维克邀请敖德萨的艺术家们参加美化城市、庆祝五一节的活动。有些人高兴地接受了这个邀请。知道吗，不能逃避生活。此外，'生活中最重要的是艺术，而且它是在政治之外的'。沃洛申也非常热心于美化城市的工作，幻想着应如何做这件事，例如在街道上和房子前面拉上一条旗幅，并摘引不同诗人的一些诗，用菱形、圆锥形、角锥形画在旗幅上面——这将会很好看……我提醒他，他要美化的这个城市里已经既没有水，也没有粮食，正在进行着搜捕、盘查、逮捕、枪毙，晚上则是一片漆黑、抢劫，非常可怕……他给我的回答是：我们每个人身上，甚至在死人身上，蠢货身上都隐藏着饱受痛苦的六翼天使。有九个六翼天使降临在地球上，走进了人间，为的是要接受刻有耶稣受难像的十字架和焚烧，从焚烧中会出现某些受过锻炼的、豁亮的圣像的面容……"

"我曾不止一次地警告过他：您别去参加什么党派活动，须知，他们非常了解您以前是什么人。他的回答还是艺术家的那些话：'艺术是超越时代、超越政治的，我只是作为一个诗人、作为一个艺术家去参加美化城市的。''您去美化什么？自己的绞刑架吗？'但他还是跑去了。果然，第二天的《消息报》便写道：'沃洛申钻到我们这里来了，如今所有的败类都匆忙地混到我们中来了……'沃洛申则想写一封充满高尚的愤懑的信给编辑部……"

"信当然没有登出来。这一点我也早就对他说了。他还是不愿意听：'不会不登的，我已经去过编辑部了，他们许诺过！'但是他们只刊登了一件事：'沃洛申被五一节文艺委员会开除了。'他到我这里来痛苦地抱怨说：'这使我想起了以前发生过的一件事，当时也是没有一家中伤过我、说我当众揭发了列宾的报纸肯给我一块地方，去回应对我的这种中伤！'"

"沃洛申忙碌地张罗着，他想从敖德萨迁到克里米亚去。昨天他跑到我这里来，并兴奋地对我说，事情正得到妥善安排，像往常那样，通过一个好女人在办理。'契卡主席塞维尼征用了这个女人的住处。盖克尔介绍我同她认识，她又介绍我同塞维尼认识。'沃洛申对他十分赞赏：'塞维尼有一个水晶般的灵魂，他挽救过许多人！'——'几乎是杀人者中百里挑一的吧？'——'毕竟这是个非常纯正的人……'这样说还不够，他还非常幼稚地对我讲了下面一件事：有一回高尔察克好像牢牢地落入了塞维尼的手中，却又从他手中跑掉了。为此他不能原谅自己……"

"帮助沃洛申迁往克里米亚还要通过'海军委员和黑海队的司令员'涅米茨。按沃洛申的话说，后者也是一位诗人，'特别善于写循环体诗和八行诗'。他们虚构了一个到塞瓦斯托波尔去的秘密的布尔什维克代表团。糟糕的是，无法把他们送过去，因为涅米茨的整个舰队好像只有一条木帆船，而它又不是在任何天气情况下都能开出去的……"

如果按新历计算，他离开敖德萨（就坐这条木帆船）是在五月初。他是同一个名叫塔吉达[1]的女旅伴一起去的。他同她在我们家里度过最后一个晚上，也在我们家过夜。跟他告别毕竟是忧伤的。——一切都很忧伤：我们坐在半明半暗中，点一盏自制的小油灯（当时禁止用电灯），拿非常可怜的一点东西为启程人饯别。他已经穿上了旅行服——水兵上衣，无檐帽。口袋里装着不少各种不同的救命文件，以防万一：应付在离开敖德萨港埠时的搜查、应付在海上同法国人或志愿兵见面时的证件。他以前在敖德萨就与法国指挥人员的圈子和志愿兵有过结交。我们，也包括他自己在内在这个晚上毕竟还是非常不安的：天知道，这次坐船到克里米亚的航程将如何应付过去……我们谈了很久，而且这次我们在各方面的意见都几乎一致，谈得心平意和。在1点钟的时候我们终于分别了，天一亮我们的旅行者就该上船了。告别时我们都很激动，我们拥抱了，但是这时沃洛申不知为什么忽然想起了有一次在冬天，他当时同阿列克谢·托尔斯泰坐在罗宾咖啡馆里：突然间，开始时慢慢地，然后越来越厉害地——并且带着非常严肃的几乎是野兽般的脸孔——全身鼓胀起来，然后同样慢慢地放松了呼吸。他周围的人不明白是怎么一回事，非常吃惊，并慢慢地挤到了一起。接着他就开始很好地扮演起小熊来了……

　　路上他给我寄来一张明信片，是5月6日从叶夫帕托利

1　塔吉达（1890—1943），俄国女诗人。

亚写来的：

"目前我们顺利抵达了叶夫帕托利亚，我们在等待第二天的火车。我们在布尔金斯基·科萨逗留了一天，在奥恰科夫逗留了一天。等待起风的时刻。我们两次受阻于法国的驱逐舰。无风的夜晚我们便闲逛。在海涌期间，在阿卡梅切季附近有过机枪火力扫射。我们搭乘驿车穿过了大草原和腐臭的湖泊，而现在滞留在最肮脏的旅馆里，等待火车。虽然走得不快，但一切还算顺利。大量最有趣的人间的各种证件……很愉快地想起了在你们家里度过的最后一个晚上，如此美好地结束了不愉快的敖德萨时期。"

这一年的十一月还接到一封他从科克杰比利寄来的信，信的开头写道：

"非常感谢您给我写信。还好这几天不知为什么思想上老是回想起你们，这封信就好像是对我的思念的答复。

"我的惊险故事在我离开敖德萨后才刚刚开始。在路途中我和布尔什维克从水兵侦察员到'指挥官'的结交和会见都有所发展。让我坐他的单人车厢、把我能带到辛菲罗波尔去的这个'指挥官'原来是我的老相识。

"后来在炮火下我待在自己的小作坊里。第一志愿兵陆战队是在科克杰比利产生的。'卡古尔市'也建立了这样的部队，我和他们全队的人在塞瓦斯托波尔都相处得很好，因此他们的第一次来访是在我们的露台上。

"克里米亚解放后的第三天，我急忙到叶卡捷琳诺达尔去拯救我的朋友马尔克斯将军，他被不公正地指控与布尔什维克主义有染，威胁要枪毙他。我一个人，没有任何熟人和关系，经过努力就让他获得了自由。如今费奥多西们却为此事不能饶恕我，于是我现在也享有布尔什维克的声望生活在这里，我的诗歌也被看作是布尔什维克的诗歌。

"顺便提一下：《聋哑魔鬼》的第一版由布尔什维克的《岑特拉格》杂志在哈尔科夫做了广泛宣传，现在罗斯托夫的（志愿兵的）《奥斯瓦格》杂志也从我手里要去这本书中的一些诗歌，用作流动散发。直到七月份我才终于回到家里，并坐下来安定地工作……

"我现在正超乎寻常地写诗。我把夏天所写的全部作品都寄给了格罗斯曼，让他在敖德萨出版，因此关于我写的社会题材的诗歌您可以去问他，我目前寄给您去年写的两首抒情诗，供《南方言论》发表（它们还没有在任何地方发表过）以及两篇小文章：《俄罗斯之路》和《血的家酿酒》。现在我已经用了两个月的时间在写关于神圣的六翼天使的长诗。我能否驾驭这一庞大的题材呢，我现在整个地紧张而又信心不足。它应该写成和《阿瓦库姆》[1]一样，从两个不同的角度写同一题材的两个部分所组成的作品。

"我将在科克杰比利过冬：我个人的工作也要求这样做，而且是任何稿酬都不能比拟的最高价值。顺便说说稿酬的事。如今我收到的稿酬的情况是：诗歌 10 卢布一行，论文 3 卢布一行。这是最低稿酬。因此如果《南方言论》给我的稿酬

1　即长诗《大祭司阿瓦库姆》。

能高一些，我是不会拒绝的。

"伊·阿，我很希望您把我放在格罗斯曼那里的新诗全部读一遍。在这些诗里我试图更加现实主义地接近当代生活（组诗《假面具》，诗歌《水兵》《赤卫队员》《投机商人》等），我很想知道您的意见。

"至今我还满脑子这个冬天、春天和夏天的印象，我的确做到了重新审视整个俄罗斯——它的所有党派，从上层到底层：君主主义、教徒、社会革命党人、布尔什维克、志愿兵、强盗……对所有的人我都做到了花些私人时间去研究他们个人的情况……"

这封信是我得到的他的最后的音信。

现在他早已不在活人中了。他当然既不是革命者，也不是布尔什维克。不过我要重复一句，他的举止是十分奇怪的。

就在1919年，这是最可怕的一年。监狱遍布全俄罗斯——见到谁就逮捕谁，每天晚上把男人、女人、青年人从监狱里赶到黑暗的大街上，把他们的鞋子、衣服、戒指、十字架脱下来，自己私分掉，然后用手电筒照着，把脱了鞋子、衣服的人赶到雪地里，迎着冬天的寒风，赶出城外，赶到空地上……一阵机枪响，然后把他们（常常是人还没有死）推进坑里，随便掩上一些土……真奇怪，谁还会为此惨状弹奏起七弦琴来，文绉绉地、神秘兮兮地翻动着脑门下的眼珠子，把它变成文学呢？可是，沃洛申弹奏起来了：

抬起一桶桶熟透了的葡萄嘟噜，

把野果倒进了深沟……

哎哟，抬的不是葡萄嘟噜，而是把青年人

赶进那黑色的压榨机，榨出葡萄酒！

这一个"哎哟"有多大价值呢？但是他却更津津乐道地唱道：

吹吧，疾卷吧，大自然的风雪，

把古旧的灵柩清扫干净！

即是说："被赶进黑色压榨机"的亲爱的青年们，节日前给你们烧神香了！就人道方面而言，当然，你们是可怜的，可是又有什么办法呢，须知，契卡的凶手们乃是"大风雪的、古老的自然力"：

我相信最高势力的正义性，

是它给古老的自然力解除了禁令，

我从烧焦了的俄罗斯的深处说：

"你的判定是对的！"

要达到金刚石的淬火

来锻造生活的厚度，

如果熔炼的柴火不够……

上帝啊，我的躯体伺候！

最可怕的是，这不是一个凶残的人，而是一个敦实的卷头发的唯美主义者，一个殷勤的、不知疲倦地爱说话的人和非常爱吃的人。1919年春天在敖德萨正当"黑色压榨机"，或者说得好听一点，契卡在叶卡捷琳娜广场热心地"锻造生活的厚度"时，他几乎每天都到我家里来，常常给我读一些时而是关于"雪的"俄罗斯，时而是关于"被烧焦的"俄罗斯的诗歌，后来又立即读自己翻译的亨利·雷尼埃的作品，然后再次开始他的生动的人智学的演说术。当时我立即对他说：

"马克西米里安·亚历山大罗维奇，您把这一切留给别的什么人去听吧，我们最好是来吃点东西，我有腌猪油和酒精饮料。"

于是你就会看到，刹那间，这个不幸的、饥饿的人猝然停止了他的演说术，并以什么样的一种胃口把腌猪油全部吃光，全然忘记了在必要时把自己的整个躯体献给上帝的那个热情地许下的愿。

(1930年)

"第三个托尔斯泰"

    "第三个托尔斯泰"——在莫斯科，人们常常这样称呼不久前逝世的《彼得大帝》《苦难的历程》和许多剧本及短篇小说的作者，著名的伯爵阿列克谢·尼古拉耶维奇·托尔斯泰。之所以这样称呼他，是因为在俄罗斯文学中还有两位托尔斯泰——诗人兼沙皇伊凡雷帝时代的长篇小说《谢列布里亚内公爵》的作者阿列克谢·康士坦丁诺维奇·托尔斯泰伯爵和列夫·尼古拉耶维奇·托尔斯泰伯爵。无论是在俄罗斯还是在国外，我跟第三个托尔斯泰都相当熟悉。这是一个在许多方面都很出色的人。他身上甚至奇怪地把少有的个人品行不端（他从流亡国外回到俄罗斯后，其品行不端丝毫不亚于那些在苏维埃克里姆林宫舞台上效力的最强大的战友们）同其少有的天生的极大艺术才华结合在一起。他在苏维埃俄国写出了特别多的各种各样的作品（从写拉斯普京[1]的

---

1 格甲戈里·叶菲莫维奇·拉斯普京（1872—1916），又姓诺维赫。尼古拉二世时代的神秘主义者，被认为是东正教中的圣愚，对沙皇尼古拉二世的宫廷有极大影响力。

下流的剧本开始，描写了被杀死的沙皇和皇后的私生活）。总之，写了不少按其低劣和鄙俗而言简直是可怕的东西，但是在其可怕的东西中也仍旧有一些有才华的东西。无怪乎莫洛托夫在"苏维埃第八次非常代表大会"上"亲自"说：

"同志们，在我们面前出现了著名作家阿列克谢·尼古拉耶维奇·托尔斯泰。谁不知道，这是以前的托尔斯泰伯爵呢？而现在怎么样呢？现在他是托尔斯泰同志，是苏维埃大地上最优秀最受大家欢迎的作家之一！"

莫洛托夫说最后那些话也是不无原因的：要知道，从前屠格涅夫也称列夫·托尔斯泰为"俄罗斯大地的伟大作家"。

在侨民中，人们谈到他时，常常有时轻蔑地称他为阿廖什卡，有时又宽容地、温厚地称他为阿廖沙，而且几乎大家都会寻他开心：他是一个快活的有趣的交谈者，优秀的说书人，自己作品的卓越的朗读者，招人喜欢的直率的恬不知耻者。他天生就有相当敏锐的智慧，虽然他喜欢装成有点傻气的、无忧无虑吊儿郎当的人；他是一个狡猾的自私者，也是一个慷慨的好挥霍的人。他掌握了丰富的俄罗斯语言，像少有的几个人那样，他懂得并感受得到俄罗斯的一切……在侨居国外时，他的举止常常是而且确实是一个"阿廖什卡"，"流氓"，是有钱人家的常客，而背地里他却把这些有钱人称为败类。这是大家都知道的，而且大家也还是原谅了他。他们说，这也没有什么，因为他是阿廖沙嘛！表面上他仪容高贵，身材魁梧、结实，他那胖胖的刮过的脸就像女人的脸，稍稍向后仰的脑袋上的夹鼻眼镜使他在必要的时候具有一种傲慢的表情。衣服和鞋也总是买那些昂贵的、质量上乘的，袜子穿在里面——显得质地坚固、结实。他经常扮演某种角色，说话时做出许多姿势，不断变换脸部表情，有时用低到听不清的声音嘀咕什么，有时又大喊大叫，尖利得像女人的声音；常常在某个"沙龙"里 С щ 不分地说话，像一个上流社会的花花公子，或是毫无理由地突然哈哈大笑起来，吃惊地瞪着眼睛，濒临窒息的样子，喉咙里发出咯咯的声音。吃起东西来狼吞虎咽，做客的时候，用他自己的话说，把别人的酒菜全部吃光喝光，简直不成体统。第二天早晨醒来，拿条湿毛巾裹在头上，便马上坐下来工作：他是第一流的工作者。

他是否真的是托尔斯泰伯爵？布尔什维克是有心计的人。他们对他的家谱作模棱两可的报道，不加确定。例如：

"阿·尼·托尔斯泰于 1883 年生于原萨马拉省……童年是在其母亲的第二任丈夫阿列克谢·包斯特罗姆的不大的庄园里度过的。包斯特罗姆是一位有教养的人和物质主义者……"

这里没有耍滑头的地方只有一点："1883 年出生在原萨马拉省……"但是具体在什么地方呢？在尼古拉·托尔斯泰伯爵的庄园里还是在包斯特罗姆的庄园里呢？这方面只字不提，只说了度过童年的地方。除此之外，总是避而不谈尼古拉·托尔斯泰伯爵，好像他根本就没有在人世间存在过：他是一个什么样的人，曾住在哪儿，做什么事，他同那个继承了他的名字的人见过面没有？哪怕只有一次？后者放弃前者的爵位也只是在其从国外回到俄罗斯以后的事。他本人在我和他相交的这许多年里，虽然常常表现出要对我坦诚相待，却也从来没有泄露过关于尼古拉·托尔斯泰伯爵的一个字……我之所以提及他的家谱，只是因为，他在回俄罗斯之前，曾夸耀过自己的爵位，利用它在文学界和生活中进行过投机。他如此热衷于一切世俗功名，以致一回到俄罗斯之后，他不仅立即着手写卑鄙的剧本，并且还对那些在流亡国外期间被他吃光了、喝光了、掠光了、"尚待报答"的人写谤书，而且制造了最荒谬的谣言，比如在巴黎的俄罗斯的"白卫军"犯下的某种罪行。

关于他出生的时间和度过童年的地方的报道大概是完全正确的。但是后来呢？根据他的苏联的传记（经过他本人增补的自传）的记述，是这样的：

"1905年第一次俄国革命期间，托尔斯泰写过革命诗歌。第二年，当沙皇暴君把全国变成了监狱时，他出版了颓废主义诗歌的小册子，后来他把这本小册子买回来烧毁了：他感到已不能回到旧世界去了……"

无比拙劣的双料谎言在这里就已经开始了。颇为费解的是，1905年写了革命诗歌，总共才过去一年，恰恰是在"沙皇暴君把全国变成监狱"的时候，便如此与时代不合拍地出版了"颓废主义诗歌的小册子"，后来又好像把这个小册子买回去烧毁了！

不过，就是这种传记资料与下面的东西比较起来甚至也是微不足道的：

"第一次世界大战给托尔斯泰提出了许多新的问题和折磨人的谜团……"

的确，只有在莫斯科才能扯如此愚蠢的谎！托尔斯泰——和"许多"问题，而且还是"新的"！就是说，首先是"许多"的问题包围着可怜的他！这里还产生一些新的问题，除此之外，还有"折磨人的谜团"。我本人不止一次地亲眼看见过他如何受到种种问题和谜团的折磨：不管在哪里，不管对象是谁，他都想捞一把：他欠裁缝的钱，欠饭馆老板的饭钱，欠房租钱，再还欠了什么人的钱我就不记得了。

"在伟大的十月革命中托尔斯泰张皇失措……来到敖德萨，在这里度过了冬天。1919 年春到了巴黎。关于他侨居国外时的生活，他自己在自传中曾这样写道：'这是我生活中最困难的时期……'1921 年他从巴黎来到柏林，并加入了路标转换派组织。返回祖国后，他写了一系列关于白俄侨民的作品，写了白卫军如何变得完全野蛮，写他自己流亡巴黎时的苦恼……巴黎酒馆临死前的欢乐；白卫军枪毙人的可怕景象使他大失所望。他在国内还讽刺式地描写了资本主义美国风尚，伟大的苏联诗人马雅可夫斯基也对此做过精妙的描写……"

这一切作品都发表在什么地方呢？又供谁作乐呢？发表在莫斯科一个最主要的苏联月刊《新世界》杂志上，其撰稿人都是最著名的苏联作家。瞧，你坐在巴黎就可以读到："完全变得野蛮的白卫军……迫害人和枪毙人的可怕景象……"但是，为什么这种白卫军如此可怕地变为野蛮的事出现最多的是在巴黎呢，他们又迫害了谁，枪毙了谁呢？为什么法国政府假装看不见这些发生在巴黎发生的可怕景象呢？颇为奇怪的还有——巴黎酒馆使托尔斯泰大失所望的"临死前"的欢乐（托尔斯泰有一段时间也显然迷恋过这种欢乐）。之所以奇怪，是因为，自从他大失所望并决定离开白卫军的可怕景象，跑回俄罗斯后已经过去多少年了，在俄罗斯如今没有任何的暴君能使它变成监狱了，在那里已经没有任何人迫害谁了，没有枪毙任何人了，而巴黎却依然存在，没有毁灭（尽管托尔斯泰在那里的时候有过"临死前"的欢乐），而且一直存在至今，甚至在欢乐和豪华方面几近古希腊荷马式的奢侈。某某尤里·茹科夫，一位莫斯科的巴黎记者在莫斯科另一家月刊《十月》杂志上发表的一篇题为《在战后的西方》的文章中如此评论过。这位茹科夫说，在宽大的巴黎林荫道上，时常有法国修道士走过，一千米内都能闻到从他们身上最贵的香水味；从早到晚，那些卷发的、抹上香膏的青年们和太太们穿着不可思议的服装在闲逛。这位茹科夫也写过关于我的谎言，说我"个子矮小，干瘦，说话吱吱响，一张地道的唯美主义的脸"。俄罗斯有人曾说过这样一句话："不着边际地撒谎"。遥远的、幼稚的时代！如今，最可怜的苏联的茹科夫已大大地超过"不着边际地撒谎"了！托尔斯泰自己写的自传，谈到自己流亡国外的苦恼，谈到自己似乎在巴黎感受到了非常可怕的景象，而在"第一次俄国革命"和第一次世界大战期间又受了"许多"各种心灵的和智能的痛苦，还谈到他如何"大失所望"，如何离开莫斯科到了敖德萨，然后又到了巴黎……这当然是笑死人。他撒谎总是不以为然的，很轻松的。在莫斯科他可能有时会带点不自然的紧张，不过我想，显然也是做作，不会有那种歇斯底里的"撒谎的真实性"，而高尔基则为这种"撒谎的真实性"几乎痛哭了自己的一辈子。

我与托尔斯泰相识正好是在那些年代（适逢哀悼"第一次革命"的失败），关于这些年代勃洛克曾经悲剧式的、像诗朗诵似的说："我们是俄罗斯可怕年代的孩子，我们什么也不能忘记！"——在这第一次革命和第一次世界大战之间的年代，我正好在《北极光》杂志当文学栏的编辑。杂志是由某某女社会活动家瓦尔瓦拉·包勃林斯卡娅伯爵夫人创办的。就在这个杂志的编辑部里，有一天来了一个身材高大、相当漂亮的年轻人，他客气对我做了自我介绍："阿列克谢·托尔斯泰伯爵"，并要求发表他的一篇题为《喜鹊的童话》的稿子。这是一组很精巧地用当时时髦的"俄罗斯风格"写成的短小的生活小事，不过带有一种自由的放纵性（托尔斯泰的所有作品都具有这种特点）。从那时候起，我就对他开始感兴趣，阅读了他似乎早就被烧掉了的"颓废主义诗歌小册子"，后来又读了他的全部其他作品。这里我首次发现这些作品是如此多种多样——从写作一开始他就表现出一种巨大的本领：为文学市场提供畅销的东西。这种畅销的东西是取决于这种或那种不断变化的趣味和情况的。我从来没有读过他的革命诗歌，从来没听说过有这种诗歌，也没有听托尔斯泰本人说过。也许他尝试过写这种东西，是为了纪念"第一次革命"，但很快就抛弃了，不知是因为他觉得这种东西过于枯燥无味，还是出于一个简单的原因：尽管俄国的庄稼汉—捧持圣像者成功地烧掉并洗劫了许多贵族的大庄园，但这次革命失败得太快了。至于他的"颓废主义小册子"，我倒是读过，而且还清楚地记得，我没有在里面发现任何颓废主义的东西。他这本书也是遵循了当时什么东西能吸引人这一原则而写的，风格上整个地模仿了古老的俄罗斯童话。他的贵族生活题材的短篇小说也仿照了这本小册子，写得也符合当时的趣味：夸张讽刺的描写，故意模仿滑稽，故意的（也有不是故意的）荒诞性。这几年他好像还写了几个迎合外省趣味的喜剧剧本，因此也是一些很吃得开的作品。我再重复一遍，他是很会随机应变的人，甚至他自己那部在巴黎，在侨居国外时就已开始在侨民杂志上发表的长篇小说《苦难的历程》，后来竟也可以理由十足地加以利用，即当他回到俄罗斯后，小说中的"白军的"男主人公和女主人公竟对自己原有的感受和行为完全感到失望，而变成了酷爱"红军"的人。此外，大家也都知道，他的中篇小说《粮食》是什么玩意儿。后来他又写了一个幻想的胡说八道的东西——一个水兵不知什么原因偶然来到火星上，并立即在那里建立了公社。后来还写了一本关于巴黎的"资本主义鲨鱼"的毁谤性的中篇小说：这些"资本主义鲨鱼"是来自俄国的侨民，是石油的占有者，书名叫作《黑色黄金》……他对"资本主义美国风尚"的讽刺描写是什么东西，我不知道。他从没有到过美国，想必是从像高尔基、马雅可夫斯基等这些美国通那里听到一些情况。高尔基早在1906年去过一次美国，他以其固有的笨拙的浮夸辞藻和卑劣的鄙俗把纽约称为"黄色魔鬼的城市"，也就是黄金的城市，似乎那曾是高尔基永远憎恶的城市。他是这样描绘这个"魔鬼城市"的：

"这是城市，这是纽约。从远处看，城市好像一个大嘴巴，有着高低不平的黑牙齿。它把浓烟喷到天空去，又像一个苦于肥胖的馋嘴人那样地喘着气。走进城市，你会感到你进入了一个用石头和铁造成的胃。它的街道是一条滑溜的贪婪的喉咙，喉咙里浮游着城市的一块块黑色的食物——活人们。城市铁路的车厢，像一条巨大的蠕虫，火车头则像一只肥大的鸭子……"

自从我们在《北极光》认识以后，我和托尔斯泰有两三年没有见过。有时我和我的第二个妻子到各个国家去旅行，远至那些热带国家，有时又在乡下，很少在莫斯科和彼得堡居住。但是有一天，托尔斯泰却突然到我们暂居的莫斯科旅馆拜访了我们，和他在一起的是一个东方美人型的年轻的黑眼睛女人，大家称她为索尼娅·德姆什茨，而托尔斯泰则必定会说"我的妻子，托尔斯泰娅伯爵夫人"。德姆什茨穿得雅致而朴素，托尔斯泰则是一副奇怪而傲慢的外省老爷的派头：戴一顶大礼帽，穿着肥大的熊皮大衣。我以应有的客气接待了他们，同伯爵夫人点头布礼，并且忍不住微笑地对伯爵说：

"我很高兴重新恢复我们的相识，请进，把您的华美的皮大衣脱下来吧……"

而他却漫不经心地小声回答说：

"是啊，这是先父传下来的，可谓是过去残留的奢侈品……"

也许就是这件大衣使我们很快交好起来的吧。伯爵是一个好讥讽的很幽默的聪明人，天生具有非常活跃的观察力，他大概捕捉到了我不自然的微笑，马上就明白了我不是可以随便愚弄的那种人。于是他很快就同对他适用的人交了朋友，而且也是由于这种原因，经过两三次见面后，关于自己的皮大衣的事，他才咯咯地笑着对我承认：

"我的这件古董是偶然地很便宜买来的，它的毛全都被蛾子咬得不成样子了！可是要知道，它却能给大家产生一种什么样的阔绰的印象啊！"

每当谈到服装的重要性时，他就皱着眉头对我说：

"在日常生活中，您若不会在人们面前装饰自己，您就永远不会有好的结果！比方说，您穿得就不得体。您瘦长，身材好，您身上有一种古典的、肖像式的东西，您应该留一撮又长又窄的胡子，长长的唇髭，穿上腰部贴合的常礼服，荷兰的麻纱衬衣，配上这么一个优美地撑开的领子，下面系上一个丝线大花结；拖到肩膀上的长头发梳成平分头；奇美的指甲留得长长的，右手的食指上用一只神秘的镶嵌宝石的戒指装饰起来；抽细细的哈瓦那雪茄，而不是鄙俗的烟卷……您认为，这是欺骗行为？是啊，可如今又有谁不是这样或那样地在行骗呢？其实是一种外表罢了！须知，您自己也经常说到这一点！真的，看见了吗，一个是象征主义者，另一个是马克思主义者，第三个是未来主义者，第四个好像是过去的流浪汉……全都打扮得漂漂亮亮。马雅可夫斯基穿着黄色的女短衫，安德烈耶夫和夏里亚宾穿腰部带褶的男式外衣和俄式衬衣，衬衣的衣襟露在外面，皮鞋则是上了漆的长筒靴；勃洛克穿的是天鹅绒上衣，并且卷发……亲爱的，大家都在骗人！"

迁居莫斯科并在诺文斯基大道上谢尔巴科夫公爵的房子里租下住宅后，他便在这所住宅里挂上几张傲慢老人的又旧又黑的肖像，并佯装漫不经心的样子，对客人们低声说："都是些祖传的废物。"而对我则再次笑着说："是在苏哈列夫塔楼旁边的旧货市场上买的！"

就这样，在1917年10月之前，我们和他的关系是和睦友好的，但是后来有两次争吵。生活变得很困难了，开始闹饥荒了，吃得稍好一点就得花很多的钱，而挣钱——则是下流勾当。瞧，在某某酒馆已出现了什么"音乐鼻烟壶"——一些投机倒把分子、赌棍、妓女们待在那里，吃一百卢布一块的小馅饼，喝白兰地之类卑鄙龌龊的酒，而诗人和小说家们（托尔斯泰、马雅可夫斯基、勃留索夫及其他人）则给他们朗诵自己的和别人的作品，挑选最下流的猥亵的东西，说十足粗野骂人的话。托尔斯泰竟敢建议我也去朗读，我生气了，于是我们吵了一架。后来在刊物上出现了勃洛克的诗作《十二个》。勃洛克是在发表了自己的日记之后才出名的。他在二月革命前不久曾经写道：

"浅紫色的行星的暴动停息了。赞扬幽灵的小提琴暴露出了自己真正的本质。在稀薄的空气里有一种扁桃仁的苦涩的气味。在广袤世界的浅紫色的朦胧中，一个巨大的灵台在暴动，在灵台上面躺着一个死板的洋娃娃，它的脸隐约地使人想起在最美的玫瑰中显露的那种东西……"

而且还如此魔鬼般地进行美化：

"好不容易我的未婚妻成了我的妻子，就像第一次革命的淡紫色的世界抓住了我们，将我们吸进了旋涡。我，第一个很早就如此地希望毁灭的人，被吸引到银色星星的灰紫色里，被吸引到暴风雪的珠母和紫晶里。在停息了的暴风雪的后面，露出了以新的雪暴相威胁的白日的铁泡沫。如今又出现了飞舞着的大风雪——我不能确定它的颜色和气味。"

这个大风雪就是二月革命。在这里，甚至对勃洛克来说，新的大风雪的颜色和气味也毕竟很快就确定了，何况当时也并不需要特别敏锐的视觉和嗅觉。这时俄罗斯历史的沙皇时代已经结束了（在不愿上前线的彼得堡卫戍部队的善意的帮助下），政权转到了临时政府方面，所有沙皇的部长都被逮捕了，被关在彼得堡要塞里。临时政府不知为什么要请勃洛克参加调查这些部长活动的"非常委员会"，而勃洛克每月可以领到 600 卢布的薪俸——这在当时来说，是一笔可观的钱。他开始去审问，有时是亲自审，而且在自己日记中下流无耻地挖苦了被审的那些人。这是后来谁都知道的事情。然后爆发了十月革命，临时政府的部长们也被关在这个要塞里，其中有两个部长（申加廖夫[1]和科科什金）甚至未加任何审问就被打死了。勃洛克又成了卢那察尔斯基的私人秘书。从这之后，他写出了《知识分子与革命》一文，要求"你们倾听吧，倾听革命的音乐吧！"，并创作了《十二个》，为子孙后代留下了非常可悲的捏造：似乎他是在迷睡中创作了《十二个》，"不断地听见某种响声——旧世界倾覆的响声"。莫斯科的作家们召开了会议，朗读和评论《十二个》。我也参加了这个会议。有一个（我忘记了是谁）坐在伊利亚·爱伦堡和托尔斯泰旁边的人朗读了它。由于这部不知为什么被称为长诗的作品的声望，它很快就成了不容置辩的东西。朗读完之后，先是一片虔敬的静默，然后听到一个不大响亮的感叹声："真了不起！非常出色！"我把《十二个》的文本拿了过来，浏览了一下，大致说了下面的话：

"先生们，你们知道，在俄罗斯发生的全世界都感到可耻的事已经整整一年了。俄国人民从去年二月初起，从二月革命起，所做的毫无意义的兽行是没有名义的。这一革命还仍然十分无耻地被称为'不流血的革命'。几乎是完全无罪

---

1 安德烈·伊万诺维奇·申加廖夫（1869—1918），俄国立宪民主党领袖之一，1917 年任临时政府部长，被无政府主义者杀害。

的被打死和被折磨的人数，大概已达几百万了，孤儿寡母的眼泪汪洋大海似的流遍了俄罗斯大地。无论什么人都可以随便地杀人：从前线逃跑的丧失了理智的匪徒似的逃兵，农村里的农夫，城市里的工人和其他各种革命者，在去年就极端仇视军官的士兵仍继续在杀人，他们跑回家去，不仅抢夺和瓜分地主的土地，也抢夺和瓜分富农的土地，沿途把一切可能破坏的都破坏了，杀死铁路员工和各站站长，要他们交出已经没有了的列车和火车头……我们村子里就有人给我写了这样的一封信，说农夫们捣毁了一个地主的庄园后，为了取乐，竟把活生生的孔雀的羽毛拔掉、折断，然后血淋淋地放掉它们，让它们飞，让它们东奔西突，带着尖叫声到处乱撞。去年四月，我住在奥尔洛夫省我表姐的田庄里。有一天早晨，农夫们放火烧了邻居的庄园，竟要把跑去救火的我也扔进火里去，与牲畜一起扔进燃烧着的畜棚里去。有一个混在大火旁那些农夫农妇中间的高大的酒鬼逃兵出来大喊大叫，说是我为了要烧掉靠近庄园的整个村子而放火烧掉了牲畜棚。我当时只好更疯狂地用骂娘的粗话来回应他，以挽救自己。他惊慌失措了，跟着他向我冲上来的那群人也惊慌失措了。我鼓足自己的全身力量，头也不回地冲出了人群，离开了他们。瞧，前几天，你们大家都熟知的 H.（我可以准确地说出他的姓名）从辛菲罗波尔跑回来了，他说，辛菲罗波尔的工人们和逃兵们真正是残忍至极，他们竟在一个旧的退伍军的列车熔炉里活活地把人烧死。在这样的日子里，勃洛克竟向我们叫喊：" '你们倾听吧，倾听革命的音乐吧！' 并创作了

《十二个》，还在自己的小册子《知识分子与革命》中要我们相信，俄国人民去年十月炮轰克里姆林宫的大教堂是完全对的——你们不感到奇怪吗？他竟对俄罗斯神职人员扯如此可怕的谎，来证明他是对的，而这样的谎简直是独一无二的：'在这些大教堂里——他说——大腹便便的教士们整整十二个世纪都是一边打着嗝儿，一边在卖伏特加！'"至于谈到《十二个》，这部作品实在是令人惊叹的，不过这是一切方面都从坏的意义上而言的。勃洛克是一个不能忍耐的易动感情的诗人。他和巴尔蒙特一样，从没说过一个简单的词，所有的词都过分的美，娓娓动听；他不知道也不觉得，用崇高的文体也可以使一切庸俗化。但是写了大量故意令人难以猜测的、几乎任何人都不能理解的、文学上捏造出来的象征主义神秘主义的诗歌之后，他终于写出了某种过分易懂的东西，可是这种廉价的平庸的技艺已达到何等地步了：他选取了彼得堡一个冬天的夜晚，这里如今特别可怕，人们被冻死、饿死，甚至在白天也由于害怕被打劫和被剥光衣服而不敢外出，并且说：你们瞧，那里喝醉了的狂暴的大兵们现在在做什么。不过，须知，归根结底，他们纵酒破坏昔日俄罗斯的一切的行为是神圣的，而且还有耶稣本人走在他们的前面，还说这就是他的使徒行传：

　　　　同志，紧握枪，不要胆怯！
　　　　我们要用子弹射击神圣的俄罗斯，
　　　　那坚固的，

那农舍的，

那大屁股的俄罗斯！

　　为什么神圣的俄罗斯在勃洛克的笔下却成了只是农舍的俄罗斯，而且还是大屁股的俄罗斯呢？很显然，因为民粹派的敌人布尔什维克的所有的革命计划和希望所依靠的不是农村，不是农民，而是无产阶级败类、穷困潦倒的酒徒、流浪汉。勃洛克庸俗地讽刺这个农舍的俄罗斯，讽刺立宪会议（他们曾向人民答应立宪会议保留到十月份，但是夺得政权后便被解散了），讽刺"资产阶级"、小市民和牧师：

房子与房子之间

拉上一根长绳；

长绳上——是标语：

"全部政权归立宪会议！"[1]

那是一位穿长袍的——

今天为啥如此郁闷，

是牧师同志？

那是一位穿羊皮大衣的贵太太——

脚下滑了一跤

1　"全部政权归立宪会议！"是 1918 年 1 月由俄国各资产阶级政党提出的口号，它与布尔什维克当时的"全部政权归苏维埃"的口号是针锋相对的。

扑通一声，直挺挺地倒了下去！

《十二个》是一组小诗，民间小调，有时像是悲剧的，有时又像是轻快的，总体来说是想成为某种最高级的俄罗斯民间的东西。这一切都令人生厌——首先是极其要命的枯燥和没完没了的废话，把多样化变成同一的千篇一律，无数的哎哟、哎哟、唉、唉、唉、哦哦、特拉达达、当啷响、轰隆响……勃洛克本想再现人民的语言，人民的感情，结果却成了某种完全粗俗的、拙劣的、过分庸俗的东西：

> 一个资本家站在十字路口，
>
> 用衣领捂着鼻子……
>
> 资本家不声不响地站着，活像一个问号；
>
> 资本家站着又像一条饿狗，
>
> 旧世界也是一条丧家狗，
>
> 夹着尾巴站在他的背后……
>
> 自由，自由，
>
> 唉，唉，没有十字架啦！
>
> 特拉达达！
>
> 而万尼卡和卡奇卡——在酒店里……
>
> 她有"克伦卡[1]"藏在袜子里！
>
> 呶，万尼卡，你这狗崽子、资本家，

---

1 "克伦卡"（ **керенка** ）是克伦斯基临时政府发行的一种20和40卢布的纸币。

试一试，你敢和我的情人接吻！

卡奇卡和万尼卡忙着呢——

忙什么，忙什么？……

雪在旋转，马车夫在叫喊，

万尼卡和卡奇卡飞驰着……

一个小电灯，

装在小车辕上……

唉，唉，靠边……

这不是平民的语言吗！"电的"！您试试发音吧！对车辕也有一种完全是滑稽可笑的柔情——"小车辕"——显然也是平民的。接下去则是某种更为平民的东西了：

唉，你，卡佳，我的卡佳[1]，

胖脸蛋的卡奇卡！

你穿过护腿套，

你吃过"迷娘牌"的巧克力糖，

你曾和士官生们游逛，

现在你又跟上大兵啦？

卡奇卡的故事是以她被杀害以及凶手彼特鲁哈（他是安德留哈的同志）的歇斯底里的悔过而告结束的：

---

1 卡佳、卡奇卡都是卡捷琳娜的昵称。

又重新遇到马车夫。

车夫在飞驰，狂吼，怒叫……

站住，站住！安德留哈，帮帮忙！

彼特留哈，从后面追过去，

特拉达达！

怎么，卡奇卡，你快活吗？一声不响！

你这个死尸，躺在雪地上！

唉，唉！

娱乐娱乐并没有罪呀！

资本家，你像麻雀一样地飞吧，

我要喝你的血，

为了我那情人，

那黑眉毛的姑娘！

十二个人又在走，

肩头上是短枪。

只有那可怜的杀人犯

脸色完全变了样！

可怜的凶手是十二位耶稣使徒中的一位。这十二位使徒
完全不知道往哪里走，为什么要走，而这些人中我们也只知
道有个安德留哈和彼得留哈。这个凶手已经在奔突、痛哭、
忏悔——须知，按规矩，就应该是这样的。早已众所周知，
俄罗斯有罪的灵魂是多么喜欢忏悔：

哦，同志们，亲爱的，

我爱过这个姑娘，

度过了多少个漆黑的、醉人的良宵！

"资本家，你像麻雀一样地飞"——又是资本家，这与资本家已毫无关系。关于卡奇卡与万尼卡忙碌的事，根本就不是资本家的罪过。接下去是关于血、情人、黑眉毛的姑娘、漆黑的夜、醉人的夜——这种时而是下流无耻的，时而是柔情脉脉的俄罗斯风格及其无数的感叹号已经令人恶心了。可是勃洛克还不肯罢休：

因为她火一般眼睛里

那任性的勇敢，

因为她右肩旁

那颗红色的痣，

我这个愚笨的人就杀死了她，

我一时心急就杀死了她……

唉！

在这个超级俄罗斯的悲剧里有一点不完全合适：卡奇卡的胖脸同"她火一般眼睛里"的"任性的勇敢"的结合。我认为，火一般的眼睛同胖脸是不大相称的，"红色的痣"也不大合适——要知道，彼特鲁哈并不是那种女性美的非常文雅的鉴赏家！

在结尾时我说了，"收场"是勃洛克用完全毫无意义的话在愚弄群众。勃洛克由于过分迷恋卡奇卡，完全忘记了原先的构思："甩掉神圣的俄罗斯"，并且"已甩掉了"卡奇卡。于是，他跟她，跟万尼卡，跟马车夫们的故事就成了《十二个》的主要内容。勃洛克只是在自己"长诗"结尾时才醒悟过来。为了修正，便随意地胡扯起来：这里又是"威严的步伐"与那条饿狗（又是狗！）和病态的亵渎行为：在这些畜生、强盗和凶手的前面，是某个（拿着血红的旗子同时又戴着白色玫瑰花环）舞动着的甜蜜蜜的耶稣：

> 他们踏着威武的步伐在走——
> 后面——是条饿狗，
> 前面——拿着血红的旗子，
> 他踏着轻柔的步伐，驾临在暴风雪之上，
> 雪花的碎屑飞舞，有如珍珠，
> 佩戴着白色的玫瑰花环——
> 走在前面的——是耶稣基督！

结束我的话时我说，我怎么会不记得浮士德说的那些话呢：梅菲斯特把浮士德领进了"妖妇厨房"：

> 在这里谁受妖妇的愚弄？
> 好像有十四万个蠢货
> 全体一齐胡说！

当时托尔斯泰与我大闹了一场。他本应听我说完，却用公鸡叫一样的声音喊叫起来，说什么，为了我关于勃洛克的讲话，他永远不能原谅我；说什么，他，托尔斯泰——直至灵魂深处都是一个布尔什维克，而我则是一个顽固的落后分子、反革命分子等。

勃洛克的另一部讲述俄罗斯平民的题名为《西徐亚人》的著名作品也是相当奇怪的。它是在《十二个》之后立即写出来的（按他的崇拜者的说法是"创造出来的"），勃洛克有过多少令人厌恶的爱恋的号啕啊："啊，我的罗斯，我的妻子！"和粗劣的彩色画式的"遮到眉毛的花围巾！"。在这里，勃洛克代表俄罗斯向欧洲人说话时，其傲慢态度不亚于叶赛宁（"我像彗星把舌头伸向世界，两腿撇开直到埃及"）。如今克里姆林宫不仅对欧洲，而且对大大地帮助把"西徐亚人"从希特勒的压迫下解救出来的美国不停地说：

我们——是千百万。

我们——是无数，无数之多。

你们试试与我们厮杀一番吧！

是的，我们是西徐亚人！

有着向外斜的贪婪的眼睛！

你们几百年来就瞧着东方，

挖掘、提炼我们的珍珠。

你们还愚弄我们，认定的只是日期：

什么时候把枪口对准。

是的，我们如此地爱，像热血一般，

而你们中早就没有人爱了！

你们已经忘记世界上还有爱，

既是燃烧的爱，也是毁灭的爱！

我们喜爱肉体——包括它的颜色和口味，

包括令人憋气的死亡的肉体气息……

如果你们的骨头在我们强大而温柔的手中，

发出咯吱咯吱的声音，那可别怪我们。

对这些嬉戏着的活跃的马群

我们已经习惯于抓住衔铁旁边的缰绳，

打断它们笨重的骸骨，

制服这些执拗的奴婢……

　　在这种喜剧式的恫吓中，在这种辞藻主义（我只摘引了它的一部分）中，有着某种完全不可理解的东西，例如什么是"挖掘、提炼我们的珍珠"？其余的则字字值千金：无数的亚洲人，斜眼的贪婪的眼睛，口味和死亡的肉体气息，强大而温柔的手，发出咯吱咯吱声音的骨头，以及甚至是被打断的马的骸骨。尽管由于嬉戏而打断马的骸骨，不仅是凶残和愚蠢的事情，而且体力上也是做不到的，因此无论如何也不能理解，为什么恰恰是"我们习惯了"这样做呢。《西徐亚人》是对普希金的拙劣的仿效（《致俄国的毁谤者》）。对《西徐亚人》的吹捧也不新鲜，要知道，这种东西在我国素来就有："我们有这么多的人，把我们的帽子扔过去就把他们压倒了！"（换句话说就是：我们是无数、无数之多）。不过最妙不可言的是，正好在"创造"《西徐亚人》的时候，抵抗德国人的俄国军队已经彻底地、十分可耻地、自俄罗斯存在以来前所未有地全部垮台了，而且真正有"无数、无数之多的西徐亚人"，他们好像是多么无畏和强大（"你们试试与我们厮杀一番吧！"），却拼命地从前线逃跑了。

我和妻子于这一年的五月底离开莫斯科到敖德萨是完全合乎情理的。二月革命前一年我给了某某副教授、文学家弗里契很大的帮助：他在某个地方讲课，是一位热心的社会民主党党员，我帮助他向莫斯科地方长官申请不要因为他写了地下革命的小册子而把他驱逐出莫斯科。瞧，布尔什维克当政时，这位弗里契却成了似乎是外交部的大臣。有一次，我去见他，要求他速即给我开一张离开莫斯科的通行证（到敌占区后方的奥尔沙车站去）。他慌张起来，不仅急忙给了我这个通行证，而且还建议我坐某某开往那里去的护送车去。于是我们便离开了莫斯科（竟然是永远离开了）。这是一次多么可怕的旅行啊！列车是武装护送的，提防最后一批从前线逃跑回来的"西徐亚人"对它进行袭击。每夜都在黑暗中走，各个车站都实行灯火管制，而且在这些被呕吐物和种种垃圾弄得非常肮脏的车站里，充满了野蛮的歇斯底里的醉汉们的叫喊声和歌声，也就是"革命的音乐"。

这一年布尔什维克政权所控制的还是俄罗斯不大的一部分，其他地方有的还是自由的，有的则被德国人和奥地利人所占领。这些地方在他们的赞同和支持下实行自治。这一年大批各种不同年龄性别的官员和各种身份的人都逃离了大俄罗斯——所有的人，凡有可能的，都跑到自由的没有饥荒的俄国各地去了。过了不久，托尔斯泰也成了逃亡者中的一员。八月，他的第二个妻子、女诗人娜塔莎·克兰季耶夫斯卡娅带着两个孩子回到了敖德萨，然后他自己也来了。他看见人时一副满不在乎的样子，故意地高声说话，情绪那么急躁，我还从来没见过他这样：

"您不会相信，"他喊道，"我有多么幸运，我终于从这些盘踞在克里姆林宫里的败类那里溜走了，我希望您能很好地理解我上次为了愚蠢的《十二个》而召开的会上骂了您，后来又老是曲意逢迎，那只是因为，我早就想溜走了，因此要表现得尽可能合适一些，有利一些。我想冬天快到了，上帝保佑，我将再到莫斯科去。不论俄国人民怎样变成畜生，他们也不会不明白正在发生的事情！我在路上，在各个城市的车站上，在火车上听到了一些好样的大胡子庄稼汉讲的传闻，不仅是关于斯维尔德洛夫们和托洛茨基们，还有关于列宁本人的传闻，真是不寒而栗！'等着吧，等着吧！'他们说，'看我如何收拾他们！大家会收拾他们的！上帝作证，如今我要吻所有沙皇的靴子！如果列宁或托洛茨基落在我们手里的话，就用生锈的锥子扎瞎他们的眼睛，我是不会手软的。'瞧，当这些庄稼汉受到焚烧和掠夺时，他们的眼睛就像地主庄园养畜场的公马和母马那样瞪得大大的！"

秋天，然后是冬天，政权的更替令人非常恐慌，街道上常常发生械斗。我们和托尔斯泰一家在敖德萨还将就过得去。有时俄国南方会有一些图书出版商的活动，我们便去卖一些东西。此外，托尔斯泰在娱乐场里当俱乐部主任，拿到不少薪俸。但是四月初法国和希腊的军队从敖德萨仓皇逃窜之后，托尔斯泰一家也竭力从海上逃走了（跑到君士坦丁堡并继续往前跑）。我们来不及与他们一起逃跑，便去了土耳其，然后去了保加利亚和塞尔维亚，最后到法国时，差不多已过去一年了。我们永远告别了俄罗斯。

为什么我们在去君士坦丁堡的途中竟没有死在黑海上呢，只有上帝才知道。我们从城里到港口是在又黑又脏的晚上步行去的。我们勉强地挤在其他无数的难民之中，在一个又小又破的希腊"帕特拉斯"号轮船上。我们一共有四个人，俄国著名的科学家尼科季姆·帕甫洛维奇·孔达科夫（一个七十五岁左右的胖老头）和他原来的秘书（现在已差不多是保姆了）、一个年轻的女人也和我们一起。后来我们在暴风雪中颠簸了两昼夜才到达君士坦丁堡。"帕特拉斯"号的船长是一个酒鬼——阿尔巴尼亚人，他不熟悉黑海，如果不是在"帕特拉斯"号上偶然出现了俄国海员替换了他的话，"帕特拉斯"号和所有不幸的旅客必定已经沉没了。我们在冰冷的黄昏里，在风雪的呼啸声中到达了君士坦丁堡，停留在老城区，到这里来的目的是要我们到石棚里去接受淋浴——"消毒"。君士坦丁堡当时被盟军占领，我们是按法国医生的命令到这个棚子里去的。我叫喊起来，说我和孔达科夫是"lmmortals"（永生不死的），因为我和孔达科夫都是俄罗斯皇家科学院的院士。医生却对我们说："那就更好了，就是说，你们不会因这种淋浴而死去的。"他让步了，免去了我们的淋浴。可是我们，连同我们逃难时带的一些可怜的物品便被抛下了，按照某人的命令被留在一条巨大的轰隆作响的大船上，并急忙地开到了伊斯坦布尔，开到所谓"死亡界"开始的地方，留在一个完全空旷的土耳其一所大房子的废墟上过夜。在那里我们就睡在完全黑暗的地板上，窗户的玻璃也打破了。第二天早晨我们才得知，这个废墟不久前还是麻风病人的避难所，现在由一个高大的黑人守卫着。直到傍晚前，我们才转移到加拉塔，来到已废弃的俄国领事馆的一个房间里。在这里，直到去索菲亚之前，我们都睡在地板上。

1919 年，当敖德萨被邓尼金占领时，托尔斯泰从巴黎给我来了两封信。他非常亲切地写道：

"我当时（四月份）跟你们告别时非常难过，是一个难受的时刻。不过当时好像是风把我们举起来了，尚未很快清醒过来，却已经在轮船上了。饱受了多少罪——就不去说了。我和孩子们跟患伤寒病的人一起睡在货舱里，身上爬着虱子，两个月就待在马尔马拉海的狗岛上。地方倒是很美，可就是没有钱。后来又在船舱里坐了三个星期，而这个船舱每天都要被士兵洗衣室流出来的水淹没。不过这一切也就是作为我留在这里（在法国）的一种补偿吧。这里是多么好啊，如果不是想到我们的亲人和朋友这时仍在那边受苦的话，那就十全十美了。"

在另一封信里他告诉我：

"亲爱的伊万·阿列克谢耶维奇，格奥尔基·叶夫根耶维奇·李沃夫公爵[1]（过去临时政府的首脑，他现在也在巴黎）对我说到您，问您在什么地方，能否撤到巴黎来。我对他说，如果对你们俩的生活有起码的保障的话，您很可能会同意的。我认为，亲爱的伊万·阿列克谢耶维奇，您现在对这一撤退应该慎重地决定了。你们的起码的生活保证是有的。除此之外，（在巴黎创刊的）《未来俄罗斯》杂志也愿意为您效劳。然后，有一个很大的出版社，我被邀请任编辑。此外，您的书可以出俄文版、德文版和英文版。最重要的是，您将生活在一个有收获的、和平的国度里，那里有奇妙的红葡萄酒，而且一切，一切都很丰富。如果您要来，或者是告诉我您来的消息，我就去租下巴黎近郊在仙克莱或谢夫尔的别墅，以便您和薇拉·尼古拉耶芙娜迁到我们这里来。将会非常非常好……"

在第一封信里还有下面几行字

"伊万·阿列克谢耶维奇，把您的书给我寄来，并允许我把您的短篇小说翻译成法文，我会维护您的利益的，如数地把钱寄给您，也就是说，不拖欠。在巴黎大家都很想翻译您的作品，但是没有书……这一段时间，我一直想写长篇小

1　格奥尔基·叶夫根耶维奇·李沃夫公爵（1861—1925），俄罗斯立宪民主党政治家，1917 年俄国第一任临时政府首脑。

说，已经写了十八到二十个印张，即三分之一的篇幅。除此之外，在外面既诚实也下流地挣点外快——写点剧本之类的东西……法国——是一个令人奇怪的、非常美好的国家，有生活准则，有良好的风俗，有舒适的房子……无论人们怎么说，这里也不可能有布尔什维克……热烈地紧紧拥抱您，亲爱的伊万·阿列克谢耶维奇……"

君士坦丁堡、保加利亚、塞尔维亚、捷克——当时到处都是俄国的逃难者，巴黎也是这样。我们在这年的三月底便来到了巴黎，迎接我的不仅有春天欢快的美景，而且有众多的俄罗斯人，他们中有许多不仅在我国，而且在欧洲也是著名的人物——这里有幸免于难的伟大的公爵、做生意的百万富翁、著名的政治家和社会活动家、国家杜马代表、作家、艺术家、新闻记者、音乐家，他们都义无反顾地对俄罗斯的复兴充满希望，并且对自己新的生活，对其在一切舞台上所从事的得到越来越大发展的各项活动感奋不已。侨居的头几年我几乎每天都在各种会议上、集会上和私人家里会见差不多所有的要人：邓尼金、克伦斯基、李沃夫公爵、马克拉科夫[1]、斯塔霍维奇、司徒卢威[2]、米留可夫、古契柯夫、纳博科夫[3]、萨文科夫、布尔采夫，作曲家普罗科菲耶夫，艺术家雅

---

1 瓦西里·阿列克谢耶维奇·马克拉科夫（1869—1957），俄国立宪民主党领导人之一，第三届和第四届国家杜马代表，1917年驻法国大使。
2 彼得·伯纳加多维奇·司徒卢威（1870—1944），俄国政论家，"合法马克思主义者"，后为立宪民主党人。
3 弗拉基米尔·德米特里耶维奇·纳博科夫（1869—1922），立宪民主党领导人之一，第一届国家杜马代表。

科夫列夫、马利亚文、斯杰伊金、巴克斯特、舒哈耶夫，作家梅列日科夫斯基、库普林、阿尔达诺夫、台菲、巴尔蒙特。托尔斯泰在给我的来信（敖德萨）中说得对："当时我们不能在无所作为和穷困中死去。"我们在物质生活上很快就安排得不错。而托尔斯泰弄得更好，这是必定的。有一天早晨，托尔斯泰跑过来对我说："我们要按资本家的方式积攒钱财。我们这些下流作家，要想办法自己搞图书出版。在巴黎，俄文杂志和报纸已经够多了，出书也有地方，但这还不够，我们还应当有自己的出版社！"于是我们坐上出租车去拜访了几个"资本家"，向他们每人介绍了我们的来意，而他们个个都表现得异常热情，三四个钟头便募集了十六万法郎。在三十年前，这是个什么样的数字啊！我们很快就办起了图书出版社。这对我和托尔斯泰也是不小的物质上的帮助。可是托尔斯泰有一个永恒的难题：他的钱老是不够用。在巴黎有一次他对我说：

"上帝，我各方面都生活得很好，一辈子都没有这样生活过，只是鬼知道在忙乱中钱会消失得那么快……"

"忙乱什么呢？"

"我也不知道忙乱什么。主要是我非常憎恨囊中羞涩。进城一趟，看看橱窗，却不能买什么东西，这对我是真正的痛苦。我很喜欢购物，甚至一切完全没用的东西我都非常想买！要知道，加上这个爱沙尼亚女人和孩子，我们共有五口人。因此常常必须使尽浑身解数……"

有一次他却说了完全不同的话："如果我很有钱的话，

我会感到极其无聊……"不过，目前他还必须使出浑身解数来，所以他就使尽了浑身解数：来到巴黎后，他碰见了莫斯科的老朋友克兰季耶夫斯基一家，是位很有钱的人。在他的帮助下，托尔斯泰不仅度过了最初的日子，甚至还相当宽裕地购置衣服和鞋子。

"我不是傻瓜，"他笑着对我说，"我马上就去买了衬衣、皮鞋。我有整整六双鞋，而且全是最好的牌子，还都上了顶好的鞋楦；我定制了三套西服，一套晚礼服，两件上衣……我的帽子也非常好，各个季节戴的都有……"

某些巴黎的俄国有钱人和银行寄希望于布尔什维克的垮台，在侨居国外的最初几年，购买了侨民留在俄国的各种产业。托尔斯泰卖了一万八千法郎在俄国并不存在的地产。他瞪着眼睛对我讲了这样一件事：

"您知道吗，发生了多么荒谬可笑的事情：我老是对他们说，我们办事是规规矩矩的；我有多少俄亩土地，多少可耕地和所有可经营的地，他们却突然问道：地产在什么地方呢？我却像狗崽子似的慌乱起来了，不知道该如何撒谎才好，幸亏我想到了喜剧《卡什拉古风》，便立即说：在卡什拉县波尔托奇卡村附近……谢天谢地，成交了！"

在巴黎，我和托尔斯泰一家生活得特别友好，经常见面，有时是在我们共同的朋友和熟人的家里，有时是托尔斯泰带着娜塔莎上我们家里来，有时则给我们捎一张例如类似下面的便条：

"我们现在有一种普里龙尼耶的布依别兹酒和一种从来

没有人喝过的（古老的）普伊酒，四个品类的干酪和波登肉饼。我和娜塔莎正担心没有人来，我恳求您，来和我们凑七个半！"

"也许，晚上你们和蔡特林能到我们家里来——喝一杯友好的葡萄酒，并观赏这个美妙的城市的灯光，这种灯光从我们六层楼就可以远远地看见。我和娜塔莎为了迎接你们的到来，用新的壁纸把墙壁裱糊过了……"

可是一年一年过去了，钱越来越不够用。于是托尔斯泰又嘟哝起来了：

"我完全不知道以后该怎么办！我向所有可能借钱给我的人都借过了，已经欠了三万七千法郎的债，就像正派人通常所说的，现在人们一见到我就脸色变白，因为他们知道，我会立即跑到某某跟前假装气喘吁吁地说：借我一千法郎，礼拜五就还，不然你就一枪毙了我！"

我认识娜塔莎·托尔斯塔娅是 1903 年 12 月在莫斯科。有一天在寒冷的黄昏中，她来找我。她全身都蒙上了霜——霜沾满了她的灰鼠皮帽子、灰鼠皮大衣领子、睫毛、嘴角——我简直被她年轻的迷人的身体、少女的美丽惊倒了，而且也叹赏她的诗歌天赋。她把诗带给我看，并且后来也常写诗。她同第一个丈夫结了婚，后来又与托尔斯泰结婚。可是不知为什么她还在巴黎的时候，就完全放弃写诗了。她也不喜欢贫苦的生活。她说：

"是的，侨居国外当然不会让你饿死，可是却让你穿破烂衣裳，破烂鞋子……"

我想，托尔斯泰最后决定返回俄罗斯，她也起了不小的促进作用。

　　不管怎样，1921 年夏天，托尔斯泰好像不仅没想到回俄罗斯，而且也没想去柏林。这个夏天托尔斯泰一家是在波尔多度过的，就住在由"全俄地方和城市自治联合委员会"用剩余的社会资金购买的不大的田庄里。托尔斯泰从这里写信对我说：

　　"亲爱的朋友伊万和薇拉·尼古拉耶芙娜，你们既然疑心重重，要你们相信也是徒劳的。我早就想给你们写信，可是耽搁了，特殊的原因，我明天再给您写信……你们的生活怎样，我们住在这个窟窿里还不错，吃得比巴黎好，而且要比巴黎便宜一半。要是有点钱花——那就是天堂了，尽管这里很无聊。但是我却一贫如洗。如果到秋天还是没有好的转机的话，我们就不会有好的机会了。伊万，亲爱的，请给我写信，我们共同的事业怎么样啦？上帝不让我死——就得勉强活下去！我写得相当多，我要结束长篇小说并重新改写结尾。你们俩如果能到这里来过冬，该有多好啊！我们就能在一起过冬。房子是很舒适的，我们将会生活得极美而且便宜。巴黎可以随时去。考虑考虑吧，给我写信……"

　　可是直到秋天也没有任何好的事情出现，托尔斯泰那边也没有任何好的事情发生。一个秋天的晚上，我们回到家里后发现了他的一张小卡片，上面写着一句有点不祥的话：

　　"我回来读长篇小说并告别。"

后来的一些信已经是从柏林寄来的了（所有的地方我都只引摘录）：

"1921年11月16日。亲爱的伊万，我们到达了柏林——天啊，这里的一切都不同，很像俄罗斯，不管怎样，它离俄罗斯很近。生活在这里近似于生活在盖特曼[1]统治下的哈尔科夫。马克贬值，物价上涨，商品都被囤积起来。当然也有很重要的差别：那里的整个生活都建立在沙土上、政治上、冒险上——从上而下的革命是禁止的。在这里，人民群众中可以感觉到一种安静，以及对工作的要求，没有任何人像德国人那样工作。这里不会有布尔什维克，这是十分明显的。街上都是雪，同十一月末的莫斯科完全一样——一切都是黑的。我们住在供给膳食的小旅馆里，不坏，不过你不会喜欢的。这里根本不卖葡萄酒。这是一种极大的乐趣的剥夺，而这里的本地啤酒却让人不敢恭维。我们不会在这里久待，以后我们还要走——娜塔莎和孩子们要到弗莱堡，我要到慕尼黑……这里到处都有出版业的活动。马克很不值钱，但是在德国生活可以挣不少工钱。从各方面都可以看出，这里的出版商对俄罗斯的图书贸易有一定的计划。关于旧的正字法问题会得到妥善解决的。我们感到缓和的日期很快很快就要到了……"

1　乌克兰语中"将军"之意，是15—18世纪波兰、乌克兰及立陶宛大公国军队指挥官的头衔，地位仅次于君主。1918年德意志帝国侵占乌克兰时，扶持斯科罗帕茨基组建的傀儡政府亦称盖特曼政府。

"1922年1月21日，星期六。亲爱的伊万，原谅我长时间没有给你回信。我不久前刚从明斯特回来。正如你知道的，我在上流社会生活的旋涡中转来转去，就耽搁了给你回信。我很奇怪——你为什么如此固执地不愿意到德国来，有你从晚会上得到的那些钱，你们两人满可以在柏林较好的地段和较好的旅馆里住上九个月，过贵族的生活，什么也不用操心。我现在和家庭分住在两个房子里，每月花费一万三千马克到一万四千马克，就是说，不到一千法郎。如果我从我的剧本的演出中能得到一点钱，那么这个夏天，也就是最困难的时期，就有保障了。在巴黎我们会饿死的。自然，这里的工资，单靠我在杂志方面的工作，要养活一家人也是困难的，可是还有书的支撑，而你只要有按行计算的稿费一项，就能过上小康的生活……这里的图书市场很大，并且每月都在发展。所有的书，甚至战前在俄罗斯存留的那些书都可以买到。而且大家都希望，市场将由于向俄罗斯推销图书而得到扩大：部分图书已经流通到那边去了——且不说那些具有调和主义色彩的图书，普通的文学书籍也流向那里了……总而言之，柏林现在已经有三十家出版社，所有它们，不管怎样，都在工作着……拥抱你，你的阿·托尔斯泰。"

这封信里非常重要的一行字是："如果我从我的剧本的演出中能到一点钱，那么这个夏天，就有保障了……"也就是说，他当时还没有考虑回俄罗斯去。不过这已经是他给我的最后一封信了。

我和他最后一次偶遇是 1936 年 11 月在巴黎。有一天晚上，我坐在一个人很多的咖啡馆里，他也在这里出现了（他不知道为什么到巴黎来。自从离开后他就没有来过巴黎，先是去了柏林，后来便回莫斯科去了），他远远地看到了我，派侍应生送了一张小纸条给我："伊万，我在这里，想见我吗？阿·托尔斯泰。"我站起来，朝侍应生所指的方向走过去；他也已经迎面走来。刚刚碰在一起，他立即就发出了我多么熟悉的咯咯笑声，并嘟哝着："可以吻你吗？你不怕布尔什维克？"他问道，完全公开地对自己的布尔什维克主义开玩笑，并同样公开地用那种快言快语继续边走边说："非常高兴见到你，并急于要对你说，你在这里还要待多久，要等到衰老吗？在莫斯科，人们会热烈欢迎你，你自己不能想象，在俄罗斯，人们多么喜欢你，怎样读你的作品……"

我开玩笑地打断了他的话：

"怎么个热烈法。要知道，在你们那里，我那些书是被禁止的。"

他生气却又带着热情地嘟哝起来：

"请你不要在话里找茬，说正经的，你自己不能想象你是怎么生活的。你知道，比方我现在是怎样生活的吗？我在皇村有整整一个大庄子，我有三辆汽车……我收藏了一批连英国国王也没有的珍贵的英国烟斗……怎么，你以为你的诺贝尔奖金够你享用一百年吗？"

我赶快改变了话题，跟他坐了不久便说："同我到咖啡馆来的人还在等着我。"他说他明天要飞往伦敦，不过早晨会给我打电话，安排新的会面。可后来电话没有打——"太忙乱了！"——于是这便成了我们最后的一次会面。在许多方面，他都已经不是从前的那个他了：他整个圆胖的体型已经消瘦下来，头发变得稀疏，一副角制的大眼镜改成了夹鼻眼镜，他已经不能喝酒了，医生禁止他喝酒。坐在他的桌子旁边，我们只喝了一杯香槟……

（1949 年）

马雅可夫斯基

　　在结束自己的作家回忆录时，我认为，马雅可夫斯基是存留在布尔什维克时期文学史中最末流、最无耻和最有害的奴仆，他从文学方面赞扬残暴行为，从而影响了无知的人们（这里当然只有高尔基一人不必计算在内）。他的宣传，他的世界声望和对群众趣味无比迎合的巨大而又粗俗的文学才能，他那矫揉造作的巨大力量、哈哈狂笑的欺骗性，真正是"全世界规模的"。马雅可夫斯基在莫斯科不仅被过度地颂扬为伟大的诗人，为了纪念他的自杀二十周年，莫斯科的《文学报》还宣称："马雅可夫斯基的名字已体现在轮船、学校、坦克、街道、剧院和其他永久的事业之中。"有十艘"弗拉基米尔·马雅可夫斯基"号轮船在江河大海中游弋；有三辆装甲车坦克写上了"弗拉基米尔·马雅可夫斯基"的名字，其中有一辆开到了柏林，开进德国国会。"弗拉基米尔·马雅可夫斯基"号强击机击落了敌机；"弗拉基米尔·马雅可夫斯基"号潜水艇击沉了波罗的海的舰艇。以诗人的名字命名的还有：莫斯科的中心广场、地铁车站、小巷、图书馆、博物馆、格鲁吉亚的地区、亚美尼亚的村庄、卡卢加地区的市镇、帕米尔的山峰、列宁格勒的文学俱乐部、十五个城市的街道、五个剧院、三个城市公园、各种学校、集体农庄……（瞧，李卜克内西不走运，他在整个苏维埃俄罗斯也不过只有一个"卡尔·李卜克内西牧鹅集体农庄"）。连自杀对马雅可夫斯基也有利：这种自杀给另一位苏联诗人帕斯捷尔纳克提供了理由——赋予他死后的影子以某种甚至是十分崇高的含义：

> 你的射击就像兔子[1]山丘里的
> 埃特纳火山！

原来，射击可以不比作灾难，而比作灾难的作用——崩塌、喷吐……不过，由于帕斯捷尔纳克被苏维埃俄罗斯以及侨民中的许多人认为是天才诗人，那么他正好也就应当按照今天的天才诗人那样表现。下面再举这位诗人的一首诗为例：

> 诗歌，我再次向你发誓，
> 声音沙哑地说一句，我就结束；
> 你不是甜言蜜语者的姿态，

---

1 诗中的兔子一词在俄语中又有懦夫的意思，因此这首诗有双关的含义。

你是夏天三等舱的位子，

你是郊区，而不是重唱词。

马雅可夫斯基出名在某种程度上还早于列宁，应该把他从被称为未来主义者的一切骗子和流氓中分离出来。他这个时期的所有出丑行为是非常平淡无味的，非常廉价的，与布尔柳克、克鲁乔内赫及其他一些人的行为全都是一样的，但他的粗鲁和无礼的程度却超出他们所有人。瞧，他那著名的黄色女式上衣，他那野蛮地涂上各种颜色的嘴脸，这种嘴脸是多么凶恶而阴沉啊！瞧，（根据他当时的一个友人的回忆）他到台上给那些聚集着拿他取乐的观众朗读自己的劣诗时的丑态：他走出来，双手插在裤兜里，嘴角鄙薄地扭曲着，叼着一支烟卷；他身材高大，体格匀称，面孔粗野；他朗读时，一会儿提高声音直至狂呼乱叫，一会儿又懒洋洋地悄声细语，结束朗读后便平淡无味地对观众说：

"希望收到耳光的人请按顺序站好队。"

瞧，他拿出一本诗集，诗集的标题似乎非常俏皮：《穿裤子的云》。瞧，又展出一幅画。要知道，他还是一名写生画家：在画布上涂上几笔，把一个普通的木勺子粘在画布上，下面写上题词："理发师到澡堂去了。"……

如果这样的画挂在某个偏僻的俄罗斯小城市的集市上，任何路过的市民都只会看它一眼，摇摇头，然后继续走自己的路，心里想，是哪一个愚蠢的或发疯的傻瓜抛出这种玩意儿。可是在莫斯科和彼得堡这玩意儿却不是逗人开心。在那儿，它被看作是"未来派的玩意儿"。如果在任何一个集市上，一个滑稽的丑角向群众叫喊按顺序站好队去吃耳光的话，他会被立即从台上拖下来，并被揍得不省人事。可是俄国首都的知识分子却还是拿马雅可夫斯基们取乐，完全同意将他们的乖戾行为称为未来主义。

在俄国同德国人第一次宣布开战那天，马雅可夫斯基爬到斯科别列夫纪念碑的台座上，狂吼他的爱国主义劣诗，戴一顶高筒帽，穿起黑大衣，戴上黑手套，手持一根黑木手杖。他这一身打扮，是要做出好像人家不让他去打仗的样子。可是，现在列宁终于上台了，开启了高尔基在自己横死前不久曾贸然预言过的那个时代：我们正处在由弗拉基米尔·伊里奇·列宁的天才所照亮的国度里，正处在孜孜不倦地、有神效地贯彻约瑟夫·斯大林的钢铁意志的国度里！"一切时代和民族的最伟大的天才"列宁（如今莫斯科总是这样称呼他的）宣告：

"资产阶级作家依赖钱袋，依赖收买。作家先生，你能离开那些要求你作春宫图、描写卖淫来'充实''神圣舞台艺术'的资产阶级观众，获得自由吗？"

"钱袋，春宫图，描写卖淫来'充实'……"何等的文辞天赋，何等致命尖刻的讽刺啊！无怪乎莫斯科还反复地流行另一句话："列宁也是伟大的语言艺术家。"不过最出色的是他接下去所说的那句话：

"所谓的'创作自由'是老爷式的无政府主义。作家一定要参加党的组织。"

他开始胡闹起来，像在未来主义时期那样，叫喊什么"用亚当和夏娃的法律生活就够了"，要"把普希金从现代生活轮船上扔出去"，然后——把我也扔出去。他在某次群众集会上坚决地说（根据叶·德·库斯科娃针对我的《自传札记》，在去年《俄罗斯言论报》上发表的文章《之前和之后》的叙述）：

"对于无产阶级来说，艺术不是玩物，而是武器。打倒'蒲宁主义'，先进的工人团体万岁！"

作为"武器"，这些团体要求什么呢？要求"制造具有唯物主义思想、唯物主义感情的人们"。为了制造这种人，他及其所有的战友和继承者要求彻底地消灭和蛮横地凌辱过去的一切，以及一切过去被认为是美好的东西，煽动最最可恶的渎神行为，煽动最兽性的阶级仇恨；超越一切界限，进行下流的自我吹嘘，总之，对于这一切，正好很难找到比马雅可夫斯基更合适的歌手、"诗人"了。他具有凶狠的、厚颜无耻的、苦役般冷漠无情的天性，具有粗野的喉咙，具有拉大车的马的那种热情及其笨拙的劣诗中的粗俗的平庸；他用这些劣诗冒充为某种新诗，用这种诗来表达他如此热衷的一切丑恶的东西和在掌权者面前的虚伪的喜悦和忠心。当他似乎成了一个激越的共产党员之后，也不过就是把他未来主义时期获得的荣誉加以强化，并发展到极致罢了。他的粗话以及对一切卑污的东西的偏爱使观众非常吃惊。他把星星称为"痰"。他在自己下流的劣诗里讲到他在高加索旅行时，声称自己先是对捷列克河啐了几口唾沫，然后又对阿拉格维河吐了几口。他还喜欢比"唾沫"更龌龊的词，例如他对叶赛宁写道，他，叶赛宁的名字"曾遭听众唾骂"。马雅可夫斯基后来去过美国，他是这样挖苦美国的：

> 年轻的妈妈
>
> 把奶头
>
> 塞给婴儿，
>
> 婴儿
>
> 拖着鼻涕，
>
> 吮吸着的
>
> 仿佛
>
> 不是奶头，而是美元——
>
> 在忙于一桩正经的生意。

他喜欢"呕吐物"一词……他写道（好像是在写自己）：

> 诗人
>
> 像一个卑贱的暗娼，
>
> 用鹅毛笔
>
> 和嘴角，
>
> 呕吐脏了
>
> 干净的

纸张。

高尔基好像是非常憎恨黄金的（高尔基在许多年前就暴怒地把纽约称为"黄色魔鬼的城市"，即黄金的城市）。和高尔基一样，马雅可夫斯基也应该是憎恨黄金的，所以他写道：

目前

美元

还胜过所有的诗章，

欺骗、

搜刮、

掠夺，

百老汇，穿着紫红袍，

资本

是它最最下流无耻的勾当！

高尔基1906年访问了美国。马雅可夫斯基访美是在高尔基访美的二十年之后。这对美国人来说，简直是非常糟糕的事。不久前我在受人尊敬的苏联作家协会机关刊物莫斯科的《文学报》上，读到了这方面的报道，里面的一篇某某阿塔罗夫的文章中说，在他的桌子上放着一本"令人惊奇的真正伟大的书"——马雅可夫斯基评述美国的散文和诗歌，说这本书是"马雅可夫斯基逗留纽约期间的成果"，并且说，马雅可夫斯基来到这里后，"美国的生意行家们有严肃的理由感到惊慌：他们的国家来了一位伟大的革命诗人"。

他以其恐吓和揭露美国的那种力量颂扬了俄共：

我们

不是垂头丧气，

我们在新的未来的生活里，

还得乘以电气化，

加共产主义……

如果

我不歌颂

俄罗斯共产党的

嵌满五角星的无穷天穹，

我就不配做一个诗人。

写这些劣诗的时候，在这个天穹下发生了什么事情呢？关于这一点，甚至只要去读一读苏联的报纸就能知道：

"6月3日，敖德萨街道上，收集了142具被饿死的尸体；6月5日，187具。公民们，把收集的尸体登记在劳动组合里吧！"

"在萨马拉郊区，以前的杜马成员克雷洛夫（按职业是医生）成了残暴行为的牺牲品：他应征下乡做医生，但是在路上就被打死了，并被吃掉了。"

这期间，所谓的"全俄主席"加里宁访问了俄国南部，他也完全公开地证实：

"这里有一些人饿死了，另一些人在埋葬他们时，则尽量把死者的部分肌肉用作食物。"

但是，到那时为止，那些贪吃的、穿着丝绸衬衣、住着最有名的"莫斯科近郊住宅"——过去莫斯科百万富翁的莫斯科私邸的马雅可夫斯基们、杰米扬们及许多其他人又怎么样呢？总之，在俄国的天穹下发生的这一切与弗拉基米尔·马雅可夫斯基又有何相干呢？除了这个天穹，他又能看到什么样的天穹呢？在俄国的天穹下，"革命人民"就倒在血泊中，然后是费利克斯·埃德蒙多维奇·捷尔任斯基及其战友们进行的屠杀。可见弗拉基米尔·马雅可夫斯基在这些年头甚至超过了那些最坏的苏联凶犯和恶棍。他写道：

> 思考生活的青年，
>
> 你决定——
>
> 像谁那样地生活？
>
> 我可以不假思索地对你说：
>
> 就仿效捷尔任斯基同志
>
> 那样地生活吧！

他号召俄罗斯青年去当刽子手，向他们提示捷尔任斯基这个灭绝了几千条生命的恶棍嘴里说出的呓语：

"谁像我一样如此强烈地热爱生活，他就会为别人献出自己的生命。"

在发出这种号召的同时，马雅可夫斯基也没有忘记歌颂俄共的缔造者们——歌颂他们个人：

> 党和列宁
>
> 谁比历史母亲
>
> 更宝贵？
>
> 我希望，
>
> 钢笔能像
>
> 刺刀一样犀利！
>
> 我希望
>
> 斯大林代表政府
>
> 做报告，
>
> 除钢铁生产外
>
> 也谈谈诗歌的事情。

因此，他，作为伟大诗人的声望也越来越高。他的诗歌作品，"按照来自克里姆林宫的个人命令以巨大的印数"出版；杂志则按每一行字甚至按每一个字付给他最高的稿酬。他经常到"丑恶的"资本主义国家去旅游，去过美国，去过几次巴黎，每次都待了相当长的时间，在巴黎最好的商铺里定做衬衣和西服；餐馆也是挑选最资本主义的。不过，他向巴黎"啐了口唾沫"后，便带着一种腻烦了的花花公子的那种懒洋洋的厌恶感宣布说：

巴黎的爱情

我不喜欢,

尽管所有纵淫的妇人

都穿着绫罗绸缎。

对着有兽性情欲的狗

说声"别动"之后,

我便伸着懒腰,

开始打呼噜。

最早把他称作"大诗人"的好像是高尔基。高尔基曾经邀请马雅可夫斯基到穆斯塔米亚卡自己家里避暑,要他在其不大的却是很特别的团体里朗读长诗《脊椎横吹》。当马雅可夫斯基朗读结束时,高尔基热泪盈眶地握着他的手说:

"真棒,有力……是位大诗人!"

就在几年前,我在当时纽约出版的一家杂志《新居》上读到一条非常奇妙的消息:

"硬要把马雅可夫斯基从俄罗斯和世界文学中删去的徒然挣扎,最近几年来已经成为遥远的归入档案的往事了。"

这是罗曼·雅各布森登在《新居》中的一篇小文章的开头。雅各布森是一位著名的斯拉夫语言学家,他对《伊戈尔远征记》的研究著作非常出名。他出生在俄国,曾经在莫斯科与马雅可夫斯基同在一所中学念书,最初在布拉格,然后在纽约当教授,最后在美国最好的哈佛大学任教。

我不知道,是谁"硬要"使马雅可夫斯基丧失荣誉,好像没有任何人这样做。而且一般地说，罗曼·雅各布森的担心也是多余的。关于"世界文学"，他当然也是有些随便乱说的。马雅可夫斯基的作品在世界文学中未必能与《伊戈尔远征记》相提并论，但是，在未来的自由的俄罗斯文学史中，马雅可夫斯基无疑也会被适当地提到的。

诺贝尔奖日

　　1933 年 11 月 9 日。古老而又吉祥的普罗旺斯，我们在这里几乎久居不迁地生活了整整十个年头了。这是一个晚秋的平静而又温暖的平平淡淡的日子……

　　这样的日子从来就是不适宜于我工作的。但是我还是跟平常一样，一早就在写字台前坐下来，吃了早饭后也坐在写字台前。可是，我朝窗口一看，却发现天快要下雨了。我感觉到：不行，我不能工作。今天电影院白天有演出——我要去看电影。

　　我从山上下来（山上有一个"望楼"）进城去。我望着远处的美人蕉，望着在这种日子里勉强可以看见的海和埃斯特列利山脉，忽然升起一个念头：

　　"也许现在恰好在欧洲另一端的什么地方，正在决定着我的命运……"

　　可是，进了电影院，我又忘记了斯德哥尔摩。

　　幕间休息后，开始放映一部名叫《贝比》的有趣的胡闹的片子。我带着特别的兴致看着银幕:表演的是亚历山大·伊万诺维奇的女儿,好看的基萨·库普林娜。但是,这时我旁边响起了一种谨慎的响声,然后是一道手电的亮光,有一个人碰了碰我的大衣,郑重而又激动地小声说:

"斯德哥尔摩来的电话……"

于是我整个过去的生活便立即中断了。

我很快便高兴地回家去,但什么感受也没有,只是可惜没有来得及看完基萨后面的表演,并且对通知我的事有一点不经意的怀疑。但是,不,不能不相信:远处可以看见,我那所在这个时间总是静悄悄的半明半暗的房子(它坐落在荒野的橄榄树花园中间,这些橄榄树把格拉斯山上的山岩盖住了)从上到下灯火通明,于是我的心由于某种忧伤而收紧了……在我们的生活中出现了什么样的转折啊……

整个晚上,"望楼"都充满了电话的响声。电话里说着各种不同语言的人们,几乎从欧洲各国所有的首都遥远地大声地对我说话;邮递员的铃声不断,他们送来了几乎是世界上所有国家(除俄罗斯以外的所有地方)的新而又新的电报,经受各式各样的拜访者、摄影记者、新闻记者……的首批冲击。由于拜访者的人数不断增加,他们的面容在我眼前越来越融成一片了。他们从四面八方激动地握我的手,快速地说着同一句话。摄影师的镁光灯照着我,然后把一个脸色苍白的发狂者的照片展示给全世界。新闻记者争先恐后地纷纷向我提出许多问题……

"您离开俄国多久了?"

"从侨居国外起，已经是第二十个年头了。"

"您现在想回到俄罗斯去吗？"

"我的天呀，为什么我现在要回俄罗斯去呢？"

"您是俄罗斯有史以来第一位获得诺贝尔奖的作家，对吗？"

"是的。"

"曾经要给列夫·托尔斯泰这个奖，而他却拒绝了，是这样吗？"

"不对，这个奖从来不会预先授给谁。整个授奖永远是在极其保密的情况下进行的。"

"您同瑞典科学院有联系或结交吗？"

"从来没有，没有任何联系和结交。"

"您是因为哪一部文学作品获奖的呢？"

"我想是综合我的全部作品而获奖的。"

"您预料过您会获奖吗？"

"我知道，我早就属于候选人之列。我作为候选人被提名已经不止一次了。我读过许多著名的斯堪的纳维亚批评家，例如博克、奥斯特林、阿格列尔对我的作品的评论，也听说过他们与瑞典科学院的关系。我认为，他们的好感都对我有利。不过，我当然没有任何把握。"

"一般在什么时候颁发诺贝尔奖呢？"

"每年都在同一个时间：12月10日。"

"那么你将在这个日期之前去斯德哥尔摩吗？"

"甚至可能提前去。因为我想更早一点感受到远程的愉快。要知道，由于侨居者的无权地位和侨居者必须获得签证的困难性，我已有十三年没有到任何别的国家去了，仅仅去过英国一次。这对我这个过去可以无限制地来往于全世界的人来说，是一个最大的剥夺。"

"您过去到过斯堪的纳维亚国家吗？"

"没有，从未去过。我再说一句，过去有过许多次很远的旅行，但都是去东方和南方，北方我留待将来再去……"

就这样，一股急流突然袭来，它很快地变成了一种近似于疯狂的生活：从早到晚没有一个自由的和安静的时刻。除了每年围绕每个诺贝尔奖获得者所发生的所有一般情况外，我还有一种处境上的特殊性，即我的国籍属于这么一个奇怪的俄罗斯，这个俄罗斯现在已分散在全世界。发生了那种世界上任何一个诺贝尔奖获得者从来没有经历过的事情：斯德哥尔摩的决定，对于在全部情感上受到如此损害和侮辱的整个俄罗斯来说，变成了一个真正的民族事件……

12月3日至4日的夜里，我已经远远地离开巴黎了。北方特别快车一等单人包厢——多少年来没有体验有关这一切的感受了！早已过了子夜，我们已经到了德国。我一直站在车厢平台上。这节车厢走在火车的最后。于是某种类似俄罗斯的东西从车厢下面冒了出来，在苍白的月光下，往后疾驰：这是雪景下送殡式的五光十色的大平原，是一些蒙上了霜的树木……

汉诺威的早晨。我睁开眼睛，拉起窗帘——窗户被冰封上了，冻住了。铁轨上也结了冰。在月台上走动的人们戴着毛皮帽，穿着皮大衣——这一切我已有多少年没有见到了，而它们又好像还活生生地保留在我的心中！

晚上，我们的火车被安置在"古斯塔夫Ⅴ"号轮船上，慢慢地驶向瑞典的海岸。又是记者的采访，又是镁的闪光……在瑞典，我的车厢真正陷入了摄影师和新闻记者的包围……直到深夜，才终于留下了我一个人。窗外是一片黑色和白色——浓密的黑色森林在深厚的白雪之中。这一切同热烘烘的暖包厢一起，完全与当时在尼古拉耶夫路途上的夜晚一样……

给获奖者颁奖每年都是在12月10日晚上五点整开始。

这一天我的卧室很早就响起了敲门声。从昨晚就吩咐要不晚于八点半把我叫醒。我一起来，立即就想到今天是一个什么日子——最重要的日子。刚到八点，北方的早晨刚刚破晓，从我们的窗户可以看见水渠堤岸上的灯火还亮着。耸立在堤岸上的斯德哥尔摩的一部分及其全部塔楼、教堂和宫殿呈现在我的面前，也有一种很像彼得堡的东西，而且还是像通常那样，只有在日落和黎明时才有那种神话般的美丽。不过我应该早早地开始这一天——12月10日，因为这是阿尔弗雷德·诺贝尔的逝世日。因此我从一清早就该戴上大礼帽，到城外的墓地去献花圈。我昨晚又是三点钟才睡觉，穿衣服的时候就觉得浑身很不自在。不过咖啡又热又浓，天气晴朗而寒冷，想到今天晚上等待着我的不同寻常的颁奖仪式，我便兴奋起来……

参加颁奖典礼的正式请柬几天前就分发给获奖者了。仪式的举行（用法文）与所有瑞典礼节特有的那种精确性是完全一致的：

"获奖的先生们，请于1933年12月10日不晚于下午四点五十分到音乐厅领取诺贝尔奖。陛下在王室及整个宫廷的伴随下将光临大厅，参加典礼，并亲自给每位获奖者颁发应得的奖金。大门将在五点整关闭，仪式开始。"

参加任何瑞典的邀请，按规定的时间哪怕是迟到一分钟或者早到两分钟都是完全不允许的。因此，我几乎从下午三点钟便开始穿衣服——害怕万一出点什么事情：要是突然燕尾服衬衣的领扣丢失了呢？在这样的场合大家都喜欢把所有的领扣扣好。

四点半我们出发。

这个晚上城市的灯光格外明亮——既是祝贺获奖者，也是纪念圣诞节和恭贺新年。颁发奖金的仪式都是在巨大的音乐厅进行的。去音乐厅的路上车流如此稠密无尽，因此我的司机，一个戴着毛茸茸的皮帽的年轻的高个子，在车流中费劲地挣扎着。只有警察能够解救我们：当警察看见获奖者的车辆一辆紧接一辆地（在这种场合下总是这样的）开过来时，便阻止了所有其他车辆通行。

我们，获奖者，和其他出席的观众一起走进了音乐厅，不过，进入前厅后，我们与观众便立即分开了，被领到另一条特别的通道。因此在我们出现在舞台之前，在举行典礼的大厅里发生了什么事情，我只能从别人的话里知道。

这个大厅出奇的又高又宽敞。现在整个大厅都用鲜花装饰起来了，并且挤满了人：几百个佩戴珍珠和钻石、穿着晚礼服的女士，几百个穿燕尾服，佩着星章、勋章、各色绶带和所有其他庄重标志的男士。四点五十分，瑞典的整个内阁、外交团、瑞典科学院、诺贝尔奖委员会成员和全体被邀请的观众都已经就座，并保持着完全的肃静。五点整，主持人从台上宣布演奏王室出场的军乐，然后是从上面什么地方送来的美妙的国歌声，于是国王在王子及全体王室成员的伴随下进入会场，后面是随员和宫廷官员。我们四位获奖者这时仍旧留在一个有后门通向舞台的小厅里。

接着我们也出场了。场上重新奏起了军乐。我们跟在那些将要介绍我们并简短致辞的瑞典院士们的后面。我被委任为颁发奖金之后第一个在宴会上发言的人，按照仪式排在最后一个登台。科学院常务秘书彼尔·加里斯特列姆引导着我。我一出来，便为各种盛装和大厅里如此众多的人而感到震惊。当获奖者进来行点头礼的时候，不仅全厅的人，而且国王本人及其全体宫廷和王室成员都会站起来，这也使我感到震惊。

主席台也很大。它用一种小小的新鲜的玫瑰花装点着，右边放着院士们的圈椅，左边第一排四张圈椅是获奖者的专座。在这一切的上面是一面瑞典的国旗，它庄严肃穆地挂在墙上。通常是用获奖者国家的国旗装饰主席台的，可是，我本人，一个外国侨居者用什么旗帜呢？不可能给我悬挂苏联国旗。这样，为了我，举办仪式的人就只好用一面——瑞士国旗了。是一个好主意！

开幕式由诺贝尔奖的主席主持。他向国王和获奖者致敬，并请报告人作报告。第一个发言完全是为纪念阿尔弗雷德·诺贝尔的——今年是他诞生一百周年。然后是几个评述获奖者的发言。对每一个获奖者的评述完了之后，获奖者便走下主席台，从国王手中接受诺贝尔奖证书和装有很大的金质奖章的匣子，匣子的一面镶着阿尔弗雷德·诺贝尔的头像，另一面是获奖人的名字。在中间休息时，播放了贝多芬和格里格[1]的音乐。

格里格是我最喜欢的作曲家之一，我带着特别的喜悦在波尔·加里斯特列姆发言介绍我之前听了他的音乐。

最后的时刻我激动不已。加里斯特列姆的发言不仅非常好，而且真正是诚挚的。发言结束之后，他亲切而又客气地用法文对我说：

"伊万·阿列克谢耶维奇·蒲宁，恳请您到大厅去，从陛下手里接受瑞典科学院授予的1933年度的诺贝尔文学奖。"

在接踵而来的深深的静穆中，我慢慢地经过主席团，慢慢地从台阶上走下来朝着正起身来迎接我的国王走去，这时整个大厅的人也站起来，屏住呼吸，听听他对我说些什么和我对他的回答。他祝贺我并通过我祝贺整个俄罗斯文学，特别厚意地紧紧地握我的手。我深深地向他鞠了一躬，用法语

---

1 爱德华·哈盖鲁普·格里格（1843—1907），挪威作曲家，浪漫主义音乐时期的重要作曲家之一。

回答说：

"请陛下接受我虔敬的谢意。"

我的话被淹没在掌声里。

奖金颁发后的第二天，国王在自己的宫殿里举行庆祝午宴，宴请获奖者。12月10日晚上，几乎是颁奖仪式刚刚结束，获奖者就被送到诺贝尔奖委员会为他们举办的宴会上。

宴会上担任主席的是王子。

我们到来的时候，又是所有科学院院士、整个王室和宫廷、外交团、斯德哥尔摩艺术界及其他被邀请的人全都来齐了。

第一对走到餐桌前的是王子和我的妻子，然后她和他并排坐在宴席的中央。

我与公主英格利德并排坐——她现在是丹麦的女王；国王的弟弟对面是叶甫盖尼亲王（顺便说一句，他是瑞典著名的画家）。

王子做了宴会演说。他的讲话很出色，是纪念阿尔弗雷德·诺贝尔的。

然后是获奖者依次发言。

我们都是在宴会厅深处的特殊的讲台上发表演讲的。宴会厅也非常大，是按瑞典的古老风格建造的。亲王则在自己的座位上发言。

无线电收发机把我们台上的讲话传播到全欧洲。

下面是我用法文发表的准确的演说原文：

"陛下，仁慈的女王，仁慈的国王。

"11月9日，在遥远的地方，在古老的普罗旺斯城里，在一所贫穷的乡村的房子里，一个电话通知了我瑞典科学院的决定。如果我说（正如在类似的情况下人们所说的），这是我一生中最强烈的印象，那么我就是不真诚的。有一位伟大的科学家公正地说过，快乐的情感，哪怕是最强烈的，与同样的悲伤的情感比较起来也就算不了什么了。我丝毫不想使这个节日变得忧郁。关于这个日子，我将永远保留着不可磨灭的回忆，可是我还是允许自己说，我最近十五年来所遭受的不幸远远超过了我的快乐，而且这种不幸也不是我一个人的——完全不是！但是，我也可以坚决地说，在我写作生涯的所有快乐中，这个现代技术的小小奇迹，这个从斯德哥尔摩打到格拉斯来给我——一个作家的电话铃声，是最完美的快乐。由你们的伟大同胞阿尔弗雷德·诺贝尔设立的文学奖金是对作家的最高褒奖！虚荣心几乎是每个人、每个作家所固有的，我对获得这个经过如此权威的公平评判的奖赏，感到极其自豪。不过，在11月9日，我是否只想到自己呢？不，要是这样的话就太自私了。经受了第一批连续不断的祝贺和电报引起的激动之后，我在夜深人静、单独一人时思考了瑞典科学院行为的深刻意义。自诺贝尔奖设立以来，你们首次把奖金授给了一个流亡者。因为我是谁呢？是一个受到法国殷勤接待的流亡者。对这个国家我将永远感激不尽。院士先生们，请允许我暂时不谈我个人和我的作品的事。我要对你们说，你们的姿态本身是多么的美。世界上应当存在完全独立自主的领域。毋庸置疑，在这张桌子的周围坐着各种不同意见的代表，各种不同的哲学、宗教信仰的代表，但却有一种不可动摇的把我们大家联结在一起的东西：思想和良知的自由，那种我们得益于文明的东西。对于作家来说，这种自由是特别必需的——对于作家来说，这是一种教义，一种公理。院士先生们，你们的姿态再一次证明了：热爱自由乃是瑞典真正的民族崇拜。

"我还要说几句话，用于结束这篇不长的演说。我并不是今天才高度评价你们的王朝，你们的国家，你们的人民，你们的文学。热爱艺术和文学对于瑞典王朝来说，就像对你们整个高尚的民族一样，永远是一种传统。由光荣的军人创立的瑞典王朝是世界上最光荣的王朝之一。国王陛下，人民—骑士的国王—骑士，请允许我，一个外国的、得到瑞典科学院关怀的自由作家，表达自己最恭敬最热忱的感情。"

想起普希金

"要求回答：1）您对普希金的态度如何？ 2）您是否模仿过他？ 3）总之，他对您有过什么影响？"

不是因为布尔什维克，不是由于俄罗斯，但却是按"新的"正字法发表的。

一般地说，我早就感到有点儿奇怪：近几十年来对普希金怎么会有如此的兴趣呢？在"新的"俄罗斯文学中有什么与普希金相同的东西呢？普希金乃是简朴、高尚、自由、健康、智慧、节律、韵律、审美力的化身——能够想象有比"新"文学更对立的东西吗？看看这个征询表，我现在也还感到奇怪。然后是，"您对普希金的态度如何？"——这是一个何等特殊的问题。在我的一个短篇小说里，有一个讲习班的学生问一个庄稼汉：

"喂，请你说一说，你的同村人对你是什么态度？"

于是庄稼汉回答说：

"他们无论如何也不敢对我有什么态度。"

瞧，我也可以这样回答：

"我无论如何不敢对他有什么态度……"

这个问题只有在现在，在叶赛宁和马雅可夫斯基死后才有可能回答。

> 我许诺你们一个天国……
> 把白卫军——就地枪毙！
> 为什么不向普希金攻击？

于是，我仍旧久久地坐着，回忆着，思考着。既想起了普希金，也想起了昔日的、普希金的俄罗斯，想起了自己，想起了自己的过去……

我模仿过他吗？可是我们之中又有谁没有模仿过人的呢？当然，我也模仿过——在最初的青年时代我甚至还模仿过笔迹呢！后来，显然我是有意作孽，好像只有一次：记得是一天夜里，我在重读（是第几次了？）《西斯拉夫之歌》，感到有一种特别的狂喜。熄灭了灯，回想起一年前在贝尔格莱德，在多瑙河里游泳——于是便构想了一首诗《年轻的国王》：

> 那不是红色的鸽子隐没了，
> 是黑色的山上夜幕朦胧——
> 闪电隐没在乌云中，

照亮了篱笆和茅草屋，

远处雷声隆隆。

"您，国王大人，"

叶莲娜对国王说，

国王却骑上了马，

试试马肚带是否束得牢固，

对叶莲娜却不屑一瞅。

"您，国王大人，

您就可怜可怜您的王国吧，

别在夜里进入山中：

大人，敌人的营垒近在咫尺。"

国王沉默着，一声不吭，

试试马镫是否牢固。

"您，国王大人，"

叶莲娜对国王说，

"可怜可怜您的幼小的孩子们吧，

可怜可怜您年轻的妻子吧，

就派我的未婚夫替你上路！"

国王对她不答也不理，

在黑暗中整理着缰绳，

凝视着山上闪电飘忽。

于是叶莲娜哭得很伤心
再小声地对国王说：
"国王大人，
您就在我们茅草屋里
屈尊地歇上一宿吧，
那是我们莫大的幸福。
您还可以哪怕待到黎明，
派我的父亲去替你出征！"

山上发出的轰隆声，不是土炮——
是雷声在山上激荡，
倾盆大雨哗啦啦地流入水洼，
蓝色的闪电在闪烁。
长针般的雨，深蓝的漆黑的夜，
湿淋淋的稻草房顶，
雄鸡在村子里歌唱——
不知是半睡半醒地由于惊吓，
还是要唤起快乐的良宵……
国王坐在农舍的台阶上。

哎呀，叶莲娜又高又漂亮！
她勇敢地走在马粪上，
灵活地给马撒放饲料。

后来还有什么呢？我能记起的已经不是模仿，而干脆是愿望了。这种愿望我在生活中体验过许多许多次，希望像普希金那样写出某种东西来，写出某种美好的、自由的、严整的东西来。这是来自爱，来自对他的亲切感，来自那些明快的（有些普希金式的）、常常是上帝给生活提供的心情。例如，一个美丽的春日，我们在那不勒斯近郊，在维吉尔[1]墓地前，不知为什么我想起了普希金，灵魂中充满了他的思潮——于是我便写起来：

野月桂，既有常春藤，也有月季，

孩子们，满院子的破衣烂絮，

和棕褐色的山羊，

在长满莠草的整个丘陵地。

大海无涯

无边无际……

我相信，你死的时候会懂得

你的灵魂——是我的。

诗人知道：春天，

将再次让已故的人

1　维吉尔（公元前 70—前 19），古罗马诗人，著有《牧歌》《农事诗》《埃涅阿斯纪》。

过愉快的尘世生活，

至于让谁——还不都是一回事！

月桂的芬芳，灰尘的气味，

温暖的风……我很庆幸，

我的灵魂——是维吉尔的，

不是你的，也不是我的。

瞧，另一个春天，又是幸福的、美丽的日子，我们漫游在西西里岛上……这与普希金又有何相干呢？可是我神话般地记得，正是与他，与普希金有某种联系，于是我写了下面的诗：

有几处寺院坐落在僻静的山前地带，

那是海盗的遗产，

被遗忘的修道院空寂无人——

那里曾寄托过我的灵魂；

我爱，我爱你们，简朴的修道小室，

庭院在沉重而又光秃的围墙里，

土堤与壕沟布满灰白色的霉层，

塔楼下面是茂密的灌木林，

平滑的浅灰色的大石块，

填满了沿岸的斜坡地；

透过橄榄树，岩边的水一片湛蓝，

在那里清新的带咸味的风强劲有力，

拍打着橄榄树的枝叶，

随风送来了荷兰芹的香气！

瞧，庞贝亚[1]，不知何故他又跟我在一起，我在回忆录里不仅写到庞贝亚，而且不知怎的又写到他：

庞贝亚，我沿着这些小巷走过多少回，

庞贝亚，我觉得比荒野墓地更枯燥无味，

比新的博物馆更加死气沉沉，

更加一贫如洗。

全都淡忘了，难道是我的过失：

谁在什么地方住过，何处有某某仙女；

没有房顶，没有屋脊，在光秃的围墙里，

跳起了环舞，透明的织物飘来飘去。

我只记得罗马的遗迹，

在大门口被车轮磨去，

盆地的烟雾，维苏威火山和菜地。

春天。看不见的蜂房里的蜜，

我在心里贪婪地、愉快地积聚

过剩的精力——而且我只爱生命。

---

1 意大利南部城市，位于维苏威火山脚下，靠近庞贝古城遗址。

在普斯科夫森林的夏天，普希金也与我同在，不论白天还是黑夜，他都没有离开我，于是我从早到晚都在写诗。我有这么一种感觉，好像所写的一切都在步他的后尘；在他的面前，在生育我们的一切东西的面前，由于自己不体面的行为而感到内心不安：

> 远方一片漆黑，且密林森严，
> 在红色的幻想下面，在松树下面，
> 我站在门槛上——慢慢地走入
> 被遗忘的、却又是亲爱的世间。

> 我们是否配得上自己的遗产？
> 那里我将胆战心寒，
> 那里有大山猫和熊的小路，
> 引向神话般的境界。

好一个令人惊叹的美妙的夏日，在奥尔洛夫庄园的家里，好像就是昨天一样，我整天都在写诗。吃了早饭之后，我又重新开始阅读《别尔金小说集》。这些作品的魔力使我如此激动，我马上就想写出某种古老的、普希金时代的东西来。我再也无法读下去了，我扔掉了书，跳到窗口前，走进花园里，许久许久地躺在草地上，又惊又喜地期待着从那紧张无序的、荒谬的，却又非常兴奋的工作中，会出现应有的结果。这种工作充满了我的心和想象。由于我全身心地都属于这个仲夏的乡村的日子，属于这个花园，属于我祖先及久远的年代——普希金的时代的整个这个亲爱的世界，从而感到无限的幸福……结果写出了诗歌《青年时代的祖父》：

就是这所一百年前的房子，

住着我整个始祖，

有早晨、太阳、绿草、花园，

有露珠和鲜花种种：

他用灵活的乌黑的眼睛，

从一面乡村华丽的卧室的镜子里，

看着自己无袖的上衣、美丽的前额，

文雅地带一种女性的关心：

扑上脂粉，洒上香水，

同时在敞开的窗户下面，

散发着荨麻灼热的气息；

庄严的节日似的幸福和钟声，

使我想起了，在规定的日期，

他将来到林间小径：

从田野里吹来被太阳烤热的微风；

金色的阳光，散落在

枝丫伸展的桦树林的阴影里；

在野玫瑰的花坛上，

在耀眼光辉的幸福中，

蜜蜂在采集着温热的蜂蜜；

在那里，黄鹂时而尖声高叫，

时而婉转歌唱，

远处，在花园土堤后面人人匆忙，

而她——在所有人中最漂亮，

匀称、好看、谦恭，

低垂着的眼神闪着火光。

"总之，他对您有过什么影响？"这怎么去查对，怎么说呢？他什么时候进入我的世界，我什么时候认识他和喜欢上他？可是俄罗斯什么时候进入我的世界？我什么时候认识并喜欢上俄罗斯的天空、空气、太阳、亲人和亲近的人呢？要知道，从我的生命的最初开始，他就（如此特殊地）和我在一起了，他的名字我在婴儿时期就听到了，不是从老师那里知道的，不是在学校里知道的，而是在我出生的那个环境里（当时大家就在谈他，经常读他的诗）知道的。我们的家里——父亲、母亲、兄弟都谈论他。这就是我最早的回忆之一：一种徐缓的、像古时候那样有点装模作样的慵懒而又亲切的母亲的朗读："海湾上有棵青青的橡树，橡树上牢系着一条金链……""美人，不要在我面前再唱那悲哀的格鲁吉亚的歌……"她在对普希金不同寻常的崇拜中度过了整个青年时代——和他同龄的青年时代，她们偷偷地在自己的秘藏的笔记本里抄录《鲁斯兰与柳德米拉》，她从其中给我背诵了整整好几页，而她自己的名字也叫柳德米拉（柳德米拉·亚历山德罗夫娜），于是我便把年轻的她（即我所想象的年轻的她）同普希金作品中的柳德米拉混同起来了。对于我童年和少年的幻想来说，没有任何东西能比她的青春及她生长的那个世界（在那个庄园里有多少奇妙的带有普希金诗歌的纪念册啊）更美、更富有诗意的了，我怎么能不崇拜普希金呢！而且不是简单地把他作为一个诗人崇拜，还把他作为我们自己的诗人来崇拜。

"昨天，我跟骠骑兵去喝潘趣酒……"她带着温存的、忧伤的微笑念道。我便问她：

"妈妈，跟哪一个骠骑兵呢？伊万·亚历山德罗维奇叔叔以前也是骠骑兵吗？"

"我看见枯萎的、无香味的、在书中被遗忘了的花……"她朗读道。这就再一次加倍地让我感到迷惑了。要知道，我在安娜·伊万诺娃祖母的纪念册里也看到过这样的花……

后来就是——最初的青春年华的快乐时日，最早的爱情和诗歌幻想，初读迷人的大部头作品时的自觉的喜悦（这些作品不是从"大众图书馆"借来的，而是从我家祖传的书橱里取来的，其中最重要的是《普希金文集》）。所以我的整个青年时代都是同他一起度过的。有时候是他在我身上产生了这样或那样的感情，有时候是我始终不渝地跟随着他的诗歌在我身上产生的感情。后一种情况更多。你瞧，在一个寒冷的日子里，我高兴地醒来，当我在他的诗里正好看到一句"严寒和太阳，奇妙的日子……"时，我怎么能不把它重念一遍呢？你瞧，我正准备去狩猎，"并碰到给我送早茶的仆人，便问他：暴风雪停息了吗？"你瞧，冬日暴风雪的傍晚——难道"暴风雪用雾气把天空遮住"，这句诗给我的印象也和给别人——比如那个出生在莫斯科特鲁布的勃留索夫——的印象一样吗？你瞧，在春天的暮色里，我坐在黑暗的客厅里一扇打开的窗户旁边，他又跟我在一起，表达我的幻想，我的哀求："啊，亲爱的德丽娅，快一点，我的美人，金色的爱情之星升天了……"你瞧，天已经完全黑了，整个花园里，夜莺在陶醉，在啼啭，而他却问道："子夜时分您听见小树林后面有爱情的歌手、悲伤的歌手吗？"瞧，我已经躺在床上了，"我的床边一支悲伤的蜡烛"（而不是电灯）在燃烧。我又是用他的词语来吐露我自己臆想出来的青年的爱情："摩耳甫斯[1]在早晨之前给我的痛苦的爱情以快乐吧！"而第二天早晨，奇妙的五月，我全身心都充满了本能的生活乐趣，我躺在小树林里，在阳光明媚的星期五，在甜蜜的鸟儿的歌声的伴随下——我好像是为自己念了几行正是为这个小树林而写的诗。

> 在黄昏的绿荫如盖的小树林里，
> 在那里，在香草中发出淙淙声，
> 缓缓地流着一条清澈的小溪！……

在那里，又是"森林脱下了它的深红色的衣裳，秋播作

1　希腊神话中的梦神。

物的幼苗由于疯狂的游戏而饱受痛苦"——由于那个我也如此狂热地参加了的游戏。而你瞧，庄严忧郁的秋夜里，在我的老花园的后面静悄悄地升起了又大又红的、雾气沉沉的月亮："在松树林后面，雾蒙蒙的月亮像幽灵似的升上来了"——我一面用他的语词说话，一面狂热地幻想着那个在某个地方、在另一个遥远的国度里、这时"正朝着被喧嚣的波浪淹没了的堤岸"走去的女人——可我现在何以能断定：当时的痛苦是上帝还是他，普希金，按某种美好而又忧伤的女性形象指派给我的呢？

然后是到高加索，到克里米亚的旅行。在那里，是他还是我？——"在相吻的塔夫里德的绿色波浪的中间"，看见了早霞上的涅瑞伊得斯[1]，看见了"山岩上穿着白色衣裳站在波浪上面的姑娘，当时，大海一面在暴风雨的早雾中汹涌澎湃，一面与堤岸嬉戏起来"——于是我永志不忘地回忆起来：我的马也曾经奔驰在"山上，在亲爱的沿岸地带"，在那个"风平浪静的"早晨，这时全部感情都在向旅行者招手——

发绿的液体

在它面前发出拍击声和喧嚣声，

在阿尤达格悬崖的周围……

（《复兴报》，巴黎，1926年第373期，6月10日）

---

1 希腊神话中的海洋女神，又称海仙女。

说起普希金 [1]

一个半世纪之前，上帝赐予了俄罗斯一个伟大的幸福，但是它却没能保留住这个幸福。在某个可怕的时期，在它的姑息纵容下，那个体现了它最高境界的宝贵的生命中断了。而普希金的俄罗斯本身的情况又如何呢——全世界都知道——仍旧受到姑息纵容。因此，如果说在我们的心里没有我们与他共同的对祖国的巨大悲痛，那么我们就是虚伪的、伪善的——在这些日子里甚至也没有资格说出他的不朽的名字。

> 彼得城，显显威风吧，站起来
> 像俄罗斯那样，不屈不挠！

---

1 本文是作者在巴黎纪念普希金诞辰一百五十周年集会上的发言，首次发表在谢迪赫所编的《近的和远的》一书中，纽约，1962 年。

想到他的时候，怎么能故意不说：现在不仅没有了彼得城，而且俄罗斯直到其最深层的内部也已摇摇欲坠了。不可动摇的只有一点：我们坚决相信，产生了普希金的俄罗斯终究不会灭亡的，不会改变其永恒的基础，地狱的势力决然不会完全制服它。

（1949 年 6 月 21 日）

黑格尔，燕尾服，暴风雪

　　革命的年代是不仁慈的：那个时候挨人打还不许哭——哭被认为是有罪的，"是人民的敌人"，至少也是鄙俗的市侩、庸人。在敖德萨，在布尔什维克第二次占领它时，有一天我当众讲述过俄罗斯的"革命人民"在1917年的春天，特别是在各个县城和农村中干的事（当时我回到了奥尔洛夫省我表姐的庄园里），顺便也讲到，在叶列茨附近一个老爷的田庄里，抢劫田庄的庄稼汉把活生生的孔雀的羽毛拔光，然后放掉它们。这些血淋淋的孔雀绝望地哀号着，东奔西突，四处乱撞。我由于讲了这个故事，遭到了敖德萨《工人言论》报的主编之一帕维尔·尤什克维奇的严厉斥责。他在这家报纸上刊登了几行训斥我的话：

　　"尊敬的蒲宁院士，对待革命不能采取刑事法新闻栏编辑的标准和理解。哀悼您的孔雀——是市侩习气，庸人做派。无怪乎黑格尔教导说，一切现实事物都有其合理性！"

我在当时出版的《敖德萨志愿军》报[1]上回敬了他：既然如此虔诚地相信黑格尔，那么，不论是鼠疫、霍乱，还是蹂躏犹太人的暴行就都可以证明是合理的了。我说我仍旧怜惜叶列茨的孔雀。须知它们并没有怀疑世界上存在过黑格尔，所以无论如何它们也不能为他而感到快慰……

这一切我在君士坦丁堡不止一次地回忆过。当我从敖德萨逃离了布尔什维克（当时布尔什维克第二次牢牢地占领了它）后，便终于（1920年2月初）成了侨民，并颇有一种被拔掉羽毛的孔雀的感觉。过去在和平年代里，我经常住在君士坦丁堡，现在，好像故意为难似的，第十三次来到这里，这个不祥的数字也完全得到了证实。与去年完全相反，如今的君士坦丁堡一切都极其悲惨。过去我总是能看见其春天的全部美丽：欢快、喧闹、亲切，而现在，它却好像一个乞丐，愁眉不展，不时由于下雨或融雪而变得污秽不堪；潮湿、凛冽的风把人刮倒在堤岸上和斯塔姆波尔桥上。土耳其人都沉默寡言，他们由于被盟军[2]占领（受其鄙薄的统治），而变得沮丧、抑郁，只有同我们这些俄罗斯难民在一起，才显得忧伤而又温存，因为我们比他们更加无权，各方面都倒霉到了极点。在君士坦丁堡的这些日子里，我常常充溢着一种对上帝的欢快的感激之情，因为上帝给了我心灵的休息，这是他为最近三年来我在俄罗斯所经受的一切而赐予我的礼物。不

1　当时白卫军办的报纸。
2　即由白军组织的"俄国民众同盟"。

过物质状况并不令人高兴。不论是我还是与我一起逃离敖德萨，并且在君士坦丁堡也形影不离的尼·帕·孔达科夫，都需要寻求可靠的避难所，以及在斯拉夫某一个国家——索菲亚、贝尔格莱德、布拉格等侨居者最容易安家的地方——侨居的生活费用。终于等到了签证和第一次火车（不论在欧洲还是在巴尔干，在经过了四年战争所造成的全部破坏之后，这一切在当时还是十分稀少的）。我们离开君士坦丁堡到了索菲亚。我受官方委托要向我国驻贝尔格莱德的大使馆口头通报我在敖德萨地区前线和后方的情况，因此我还应该去造访贝尔格莱德——这样我也就有希望在那里安顿下来。可是在去贝尔格莱德的途中，我和妻子在索菲亚待了差不多三周的时间。而我们竟然像在黑海时一样没有死在那里，也算是一个奇迹。

保加利亚当时被法国人占领，所以来到这里的俄国难民都由法国人安排住所。在索菲亚，许多人都被安置在同一个大旅馆里，我们和孔达科夫也被安置在那里。从一开始，我们就陷在了许多患伤寒病的病人当中。已不必去防止传染了。而结果呢，你猜怎么样。在离开索菲亚的前几天，我和其他一些人被邀请去做客，到一个著名的保加利亚诗人自己开的小饭馆会餐。我们在饭馆里几乎坐到天亮——不论是主人，还是被邀请的保加利亚的军事大臣，都不肯放我回家。军事大臣甚至热情洋溢地对我喊道：

"如果您想离开的话，我就逮捕您！"

就这样，我直到天亮时才回家，头脑也不大清醒了。一回到家马上就睡熟了，直到中午十一点钟才从被窝里跳起来，惊恐地想到还要去参加雷斯的政治演讲。雷斯是个气量很小的人，而这个演讲应当从早晨九点钟就开始（索菲亚的公开演讲、报告经常是在早晨进行的）。我想把这件倒霉事告诉妻子，便从自己的房间跑到对面妻子的房间里，过了大约十分钟，当我返回自己的房间时，我吓得几乎瘫倒在地：装着我们全部财物的皮箱被打开了，而且被洗劫一空——只有一些不值钱的东西被扔在地上。这样一来，我们便成了完完全全的穷光蛋，陷入绝境了。箱子的锁是极少有的，给锁配钥匙是不可能的。那是我睡醒之后自己开了箱子，为的是要取出金质的天文表，看看是几点钟了（我昨晚出于慎重没有戴这块表，因为我知道，晚上从诗人那里穿过黑暗而又荒无人迹的索菲亚回家时，必定是很晚了），看完后，我没有上锁，就把箱子放下了。我当时把天文表放在床头柜上，不用说，现在表也没有了。不过，命运对我似乎是惊人的宽宏大量，它从我身上拿去一大笔后，却把我从必死中挽救了出来。几乎就在我发现自己成了穷光蛋之后，有一个人（我已记不得是谁了）给我带来一个可怕的消息：雷斯演讲的地方出事了。就在雷斯走上演讲台的前一分钟，台下一颗定时炸弹爆炸了，坐在台前一排的几个人（本来我大概也是坐这一排）立即被炸死了。

是谁偷了我的东西，不仅我们完全清楚，而且所有同住在这个旅馆里的人也都清楚。旅馆的一个服务员是俄罗斯人，大家称呼他为"小布尔什维克"，黄头发，小个子，穿着很脏的斜领衬衣和低劣的常礼服。打扫房间的女工——他的情妇，是一个沉默寡言的女仆，很像敖德萨港埠上下贱的妓女。保加利亚的密探称她是"宗教神秘剧的人"。这个密探是保加利亚警察局派去逮捕她和那个服务员的。但是法国人立即干预了此事，并命令这个密探停止行动。旅馆下面的一层被祖阿夫兵团[1]占用，他们中间可能也有小偷。于是保加利亚政府建议让我乘免票的火车到贝尔格莱德去，坐没有伤寒病和虱子的最保险的三等车厢，并给了我一笔数目不大的保加利亚货币作为去贝尔格莱德的膳食费用。不过，在贝尔格莱德我们只能睡在车站近旁备用线上的这个车厢里，因为这时的贝尔格莱德是如此拥挤不堪，我不仅无力安顿，而且把保加利亚政府赠给我的膳食费也花光了。是塞尔维亚人帮助了我们俄罗斯的难民。只有一个办法：兑换一些"科洛科里奇克"（邓尼金的千元券），当时我们中有些人带有这种货币，不过一个"科洛科里奇克"只能换900第纳尔[2]。这事由出席我国大使馆会议的格里戈里·特鲁别茨科伊公爵经手办理。于是我便去找他，求他给我破个例——让我换不是一个"科洛科里奇克"，而是两个或三个，理由是因为我们在索菲亚被盗了。他看了看我，说：

"您是院士？"

"是的。"我答道。

1　主要由北非柏尔人组成的法国殖民地部队。
2　南斯拉夫货币单位。

"那么，您是什么样的院士呢？"

这已经是一种挖苦了。我尽量沉住气，回答说：

"公爵，我不相信您从来没有听说过我的情况。"

他涨红了脸，尖刻地说：

"我还是不能给您破例。我鞠躬告辞了。"

我换了 900 第纳尔，就难以自抑地离开了大使馆。由于激动，我竟忘了还可以替妻子换 900 第纳尔。如何是好呢？返回索菲亚，回到那个恶劣的可怕的旅馆里去？我呆然地站立在人行道上。当我正想慢慢地走回停在备用线上的车厢里去时，突然，大使馆下层楼的一扇窗户打开了，我们的领事对着我喊：

"蒲宁先生，我刚收到一封从巴黎发来的电报，是蔡特林娜女士发来的，与您有关：一张签证和一千法国法郎。"

　　二十年代的头几年在巴黎我经常收到莫斯科的来信，真假消息都有。来信最多的是我的一个侄子（他十五年前去世了），他是我表姐的儿子。关于我的表姐，我在前面已经提到过。我曾在瓦西里耶夫村她的庄园里住了许多年，直至 1917 年 10 月 23 日的黎明我们从那里逃到叶列茨，然后再到莫斯科。当时我们真担心自己会无缘无故地成了被打死的当地的农夫，因为 10 月 22 日正好是喀山大教堂的节日，这一天不可避免地人人都将成为醉鬼。下面就是这些信的摘录，是按时间顺序排列的，从某一点上说是相当重要的。

"我秃头了。知道吗？由于怕冷，我四年没有脱帽子了，甚至睡觉也戴着它。"

"我在信里面提过的那个著名的女演员死了。她穿着被污秽染黑了的衬衣躺在那里，像一副骷髅，很可怕。剪短了的一绺头发上长着虱子。有几个医生围着她看，手里拿着燃烧的松明。"

"我去过老太太别洛泽尔斯卡娅公爵夫人家里，她坐在破烂堆上，饥寒交迫，抽着马哈烟。"

"我患气管炎，喘不过气来，费了很大劲才从一个认识的药房工作人员那里弄到一点涂在胸部的药膏。有一回，我去上厕所，跟踪着我的邻居老头跑进我的屋里，拿起药膏便吞食起来。我进来时，他全身哆嗦，正用手指从药瓶里掏药膏吃。"

"最近，我们房子的一个住户到邻居家去，想打听一下几点钟了。敲了敲门，便推开门进去，对方就站门里，面对面正好撞了个满怀。'请您告诉我，现在几点了？'对方没有回答，只好像在奇怪地微笑。他再问了一遍——还是没有回答。他便关上门走了。原来是怎么一回事呢？邻居上吊了，脚刚刚触到地板，像是站在那里。他是把钉子钉在门楣上，套上绳子……其他住户都跑过来了，他们把他解下来，放在地板上。在他的一只僵硬的手里握着一张字条。"

"有一些人从我们的农村迁移到莫斯科了。娜塔丽娅·帕利奇科娃回来了，带着她所有的水桶和双耳桶，'彻底地'回来了。她说，农村里已无法生活了，更多是由于那些小伙子们，他们是'真正的强盗、暴徒'。玛什卡回来了。你还记得从费奇卡·雷日伊院子里来的那个少女吗？我们这里已经宣告，萨莫耶德人[1]的字典即将出版，'鞑靼经典作家'也很快就要出版。但是铁路交通却令人无法忍受。玛什卡要转车去图拉，并在大车站等候莫斯科的火车，一动不动地在车站足足坐了三个昼夜。铁匠瓦西里耶夫斯基的女儿津卡也回来了，在路上也是没完没了地滞留了很久，挤在可怕的粗人堆里。她坐着不敢起来，守护着自己的用绳子捆着的篮子，她的孩子，脑袋像南瓜一样的弱智儿就坐在篮子上。在莫斯科，她带着他去了艺术剧院——去看《青鸟》……"

"我的一个熟人，很出名的学者，不久前丢失了一个卢布。为此，他说，他伤心得一夜没有睡觉。他的妻子留在乡下，在她原来的房子客厅的柜子后面分给了她一个角落，这房子早已被庄稼汉和农妇们占领并住上了。现在地板很脏，墙皮剥落，到处染上了臭虫血……坐在柜子后面，日子怎么熬啊！"

1　西伯利亚的乌拉尔语系萨莫耶德语族的各民族的统称。

"在我们院子的半地下室里，看院子的人住的地方，住着一个红脸老头，一头灰色卷发，是个醉汉。他不知从哪里弄来一套全新的绣着金线的宫廷制服，又长又大，他老是穿着它在院子里，在雪地里，在房子旁边走来走去。他想把它卖掉换酒喝，可是谁也不买。终于被一个从农村来莫斯科的认识的庄稼汉买去了。'没关系！'他说，'这套制服货真价实，它会最合您的心意，雨水不能穿透它，又是那么暖和，扣子齐全，非常耐穿！'"

"我们的其他同乡也开始在莫斯科出现。以前的花匠最近就出现了。他说，他来'看看自己的老爷'，也就是来看我。我甚至没有立即认出他来。自我们分别以来，这个聪明、有朝气、整洁、火红头发的四十岁的庄稼汉，已变成一个由于胡子斑白而显得苍白衰颓的老头子了，他的脸饿得又黄又肿；一直在哭，诉说生活的痛苦，要求我给他安置随便一个职位，全然不知道我现在是一个什么人了。我帮他捡来我认得的一些破烂，给了他几个卢布回程的路费。他哆嗦着，把破烂塞进一个要饭袋里，流着眼泪嘟哝道：'现在我可以回到家并买点粮食了！'傍晚他背着袋子去火车站，告别时他握着我的手，并几次用他那冰冷、潮湿的嘴唇和胡须吻了我的手。"

"我参加过一次莫斯科青年作家的集会。屋子里很冷，照明就像在一个荒凉的车站里一样。全都在抽烟，恶狠狠地随便在地板上吐痰。对您，对侨民作家的评语是：'腐臭的欧洲人！活尸！'"

"作家马拉什金，六指人，是来自叶夫连莫夫县的小市民。他说：'我完成了一部新的长篇小说。二十八个印张。自发地写成的，富有热情！'"

"作家罗曼诺夫——来自别廖夫市的一个小市民，黄头发，留一撇尖尖的小胡子，穿一件'克洛什'牌的大衣，戴一副全部用纽扣扣紧的黑色软羊皮手套，一根上过漆的手杖，一顶'艺术家的'弯曲的帽子。极端自负。构思规模宏大：'我要写《罗斯》三部曲，将有一百个印张！'他厌恶欧洲：'那边很无聊，我不去……'在国外高尔基家里做客的作家列昂诺夫也觉得无聊，老是说：'我多想听听手风琴……'"

"你还记得瓦丽娅吗？她现在住在瓦西列夫斯科耶，'寄居'在克拉索夫家的农舍里。她打扫和收拾教堂，以此赚一块面包吃。她脚上拖一双树皮鞋，穿得像个农妇。庄稼汉们说：'她混进了教堂，现在谁还会跟她结婚呢？要知道，她原先是一个什么样的小姐啊！而现在，衣衫褴褛，只剩下几颗牙齿，老得像个死神了。'"

在图拉省叶夫连莫夫县城外的农村里，在一个庄稼人的半倾圮的农舍里，我的大哥叶夫盖尼·阿列克谢耶维奇·蒲宁这时已活到了他最后的日子。他曾经有过一个不大的田庄，1905 年农民暴动后被迫卖掉了，并在叶夫连莫夫购置了一个不大的庄园、房子和花园。看，下面就是我在巴黎收到的关于他的消息：

"你大概不知道，叶夫盖尼·阿列克谢耶维奇在叶夫列莫夫时就被扫地出门了，现在他住在城郊农村一个庄稼人的农舍里，农舍的屋顶已经倾圮，冬天，农舍被埋在雪堆里，风雪就从朽烂的墙缝里吹进去……他靠画肖像生活，不久前他只要一普特发霉的面粉，就为过去的鸣钟人和流浪汉瓦西卡·若霍夫画了一张戴着大礼帽、穿着燕尾服（大礼帽和燕尾服是他在抢劫您的亲戚特鲁哈切夫斯基时弄到的）和棉绒布的灯笼裤的肖像，肩上和燕尾服上系着一条环形的军用皮带……"

读完之后，我又不由得想起了诗人勃洛克，他的关于某种神秘的暴风雪的非常有诗意的几行诗：

"好不容易我的未婚妻成了我的妻子，就像第一次革命的淡紫色的世界抓住了我们，将我们吸进了旋涡。我，第一个很早就如此地希望毁灭的人，被吸引到银色星星的灰紫色里，被吸引到暴风雪的珠母和紫晶里。在停息了的暴风雪的后面，露出了以新的雪暴相威胁的白日的铁泡沫。如今又出现了飞舞着的大风雪——我不能确定它的颜色和气味。"

这大风雪就是二月革命，而且在这里，对于诗人来说，"大风雪"的颜色和气味也终于确定了。

这方面，他有一次写了一首关于燕尾服的小诗：

> 古老的圣像在黑暗的神龛里，
>
> 神龛的前面是一个穿燕尾服的恶棍，
>
> 系着绶带，挂着勋章，佩上金星……

"大风雪"到来后，瓦西卡·若霍夫才弄到了燕尾服，让我大哥给他画一张不仅穿着燕尾服，而且系着环形的军用皮带的肖像（瓦西卡当时还没有绶带、金星和勋章）。重读侄子的信，好好地想象一下这个屋顶已经倾圮的腐朽的农舍，里面住着叶夫盖尼·阿列克谢耶维奇，风雪从墙缝里吹进去，于是我便回忆起了勃洛克《暴风雪》一诗中具有如此出色的诗情画意的珠母和紫晶。为了更普通的叶夫连莫夫的暴风雪，为了替瓦西卡·若霍夫画像，叶夫盖尼·阿列克谢耶维奇付出了生命：有一天，他不知道去取什么东西——可能去取另一个某某瓦西卡的发了霉的面粉——到叶夫连莫夫城里去，便跌倒在路上，见上帝去了。我的另一个哥哥尤利·阿列克谢耶维奇则死在莫斯科：贫穷、饥饿的他，由于"大风雪"的颜色和气味，在肉体上和精神上都很勉强地活着。他被安置在一个"老龄知识分子劳动者"的收容所里。有一天，他躺在自己的床位上睡觉，便再也没有起来。而我的姐姐玛丽娅·阿列克谢耶夫娜则死于布尔什维克当政下的贫困和肺结核病，在顿河罗斯托夫……

我也知道瓦西列夫斯科耶的一些消息：

"我不久前去过瓦西列夫斯科耶，去过原来你生活和写作过的那个房子。当然，像所有的地方一样，房子已住满了庄稼人的家庭。现在那里的生活是十分野蛮的、原始的，肮脏得不亚于牲畜栏，所有房间的地板上都堆着腐烂的稻草，他们就在稻草上面睡觉。污秽不堪的枕头，瓦罐、洗衣盆、垃圾和无数的跳蚤……"

后来又得到这样的消息：

"瓦西列夫斯科耶和所有邻近的庄园已从地球上消失了。瓦西列夫斯科耶既没有房子，也没有花园，中心林荫道上已没有一棵椴树，土堤上的百年桦树也没有了，你心爱的老槭树也没有了……"

"渥伦斯基行动迅速，步步紧逼，诱骗少女，利用同卡列宁的相识，厚颜无耻地向他的妻子求爱，并终于达到了自己的目的。作者让安娜如此显赫地登台：她如何善于穿戴，如何狂热地陶醉于渥伦斯基的'优雅'，如何厚颜无耻而又亲切地欺骗丈夫。安娜已堕落为一个极其平庸的卑鄙的女人。没有必要拿下面一点来自我安慰：现在两个人——丈夫和情人都感到满意，因为她用自己的肉体，'优雅的'、文明的肉体为两个人服务……托尔斯泰伯爵诱人地描绘出渥伦斯基和安娜的极为鄙俗的世界……不过要知道，托尔斯泰是一位有才干的作家……"

这是怎么一回事呢？这是革命前和革命年代一些人谈论

某事结果的一个实例。在六十年代以及七十年代，能够说出如此惊人的荒谬绝伦的话的不只是那位仇视"燕尾服"的蠢货一人，但是，我刚刚摘引的那几行文字的作者是不是一个蠢人呢？只有最最无可救药的蠢人、坏蛋和撒谎者才能写出这几行文字来吗？甚至只为这几行文字里的那些伤脑筋的引号而把他们吊死在第一棵山杨树上也不过分吗？这全然不是蠢人写的，这是后来大名鼎鼎的阿列克谢·谢尔盖耶维奇·苏沃林写的，写于七十年代。要知道，甚至是最恶毒的敌人后来也认为他是一个大思想家，大天才。契诃夫在写到他的文学鉴赏力时甚至兴奋地说：

"您有非常好的文学鉴赏力，我相信这一点，就像相信天上有太阳一样。"

骇人的反差

屠格涅夫与当代俄罗斯文学，屠格涅夫诞辰周年纪念——与使屠格涅夫的祖国变成全人类耻辱的所谓的周年纪念！能想象出更骇人的反差吗？能在这种反差下面谈论屠格涅夫吗！

在俄罗斯文学中，早已开始并牢固地建立了一种类似今天在俄罗斯生活中发生的东西。曾经诞生了普希金、托尔斯泰、屠格涅夫的俄罗斯文学最近几十年来沦落到如此低俗的境地，甚至连故意蛮横无理地亵渎耶稣名誉及其使徒的勃洛克的一些劣诗也被称为大事件！——它的智力、趣味、节律、良知乃至简单的识字率都已丧失到了何等地步，如此地败坏并把屠格涅夫传承下来的"伟大的真实的语言"踩进了污泥里。要是我，仅就迎庆屠格涅夫纪念日这件事，就足够感到羞耻和无语了。不过我们是在这种无法比拟的时刻谈论屠格涅夫的，这时上帝让我看见，我关于人民的思想居然能在如此可怕的程度上得到证实；我们是在谈论伟大的美好的俄罗斯诗人，并回忆起去年的 10 月 28 日（当时俄国人民狂喜地为了三十个银币的价码，把自己的灵魂抛在雇佣强盗们的脚下，烧掉并用大炮摧毁了自己的莫斯科，自己的克里姆林宫）。我一边说，一边还能尝到在奥尔沙将俄罗斯废墟丢在身后时眼泪的苦涩滋味。在庆祝屠格涅夫周年纪念的日子里，在这个废墟上，也在庆祝（一下子两个纪念日！）托洛茨基、列宁、彼得斯和高尔基。高尔基在这个时刻可能会改变其"狂热者"的角色，在人和马的尸体中间发表火热的演说，大谈其教育的好处，慷慨地把几本社会主义化的"屠格涅夫的作品"赠给他们。高尔基，是战无不胜的俄罗斯平民，也就是那个玷污了托尔斯泰的坟墓、烧毁了普希金的房子、使屠格涅夫的贵族之家化为乌有的平民，现在又心安理得地用其沾满鲜血的爪子撕毁这些作品，拿去卷雪茄烟。——不，在这种该诅咒的日子里来谈论和庆祝，已完全超出我的能力了。

（《敖德萨新闻》报，1918 年第 10839 号，11 月 10 日）

《大骗局》片段

　　……发生了一件在人类语言中没有名义的事情，不过它本来就是应当发生的，已重复过不止一次了，只是其规模之大是前所未有的。

　　今年的五一，在莫斯科，在成立于这一时期的所谓的苏维埃俄罗斯里（………）[1] 第一期的《共产国际》。当然是一般浅陋的通俗读物，书皮很显眼：一个用最粗陋的方法草草拼凑成的地球，整个地球用铁链子捆绑着，一个暴怒地抡起大锤在砸这些链子的工人，这个工人自然是光着膀子的，自然是只围着一条皮制的围裙，自然是有着大力士的肌肉。在正文里先是可以读到高尔基的"致全世界无产阶级"宣言书，其厚颜无耻令人吃惊，说什么俄罗斯"现在正创造着伟大的全球性的事业"；其次则是下面几句话，

1　原文此处为空白。

其粗野程度令人痛心：

"沙皇们和牧师们，老朽的克里姆林宫的统治者们，大概从来都没有预想到，当代人类最革命的一部分代表竟然会在灰白色的高墙里面集会。但是，此事已然发生了，历史之鼠很好地挖了克里姆林宫的墙脚。"

这些话是在克里姆林宫上台的政权的最主要的代表者之一写的。啊，我的上帝——这是何等的百倍的荒唐！是对把灵魂出卖给魔鬼的糊涂俄罗斯的莫大的嘲弄！这几句话是托洛茨基写的，而且正如你们所看到的，听起来非常自信。不过，托洛茨基只有一点是对的：卑鄙的野兽，瞎眼但却狡猾的田鼠确实很好地用自己的爪子挖了克里姆林宫的墙脚，何况墙下的土壤又是疏松的。在其他方面，托洛茨基却犯了错误。克里姆林宫昔日的统治者，它的合法的主人，它的有血缘的父辈和后人，俄罗斯大地的建设者和拥有者，如果他们听到了托洛茨基的这些话，知道了他的同谋者在俄罗斯大地上所干的勾当，就都会从棺材里翻转身来；如果他们看到克里姆林宫墙里墙外所发生的事情，则会感到无法表达的痛苦，按今天一个莫斯科诗人的非常兴奋的感叹来说就是：

血，

就像澡堂里的水——

从翻转过来的木盆里，

哗啦啦地流出……

看到俄罗斯变成这种巨大的血泊之地，这些"沙皇们和牧师们"也会感到无法形容的恐惧。不过我还是认为，他们不仅能够，而且应该预想到，还可能有许多损害他们不幸祖国的一切新的灾祸和耻辱。他们知道也了解近来在俄罗斯多次重复的各种可怕的叛乱、内乱、"争吵"、"荒唐行为"。按编年史家的话说（好像就是说我们今天），当"大地上播种并生长出内乱"时，当"很少听见庄稼人的声音，却常常听到彼此争吃死尸的乌鸦的叫声（因为兄弟对兄弟说：这是我的，那也是我的）时，坏蛋们已从四面八方以胜利者的姿态来到他们那里了。于是基辅艰难地呻吟起来，而切尔尼戈夫也倒霉了……"如果"沙皇们和牧师们"能够知道并记得俄罗斯大地的编年史，知道善变的人心及自己人民的不稳定的理智、多愁善感和"残暴习性"，知道俄罗斯人民的一望无际的草原，无法穿越的茂密森林，难于通行的沼泽地，知道人民的历史命运，他的"贪婪狡猾而又残忍无比的"邻邦，以及他在他们面前的"天真幼稚"，他的一切荒凉和僻壤及其致命的特殊性（周围都在进行自己的前进运动），总之一句话，如果"沙皇们和牧师们"，莫斯科、拉多涅茨、沙罗夫的苦行者们和高级僧侣们知道终于使人民从某种灾难中拯救出来的一切，知道迫使伊凡雷帝发出"我是野兽，但我又主宰着野兽！"这种感叹的一切，知道直至我们今天这一切还极少有所改变（而且所有这些草原、森林、沼泽，要按现在俄罗斯国家机关的规划，在如此短暂的期限里，要随心所欲地改变是不可能的）

的话，那么，他们就能够预想到许多东西。

"沙皇们和牧师们！"我们真的是没有预感到必然要发生的事情。然而却发生了，恰恰是那种"残酷而又毫无意义的"、只有现在才被记起的普希金式的叛乱，再一次发生了，重复了过去发生的东西，尽管有许多东西人们至今还不明白，他们把所发生的事情想象为某种尚未见过的事物（过去只有过类似物），把它理解为某种与不断变化的好像是与世界心理相联系的东西，与欧洲无产阶级运动本身相联系的东西，这个无产阶级似乎会给世界带来最伟大的人道主义的新的美好的宗教，同时又要求"不干涉"不断发生的最卑鄙的暴行，这种暴行就在二十世纪的光天化日之下，在信奉基督教的欧洲发生了。

历史在重复，可是似乎在任何地方都不像在我们这里一样重复，并没有多少了不起的理由为了玫瑰色的希望而给它提供符号。但是这种最起码的知识，我们却自觉不自觉地忘记了。

有一个奥尔洛夫村的庄稼汉，两年前跟我说过下面一段奇怪的话：

"我的老爷，我们不能放任自由。就拿我来说吧，你别看我是多么温顺。我是好样的，善良的，那是你暂时还没有放任我，否则我就是头号的强盗，头号的抢劫犯，头号的小偷，头号的醉鬼……"

这是什么？这不是我们的历史的第一页吗？"我们的国

土辽阔而又富饶，国内却没有秩序……把我们拉开吧，否则我们就会彼此咬断对方的喉咙……你们来驯服我们吧，虽然我们有全部的温情和怯懦，可是我们太残酷了……你们教会我们驾辕吧，强迫我们去犁地吧，否则我们的世界上最富饶的土地就将长满飞帘草，因为我们都是动物式的劳动力……总之，你们就来拉我们一把吧，我们全都是摇摆不定的、交错分散的人……而且我们既贪婪，又懒怠，既能做些好的、崇高的事情，也能干出最卑鄙最下流的勾当，我们既有魔鬼般的多疑，也可以被最荒谬最粗暴的谎言所控制，非常容易被带进随便什么样的泥淖里去……"这就是我们的根基。那么后来怎么样呢？后来是老大徒伤悲的瓦西卡·布斯拉耶夫觉得自己从少年时代起"挨打和被掠夺"太多了……再后来便是"伟大的俄罗斯革命"：封地的长期纷争，莫斯科的长久纷争，在狂乱的欢乐叫喊声和钟声下我们跪拜在出身于巡警和流氓的伪领袖和伪皇帝面前，然后又对被撕碎的死尸进行如此疯狂而又卑污的侮弄……再后便是不计其数的乌克兰的血战和兽行。血腥的下流的拉辛真正受到整整几代俄罗斯知识分子的盲目崇拜。这些知识分子热切地渴望石人会说话，"人民将觉醒……"这一朝思暮想的时刻会到来。再后我们要说的也是同样的话了：理智和心灵左右摇摆，自我破坏，自我毁灭，打劫，玩火，在下等酒馆里狂饮。失去理智的人们在酒馆里常常喝得"烂醉如泥"，真正陷入了灭顶之灾，第二天早晨——则是难受的酒后头痛和凶狠的过敏性发作，对昨日被侮辱过的圣像流下忏悔的眼泪，在"红色门廊"前对被砍下头颅的伪沙皇和伪首领加以"祭拜"。要记住,要记住这一点,盘踞在克里姆林宫的"人类最革命的一部分"!

对刚刚感受过却还没有过去的,在乌克兰、在斯拉夫灵魂的发源地上,昨天发生过的和今天还在发生的一切事情,你会不由自主地回忆起赫梅利尼茨基[1]及他的战友们。这是怎么一回事呢?您就一字一句地读吧:"农奴们集结成一伙,彻底地破坏富人和穷人的家室,毁掉整个村镇,烧杀、掠夺、凌辱那些被打死的人和被判处死刑的人,剥活人的皮,对他们进行分尸,活活地烧死他们,朝他们身上浇开水;对犹太人则表现出最可怕的狂暴行径:在犹太教《摩西五经》的稿卷上跳舞和喝酒,把婴儿的内脏掏出来,把肠子拿给其父母看,并哈哈大笑地问道:'犹太鬼,这是禁吃的吗?'"——瞧,过去是什么样子。

我们过去把一切暴行都推在沙皇身上,推在他们的暴吏们和喽啰们身上,而赫梅利尼茨基本人呢?"他时而吃斋和祷告,时而毫不省悟地一个劲地喝酒,时而跪在神像面前号啕大哭,时而又唱起自己杜撰的乌克兰民歌,时而哭哭啼啼,非常柔顺,却突然又野性勃发,骄横傲慢……"他多少次地改变了自己的"方针",多少次地违背了誓言和对十字架的亲吻,他又与谁没有进行过联合呢!

1　博赫丹·赫梅利尼茨基（1595—1657），乌克兰人民反抗波兰贵族压迫、争取民族解放的领导人,也是迄今为止对犹太人最残忍的暴君之一。

瞧，叶米里卡和斯坚卡，他们的叛乱，谢天谢地，人们甚至已开始拿他们同正在做却不敢做的，但又可以从中得出应有的错误结论的事件来进行比较。你再翻开读一读当时已经阅读过却没有留心读的那一页吧："斯坚卡的叛乱包围了整个俄罗斯……偶像崇拜起来了。"是的，是的，尽管托洛茨基们和高尔基们没有吹嘘自己的"红色的"巴什基里亚，而这个"全球性的事件"却已经有了，而且在"第三国际"之前就已经有了！——泽梁人、莫尔多瓦人、楚瓦什人、切利米人、巴什基尔人已经行动起来了，他们自相残杀、造反，但他们自己却不知道为什么要造反。整个莫斯科公国直至白海都流传着"斯坚卡的充满诱惑力的书信，他在信中宣称，消灭大臣、贵族、下级官吏……一切官阶等级和权力，实行完全的平等……"所有被斯坚卡占领的城市都被视为"哥萨克阶层"，这些城市的所有财产都在斯坚卡的哥萨克人中间瓜分，而斯坚卡本人则每天酗酒，所有不幸的不能迎合"人民"的人都必遭死亡：有些人被杀死，有些人被淹死，其他的人则砍掉手和脚，然后放他们爬走并流血；他们强暴处女，他们像斯坚卡那样在斋戒日吃肉，并强迫所有其他人都这样做……斯坚卡本人"是一个性情怪僻、变化无常的人，时而忧郁、严酷，时而疯狂、激越；从前有个时候，他曾步行到遥远的索洛维茨基修道院去朝过圣，后来抛弃了斋戒和圣礼，玷污教堂，亲手杀死牧师……残忍而又嗜血的他仇恨法律、社会和宗教——仇恨一切有碍于他个人动机的事物……他根本就不知道有同情、荣誉、宽容，而是满腔的复仇、嫉妒……"斯坚卡的所有的"军队"都是由逃兵、窃贼、懒汉——所有那些自称是哥萨克人的穷光蛋们组成的，就是顿河的真正的哥萨克也不能容忍他们，称他们是"贼人哥萨克"。"斯坚卡许诺给所有这些恶棍和贱民一切方面的充分自由，而实际上是把他们变成奴隶，完全的奴隶，稍许有点儿不听话，便处以残酷的死刑；他管每个人都叫'兄弟'，可大家还是在他面前叩头……"我的上帝啊，这和今天的掠夺行为（好像是在为第三国际做修补）是多么惊人的相似啊！当然，即便如此，斯坚卡的政权也仍然比现在最反自然的俄罗斯历史上最荒唐的政权要自然一千倍；即便如此，斯坚卡的"政府"——所有这些瓦西卡·乌斯、费季卡·舍卢佳克、阿廖什卡·卡托尔日内——也要一百倍地好于今天盘踞在克里姆林宫里的政府？！

（《南方言论》报，敖德萨，1919年第82号，12月7日）

记事簿·加尔梅克人

在熟人那里，刚刚收到一封来自莫斯科的信。顺便提一下，信里告知，在充斥工农兵苏维埃无数的其他宣传画中，不久前还出现了一幅——莫斯科统治者们及其宫廷艺术家们的新作品，真正的象征主义作品：画着一副巨大的骷髅——死神。在这副骷髅的双脚旁边，是一只巨型的虱子，死神用一只手掌压着虱子的一个螯。在这幅可怕的丑陋的东西下面写着：

"公民们！请保持清洁！"

与此同时，信里补充写道："当我们要睡在那些肮脏的垃圾堆里，整天待在里面，全身发出狗臭味，而且一块肥皂竟要卖五千卢布时，我早就已经忘记什么是澡堂了。"

加尔梅克人——整个民族都灭亡了。去年在邓尼金的部下，有一个委员会在做调查暴行的工作，其成员由著名的社会活动家和司法人员组成，并且汇集了最丰富和最可靠的材料，其中有一部分最近已经带到巴黎来了。

我见到了带这些材料一起来的一个朋友，也是与这个委员会最接近的一个工作人员，一个著名的地方自治会的活动家和作家，他顺便说道：

"当然，主要给我们提供了文献的只是俄罗斯的南方。不过为了使其干脆在（我们的工作之后打开给我们看的）那幅图画面前变得尴尬，这份资料也已绰绰有余了。哪怕就拿这个巨大而又可怕的画面的一个角度为例（如我们资料上关于其对宗教的亵渎行为、对宗教的迫害，以及教徒们和神职人员的磨难）。我坚信，还很少有人看清楚布尔什维克哪怕是这方面所干的事情。很难令人相信，但却是事实，即公元二十世纪的俄罗斯已远远地超过了罗马及其最早的基督徒所受的迫害，而且首先是在受害者的数量上，更不必说这些迫害就其卑污和残忍的性质而言，是无法形容的。至于加尔梅克人（我在前几天已经提到过了），那么譬喻的说法，是我们亲眼看见这一不幸的民族几乎完全灭绝了。众所周知，加尔梅克人是佛教徒，他们过的是游牧生活，从事畜牧业。当我们的"伟大而不流血的革命"到来的时候，整个俄罗斯遭到了普遍的掠夺，唯独加尔梅克人与此完全无关。在他们那里出现了宣传员，喊出最坚定的口号："掠夺被掠夺的东西！"加尔梅克人只是摇摇头说："上帝不允许这么做！"于是他们便被宣布为反革命分子，被逮捕，被监禁——可他们没有屈服。当局发布了最凶残的法令："凡在加尔梅克人民中间散布反对革命斗争实施口号者，其家庭将从七岁的孩子起全家处以极刑！"——就这样，加尔梅克人仍然没有屈服。"革命农民侵占了以前沙皇政府拨给加尔梅克人用作牧场的游牧区的土地。"为了牲畜不至于饿死，加尔梅克人被迫盲目流浪，并越来越走向南方。但是在路途中他们老是碰上军事行动。在布尔什维克的"势力范围内"——他们重又失去了自己的生活和牲畜——他们所有的牛群和羊群都被红军战士抢占了，吃光了。那些马群，则出于红军的需要而被没收，马群四处乱窜——有的跑到伏尔加河，有的跑到大俄罗斯，当然，由于无人照管，由于路途中的饥饿，它们都死去了，倒毙了。就这样，加尔梅克人一方面由于极端的贫困和破产，同时也由于许多人挤在一起易于染上各种疾病。他们来到了黑海沿岸，像一个大营垒似的在这里驻扎下来。他们站立着，等待着有什么轮船来运送他们——于是他们也在残余的倒闭的牲畜中间一批一批地饿死了……据说，只在黑海岸上就饿死了不少于五万人！可是要记住，他们拢共不过是二十五万人。成千上万的、几车厢几车厢的人及他们的神（被亵渎的，常常是被砸成碎块并被下流地标上了"佛"字的神）——被运到了我们的罗斯托夫。如今，他们的祭坛、庙宇可能已经毫无踪迹了……

（《共同事业报》，巴黎，1920 年第 135 号，11 月 27 日）

永远怀念他 [1]

想到**他**，并且想到我们的一切道路都被堵死了的暗无天日的黑暗时，我翻开了《圣经》（我现在特别经常地这样做），把目光盯在了《诗篇》第七十九节上：

"神啊，外邦人进入你的产业，污秽你的圣殿，使耶路撒冷变成荒堆。把你仆人的尸首，交与天空的飞鸟为食，把你圣民的肉，交与地上的野兽。我们成为邻国的羞辱，成为我们四围人的嗤笑讥刺……愿你的慈悲快迎着我们。因为我们落到极卑微的地步。愿被囚之人的叹息，达到你面前。愿你按你的大能力，存留那些将要死的人……"

……对于这几行陈腐得惊人的文字，我无法做任何补充，

1　本文刊登在巴黎的《共同事业》报上，题名为《纪念海军上将 A . B . 高尔察克》文集。亚历山大·瓦西里耶维奇·高尔察克（1874—1920），俄国海军上将，十月革命以前为俄罗斯帝国海军的高级将领。1918—1919 年在西伯利亚等地建立白卫军反革命政权，1920 年被苏联红军俘虏后秘密枪决。

里面全都说到了。然后真的是，"我们落到极卑微的地步"，而且想在"我们四围人"中说句话的力气都已经没有了。他们中有些人瞄准了我们的裂袭，另一些人则大谈其"光明的未来"，而**那边**——**那边**却只有"被囚之人的叹息"、"将要死的人"的苦难，如今要保卫和拯救自己已毫无希望了。

我在他的墓前默默地低下了头。

总有一天，我们的孩子们在内心里静观我们这个时期的耻辱和惨状时，会饶恕俄罗斯许多东西，因为在这些黑暗的日子里终究不是该隐一个人统治，儿子们中还有亚伯。

总有一天，**他的**名字将作为永久的荣耀和永远的怀念用金字写在俄罗斯大地的编年史上。

（《共同事业报》，巴黎，1921 年第 207 号，2 月 7 日）

记事簿·高尔基

又是高尔基！那又怎么样，我们也再次……

1917年2月初，反对派的胆子越来越大了，有人散布流言，说政府对立宪民主党人让步——高尔基贸然与立宪民主党人办报纸（我保存有他支持报纸的建议书）。

同年4月，高尔基主持《新生活》报，甚至布尔什维克也笑了。我记得一个人的一句话："天助我也，是什么样的转变啊！"当然，人们是不会轻视这么有声望的战友的。列宁却仍旧大喊大叫，号召推翻临时政府，号召进行内战，消灭军官、资产阶级等。高尔基看到列宁的事业正在巩固发展起来，便在自己的报纸上喊道：

"不许触犯列宁！"然而，一边又发表自己的文章《不合时宜的思想》，在那里责骂列宁（在各方面）……

1917年末，布尔什维克取得了完全的胜利（如此辉煌的胜利连他们自己也感到突然，以致"蠢材"卢那察尔斯基张开大嘴到处乱跑，流露出自己的惊讶）。于是《新生活》

报几乎成了布尔什维克的官办机构（却带一点"反对陛下"的色彩）。高尔基在这份报纸上直接写道："该把这个仍然发出嘶嘶声的爬虫——米留可夫们及其他的人民敌人、立宪民主党人和立宪民主党化了的老爷们彻底消灭！"其结果是，两三天后，"人民"便野兽般地杀害了自己不共戴天的"敌人"——科科什金和申加廖夫……

1918 年 2 月，布尔什维克在德国人面前蛮横无理得太过火了，德国人便抓住这个"恶棍"狠狠地揍了一顿……高尔基害怕了，便写信给列宁及其同谋者（1918 年 2 月 7 日）：

"我们面临的是一伙冒险家、头号骗子、祖国和革命的叛徒，是在罗曼诺夫悬空的王座上胡作非为的人……"

可是"可耻的和约"[1]结束了。高尔基把《新生活》报迁到了莫斯科（他知道"政府"近期也要迁到那里去）……他的报纸"失宠了"，不过它仍旧被安顿在兹那明卡一栋华美的独立住宅里，住宅门上写着：

外交委员部征用，《新生活》报编辑部专用……

1918 年，发生了谋杀列宁的未遂事件。高尔基为列宁的"神奇的挽救方法"大闹了一场。随后是乌里茨基[2]被杀害。高尔基也在彼得堡中央执行委员会的隆重会议上为纪念"工农政权"发表了"激烈"的演说。布尔什维克则在彼得

1　指 1918 年签署的布列斯特和约。
2　莫伊谢伊·所罗门诺维奇·乌里茨基（1873—1918），俄国革命活动家，1918 年 3 月任彼得堡契卡领导人，被社会革命党人杀害。

堡挂了两个星期的招贴画："高尔基是我们的！"并给他拨款一百万，用于出版《世界文学丛书》……高尔基以吉洪诺夫和格尔日宾为助手，在这个注满了污秽、遭受穴居式的饥饿和虱子咬噬的痛苦的国度，演这一出出版"世界经典作家作品"的卑劣的滑稽剧，并提供良好的实惠。于是大批知识分子便排着队来出卖自己，参加这个"文丛"的工作……预付款像潮水一样涌来……有些人却难为情地说：

"只是，您知道吗，我如何去翻译歌德呢？我不懂德语呀……"

不过，吉洪诺夫安慰他们说：

"不要紧，不要紧，我们会提供逐行译注的外语文本，你们去领取预付款吧……"

可是，时至今日，却什么"丛书"也没有出来……只有一点是事实，那就是"知识分子与苏维埃政权在一起工作"，"智力生活在国内得到繁荣"。高尔基在保护他们……

1919年5月，苏维埃的各种事业都进行得不坏。第三国际的"世界"代表大会在莫斯科召开。高尔基在全世界大力吹捧这个国际和俄罗斯共产党员——称他们是"**世界上最诚实的共产党员**，他们创造了神奇的**全球规模的事业！**"可是，到了这一年的秋天，"最诚实的人"的情况却变得如此之坏，致使高尔基宣布：

"他们之中有百分之九十五是不诚实的强盗和受贿者！"

1920年夏天，布尔什维克已攻到华沙城下了。于是高尔基又一次如此无耻地颂扬"神圣的"（甚至是超越世界上一切圣人的圣人）"伊里奇"，苏联所有还没被饿死的拉大车的马都为此感到脸红。高尔基在列宁王位下实在没有办法，于是拼命地叫喊："我再一次，再一次歌颂勇士的疯狂，弗拉基米尔·伊里奇·列宁就是他们中最疯狂最勇敢的人！"他（在彼得堡的《消息报》上）说道："曾经有一个时期，我竟把对俄国人民的正常的怜悯硬是看作几乎是布尔什维克的犯罪……而现在，当我看到人民比起自觉地、诚实地工作，更善于忍耐和受苦时——便重又歌颂起神圣的勇士的光荣来了！"（他没有必要于1918年5月在《国际》刊物上写下这样完全不同的东西："昨天，世界还认为俄罗斯人是半野蛮人，而现在世界却看见，俄罗斯人正火热地为第三国际而奋斗！"）

不过，华沙仍旧是完整的。那些穿草鞋的"红色狮子"飞快地不顾一切地跑开了。高尔基重又钻进地道口——回到和平的工作，去关心俄罗斯学者们的命运，并对自己的"圣人"甚至捷尔任斯基责怪几句："先生们，不能殴打知识分子——这是国家的大脑，是国家最宝贵的财富！"而列宁和捷尔任斯基则不过是冷笑一声罢了：

"老兄，你现在才想起来，已经晚了！我们已经从几十万个颅骨中打掉了这个大脑！我们用自己生存的毒药，用蛮横无理、残暴行为、厚颜无耻、盗窃、撒谎、残忍的脓汁去毒害世界已经到了如此程度，因此现在这些关于大脑价值的无稽之谈已成了笑话！以后你就继续去保护你的学者吧——**对我们来说，这是最无害的人民了。我们放心，对你**

们也有利……万无一失……"

于是，高尔基又扮演起苏维埃共和国的"牛虻"的角色来，扮演起替"国家大脑"担忧的人的角色来……已经有许多人常常说：为了这一点，他就应该"宽恕一切"……事情竟然达到如此的地步，以致在国外的俄罗斯报纸上出现了彼得堡的院士费尔斯曼在这个问题上的公开呼吁……

啊，可耻的，可恶的，该死的日子！

又及，在安德烈耶夫死后出版的日记里有这样一段话："瞧，还是高尔基……需要写一篇起诉书来证明高尔基的全部罪行及他参与破坏和毁灭俄罗斯的程度……但是谁来做这件事呢？大家都不知道，都忘记了，放过去了……可是难道高尔基就这样不受惩罚、不受追究、'受到尊敬'地溜掉了吗？如果发生这种事（有可能发生），高尔基就会洗刷得干干净净——就可以向生活的脸上吐唾沫！"

伊·蒲

（《共同事业报》，巴黎，1921 年第 339 号，6 月 20 日）

俄国侨民的使命

2月16日在巴黎的演说

同胞们!

我们的晚会是专门谈论俄国侨民使命的座谈会。

我们是侨民——"emigrer"一词对我们来说,再合适不过了。我们大多数人都不是流亡者,而是侨民,也就是自愿离开祖国的人。我们的使命与我们离开祖国的原因有关。这些原因乍看起来有各种各样,但其实质只有一个,那就是:我们无论如何不能接受一段时期以来笼罩着俄罗斯的生活,我们无论如何不会同意,并同这种生活进行了这样或那样的斗争,而且我们坚信,继续对抗下去只会给我们带来徒然的、毫无意义的牺牲,所以我们逃离到了异国他乡。

使命——这个词听起来多么崇高。不过我们采用这个词是完全自觉的,不忘记它的准确的含义。法国的详解字典里说:"使命就是赋予代表去从事某种事情的一种权利(pouvoir)。"而代表即是为了某个名义被指派去行动的人。可否把这个几乎是庄严的词用在我们身上呢?能否说,我们是某种事物的代表，我们身上可能有某种受委托的任务；能否说我们在做某人的代表呢？我们的晚会的目的——就是要提醒大家：不仅可以，而且应该。我们中有些人已经十分疲倦了，而且在各式各样的恶劣的影响下，可能对自己过去不管怎样服务过的事业变得快要悲观失望了，他们打算改口，称自己来到国外是毫无用处的，甚至是可耻的。我们的目的就是坚决地说出：抬起头来！使命就是使命，它是艰难的，但又是崇高的，是命运托付给我们的。

我们差不多有三百万人分散在世界各地。从这个巨大的数字中，除去几万甚至几十万不自觉地或完全是偶然地陷入这一侨民流中来的人，除去作为俄罗斯现在的统治者的反对者（更确切地说是竞争者，但实际上却是他们的兄弟），除去他们的帮凶（即那些留下来的，目的仅仅是为了在外国人面前羞辱我们、分裂我们的人）之外，其情况也仍旧是那样，甚至单是这个数字就可以说明造成俄国侨民这一事件的极端的重要性，赋予它充分的权利使用崇高的语言。但是我们的数字还远不是全部，还有某种授予我们某种使命的东西，因为这个**某种**就在于，我们真正是对世界的某种严酷的标志，是争取人类生存的永恒的、神的原则的力能胜任的战士，可是这种原则现在不仅在俄罗斯，而且在各处都摇摇欲坠了。

即便我们出走俄罗斯甚至仅仅是对充斥在那里的凶杀和破坏的一种本能的抗议，那也必须说清楚，我们是肩负着某种指令性的使命的："全世界的人，请看看这一伟大的出走，并领会一下它的意义吧！瞧，站在你面前的是从最优秀的俄罗斯人中分出来的千百万人，他们证明，远不是全体俄罗斯人都接受其占领者的统治、卑劣和暴行的；站在你面前的是千百万穿上了最深重的丧服的人，他们注定要看到最强大的人间帝国之一的牺牲和羞辱，这个帝国与他们血脉相连；他们注定要把经常遭到凌辱的父辈们的房产和墓地留下来，用热泪哀悼那成千上万无辜被打死和被折磨的人；他们被剥夺了人类的所有幸福，经受多么卑鄙和凶残的敌人这一莫须有的罪名的考验；要是我们在他们面前退缩，便会遭到所有埃及式的死刑的折磨，承受那流落异国他乡路途上一切意料之中的、有损尊严的凌辱，就像一记耳光；全世界的人，就看一看，认识认识吧，在我们最黑暗的而且可能是决定命运的编年史里写的是什么！"

如果说我们只不过是过去的一大群难民，只会用自己的劫难去哭喊反对在俄罗斯发生过的坏事，那么我要说，过去是这样。按一位俄罗斯作家的非常美好的说法，我们是一群为了反对莫斯科的杀人犯而高高飞向云端的伊维利的仙鹤。但这并不是全部。我国侨民关于自己有权说更多的话，我们中间有几十万人完全**自觉地和有效地**起来反对那个现在拥有俄罗斯自己的首都，却妄想着全世界的统治权的敌人。几十万人千方百计尽自己的全部力量去抵抗他们，许多人用死亡彰显了这种抵抗。如果没有这种抵抗，还不知道欧洲会发生什么情况。我们的使命是什么呢？我们是谁的代表？我们要以谁的名义去行动，去当代表？尽管我们的人道精神在败落，在衰退，我们却以圣像及其类似物的名义真正地采取过行动。还有，就是以俄罗斯的名义——不是那个为得到三十个银币、为得到抢劫和杀人的许可而出卖耶稣的俄罗斯，不是那个沉湎于各种暴行和染上了道德麻风病的俄罗斯，而是另一个受人奴役、饱受痛苦却始终不肯屈服的俄罗斯。世界已不再理睬这个饱受痛苦的俄罗斯了，它只是偶尔像罗马的士兵那样，把沾了醋的海绵拿到被钉在十字架上的人的嘴边。欧洲刹那间镇压了匈牙利的布尔什维克主义，不让哈布斯堡[1]进入奥地利，不让威廉进入德国，可是当问题涉及俄罗斯时，它却立即提出了不干涉邻国内政的规则，平静地观望着俄罗斯的"内政"，也就是观望着延续了六年的蹂躏。瞧，甚至都达到把这种蹂躏合法化的地步了。这样便一而再、再而三地实现了《圣经》里的那句话："瞧，来了七条瘦牛，把七条肥牛吃掉了，可是吃了后自己并没有肥起来……瞧，黑暗蒙住了大地，愚昧蒙住了人民……于是，**一代人的脸将要成为狗脸了……**"不过俄国侨民的使命也就更为重要了。

发生了什么事呢？俄罗斯变得极其堕落了，同时，一般地说，也就是人变得堕落了。任何理由都不能替俄罗斯的堕落辩护。俄罗斯的革命是不可避免的还是可以避免的呢？当然不存在任何不可避免性，因为尽管有这一切缺陷，俄罗斯还是繁荣了，长大了，以神话般的速度发展了，而且在各方面都发生了变化。有人说，革命是不可避免的，因为人民渴

1　哈布斯堡王朝，或称奥地利王朝，是欧洲历史上最为显赫、统治地域最广的王室之一。1817—1918 年为奥匈帝国。

望有土地，并隐藏着对自己过去的老爷和对普遍的老爷的憎恨。但是，为什么这个好像是不可避免的革命却没有去触动例如波兰和立陶宛呢？或许那里就不存在老爷？在他们的土地问题上就不存在缺陷吗？就没有任何不平等现象吗？西伯利亚又是根据什么理由，竟戴着其诸多非常落后的农奴制的镣铐参加革命和其一切残暴活动的呢？不，不存在不可避免性，而是生米已做成了熟饭。这种革命是如何完成，在什么旗帜下完成的呢？它是在非常骇人的情况下完成的，他们的旗帜是国际主义，也就是奢望成为所有民族的旗帜，并给全世界提供某种新的、恶魔般的东西，以取代西奈的石碑和山地的布道，以取代古人的宗教法典。曾经有过一个俄罗斯，有过一个被各种家具杂物压塌了的大房子，房子里住着庞大的从各方面来说都是强有力的家庭，房子是由许多许多代人的极其良好的劳动建成的，它因为敬仰神，缅怀过去和一切被称为崇高及文明的东西而变得神圣化了。可人们对它都干了什么事呢？他们为了推翻其管家人而真的把整个房子全都摧毁了，造成了前所未有的兄弟的自相残杀和一切流血的场面，其骇人听闻的后果是不可估量的，可能几个世纪都无法补救。我重复一句，这种惨祸之所以更加可怕，是因为它还受到千方百计的颂扬，被捧为最珍贵的作品，并受到全世界多年以来的完全姑息，而全世界早就该对莫斯科发起十字军加以讨伐了。

发生了什么事呢？在伟大的战争时期，革命无论多么失去理智，许许多多未来的白卫军战士和侨民却接受了它。新的管家人在各方面都表现得极其不中用，而我们却几乎全都坚决保卫他。然而，被"全球性"的坏蛋放火烧毁的俄罗斯（他们建立起肆无忌惮的贱民政权）及其最下层的姻亲都是真正信仰宗教的。俄罗斯已经发疯了——国务总理本人在1917年8月的莫斯科会议上宣称已经登记了一万个残忍而又无法理解的民间"私刑"——仅仅是登记了！后来怎么样呢？后来是世界上最大的对人类生存的一切原则的践踏和凌辱，从杜赫宁的被害、布勒斯特的"可耻和约"开始，直到吃人的行为。臭名昭著的坏蛋在侮辱性的自由、平等、博爱等旗号的荫庇下，高高地骑在俄罗斯野人的脖子上，号召全世界把良心、羞耻、仁爱踩进污泥里，把摩西和基督教的教义彻底消灭，为犹大和该隐树碑立传。于是，野人便破坏一切，践踏一切，甚至胆大妄为地干出连魔鬼本人都害怕的事来：他侵犯了自己祖国最神圣不可侵犯的东西。他不是侵犯了可怕的却又极美好的神秘之地（亘古以来祖国最伟大的创始者及其庇护者安息的地方），而是侵犯了圣谢尔盖的神龛与灵柩，而许多世纪以来大批俄罗斯人在其尘世生存的至高时刻都曾在灵柩前膜拜。天啊，那么，对这个野人我也得去顶礼膜拜，去为他祈祷吗？这就是他，他因为半亩多余的"土地"就杀害了自己的邻居，从而实现了自己"朝思暮想的夙愿"，将成为新的俄罗斯掌握最高政权的主人？去年我在瑟纳尔蓬讲课时，引用了一位伟大的俄国历史学家克柳切夫斯基的话："当我们的道德基础遭到破坏时，当圣谢尔盖灵柩上的神灯熄灭时，当他的大寺院的大门被关闭时，俄罗斯国家也就完结了。"伟大人物的话现在已成了非常可怕的事实了！基础遭到了破坏，大门已经关闭，神灯已经熄灭。但是，俄罗斯土地上绝不会没有这些神灯的存在——也不许**罪恶地为其黑暗祈祷**。

是的，全世界的根基都在动摇。如果旗帜甚至在耶路撒冷上空飘扬，君主本人的灵柩也被抛弃，那么世界将停止运转——看来是可能的。须知，莫斯科的反基督者已梦想着自己将成为罗马耶稣的合法代理人了。世界被从来未有过的贪欲和向芸芸众生看齐的思想所控制，又一次地模仿提尔和西顿[1]、所多玛和蛾摩拉。提尔和西顿是为了贪图小利可以不择手段，所多玛和蛾摩拉则是为了淫欲而毫无羞耻。人数不断增加和脑袋越抬越高的群众，由于贪图享乐和对所有快乐的人的妒忌而精疲力尽。有一些人（渴求买主的人）用世界市场的光辉使人目眩；另一些人（贪求权力的人）则以其妒忌之心燃起妒忌之火。如何获得统治群众的权力，如何在全提尔城和全蛾摩拉城享誉荣光？如何进入过去的沙皇宫殿，或戴上似乎是为人民的利益而斗争的战士的桂冠？需要愚弄群众，而常常甚至也就是愚弄自己本身和自己的良心；需要奉承群众去博得他们的好感。瞧，世界上已经形成了一大帮"新"生活的预言家，他们取得了世界的特权，取得了目的在于订立似乎是全社会平等的和全人类幸福的合同，根据这一合同，组成了整整一支职业大军，几千个各不相同的社会

1　古代腓尼基城市。

派别的成员，几千个论坛，所有从这里出来的人，不管怎样，最终都将享受光荣，获得高位。不过我要重复一句，要得到这一切，就必须有伟大的谎言，伟大的巴结奉承，善于处理风潮和革命，有时还要经受腥风血雨的考验。主要还是要让群众杜绝"宗教鸦片"，用对肉体的崇拜去取代对上帝的信仰。简单点说，是拿畜生普加乔夫去取代上帝！普加乔夫能干什么呢？可这个"全球性的"畜生——却要另当别论。败类、天生的精神上的白痴——正是在其活动的全盛时期向世界显示自己是某种巨大而可怕的令人震惊的人物。他毁灭了世界上最伟大的国家，杀死了几百万人，而且世界已经疯狂到了何等地步：人们竟在光天化日之下争论着——他是不是人类的恩人？他都已经匍匐在自己血淋淋的御座上了。当英国摄影家给他拍照时，他不停地伸出舌头说：他们争论，毫无意义！谢马什科[1] 自己一时糊涂，曾大声地说，在这位新的尼布甲尼撒二世的颅骨里发现了一种代替脑髓的绿色液体。在死亡台上，在红色的棺材里，正如一些报纸所写的："他躺着，灰色的脸上带有一种非常可怕的怪相：他们争论，毫无意义！"而他的战友们却直截了当地写道："新的上帝，新世界的创建者、缔造者逝世了！"莫斯科的诗人们，这些靠莫斯科红色荡妇养活的姘夫们，新的俄罗斯诗歌的生产者，

1　尼古拉·亚历山德罗维齐·谢马什科（1874—1949），乌克兰革命家、苏联政治家和学者，1918 年成为公共卫生人民委员，是苏联卫生系统（谢马什科体系）的创建者。

早就已经唱过了：

> 把耶稣送上十字架，搀扶着瓦尔瓦拉——
>
> 沿着特维尔大街走去……
>
> 我像彗星把舌头伸向世界，
>
> 两腿撇开直到埃及……
>
> 我把上帝的胡子扯下，
>
> 我他妈的为他做弥撒……

　　又是这种骂娘话，又是狂暴、狡猾的躁狂者六年的最高政权及其伸出的舌头和他的红色棺材，又是什么埃菲尔铁塔收到已不是简单的关于列宁而是关于新的**缔造者**的出殡的无线电广播，以及有关彼得城改名为列宁格勒的消息——如果把所有这一切连在一起，那么包围着我们的就真的不只是俄罗斯，而且是全欧洲的《圣经》里的恐怖了：须知，两条腿撇得的确是非常之远，而且非常大胆。有朝一日，这一切必然会招来天怒——从来都是如此的："我起来反对你，提尔和西顿，并把你们引进大海的漩涡里……"于是上帝把硫磺和火降临于所多玛和蛾摩拉及所有这些列宁格勒城，而锡安、塞里姆和上帝的城市米拉则永世长存。可是现在怎么办呢？今日此时的俄国侨民该怎么办呢？

　　俄国侨民用自己出走俄罗斯和自己的斗争、用自己的冰雪远征证明了自己，因此他们的使命不只是因为害怕，也是因为自己的良心而不承认列宁的城市和列宁的训诫。这一使命就是：今天也继续这种不承认。"他们想使河水倒流，不想承认既成事实！"不，不是这样，我们并不想走回头路，只是想有另一种流向。我们不是否定事实，而是对它加以评价——这是我们的权利，甚至是我们的义务。我们不是从党派的政治的观点出发，而是从人道的宗教的观点出发。"他们不愿意为了俄罗斯而忍受布尔什维克！"是的，不愿意——过去可以忍受拔都的金帐，但是不能忍受列宁格勒。"他们没有倾听俄罗斯的声音！"仍然不是这样：我们非常注意倾听，而且非常清楚地听见全都还是同一个人的声音，全都还是下流人、强盗和共青团员的压倒一切的声音和喑哑的叹息声。我知道有很多人都投降了，很多人都倒下了，还有成千上万的人会投降，会倒下。不过同样也会留下永远不投降的人，而他们会永远信仰西奈和加利利[1]的天训而不是全球性的骂娘话，尽管也有麦克唐纳[2]本人的支持。他们将热爱圣谢尔盖的俄罗斯，而不是那个拉长声音唱了"唉，唉，特拉达达，没有十字架啦！"的人的俄罗斯（此人好像神秘主义地为了某种未来的更大的辉煌而激动万分）。激动万分！这种冷酷无情的骗人的语言把戏，这种政治雄辩术，这种文学上的庸俗的东西不是到了该摒弃的时候了吗？患斑疹伤寒时发烧或被肃反工作者掌嘴可不是莫大的快乐！当他们从这种发烧中解脱出来时，全城的人都号啕大哭并亲吻土

---

1 上帝在西奈订立律法之约，加利利则是耶稣的故乡。
2 麦克唐纳（1880—1962），加拿大英国诗人。

地。"老百姓不接受白军……"好吧，如果是这样，那也不过再次证明，老百姓是深深堕落了。不过，谢天谢地，这并非完全如此。不接受白军的只是流氓和那些贪婪的败类，因为他们害怕自己偷来的、抢来的东西又被夺回去。

俄罗斯啊！谁敢教我去爱她呢！

不久前，一个俄国难民在自己的札记中顺便讲到一个小地方某些红军战士所玩耍的游戏：有一次，他们杀死了一个穷老头（他们怀疑他是一个财主）。老头完全孤独地同自己的一条又瘦又小的狗住在简陋的小屋子里。唉，札记写道，这条小狗多么可怕地在死人的周围跑来跑去并哀号着，之后它又对所有的红军士兵抱着多么强烈的憎恨：只要远远地看见红军士兵的军大衣，它就像旋风似的立即疾奔过去，气喘吁吁地狂吠起来！我惊恐而又高兴地读了这篇札记，并祈祷上帝，希望他在我心中至死都延续着对俄罗斯该隐的那种不可忍受的憎恨。而我对俄罗斯亚伯的爱却甚至不需要在祈祷中去维护它。让白色战士的衣裳不要总是像山上的雪那样——而是让人们对他的纪念永远圣洁化！在加利利的英勇的凯旋门下无名战士陵墓上炽热的火焰将永不熄灭地燃烧。在荒野的而如今已是死寂的草原上（那里安葬着白军战士）是一片黑暗和荒无人烟。但是上帝懂得创造什么。配得上这种陵墓的凯旋门和火焰在哪儿呢？因为这陵墓是基督的俄罗斯的，到那一天，当天使把石头从其陵墓上推开时，我只为她一人磕头。

我们将会等到这一天。而在这之前，不论是对诱惑还是对大声呵斥，我们的使命都不能屈从。总之，对于今天的非正义时代和对俄罗斯未来正义的道路来说，这都是极其重要的。

除此之外，还有一种甚至比俄罗斯，特别是比其物质利益还要大得多的东西。这就是——我的上帝和我的灵魂。"为了耶路撒冷本身，我不能脱离天主！"忠实的犹太人不论为了什么利益，都不背弃父辈的信仰。神圣的公爵米哈伊尔·切尔尼戈夫斯基为了俄罗斯去了汗国，但也是为了俄罗斯，他拒绝在汗国金帐里参拜鞑靼人的神，而情愿惨死。

在古代的罗斯就有人悲伤而又动人地说过："东正教教徒们，我们等着吧——那时候上帝将改变汗国！"

就让我们也等着吧。等待着同今天的汗国签订新的"可耻的和约"。

伊万·蒲宁

又及。2月16日在巴黎，有一个专门为"俄罗斯侨民的使命"座谈会举办的晚会。晚会上就这个问题公开发言的有卡尔塔舍夫[1]、梅列日科夫斯基、什梅廖夫、库里曼教授、大学生萨维奇和本文作者。《俄罗斯侨民的使命》是我在座谈会开始时宣读的开幕词。我请求《舵》杂志编辑部发表这篇开幕词，目的是哪怕对出版界强加的歪曲言论（由于这些

1　安东·弗拉基米罗维奇·卡尔塔舍夫（1875—1915），俄罗斯教会史教授、记者，1917 年曾任临时政府宗教部长，1920 年起在巴黎神学院教书。

言论，整个晚会在社会上也受到一定影响）进行某些驳斥。至少现在有一部分人准确地知道我想要说的是什么了。根据米留可夫（他就是这些歪曲言论的始作俑者）的机关刊物的说法，我是"暗示后来其他发言人重复我的一切主要思想和可怕言论"的人。现在就让所有思想健全的人吃惊地回忆一下他所读到的和听到的一切关于我们的"可怕的言论"吧。

从2月20日开始在《最新消息》上刊登了社论和关于晚会的综合报道。综合报道（标题是《可怕言论的晚会》）否定我的言论最多，完全歪曲了我，说我荒谬地号召走向"神的生存"，说我奢望先知的高位，宣称我身上有一种"攻讦平民的冷漠之光"，所以很少有与先知相似之处，并且极力地嘲弄了所有其他晚会参加者，似乎他们也希望能预言未来，实际上他们却表现出完全无能"提高到玄学的高度"。社论就更令人惊奇了，干脆是胡说八道。它被称为"墓地之音"。它说了下面的话：

"作为当代俄罗斯文学中最大的作家们，即俄罗斯为之真正感到自豪的那些人……做了说教性的几乎是先知式的发言，扮演了生活教师的角色，扮演了已经过去了的时代的角色……他们在政治上已做了自决，同卡尔塔舍夫联合在了一起。他们传授给他的不是自己的政治无害性，而是首次给自己染上了某种颜色。他们声言反对政治——为内心的绝对无上命令而斗争，并为基督而斗争……显然他们坚决相信，和先知一样，他们高踞于微小的当前大家最关心的事件之上，实际上他们只会造成自己对众多人的仇恨，对全体人民的仇恨，甚至更坏——产生一种蔑视态度，即贵族式的情感和孤傲性格……他们的不妥协性意味着什么呢？对什么不妥协呢？对谁不妥协呢？"

似乎企图成为先知者的我们（似乎我们不应当有仇恨）已非常干脆和坚决地表述了我们所宣传的不妥协性是针对什么的。但是，帕·尼·米留可夫仍然不知何故还是认为有必要问一问，并自己替我做了回答，重点仍旧是针对我，无缘无故地把我的演说同我最近发表的诗歌和短篇小说混淆起来。他说，你们读一读蒲宁在《俄罗斯思想》上的诗歌和在《现代纪事》上的短篇小说《无尽的春天》吧，"这里写的全都是对新生活的不妥协性，是对过去的思念和——自豪：我，他说，是将军的女儿，而那里只是些九等文官……"（虽然《舵》杂志的读者尚未清醒过来，我是逐字逐句地摘引的）。而后来也同样大胆行事，并同所有其他晚会参加者一起（"蒲宁什么样，其他人也就什么样——他们全都对所有与自己继续过相反生活的人表现出恐惧和愤恨"），而且生米已经做成了熟饭：奇怪得令人难以置信的社论给他们的神话建立了坚实的理由，仿佛我们就是那些喝血的同时又是先知般地号召"走向神的生存"的死人。在它之后，在这篇社论之后，还有一连串数量更多的类似的段落（甚至文章，如《技师与青年》《使徒与误会》《宗教与不问政治》等）。这些东西在巴黎甚至在莫斯科都能找到痕迹，而且神话越来越多。瞧，某某贝斯特罗夫先生已经走到了何等的地步，他竟拿他自己臆造出来的无稽之谈的社会影响来讨《最新消息》的喜欢。他在 3 月 25 日这期刊物上说：你们别害怕，青年不会跟着这些"在国外成了时评家、却已落后于生活一百年的作家们跑的！"

我想，《舵》的读者对终于在报刊上出现的一个骇人而又有害的落后于时代的正本文件是不会抱怨的。它是 2 月 16 日在巴黎披露的（而 4 月 5 日又发表了续篇）。而且读者也不会认为我的附笔是对这个文件的一种个人的论战，因为事情终究还是有某些普遍意义。更何况莫斯科的《真理报》从 3 月 16 日起就发表了文章，它与《最新消息》中写到的关于我们的情况几乎一字不差地完全相同。莫斯科《真理报》也非常渴望我们死亡，尤其渴望我死去。为了显示其不偏不倚，他们在追悼死者的文章里也不吝啬颂扬。他们首先通知说，我临死前是在尼斯。然后便按《最新消息》的方式，从精神上把我埋葬（把我同梅列日科夫斯基和什梅廖夫埋在一起）。《真理报》这篇文章的标题是《死人的假面舞会》，有下面几段文字：

"浏览一下白侨的刊物，觉得好像是某种很好的俄罗斯语言！—— '好像是碰上死人的假面舞会……'"

"蒲宁，就是这个蒲宁本人，他的新的短篇小说对于俄罗斯读者曾经是一种礼物，而现在却搔首弄姿地模仿起《圣经》里的约翰来了……现在他穿上他的黑色斗篷……作为自己那个已被革命打倒了的阶级的代表和捍卫者进行发言……这特别明显地表现在他最近写的作品——短篇小说《无尽的春天》里和《俄罗斯思想》杂志上的一些诗歌上……在这里，他不仅是一个地主，而且是黑势力分子、农奴制度的拥护者……他也像另一位白卫军分子梅列日科夫斯基一样，幻想着向莫斯科发起十字军远征……而去年才参加白色苦修的什梅廖夫就走得更远了：他是革命前的一位著名作家，不是农奴制度的拥护者，而是民粹主义者……对于他来说，'平民百姓'是温驯的和无辜的，是甜美的糖果盒，是自由奔放的六翼天使……他全面地指责知识界和莫斯科大学，认为罗曼诺夫的宪兵当时没有足够有力地镇压他们……"

"总之，这三位作家的发言甚至与 1907 年的《路标》相比，后者也似乎只是新年松树上一个无辜的响炮而已。作家的发言引起了广泛的反响，甚至白发苍苍的教授……在自己的巴黎的报纸中也称这种发言是**来自墓地之音**……"

(巴黎，1924 年 3 月 29 日)

伊诺尼亚与基捷日 [1]

纪念阿·康·托尔斯泰逝世五十周年

阿列克赛·康斯坦丁诺维奇·托尔斯泰逝世已经半个世纪了。

对过去俄罗斯的每一位重大人物的每一次回忆现在都令人非常悲痛，并引起可怕的对比：过去怎样，现在怎样。但是对托尔斯泰的悼念却显得有些特别。

瞧，我打开一本书并念道：

> 眼睛像条裂缝，嘴巴长又宽，
>
> 脸孔不像脸孔，
>
> 两边颧骨的棱角突出向前——
>
> 于是俄罗斯百姓被吓得一声惊叹：
>
> 哎哟，丑脸，哎哟，可怕的丑脸！

---

1 伊诺尼亚即农民的天国、乐土。基捷日在神话传说中是拔都入侵俄罗斯时隐没于水底的一座城市。

这是怎么一回事呢？这是托尔斯泰描写独龙–屠加林的叙事诗中的一段，这是一位厚颜无耻地出现在基辅公爵弗拉基米尔盛大宴会上的歌手的一张丑脸，是他所预言的那个"鄂毕多尔"[1]罗斯的丑脸；据他所说，这个俄罗斯应该取代基辅俄罗斯。关于"我们要回到鄂毕多尔"去的念头，公爵及其勇士们都说得很荒谬，因此他们只是一笑置之：

> 不，你在开玩笑，我们俄罗斯的罗斯活着，
> 鞑靼人的罗斯我们不要！

但是，丑脸不肯罢休。丑脸说，你认为我的消息可笑而且不愉快吗？可将来终究会是这样的。比方，现在对你来说，荣誉、羞耻、自由乃是最高贵的无价之宝。

> 但是且慢，另外的时日将会来临，
> 老爷，鞭子将会代替你的荣誉，
> 而市民会议——就是柯甘的意志！

众所周知，罗斯经过了长期的"鄂毕多尔"式的奴役，不得不与这种奴役做了长期的斗争，这个预言也实现了。那么这场斗争结束了没有呢？罗斯"忍受了"一次重大的攻击，不过，瞧，新的可能是更可怕的攻击已经逼近了。从过去在

1　西伯利亚的鄂毕多尔山区。

基辅大宴会上吹大牛的丑脸到现在在莫斯科血腥大宴会上吹大牛的丑脸已相隔很远了。在这里，被宣布为"无价之宝"的已不是荣誉，不是羞耻，不是自由，而恰恰相反——是耻辱，是恬不知耻，是柯甘的鞭子；在这里，"丑脸"已被命名为"最优秀分子"，"新的"俄罗斯理想的化身，似乎是与过去的俄罗斯、托尔斯泰的俄罗斯相反的、唯一真正的圣像的面容。他的名字的叫法也不简单，带有一种最伟大的甚至是救世主式的自豪："是的，我们是斜眼的西徐亚人！"或者，比方说是这样：

> 我不是那种蠢人，
>
> 尽管我有时糊涂烂醉，
>
> 但是在我的眼里，
>
> 闪烁着豁然省悟的奇辉。
>
> 我目睹一切，明白而且清醒：
>
> 新的纪元——非同小可，
>
> 列宁的名字，像劲风，
>
> 呼啸在世界各地！

这种吹牛拍马的劣诗——加上其粗野的正字法，是不久前我偶然地看到的，而这些东西出自某某"农民"叶赛宁之手却又是远非偶然的。如今会写出多少类似的东西来啊！这个苏维埃的流氓是什么样的象征人物，又有何等之多的现在的"蠢人"在宣告俄罗斯的"新纪元"，他正是这种蠢人，而且他说得多么正确：这里的确有一个致命的问题：俄罗斯将处在旧的或所谓"新的纪元"的标志下，而且真正的俄罗斯人是否一定是"鄂毕多尔人"，亚细亚人，野人，抑或不是？现在对这个问题越来越时髦的回答是：是，一定。莫斯科的"丑脸们"并不满足于他们生下来就成为双料的头号的丑脸。你们就看看所有这些叶赛宁们、巴别尔们、谢芙林娜们、皮里尼亚克们、索包尔们、伊万诺夫们、爱伦堡们吧，这些"丑脸们"中没有一个肯说简洁的话语，他们不管怎样全都要说最俄罗斯的语言：

"尼克拉·伊里英卡像斋戒的修女，和从前一样，是个红脸的大乳房的婆娘……"（索包尔）

"按马卡丽娅的吩咐，同一个莫斯科的白昼不眠的伊里英卡用其庞大的屁股坐下来……"（皮里尼亚克）

而柏林、巴黎、布拉格的某些聪明人却由于深受感动而变得飘飘然了。他们说："哎哟，哎哟，多么有声有色的、清新的俄罗斯语言，多么真实的民族的罗斯，如今都从俄罗斯的黑土里返潮了，我们正应该如何渴望地从那里捕捉光明，而且在那里，只有在那里——天才、生活、青春——是何等的丰富啊！"

是的，"可怕的丑脸们"还在我们中间。我们愤慨也没有用：

她继续咧开大嘴笑：
……………………

您要学会把破坏摆在荣誉之上。

心满意足地吞吃了给鞑靼汗的贡品之后，

您就称罗斯为外号！

您不听亲骨肉的声音，

竟同可敬的老人争吵，

让伟大的祖先丢人害臊，

您竟说："我们背朝瓦兰人，

脸却朝向鄂毕多尔！"

　　托尔斯泰称自己是"为了美而举旗的歌手"。他就像他最喜爱的圣像之一圣约翰[1]那样，是"为圣像的荣誉而战的斗士"，是艺术的保护伞。他是用古代基督教罗斯的眼光来看待"丑脸"的：这是整个布苏尔曼的魔鬼的化身，是卑污和丑陋的化身（也就是失去和谐和不成体统的形象的化身），这种卑污和丑陋不只是外表的，而且也是内在的。而**美丽、外貌**，对于圣约翰来说，却是由（克服了不定性的）**艺术**所创造、所建立、所拥有的神的东西的化身。

　　"美丽、美好"，正如弗·谢·索洛维约夫论及托尔斯泰时的准确评述，"对于他来说，就像是永恒的真理和爱的光辉一样的珍贵和神圣"，就像是来自永恒理念或最初形态的独立世界的某种东西。索洛维约夫说："神拥有完满

1　即大马士革的圣约翰，天主教译为圣若望·达玛森，其生卒时间大概在676—749年，是大马士革的基督宗教神学家、诗人。

的尽善尽美。人在完善自己的同时，**达到神的境界**。人是独立的个体，此外也是全世界整体的一部分，他应当用个人的爱使自己变得完美，并用爱国主义、与整体的团结一致的感情促进整体的完善……在托尔斯泰的诗歌中，爱和爱国主义的主题最具特征意义……爱国主义就是希望整体——人民、国家、祖国的幸福……可是祖国的幸福又表现在哪里呢？爱国主义可以是善的根源，也可以是恶的根源……还需要有能分辨祖国的真正幸福和虚假幸福的爱国主义的觉悟。而阿·康·托尔斯泰的爱国主义的觉悟程度迄今为止仍然是**最高的**。托尔斯泰以其全部积极的诗学概念和为思想而奋斗的战士的全部毅力赞美真正俄罗斯的、欧洲的和基督教君主制的自己的理想，并摧毁他所憎恨的亚洲式的君主专制的噩梦……真正的民族制度的基础，他却到我国历史的基辅时代去寻找……他用最高的标准衡量了祖国的福祉，而且他没有错：我们需要的是那种基督教的、真正民族因素的发展，它曾给基辅罗斯带来光明的景象……"

阿·康·托尔斯泰伯爵是最杰出的俄罗斯人和作家之一，他至今没有得到足够的评价，没有得到足够的理解，却已被人遗忘了。其实在我们今天倒特别需要珍视、理解和记住他。须知，一个民族的存在，终究不是取决于物质上的东西（比方，赞赏俄罗斯将是"农民的俄罗斯"，这至少是令人奇怪的）。俄罗斯和俄罗斯语言（作为它的灵魂和道德体系的表现）是某种不可分割的东西。今天俄罗斯的衰落，社会、政治和一切其他方面的衰落不是很值得注意吗？它的文学则不是伴随着俄罗斯的衰落而衰落，而是早就先行衰落了。当时一切下流的行为都被称为敢作敢为，而愚蠢和歇斯底里大发作则被说成是神圣的狂热。当时的一切衰败物（即那种与艺术完全相反的东西）的联合和拼凑，以及所有的所谓"探索"（即恰恰是那种非艺术的东西及艺术家在自己的工作里应当回避的东西）都受到了所有这些代表们如此无耻的吹捧，比起现在布尔什维主义对自己的吹捧有过之而无不及。因此，众所周知，这也是罕见的爱吹牛的粗野行为的最突出的特点之一。

如今，"新"的艺术又被最新的艺术取代了。瞧瞧那些"无产阶级诗人"：

> 我们从古老的克里姆林宫
>
> 把王冠摘下……
>
> 我们用光线点染神经
>
> 及机器的肌肉……
>
> 在低矮的围墙后面
>
> 我们划船用的是火橹……

瞧瞧"未来主义者"：

> 我许诺你们一个天国……
>
> 把白卫军——就地枪毙！

为什么不向普希金攻击？

瞧瞧某某"至上主义者"：

> 事情已经办成，
> 我们无耻地坐定，
> 腿蹬着腿！
> 把耶稣送上十字架，搀扶着瓦尔瓦拉——
> 沿着特维尔大街走去……

瞧瞧毛遂自荐的"意象主义者"：

> 我是厕所里面的一小块纸……

再瞧瞧，末了又是"农民"叶赛宁，他好像是罗斯最本真的孩子，根据某些批评家的可信的说法，他的劣诗完全像是"鞭挞派的"，同时又好像是"西徐亚人的"（大概是因为在这些诗中起作用的仍然是一双腿，其实它们丝毫不能证明是新纪元，而只能使人想起一个非常古老的关于一只蹲在桌子旁边的猪的谚语）：

> 我像彗星把舌头伸向世界，
> 两腿撒开直到埃及……
> 我把上帝的胡子扯下，

我他妈的为他做弥撒！
我憎恨基捷日的气息，
我许诺给你们伊诺尼亚！

当时人们就说：对于这种"丑脸"，对于这种如此无能的，并且首先从市场的厕所里去了解俄罗斯的"救世论"，值得加以注意吗？唉，不得不注意。甚至要更加注意，我重复一句，某些人还极其郑重地证明，正是从这些地方放射出光明。**伊诺尼亚**。

这种伊诺尼亚已不完全是新的。叶赛宁们的老哥们也曾给它做过许诺，尽管外表上有所不同，却带有同一实质的印记。须知，早就有人在颂扬"勇士的狂热"了，并嘲讽了"过时的旧式马车"。须知，早在1906年，在列宁的《斗争》报上，就已经向普希金发起攻击了：当时高尔基把所有俄罗斯最伟大的作家都称为"市侩"；须知，别雷从布尔什维主义一开始就大声喊道："俄罗斯，俄罗斯——天职！"须知，勃洛克的两行诗：

唉，唉，没有十字架了，
特拉达达！——

也是伊诺尼亚，而且须知，这正好是与叶赛宁们在一起，与"丑脸们"在一起，以他们为首，勃洛克才强迫自己的耶稣戴着白色玫瑰的花环，沿着进入伊诺尼亚的道路跳舞。须知这是勃洛克写的："人民，**也就是布尔什维克向乌斯宾斯基大教堂开了炮。完全可以理解：因为笨头笨脑的肥胖的教士们打着嗝儿在接受贿赂，在贩卖伏特加……**"

"马，我的马，斯拉夫马！"当时托尔斯泰曾大声喊道：

> 马儿带着我疾奔，
>
> 奔向哪里？我却不知！
>
> 是否在盐沼地摔倒，
>
> 在暑热中死去？
>
> 或者是吉尔吉斯人
>
> 剃光了头
>
> 默默地把弓拉紧，
>
> 埋伏在青草里，
>
> 并突然追上我，
>
> 一箭中的？
>
> 或者是我跑进明亮的城池里
>
> 与帝国的克里姆林宫在一起？
>
> 在那里，满街嗡嗡响，
>
> 处处是钟声？

现在这个问题已经有了答案：吉尔吉斯人的手在干自己的事情。在我们面前出现的不是明亮的城池，不是基捷日，而是荒凉的盐沼地。但是，难道这就是结局吗？如果不是的话，接下去又是什么呢？在"吉尔吉斯人"占优势的可怕的现实生活中，找不到拯救的指示。在这个佩切涅格人[1]的草原上，俄罗斯语言几乎是没有人说的，那里悬挂着特穆塔拉干的偶像，那里"狐狸对着俄罗斯的盾吠叫"（唉，就像他们向侨民的住宿地吠叫一样）。当代的苏联诗人，我再说一遍，尽管他完全微不足道，还是很有代表性的：他不是孤立的人，他的整个思想体系如今都是建立在和他有血缘关系的"激情"的激情上的。所以，这个骗子非常清楚，当他说在他的充满家酿白酒的眼睛里"有豁然省悟的奇辉"时，他所说的是什么，尽管有其故意卖弄和渲染辞藻的做派，他却是自己时代和时代精神的同血脉的孩子；尽管是不同种族，他却可能被当作例外而与那个"吉尔吉斯人"血肉相连。特别有意思的是：他也是"丑脸，是蒙古人"。他是当今的主宰者，他既横行霸道，又自吹自擂，而且真正是按吉尔吉斯的方式祷告："上帝啊，生牛犊吧！"于是有些人也站在俄罗斯的盐沼地中间，模仿着普希金，耍弄着赫尔岑玩腻了的词句，吹起牛来："是的，我们是斜眼的西徐亚人！"

西徐亚人！干吗这么高的派头？这有什么可吹嘘的呢？难道这个西徐亚人不是"丑脸"吗？不是那个还在民间传说的壮士歌时代就追赶过阵亡了的斯维亚托戈尔[2]的战马的那个吉尔吉斯人罗圈腿伊万吗？这里只有一点是对的：存在着两个不可调和的世界，即托尔斯泰们、"神圣的罗斯的子孙"、

1　东南欧突厥语系的古代民族之一。
2　俄罗斯民间壮士歌中的英雄，具有非凡的力量。

民间壮士歌里的英雄们、基捷日城的拜神者们的世界和——"丑脸们"、叶赛宁的共青团员们及民间壮士歌里称他们为伊万的那些人的世界。难道这些"丑脸们"能够获得优势？难道罗斯（托尔斯泰曾经是它的歌手）的这一美善的面容会变得越来越阴暗吗？

托尔斯泰说过："我对蒙古人的习气的憎恨是一种特有的反应；这不是一种偏见，这是我自身。您凭什么断定我们是欧洲的对跖者？蒙古的乌云在我们的上空通过，但这不过是乌云而已，而且魔鬼该尽快地把它清除干净的。不，俄罗斯人终究是欧洲人，而不是蒙古人！"他不止一次地这样说过，真诚地感受到，他整个存在，既作为诗人，也作为人都是斯拉夫罗斯的孩子，而不是鄂毕多尔人，不是吉尔吉斯人；他也不止一次地感到愤懑：

> 达尔文要把我们从牲口
>
> 提升到人的境界，
>
> 虚无主义者却千方百计地，
>
> 要把我们变成畜生……

现在我们正处在更大的连续不断的这类麻烦事之中。我们将牢牢地记住处在"蒙古人"的淫威和妖术之中的托尔斯泰！

"你们凭什么断定我们是蒙古人？"的确，凭什么断定这个好像是最真实的俄罗斯人民的形象就是罗圈腿和斜视眼的伊万及其伊诺尼亚（换句话说，是伊万及像其世界一样简单、古老的野人）——而不是壮士歌里的英雄呢？"我是庄稼人，所以我是罗斯！"伊万大声喊道。不过，正如托尔斯泰的激流勇士所说，有各种不同的庄稼人。伊万们难道应当像罗蒙诺索夫、柯里佐夫这样的庄稼人一样，像托尔斯泰这样的俄罗斯人一样自夸吗？

托尔斯泰是在舅舅家里长大并受教育的，就在彼罗夫斯基附近一个非常偏僻的乡村切尔尼戈夫申纳，不过他八岁的时候，就通过诗人茹科夫斯基认识了自己的同龄人、未来的皇帝亚历山大二世，并一生都与他保持着十分亲密的关系和友谊。后来也是过着两种相反的生活：有时是在切尔尼戈夫村的偏僻荒野里，有时又在彼得堡和欧洲。托尔斯泰的少年时代，几乎都是同母亲和舅舅在国外旅游中度过的，他是西方和西方艺术热炽的崇拜者。在少年时代，命运赐他的荣幸还有：他与舅舅曾去过歌德的家，去过歌德在魏玛的房子，并曾坐在歌德的双膝上。在青年时代，他通过良好的家庭教育考上了文科大学，并曾加入公使团被派往德国，后来又在彼得堡任职；有时是乡村的山野的狩猎生活，有时又是首都上流社会的喧闹的生活。他与众不同的地方在于，他有许多亲戚和宫廷的各种不同的关系，同时又不依附于他们；他有卓越的智慧和敏锐以及艺术家、作家们的友谊和真正勇士的力量——比如，他能轻易地把马蹄铁折断。上流社会征服了他没有？没有：

心，一年比一年燃烧得强烈，

进入上流社会的生活，就像投进了冰雪……

我将沸腾、苦恼、忧郁得怒火冲天，

却仍旧不想成为闪光的钢铁！

在克里米亚期间，托尔斯泰感受了崇高的爱国主义热潮，自愿入伍，并差一点死于伤寒病，只是由于他的非一般的体质、沙皇的关照和他未来的夫人的护理才挽救了他。关于他的夫人，有几行现在十分著名的、流芳百世的诗句：

在喧闹的舞会中间，偶尔

陷入俗世忙乱的彷徨不安……

克里米亚战争结束后，亚历山大二世任命托尔斯泰为皇帝侍从武官。但是，托尔斯泰认定自己一生的唯一目标是自由地为艺术服务，他对自己的远非充分自由的宫廷官职早就感到难受了，因此他谢绝了沙皇这个新的恩惠。这一举动就平常生活而论完全是异常的。于是他被授予了一个几乎是没有任何强制性的皇帝狩猎官的称号，过着几乎完全献身于诗歌、家庭、打猎的乡村生活。他于1875年9月28日（10月11日）死在乡村里，死在切尔尼戈夫的领地里。死之前，据他的说法，他发生了一件"奇怪的"事情。关于这件事，他给他的朋友——维特根施泰恩公爵夫人的信中亲自作了如下的叙述：

"不久前我发生了一件奇怪的事：我（由于呼吸困难）既不能躺着，也不能坐着睡觉。有一次，在晚上，我开始写一首小诗。我已经写了差不多一页纸，这时我的思想却突然紊乱起来，并且失去了知觉。清醒过来后，我想读一遍我所写的东西：纸张就放在我面前，还有铅笔，而这时我对我的诗歌却一个字也认不出来。我在寻找，在翻动纸张——却依然没找到我的诗。不能不承认，我当时是在无意识中写的，完全是无意识的。与此同时，有一种折磨人的痛苦控制了我。这痛苦就在于我徒然地想回忆某些东西。我一生中已经三次经历过这种感觉——想去捕捉某种捕捉不到的回忆。而这种回忆，这种感觉，经常地，就像这次一样，是非常沉重的，非常可怕的。我在无意识中所写的那首诗是这样开头的：透明的云彩在静静地移动……"

我想，托尔斯泰临死前发生的这件事不会有很多人知道，也不会有很多人给予应有的珍惜。然而它却以一种特殊的力量证明了，托尔斯泰的秉性和才能的最重要的特点之一，是在这个人身上有许多那种人们所说的——上帝的恩惠，而不是人的愿望、臆造或学到的本领。

"从十六岁起，"托尔斯泰在自己的文学自白中说，"我就开始写诗糟蹋纸张了……但是，不仅诗歌，我对各种不同的艺术都感到一种不可抗拒的爱恋，各种绘画或者雕像，或者美妙的音乐都使我产生了如此强烈的印象，简直让我的头发都要竖起来了。十三岁的时候，我便和亲人在意大利做了第一次旅行。要描写出当时向我灵魂袒露出的艺术瑰宝——

我的印象的全部力量以及在我身上完成的整个转变——那是不可能的……"

接下去又写道：

"我的第一次少年旅行是从威尼斯开始的，在那里，我的舅舅完成了一项重大的艺术成果。顺便一说，他买了一个据说是米开朗琪罗的青年牧师的半身像，一件我当时所知的最华美的东西。我把雕像带回我的旅馆后，便对它寸步不离，夜里也要起来看看它。我的想象力受到了最最荒谬的恐惧的折磨。我问自己：如果发生了火灾，该怎么办？而且我还做了试验：我能否把雕像带出去。我们从威尼斯去到米兰、佛罗伦萨、罗马、那不勒斯，我的喜悦和我对艺术的爱恋在不断地增长，当我返回俄罗斯时，我竟陷入了对意大利的思念，对真正的'祖国的思念'——并达到无可救药的程度，使我白天黑夜都痛哭流涕，各种梦境都把我带到失落了的天堂里去。这股热情之后，某种乍看起来可能表现为矛盾的东西又开始在我身上发展起来。这就是打猎的热情。我竟迷恋到这样的程度，几乎把我的全部休闲时间都投入到打猎上去了。当时我在尼古拉·帕夫洛维奇皇帝宫廷中任职，过着那种对我来说并非没有吸引力的上流社会的生活，但我也常常规避这种生活，整星期整星期地隐没在森林里。我不假思索地沉溺于这个广袤的大自然。这个大自然以及我对我们荒野的美的喜爱都反映在我的诗歌中，也许可塑的大自然的美的感受几乎都表现出来了……"

的确，托尔斯泰以其在形式上和主题上都极其相反的作品使人感到震惊。瞧这个祈求自己国王的圣约翰：

> 啊，放开我，哈里发[1]，
>
> 允许我呼吸和自由地歌唱吧！

瞧，这是**激流**，来自基辅的勇士，他在弗拉基米尔公爵家的大宴会上跳舞：

> 在后第聂伯河上听见了林妖的哀号，
>
> 马厩附近则有家神在放哨，
>
> 烟囱上面巫婆挥动着布幕，
>
> 激流为自己不停地跳起民间舞蹈……

而**激流**之后应该是《龙》，是但丁本人也不会拒绝的意大利的三韵体。《龙》之后是诗剧《唐璜》，再下去是以《伊凡雷帝之死》为首的俄罗斯戏剧三部曲……这就是译自歌德、谢尼耶、拜伦的作品，也有俄罗斯的作品，时而像世纪之音那样威严，时而又像充满着"输送到整个血管里去"的俄罗斯的豪勇。这就是"蜻蜓在飞行，并且在跳欢快的环舞"。再看：

> 你是我的国土，亲爱的国土，

1　中世纪某些伊斯兰教国家的君主称谓。

马儿自由自在地奔走！

天空中鹰群在喊叫，

田野里可听到狼吼！——

也有令人震惊的关于狼的叙事诗：

当乡村一片荒凉，

乡民不再歌唱，

沼泽上灰色云雾，

也变成一片白茫茫……

读了这首诗之后，简直不能相信，它同下面一些诗，如《在喧闹的舞会中》《那是在早春时节》《瞧，田间的最后积雪在融化》等，竟是出自同一个人的手笔，或者下面描写克里米亚暑天的妙笔是他的：

炎热的中午往往使人慵懒，

树叶的每个声音都已静穆……

那个叶赛宁，那个伊万·涅波姆尼亚什，他们有什么呢？只有吹牛的野性激情和啐唾沫的本领。对于他来说啐唾沫是轻而易举的事，这是真正的伊万·涅波姆尼亚什。在没有文化、没有复杂而又坚实的生活的草原上，只有流浪者的帐篷，时间和生活好像要在什么地方垮下来，而且几乎没有了记忆和回忆。托尔斯泰他们却是另一回事。托尔斯泰关于疼痛的那些话（他是在昏厥后带着这种疼痛竭力地"回忆起"某些东西的）说得多么精彩啊！托尔斯泰是有东西可供回忆的！而回忆（我当然不是在平常的意义上使用这个词的）是天生地富有生命力的，是秘密地把我们同几十几百个生活过的而不只是存在过的父辈一代人联结在一起的一个词。这种回忆在宗教上我们全身心都能感应到，也是一种诗歌，是我们的最神圣的遗产，它也造就着诗人，做梦的人、语言教士，这些人使我们归附于伟大的教会。因此才经常有所谓"保守派"的诗人，也就是旧事物的保护者、拥戴者；因此才会产生他们仅有的风俗习惯；因此传统对他们来说，才会如此神圣不可侵犯；也因此，他们也是强力破坏神圣地生长着的生活之树的敌人。

托尔斯泰的作品是他的丰厚天资和多才多艺的最好证明，绝不同于我们同时代人的那种人为的、死气沉沉的"多面性"。在这些作品中，有许多是直接的自我鉴定。"既然是爱，那就抛开理性……""主啊，既然要我战斗，我就要全力以赴，但主却别把我造成一个倔强的、严酷的人……""没有两个营垒的战士，只有不速之客……""不论什么时候，沮丧与勇敢的斗争都像水火之不能相容……"这些自我鉴定再一次证明，这些秉性毕竟首先是俄罗斯的，证明托尔斯泰的诗歌是真正的"俄罗斯语词"。那么在他的书信和日记里是否也有自我鉴定呢？下面是他写给妻子的一封奇妙的信：

"我完全地无限地相信上帝……我们可能还要在这个大地上活很长时间——我们要尽量生活得好一些，不枉此生……

"我不是财主……我早就丧失了财产的感觉，只是如果我什么时候有过财产的话……

"我对华丽的感觉很敏锐。我喜爱各种富丽堂皇的宫殿、艺术杰作，但我本人并不喜欢拥有它们；我喜欢它们，当它们受到损害、受到轻视的时候，我会非常痛苦，但我本人无论如何都不同意住在豪华的宫殿里。路易·布朗[1]鼓吹共产主义，反对奢华，自己却要吃凤梨和野味——你瞧，他是一只猪……

"我的智能受激情的影响，但它倾向于善、美、艺术……

"我不知道，这是怎么发生的，但我几乎能感受到一切，艺术地感受到一切……

"我不知道，其他人是怎么样写作的，但当我接近美妙的音乐时，我的头发就要竖起来，眼泪也要流出来……

"年轻时，有一个时期我整个地生活在美第奇家族[2]的时代，我非常关心这个时代的作品，带着一种只有本韦努托·切利尼[3]同时代人才有的嗅觉、热情和热忱……"

1　路易·布朗（1811—1882），法国空想社会主义者，1848年任法国临时政府成员。

2　中世纪意大利佛罗伦萨家族，后来成为世界上最大的银行家。

3　本韦努托·切利尼（1500—1571），意大利雕塑家，金银首饰技师，风格主义的代表人物。

这方面我再补充摘引几段——摘自托尔斯泰致友人的书信。

这里，他痛斥对俄罗斯居民的民族迫害，诅咒他们强制性的专制主义的俄罗斯化。

这里他谈到可能导致干地亚[1]居民毁灭的欧洲："欧洲正在退出自己的角色，并按鞑靼人的方式行事。我们拒绝这样的欧洲。"

这里有他关于君主制和独裁政体的热炽的诗行："为了抨击君主制，我太是诗人了……不过我憎恨独裁专制，就像憎恨圣·茹斯特[2]和罗伯斯庇尔[3]那样……"

那么，我们面前的到底是谁呢？是来自大马士革的约翰、哈里发的共同摄政者，然后是唱宗教诗的人和上帝的圣徒，或者是来自穆罗姆的伊里亚[4]？

> ——我不能容忍富人的荫庇，
>
> 那些大理石的铺石，
>
> 由于帝都那些事，由于奉承，
>
> 令人头痛不已 ……
>
> 野性的自由，
>
> 重又在伊里亚身上吹拂——

---

1 中世纪后期至近代初期克里特岛作为威尼斯海外属地的称谓。

2 圣·茹斯特（1767—1794），法国于雅各宾专政时期革命军队领导人之一。

3 罗伯斯庇尔（1763—1794），法国大革命活动家，雅各宾党人。

4 亦作伊里亚·穆罗梅茨，壮士歌中的主人公，俄罗斯人民理想中的英雄。

黑压压的森林，

散发出既有树脂也有草莓的气味……

正如你们看到的，很像伊里亚，但也像约翰。是骑士还是勇士呢？答案仍旧好像是二重的。"我生活在美第奇的时代。"或者是在给妻子的另一封信里所写的："在维特堡多么好啊！甚至还有十二世纪的爱情歌手的乐器。在这种骑士的地方，我的心都要颤抖了，并且跳得累倒了。我也知道，我首先是属于它的。但要知道，在别的地方我的心颤抖和跳动得也并不会少些。"

你是我的家乡，亲爱的故乡，

马儿在自由地奔跑！

托尔斯泰本人也曾对自己说过："我不属于任何一个国家——我属于所有国家，我的肉体是俄罗斯的，斯拉夫的，但我的灵魂却是全人类的。"

真实的真理，所有伟大的灵魂都是这样的。不过，人类的——是一回事，而国际主义或者不知道上帝、忘掉了血缘关系的俄罗斯——行星**不敬的洗衣盆**——却又是另一回事。

是来自穆罗姆的伊里亚，还是来自大马士革的约翰呢？不过，要知道，两人都是走在"大理石的铺石"上——并且两人都非常崇拜"女王—修道院"，两人都带有上帝的功勋——而且两人都是上帝的圣徒：要知道，伊里亚也是长眠在基辅的洞穴里。

　　1869 年托尔斯泰在日记里写过自己："我是彻头彻尾的西欧主义者，也是真正西方的斯拉夫主义，而不是东方的。"在他的口中，这就意味着：兼有斯维亚托戈尔和费奥多西·佩切尔斯基 [1] 的基辅罗斯。"土地集中，"他继续写道，"**集中很好，但集中什么**？当我回想起我们的语言的美，当我想到该死的蒙古人之前的我国的历史的美时，我就想扑在地上，并由于绝望而在地上打滚！"——现在他会说什么呢？

　　现在的情况要坏得多。现在在无产阶级吹牛大王的诗歌中，甚至围墙也在增高。在这些"低矮的围墙"后面的祈祷文是用众所周知的俄罗斯诗人的唯一的语言——亦即粗野的骂人的语言（"我他妈的为他做弥撒"）写成的。现在，革命在诗歌中也和在生活中一样，在到达它的顶点之时，没落了，僭望独有的俄罗斯词语，甚至僭望救世主的作用。

　　"我许诺给你们伊诺尼亚！"——可是老弟，你什么也许诺不了，因为你的灵魂一文不值，你最好还是睡觉去吧，不要把你们自己的救世主的家酿白酒的气味朝我身上吹！主要的是，奴才啊，你为了满足你的新的老爷，总是在吹牛撒谎！

　　"路易·布朗鼓吹共产主义，而自己却在吃凤梨野味——你看见吗，他是一只猪。"

1　费奥多西·佩切尔斯基(？—1074)，古罗斯作家，曾任基辅洞窟修道院院长。

就算俄罗斯的猪，甚至所有俄罗斯的猪都能吃上凤梨，他们也仍然是猪而已，但这无论如何不是未来俄罗斯的理想。

不，你在开玩笑，我们俄罗斯的罗斯活着，

鞑靼人的罗斯我们不要！

（《复兴报》，巴黎，1925 年第 132 号，10 月 12 日）

关于新正字法

给编辑部的一封信

深为敬重的彼得·伯纳加多维奇[1]。

在《最新消息》报上刊登了霍夫曼先生给我的关于所谓的新正字法的一封公开信。我在我自己最近一篇文章里说过，"哪怕是因为世界上所有一切最凶恶、最低级和最虚伪的东西都按照这种正字法写"，我也不能接受这种正字法，而且我骂它是"下流的东西，是不学无术和蛮横无理的人公布的"，也是完全出于自然的义愤。这就给霍夫曼先生一个得出颇为奇怪的结论的口实：认为我侮辱了以已故的 A. A. 沙赫马托夫为首的在科学院从事俄罗斯正字法研究的学者们！

"请您相信，"他在自己的信中对我说，"我不是有意要抓住您的话柄来挖苦您，而是回忆起像沙赫马托夫这样被您侮辱的人时，感到深深的遗憾。自然，您自己也是不愿意这

---

1 即 П. Б. 司徒卢威（1870—1944），俄国经济学家和政论家，《复兴报》的编辑，与蒲宁有书信往来。

样做的。"

那么，也请允许我让被霍夫曼先生弄糊涂了的读者相信，可能，而且真的不是存心要抓住我的话柄挖苦我，而是由于其器量太小的缘故：霍夫曼先生完全用不着牵扯上"像沙赫马托夫这样的人"。我对沙赫马托夫及像他这样的人的尊敬并不亚于霍夫曼。何况他的其他的一些遗憾和想法也并不完全是理智的。

我把被真正"蛮横无理地"强加给俄罗斯的正字法称为下流的正字法，他感到奇怪，可是当下流这个词在准确地和转义地为其服务了如此长的时间时，它怎么能不是下流的呢？

他说，新正字法乃是科学院学者们的工作"成果"。但是这些工作在革命开始前并没有"结束"，又怎么是"成果"呢？

他指示我说，正字法是马努伊洛夫公布的，但是这也同样于事无补。我总觉得非常遗憾，而且不断地感到遗憾：马努伊洛夫在这个问题上竟如此迫不及待地表现自己的革命热忱，而这却是一个远未得到解决、迄今还有争议的问题（对这个领域的大学者而言）。但是我重复说一句，问题完全在其他方面：毕竟正是"不学无术和蛮横无理的人"下了命令，在死刑的威胁下只能使用这种正字法。

（《复兴报》，巴黎，1926 年第 522 号，11 月 6 日）

译后记

　　伊万·阿列克谢耶维奇·蒲宁是二十世纪俄罗斯著名的现实主义作家。他1870年出生于一个破落的贵族家庭，青少年时代是在农村庄园里度过的（"我从小就在衰败了的贵族之家长大"），由于家境中落，中学没有毕业便被迫辍学，自谋职业，生活十分坎坷。他酷爱文学，自学成才，很早就开始写作。1887年发表了第一首小诗《在纳德松的坟上》，不久后连续出版几本诗集并开始写小说，成了小有名气的作家。

　　进入文坛后，蒲宁的社交活动增多了，思想视野开阔了。他很早结识了列夫·托尔斯泰、契诃夫、高尔基、捷列绍夫等大作家。正是在他们的直接影响下，他走上了现实主义的创作道路。青年蒲宁的另一个爱好是旅游。从二十世纪初开始，他多次出国漫游，足迹遍及世界各地，并对东方文化、古希腊文化及基督教文化有浓厚的兴趣。他寻访了许多文化古迹，研究过基督教、佛教、道教和伊斯兰教等。因此宗教对他的思想发展和创作有着深刻的影响，广泛的游历也为他的文学写作提供了十分丰富的素材。

蒲宁的创作可以分为两个阶段，即十月革命前和十月革命后。革命后，他侨居巴黎。在国外他继续进行写作（侨居期间的主要作品有《米佳的爱情》《阿尔谢尼耶夫的一生》《林荫幽径》等），并于 1933 年获得诺贝尔文学奖。但是他的创作鼎盛时期是在国内，主要是二十世纪初的前二十年。早期作品除大量诗歌外，还有散文小说《两个香客》《在庄园里》《金窖》《安东诺夫卡的苹果》《矿石》等，他写自己熟悉的农村题材，描绘俄罗斯美好的自然风景，抒发自己独特的感受，并提出不少迫切的农村问题。蒲宁把俄罗斯的命运同农民的命运联系起来，披露农民贫穷落后的境况，不少作品受到文学界的好评。

俄国 1905 年革命后，蒲宁的创作思想日臻成熟，写出了一系列重要作品，如《乡村》《蟋蟀》《苏霍多尔》《从旧金山来的先生》《兄弟们》等。他用清醒的现实主义笔法，对处于大变革时期的俄国社会生活，特别是农村面貌作了真实而又深刻的描写，表现出作家对祖国对人民深切的关怀和理性的思考，并对贫苦农民寄予了莫大的同情。后两部作品则批判了西方社会，表现了作家的反殖民主义思想。从这些作品里可以看到，蒲宁虽然是贵族家庭出身，但在文艺创作上许多方面已突破了贵族阶级的思想局限：他意识到了旧社会的没落，也看到了资本主义的弊病，内心充满忧国忧民的爱国主义和人道主义情感，尽管他并不懂得应当如何拯救自己的国家和人民。尤其在中篇小说《乡村》里，作家以严格的客观态度，深刻而全面地再现了血淋淋的俄国农村现实，无情地暴露了俄国贵族庄园的败落和社会的解体。

《乡村》的问世曾引起不同的社会反响。有评论家指责蒲宁用"局外知识分子"的眼光观察农村，用"破落地主老爷的立场"诋毁农民；另一些评论家则认为，蒲宁是"自然主义者"，没有对零散的事实加以概括。而进步思想界却及时肯定了《乡村》。高尔基在给蒲宁的一封信中写道："我为您感到既激动又高兴，十分的高兴……还从来没有人如此深刻、如此具有历史意义地写过农村……正派的人会说，蒲宁的《乡村》除了其第一流的艺术价值外，还是一种推动力。它迫使千疮百孔、摇摇欲坠的俄国社会严肃思考的已不是庄稼汉，也不是人民，而是俄罗斯能否生存下去这一严厉问题。"高尔基对《乡村》的首肯，对于蒲宁的创作生涯具有决定性的意义。蒲宁曾经十分动情地感激高尔基说："如果说，我在发表《乡村》之后还能写出一些有用的东西的话，这当然得归功于您，阿列克谢·马克西莫维奇，简直无法想象，您的意见对我有多么珍贵。您真是在我身上洒下了起死回生的仙水！"

客观地说，批评界对蒲宁作品的争议，反映了评论家们审美视角的不同，也折射出蒲宁本人创作思想和世界观的矛盾性和复杂性，应当指出的是，高尔基虽然肯定、表扬了《乡村》，但同时也指出了蒲宁其他作品中存在的问题和缺陷。例如高尔基在评论他的另一部在思想内容上与《乡村》很相近的小说《苏霍多尔》时，就说过下面一段话："蒲宁的《苏霍多尔》是一部未做正确评价的书，是一部俄罗斯最可怕的书，里面有某种安灵弥撒式的东西……在《苏霍多尔》中，蒲宁就像一位已经对上帝的信仰有了动摇的牧师一样，为自己业已死亡的阶级进行追悼，尽管对无力的死者也有愤怒、蔑视，却仍旧怀着巨大的内心的惋惜追悼他们。当然，也是追悼自己。"

蒲宁的绝大部分作品，包括《乡村》和《苏霍多尔》在内，写的都不外是破落贵族，新发迹的暴发户——富农、贫穷落后的庄稼人、流浪汉等，一句话，所描绘的都是正在没落的贵族生活和破败的宗法制社会图景。从表面上看，这些作品是各自独立的，没有内在的情节联系，但在作品思想的深层次里却有一根看不见的线串联着，这就是作者的独特的心态——哀婉和伤逝的情调。也就是高尔基所说的"某种安灵弥撒式的东西"，"为业已死亡的阶级进行追悼"。蒲宁自己也不无自嘲地说过："我被称为是'歌颂'正在灭亡的贵族之家的最后一批人。"当然这种评语不一定都是贬义。首先它肯定了这些作品是贴近生活的，肯定作品如实地反映了当时的现实关系。这就说明作家坚持了十九世纪俄国批判现实主义的传统。正如恩格斯评论巴尔扎克时所指出的那样：巴尔扎克政治上虽然是个"正统派"，但是，他"不得不违反自己的阶级同情和政治偏见；他看到他心爱的贵族们灭亡的必然性，从而把他们描写成不配有更好命运的人"。恩格斯认为，这是"现实主义的最伟大的胜利之一"。另一方面，上述情况也说明了作家世界观的矛盾性和复杂性：作家虽然创作了伟大的现实主义作品，但在思想感情上却仍可能与过去的阶级有千丝万缕的联系。蒲宁的情况也可以作如是观。

综观蒲宁的生平和创作，特别是在社会大变革中的表现，他的世界观是非常矛盾和复杂的。他的妻子薇拉在一篇日记中曾写道："按出身他属于一个阶级，但由于家境贫寒和种种遭遇，他是在另一种环境中受教育的，而他同这种环境又无论如何也不能融洽起来。"蒲宁本人也意识到自己命运中的这种上不着天下不着地的悲剧性的矛盾。一方面，他看到，不论是贵族还是新兴资产阶级——富农都没有前途；另一方面，庄稼汉又是如此贫困、愚昧、落后……也没有什么出路。当他去追究这些问题时，又不能从社会、历史、阶级矛盾方面去寻找根源，而是从抽象人性论中求取答案。他认为，一切社会问题和弊病——贫穷、落后、战争、革命……都是因为普遍人性的丧失、人们精神的堕落，是由于人的虚伪、贪婪、自私、懒惰、残酷等造成的。在他看来，俄国的贵族和庄稼汉的"内心世界是一样的"，"区别仅仅在于贵族阶层的物质条件比较优裕而已"，"两者的灵魂都是俄罗斯的"，两者的身上都反映着上述人性和民族性的缺陷，俄国社会危机的原因就在这里。于是他也像列夫·托尔斯泰一样，力图从人性、道德方面去克服社会矛盾和社会危机，主张改善人性，完善道德，反对暴力革命。这就决定了他对待十月革命的态度。

蒲宁坚决反对十月革命。从 1917 年夏天起，席卷全俄的革命运动使他陷入了极度的惶惑和痛苦之中。他把十月革命的胜利看作是自己的末日："一切都停息了。所有的障碍物、所有上帝和人间的关卡都倒塌了……胜利者在克里姆林宫上空升起了自己的旗帜。在我的整个一生中没有比这一天更可怕的日子了。上帝可以为我作证。"他完全把自己同覆亡的王朝拴在一起了。1920年他离开了祖国，流亡巴黎。

蒲宁的传记作者阿·巴博列科说："作家的观点不是政治活动家的观点，这里有另一种尺度。"然而，蒲宁衡量作家的尺度的确却是严格的政治标准。他对同时代作家的评价，首先是看这个作家的政治态度如何，凡是赞成，甚至不明确反对十月革命和苏维埃政权的作家，他都将其视为敌人，不管这个作家艺术上有多大成就，也不管这个作家过去与自己有多么深厚的交情和友谊。例如他对高尔基、马雅可夫斯基、阿·托尔斯泰、勃洛克、勃留索夫、叶赛宁等都持这种态度。蒲宁在回忆录、日记和文章中对许多人的评论用词激烈，近似辱骂。例如他写道："马雅可夫斯基具有凶狠、厚颜无耻的、苦役般冷酷无情的天性，具有粗野的喉咙，具有拉大车的马的那种热情及其笨拙的劣诗中的粗俗的平庸，他用这些劣诗冒充为某种新诗，用这种诗来表达他如此热衷的一切丑恶的东西和在俄共及其头头面前的虚伪的喜悦和忠心。"蒲宁对阿·托尔斯泰也极尽其嘲笑和侮弄之能事。他说过："在1917年10月布尔什维克夺得政权之前，我们是和睦友好的。"但是十月革命后，尤其是阿·托尔斯泰从国外重新回到苏联后，蒲宁对他的态度彻底改变了，说他"品行不端""恬不知耻""喜欢装成有点傻气的样子"，"是一个狡猾的贪图私利者"，"实在是一个'阿廖什卡''流氓'"。至于勃洛克、勃留索夫、叶赛宁、别雷等诗人，由于他们对十月革命和新政权持友好态度，蒲宁对他们也特别反感，说勃洛克"得了布尔什维克精神病"，他的长诗《十二个》"千篇一律，近乎庸俗"；说叶赛宁的诗是"骗子的抒情诗"，这个骗子早把自己的无赖行为变成了有利可图的职业……

高尔基在革命前对蒲宁的支持帮助，他们之间的友谊是众所周知的。而十月革命来临时，正是由于不同的政见，不同的世界观，蒲宁坚决与高尔基断绝了来往："我们之间没有什么可说的了，关系永远结束了。"很长一个时期，蒲宁对高尔基都持敌视的态度："高尔基和安德烈耶夫……都是一些歇斯底里病患者、痴呆病患者、疯癫病患者……他们中间哪一个称得上是一般意义上的健康人呢？他们全都很狡猾，他们很懂得，为了自己能引人注目需要做些什么。"对高尔基的作品蒲宁也多持否定态度，例如他认为《马卡尔·楚德拉》"写得少有的庸俗"，《底层》是"浅陋的，彻头彻尾的虚伪"。诚然，到了晚年蒲宁对高尔基的态度有所缓和。1936 年当他获悉高尔基逝世的消息时，写了一篇回忆高尔基的文章。文章开头写道："把我同高尔基联系在一起的奇怪的友谊……从 1899 年开始，在 1917 年结束。后来这个和我在整整二十年里没有任何个人仇恨的人，突然成了长期让我害怕和愤懑的敌人。随着岁月的流逝，这种敌视的感情又逐渐消解了，这个敌人对我来说好像并不存在。"蒲宁晚年的思想确实有所变化，他甚至还考虑过回祖国的问题，但由于当时种种客观原因，最终没有成行。

本书根据莫斯科苏联作家出版社 1990 年出版的《该死的日子》一书译出。原书包含三部分内容：日记（1917—1918 年日记和《该死的日子》）、回忆录、文章。这次重新编译出版，补译了《该死的日子》。现在呈现在读者面前的是一个完整、翔实的版本，它对我们更全面、更深层次地了解与研究蒲宁的生平、政见和创作无疑具有重要的意义。除此之外，此书对十月革命初期俄苏文学生活、对某些作家的情况，也从一个侧面为我们提供了一些鲜为人知的材料和信息。这对我国读者更全面、客观地考察和了解这个时期的俄苏文学史亦不无裨益。

至于书中的内容和观点，相信我国广大读者有足够的审辨力，能够正确对待。还要提及的一点是：日记乃是作家每天的见闻、思想、感受的即兴记录，零零碎碎，断断续续，前后思想不一定有什么内在联系，有许多地方只留下片言只语，有的还是用缩记法、省略号记的，句子不完整，意思不连贯。因此翻译难度较大，有些句子往往只能靠猜测、补想才能意译出来。加之译者能力所限，译文有失当之处在所难免，恳请读者批评指正。

李辉凡

2001 年 8 月于劲松九区

2008、2017 年二次修改于京城雅居